戰爭與和平

·第三部·

1869

Война и миръ

Leo Tolstoy

列夫·托爾斯泰——著　婁自良——譯

目錄

第三部

第一章

一

自一八一一年底起，西歐軍隊開始加強軍備，集中兵力，一八一二年，西歐數百萬之眾的大軍（包括運送補給和軍隊的人員）由西而東向俄國邊境推進，俄國軍隊自一八一一年起，亦同樣向邊境集結。六月十二日，西歐軍隊越過俄國邊界，於是戰爭開始了，也就是說，發生了違反理性和人性的事件。幾百萬人犯下了不可勝計的暴行、欺騙、背叛、盜竊、製造並發行偽幣、搶劫、縱火和殺戮，就算集結世上所有法庭、耗費幾個世紀，也記不清這些發生過的事，在這段時期，參與其事的人們卻並不認為這是在犯罪。

這起非常事件是因何而起？原因何在？歷史學家天真地斷言，事件的起因在於對奧爾登堡大公的欺凌、大陸封鎖令[1]未得到遵守、拿破崙的野心、亞歷山大的強硬以及外交官的錯誤等。

由此得出結論，只要梅特涅[2]、魯緬采夫或塔列蘭[3]在公務之餘細心斟酌，撰寫一份措詞巧妙的文件，或拿破崙在給亞歷山大的信裡寫道：皇帝陛下，我的兄弟，我同意交還奧爾登堡公國，那麼戰爭就不

1 大陸封鎖令，拿破崙為避免商業競爭以保護法國經濟並削弱英國的軍事潛力，於一八〇六年頒布法令，禁止法國盟國和屬國等歐洲國家和英國通商，藉此實施經濟封鎖。俄國根據一八〇七年吉爾西特和約，有義務參加歐洲大陸的封鎖行動。不過，俄國以及法國商界經常為了自身經濟利益而未遵守這項法令。

2 梅特涅（一七七三—一八五九），一八〇九年起任奧地利外交大臣。

3 塔列蘭（一七五四—一八三八），一八〇七年前任法國外交大臣。

會發生了。

當時的人們如何設想問題是可以理解的，拿破崙認為，戰爭的起因是英國的陰謀（他在聖赫勒拿島[4]上就是這麼說的）；英國國會議員認為，戰爭的起因是拿破崙的野心；奧爾登堡大公認為，戰爭的起因是對他所施加的暴力；商人們認為，戰爭的起因是導致歐洲破產的大陸封鎖令，老兵和將軍們認為，主要原因是必須讓他們投入戰爭；當時的正統派認為，必須恢復優良的原則[5]，而當時的外交官們認為，所發生的一切都是由於一八〇九年，俄國和奧地利聯盟[6]未能巧妙瞞過拿破崙，一七八號備忘錄措詞不當。當時的人們會想起這些，以及無數個、無窮無盡的原因，其數量是由千差萬別的觀點所組合而成不過我們後代人卻能從整體上觀察曾經所發生的大事件，並深入領會該事件中，簡單又可怕的意義。對我們來說，上述所列舉的原因也許還不夠充分。為何幾百萬基督教軍人互相殘殺、互相折磨是由於拿破崙的野心、亞歷山大的強硬、英國的狡猾政策還是奧爾登堡大公的遭受欺淩。我們無法理解，這些情況與殺戮、暴力這個事實之間，有什麼關係；為什麼由於大公受到欺淩，成千上萬的人就要從歐洲的另一端來殘殺、掠奪斯摩稜斯克省和莫斯科省的人們並為他們所殺。

對我們後代人來說，我們不是醉心於探索過程的歷史學家，因而能以健全的理性觀察事件，事件的原因是不可勝數的。愈是深入探究，我們發現的原因就愈多，而任何一個或一系列的原因，就其本身而言都是正確的。然而與事件的規模相較，這些原因便顯得微不足道，是錯誤的，因其影響不足使事件發生（如果沒有其他相應原因的話）。拿破崙拒絕從維斯瓦河對岸撤回部隊，拒絕交還奧爾登堡公國，就是因為如此；同樣，一個法國軍士是否願意再次服役也是如此。如果他不願服役，第二個、第三個、第一千個軍士和士兵也都不願服役，那麼拿破崙的部隊就會缺少這些兵員，戰爭也就不會發生。

如果拿破崙不因為要求他從維斯瓦河撤兵而惱羞成怒，不命令部隊進攻，就不會有戰爭；不過，如果所有中士都不願再服役，戰爭也不可能發生。要是沒有英國的陰謀和奧爾登堡大公，沒有亞歷山大的震怒、俄國的專制政權、法國大革命及隨後的獨裁和帝制，或產生法國革命的種種前提等，戰爭是不可能發生的。這些原因缺少一個，就什麼事也不會發生。由此可見，所有原因，數以億萬計的原因的巧合才使事件得以發生。由此可知，沒有什麼是導致事件發生的唯一原因，而事件之所以發生只是因為必定會發生。數百萬人拋棄自身感情和理性，由西往東去殘殺，正如幾個世紀之前，人們也曾由西向東蜂擁而至，一樣去殘殺同類。

事件發生與否，取決於拿破崙和亞歷山大的決定，其實他們的行為正像每一個抽籤和被招募而投入戰爭的士兵一樣，並非一意孤行。情況必然如此，因為拿破崙和亞歷山大的意志要付諸實施，必須有無數條件的配合，缺少其中任何條件，事件就不可能發生。必須有幾百萬具有實際力量的人，以及扣動扳機、運輸補給和大砲的士兵，還要他們都願意執行這種個別的、軟弱的意志，並被納入那無數複雜的原因之中。

為解釋歷史上的不合理現象，宿命論是不可避免。我們愈是想要合理地解釋這些歷史現象，愈是覺得這些現象不合理、不可理解。

每個人都為自己生活，享有達到個人目的的自由，且毫不懷疑地覺得，可以隨心採取行動；但是一旦

4 拿破崙的宮廷高級侍從、作家拉斯卡斯在《聖赫勒拿島備忘錄》中記錄了拿破崙的思想、評論和回憶。

5 正統派指法國波旁王朝的擁護者，優良的原則意指復辟波旁王朝的思想。

6 奧地利在與法國開戰前不久，於一八〇九年四月，在與俄國的祕密談判中，就俄國保持事實上的中立達成協議。俄國仍向奧地利宣戰，實際上並未採取積極的軍事行動。

採取行動，這個行動就會無可挽回地成為歷史事件，並在歷史中不是具有偶然性，而是具有決定性。

每個人的生活都具備兩種面向：個人生活，其利益愈是抽象，生活便愈是自由；自發的群體生活，人在群體生活中不可避免地要執行群體所規定的準則。

人自覺地為自己而生活，卻不自覺地成為達到歷史的、全人類目的的工具。已完成的行動是無可挽回的，他的行為在時間上與其他人數以百萬計的行為偶遇，便獲得了歷史意義。一個人在社會階級上站得愈高，他所聯繫的人愈多，他對別人所擁有的權力就愈大，他的每個行動就愈明顯地表現出決定性和必然性。

「帝王的心在上帝手中。」

帝王是歷史的奴隸。

歷史，即人類不自覺的、共同的群體生活，並利用帝王生活的每一分鐘做為實現其目的的工具。

現在，在一八一二年，儘管拿破崙比任何時候都深感自身握有是否讓人民流血的決定權（正如亞歷山大稍給他的最後一封信中所言），然而，他在任何時候都不曾像此刻，如此受制於必然。必然迫使他為共同事業、為歷史而採取必當發生的行動。

西方人因為相互殘殺而到東方來。依原因偶然原理，這個行動和戰爭和數以千計的細小原因都自發地適逢其時與這一事件偶遇，這些原因不外乎：對不遵守大陸封鎖令的譴責、奧爾登堡大公僅僅為了以武力爭取和平（拿破崙這麼認定）而進軍普魯士[7]、法國皇帝對戰爭的愛好和習慣符合其臣民的願望、醉心於大規模備戰、備戰的開支、獲取利益以彌補這些開支的需要、令人眼花撩亂的德累斯頓會見[8]、外交談判——在當時的人們看來，這些談判如此真誠地謀求和平，卻傷害了雙方的自尊——以及千百萬種其他原因適逢其時與即將發生的事件偶遇。

蘋果成熟後落下來了——為什麼會落下來？是由於地心引力，由於樹枝枯萎，由於被太陽曬乾，由於變得更重了，由於風吹，還是由於站在樹下的孩子想吃？

什麼都不構成原因。這一切只是任何生命中的、有機的、自然界的事件得以發生的偶然條件。植物學家認為蘋果落下是由於細胞組織腐爛等，此判斷正確與否，正如那個站在樹下的孩子，他會說，蘋果落下是因為他想吃且禱告過。同樣的，如果有人說，拿破崙進軍莫斯科是由於他想，而他的滅亡是因為亞歷山大要他滅亡，也是既正確也不正確；如果有人說，被挖掘不止的高山，之所以倒塌是由於最後一名工人用十字鎬最後一擊，既正確又不正確。在歷史事件中，所謂偉大人物只是事件的標籤，他們也像標籤一樣，和事件本身完全沒有關係。

他們的每個行動，看似都是自主行為，但在歷史意義上卻是不自主的，而是和整個歷史進程有所關聯，是亙古注定的。

---

7 一八一二年四月，法軍渡過奧得河進入普魯士。

8 一八一二年五月初，拿破崙在德累斯頓會見他的新盟友——奧地利皇帝及其家庭以及普魯士國王和王儲，隱含向俄國示威之意。

二

五月二十九日[9]，拿破崙離開德累斯頓，他在此處待了三個星期，被宮廷中的人物所圍繞，其中有幾位王子、大公、國王，甚至還有一位皇帝。拿破崙在離開之前對幾位王子、國王和那位皇帝的態度極為親切，這是他們應得的。而他也斥責了他不完全滿意的幾位國王和王子，又將自己的，也就是取自其他國王的珍珠和鑽石，贈與奧地利皇后。如同一位歷史學家所言[10]，在他熱情地擁抱皇后瑪麗亞·路易莎後，便將她留在痛苦的離別之中。她顯得那麼難捨難分——這個瑪麗亞·路易莎以他的妻子自居，儘管他另有妻子在巴黎。雖然外交官們仍堅信和平是可能的，並為此勤奮努力，雖然拿破崙皇帝親自寫信給亞歷山大皇帝，稱他為皇帝我兄，信誓旦旦地說他不渴望戰爭，而且將永遠愛他、尊敬他——結果他還是駛往軍中，並在每一站發布新命令，催促軍隊東進。他乘著有著六匹馬的旅用馬車，在少年侍從、副官和親衛隊的簇擁下沿著大道前往波森[11]、托倫、但澤[12]和柯尼斯堡[13]。每一座城市都有成千上萬的民眾激動而狂熱地歡迎他。

軍隊正由西向東推進，每站更換的六匹馬帶著他駛往同一個方向。六月十日，他趕上部隊，在維爾科維斯森林裡，一座屬於波蘭伯爵的莊園裡過夜。

第二天，拿破崙趕上部隊，乘輕便馬車抵達涅曼河，為視察渡口地形，他換上波蘭軍服，來到岸邊。

他看到對岸的哥薩克和遼闊的草原，草原中央是聖城莫斯科，這是馬其頓王亞歷山大[14]曾入侵過、和西徐亞國[15]相似的國家首都——拿破崙出乎所有人的意料，既違反戰略上的考量，也違背外交上的顧慮，竟然下令進攻，於是第二天，他的部隊開始橫渡涅曼河。

十二日清晨，他走出這一天搭在涅曼河陡峭左岸上的帳篷，用望遠鏡觀察部隊從維爾科維斯森林湧出如洪流，漫過橫跨涅曼河的三座大橋。部隊得知皇帝親臨，正放眼尋找他，當他們發現山上有一個離開侍從獨自站在帳篷前、身穿常禮服、頭戴禮帽的身影時，便拋起帽子高呼：「皇帝萬歲！」——同時一直掩蔽在森林裡的部隊仍成群結隊地向外湧流，源源不斷，並列隊通過三座大橋走向對岸。

「此刻，我們要行動啦！嗅！他親自來，事情就能徹底執行。真的……那就是他啊，烏拉，皇帝！這就是亞細亞的大草原了……不過是個教人討厭的地方。再見，博舍。我把莫斯科最好的宮殿留給你。再見，祝你成功。你看到皇帝了嗎？烏拉！要是我能當上印度總督，我就讓你當個喀什米爾的大臣……烏拉！這就是皇帝呀！看到他了嗎？我看到他兩次，就像現在看到你一樣。矮小的軍士……我親眼看見他為一個老軍人掛上十字勳章……烏拉，皇帝！……」年老和年輕的、性格及社會地位各異的人們都這麼說

9 這裡說的是新曆，依舊曆應為十七日。書中其他各處的日期均為俄國舊曆。
10 參見梯也爾所著《執政府和帝國時代的歷史》。
11 波森，今波蘭波茲南。
12 但澤，今波蘭格但斯克。
13 柯尼斯堡，今俄羅斯加里寧格勒。
14 馬其頓王亞歷山大（西元前三五六—三二三），史稱亞歷山大大帝，曾在東起印度河、西至尼羅河與巴爾幹半島的領地內建立亞歷山大帝國。
15 西徐亞人，亦稱斯基泰人，為古老的遊牧民族和農耕民族，曾在黑海北部沿岸定居，西元前三到二世紀在克里米亞西部建立強大的奴隸制國家西徐亞國。

著。人人臉上只見同一種表情：他們為盼望已久的遠征總算展開而雀躍，對身穿常禮服站在山上的那個人滿懷熱情、忠心耿耿。

六月十三日，拿破崙取得一匹不大的純種阿拉伯馬，他騎上這匹馬向涅曼河上的一座大橋疾馳而去，不斷響起的歡呼聲震耳欲聾，顯然，他之所以忍受下來，只是因為無法禁止他們用歡呼來表達對他的愛戴；可是這種聲音四處伴隨著他，令他很不舒服，而且分散了他對戰事的注意，自從來到部隊，他就一直牽掛作戰的問題。他騎馬走過架在幾艘小船上的浮橋，上了對岸，隨即調轉馬頭，向左朝著科夫諾[16]的方向馳去，在他前面的是意氣風發、精神抖擻的近衛獵騎兵，他們沿著騎兵部隊在他之前奔馳而過，以為他清空道路。他來到寬闊的維利亞河邊，勒馬站在波蘭槍騎兵團附近，這個軍團便駐紮在岸邊。

「萬歲！」波蘭人也熱烈地歡呼，他們亂了隊形，只為了能看到他而互相推擠。拿破崙視察了河流，下馬坐在一棵倒在岸邊的原木上。根據一個無聲的手勢，有人遞上望遠鏡，他將望遠鏡架在飛奔而來的幸福少年侍從背上，開始觀察對岸。然後，他專心致志地看著一張攤在原木之間的地圖。他頭也不抬地說了什麼，於是兩名副官騎馬跑到波蘭槍騎兵所在之處。

「什麼？他說了什麼？」看到一名副官跑來，波蘭槍騎兵的隊伍裡響起了這個問題。

下達的命令是要找一處淺灘涉水而過。波蘭槍騎兵上校，一名五官端正的老軍人，激動得滿臉通紅、口齒不清地向副官問道，找不到淺灘是否允許他帶領槍騎兵泅渡。他顯然帶著唯恐被拒絕的心情，像男孩要求准許他騎馬，惶恐地要求准許他在皇帝面前泅渡。副官說，皇帝對這種過分的熱心想必是不會感到不滿的。

副官此言一出，蓄小鬍的老軍官神采飛揚、雙目炯炯，舉起馬刀高呼：「萬歲！」——於是他命令槍騎兵們跟隨他，用馬刺在馬腹上一撞便衝往河邊。他惡狠狠地催動畏縮的坐騎，撲通一聲跳進水裡，朝水深流急之處泅去。幾百名槍騎兵跟在他後面縱馬奔馳。在激流之中又冷又恐懼。槍騎兵們彼此抓住不放，紛紛落馬，有些馬沉沒了，有些人沉沒了，其餘人有的伏在馬鞍上，有的抓住馬鬃拚命游泳。他們奮力向前游往對岸，儘管渡口就在半俄里之外，他們感到自豪，因為他們在這條河裡泅水和沉沒是在那個人放眼所及之處，而那個人就坐在原木上，甚至未看一眼他們在做什麼。當回來的副官看準適當時機，恭請皇帝注意波蘭人對他的忠誠時，身穿灰色常禮服的矮人站了起來，他把貝爾蒂埃[17]叫到身邊，和他在岸邊走來走去，一邊發布命令，偶爾不滿地抬頭望望那些正在沉沒的槍騎兵，因為他們使他分心。

他確信，在世界各地，從非洲到莫斯科維亞[18]大草原，凡是他所到之處，都能同樣引起轟動並使人們陷入瘋狂，這已不是什麼新鮮事了。他吩咐把馬牽來，跨上馬回駐地去了。

儘管曾派船去救援，仍大約有四十個左右的槍騎兵淹死了。多數人被激流沖回岸邊。上校和幾個人過了河，艱困地爬上對岸。他們一到岸上，身上磨破的濕衣仍如溪流般淌著水。他們高呼：「萬歲！」興奮地望著拿破崙適才站立的地方，雖然他早已經不在那裡了，他們仍然感到幸福。

傍晚，拿破崙在發出兩項指令之間——一項是要求盡快將印製好的俄國偽幣運來，以便帶進俄國，另一項是槍斃一名薩克森人，在他身上截獲的一封信中發現關於法軍軍事命令的情報——他發出第三項指令，將毫無必要投入河中的波蘭上校列入以拿破崙為首的榮譽團名冊。

上帝要誰滅亡，必先使他瘋狂。[19]

---

16 科夫諾，今立陶宛考納斯。

17 貝爾蒂埃（一七五三—一八一五），法國元帥，一八一二至一八一四年任法軍總參謀長。

18 莫斯科維亞，原指莫斯科公國。

三

俄國皇帝這時在維爾納[20]已住了一個多月，進行軍事閱兵和演習。對人們預料中的戰爭仍毫無準備，皇帝是為備戰而從彼得堡來到這裡的。此時並沒有統整的作戰計畫。對提出的幾個作戰計畫應該採取哪一個始終猶豫不決，皇帝親臨總司令部一個月後，猶豫不決的情況更是變本加厲。三支軍隊[21]各有一名總司令，卻無人統帥全軍，皇帝也不願承擔重任。

皇帝住在維爾納愈久，人們對戰爭的準備便愈少，因為等開戰已經等得不耐煩了。皇上周圍的人似乎都集中為同一件事努力，就是要讓皇上輕鬆消磨時光並忘卻眼前的戰爭。

在波蘭富豪以及近臣和皇上本人多次舉辦舞會和娛樂活動之後，六月間，皇上的一名波蘭侍從官想為皇上舉辦宴會和舞會。這個想法得到所有人的歡迎。皇上表示同意。侍從官們募集了款項。一位最可能得到皇上喜愛的女人被請來擔任舞會女主人。本尼格森伯爵——維爾納省的一個地主，建議用他的郊外別墅做為活動場所，於是預定於六月十三日在本尼格森伯爵的郊外別墅札克列特舉行宴會、舞會和泛舟活動，還要施放煙火。

就在這一天，拿破崙下達了渡過涅曼河的命令，他的先遣部隊逼退哥薩克後越過俄國邊界，而亞歷山大正在本尼格森的別墅、在侍從官們舉辦的舞會上消磨這一晚。

這是一次愉快出色的娛樂活動，據內行人說，在一個地方聚集那麼多美女是罕見的，別祖霍夫伯爵夫人和俄國的其他貴夫人追隨皇上從彼得堡趕到維爾納，她出席了這次舞會，以其厚重的、所謂俄國式的美貌令嬌柔的波蘭女人黯然失色。她引起了注意，得到了與皇上共舞的榮幸。

自稱單身漢的鮑里斯．德魯別茨基獨留妻子在莫斯科，也參加了這次舞會，雖然不是侍從官，卻為舞會捐獻了大筆款項。鮑里斯如今是有錢人了，仕途上得意，不再尋求庇護，已與同齡中地位最高的那些人平起平坐。

午夜十二點，人們還在跳舞。海倫沒有合適的舞伴，主動來邀請鮑里斯跳瑪祖卡舞。他們是舞會上的第三對。鮑里斯偶爾冷漠地望望海倫從黑色繡金線連身裙裡露出的豔麗肩膀，不露聲色地時刻觀察同時在大廳裡的皇上。皇上沒有跳舞；他站在門口，不時對這些或那些人說一些只有他才會說的親切話語。

瑪祖卡舞開始時，鮑里斯看到，最受寵信的侍從官之一巴拉舍夫[22]走到皇上面前，違反宮廷的規矩站在離皇上很近的地方，他正和一名波蘭貴婦人談話。皇上和那名貴婦人談了一會兒，質疑地抬頭看了一眼，似乎明白了，巴拉舍夫這麼做必有重要的原因，便向貴婦人微微點頭，朝巴拉舍夫轉過身來。巴拉舍夫一開口，皇上便面露驚訝。他挽起巴拉舍夫的手臂穿過大廳，兩旁的人不知不覺地在他面前讓出了寬約三俄丈的通道。在皇上和巴拉舍夫經過時，鮑里斯注意到阿拉克切耶夫伯爵焦躁的神色。阿拉克切耶夫皺

---

19 原文為拉丁文。

20 維爾納，今立陶宛維爾紐斯。

21 西線第一軍團由巴克萊．德．托利統領；他做為陸軍大臣管轄下的巴格拉季翁指揮西線第二軍團；掩護西南諸省的第三軍團則由騎兵上將托爾馬索夫（一七五二—一八一九）統率。

22 巴拉舍夫（一七七〇—一八三七），一八一〇年被任命為警察總長；同年任國務委員會委員。

眉看著皇上，翕動著紅鼻子，從人群中上前一步，似乎在等候皇上垂詢。（鮑里斯想通了，阿拉克切耶夫嫉妒巴拉舍夫，一個顯然很重要的消息未透過他而直接奏聞皇上令他極為不滿。）

但是皇上和巴拉舍夫只是走了過去，未注意阿拉克切耶夫，從出口的門進入燈火通明的花園。阿拉克切耶夫手按佩劍憤恨地環顧四周，跟在他們後面走了過去，保持著約二十步的距離。

鮑里斯繼續跳著瑪祖卡舞，卻有個問題不斷折磨著他，他很想知道巴拉舍夫帶來什麼消息，該如何最先打聽出來。

在跳到需要選擇舞伴的舞步時，他低聲告訴海倫，他想挑選波托茨卡婭伯爵夫人，她好像到陽臺去了，他在鑲木地板上滑步而行，從出口的門跑進了花園，他發現皇上和巴拉舍夫正要進來到陽臺上去，便停住了腳步。皇上和巴拉舍夫朝門口走來。鮑里斯慌亂起來，彷彿來不及避讓似的，恭敬地緊靠著門框，低下了頭。

皇上以受到侮辱的激動語氣說道：

「不宣而戰，入侵俄國。留在我國土上的敵人，除非沒有武裝，否則我不會議和。」他說。鮑里斯覺得，皇上說這些話的同時，其實感到很驕傲：他很滿意自己這種表達方式，不過他不滿的是，這些話被鮑里斯聽到了。

「切勿讓任何人知道！」皇上雙眉緊鎖地加了一句。鮑里斯明白這話是對他說的，於是閉上眼微微低下頭來。皇上又走進大廳，又在舞會上待了近半個小時。

鮑里斯首先得知法軍越過涅曼河的消息，因而有機會向某些重要人物暗示，他知道許多不為人知的內幕，進而有機會在這些要人眼裡抬高自己。

法軍越過涅曼河的消息特別令人意外的是，在空等了一個月之後，竟然在舞會上得到這個消息！皇上在獲知消息的最初時刻，由於憤怒和恥辱而想到了後來成為名言的那句話，這句話他自己也很欣賞，因為充分表達了他的情緒。從舞會上回來，皇上在深夜兩點命人召來國務大臣希什科夫[23]，吩咐他起草發給部隊的命令和給薩爾蒂科夫元帥的詔書，詔書中務必包括這句話：俄國國土上，即便只有一個武裝的法國人，他也絕不議和。

第二天，致拿破崙的信件如下：

皇帝我兄：我昨日獲悉，儘管我忠實地遵守對陛下的義務，您的部隊還是越過了俄國邊界，直至現在我才從彼得堡收到有關此次入侵的照會，洛里斯東伯爵[24]在照會中通知我，自從庫拉金公爵[25]提出要自己的護照之時起，陛下就認為與我處於敵對關係。巴薩諾公爵[26]拒絕發出護照所提出的理由，絕不會使我料到，我國大使的行動竟成為軍事進攻的藉口。他的行動，正如他本人所宣稱的，並非奉我的旨意；一經得

23 希什科夫（一七五四—一八四一），海軍上將、作家、俄國科學院院士，一八一二年四月，取代斯佩蘭斯基任國務大臣，戰爭期間的上諭和告民眾書均出自他的手筆。

24 洛里斯東伯爵（一七六八—一八二八），法國政治家、軍事家和外交家，一八一一年起任駐俄大使。

25 庫拉金公爵（一七五二—一八一八），當時任俄國駐法大使，因與法方關於法軍撤出普魯士的談判失敗，要求發給他和全體使館人員護照，以便回國。

26 巴薩諾公爵（一七六三—一八三九），一八一一年起任法國外交大臣。

悉此事，我立即向庫拉金公爵表達了我的不滿，命令他照舊履行委任的職責。如果陛下不願我們的臣民因為這種誤解而流血，如果您願意從俄國領土撤出軍隊，那麼我對所發生的事件將毫不介意，我們之間是可以達成協議的。否則我將被迫對並非由我方挑起的軍事進攻發起反擊。陛下，您還有機會使人類擺脫新的戰爭災難。

亞歷山大

四

六月十三日深夜兩點，皇上召見巴拉舍夫，對他讀了寫給拿破崙的信，命令他帶上這封信，親自轉交法國皇帝。在派遣巴拉舍夫的時候，皇上再次向他重申了那句話：在俄國國土上，即便只有一個武裝的敵人，他也絕不議和，並命令他務必向拿破崙轉達這些話。皇上未在信裡這麼寫，是因為皇上以他的通權達變覺得，不宜在最後試圖爭取和解的時刻遞交這種信件；然而他命令巴拉舍夫務必當面對拿破崙說。

巴拉舍夫於六月十三日夜晚帶著一名號手和兩個哥薩克出發，黎明前來到雷康特村，抵達涅曼河此岸的法軍前哨陣地。他被法軍的幾個騎馬的哨兵攔住了。

一個身穿深紅色軍服、頭戴皮帽的法國驃騎兵軍士向策馬走近的巴拉舍夫猛喝一聲，命令他站住。巴拉舍夫沒有立即勒馬，而是繼續緩步而行。

軍士皺起眉頭，憤怒的放馬逼近巴拉舍夫，手握馬刀粗魯地喝問這名俄國將軍是不是聾了，聽不見別人的話。巴拉舍夫報出姓名和身分。軍士派出一名士兵去找軍官。

軍士不理睬巴拉舍夫，和同伴們談起軍團裡的事，正眼也不瞧眼前這名俄國將軍。

巴拉舍夫大感震驚，因為他的地位如此接近最高權力，三個小時前才和皇上談話，而且在職務上總是受到恭敬禮遇，他居然在這裡、在俄羅斯的土地上，看到一個粗人對自己的敵視以及倨傲不敬。

太陽剛從雲層中升起；清新的空氣飽含晨露。有人從村裡趕著一群牲畜走在土路上。田野間，雲雀一隻又一隻鳴叫撲騰飛起，宛如水裡冒出的氣泡。

巴拉舍夫環視四周，等軍官從村裡出來。俄國的哥薩克、號手和法國的驃騎兵們偶爾彼此互看一眼。法國驃騎兵上校看來剛起床，騎乘一匹肥壯、漂亮的灰色馬帶著兩名驃騎兵從村裡出來了。軍官、士兵和他們的馬匹都有一種得意和炫耀的神氣。

這是在戰局初期，部隊仍完好無損，簡直像閱兵似的和平活動，只是多了一種軍容整肅、威武的情調和大戰前總會有的那種興奮、進取的精神風氣。

法軍上校勉強忍住呵欠，但是很有禮貌，看來他理解巴拉舍夫身負的重要使命。他領著他從士兵們的身旁過去，來到散兵線後方，對他說，他要覲見皇帝的願望理應可立即實現，因為據他所知，皇帝的駐蹕之地就在不遠處。

他們穿過雷康特村，經過法國驃騎兵的拴馬樁以及向自己的上校敬禮並好奇地打量俄軍軍服的哨兵和士兵們，來到村子的另一頭，上校說，師長在兩公里外，他將接待巴拉舍夫，送他到指定的地點去。

太陽已經升起，陽光在碧綠的田野上愉快地閃耀著。

他們剛走過一個小酒店往山上去，只見一群騎馬的人從山腳下迎面而來，為首者騎著一匹黑馬，馬具在太陽下閃閃發光，他身材高大，頭戴一頂帶有羽飾的禮帽，黑色捲髮披散在肩上，身披紅色斗篷，兩條長腿猶如法國人騎馬那樣向前伸出。此人朝巴拉舍夫疾馳而來，在六月的燦爛陽光下，他的羽飾、寶石和衣帽上的金屬絲線熠熠生輝地閃動。

這位騎者露出矯揉造作的莊重神情，佩戴著手鐲、項鍊、羽飾和黃金飾物迎面馳來，巴拉舍夫離他僅一、兩匹馬的距離了，那個法軍上校尤利內爾恭敬地小聲說道：「那不勒斯國王[27]。」不錯，這就是如今被稱為那不勒斯王的繆拉。儘管根本無法理解，他怎麼會是那不勒斯國王，不過所有人都這麼稱呼他，他本人對此也深信不疑，因此他的神情比過去更莊重而高傲了。他是那麼相信他真的是那不勒斯國王，因而在離開那不勒斯的前夜，他和妻子在那不勒斯的街頭散步時，幾個義大利人向他高呼「國王萬歲[28]！」他面帶憂鬱的微笑轉頭對夫人說：「可憐的人們哪，他們不知道，我明天就要離開他們了！」

儘管他確信他是那不勒斯國王，為被他自身遺棄的臣民的痛苦感到遺憾，近來在他又奉命入伍之後，尤其是在但澤與拿破崙見面，那位至高無上的大舅子[29]對他說：「我封你為王，不是要你依自己的意志，而是要依我的意志進行統治。」之後，他又愉快地重操舊業了，如同一匹飽食終日，但並不太肥、可供驅使的馬似的，覺得已被套上車了，便駕駛車轅四處亂闖，盡可能打扮得既花哨又氣派，快樂又得意地在波蘭的道路上飛奔，而自己並不知道要去哪裡，要去做什麼。

一見到俄國將軍，他就像國王那樣莊重地昂起捲髮，並試探性地看了法軍上校一眼。上校恭敬地向國王陛下說明巴拉舍夫的使命，卻說不清楚他的名字。

「德巴爾馬舍夫！[30]」國王說（他果斷地解決了上校的難題），「很高興認識您，將軍。」他擺出國王寬容大度的姿態加上一句。國王一旦響亮又迅速地說起話來，王者的氣度便一掃而空，不覺顯出他所特有的隨和親暱。他把手搭在巴拉舍夫的馬脖子上。

27 繆拉於一八〇八年被封為那不勒斯國王。
28 原文為義大利文。
29 拿破崙的妹妹卡洛琳娜（一七八二—一八三九）是繆拉之妻。
30 原文為義大利文，發音有差異。

「如何，將軍，好像要打仗了。」他說，似乎因為出現了他無法判斷的局勢而感到惋惜。

「陛下，」巴拉舍夫回答道，「正如陛下所知，俄國皇帝是不希望戰爭的。」巴拉舍夫說，口口聲聲不離陛下，對聽到這個封號仍覺得新鮮的人說話，不得不裝腔作勢地頻頻以陛下相稱。

繆拉聽著巴拉舍夫先生說話的時候，臉上散發著愚蠢的洋洋得意。但帝王的稱號是有其相應的職責的。他認為，和亞歷山大的使者交談，必須以國王及盟友的身分談論國家大事。他下馬，挽起巴拉舍夫的手臂，走到在一旁恭候的侍從們的幾步之外，與他來回踱步，竭力想談談意義重大的話題。他提到從普魯士撤軍的要求是對拿破崙皇帝的侮辱，尤其是現在，這個要求已是盡人皆知的了，有損於法國的尊嚴。但巴拉舍夫說，這個要求並沒有侮辱的意味，因為……繆拉打斷了他的話：

「那麼您認為，亞歷山大皇帝不是戰爭的發動者？」他突然帶著溫和的傻笑說道。

巴拉舍夫說明道，為什麼他認為發動戰爭的是拿破崙。

「哦，我親愛的將軍，」繆拉再次打斷他，「我由衷地希望，兩位皇帝妥為處理彼此之間的問題，這場違背我的意願的戰爭能盡快結束。」他以奴僕之間談話的口氣說道，儘管主人在爭吵，奴僕希望仍舊是好朋友。接著話題一轉，問起大公，問起他的健康，問起他對於和他一起在那不勒斯度過的快樂、有趣的時光的回憶。後來他似乎想起了自己身為國王的尊嚴，莊重地挺直身軀，擺出加冕時的姿態，揮動右手說：「我不耽擱您了，將軍；祝您順利完成使命。」於是閃動紅色繡花斗篷和璀璨的珠寶，朝著在一旁恭候他的侍從們走去。

巴拉舍夫繼續往前走，根據繆拉的話，應很快就能被引見。但是他未能及時見到拿破崙，在下一個村莊，達武[31]的陸軍哨兵和前方散兵線一樣攔住他，被叫出來的軍長副官將他送往村裡的達武元帥所在之處。

五

達武是拿破崙皇帝身邊的阿拉克切耶夫——這個阿拉克切耶夫不是懦夫，但同樣勤奮、殘酷，而且只會透過殘酷來表現忠誠。

國家機構需要這種人，正如自然生態需要狼一樣，他們總是存在，總是會出現並且總能保住權位，不管他們的存在、他們和政府決策者的接近顯得多麼不合情理。只有這種必然性才足以解釋，殘酷、親自動手扯掉擲彈兵鬍子後，又由於神經衰弱不敢面對危險，既無教養又非皇親國戚的阿拉克切耶夫怎麼能在騎士般高尚、性格柔和的亞歷山大身邊獨攬大權。

巴拉舍夫是在農家一座倉房裡會見達武元帥的，他坐在木桶上處理文書工作（核對帳目）。一名副官站在他身邊。本來可以找到更好的住處，但達武元帥便是這種人，他們有意將自己置身於最陰暗的生活條件下，為的是有理由沉著臉。基於同樣的原因，他總是急迫且頑強地忙碌著。「怎麼還能想到人類生活中幸福的一面呢，你們看，我不是在這骯髒的倉房裡坐在木桶上工作嗎？」他臉上的表情如此表達。這種人主要的快樂和需求在於，一看到他人意氣風發更是明白顯現自己的陰沉、頑強。在巴拉舍夫被領進來見他的時候，達武正為自己尋得這種快樂。俄國將軍進來時，他對工作更是投入，他透過眼鏡看看巴拉舍夫在

31 達武（一七七〇—一八二三），法國元帥，曾參與拿破崙所有戰役。

美好的早晨以及與繆拉的一席談話的影響下而精神煥發的臉色，並沒有站起來，甚至動也不動，反而更是愁眉不展，再次惱怒地冷然一笑。

然而，他在巴拉舍夫的神色之間發覺，這種態度的接待讓他留下了不愉快的印象，達武便抬起頭來，冷淡地問他有什麼事。

巴拉舍夫料想，自己受到這般接待是因為達武不知道他是亞歷山大皇帝的侍從官，在拿破崙面前甚至可謂代表皇上，於是，他連忙向他介紹自己的官職和使命。和他的預期背道而馳的是，達武聽了巴拉舍夫的介紹，態度更是冷峻而粗暴。

「您的公函在哪裡？」他說，「交給我吧，我派人送去給皇帝。」

巴拉舍夫說，他奉命將公函面呈皇帝本人。

「貴國皇帝的命令是在貴國軍隊中執行的，而在這裡，」達武說，「要依我們說的辦。」

似乎為了讓這位俄國將軍更能感覺到，他是處於暴力的支配下，達武派副官找來值班軍官。

巴拉舍夫取出內有皇上信件的信封，並放在桌子上（桌子便是架在兩個木桶上的一扇門板，門板上還翹著掙脫的合葉）。達武拿起信封看了看。

「您完全有權決定是否尊重我，」巴拉舍夫說，「不過請允許我向您指出，我有幸榮任我國皇帝陛下的侍從官……」

達武默默望看著他，巴拉舍夫有些激動的窘態看來為他帶來了樂趣。

「您會得到應有的禮遇。」他說，把信封放進衣袋走出了倉房。

一會兒，元帥的副官卡斯特雷先生進來，送巴拉舍夫前往為他準備的住處。

這一天，巴拉舍夫就是待在倉房裡，和元帥坐在那兩個木桶架著的門板旁用餐。第二天，達武清早便騎馬出來，他把巴拉舍夫請去，鄭重地對他說，請他仍留在此地，因為一接到相關命令，他必須帶著行李一起行動，除卡斯特雷先生外，不得與任何人交談。

孤獨、寂寞，只覺得自己那麼卑微而處處受制於人，這種感覺由於不久前仍處於權勢顯赫的環境中而猶為敏銳。四天之後，在和元帥的行李一起隨著已占領整個地區的法軍幾經周轉之後，巴拉舍夫被帶到現今已為法軍占領的維爾納，他走進城門，四天前他正是從這個城門出去的。

第二天，御前侍從蒂雷納先生前來通知巴拉舍夫，拿破崙皇帝即將接受覲見。

馬車載著巴拉舍夫來到一座房舍前，四天前，在這座房舍附近站著普列奧布拉任斯基團的哨兵們，眼下卻站著兩個身穿敞開前胸藍軍服、頭戴皮帽的法國擲彈兵、一個由驃騎兵和槍騎兵組成的親衛隊以及豪華的隨從陣容：副官、少年侍從和將軍們，他們正等候拿破崙上朝，圍繞在臺階附近的，是一匹坐騎和他從埃及帶回的騎兵侍衛魯斯唐。拿破崙在維爾納的一棟房舍裡接見巴拉舍夫，此處正是當初亞歷山大派遣他出使的所在。

六

儘管巴拉舍夫見慣了宮廷的莊嚴，拿破崙皇帝宮廷的奢華和富麗堂皇仍令他啞然。

蒂雷納伯爵領他進接待大廳，在此等候的包括眾多將軍、宮廷高級侍從和波蘭的豪紳巨富，其中有不少人是巴拉舍夫曾在俄皇的宮廷裡見過。迪羅克[32]說，拿破崙皇帝將在散步前接見俄國將軍。

等了幾分鐘後，值班的高級侍從來到接待大廳，彬彬有禮地向巴拉舍夫點頭致意，請將軍跟他走。

巴拉舍夫走進一間小接待室，此處有一扇門通往書房，曾經，俄國皇帝便是在那個書房裡派他出使。巴拉舍夫站著等了一、兩分鐘。門後傳來急促的腳步聲。兩扇門接著迅速打開了，開門的高級侍從恭敬地站著等候，一片寂靜，書房裡響起另一人堅定、果斷的腳步聲：這是拿破崙。他剛為騎馬出遊打扮就緒。他身穿敞胸的藍色制服，裡面的白坎肩落在圓滾滾的肚腹上，白色駝鹿皮褲緊裹著短而肥壯的大腿，腳蹬長靴。一頭短髮看來剛梳理過，但有一綹頭髮落在他寬寬的前額中間。白胖的脖子明顯地從制服的黑領露了出來；身上散發著香水的氣味。在他下巴突出的年輕、豐腴臉上，自有一種帝王的莊嚴和慈祥的神色。

他出來接受覲見，每走一步便很快地抖動著身子，頭微微後仰。整個矮小發胖的身軀、又寬又厚的肩膀和無意中前突的腹部和胸脯都顯得器宇軒昂、威儀凜然，那是養尊處優的四十歲男人所具有的儀表。此外可以看出，這一天他心情極佳。

他點頭向深深鞠躬致敬的巴拉舍夫表示答禮，一來到他面前，便談起話來，好像他珍惜著自己的每一分鐘而不屑於咬文嚼字，自信於自己的話永遠是切中要點又恰到好處。

「您好，將軍！」他說，「您帶來的亞歷山大皇帝的來信我收到了，很高興能見到您。」他抬起大眼朝巴拉舍夫看了看，立刻移開目光望著前方。

顯然，他對巴拉舍夫這個人一點也不感興趣，能引起他興趣的唯有他內心的一切。對他來說，身外的一切是徒具意義的，因為他覺得，世界上的一切都完全取決於他的意志。

「我現在和過去都不希望戰爭，」他說，「我現在（說到這個詞他加重了語氣）也願意聽取您做出的任何解釋。」於是他簡單明瞭地陳述了他對俄國政府感到不滿的種種原因。

從法國皇帝說話時從容、平靜且友好的語氣來看，巴拉舍夫確信，他是希望和平並願意進行談判的。

「陛下，我國皇帝。」當拿破崙把話說完，以詢問的目光看了看俄國使臣時，巴拉舍夫便開始說道，他這番話早先便已準備好；可是法國皇帝凝神注視的目光令他惶惶不安。「您別慌，沉住氣。」拿破崙似乎在說，他帶著難以覺察的微笑打量巴拉舍夫的制服和佩劍。巴拉舍夫沉靜了下來，並再次開口。他說，亞歷山大皇帝認為，庫拉金公爵索要護照不是開戰的充分理由，而且庫拉金的作法是一意孤行，並未得到皇上的諭旨，亞歷山大皇帝不希望戰爭，和英國也沒有任何關係。

「還說沒有。」拿破崙插了一句，又似乎不願向自己的情緒讓步，略微點了點頭，向巴拉舍夫示意，他可以繼續說下去。

在傳達了奉命要說的話之後，巴拉舍夫說，亞歷山大皇帝希望和平，但和談的條件是……這時巴拉舍

32 迪羅克（一七七二—一八一三），拿破崙的首席副官，後任法國宮廷大臣。

夫猶豫了，他記起亞歷山大皇帝在信裡沒有寫，但命令務必要寫進給薩爾蒂科夫的詔書裡，並由巴拉舍夫向拿破崙轉達的那句話。巴拉舍夫記得那句話是：「在俄國的國土上，沒有一個武裝的敵人。」但是某種複雜的思緒妨礙了他。他很想說出這句話，卻未能說出口。他猶豫了，只說：「條件是法軍撤回涅曼河對岸。」

拿破崙發覺巴拉舍夫在說最後這句話時的不安；他的面部抽搐了一下，左腿小腿開始有節奏地抖動起來。他原地不動，只是說話的聲音比剛才更高、更急促了。在他說話之際，巴拉舍夫不止一次垂下眼，不由自主地注意到拿破崙的左小腿在抖動，而且他愈是提高嗓門，抖動得愈是厲害。

「我企盼和平不亞於亞歷山大皇帝，」他開始說道，「十八個月來，我不是在為爭取和平而竭盡所能嗎？十八個月來，我一直在等待解釋。可是為了和談，你們向我提出的要求是什麼？」他說，他雙眉緊鎖，以他那白皙虛胖的手做了一個強有力的詢問手勢。

「將軍隊撤回涅曼河對岸，陛下。」巴拉舍夫說。

「涅曼河對岸？」拿破崙反問道，「這麼說，現在你們的要求是撤回涅曼河對岸——只是撤回涅曼河對岸？」拿破崙直視巴拉舍夫反問道。

巴拉舍夫恭謹地低下頭。

四個月之前的要求是撤出波美拉尼亞，而現在只要求撤回涅曼河對岸。拿破崙迅速地轉過身來，開始在房裡踱步。

「您是說，為了展開談判，希望我撤回涅曼河對岸？然而兩個月前，您也曾如此要求我撤回奧得河和維斯瓦河對岸。無論如何，你們是同意議和對吧。」

他默默地從房間的一角走到了另一個角落，又停在巴拉舍夫面前。他的臉色冷峻得像石頭一樣，左腿抖動得更明顯了。拿破崙知道他左小腿在抖動。「我左小腿抖動是一種偉大的象徵。」他後來曾如此解釋[33]。

「撤離奧得河以及維斯瓦河之類的建議可以向巴登親王提出，不必來找我。」拿破崙出乎意料，猛地嚷道，「你們就算給我彼得堡和莫斯科，我也不會接受這樣的條件。您說，是我發動戰爭？那麼是誰先來到軍隊中的？——是亞歷山大皇帝，不是我。你們向我提出議和是在我耗費了數百萬軍費之後，是在你們和英國已經結盟而你們的處境堪憂的時候——你們向我提出議和！你們和英國結盟目的何在？英國給了你們什麼好處？」他說話飛快，顯然，此刻他的談話已經不是要說明締結和約的好處以及議和的可能性，只是要證明自己的正確和強大，並證明亞歷山大是毫無道理、大錯特錯的。

雖然他一開始談話的目的是要表示自己處於有利地位，但他仍願意議和。不過，既然他已經開了頭，就愈難控制自己的言談。

他談話的內容唯有一個目的，那就是要抬高自己，貶低亞歷山大，然而這正是他在會晤之初最不想造成的。

「據說，你們和土耳其人簽訂了和約[34]？」

巴拉舍夫低下頭，以示肯定。

---

33 指拿破崙在聖赫勒拿島與拉斯卡斯的談話。托爾斯泰曾說，拿破崙直到晚年都「喜歡扮演偉人，儘管他自己也明白扮得不成功」。

34 俄國和土耳其經過一八〇六至一八一二年的長期戰爭，於一八一二年五月簽訂〈布加勒斯特和約〉。根據和約，格魯吉亞西部和比薩拉比亞併入俄國，摩爾達維亞（莫爾達瓦）和瓦拉幾亞仍屬於土耳其。

「和約是簽訂了……」他開始說道。可惜拿破崙不讓他說下去。看來他只想自己一個人說話，他像是被嬌縱慣了的人，繼續用那種花言巧語、肆意洩憤的口吻說下去。

「是的，我知道，你們和土耳其人簽訂了和約，卻沒有得到摩爾達維亞和瓦拉幾亞。然而，我是會把這些省分交給貴國皇帝的，正如我曾把芬蘭給了他。是的，」他接著說，「我會答應，而且一定做到，摩爾達維亞和瓦拉幾亞交給亞歷山大皇帝，但是現在，他不可能得到這些極好的省分了。不過，他本來大可將這兩省併入帝國版圖，在他這個朝代把俄國的疆域從波的尼亞灣擴展到多瑙河口。偉大的葉卡捷琳娜女皇所能做到的也不過如此。」拿破崙說，他愈來愈興奮，在房裡來回走動，將他在蒂爾西特曾對亞歷山大本人說過的話幾乎對巴拉舍夫重複了一遍。「這一切都有賴於我的友誼……噢，多麼美好的朝代，多麼美好的朝代！」他反覆說了好幾遍，停下來從口袋裡取出金質鼻菸壺，猛嗅了一陣。

「亞歷山大皇朝本來可以是多麼美好的朝代啊！」

他惋惜地朝巴拉舍夫看了看，巴拉舍夫剛想說什麼，他又急忙打斷他。

「他希望得到並努力追求的事物，有什麼是我的友誼不能提供的呢？」拿破崙困惑地聳肩說，「不，他認為置身於我的敵人之間更好，他延攬施泰因[35]、阿姆菲爾特[36]、溫岑格羅德[37]、本尼格森之流。那是一些什麼人呢？施泰因是被國家驅逐的叛徒，阿姆菲爾特是好色之徒和陰謀家，溫岑格羅德是法國的逃亡者，本尼格森比其他人略具軍人氣質，但畢竟是無能之輩，他在一八〇七年毫無建樹，至多引起亞歷山大皇帝恐懼的回憶[38]……假如他們是可用之材，那倒不妨加以任用，」他接著說道，他的話語勉強跟得上他的想法，他急於表達他的正確和強大（在他看來，兩者是同一概念），「然而這也談不上：無論戰爭還是建構和平，他們都無能為力。據說，巴克萊[39]比他們更有才幹，可是我看未必，只要看看他最一開始的作為就知道了。他們都在做什麼呢？這些近臣到底都在做什麼啊！普富爾[40]提出建議，阿姆菲爾特加以反駁，本尼格森考慮中，而負責行動的巴克萊卻無所適從，時間就這麼溜走了。只有巴格拉季翁是個軍人。他雖笨，但至少有經驗、有眼光、有決斷力……貴國年輕的皇上在這群庸人之間能有什麼影響？他們敗壞他的名聲，把所有責任推諉於他。皇上只有在身為統帥時才應該親臨軍中。」他說，顯然，這些話等於是直接向皇上挑戰。拿破崙知道，亞歷山大皇帝多麼想當統帥。

「戰役開始只有一個星期，你們連維爾納也未能守住。你們被切割為二[41]並被逐出波蘭各省。你們的軍隊怨聲載道……」

「正好相反，陛下，」巴拉舍夫說，他勉強能記住對他所說的話，艱難地追隨眼前口若懸河的誇誇其談，「部隊的士氣……」

「我全都知道，」拿破崙打斷了他，「我全都知道，我就像對自己的部隊一樣，精準地知道貴軍有多

---

35 施泰因（一七五七—一八三一），一八〇七至一八〇八年任普魯士首相，實行資產階級改革。一八〇八年，由於拿破崙的堅決要求而被解職。一八一二年五月，受到亞歷山大一世的延攬。

36 阿姆菲爾特（一七五七—一八一四），瑞典將軍和政治家。一八一〇年，離職並加入俄國國籍，成為亞歷山大一世的親信，主張俄國和瑞典結盟。

37 溫岑格羅德，俄國和奧地利軍事家，一七九七年起，在俄軍服役，一八〇九年，曾參加奧地利和法國的戰爭。

38 一八〇七年，本尼格森所指揮的一個軍在弗里德蘭附近為法軍擊潰。

39 巴克萊（一七六一—一八一八），俄國的蘇格蘭籍將軍，一八一〇至一八一三年任俄國陸軍大臣。

40 耶拿之戰失敗後離開普魯士，在俄軍中服役。一八一二年，奉亞歷山大一世之命擬定最初的反拿破崙軍事行動計畫。

41 西線第一軍團和第二軍團被切斷。撤退到斯摩稜斯克後會師。

少個營。貴軍不到二十萬，而我軍三倍於此。對您說句實話，」拿破崙說，他忘了，這種實話是不可能有任何意義的，「對您說句實話，在維斯瓦河這一邊我軍有五十三萬之眾。土耳其人幫不了你們：他們一無是處，與你們議和便證明了這一點。瑞典人，他們的宿命是由發瘋的國王統治。他們的國王是瘋子；他們廢黜了他，另立新君——貝納多特[42]，他馬上就瘋了，因為身為瑞典人，唯有瘋子才會與俄國結盟。」拿破崙惡狠狠地冷笑一聲，又把鼻菸壺塞到鼻子底下。

對拿破崙的每句話，巴拉舍夫都想反駁，而且有反駁的理由；他不斷做出想要說話的手勢，可是拿破崙不容他開口。比如，關於瑞典人發瘋的問題，巴拉舍夫想說，俄國是在瑞典孤立無援的時候提供支持的；可是，拿破崙竟怒吼了起來，為的是壓制他的聲音。拿破崙十分懊惱，他需要不停地說下去、說下去，只是要自己來證明自己的正確。巴拉舍夫感到為難：身為使臣，他很怕喪失尊嚴，覺得必須有所反駁，可是身為一個人，面對無緣無故發火且忘乎所以的狀態，他在精神上感到壓抑，顯然，拿破崙正處於這種忘乎所以的狀態裡。他知道，拿破崙現在所說的話是沒有意義的，等他醒悟過來，自己便會感到羞愧。巴拉舍夫站在那裡，垂下眼看著拿破崙抖動的粗腿，並竭力迴避他的目光。

「對我來說，你們這些盟友算得了什麼？」拿破崙說，「我的盟友是波蘭人：他們有八萬，戰爭時像雄獅一樣。而且他們的人數將達到二十萬。」

想必他是更加懊惱了，因為他說的淨是謊言，巴拉舍夫站在他面前，仍然一副聽天由命的姿態，默然無語，他陡地轉過身來，直走到巴拉舍夫面前，一雙白手做著有力而迅疾的手勢，幾乎是叫嚷起來：

「你們要知道，如果你們挑動普魯士來反對我，你們要知道，我必定將普魯士從歐洲地圖上抹掉。」他面色蒼白，惱怒導致他面目扭曲，他的一隻小手以有力的手勢在另一隻小手上猛地一擊說道，「是的，我要把你們趕過德維納河、趕過第聶伯河，重建對付你們的屏障[43]，背信棄義和愚昧的歐洲居然允許將波蘭摧毀。是的，這就是你們的處境，這就是你們疏遠我的結果。」他說，在房裡默默地來回走了幾趟，厚實的肩膀不斷地顫抖。他把鼻菸壺放進背心口袋，又拿了出來，幾次放在鼻子底下，終於在巴拉舍夫的對面站住，他沉默半晌，嘲笑地直視巴拉舍夫，又低聲說：「其實貴國皇上本來可以有一個多麼美好的朝代啊！」

巴拉舍夫覺得有必要反駁，他說，俄國的情況並不如此灰暗。拿破崙沉默著，仍然嘲笑地看著他，顯然聽不進去。巴拉舍夫說，俄國對戰爭抱有一切美好的期待。拿破崙寬容地點了點頭，猶如在說：「我知道，這麼說是您的職責，但是您自己並不相信，您已經被我說服了。」

巴拉舍夫說完後，拿破崙又拿出鼻菸壺，嗅了嗅，單腳在地板上跺了兩下，這是一個信號。門開了；彎著腰的侍從恭敬地把帽子和手套遞給皇帝，另一名侍從遞上手絹。拿破崙不看他們，轉向巴拉舍夫。

「請以我的名義向亞歷山大皇帝保證，」他拿了帽子說，「我對他的忠誠一如既往：我了解他，對他崇高的品格有很高的評價。我不再耽擱您了，將軍，您將收到我給貴國皇上的書信。」於是拿破崙快步朝門口走去。接待廳裡的人一擁而上，隨之下樓。

42 貝納多特（一七六三—一八四四），法國元帥，一八一〇年，被瑞典議會選為年老無嗣的國王查理十三世的王位繼承人，他做為實際上的決策者，奉行親英、親俄政策，一八一二年，與俄國簽訂同盟條約。

43 屏障指波蘭。十八世紀的最後三十餘年，波蘭曾三度被俄國、普魯士和奧地利瓜分。最後兩次瓜分（一七九三年、一七九五年）則是為了鞏固反法同盟。

七

聽了拿破崙對他所說的那些話，以及他在幾次勃然大怒之後又冷淡地說：「我不再耽擱您了，將軍，您將收到我給貴國皇上的書信。」巴拉舍夫確信，拿破崙不僅不希望再見到他，而且會設法避而不見，因為這位使臣受到他的侮辱，重要的是，見證了他那不成體統的激烈語腔調。但是令巴拉舍夫驚訝的是，當天便接到迪羅克前來轉達與皇帝同桌進餐的邀請。

午餐桌上有貝西埃爾[44]、科蘭古和貝爾蒂埃。

拿破崙神情愉悅且親切地迎接巴拉舍夫。他非但沒有因為上午的暴怒而表現得愧疚和自責，甚至鼓勵巴拉舍夫振作起來。看得出來，拿破崙早就深信，自己是不可能犯錯的，在他的想法裡，他的所作所為都是好的，並不是因為符合好壞的觀念，而是因為那是他的作為。

皇帝在騎馬遊覽維爾納之後心情愉快，維爾納的民眾熱烈歡迎他。他所經過的街道，兩旁所有窗戶都展示著花毯、旗幟以及由他的姓名起首字母所組成的花字。波蘭女人還向他揮舞手絹表示歡迎。

進餐時，他讓巴拉舍夫坐在身邊，他不但態度親切，而且似乎將巴拉舍夫視為近臣，視為擁護他的計畫並為他的勝利而高興的人物。談話中，他提到莫斯科，並向巴拉舍夫問起俄國首都的情況，不只是像好奇的旅者為了遊覽而打聽新景點，他似乎還深信，巴拉舍夫身為俄國人，會因為他對莫斯科深感好奇而得意。

「莫斯科有多少居民，多少房屋？莫斯科被稱為聖城莫斯科，是嗎？莫斯科有多少教堂？」他問。

回答是有兩百多座教堂。他又問：

「為什麼要那麼多教堂呢？」

「俄國人是篤信上帝的。」巴拉舍夫回答道。

「不過，大量修道院和教堂向來是民眾落後的指標。」拿破崙說，他回頭望著科蘭古，想聽聽他對這一判斷的評說。

巴拉舍夫恭敬地向法國皇帝表示異議。

「每個國家各有習俗。」他說。

「可是在歐洲任何一處，都不見這種現象。」拿破崙說。

「請陛下原諒，」巴拉舍夫說，「除了俄國，還有西班牙，那裡也有很多教堂和修道院。」

巴拉舍夫這個回答暗示法國人不久前在西班牙所遭到的失敗，據巴拉舍夫的說法，這個回答往後在亞歷山大皇帝的宮廷獲得極高的評價，而現在，在拿破崙的餐桌上並未引起重視，無聲無息地過去了。

元帥們冷漠和困惑的臉色再再說明，他們全然不解，巴拉舍夫語調中所暗示的那種詼諧，究竟有何詼諧之處。「如果真的詼諧。那就是我們沒有聽懂，或者只是一句平淡無奇的俏皮話。」元帥們的表情如此傳達。這個回答那麼不受重視，以致拿破崙甚至沒有注意到，還天真地問巴拉舍夫，從這裡通往莫斯科的直路要經過哪些城市。在餐桌上一直保持警覺的巴拉舍夫回答道，俗話說，條條大路通羅馬，同樣，所有

---

44 貝西埃爾（一七六八—一八一三），法國元帥。拿破崙的親信。一八一二年，指揮近衛軍騎兵。

的大路都通往莫斯科，道路很多，在這些各不相同的道路中，有一條是查理十二世所選擇、通往波爾塔瓦的那條路[45]，巴拉舍夫說到這裡，不由得為這句巧妙的回答得意得臉都紅了。巴拉舍夫還來不及說完有關「波爾塔瓦」的話，科蘭古便談起自彼得堡到莫斯科的路多麼崎嶇難行以及對彼得堡的回憶。

餐後，所有人到拿破崙的書房享用咖啡，四天前，那還是亞歷山大皇帝的書房。拿破崙坐下，輕輕攪動塞夫爾[46]瓷杯裡的咖啡，對巴拉舍夫指指身旁的一把椅子。

人會有那種所謂的進餐後的心情，這種心情遠比任何時刻更令人心滿意足，進而視所有人為朋友。拿破崙當時的心情正是如此。他覺得自己置身於崇拜他的人們之間。他深信，巴拉舍夫在與他共進午餐後也成為他的朋友和崇拜者。拿破崙露出愉快而略帶譏笑意味的微笑轉向巴拉舍夫。

「聽說，這就是亞歷山大皇帝曾住過的房間。真巧，不是嗎，將軍？」他說。看來他毫不懷疑，這麼說不會令對方感到不快，因為這句話說明他拿破崙勝過亞歷山大。

巴拉舍夫無言以對，默然低下頭。

「是的，四天前，溫岑格羅德和施泰因便曾在這個房間商談。」拿破崙說道，帶著同樣的譏笑以及自信。「有一點我無法理解，」他說，「那就是亞歷山大皇帝網羅了我個人所有仇敵。這一點我……無法理解。他沒有想過，我會以牙還牙嗎？」他向巴拉舍夫問道，這方面的回憶再次將他推上上午憤怒的軌跡，這軌跡仍記憶猶新。

「那就讓他知道，我是會以牙還牙的，」拿破崙推開瓷杯，站起來說道，「我要驅逐他德國的所有親人，還有符騰堡、巴登、魏瑪的[47]……是的，我要驅逐他們。請他在俄國為他們準備避難所吧！」

巴拉舍夫低下頭，以此表示希望告辭，他之所以還在聽，只是因為他想聽一聽別人對他說些什麼。拿破崙未發覺他的表情；他並非將巴拉舍夫視為敵人的使臣，而是覺得，這個人如今完全忠於他，對故主受到凌辱一定會感到慶幸。

「為什麼亞歷山大皇帝要領導軍隊？這是為什麼？戰爭是我的職責，而他的職責是治理國家，不是指揮軍隊。為什麼他要承擔這樣的責任？」

拿破崙再次拿起鼻菸壺，在房裡默默地來回踱步，突然，他出人意料地來到巴拉舍夫面前，面帶微笑，彷彿要做一件不僅重要，而且讓巴拉舍夫高興的事。他自信、迅捷又自然地面對那位四十歲的俄國將軍，並抬起手來，捏住他的耳朵輕輕地拉了一下，只翕動雙唇微微一笑。

被皇帝揪耳朵在法國宮廷是莫大的光榮和恩寵。

「哎，您怎麼不說話呢，亞歷山大皇帝的崇拜者和近臣？」他說，彷彿他在場時，眼前站著的，竟是別人的而不是他拿破崙的近臣和崇拜者，那是很可笑的。

「馬匹為將軍準備好了嗎？」他問，並微微點頭以做為對巴拉舍夫的鞠躬回禮。

「把我的馬給他，他要走很遠的路……」

巴拉舍夫所帶回的，是拿破崙給亞歷山大的最後一封信。俄國皇帝得悉談話的詳情細節，於是戰爭開打了。

45 瑞典國王曾試圖經烏克蘭進軍莫斯科，一七〇九年，在波爾塔瓦被打敗。
46 塞夫爾，巴黎附近的一個城市，出產瓷器。
47 亞歷山大的母親是符騰堡郡主，妻子是巴登侯爵的女兒，姊姊瑪麗亞是薩克森魏瑪公爵的妻子。

八

在莫斯科和皮埃爾見面後，安德烈公爵出發前往彼得堡，他對家人說，有事要處理，其實是去找阿納托利．庫拉金公爵，他認為必須找到這個人。他到彼得堡後才得知，阿納托利已不在那裡。皮埃爾告知大舅子，安德烈公爵去找他了。阿納托利．庫拉金立即接受陸軍大臣的任命，前往摩爾達維亞軍團。就在這時，安德烈公爵在彼得堡見到一直對他頗有好感的老上司庫圖佐夫，庫圖佐夫建議他一同前往摩爾達維亞軍團，老將軍被任命為該軍團總司令[48]。安德烈公爵獲得在參謀部供職的任命後，便動身前往土耳其了。

安德烈公爵認為，寫信給阿納托利要求決鬥是不妥的。要求決鬥卻不提出理由，安德烈公爵認為，此舉會破壞羅斯托夫伯爵小姐的聲譽，因此他正尋找和阿納托利見面的機會，企圖在見面時找到決鬥的理由。但是，他在土耳其的部隊裡也未能見到阿納托利，他在安德烈公爵來到土耳其部隊後不久便回俄國了。在異國和新環境中，安德烈公爵的生活比較輕鬆。未婚妻變心之後，他愈是努力向所有人掩飾自己所受到的影響，這個變故對他的打擊愈是沉重。對他來說，他曾經感到幸福的生活環境是難以忍受的，而他原來所珍惜的自由和獨立更使他苦惱不堪。他不再重溫當初在奧斯特利茨戰場上仰望天空時，第一次出現的那些想法了，他曾樂於和皮埃爾深入探討，那些想法也曾充實他在鮑古恰羅沃以及後來在瑞士和羅馬的孤獨生活，不僅如此，他甚至不敢回憶那些展現無限光明遠景的想法。他感興趣的，唯有眼前與往事無關的實際事務，他愈是把往事深埋心底，愈是貪婪地抓住眼前事物。彷彿他曾仰望的那無限的、遙遠的天穹，驀地變成低矮、局限、令他感到壓抑的穹隆，而沒有任何永恆和神祕可言。

在他所經歷的各種行動中，服軍役是最簡單也是他最熟悉的。在庫圖佐夫的司令部任值班軍官期間，他頑強又熱心地投入工作，他對工作的熱中和盡職盡責精神令庫圖佐夫大感驚訝。安德烈公爵在土耳其沒有找到阿納托利，也認為不必再趕回俄國找他了；儘管如此，他知道，不論再過多久，一旦遇見阿納托利，他便會按捺不住，儘管他鄙視這個人，儘管他有充分的理由認為，不值得降低身分和這種人有所衝突，然而他知道，只要遇見阿納托利，他不可能不要求決鬥，正如一個餓漢不可能不撲向食物。他裝出一副忙碌的樣子、有點兒愛慕虛榮的樣子，故意造成心情平靜的假象，而事實上受到侮辱而未能報仇的洩憤意識對這種表面的平靜乃是莫大的衝擊。

一八一二年，和拿破崙開戰的消息傳到布加勒斯特時（庫圖佐夫在此住了兩個月，日夜和瓦拉幾亞女人私混），安德烈公爵請求庫圖佐夫將他調往西線軍團。庫圖佐夫對安德烈的勤奮已感到厭煩，因為這種勤奮不啻是責備他無所事事。庫圖佐夫很樂意讓他走，於是委派他到巴克萊·德·托利身邊任職。

在前往五月駐紮在德里薩營地[49]的部隊之前，安德烈公爵順路去了童山。他正好途經童山，此處離斯摩棱斯克大道三俄里。近三年來，安德烈公爵的生活中有過太多變故、太多的思緒、感悟和見聞（他走遍了西方和東方），所以當他在駛入童山，發現一切直至枝微末節都依然如故的時候，使他大感意外、驚奇

---

48 庫圖佐夫於一八一一年被任命為多瑙河軍團總司令，司令部在土耳其境內。

49 德里薩營地是德里薩城下的防禦陣地，在西德維納河左岸。按照普富爾的計畫，巴克萊·德·托利可以憑藉這個陣地阻擋拿破崙部隊，巴格拉季翁的軍團便可攻擊敵軍側翼。普富爾沒有估計到俄軍被各個擊破的可能。托爾斯泰在諸多段落中強調，西線第一和第二軍團各自為戰的致命弱點。

不已。他駛入童山的林蔭道和石門，彷彿走進中了魔法的酣睡城堡。在這座邸宅裡，依然那麼肅穆、乾淨、寂靜，依舊是那些家具、牆壁、聲音、氣味和人們，只是略顯蒼老。瑪麗亞公爵小姐還是那個羞怯、難看、年華老去的女人，在恐懼和精神痛苦中，毫無裨益、毫無樂趣地虛度光陰。布里安娜還是快樂地利用生活的每一分鐘，充滿自我陶醉的憧憬，心滿意足且賣弄風情。安德烈公爵覺得，她更有自信了。他從瑞士帶來的家庭教師德薩爾穿著俄國常禮服，正以生硬的俄語和僕人們說話，不過他還是那個智力有限、有學問、有德行且書呆子氣十足的教師。老公爵在生理上只有一個變化，就是嘴裡少了一顆牙齒；精神上，他一如往常，只是對世界上所發生的一切都抱著更憎惡、更懷疑其真實性的態度。唯有尼科連卡長大了、變了，臉色紅撲撲的，長著一頭深色捲髮，他不知道，在他笑的時候，好看的小嘴會翹起上嘴唇，和已故的小公爵夫人一模一樣。在這座中了魔法的酣睡城堡裡，只有他一人打破一成不變的規則。不過，雖然從表面上看一切依舊，可是自從安德烈公爵離開他們以後，這些人之間的關係卻發生了變化。家庭成員分成兩個陣線，彼此格格不入，而且懷有敵意，此刻在他身邊相聚在一起，只是為了他而改變日常的生活方式。老公爵、布里安娜小姐和建築師屬於一個陣線，屬於另一個陣線的則是瑪麗亞公爵小姐、德薩爾、尼科連卡以及所有的保母和奶媽。

他在童山期間，全家人同桌吃飯，可是彼此之間顯得尷尬，於是安德烈公爵覺得，他像是受到破格接待的客人，他的在座使所有人不自在。在第一天共進午餐時，安德烈公爵就不由得有了這種感覺，因而沉默寡言，老公爵發覺他神情不自然，也就陰沉著臉默然無語，且餐後立即回房間去了。傍晚時，安德烈公爵來見他，為了鼓勵他便說起小卡緬斯基伯爵[50]所指揮的戰役，老公爵卻出人意料地談起瑪麗亞公爵小姐，指責她迷信、指責她不喜歡布里安娜小姐，而後者，用他的話來說，是唯一真心待他的。

老公爵說，如果說他有病，那就是因為瑪麗亞公爵小姐；他批評她故意折磨和刺激他；說她的嬌慣和蠢話導致小尼科連卡公爵變壞了。老公爵很清楚，是他在折磨女兒，他知道她的日子很難過，也知道他不可能不折磨她，還說這是她活該。「為什麼安德烈公爵看到這一切，即便在我面前，也對妹妹一字不提呢？」老公爵心想，「他是怎麼想的？認為我是個惡人或老糊塗，無緣無故地疏遠女兒而去親近那個法國女人？他不理解，所以我必須向他解釋，鉅細靡遺地告訴他。」老公爵暗忖。於是他解釋，是什麼原因使他無法忍受女兒不可理喻的性格。

「既然您問我，」安德烈公爵目光迴避父親說道（他生平第一次指摘父親），「我本來是不想提的；可是既然您問我，我就坦率地對您說說我對這一切的看法。要是在您和瑪麗亞之間有什麼誤解和分歧，我是絕不會怪罪她的——我知道，她是多麼愛您、尊敬您。」安德烈公爵激動說道，最近他很容易激動，「我能說的只有一件事：如果有什麼誤解，那麼原因一定是那個微不足道的女人，她不該是妹妹的女友。」

起初老人目不轉睛地盯著兒子，他的微笑不自然地露出新近掉牙留下的缺口，安德烈公爵仍不大習慣看到這個缺口。

「什麼女友啊，親愛的？你們針對這件事談過了吧？」

「爸爸，我不想當和事佬，」安德烈公爵語調生硬且氣憤說道，「但是您要我說，我就說了，而且我一直認為，瑪麗亞沒有錯，有錯的是……有錯的是那個法國女人……」

---

50 小卡緬斯基伯爵（一七七六—一八一一），俄國卡緬斯基伯爵的幼子，在庫圖佐夫之前任多瑙河軍團總司令，在他的指揮下攻占了土耳其軍隊一系列重要據點。

「你已經判決了！判決了！」老人低聲說，安德烈公爵覺得，他好像還有些尷尬，但接著他猛地跳起來嚷道：「滾！滾！我不想再見到你！」

安德烈公爵很想馬上離開，但瑪麗亞公爵小姐懇求他再多留一天。這一天，安德烈公爵沒有和父親見面，父親閉門不出，除了布里安娜小姐和吉洪，不讓任何人進去見他，有幾次他曾問到兒子離開了沒。第二天，安德烈公爵臨行前到兒子的住處去。健康的、像母親一樣一頭捲髮的孩子坐到他的膝上。安德烈公爵說《藍鬍子》[51]的故事給他聽，可是還沒有說完便陷入沉思。他把兒子抱在膝上時，他心裡想的，不是這個漂亮的男孩，而是想他自己。他惶恐地在心裡尋找，不但找不到因激怒父親而後悔的感情，也找不到因為即將離開他（在生平第一次鬧僵之後）而嘆惜的心情。對他來說，最重要的是，他想尋找卻找不到過去對兒子的那份溫情，他愛撫孩子、讓他坐在膝上，正是希望喚起那份親情。

「哎，你再說下去嘛。」兒子說。安德烈公爵沒有搭理他，把他放下膝蓋，從房裡出去了。

安德烈公爵一放下日常事務，走進他幸福時刻所處的往日生活環境，便勾起了生活中原有的強烈煩惱，他急於遠離這些回憶，急於找些事填滿。

「你要走了嗎，安德烈？」妹妹問他。

「謝天謝地，我總算可以走了，」安德烈公爵說，「很可惜，妳卻走不了。」

「你怎能這麼說呢！」瑪麗亞公爵小姐說，「現在，在你即將投入這場可怕戰爭、而他如此衰老之際，你怎能這麼說呢！布里安娜小姐說，他問起你……」她一提起這個話題，嘴唇便顫抖了起來，潸然淚下。安德烈公爵轉過身去，開始在房裡踱步。

「啊，天哪！天哪！」他說，「妳會怎麼想呢，一件事、一個人——一個微不足道的人便能成為人們不幸的原因！」他惡狠狠地說，那憤恨的神情使瑪麗亞公爵小姐感到震驚。

她理解，在說到他所謂的微不足道的人時，不僅是指造成她的不幸的布里安娜小姐，也是指那個毀了他的幸福的人。

「安德烈，我有一個要求，我懇求你，」她碰碰他的手臂說，一雙閃著淚光的眼睛望著他。「我理解你（瑪麗亞公爵小姐垂下眼）。你不要以為，痛苦是人造成的。人是上帝的工具。」她從安德烈公爵上方的稍高處望了過去，那是信賴的、習慣性的目光，人們就是以這樣的目光望著聖像所在的那個熟悉地方。「使人受苦的是祂，而不是人。人是祂的工具，人是沒有過錯的。如果你覺得，某人對你有錯，你要忘掉這些，並寬恕他。我們沒有權利懲罰別人。由此，你便能領悟寬恕給予你的幸福。」

「如果我是女人，我會這麼做，瑪麗亞。這是女人的美德。但是男人不該也不可能忘記並寬恕。」他說，於是未曾發洩的憤恨陡地湧上心頭，儘管在此刻之前他並沒有想過阿納托利。「既然瑪麗亞公爵小姐已經勸我寬恕了，這就意味著，我早該對他進行懲罰了。」他想，他不再理會瑪麗亞公爵小姐，此時此刻，他想起一旦遇見阿納托利時，那個激動的、報仇雪恨的時刻，此人現在（他知道）在軍隊中。

瑪麗亞公爵小姐懇求哥哥再等一天，她說她知道，如果安德烈不同父親和解就離去，他會多麼傷心；安德烈公爵只是回答說，他或許很快就會再回來，還說他一定會寫信給父親，現在，在家裡待得愈久，愈是會加劇彼此間的不和。

51《藍鬍子》的作者是法國詩人和批評家佩羅（一六二八—一七〇三）。

「再見吧，安德烈！記住啊，不幸來自上帝，永遠不會是由於人的過錯。」這是他向妹妹告別時，聽到她說的最後幾句話。

「一定會這樣！」安德烈公爵在駛離童山老宅的林蔭道時想道，「她這個可憐、純真的人，只能忍受昏聵老頭的折磨。老頭意識到是他不對，就是無法改變自己。我的小男孩在成長，快樂地生活，在這種生活中，他會變得和所有人一樣，被別人欺騙或欺騙別人。我現在到部隊去，到底是為了什麼？——自己也不知道，可是，我希望見到我所鄙視的那個人，為了讓他有機會打死我並嘲笑我！」安德烈從小便生活在這樣的環境下，但至少一切顯得和諧，而如今，一切已分崩離析。只有一些毫無意義的假象，一個接一個毫無聯繫地出現在安德烈公爵的想像中。

九

安德烈公爵於六月底抵達軍團司令部。皇上所在的第一軍團部隊駐紮在德里薩河邊、築有防禦工事的軍營；第二軍團的部隊正在撤退，並力圖和第一軍團會合，聽說他們和第一軍團的聯繫為法軍的大部隊切斷。俄軍對戰事的整體進程普遍不滿；但誰也沒有想到，俄國的幾個省分會面臨遭入侵的危險，誰也不曾料到，戰爭會蔓延到波蘭西部各省的範圍之外。

安德烈公爵在德里薩河岸上找到他奉命會見的巴克萊·德·托利。由於軍營四周連一個大村鎮也沒有，所以軍中大批將軍和近臣都安置在方圓十俄里內的鄉村中較好的民宅，分散在河流兩岸。巴克萊·德·托利的駐地離皇上四俄里。他對安德烈的態度極為冷淡，以帶著德國口音說，他會奏請皇上決定對他的任命，請暫時留在他的參謀部。安德烈公爵希望在軍中找到阿納托利·庫拉金，他卻不在這裡：他在彼得堡，這個消息反而令安德烈慶幸。正進行中的這場大規模戰爭的重要意義吸引了安德烈的注意，因而他很慶幸能夠暫時擺脫由於想到阿納托利而引起的仇恨。最初四天沒有任何公務，安德烈公爵騎馬走遍整個防禦陣地，借助知識以及和知情人的交談，設法對這個營地有個明確的概念。但是對安德烈公爵來說，這個陣地是否有用的問題仍未得到解決。他根據戰爭經驗得出堅定的信念，在戰爭中，經過深思熟慮、縝密制訂的計畫是毫無意義的（正如他在奧斯特利茨之戰中親眼目睹的情形），一切取決於對敵方出人意料且無法預見的行動所作的反應、整個戰事是由誰領導、如何進行。為了釐清這些問題，安德烈公爵利用自己的地位和人脈，深入去了解軍隊的指揮狀況，以及參與的領導人物和派別，並推斷出對戰局的如下認識。

皇上還在維爾納時，軍隊分為三個部分：第一軍團由巴克萊．德．托利統率，第二軍團由巴格拉季翁統率，第三軍團由托爾馬索夫統率。皇上本人在第一軍團，卻不是總司令。發布的命令中未提部隊由皇上指揮，只提皇上在軍中。此外，皇上本人不設總司令參謀部，而是設有皇帝總司令參謀部。他手下包括擔任御前參謀長的軍需總監沃爾康斯基公爵[52]、眾將軍、幾名侍從武官、外交官以及一大批外國人，但沒有軍隊參謀部。此外，在皇上身邊未擔任任何職務的，包括前陸軍大臣阿拉克切耶夫、將軍中軍銜最高的本尼格森伯爵、皇儲康斯坦丁．巴甫洛維奇大公[53]、一等文官魯緬采夫伯爵、前普魯士大臣施泰因、瑞典將軍阿姆菲爾特、作戰計畫總起草人普富爾、侍從官撒丁人保盧奇[54]、沃爾措根[55]以及其他很多人。雖然這些人在軍隊裡不擔任軍職，但是憑藉地位而具影響力，一個軍長，甚至總司令，往往不知道，本尼格森，或大公，或阿拉克切耶夫，或沃爾康斯基公爵是以什麼身分提出問題和各項建議，不知道他是以自己的名義還是代表皇上以建議的形式發出命令，是否必須執行。不過，這些都是表面情況，皇上和這些人物留在軍中，在近臣們看來（有皇上在此，人人都成了近臣），其實質意義相當清楚，那就是：皇上不接受總司令的頭銜，卻掌控全軍；他周圍的人都是他的助手。阿拉克切耶夫是秩序的忠實奉行者和維護者，是皇上的侍衛；本尼格森是維爾納省的地主，似乎忙於在當地接待皇上，但其實他是優秀的將軍，可以提供諮詢，也可以隨時派他去取代巴克萊。大公留在這裡是因為他樂意。前普魯士大臣施泰因在這裡，是因為他可以提供諮詢，還因為亞歷山大皇帝很看重他的人品。阿姆菲爾特是拿破崙的死敵和自信的將軍，這一點對亞歷山大總是有影響的。保盧奇在這裡，是因為他口頭上勇敢而果斷。侍從官們在這裡，是因為皇上在哪裡，他們就在哪裡。最後，重要的是，普富爾也在這裡，因為他制定了對拿破崙的作戰計畫，並在使亞歷山大相信這個計畫的合理性後，領導統御戰爭全局。沃爾措根追隨普富爾，他以比普富爾更通俗的形式傳達普富爾的想法，是一名暴躁、自信到目空一切的不切實際理論家。

除了上面列舉的這些俄國人和外國人（尤其是外國人，以在異國從事活動的人所特有的膽識，每天都會提出一些出人意表的新見解），還有很多次要人物，他們之所以留在軍隊裡，是因為他們的領袖在這裡。

從這個巨大、不安、傑出而自豪的世界所傳出的種種見解和聲音之中，安德烈公爵觀察後，則更細分為如下幾個較明顯的傾向和派別。

第一派是普富爾及其追隨者，他們是軍事理論家，相信有戰爭科學，這門科學有其不變的法則，如迂迴法則、包抄法則等。普富爾及其追隨者要求向本國腹地撤退，撤退要嚴格遵循所謂的軍事理論所規定的法則，對這一理論的任何悖離一概被視為野蠻無知或居心叵測。屬於這一派的人包括德國的親王們以及沃爾措根、溫岑格羅德等人，大多是德國人。

第二派和第一派是對立的。情況總是如此，有一種極端出現，便會出現另一種極端的代表人物。屬於這一派的就是當初要求從維爾納進攻波蘭，並不受任何既定計畫約束的那些人。此外，這一派的代表人物也是採取大膽行動的代表，同時，他們也是民族主義的代表人物，這就使他們在爭論中變得更加偏激。這

52 彼得・米哈伊洛維奇・沃爾康斯基公爵（一七七六—一八五二），俄國貴胄，一八一〇至一八一二年任該職。

53 康斯坦丁・巴甫洛維奇大公（一七七九—一八三一），保羅一世次子，曾多次參加對拿破崙的戰爭，一八一二至一八一三年指揮近衛軍騎兵。

54 保盧奇，起先在法軍服役，一八〇七年加入俄軍。

55 沃爾措根（一七七四—一八四五），普魯士將軍，從一八〇七年起在俄軍服役。

都是一些俄國人：巴格拉季翁和正嶄露頭角的葉爾莫洛夫等。當時流傳著葉爾莫洛夫鬧下的笑話，說他曾向皇上懇求恩典：封他為德國人。這一派人在緬懷蘇沃洛夫時說，什麼也不用想，也不要用圖釘摁上地圖，只要戰鬥、痛擊敵人，不讓敵軍踏進俄國一步，絕不讓士氣低落。

第三派最受皇上信任，屬於這一派的，正是在兩個派別之間採取調停態度的宮廷近臣。這一派的人物大多不是軍人，阿拉克切耶夫就屬於這一派，他們的所思所言往往是那些沒有信念卻想佯裝有信念的人所發表的談話。他們說，毫無疑問，戰爭，尤其是與拿破崙這等天才作戰，要極其深入地思考，要對軍事科學有深刻的了解，而在這方面普富爾是天才；然而同時不得不承認，理論家難免偏激，所以對他們也不能完全盡信，而是既要聽取普富爾的反對者的意見，也要聽取那些有實戰經驗的人們的意見，然後加以折衷。這一派的人堅決主張，要依普富爾的計畫固守德里薩營地，卻要改變其他軍團的行動。雖然這麼一來，兩方面的目標都不可能達到，但是這一派的人們偏偏認為，這樣更好。

第四個派別最著名的代表人物是身為皇儲的大公，他不能忘懷自己在奧斯特利茨的絕望，當時他騎馬像閱兵一樣出現在近衛軍面前，頭戴盔形帽，身穿騎兵制服，企圖漂亮地一舉擊潰法國人，卻意外地發現已身陷前線，在一片混亂中勉強逃脫。這一派人的議論坦率，這是他們的優點，也是他們的缺點。他們害怕拿破崙，認為他強大，而自身弱小，並且毫不隱諱地坦言。他們說：「現在這樣，除了痛苦、屈辱和毀滅，不會有任何結果！我們丟掉了維爾納，丟掉了維捷布斯克，也將丟掉德里薩。我們唯一的聰明之舉，就是在我們被趕出彼得堡之前，盡速簽訂和約！」

這個觀點在軍隊上層被廣為接受，還得到彼得堡的支持，也得到一等文官魯緬采夫的支持，他由於某些政治原因也主張和平。

第五派是巴克萊．德．托利的擁護者，他們不是擁護他這個人，而是擁護他這名陸軍大臣和總司令。他們說：「他無論如何（開場白總是一樣），畢竟是正直而幹練的人，沒有比他更好的了。讓他擁有真正的權力吧，因為沒有統一指揮，戰爭不可能勝利，他是能夠有所作為的，正如他在芬蘭所表現的。如果說，我軍完整而強大，在向德里薩撤退途中未遭逢任何失敗，那麼我們只能歸功於巴克萊。如果現在讓本尼格森取代巴克萊，那就全完了，因為本尼格森在一八〇七年已表現出他是何等無能。」

第六派是本尼格森派，他們說，相反，沒有比本尼格森更幹練、更有經驗的人了，不管怎麼折騰，終究還得請他出馬。這一派力圖證明，我軍撤退到德里薩是可恥的失敗，連續不斷地犯下一連串錯誤。「犯的錯誤愈多，」他們說，「那就愈好：至少能讓人趕快醒悟，不能再走老路了。有用的人不是什麼巴克萊，而是像本尼格森這樣的人，他在一八〇七年已經表現出自己的才幹，拿破崙本人對他做了公正的評價，對這樣的人，大家是樂於認可其權威的，而這樣的人只有一個，那就是本尼格森。」

屬於第七派的人一直都在，尤其是在少年君主身邊，而這種人在亞歷山大皇帝身邊特別多——他們是一些將軍和侍從官，他們忠誠於皇上本人而非皇帝，熱忱而無私地崇拜他這個人，一如尼古拉在一八〇五年那樣崇拜他，在他身上，不僅看到所有美德，也看到人的所有優秀品性。這些人讚賞皇上的謙虛，他拒絕軍隊的指揮權，卻不贊成這種過分的謙虛，他們只有一個希望並堅持不懈地要求敬愛的皇上不要過度缺乏自信，要公開宣布親任軍隊統帥，建立御前總參謀部，必要時，諮詢有經驗的理論家和實踐家並親自統率部隊，僅此，便足以使全軍士氣大振。

第八個派別是最大的一群人，他們因其人數眾多而與其他派別形成九十九比一的比例，他們既不要戰爭，也不要和平，不論在德里薩還是在其他任何地方都不要進攻，也不要防禦，既不要巴克萊，也不要皇上，當然也不要普富爾和本尼格森，他們只要一樣，那是最重要的：為自己贏得最大的利益和享樂。在皇上的總司令部處處有陰謀，在這錯綜複雜的陰謀裡，可以在很多方面大獲其利，得到其他時候得不到的好處。第一個人只是為了保住地位，可以今天附和普富爾，明天附和他的論敵，後天又說他對某個問題沒有任何意見，只要逃避責任和取悅皇上即可。第二個人想撈到好處，為了引起皇上的注意，便高聲說出皇上前一天所暗示的想法，並在會議上捶胸頓足的爭論、叫嚷，還要和持不同意見的人決鬥，藉此表達，他隨時準備為了共同利益而做出犧牲。第三個人在兩次會議之間、又沒有對手在場的時候，乾脆要求發給他一次性補貼，以做為他忠實服務的酬勞，他知道，這時其他人是無暇拒絕他的。第四個人老是彷彿無意中出現在皇上面前，看似忙於繁重的工作。第五個人為了達到早已期盼的目標——受到皇上的宴請，便激烈地論證某種新見解對或不對，並為此而援引多少有點道理的論據。

這一派人全在撈取盧布、勳章和官銜，在此過程中，他們只關注皇恩的風向球朝向哪一方，一旦發現風向球轉到某個方向，寄生於軍中的這群雄蜂便一齊朝著那個方向趨之若鶩，以致皇上想改變風向就更難了。形勢不明朗，嚴重的危險導致人人驚慌失措，又處於這種陰謀、自尊心以及不同觀點和感情的衝突漩渦之中，而這些人又出身各異，因而這個人數最多、只謀求個人私利的第八個派別迫使整個局面異常混亂且動盪。不管提出什麼問題，這一窩雄蜂就原來的話題還沒吵完，又紛紛撲向新話題，並以其嗡嗡聲壓倒和擾亂真正進行爭論的聲音。

就在安德烈公爵來到部隊時，從上述各派中又形成了第九派，他們開始發出自己的聲音了。這一派人是富有治國經驗的明智老人，善於在不認同任何一種對立意見的情況下，重新審視總司令參謀部所發生的一切，並縝密地思考走出困境的辦法，以求擺脫這種形勢不明、猶豫不決、混亂和軟弱無能的局面。

這一派人談到並認為，皇上和御前軍事人員留在軍中是一切惡劣現象的主要根源；那種不確定、受制約、搖擺不定的關係被帶進軍隊，這種關係在宮廷中是適切的，對軍隊則是有害的；皇上應當君臨國家，而不是指揮軍隊；擺脫這種狀況的唯一作法就是皇上和他的宮廷離開軍隊；僅僅由於皇上在軍中，就使五萬兵力陷於無用，因為要保護他的人身安全；最差的然而不受制約的總司令遠勝於最優秀的卻受到皇上親臨及其權力所制約的總司令。

安德烈公爵在德里薩無所事事期間，這一派的主要代表人物之一國務祕書希什科夫寫了一封信給皇上，並由巴拉舍夫和阿拉克切耶夫共同署名。他在信中利用皇上允許他議論戰局的權利，藉口皇上有必要在首都鼓舞民眾士氣，恭請皇上離開部隊。

皇上鼓舞民眾並號召民眾保衛祖國——正是對民眾的鼓舞（皇上駕臨莫斯科所發揮的作用）成為了俄國獲勝的主要原因，當初將這個建議呈送皇上時，皇上將其視為離開部隊的理由而欣然接受了。

在這封信還沒有呈交皇上時，巴克萊在午餐時轉告安德烈，皇上要親自召見安德烈公爵，以便向他詳細詢問土耳其的情況，此外安德烈公爵必須在晚上六點抵達本尼格森的住處。

就在這一天，皇上的行宮接獲消息，拿破崙將採取可能危及我軍的新一波軍事行動——後來發現，這個消息乃是誤傳。也就是在這天早上，米紹上校[56]陪同皇上巡視德里薩的防禦工事，他試圖向皇上證明，普富爾構建的這個防禦營地至今被視為戰術的傑作，足以毀滅拿破崙，其實這個營地不但一無是處，還即將成為俄國軍隊的葬身之地。

安德烈公爵來到本尼格森將軍的住所，位於河岸上一座占地不廣的地主宅院。本尼格森和皇上都不在；不過皇上的侍從武官切爾內紹夫接待了安德烈，並對他說，皇上與本尼格森將軍和保盧奇侯爵今天又去視察德里薩營地的防禦工事了，因為他們對這個營地的功用產生極大的懷疑。

切爾內紹夫拿著一本法國小說坐在第一個房間的窗邊。這個房間原來想必是一座大廳；其中還有一架管風琴，上面堆放著一些毛毯，房間某個角落支著本尼格森的副官的行軍床。副官就在那裡。看來他被飲宴或工作折磨得疲憊不堪，坐在鋪蓋上打盹。大廳有兩扇門，一扇直通原來的客廳，一扇朝右通往書房。從第一扇門傳來德語談話聲，偶爾有法語。那裡，在原來的客廳裡，依皇上的意思，召開的並非軍事會議（皇上喜歡不確定性），而是召集了一些人，他想知道，他們對當前的難題有什麼看法。這不是軍事會議，且似乎是為了向皇上本人闡明某些問題而召集的會議。應邀出席這個半似會議的，包括瑞典將軍阿姆菲爾特、侍從官沃爾措根、被拿破崙稱為法國逃亡者的溫岑格羅德、米紹、托爾[57]、完全不是軍人的施泰因伯爵，最後還有普富爾本人，安德烈公爵聽說，他是整個會議的核心人物。安德烈公爵總算有機會好好觀察他，因為普富爾在他之後不久就到了，進客廳後略停片刻，與切爾內紹夫交談了幾句。

普富爾身穿作工粗糙的俄國將軍制服，不大合身，感覺像是穿了別人的衣服，乍看之下，安德烈公爵覺得似曾相識，儘管從來不曾見過他。他身上兼有魏羅特、馬克、施密特以及安德烈公爵在一八〇五年見過的諸多德國軍事理論家的影子；不過他比他們都更為典型。如此典型的德國理論家，安德烈公爵還未曾見過，他居然一身兼具那些德國人的所有特點。

普富爾身材不高，極瘦，但骨架寬大，一身粗獷且強健的體格，長著寬寬的臀部和瘦骨嶙峋的肩胛骨。他的臉上布滿皺紋，雙目深凹。前面的頭髮顯然從鬢角旁匆匆往後梳理過，後面有幾撮頭髮胡亂地翹起。他走進房間，不安而憤懣地左顧右盼，彷彿他進來的這個大房間裡的一切都讓他感到害怕。他笨拙地手扶佩劍，以德語向切爾內紹夫打聽皇上在哪裡。看來他想盡快通過房間，以免不斷地鞠躬和問候，並在地圖前坐下工作，他認為，他在那裡才是適得其所。他對切爾內紹夫匆匆點頭致意，表示在聽他說話，面帶嘲諷的微笑聽他談到皇上正視察防禦工事，那是他根據理論親自構築的。他像極端自信的德國人，低沉而斷然地暗自嘟囔：愚蠢……或是：所有事都將毀於一旦……或是：有好戲看了……安德烈公爵沒有聽清

56 米紹（一七七一—一八四一），俄國軍事工程師，一八〇五年，從撒丁軍隊轉入俄軍工程兵部隊。

57 托爾於一八一二年四月提出與拿破崙作戰的計畫，該計畫認為，要進行防禦戰。當時他在德里薩營地擔任總軍需官（上校軍銜）。

楚，本想走過去，可是切爾內紹夫卻主動向普富爾介紹安德烈公爵，並提到安德烈公爵剛從土耳其來，那裡的戰爭圓滿地結束了。普富爾稍微看了一眼，與其說是看安德烈公爵，不如說是從旁瞟了一下，笑著說：「就是嘛，想必是一場戰術正確的戰爭。[58]」於是輕蔑地笑了起來，同時踏進傳來說話聲的房間去了。

顯然，普富爾平時就樂於冷嘲熱諷、發脾氣，今天更是惱火，因為有人竟敢背著他視察他的營地、議論他的是非。安德烈公爵僅僅根據與普富爾這次短暫的見面、憑著對奧斯特利茨的回憶，對這個人已經有了清楚的認識。普富爾是那種不可救藥、至死不變、百折不撓的自信人物，這種人只能是德國人，這是因為只有德國人的自信是立足於抽象觀念——科學，亦即關於絕對真理的假學問。法國人自信，是因為他認為，個人的智慧和身體都具有不可抗拒的魅力，對男人如此，對女人也是如此。英國人自信的理由在於，他是世界上制度最完善的國家的公民，因而身為英國人，總是知道他該做什麼，而且知道，他身為英國人所做的一切，必定是好事。義大利人自信，是因為他激動得忘乎所以，很容易忘了自己和別人。俄國人自信，則是因為他什麼也不知道，也不想知道，因為他不相信，人能完全地認知事物。德國人的自信是最差的一種，也是最頑劣、最討厭的一種，因為他以為他知道真理——他自己所杜撰的科學，但對他來說，這門科學就是絕對真理。顯然，普富爾就是這種人。他有一門科學——關於迂迴行動的理論，是從腓特烈大帝的戰爭史中總結出來的，於是他覺得，他在腓特烈大帝後來的戰爭史中所看到的一切，以及他在最近的軍事史中所看到的一切淨是胡鬧、野蠻、莫名其妙的衝突，衝突雙方都犯了那麼多錯誤，以致這些戰爭不能稱之為戰爭，因為完全不符合理論，不能成為科學研究的對象。

一八〇六年，普富爾是作戰計畫的制定者之一，那場戰爭以耶拿和奧爾施泰特的失敗告終，然而他卻認為，這場戰爭的結局絲毫無法證明他的理論有錯。反之，據他看來，違背他的理論是失敗的唯一原因。

他以他特有的幸災樂禍口吻說：「我說過了，所有事情都將毀於一旦。」普富爾屬於熱愛自身理論的理論家，以致他忘了，理論要以應用於現實為宗旨；他出於對理論的熱愛而痛恨實踐，而且不屑一顧。他甚至為失敗而慶幸，因為在實踐中，違背理論而造成的失敗，只能向他證明理論的正確性。

他就當前的戰爭對安德烈公爵和切爾內紹夫說了幾句話，看那表情，他事先就知道一切都毀了，甚至不無得意之感。後腦勺上未經梳理而翹起的幾小撮頭髮和匆匆梳過的鬢角彷彿特別雄辯地證實了這一點。

他到另一個房間去了，從那裡立刻傳來他那低沉、喋喋不休的說話聲。

58 以上原文為德文。

十一

安德烈公爵來不及目送普富爾，本尼格森伯爵便匆匆走進房間，對安德烈點點頭，不停步地進了書房，一邊對自己的副官做了一些指示。皇上隨後就到，本尼格森趕在前面，要預作準備，以便及時迎接皇上。切爾內紹夫和安德烈公爵迎到臺階上。皇上神色疲憊地下馬。保盧奇侯爵正和皇上交談。皇上向左偏著頭，面色不悅地聽著保盧奇語氣激烈的談話。皇上動身朝前走去，看來想結束談話，可是激動得面紅耳赤的義大利人忘了禮節，跟在後面繼續說道：

「至於那個建議修建德里薩營地的人。」保盧奇說，這時皇上踏上臺階，注意到了安德烈公爵，仔細地看著他不大熟悉的臉。

「陛下，至於，」保盧奇不顧一切地說了下去，好像難以自制似的，「至於那個建議修建德里薩營地的人，我認為，他只有兩個地方可去：瘋人院或絞刑架。」皇上沒有聽完，又似乎沒有聽見義大利人的話，他認出了安德烈，便親切地對他說：

「很高興見到你，你到他們開會的地方去吧，在那裡等著我。」皇上到書房去了。跟在他後面的包括彼得・米哈伊洛維奇・沃爾康斯基公爵和施泰因伯爵，門在他們後面關上了。安德烈公爵獲得皇上的恩准，便和他在土耳其就認識的保盧奇前往正在召開會議的客廳去了。

彼得・米哈伊洛維奇・沃爾康斯基公爵的職務似乎是皇上的參謀長。沃爾康斯基從書房出來，把帶進客廳的地圖攤在桌上，提出了幾個問題，想聽聽與會諸君的看法。情況是這樣的，皇上在夜間接到法軍包夾德里薩營地的消息（後來發現是誤傳）。

阿姆菲爾特將軍出人意料地率先發言，為了避開當前出現的難題，他提議構築一個全新的、無法解釋的（唯一可能的解釋是，他想表明他也是有想法的）陣地，陣地位於彼得堡大道和莫斯科大道的一側，依他的看法，軍隊應當在此處集結待敵。看得出，這個計畫是阿姆菲爾特早已擬就的，他現在陳述這個計畫，目的不在於回答所提出的問題，這個計畫也回答不了，他主要是想利用機會把計畫說出來。這是數以百萬計的計畫之一，這些計畫和其他計畫一樣，都可以頭頭是道地提出來，儘管並不了解戰爭將具有什麼樣的特點。有些人提出異議，有些人支持他的看法。年輕的上校托爾比別人更激烈地反駁瑞典將軍的意見，他在爭辯時，從一側的衣袋裡取出滿是字跡的筆記本，要求允許他朗讀給大家聽。托爾在詳盡的筆記中提出與阿姆菲爾特和普富爾的計畫截然不同的另一個作戰計畫。保盧奇反駁托爾，他提出了向前推進和發起進攻的計畫，用他的話來說，唯有進攻才能擺脫盲動和陷阱，他把我們所駐紮的德里薩營地稱為陷阱。在人們爭論之際，普富爾和他的翻譯沃爾措根（他是普富爾在宮廷中與人溝通的橋梁）盡皆默然不語。普富爾只是輕蔑地嗤之以鼻，並別過頭去，表示絕不降低身分反駁他現在所聽到的胡言亂語。但是當主持討論的沃爾康斯基公爵請他發表意見時，他只是說：

「何必問我呢？阿姆菲爾特將軍已經設想了後方完全暴露的最佳陣地。或者是進攻，這位義大利先生的主張很好[59]！或者是撤退，也好。何必問我呢？」他說，「你們比我更高明啊。」但是沃爾康斯基皺起

59 原文為德文。

眉頭說，他是代表皇上來徵求他的意見的，這時普富爾站了起來，突然振奮地開始說道：

「一切都被破壞了，一切都亂了，大家都想比我高明，現在卻又來問我：怎麼改進呢？不用改進。一切嚴格按照我所闡明的基本原則執行。」他用幾根骨瘦如柴的手指拍擊桌子說，「什麼難題？胡說，不值一提。」他走到地圖前，迅速地說了下去，乾瘦的手指在地圖上指指點點，並力圖證明，任何偶然情況都無損於德里薩營地的合理性，一切都預見到了，如果敵人真的進行迂迴戰術，那麼他們將不可避免地被殲滅。

不懂德語的保盧奇用法語向他提問題。沃爾措根走了過去協助法語不流暢的上司，開始為他翻譯，勉強能跟得上他，普富爾表達得太快，並力圖證明，一切、一切，不僅已經發生的情況，而且只要有可能發生的一切，他的計畫都估算到了，如果現在發生困難，那麼一切過錯就在於，並非一切都準確無誤地被執行。他不斷譏諷地笑著、證明著，終於輕蔑地不再證明了，正如一個數學家不再用各種不同的方法驗證一道已經得到證明的算術。沃爾措根代替他用法語繼續闡述他的想法，時而向普富爾問道：「是這樣嗎，閣下？」普富爾猶如一個身陷戰爭而暈頭轉向的人，向自己人開起火來，他對沃爾措根氣憤嚷道：

「算了吧，還有什麼好說的？」結果，保盧奇和米紹用法語異口同聲地攻擊沃爾措根。阿姆菲爾特用德語對普富爾開腔。托爾用俄語向沃爾康斯基進行解釋。安德烈公爵則默默聽著、觀察著。

在這些人當中，最令安德烈公爵同情的是那個惱怒、堅毅、莫名自信的普富爾。在座所有人當中，顯然，唯有他不謀求任何私利，對任何人都沒有敵意，他只有一個願望——將計畫付諸實施，這個計畫是根據他多年研究的理論制定的。他很可笑，他的冷嘲熱諷也令人不快，然而，他對思想的無限忠誠卻令人肅然起敬。此外，除了普富爾，所有人的發言都有一個共同的特點，這個特點在一八〇五年的軍事會議上未曾出現過——那就是難掩對拿破崙的無端恐懼，同樣的恐懼在每個人的不同意見中都有所表現。他們覺得，拿破崙無所不能、防不勝防，彼此以他可怕的名字摧毀對方的計畫。唯有普富爾認為，拿破崙也像他的論敵一樣是野蠻人。不過，除了敬意，普富爾也令安德烈公爵心存憐憫。根據近臣們和他說話的語氣，根據保盧奇竟敢在皇上面前批評他，重要的是，根據普富爾本人有些絕望的神情，安德烈看得出來，在場也心知肚明，他自己也意識到了，他的垮臺之日為期不遠。儘管他那麼自信，儘管這個德國人嘮嘮叨叨地冷嘲熱諷，可是他和他那梳得光亮的鬢髮、後腦勺上翹起的幾小撮頭髮顯得如此可憐。看來，他雖然一副氣憤和輕蔑的架勢來加以掩飾，其實他正處於絕望之中，因為現在藉由大規模實驗來驗證，並向全世界證明其理論正確性的唯一機會已不復存在。

討論持續了很久，持續得愈久，爭論就愈激烈，簡直到了大聲吵嚷和人身攻擊的地步，由此就更不可能從大家的發言中得出共同的結論。安德烈公爵聽著不同語言的談話、想像、計畫以及辯駁和叫嚷，只感到不可思議。他在戰爭中經常出現一種想法，認為沒有也不可能有什麼軍事科學，因而也不可能有所謂的軍事天才，現在對他來說，這種想法已經是毫無疑義的真理了。「戰爭的條件和環境是未知的，也無法確定，作戰的兵力如何更無法確定，那麼能有什麼理論和科學可言呢？誰都不可能知道，我軍和敵軍一天後的態勢如何，而且誰都不可能知道，這支或那支部隊的兵力如何。有時，走在前面的不是膽小鬼，他不會大叫：『我們被切斷了！』然後拔腿逃跑，而是一個樂天、勇敢的人走在前面，高呼：『烏拉！』——五千人的部隊便抵得上三萬之眾，就像在申格拉伯恩，可是有時五萬人在八千人面前逃跑，比如在奧斯特利茨。在戰爭中，正如在任何實際活動中，一切都是無法確定的，一切皆取決於無數條件，而這些條件的影響決定於頃刻之間，可是誰也不知道，決定性的時刻何時到來，在這種情況下能有什麼科學可言呢。阿姆菲爾特說，我軍被切斷了，而保盧奇說，我們將法軍置於兩面夾擊之中；米紹說，德里薩營地的不利之處在於其背靠大河，而普富爾說，這是置之死地而後生。托爾提出一個計畫，阿姆菲爾特提出另一個；兩個計畫都好，又都不好，任何態勢的有利與否，只有在事件發生之後才能看得清楚。那麼為什麼大家都說有所謂的軍事天才呢？難道及時命令運來乾糧並下令誰向左轉、誰向右轉的那個人就是天才？只是因為軍人擁有光環和權力，許多卑鄙之徒才阿諛權勢，賦予他們捏造的天才資質，並稱他們為天才。反之，我所知道的優秀將軍都是愚鈍或漫不經心的人。巴格拉季翁很優秀——這是拿破崙也承認的。至於拿破崙這個人！我記得，他在奧斯特利茨戰場上那副沾沾自喜又冥頑不靈的嘴臉。一名優秀的統帥不僅不需要天才或特殊品性，而且正好相反的是，他不能有人類那些最美好、最崇高的品性，諸如仁愛、詩人氣質、溫情和探索哲理的懷疑態度。他應當生性愚鈍，堅信他所做的一切都非常重要（否則他就會缺乏韌性），唯有如此，他才能成為英勇無畏的統帥。他這個人千萬不能愛上誰，不能心生憐憫，不能去衡量什麼是對、什麼是錯。當然，自古以來就有人為他們杜撰天才的理論，因為他們擁有權勢。能否取得戰爭的勝利並不取決於他們，而是取決於某個人，他在隊伍裡大喊『完蛋啦』或是高呼『烏拉』，只有在這樣的隊伍裡服役，才能滿懷信心地認為，你是個有用的人！」

安德烈公爵聆聽他人議論時，心中想的淨是這些，只有一聽到保盧奇在招呼他才意識過來，此時已經散會了。

第二天閱兵時，皇上問安德烈公爵，他希望在哪裡工作，於是安德烈公爵自此永遠失去在宮廷中的位置，因為他並未請求留在皇上身邊，而是請求恩准他到部隊服役。

十二

尼古拉在開戰前接到父母的來信，信中簡短提及娜塔莎的病況以及她和安德烈公爵的決裂（他們說，決裂是由於娜塔莎拒婚），再次要求他退役返家。尼古拉收到信後，不打算請假或退役，而是寫信對父母說，他對娜塔莎生病以及與未婚夫決裂感到很難過，說他會盡力實現他們的願望。他單獨寫了一封信給索尼婭。

「我由衷敬愛的朋友，」他寫道，「除了榮譽，沒有什麼能阻止我回家。但是現在，在戰役即將開打之際，如果我把個人的幸福看得重於對國家的義務和愛，那麼我不僅愧對所有戰友，也愧對自己。不過這是最後一次離別了。相信我吧，倘若戰後我還活著，而妳仍然愛我，我會立刻拋下一切，飛到妳面前，把妳緊緊地摟進炙熱的胸懷，不再分離。」

的確，正是戰爭爆發阻礙了尼古拉，致使他未能回去，並如他所許諾的，與索尼婭結婚。快樂莊園秋天的狩獵、冬季的聖誕節假期以及索尼婭的愛向他展現了一幅貴族家庭的平安歡樂、祥和的遠景，從前他不懂，現在卻感到其誘人的魅力。「出色的妻子、兒女、成群的良種獵犬、十至十二隊矯捷的俄國獵犬[60]、家業、親朋好友和自己選擇的工作！」他想。只是眼下要打仗了，必須留在軍團裡，更遑論，尼古拉・羅

60　一隊俄國獵犬是指以一根皮帶牽引的兩頭或四頭犬隻。

斯托夫以其性格，對軍團裡的生活也很滿意，而且善於把生活安排得當。

尼古拉假期回來後，受到戰友們的熱烈歡迎，他被派去添購馬匹，自小俄羅斯[61]帶回一批好馬，他感到自滿，而且受到長官的贊許。他離開部隊的時候晉升為上尉，當這個軍團進入戰時狀態並擴大編制時，他又接掌了原來的騎兵連。

戰爭開始了，這個軍團被派往波蘭，發雙份薪餉，來了一批新的軍官、士兵和馬匹；重要的是，部隊洋溢著臨戰的那種振奮情緒；尼古拉意識到自己在軍團裡的極高地位，全心沉浸在部隊生活中的娛樂和消遣，儘管他知道，早晚有一天他必須離開這一切。

由於國事、政治和策略上各種複雜的原因，部隊從維爾納撤退了。撤退的每一步都會在司令部裡引發利益、見解和激烈的複雜較量。對巴甫洛格勒團的驃騎兵來說，這次撤退正值美好的夏季，補給充足，是一次簡潔而愉快的行軍。在司令部裡或許會沮喪、不安、玩弄陰謀，然而在部隊基層，沒有人會問要去哪裡、目的是什麼。如果因撤退而惋惜，那只是因為被迫放棄舒適的住處、離開漂亮的波蘭女人。即使有人感覺到局勢不妙，那麼顧及到這一點的人，身為一名優秀的軍人，更應當竭力保持輕鬆，不要多想整個戰局，只要滿心著眼於眼前的私事。起先他們愉快地駐紮在維爾納附近，與一些波蘭地主交往，等待和接受皇上以及其他高級指揮官的閱兵。後來接到命令，要向斯文齊亞內[62]撤退，將帶不走的糧草就地銷毀。驃騎兵忘不了斯文齊亞內，只是因為那是個醉營——這是全軍為斯文齊亞內附近的駐地的暱稱，也因為在斯文齊亞內，民眾怨聲載道，抱怨部隊利用徵集糧草的命令，乘機將波蘭地主的馬、馬車和毛毯也搶走了。尼古拉忘不了斯文齊亞內，是因為他來到這個小地方的第一天便撤換掉連副，他控制不住騎兵連裡所有的酩酊士兵，他們未經他的允許便拉走了五桶陳年啤酒。部隊從斯文齊亞內節節後退，撤至德里薩，接著又從德里薩撤退，漸漸逼近俄國邊境。

七月十三日，巴甫洛格勒團第一次碰上嚴酷的戰役。

七月十二日，開戰前夜，一場雷電交加的暴風雨襲擊。基本上，一八一二年夏季常見這類風暴。

巴甫洛格勒團的兩個騎兵連露宿在橫遭牲口、馬匹踐踏的抽穗黑麥地裡。大雨如注，尼古拉和受他庇護的年輕軍官伊林坐在匆匆搭建的小窩棚裡。軍團裡一個留著長長落腮鬍的軍官到司令部去，回來時途中遇雨，順勢躲進尼古拉的小窩棚。

「伯爵，我是從司令部來的，聽說拉耶夫斯基[63]立下戰功了嗎？」這名軍官描述了薩爾塔諾夫斯克之戰[64]的詳情，這都是他從司令部聽來的……

尼古拉縮著頸項，頸項後淌著雨水，他邊抽菸斗，邊漫不經心地聽著，偶爾看看擠在他身邊的青年軍官伊林。這個十六歲的少年軍官，是不久前來到團裡的，對尼古拉的態度如同七年前尼古拉對傑尼索夫。伊林在各方面都努力仿效尼古拉，而且像女人一樣愛戀著他。

留著兩撇鬍子的軍官茲德爾任斯基繪聲繪影地說，薩爾塔諾夫斯克水壩是俄軍的溫泉關[65]，拉耶夫斯

---

61 小俄羅斯指烏克蘭。

62 斯文齊亞內，今立陶宛什文喬尼斯。

63 拉耶夫斯基（一七七一—一八二九），俄國將軍。

64 薩爾塔諾夫斯克是莫吉廖夫附近的村莊，一八七一年七月十一日，拉耶夫斯基軍所屬一支隊和達武以及莫爾蒂耶的兩個軍在此激戰。不過，拉耶夫斯基未能在敵軍中打開缺口，以實現第一和第二軍團會師的目標。

65 溫泉關是希臘中部東海岸卡里茲羅蒙山和馬利亞科斯灣之間的狹窄通道，西元前四八〇年，在溫泉關之戰中，斯巴達的一支小隊（三百人）扼守此處，抗擊波斯軍隊數千人的猛攻。斯巴達三百壯士全部戰死。

基將軍在水壩上所完成的行動堪比古希臘羅馬的英雄事蹟。茲德爾任斯基描述著拉耶夫斯基的行動，說他冒著猛烈的砲火，把兩個兒子帶出來，和他們並肩向水壩展開衝鋒戰。尼古拉聽著這個故事，對茲德爾任斯基的欣喜若狂非但無一句贊許的話，反之，他的神情彷彿對所聽到的故事深感羞愧，儘管他並不打算辯駁。尼古拉在奧斯特利茨戰役和一八〇七年的戰役之後，根據切身經驗理解到，人們在描繪戰爭故事時，總習於誇大其詞，正如他自己也曾誇大其詞一樣；其次，他知道，戰場上所發生的一切完全不是我們所能想像並描述的。因此他不樂見茲德爾任斯基的故事，也不喜歡茲德爾任斯基本人，這個滿臉落腮鬍的人有一個習慣，無論對誰說話，總是俯身湊近對方的臉，在這狹小的窩棚裡擠著他。「首先，在他們所攻擊的水壩上想必十分混亂且擁擠，如果拉耶夫斯基真的帶著兩個兒子，除了他本人身邊的十來個人之外，對任何人都不可能有所影響，」尼古拉暗忖，「其他人根本看不到拉耶夫斯基是帶著誰向水壩衝鋒。何況看到這一幕的那些人也不可能因此而受到鼓舞，因為在事關自身生死的瞬間，拉耶夫斯基的父子親情和他們有什麼關係？再說，國家的命運並不取決於能否攻占薩爾塔諾夫斯克水壩，這一點和人們所流傳的溫泉關是不同的。這麼說來，何必做出這麼大的犧牲呢？我就不僅不會帶著彼佳，甚至也不會帶著伊林，這個和我非親非故卻很善良的少年，我反而會設法保護他們。」尼古拉繼續想道，一邊聽著茲德爾任斯基講話。不過，他沒有說出自己的看法：這方面他算是歷練過的。他知道，這個故事有助於頌揚我國的武裝力量，因而對這類故事應該裝出毫不懷疑的樣子。他就是這麼應對的。

「真受不了。」伊林發覺，尼古拉不喜歡茲德爾任斯基所說的話，便說，「襪子、襯衫、身上都淋濕了。我去找個避雨的地方。雨好像小了些。」伊林出去後，茲德爾任斯基也騎上馬離開了。

五分鐘後，伊林踩著泥漿跑到窩棚前。

「烏拉！尼古拉，快去。我找到啦！就在兩百步外有個小酒店，我們的人都到那裡去了。我們去把衣服烘乾也好，瑪麗亞．亨里霍夫娜也在那裡。」

瑪麗亞．亨里霍夫娜是軍醫的妻子，是個年輕漂亮的德國女人，軍醫是在波蘭和她結婚的。軍醫或許由於缺錢，或許由於不願和年輕的新婚妻子離別，便帶著她追隨驃騎兵團，軍醫的忌妒時常成為驃騎兵軍官之間說笑的話題。

尼古拉立刻披上斗篷，並命令拉夫魯什卡帶上衣物，和伊林一起走了，有的地方在泥濘中滑行，有的地方在濛濛細雨中踏水而過，遠方的閃電不時劃破黑暗的夜空。

「尼古拉，你在哪裡？」

「在這裡。看看這閃電！」他們交談著。

十三

廢棄的小酒店裡已有大約五名軍官，軍醫的帶篷馬車停在門前。瑪麗亞·亨里霍夫娜是胖胖的淡色頭髮德國女人，她穿著短上衣、頭戴睡帽坐在前面角落裡的極寬長凳上。她的軍醫丈夫則睡在她後方。尼古拉和伊林在大表歡迎的笑聲中走進了房間。

「呵！你們這裡也太快樂。」尼古拉笑道。

「你們怎能不來呢？」

「好傢伙！身上直淌水！別把我們的客廳弄濕了。」

「別弄髒了瑪麗亞·亨里霍夫娜的衣裳。」幾道聲音呼應道。

尼古拉和伊林急忙找一個不致冒犯瑪麗亞·亨里霍夫娜的角落，換下濕衣服。他們想到隔板後去換衣服；可是三名軍官把小小的儲藏室擠得滿滿的，一個空箱上點著一根蠟燭，他們坐在那裡打牌，無論如何也不願讓出一些空間。瑪麗亞·亨里霍夫娜拿來自己的裙子，臨時充當簾子，於是尼古拉和伊林便在這簾子後、在拉夫魯什卡的協助下，脫下濕衣服，換上乾爽的。

破爐裡生起了火。人們拿來一塊木板，架在兩個馬鞍上，蓋上馬被，又拿來小茶壺、軍用補給箱和半瓶朗姆酒，於是請瑪麗亞·亨里霍夫娜當女主人，大家聚在她身邊。有人遞給她一條乾淨的手帕，讓她擦擦好看的小手，有人在她的小腳下鋪一件騎兵上衣防潮，有人拿斗篷掛在窗子上擋風，有人用扇子在她丈夫的臉上揮趕蒼蠅，深怕吵醒他。

「別管他，」瑪麗亞．亨里霍夫娜說，羞怯而幸福地微笑著，「他一夜沒睡，再鬧也會睡得很沉。」

「不，瑪麗亞．亨里霍夫娜，」一名軍官回答道，「對醫生是要巴結的。哪一天，要截胳膊或鋸腿的時候，說不定他也會大發慈悲的。」

眼前只有三只杯子；水那麼髒，看不清茶泡得濃不濃，茶壺裡只有倒滿六杯的水，不過這樣更有趣，可以依次序和軍階從瑪麗亞．亨里霍夫娜那雙短指甲不大乾淨的胖胖小手上接過自己的一杯水。這天晚上，所有軍官似乎真的都愛上了瑪麗亞．亨里霍夫娜，甚至在隔板後打牌的那些軍官也立刻扔下紙牌，來到茶壺旁，湊熱鬧向瑪麗亞．亨里霍夫娜大獻殷勤。瑪麗亞．亨里霍夫娜看到這些出色且彬彬有禮的年輕人圍繞在身邊，幸福得容光煥發，儘管她竭力加以掩飾，儘管睡在她後面的丈夫在睡夢中每動一下都會令她膽戰心驚。

湯匙只有一個，糖是夠多的了，因此要把所有人的糖攪勻是不可能的，於是決定，由她依序為每個人攪拌糖粉。尼古拉接到自己的一杯茶，往裡面倒了些朗姆酒，便請瑪麗亞．亨里霍夫娜攪勻。

「可是您沒放糖呀？」她說，還是微笑著，彷彿她所說的一切，以及別人所說的一切都很好笑，而且另有涵義。

「可是我不要糖，我只要您親手攪拌。」

瑪麗亞．亨里霍夫娜同意了，便找來湯匙，只是湯匙已被人搶走。

「您就用手指吧，瑪麗亞．亨里霍夫娜，」尼古拉說，「那更好玩。」

「太燙！」瑪麗亞．亨里霍夫娜說，興奮得臉都紅了。

伊林提來一桶水，滴了些朗姆酒，走到瑪麗亞．亨里霍夫娜面前，請她用手指攪拌。

「這是我的一杯，」他說，「只要您把手指伸進去，我就喝乾。」

茶壺裡的水喝完以後，尼古拉拿起一副牌，提議和瑪麗亞．亨里霍夫娜玩「國王遊戲」。以抽籤決定，誰做瑪麗亞．亨里霍夫娜的對手。尼古拉建議，遊戲規則是，誰當上國王，誰就有權親吻瑪麗亞．亨里霍夫娜的小手，誰當「壞蛋」，就要在醫生醒來時重新為他煮一壺水。

「要是瑪麗亞．亨里霍夫娜當上『國王』呢？」

「她本來就是女王！她的命令就是法律。」

遊戲剛開始，醫生倏地從瑪麗亞．亨里霍夫娜後面抬起亂蓬蓬的頭。他早就醒了，專心傾聽他們的談話，顯然他在大家的談話和笑鬧中未發現任何愉快、好笑或逗樂的事物。他臉色抑鬱而陰沉。他沒有和軍官打招呼，撓撓頭，便請大家讓他出去，因為他們擋到他的路。他一走，所有軍官都哄然大笑，而瑪麗亞．亨里霍夫娜臉紅得幾乎快要落淚了，在軍官們的眼裡，她顯得更嫵媚動人了。醫生從院子裡回來對妻子說（她不再幸福地微笑了，驚恐地等著宣判似的望著他），雨停了，該到馬車上休息啦，再不去，家當就要被人偷光了。

「我派勤務兵去顧著，」尼古拉說，「你休息吧，醫生。」

「我親自去站崗！」伊林說。

「不，諸位，你們都睡夠了，我可是兩夜未闔眼。」醫生說，陰沉地在妻子身邊坐下，等遊戲結束。

醫生斜眼瞅著妻子，軍官們望著他那陰沉的臉更是興奮了，很多人忍不住笑出聲來，又連忙為這笑聲尋找體面的藉口。醫生帶走妻子，和她在馬車上安置下來後，軍官們都蓋著潮濕的軍大衣在小酒店裡躺了下來；可是過了好久也睡不著，時而交談，並回憶著醫生吃驚和他妻子快活的樣子，時而跑到臺階上，回覆小馬車裡的動靜。尼古拉幾次蒙頭想睡；可是又被誰的話所吸引，於是談話又開始了，再次傳來陣陣無緣無故的快活又充滿孩子氣的笑聲。

十四

兩點多了，沒有一個人睡著，此時，連副送來前往奧斯特羅夫納鎮駐軍的命令。軍官們連忙開始準備，但依然談笑風生；再次放上茶壺，煮很髒的水。但是尼古拉等不及喝茶就去了騎兵連。天已破曉；細雨停了，烏雲正漸漸散去。空氣潮濕而寒冷，尤其是身上的衣服還沒有完全乾。一走出小酒店，尼古拉和伊林都在黎明的薄暗中向醫生那輛皮車篷上雨點閃閃發亮的馬車裡張望，車簾下露出醫生的兩隻腳，在馬車當中可以看到枕頭上醫生太太的睡帽，聽得到他們睡夢中的呼吸聲。

「說真的，她很可愛！」尼古拉對和他一起出來的伊林說道。

「這女人太迷人了！」伊林以十六歲的認真口吻回答道。

半小時後，騎兵連列隊已站在大路上。傳來口令聲：「上馬！」士兵們比劃了十字，紛紛上馬，尼古拉騎馬走到前面，發出口令：「齊步走！」於是，驃騎兵四人一排，只聽潮濕的路上蹄聲噠噠、馬刀鏗鏘、低聲細語，他們沿著兩旁栽種樺樹的大道前進，跟隨走在前面的步兵和砲兵。

青紫色的片片烏雲被曙光映照得紅豔豔的，在風的驅使下飛奔。天色愈來愈亮，可以清楚看到總是在村道上生長的茂密野草，由於昨天的一場雨仍濕漉漉的；樺樹懸垂的枝條也是濕漉漉的，在風中不時搖曳，亮晶晶的水滴因而灑向一旁。士兵們的臉愈來愈清晰。尼古拉和緊隨的伊林沿著大道的一側走在兩行樺樹之間。

尼古拉在戰場上自作主張地騎乘哥薩克馬，而不是戰馬。身為行家和愛馬人士，不久前他得到一匹高大的烈性頓河馬，那是白鬃白尾的棗紅馬，騎上這匹駿馬，誰也趕不上他。對尼古拉來說，騎乘這匹馬是一種享受。他想到馬，想到早晨，想到醫生太太，卻一次也沒想到眼前的危險。

以往，尼古拉投入戰爭時總是感到恐懼；現在絲毫沒有恐懼感了。他不感到害怕，不是因為他對戰火已經習慣（對危險是不可能習慣的），而是因為他學會了在危險面前控制情緒。他習慣在投入戰爭時什麼都想，就是不想他最該關切的事——當前所面臨的危險。這一點在服役初期是辦不到的，不管他怎麼努力、怎麼怨恨自己膽小；但是隨著歲月流逝，現在已經自然而然地做到了。他和伊林在樺樹之間並轡而行，偶爾從碰到手邊的樹枝上摘下幾片樹葉，有時用腳輕輕碰一下馬腹，有時頭也不回地把抽完的菸斗遞給一個跟在後面的驃騎兵，神態是那麼平靜自在，彷彿在騎馬漫遊似的。他憐惜地望著伊林激動的神色，伊林正不安地嘮叨著；他憑經驗很了解少尉那種等待風險和死亡的痛苦心情，他也知道，唯有時間能夠幫助他。

太陽剛出現在烏雲下的一片明淨天空，風便停息了，彷彿不敢再破壞這雷雨過後的夏日清晨美景似的；雨點仍在滴落，不過已是垂直地滴下——萬籟俱寂。太陽整個躍出地平線，又隱沒在上方一片狹長的烏雲裡。幾分鐘後，太陽更燦爛地出現在烏雲上緣，陽光撕破烏雲邊緣。萬物都在陽光下閃爍。與此同時，猶如和陽光相呼應似的，前方響起了大砲的轟鳴。

尼古拉還來不及思考並確定砲聲的距離，奧斯特曼．托爾斯泰伯爵[66]的副官便騎馬從維捷布斯克趕

66 奧斯特曼．托爾斯泰伯爵（一七七〇—一八五七），俄國將軍，一八一二年，指揮西線第一軍團的一個步兵軍。

來，傳達沿著大路跑步前進的命令。

騎兵連趕過了也在加快腳步匆匆行進的步兵和砲兵，馳下山坡，經過空無一人的鄉村，又奔上山坡。馬匹開始冒汗，士兵們滿臉通紅。

「立正，看齊！」前面傳來騎兵營長的口令。

「向左轉，齊步走！」前面再次響起口令。

於是驃騎兵沿著戰線轉往我師左翼，停留在處於第一線的我軍槍騎兵之後。右方是保持密集的縱隊隊形我軍步兵，那是預備隊；在他們上方的山上可以看見在一塵不染的空中，在早晨斜射的燦爛陽光下，在那地平線上有我們的砲群。在前方峽谷的那邊，可以看到敵軍的縱隊和大砲。峽谷裡可以聽到已投入戰爭的我軍散兵線的行動以及與敵軍互相射擊的振奮槍聲。

尼古拉聽到這久違的聲音，好似聽到最歡樂的音樂，不覺愉快起來。嗒—嗒—嗒——時而一陣齊射，時而迅速地連聲槍響。一切又歸於寂靜，接著又彷彿有人踩著響砲似的響成一片。

驃騎兵們在原地待了近一個小時。砲擊開始了。奧斯特曼伯爵帶著隨員從騎兵連後面過來，勒馬和團長交談了幾句，隨即馳往山上的砲群。

奧斯特曼走後，槍騎兵所在之處響起了口令聲：

「成一路縱隊，準備衝鋒！」他們前面的步兵分列兩旁，讓騎兵過去。槍騎兵出動了，長矛上的旗幟飄動，他們快步下山，向出現在山腳下的法國騎兵衝去。

槍騎兵下山後，驃騎兵立即奉命上山掩護砲隊。在驃騎兵進入槍騎兵的位置時，遠處散兵線上發射的子彈呼嘯著淩空而過。

　　這久未聽到的聲音比適才的射擊聲更令尼古拉感到興奮。他挺直身子，察看山下的戰場，心思都放在槍騎兵的行動上了。槍騎兵們飛快地向法國龍騎兵猛撲過去，在煙霧中糾纏在一起，五分鐘後，槍騎兵疾馳而回，不是退回原地，而是略微偏左。在身穿橙黃色軍服、騎乘棗紅馬的槍騎兵之間和他們後面可以看到一大群身穿藍軍服、騎乘灰馬的法國龍騎兵。

十五

尼古拉以其獵人的銳利目光和其他一些人最先看到身穿藍軍服的法國龍騎兵正追擊我軍槍騎兵。一群一群潰亂的槍騎兵和跟蹤追擊的法國龍騎兵更接近、更接近了。如今已經看得見，在山腳下顯得很小的那些人正互相衝撞，彼此追逐，揮舞著手臂或馬刀。

尼古拉像觀望狩獵一樣望著眼前所發生的一切。他敏銳地察覺，如果現在和驃騎兵一起向法國龍騎兵發動進攻，他們是抵擋不住的；可是若要進攻，就得馬上，就在此時此刻，否則就晚了。他環顧四周。站在他身邊的連副也同樣目不轉睛地看著下面的騎兵。

「安德烈．謝瓦斯季亞內奇，」尼古拉說，「要知道，我們可以合圍……」

「好主意，」連副說，「可不是嗎……」

話還沒有聽完，尼古拉便催動坐騎，衝到騎兵連前面去了，他還沒來得及喊出行動的口令，和他心意相通的騎兵連便跟隨他一擁而上。尼古拉自己也不知道，他怎麼會這麼行動。他就像在打獵時一樣，不假思索地行動了起來。他看到龍騎兵距離很近，他們在馳騁中隊形混亂；他知道，他們是抵擋不住的，他知道，只有稍縱即逝的剎那。子彈那麼令人激動地在他周圍呼嘯，馬是那麼性急地要往前衝，他把持不住了。他催動坐騎，發出口令，聽見自己已展開隊形的騎兵連全速奔馳的馬蹄聲，同一瞬間，他往山下的龍騎兵衝去。一到山下，他們的快步便自然地加速為快跑，隨著漸漸逼近我軍槍騎兵和追趕他們的法國龍騎兵而跑得愈來愈快。龍騎兵很近了。前方看到驃騎兵的龍騎兵立刻調轉馬頭，以致後面的非得停下來。尼古拉帶著攔截野狼的心情放開頓河馬全速飛奔，向潰亂的法國龍騎兵部隊橫插過去。一個龍騎兵勒馬站住，一個步兵撲倒在地，以免被馬踩死，一匹沒有騎手的馬捲進驃騎兵之間。法國龍騎兵幾乎都在掉頭逃跑。尼古拉在灰馬的騎手中選定一個目標，追了上去。他在路上碰上了灌木叢；駿馬馱著他一躍而過，尼古拉險些掉下馬來，他意識到頃刻之間就能趕上他所選定的敵人了。透過軍服可知那個法國人大概是一名軍官，他俯伏在灰色馬上，用馬刀趕著馬飛跑。轉瞬間，尼古拉的馬前胸撞上那個軍官的馬屁股，差點兒把牠撞翻，就在這一瞬間，尼古拉自己也不明白為什麼，舉起馬刀便向法國人砍了過去。

就在他砍下去的同一瞬間，尼古拉興奮的心情突然消失了。那個軍官的手臂只是在略高於肘部的地方被劃破了一點，他倒下了，與其說是被馬刀砍倒的，不如說是由於馬的衝撞以及受到驚嚇。尼古拉勒馬，放眼搜尋敵人，想看清他所戰勝的是什麼人。法國龍騎兵軍官一隻腳在地上蹦跳，一隻腳套在馬鐙裡。他驚恐地瞇著眼，彷彿隨時等待新的攻擊，皺起眉頭駭然地仰望著尼古拉。他蒼白的臉上濺滿汙泥，一頭淺色頭髮，面容顯得很年輕，下巴上有一個小窩，眼睛是淺藍色的，這是一張最不該出現在戰場上、毫無敵意的面容，且是極其普通、屬於家庭生活的面容。在尼古拉決定對他採取什麼行動之前，軍官立刻大喊：「我投降！」他急急忙忙地想把腳從馬鐙裡解脫出來，同時一雙藍眼緊盯著尼古拉。幾名跳過去的驃騎兵把他的腳抽了出來，又把他扶上馬鞍。驃騎兵在四面八方和那些龍騎兵打交道：一個龍騎兵受傷了，儘管滿臉鮮血，就是不肯把馬交出來；另一個摟著驃騎兵，坐在他的馬屁股上；第三個被驃騎兵托著想爬上他的馬。法國步兵在前面邊跑邊開槍。驃騎兵們帶著俘虜匆忙往回趕。尼古拉懷著一種不痛快的沉重心情和其他人一起回去了。某種模糊的、糾纏不清的、他怎麼也無法解釋的問題出現在他面前，就因為他俘虜了這個軍官，還砍了他一刀。

奧斯特曼．托爾斯泰伯爵迎接歸來的驃騎兵們，他喚來尼古拉，向他表示感謝並對他說，他要向皇上呈報他的英勇事蹟，並請求授予他聖喬治十字勳章。當尼古拉被召喚去見奧斯特曼伯爵時，他想起他是在沒有上級命令的情況下發起衝鋒的，他毫不懷疑，長官叫他去，是因為他擅自行動而要懲罰他。因此，奧斯特曼的讚揚和為他請功的好意應當令尼古拉更為驚喜才對；然而那種不痛快的、模糊的感覺依然令他如坐針氈。「究竟是什麼在折磨我呢？伊林嗎？不，他安然無恙。我做了什麼丟臉的事了嗎？不，都不是！是有什麼在折磨我，好像是一種悔恨。對了，對了，是那個下巴上有一個小窩的法國軍官。我清楚地記得，當我舉起手臂時，我的手臂就停住不動了。」

尼古拉目睹俘虜被帶走，便跟在他們後面，想看看那個下巴上有個小窩的法國人。他一身怪誕的軍裝，騎乘驃騎兵的一匹備用馬，不安地環顧四周。他手臂上的傷幾乎算不上是傷。他對尼古拉假意地微微一笑，向他揮手致意。尼古拉還是那麼尷尬、深感羞愧。

這一天整天和第二天，尼古拉的朋友和戰友們都發覺，他並不煩悶，也沒有生氣，只是寡言少語，神情專注地若有所思。他沒有喝酒的興致，喜歡獨處，老是在想著什麼。

尼古拉一直想著自己輝煌的戰功，他感到驚訝，他居然獲得聖喬治勳章，甚至贏得勇士的名聲——可是他怎麼也無法理解。「他們比我們還更加害怕啊！」他想。「這就是所謂的英雄事蹟嗎？難道我是為了國家而這麼行動的？他長著一個小窩和一雙藍眼睛有什麼錯？他多麼恐懼啊！他以為我要殺他。我為什麼要殺他呢？當時我的手發抖了。可是，我卻獲得了一枚聖喬治勳章。我完全不懂！」

尼古拉在心裡反覆琢磨這些問題，始終解不開心頭的疑慮，可是這時他在軍旅生涯中卻一如以往的時來運轉。他在奧斯特羅夫納的戰役之後獲得提拔，一個驃騎兵營交給他指揮，每當需要勇敢的軍官時，便派他去執行任務。

十六

獲悉娜塔莎生病，還沒完全康復、身體仍虛弱的伯爵夫人便帶著彼佳和全家人來到莫斯科，羅斯托夫一家從瑪麗亞·德米特里耶夫娜住所搬回自家住宅，在莫斯科定居了。

娜塔莎病得太重，以致她對造成其病因的事件的想法、她的所作所為以及她和未婚夫決裂都退居次要了，這些對她和她的親人而言，都只是不幸中的大幸。她病成那樣，不可能再進一步反省，她在整起事件中所犯下錯誤有多嚴重，可是她不吃、不睡、明顯地日益消瘦、咳嗽不止，醫生們暗示，她尚未脫離險境。唯一要顧慮的，是治好她的病。醫生們常來，單獨或透過會診，彼此以法語、德語和拉丁語喋喋不休、相互責難，開出能治療他們所知道的所有病症的各種藥方；可是他們誰也沒有想到最簡單的道理，他們不可能了解娜塔莎病症，正如他們不可能了解人類所患的任何一種病症一樣，因為每個人都有自身的特點，總是患有一種特殊的病症——他所獨有的、複雜的、醫學所未知的新病症，那不是醫學所記載的肺部、肝臟、皮膚、心臟、神經等的疾病，而是這些器官的綜合病症之一。醫生們不可能想到這個簡單的道理（正如一個魔術師不會想到，他是不可能真的施行魔法的），因為他們一生的事業便是從事醫療，因為他們靠行醫掙錢，還因為他們為此而耗費了畢生最好的年華。但重要的是，醫生之所以不可能想到這個道理，是因為他們意識到，他們無疑是有幫助的，而且確實對羅斯托夫所有人都有幫助。他們之所以有幫助，不是因為他們迫使病人吞服大多有害的物質（這種害處不易覺察，因為有害物質的劑量很小），然而他們是有益的、必要的、不可或缺的人（這就是為什麼過去和現在永遠會有密醫、算命先生、主張順勢療法和對抗療法的醫生），是因為他們能滿足患者和關愛患者的人們的精神需求。他們能滿足希望減輕病痛這種人類的永恆需求以及對同情和採取行動的需求，人在病痛中是有這些需求的。人們能滿足人類的永恆需求，例如為孩子揉揉碰疼的地方。孩子碰疼了，便立刻跑到母親、保母的懷裡，讓她們在他疼痛的地方親親、揉揉，親過了、揉過了，他就覺得好些了。孩子不相信，那些比他強壯、聰明的人會沒有辦法減輕他的痛楚。對減輕痛楚的希望以及母親在替他揉搓時的憐惜表情使他得到安慰。醫生對娜塔莎有幫助，因為他們親著、揉著痛處，對她說，馬上就不痛了，只要車夫到阿爾巴特街的藥房去一趟，花一盧布七十戈比買來裝在漂亮小盒子裡的藥粉和藥丸，只要娜塔莎每隔兩小時定時定量用開水把藥粉服下就可以了。

索尼婭、伯爵和伯爵夫人能做些什麼呢，他們能眼睜睜地看著虛弱、消瘦的娜塔莎而無所事事嗎？幸虧有這些按時服用的藥丸、溫開水、雞肉餅以及醫生囑咐的種種生活瑣事，對周圍的人來說，遵從醫囑便是他們的任務和安慰。這些要求愈嚴格、愈複雜，周圍的人就愈是感到寬慰。試想：要是伯爵不為了娜塔莎的病而花掉幾千盧布，若要她好起來，再花幾千盧布也在所不惜，也就是說，若是她仍無法康復，他不惜再花幾千盧布帶她到國外去請醫生會診；要是他不能詳談梅蒂維埃和費勒摸不清病情、弗里斯卻確診了，而穆德羅夫的診斷更是準確，那麼，伯爵怎麼承受得住愛女生病的事實呢？要是伯爵夫人不能有時和病中的娜塔莎吵嘴，責怪她沒有嚴格遵從醫囑，她還能做什麼呢？

「要是妳不聽醫生的話按時服藥，」她說，因為氣憤而暫時忘記自己的悲痛，「妳就一輩子也好不了！千萬不可大意，妳可能轉為肺炎。」伯爵夫人說，在說到並非僅她一人不懂的術語時，她已經得到莫大安慰。索尼婭要不是愉快地意識到，她為了隨時準備嚴格執行醫囑，在初期曾有三夜衣不解帶，現在又為了不錯過時間能及時從金色小盒子裡取出毒性很小的藥丸遞給病人而深夜不眠，那麼她還有什麼事可做呢？甚至娜塔莎本人，儘管她說，什麼藥也治不好她的病，這一切都很無趣——連她也很高興看到，大家都在為她盡心盡力，她必須在一定的時間服藥，她甚至很慶幸，可以在藐視規定的時候直言，她不相信醫藥，也不在乎自己的生命。

其中一位醫生每天都來，把脈、觀察舌苔，他不理會她那沮喪的臉色，不時和她說笑。可是他一走進另一個房間，伯爵夫人便急忙跟了過去，於是他神情嚴峻，若有所思地搖著頭說，雖然有危險，但他希望這最後開的藥能發揮效用，所以要等等看；病主要是精神上的，不過……

伯爵夫人竭力掩飾自己的一舉一動，悄悄地往他手裡塞了一枚金幣，也因而每次都安心回到病人身邊。

娜塔莎的病狀是吃得少、睡得少、咳嗽、一直萎靡不振。醫生們說，不能讓病人得不到醫療，於是將她留在城市汙濁的空氣裡。一八一二年，羅斯托夫沒有到鄉下去。

儘管吞服了小罐子、小盒子裡的大量藥丸、藥水和藥粉，愛好小玩意的紹斯太太已經從小罐子和小盒子中挑選了一大堆收藏品，儘管離開了習慣的鄉村生活，青春依舊占上風：娜塔莎的悲傷開始蒙上一層往日生活的色彩，悲傷不再是壓在心頭那折磨人的痛楚，且漸漸成為過去，於是娜塔莎開始復原了。

十七

娜塔莎平靜些了，只是心情沒有好起來。她不只是迴避一切歡樂的外在環境，諸如舞會、兜風、音樂會、戲劇；而且她在笑的時候沒有一次不是飲泣吞聲。她無法唱歌。她只要笑起來，或獨自一人試著唱歌，淚水便使她窒息：那是悔恨的淚水，回憶一去不復返的清純時代的淚水；那是氣憤的淚水，她白白地毀掉少女時代的生活，她本來可以過得多麼幸福啊。她覺得，歡笑和歌唱是對悲哀的褻瀆。她一次也沒想過要搔首弄姿；她甚至不必克制自己這麼做。她說過，並且感覺到，在這個時期所有男人對她來說，全是小丑娜斯塔西婭．伊萬諾夫娜。內在的心防堅決禁止她享樂。從前的生活樂趣已經蕩然無存，那時她過的是少女無憂無慮、充滿希望的生活。她最經常、最痛心的回憶是秋季、狩獵、大叔以及她和尼古拉在快樂莊園所度過的聖誕節假期。那段時期的生活只要能再過一天，她願意付出任何代價！但是一切都結束了。那時的預感沒有欺騙她，自由的、可以盡情歡樂的生活永遠不會回來了。但是還得活下去。

她樂於去想，她並非像她過去所想像的那樣比別人好，而是比世上所有的人都更差勁，而且差勁得多。然而這還不夠。她很清楚這件事，因而她自問：「以後怎麼辦？」以後什麼也沒有了。生活中沒有歡樂，而生活正在流逝。看來，娜塔莎只想不拖累任何人、不妨礙任何人，而她自己一無所求。她疏遠家裡所有人，只和彼佳在一起才感到開心。她最喜歡和他待在一起；和他獨處時她有時會笑。她幾乎足不出戶，而在來訪的客人中她只想見到皮埃爾。沒有人能比別祖霍夫伯爵更溫柔、更細心且更莊重地對待她。

娜塔莎下意識地感覺到這種溫柔的態度，因而有他在場，她會感到很滿足。不過，對於他的溫柔，她甚至毫無感激之情：她覺得，來自皮埃爾的好意並不是他刻意為之，皮埃爾似乎是自然地善待所有人，因而他的善良算不上什麼。有時娜塔莎發現，有她在場時，他會困窘、害羞，尤其是當他想取悅她或擔心談話中有什麼會勾起娜塔莎沉痛回憶的時刻。她發現這一點，並歸因於他的善良和靦腆，在她看來，他對別人和對她是一樣的。他曾偶然說過，如果他是自由身，他就跪下向她求婚、求愛，這些話是在她最心煩意亂的時候對她說的，此後皮埃爾再也沒有談到他對娜塔莎的感情，因而在她看來，當時讓她獲得莫大安慰的那些話不過是說說而已，正如人們為了安慰哭泣的孩子而說些毫無意義的話。不是因為皮埃爾是已婚的男人，而是因為娜塔莎覺得，在自己和他之間有一種極大的道德障礙——她和庫拉金在一起是不覺得有這種障礙的——她覺得，她和皮埃爾的關係不僅絕不會發展為愛情，她不會，他更不會，甚至不會有男女之間那種溫情脈脈的、自尊的、富於詩意的友誼，她曾聽聞過這類友誼。

在彼得齋戒期[67]結束時，羅斯托夫在快樂莊園的鄰居阿格拉費娜·伊萬諾夫娜·別洛娃到莫斯科來拜見聖徒。她建議娜塔莎齋戒，娜塔莎也欣然接受。儘管醫生禁止她清早出門，娜塔莎卻堅持齋戒，而且不是像家中一般的齋戒，亦即在家裡禱告三次，而是一定要和阿格拉費娜·伊萬諾夫娜一樣齋戒一週，一次也不放過教堂的晚禱、日禱或晨禱。

伯爵夫人看到娜塔莎這麼熱心便感到欣慰；由於醫療不見效，她心裡希望祈禱比藥物更有幫助，儘管懷著疑懼的心情瞞著醫生，但是她贊成娜塔莎，並將她託付給別洛娃。阿格拉費娜·伊萬諾夫娜每天淩晨三點來叫醒娜塔莎，往往發現娜塔莎已經起床。娜塔莎擔心睡太晚而錯過晨禱。她匆忙洗臉後，溫順地穿上最差的衣裳和舊斗篷，她在寒氣中哆嗦著走上晨曦映紅的空蕩大街。依阿格拉費娜的建議，娜塔莎不在自己的教區齋戒，而是到另一個教堂，虔誠的別洛娃說，那裡有一位非常嚴格且人品高尚的神父。教堂裡的人向來很少；娜塔莎和別洛娃來到習慣的地點，站在左邊唱詩班後面所鑲嵌的聖母像前，在這不尋常的清晨時分，望著被上方的燭光和窗外的朝霞所映照的聖母幽暗聖容，聽著她竭力追隨並力求理解的祈禱，一種面對不可思議的偉大場景時，從未有過的謙卑感充斥娜塔莎內心。當她理解禱詞時，她帶著自身的心情融入祈禱中；當她無法理解時，她便雀躍地想，企圖理解一切是驕傲的表現，理解一切是不可能的，只要信仰和皈依上帝就好，上帝此時——她感覺得到——正在指引她的心靈。她畫著十字，鞠躬行禮，當她不理解時，便對自己的卑劣感到駭然，只是祈求上帝寬恕她的一切、一切，並保佑她。她最熱心的祈禱是懺悔的祈禱。她早上回家時，只會遇到上工的泥瓦匠和清掃大街、看管院子的人，家裡的人都還在睡，娜塔莎懷著從未有過的心情，覺得自己還能悔過自新，過著純潔幸福的新生活。

如此生活一週後，這種感覺正日益增強。在她的心目中，領聖餐，或者像阿格拉費娜·伊萬諾夫娜樂於玩弄字眼所說的領聖體，是那麼偉大的幸福，以致她覺得，她活不到極樂的星期天。

然而幸福的一天終於到來了，當娜塔莎在這個難忘的星期天身穿白紗連身裙領聖餐回來後，幾個月來她第一次感到心情平靜，不再為她要面對的生活鬱鬱不樂。

這一天醫生來為娜塔莎問診，吩咐要繼續服用他兩週前所開的藥粉。

「一定要繼續服用，早晚各一次，」他說，看來是真心誠意地為自己的成就深感滿意。「只是要更準時才好。您放心吧，伯爵夫人，」醫生開玩笑地說，一面靈巧地把一枚金幣抓在手裡，「她很快又會唱歌

---

67 指聖彼得節（東正教節日，俄曆六月二十九日）前的齋戒，結束於俄曆六月二十八日。

玩鬧了。最後這次開的藥對她非常、非常有效。她氣色好多了。」

伯爵夫人看了看指甲，吐了口唾沫[68]，高興地回客廳去了。

十八

七月初，莫斯科廣泛流傳著戰局愈來愈令人不安的消息：人們談到皇上的告民眾書、談到皇上本人離開軍隊回到莫斯科。由於七月十一日之前並未收到宣言和告民眾書，關於這些文件和俄國處境的流言不免誇大其詞。人們說，皇上離開軍隊是因為軍隊陷入危險，斯摩稜斯克已然失守，拿破崙擁有百萬大軍，只有奇蹟才能挽救俄國。

七月十一日，星期六，收到宣言了，但是還沒有印出來；於是在羅斯托夫住所做客的皮埃爾答應第二天，即星期日，共進午餐時把宣言和告民眾書帶去，他可以在拉斯托普欽伯爵手中取得這兩份文件。

那個星期天，羅斯托夫一如往常，前往拉祖莫夫斯基的家庭教堂日禱。這是七月炎熱的一天。羅斯托夫在教堂前走下馬車時已是十點鐘了，在炎熱的空氣中，在小販的叫賣聲中，在人群的鮮豔奪目的夏季服裝中，在林蔭道落滿塵土的樹葉上，在軍樂聲中和前去接班的一營軍人的白色長褲上，在馬路上的隆隆聲中和炎熱耀眼的陽光下透露著一種夏日的慵懶，以及城市中在晴朗炎熱的日子裡特別強烈地感覺到的那種對現狀的滿意或不滿。在拉祖莫夫斯基家族的教堂裡聚集了莫斯科的顯貴和羅斯托夫所有相識（這一年，彷彿在等待什麼似的，往年紛紛下鄉的諸多富有家庭都留在城裡）。一名穿著僕役制服的僕人在母親身邊

68 俄俗求吉利的動作。

開道，娜塔莎跟著他往前走時，聽見一個年輕人以清晰的耳語談論她：

「這是羅斯托夫，就是那個……」

「瘦多了，可是還是很漂亮！」

她聽到，或者說她感覺到，他們提到庫拉金和鮑爾康斯基的名字。不過她總感覺，別人看著她時只想著她發生過的那些事。娜塔莎身穿鑲有黑色花邊的淺紫色絲綢連身裙，帶著她在人群中總會有的那種痛苦又麻木的心情，以女人所擅長的姿態走路——心裡愈痛苦、羞愧就愈顯得平靜而沉重。她知道她漂亮，不錯，可是現在她不像過去那樣因此而自滿了。相反的，最近她倒是因此而極為苦惱，尤其是在城裡，在這晴朗炎熱的夏天。「又是一個星期天，又是一個星期，」她對自己說，想起了上個星期天她在這裡的情形，「還是那種毫無生氣的生活，還是那樣的環境，從前在這樣的環境裡是那麼輕鬆愉快。我漂亮、年輕，而且我知道，現在我很善良，過去我極其卑劣，而現在我很善良，我知道，」她在想，「而美好的年華並不為了誰而白白流逝。」她站到母親身旁，對近處的相識點頭致意。娜塔莎習慣性地審視女士們的衣著，批評站在附近的一名女士的風度以及用手在很小範圍內畫十字的不成體統的方式，她又惱怒地想，別人在議論她，她也議論起別人了，這時她突然聽到祈禱聲，她對自己的卑劣很是震驚，對她再次喪失原有的純潔而啞然。

一名儀表端莊、舉止安詳的老者正誦讀禱文，他那謙和而莊重的神態使祈禱者的心靈感受到莊嚴的撫慰。聖像牆的中門關上了，緩緩地拉上了帳幔；從那裡傳來神祕安詳的聲音。娜塔莎莫名其妙的淚水堵在胸口，快樂而陶醉的心情令她激動不已。

「你教導我吧，我該怎麼做，怎麼改過自新永不再犯，永不再犯，我該如何對待自己的生活……」她想道。

助祭登上讀經台，又開拇指整理法衣下的長髮，將十字架放在胸前，開始莊嚴地高聲誦讀禱文：

「我們共同向主禱告。」

「我們——大家在一起，不分階層，沒有敵意，兄弟般地團結友愛，共同禱告。」娜塔莎想。

「禱告天上的世界，祈求我們的靈魂得救！」

「禱告天使和所有生活在天上的沒有形體的神靈的世界。」娜塔莎禱告著。

在為軍人禱告時，她想起哥哥和傑尼索夫。在為漂泊的遊子禱告時，她想起安德烈公爵，為他禱告，並祈求上帝寬恕她對他所犯下的惡。在為愛我們的人祈禱時，她為家人祈禱，為父親、母親、索尼婭祈禱，現在第一次明白了自己對他們所犯的過錯，感到自己是那麼深愛著他們。在為仇恨我們的人祈禱時，她為自己想出一些敵人和仇恨她的人，以便為他們祈禱。她把債主和所有那些與父親打交道的人都視為敵人，她每次想到敵人和仇恨她的人，便會想起對她做盡壞事的阿納托利，雖然他並不仇恨她，她很慶幸將他視為敵人而為之祈禱。她覺得唯有在祈禱時才能泰然而平靜地想起安德烈公爵和阿納托利，她對這些人的感情比起她對上帝的敬畏和崇敬之情是微不足道的。在為皇家和正教院[69]祈禱時，她特別深深地鞠躬，畫著十字，她對自己說，即使她不能理解，也絕不能懷疑，因而還是愛著擁有無上權力的正教院並為之祈禱。

助祭結束應答祈禱[70]後，在胸前肩帶上畫十字表示祝福，並宣講道：

---

69 正教院，實行委員制的俄國最高宗教機構。

70 應答祈禱，東正教祈禱儀式中的一部分，神父或助祭誦讀禱文時，唱詩班應答道：「上帝保佑！」

「我們把自己和我們的生命獻給我主基督。」

「我們把自己獻給基督，」娜塔莎在心裡複述道，「我的上帝，我服從祢的意志，」她想，「我自己一無所求；願祢教導我怎麼做、怎麼貫徹祢的意志！願祢把我帶走，把我帶走吧！」娜塔莎心裡感動而急切地說；她沒有畫十字，垂下纖細的手臂，彷彿在等待一種無形力量馬上把她帶走，使她擺脫自己，擺脫那些懊惱、願望、埋怨、希冀和罪孽。

在祈禱時，伯爵夫人幾次回頭留意女兒深受感動、雙目炯炯的面容，祈求上帝幫助她。

突然，助祭在祈禱中途，也不依娜塔莎所熟知的禮拜儀式，竟搬出聖靈降臨節[71]時用來跪誦禱文的板凳，並安置在聖像牆門前。神父頭戴淡紫絲絨法冠出來了，他整理好頭髮，費力地跪了下來。所有人也都隨之跪下，困惑地面面相覷。這是剛剛收到、從正教院發來的一篇禱文，祈求拯救俄國免受外敵入侵。

「萬能的上帝，我們的救世主，」神父以清晰、質樸而溫和的聲音誦讀起來，唯有斯拉夫教士才會以這種語氣誦讀，這聲音不可抗拒地感染著俄國人的心靈。「萬能的上帝，我們的救世主！願祢今天就以祢的慈悲和恩德眷顧祢恭順的子民，體察我們的仁愛之心，寬恕我們，保佑我們！敵人要騷擾祢的土地，要把全世界夷為平地，與我們為敵；那些無法無天的人們糾集在一起，企圖毀壞祢的所有，摧毀祢可敬的耶路撒冷、祢所垂愛的俄羅斯：玷辱祢的神殿，掘掉祢的祭壇，褻瀆我們的聖物。主啊，這些罪孽深重的歹徒要倡狂到幾時？他們罪惡的政權要維持到何時啊？

「主宰萬物的上帝啊！願祢垂聽我們的祈禱：以祢的神力支持無限虔誠、大權在握的偉大君主——我們的亞歷山大·巴甫洛維奇皇帝；願祢垂念他的正直和謙和，獎賞他的仁慈，仁慈的他將保護我們，保護祢所垂愛的以色列。為他的賢明、創舉和績業而降福於他吧；請用祢萬能的手加強他的王國，讓他戰勝敵人，猶如祢讓摩西戰勝亞瑪力，讓基甸戰勝米甸，讓大衛戰勝歌利亞[72]。請保佑他的軍隊：將銅製的強弩授予他的戰士們，他們是以祢的名義武裝起來的，並賜予他們戰鬥的力量。請拿起武器和盾牌為我們助陣，但願試圖加害於我們的人蒙受奇恥大辱，但願他們在祢忠誠的戰士面前像風中的塵埃，但願祢堅強的天使羞辱並趕走他們；但願他們在不知不覺間陷入羅網，讓他們被四面圍困，無處藏身；但願他們倒在祢的僕人們腳下，在我們的怒吼聲中遭到踐踏。主啊！不論長幼，祢都不倦地加以拯救；祢是上帝，人是不能違抗祢的。

「我們天上的父啊！記住祢亙古以來的恩寵和慈悲：不要拋棄我們，甚至憎惡我們的不足之處，而是以祢偉大的慈悲保佑我們，並以祢浩蕩的恩德不計較我們的妄為和罪孽。請鑄就我們純潔的心靈，恢復我們本能中正義的精神；鞏固我們所有人對祢的信仰，堅定我們的希望，激勵我們真心相愛，並以團結精神武裝我們，以保衛祢賜予我們和我們祖輩的勝利果實，不能讓瀆神者的棍棒支配祢的信徒們的命運。

「我們的上帝，我們信仰祢、仰仗祢，不要讓我們期望祢的慈悲的夙願遭到嘲笑，請預示吉兆吧，讓仇視我們和我們東正教信仰的人看到，他們必將遭到恥辱和失敗；讓各國皆知，祢的名號是上帝，而我們是祢的子民。主啊，今天就向我們顯示祢的慈悲吧，讓我們得到祢的拯救；讓祢的僕人為祢的慈悲而歡欣鼓舞；請懲罰我們的敵人，趕快把他們打倒在祢的忠實信徒的腳下。祢賜予一切信仰祢的人以護持、幫助和勝利，我們把一切光榮歸於祢，歸於聖父、聖子和聖靈，今天以至永遠，直至永恆。阿們。」

---

71 東正教十二大節日之一。

72 典出《聖經》。

在娜塔莎所處的那種敞開心扉的狀態中，這篇禱文強烈地感染了她。她逐句傾聽，聽到摩西戰勝亞瑪力、基甸戰勝米甸、大衛戰勝歌利亞以及要破壞祢的耶路撒冷時，她心裡充滿了柔情和感動向上帝祈求；但是她不大明白，她在這禱告裡向上帝祈求的是什麼。她一心一意祈求正義的精神、以信仰和希望堅定人心、激勵人們的愛心。但她不能祈求把自己的敵人踩在腳下，因為就在幾分鐘前，她曾想擁有更多的敵人，以便愛他們，為他們祈禱。然而她也不能懷疑跪誦的禱文的正確性。她懷著虔敬而戰慄的恐懼，擔心人們會由於他們的罪孽而受到懲罰，特別是唯恐她會由於自己的罪孽而受到懲罰，於是她祈求上帝寬恕他們所有人和她，賜予他們所有人和她以平安幸福的生活。她覺得，上帝聽到了她的祈禱。

十九

那一天，皮埃爾在離開羅斯托夫住所的途中回憶著娜塔莎的感激眼神，他仰望天空那顆彗星，感到全新願景已向他展現，從此以後，永遠困擾著他的關於塵世的一切空虛且荒誕的問題便不再出現了。這個可怕的問題：何必呢？為什麼？——以前他在進行任何活動時都會出現的問題消失了，如今取代它的，並不是另一個問題，也不是對以前那個問題的回答，而是對她的想像。不論他是聽到或是自己正進行中的無聊談話，不論他是讀到或是了解到人的卑劣或無聊，他都不像以前那樣大為震驚了；他不再反問自己，人們何必忙碌，既然一切都那麼短暫而渺茫，何不回憶他最後一次見到的她的樣子，於是他的一切懷疑都消失了，不是因為她回答了他曾經想到的那些問題，而是因為對她的想像剎那間便將他帶到另一個光明境界，在那裡，不可能有什麼是非曲直，那是美和愛的境界，為了那樣的美和愛此生可以無憾。他在生活中不管看到什麼卑鄙齷齪的事，都對自己說：

「儘管某某盜竊了國家和沙皇的財產，國家和沙皇仍以禮相待；而她昨天曾對我微笑，還請我去探望她，我愛她，這一點永遠不會有人知道。」他想。

皮埃爾仍舊出入社交界，仍舊貪杯，過著遊手好閒、神不守舍的生活，因為他除了在羅斯托夫住所度過的時光，還有其餘的時間要打發，因此，在莫斯科養成的生活習慣和他在莫斯科的新結識不可抗拒地再次吸引他過著難以擺脫的生活。但是最近，從戰場上傳來愈來愈令人惶惶不安的消息，同時娜塔莎的健康也開始恢復了，她在他的心裡不再激起那種關懷備至的憐惜之情，一種莫名的不安愈來愈困擾他。他感覺到，他現在的生活不可能持續太久，災難正在逼近，且將改變他的人生，於是他焦急地在種種現象中尋找災難逼近的跡象。一個共濟會的兄弟向皮埃爾透露了有關拿破崙的預言，這個預言是從約翰的《啟示錄》中推算出來的。

《啟示錄》第十三章第十八節說：「在這裡有智慧。凡有聰明的，可以算計獸的數目，因為這是人的數目，它的數目是六百六十六。」

這一章第五節說：「又賜給它說誇大褻瀆話的口，又有權柄賜給它，可以任意而行四十二個月。」法語字母按照希伯來數位標記法，以前九個字母表示個位數、其餘字母表示十位元數，其字母和數值對照如下：

a	1	p	60
b	2	q	70
c	3	r	80
d	4	s	90
e	5	t	100
f	6	u	110
g	7	v	120
h	8	w	130
i	9	x	140
k	10	y	150
l	20	z[73]	160
m	30		
n	40		
o	50		

依此對照表，用數位代入L'empereur Napoléon（拿破崙皇帝）這兩個詞，這些數字的總和為六百六十六，因此拿破崙就是《啟示錄》所預言的那個獸。此外，再以同樣的方法代入法文quarante deux（四十

二），這是為那個獸「說誇大褻瀆話」所設置的期限，其數字的總和也等於六百六十六，由此可以得出結論，拿破崙政權的期限是在一八一二年，因為這一年，這位法國皇帝已滿四十二歲。這個預言令皮埃爾大為驚訝，他經常自問：究竟誰將終結這個獸，亦即拿破崙的政權呢，於是根據以數字和算術處理名詞的方法，竭力想找出這個他頗感興趣的問題的答案。皮埃爾寫下這個問題的答案：是L'empereur Alexandre（亞歷山大皇帝）？是La nation Russe（俄國人民）？他對字母進行了計算，但是數字的總和都遠大於或小於六百六十六。有一次，在進行相關算術時，他寫下自己的名字：Comte Pierre Besouhof（別祖霍夫伯爵）；數字的總和也相差甚遠。他改變了拼法，把s改為z，加上de，再加上冠詞le，仍未得到預期的結果。這時他想了起來，如果他所尋求的問題的答案就是他的名字，那麼在答案裡一定要說明他所屬的民族。於是，他寫下Le Russe Besuhof（俄羅斯人別祖霍夫），計算後得出的數字是六百七十一。只多了5；表示五的字母是「e」，就是在L'empereur這個詞前面的冠詞中省略的那個「e」。於是皮埃爾也省略了「e」，雖然這樣省略是不正確的，皮埃爾卻得出所尋求的答案：le Russe Besuhof，等於六百六十六。這個發現令他異常興奮。他和《啟示錄》所預言的偉大事件怎麼會如此密切相關呢，這是出於什麼樣的聯繫呢，他不知道；但是他毫不懷疑，這種聯繫是必定存在的。他對娜塔莎的愛、基督的敵人、拿破崙的入侵、彗星、六百六十六、拿破崙皇帝和俄羅斯人別祖霍夫——這一切連結在一起，必將醞釀成熟、猛然爆發，使他徹底擺脫莫斯科習氣、那邪惡、渺小的世界，他不再是這習氣的囚徒，並將他引向偉大的功勳和至高的幸福。

73 法語共有二十六個字母，這裡缺「j」。

在誦讀禱文的那個星期日的前一天，皮埃爾曾答應羅斯托夫，會從他的熟識拉斯托普欽伯爵手中取得告俄國民眾書和來自軍中的最新消息。皮埃爾清晨去見拉斯托普欽伯爵，並遇到剛從部隊來的信使。信使是皮埃爾認識的人，他是莫斯科擅長跳芭蕾舞的人之一。

「看在上帝分上，能不能幫幫忙？」信使說，「我帶來了滿滿一袋的家書。」

在這些書信中，有一封是尼古拉．羅斯托夫寫給父親的信。皮埃爾拿了這封信。此外，拉斯托普欽伯爵拿來剛印好的皇上告莫斯科民眾書、軍方最近的命令和他自己新寫的傳單。皮埃爾看了軍方的命令，在一份命令中，他在有關負傷、陣亡和授獎名單中找到尼古拉．羅斯托夫的名字，他因在奧斯特羅夫納英勇作戰而榮獲四級聖喬治勳章，在同一份命令中安德烈．鮑爾康斯基公爵被任命為精銳步兵團團長。雖然他不願向羅斯托夫提起鮑爾康斯基，卻忍不住想讓他們因家人受到獎勵而高興，便派人將一份印刷的命令和那封信送往羅斯托夫住處，卻將告民眾書、傳單和其他命令留在身邊，以便共進午餐時帶給他們。

與拉斯托普欽伯爵的談話、他那擔憂且急促的聲調；和信使的相遇，他那麼漠不關心地談及戰事不利；謠傳在莫斯科發現間諜、有一份在莫斯科流傳的文件說，拿破崙要在秋天之前占領俄國的兩座大城；預料皇上將於明日駕臨的談話——這一切無不激起皮埃爾的情緒和期待，自從彗星出現，尤其是戰爭開始後，這種情緒就不曾消失過。

皮埃爾早就想參軍，要不是有所顧慮，早就如願以償了。首先，他是宣誓加入共濟會的，而共濟會宣揚永久和平並消滅戰爭；再者，看到大批莫斯科人身穿軍服宣傳愛國主義，不知怎麼，他反而羞於跨出這一步。不過，他沒有實現參軍願望的主要原因還在於他有一個模糊的觀念，他，俄羅斯人別祖霍夫，具有那個獸的數值六百六十六，他將參與終結那個說誇大褻瀆話的獸的政權的偉大事業，這是亙古長存的天意，因此他什麼也不做，只要等待那必將發生的事情。

二十

每逢星期天，總有幾個親近的熟人在羅斯托夫住所一起共進午餐。皮埃爾來得早些，以免碰到外人。

這一年，皮埃爾又胖了許多，若不是他身材高大，他會顯得畸形。他四肢粗壯，力氣又那麼大，顯然足以輕鬆承受他那肥碩的身軀。

他喘息著，暗自嘟囔著什麼，踏上了樓梯。他的車夫已經不再多問要不要等他了。車夫知道，伯爵到羅斯托夫住所來，總要待到十一點鐘。羅斯托夫的僕人們高興地迎上來為他脫去斗篷、接過手杖和帽子。皮埃爾依俱樂部的習慣，把手杖和帽子都留在前廳裡。

他在羅斯托夫住所見到的第一個人是娜塔莎。在見到她之前，他在前廳脫斗篷時便聽到她的聲音。她正在大廳練唱。他知道，她自從生病以來，就不曾唱歌了，因此她的歌聲令他又驚又喜。他輕輕推開門，看到娜塔莎穿著她在參加日禱時穿的那件淡紫連身裙，在房間裡邊走邊唱。他一推開門，只見她背對著他，不過當她陡然轉身，一見到他胖胖的、神情驚訝的臉時，她臉上微微泛起紅暈，快步向他迎了過來。

「我想再試著唱一唱，」她說，「這畢竟也需要練習。」她補充了一句，彷彿為自己辯解似的。

「很好啊。」

「您來了，我好高興！我今天好幸福！」她朝氣蓬勃地說道，皮埃爾很久沒有看到她這麼充滿活力了。「您知道嗎？尼古拉獲得聖喬治勳章。我好為他感到自豪啊。」

「當然知道，命令是我派人送來的。好，我不打擾您了。」他加了一句，要到客廳去。

娜塔莎攔住了他。

「伯爵，怎麼了，我唱唱歌不好嗎？」她紅著臉說，面帶疑問的神氣且目不轉睛地望著皮埃爾。

「不……為什麼不好？……可是您為什麼要問我呢？」

「我自己也不知道，」娜塔莎旋即回答道，「不過我不願意做任何您不喜歡的事。我很信任您。您不知道，您對我多麼重要，您為我做了這麼多事！……」她說得很快，以致沒有注意到，他聽到這些話臉紅了。「在那份命令裡我還看到了他，鮑爾康斯基（這個名字她說得又快又輕），他在俄國，又擔任軍職了，您覺得，」她飛快說道，看來急於把話說出來，因為她擔心自己沒有勇氣說下去，「他以後會寬恕我嗎？他對我不會感到厭惡吧？您覺得呢？您覺得呢？」

「我覺得……」他說，「他沒有什麼可寬恕的……要是我處於他的地位……」由於對往事的回憶，他的思緒立刻飛到當下，當時他安慰她，對她說，如果他不是他，而是世上最優秀的人，而且是自由身，他會立刻下跪，向她求婚，於是他心裡又充滿了當初那種憐惜、柔情和愛，那些話就要脫口而出了。但是她不給他說這些話的機會。

「可是您，您，」她說，熱情洋溢地說出了這個您字，「是不同的。我從未遇過比您更善良、更豁達、更好的人，也不可能會有。要是當時沒有您，現在也一樣，我真不知道，我會出什麼事，因為……」淚水驀地湧入她的眼中；她轉身把樂譜拿到眼前唱了起來，又開始在大廳裡走來走去。

就在這時，彼佳從客廳跑了進來。

彼佳現年十五歲，是個面色紅潤的美少年，長著豐滿、鮮紅的嘴唇，很像娜塔莎。他正準備上大學，可是最近他和同學奧博連斯基暗自決定，要去當驃騎兵。

彼佳急匆匆地趕來，便是要和自己的同名人[74]商量大事。

他曾託皮埃爾去打聽，部隊會不會接受他當驃騎兵。

皮埃爾在大廳裡走著，未理會彼佳。

彼佳拉拉他的手，想引起他的注意。

「我的事情怎麼樣了呢，皮埃爾。看在上帝分上！我只有指望您了。」彼佳說。

「哎喲，你的事情。是當驃騎兵的事吧？我去問，我去問。今天就去問。」

「怎麼樣，親愛的朋友，怎麼樣，拿到宣言了嗎？」老伯爵問道，「伯爵夫人在拉祖莫夫斯基那裡參加日禱，聽了新的禱文。她說，禱文很好。」

「拿到了，」皮埃爾回答道，「皇上明天到……要召開非常貴族會議，據說要按千分之十的比例徵募新兵。對了，恭喜您。」

「好，好，感謝上帝。哎，軍隊有什麼消息？」

「我們又撤退了。聽說，已經到斯摩稜斯克了。」皮埃爾回答道。

「天哪，天哪！」伯爵說。「宣言在哪裡啊？」

「告民眾書！啊，對了！」皮埃爾開始在口袋裡搜尋宣言，卻怎麼也找不到。他一面拍打著幾個口袋，一面親吻剛進來的伯爵夫人的手，又不安地回頭張望，顯然是在等娜塔莎，她不唱了，可是也沒有到客廳來。

「糟糕，不知塞到哪裡了。」他說。

「看看你，總是丟三落四的。」伯爵夫人說。

娜塔莎神色柔和又激動地走進客廳，她坐了下來，默默望著皮埃爾。她一走進來，皮埃爾原來陰沉的臉陡然容光煥發，於是一面繼續尋找宣言，一面朝她看了幾次。

「真的，我還是回去一趟吧。我放在家裡了。一定……」

「喂，那就趕不上午餐了。」

「唉，車夫也不見了。」

不過，到前廳去找宣言的索尼婭卻在皮埃爾的帽子裡找到了，他把宣言仔細地塞在帽褶裡。皮埃爾要讀給大家聽。

「不，午餐後再讀。」老伯爵說，看來他預料朗讀宣言會為他帶來極大的快樂。

午餐時，所有人都為聖喬治勳章的新獲得者喝了香檳，接著升申說起城裡的新聞：老格魯吉亞公爵夫人生病了，梅蒂維埃已從莫斯科失蹤，有人把一個德國人帶到拉斯托普欽面前，聲稱他是個香菇[75]（這是拉斯托普欽本人說的），拉斯托普欽伯爵吩咐把香菇放了，對人們說，他不是香菇，只是個德國老蘑菇[76]。

「他們抓人了，抓人了，」老伯爵說，「所以我對伯爵夫人說了，要她少說法語。現在不是時候啊。」

「聽說了嗎？」升申說，「戈利岑公爵請了個俄語老師，在學俄語呢——在大街上講法語是很危險

---

74 指皮埃爾，他和彼佳的名字都是彼得。

75 俄文「香菇」（шампиньон）的發音與「間諜」（шпион）近似。

76 俄文「老蘑菇」（старый гриб）也有「老頭」之意。

的。」

「如何，別祖霍夫伯爵，等到徵集民兵時，您也要騎上戰馬嗎？」老伯爵問皮埃爾。

享用午餐期間，皮埃爾一直默默地若有所思。他聽到有人叫他，茫然地看了伯爵一眼。

「對，對，上戰場，」他說，「不！我算什麼軍人！不過，一切都那麼蹊蹺，那麼蹊蹺！我自己也理解不了。我不知道，我對軍事太缺乏興趣了，可是在現在這非常時期，誰也由不得自己。」

午餐後，伯爵舒服地坐在扶手椅裡，神情嚴肅地要求善於朗誦的索尼婭閱讀宣言。

「告故都莫斯科民眾書。

「敵人以強大兵力侵我疆土。他們要來毀滅我們親愛的國家。」索尼婭以她細緻的嗓音用心朗讀著。

伯爵正閉眼傾聽，在某些地方發出急促的嘆息聲。

娜塔莎挺直身子坐著，以審視的目光坦然地時而望著父親，時而望著皮埃爾。

皮埃爾感覺到她注視自己的目光，竭力不回頭看。伯爵夫人對宣言中每一個慷慨激昂的語句都不以為然，一逕氣憤地搖著頭。她在這些話語中只留心到一件事，就是威脅兒子的危險不會很快過去。升申撇嘴露出嘲笑的樣子，看來隨時準備嘲笑最先出現、可供嘲笑的對象：他嘲笑索尼婭的朗讀，嘲笑伯爵所說的話，如果沒有更好的藉口，甚至會嘲笑告民眾書。

朗讀了威脅俄國的危險，朗讀了皇上對莫斯科、尤其是對名門望族所寄予的厚望，索尼婭嗓音顫抖地讀完最後幾句話，她的嗓音之所以顫抖，是因為所有人都聚精會神地傾聽：「我將毫不遲疑地親自到首都以及我國各地的民眾之間，以便商討並領導全國民兵部隊，他們有的在前線阻擊敵人，有的是新組建的部隊，隨時準備擊敗敵人，不論他們出現在哪裡。敵人夢想滅亡我們，讓滅亡的命運降臨到他們自身吧，從奴役中獲得自由的歐洲將頌揚俄國的威名！」

「說得真好！」伯爵睜開濕潤的眼睛大聲叫道，好幾次歔欷難言，彷彿有人把氣味強烈的醋酸鹽瓶放到他鼻子底下似的。「只要皇上說一聲，我們就毫不吝惜地犧牲一切。」

升申還來不及說出嘲笑伯爵的愛國主義一番話，娜塔莎便跳了起來，跑到父親面前。

「爸爸真了不起！」她親著他說，而後又帶著下意識的嬌媚看了皮埃爾一眼，嬌媚和她的活力同時回到她的身上。

「真是個女愛國者！」升申說。

「根本不是什麼女愛國者，只是……」娜塔莎生氣地回答說，「您覺得一切都可笑，而這可不是開玩笑……」

「怎麼會是開玩笑！」伯爵重複道，「只要他一句話，我們就一起上。我們可不是那些德國人。」

「你們注意到了嗎？」皮埃爾說，「那裡說：『以便商討。』」

「那總有什麼原因吧？」

這時誰也未曾注意到的彼佳走到父親面前，臉脹得通紅，用男孩變聲時期的粗啞嗓音說道：

「現在，爸爸，我決定了，不管您怎麼想，媽媽也一樣，我決定了，你們讓我參軍吧，因為我不能。就這樣吧。」

伯爵夫人駭然地抬眼望天，舉起雙手輕輕一拍，氣沖沖地轉向丈夫。

「再說呀，說出禍事來了吧！」她說。

不過，伯爵立刻恢復平靜，不再激動。

「喂，喂，」他說，「又來了個戰士！別說蠢話：好好讀書更重要。」

「這不是蠢話，爸爸。費佳．奧博連斯基年紀比我小，他也要去，主要是，反正我現在沒有辦法讀書了，當……」彼佳住口不說了，臉紅得幾乎快要冒汗，不過終究還是說了出來，「當國家遭遇危險的時候。」

「夠了，夠了，荒唐。」

「不是您自己說的嗎，要犧牲一切。」

「彼佳，我跟你說，你給我閉嘴。」伯爵叫道，一面回頭望向妻子，她面色慘白，凝神注視小兒子。

「我告訴您吧，皮埃爾也說……」

「我跟你說，這是胡鬧，乳臭未乾就想從軍！我只能跟你說，算了吧，算了吧。」於是伯爵帶上文件離開了房間，或許想趁午休前在書房裡再看一遍。

「皮埃爾，算了，我們去抽菸吧。」

皮埃爾心慌意亂又茫然失措。娜塔莎一雙異常明亮、興奮的眼睛不斷向他投來過度親切的目光，他因而亂了方寸。

「不，我，好像，得回家了。」

「什麼回家，您不是想在我們這裡消磨一個晚上？您已經不常來了。而我的這個……」伯爵指著娜塔莎好心地說，「只有您在的時候才會快樂。」

「對了，我忘了，我得回去……有事……」皮埃爾急忙說。

「那就再見了。」伯爵說，接著便走出房間。

「為什麼您要走？為什麼您心情不好？為什麼？」娜塔莎問皮埃爾，挑釁地看著他的眼睛。

「因為我愛妳！」他很想說，但沒有說出口，他臉色緋紅，幾乎要流下淚了，他垂下眼睛。

「因為我最好少到你們家來……因為……不，只是我有事……」

「為什麼？不，您說。」娜塔莎斷然說道，卻突然住口。他們心慌意亂地面面相覷。他想笑笑，卻辦不到：他的笑容表現的是苦澀，於是他默然親了她的手，走了。

皮埃爾暗自決定不再到羅斯托夫的住處來了。

二十一

中午，彼佳的請求被堅決拒絕以後，他回到房間，將自己反鎖並傷心地哭了。他出來享用午茶時沉默而陰沉，眼睛哭得紅腫，但所有人都裝作沒看見似的。

第二天，皇上到了。羅斯托夫幾個看家護院的僕人獲准去看皇上。這天早上，彼佳花了很長時間梳洗打扮，衣領擺弄得像大人一樣。他皺眉站在鏡子前，擺姿勢、聳肩，最後，他沒對任何人說，戴上帽子就悄悄從後門出去了。彼佳決定直接到皇上所在的地方，並直接向某個侍從（彼佳覺得，皇上身邊總有很多侍從）說明，他，羅斯托夫伯爵雖然年輕，卻決心報國，年輕無礙於對國家的忠誠，他已做好準備……彼佳準備出門時，已想好要對侍從說的動聽話語。

彼佳指望能順利見到皇上，正是因為他仍是個孩子（彼佳甚至想到，大家都會對他仍這麼年輕感到驚訝），同時他想藉由精心整理過的衣領、髮型和沉穩以及從容的步態表現出自己的老成持重。但是他愈是往前走，就愈是被克里姆林宮周圍絡繹不絕的人流所吸引，而忘記要保持成年人那種穩重從容的氣度。一走近克里姆林宮，他擔心起會被人們推擠，便帶著威脅的神色堅決地張開手臂。可是到了聖三一門，儘管他很堅決，人們或許不清楚他是抱著愛國主義的目的要去克里姆林宮，依舊將他緊緊地擠在牆上，他只好屈服，站住不動，耐心等待那些輕便馬車自拱門下隆隆駛過。彼佳身邊站著帶了僕人的農婦、兩個商人和一名退役士兵。彼佳在聖三一門裡站了一會兒，未等所有馬車經過，就想搶先往前闖，於是開始堅定的擺

動兩隻手臂；可惜農婦就站在他前面，他的手臂撞到了她，農婦生氣地朝他嚷了起來，

「小少爺，你幹麼推人，你看，別人都站著不動。亂擠什麼呀！」

「那就大家都來擠啊。」那個僕人說，也開始擺動手臂，把彼佳擠到臭氣熏人的角落。

彼佳擦掉臉上的汗水，又整理一下汗水濕透的衣領，他在家裡曾像大人一樣把衣領整理得好好的。

彼佳覺得，他的樣子有失體面，他擔心，要是這麼出現在侍從面前，他們是不會讓他去見皇上的。可是若想梳洗打扮，就得再到其他地方，周圍實在太擁擠也根本不可能離開。此時，他看見羅斯托夫都熟識的將軍騎馬經過。彼佳想請他幫忙，可是又覺得，這不是男子漢所為。所有馬車都過去了，人群一擁而上，彼佳被擠到廣場上，那裡人山人海。不僅廣場，連斜坡上、屋頂上也到處都是人。彼佳剛出現在廣場上，便清楚聽到響遍克里姆林宮的鐘聲和民眾的歡聲笑語。

有一段時間，廣場上的人顯得較稀疏，可是突然間，所有人盡皆摘下帽子，再次向前擁蜂而去。彼佳被擠得喘不過氣來，人人都在高呼：「烏拉！烏拉！烏拉！」彼佳踮著腳擠來擠去，忍受著痛楚，可是除了周圍的人，什麼也看不見。

人人臉上無不流露出感動和狂喜。一個站在彼佳身邊的女商人放聲大哭，淚水流了下來。

「恩人，天使，聖上啊！」她邊說邊用手指抹去淚水。

「烏拉！」四面八方都在呼喊。

人群在原地待了片刻；可是後來又衝向前去。

彼佳忘乎所以了，他咬緊牙關，怒目直瞪，擺動手臂往前衝，高呼「烏拉！」彷彿此刻他準備把自己和所有人都殺掉似的，不過，他的兩旁人頭攢動，他們也同樣陷入瘋狂，同樣高呼「烏拉！」

「看啊，皇上意味著什麼！」彼佳想，「不，我不能自己向他提出請求，這太放肆了！」儘管如此，他還是不顧一切地擠過去，他從前面人群的背後隱約看到，一片空地上有一條鋪著紅地毯的走道。可是，這時人群開始晃動著往後退（前面的員警把過於逼近莊嚴行進隊伍的人們往後推；皇上正從皇宮前往聖母升天大教堂），彼佳的肋骨意外遭受重擊，被緊緊地擠壓著，他突然兩眼發黑，失去了知覺。當他醒過來時，一名腦後有一綹花白頭髮、身穿破舊藍色長袍的神職人員，大概是教堂執事，單手扶在他的腋下，另一隻手擋著擁擠的人群。

「這位小少爺被擠傷了！」教堂執事說，「怎麼這樣！輕點兒……擠傷了，擠傷了！」

皇上走進聖母升天大教堂。人群再次散開，於是教堂執事把面色蒼白、停止呼吸的彼佳帶到砲王[77]所在之處。有幾個人很同情彼佳，轉眼一大群人朝他轉過身來，在他周圍竟發生了擁擠的情況。離得近些的人正照料他，他們解開他的上衣，扶他坐在大砲高處，一邊埋怨著——埋怨那些擠傷他的人。

「這會擠死人的。怎麼這樣！簡直是行兇！瞧，可憐的孩子，臉白得像紙一樣。」有幾個人在說。

彼佳很快便清醒了，臉上出現血色，疼痛過去了，這暫時的不快意外使他在大砲上得到一個位置，他希望在這裡能看到將要折返的皇上。彼佳此時此刻不再考慮提出請求的事了。只要能見到皇上，那就是莫大的幸運了！

在聖母升天大教堂禮拜——恭迎皇上駕臨的祈禱和慶祝與土耳其締結和約的感恩祈禱結合——的時候，人群漸漸散去；接著出現了一些小販，正叫賣克瓦斯[78]、蜜糖餅乾和彼佳特別愛的罌粟籽餡餅，也聽得到一些日常談話。一個女商販展示著一條破舊的披巾，說是花大錢買來的；另一個女商販說，絲綢料全漲價了。救助彼佳的教堂執事正和一個官員交談，說某人和某人今天同主教一起主持禮拜。教堂執事幾次提到會同[79]這個詞，彼佳不解其意。兩個年輕的市民在和幾個嗑榛果的年輕女僕調笑。所有這些談話，尤其是調戲女孩，對彼佳這年齡的男孩別具吸引力，然而，彼佳現在對這些交談完全不感興趣；他坐在砲臺上，想到自己對皇上的愛戴時仍然激動。他被擠到時的疼痛和恐懼以及歡欣鼓舞的心情都在這同一天發生了，他更強烈地意識到這個時刻的重大意義。

自濱河街的方向突然傳來鳴放禮砲的聲響（這是為了慶祝與土耳其締結和約），於是人群急忙朝濱河街趕去——為了觀賞鳴放禮砲。彼佳也想去，可是主動關心這個小少爺的教堂執事不放他走。

禮砲聲繼續鳴放，這時從聖母升天大教堂匆匆跑出一群軍官、將軍和宮廷侍從，然後又有幾個較不匆忙的人走了出來，於是人們又脫下帽子，那些前往觀看大砲的人也在往回跑。最後又有四個身穿禮服、佩戴綬帶的男人走出教堂的門。「烏拉！烏拉！」人群再次歡呼起來。

「是哪一個？是哪一個？」彼佳帶著哭腔向周圍問道，但誰也沒有回答他。大家太入神了，於是彼佳挑中這四人中的一人，由於興奮得淚眼模糊而看不清對方，卻將全部熱情傾注在他身上，可惜那並不是皇上，他狂熱地高呼「烏拉！」並下定決心，明天就參軍，不管要付出什麼代價。

人群跟著皇上跑，把他送到皇宮，之後便逐漸散去。天色已經很晚，彼佳什麼也沒吃，臉上大汗淋漓；不過，他不回家，和有所減少、卻仍然為數眾多的人群站在皇宮前，在皇上進餐時張望著皇宮的窗戶，似乎還在等待著什麼，既羨慕駛近皇宮前來和皇上共進午餐的達官貴人，也羨慕那些伺候進餐、在窗

---

77 砲王是一五八六年鑄造的一尊大砲，重兩千四百普特，陳列於克里姆林宮。

78 一種低濃度的酒精飲品。

79 會同，是在教會的會議上「有很多神職人員參與」的意思。

邊來回的宮廷僕役。

在皇上進餐時，瓦盧耶夫朝窗外望了望說：

「民眾仍然希望能見到陛下。」

午餐已經結束，皇上邊享用著最後一塊餅乾邊走上陽臺。民眾和站在中間的彼佳連忙朝陽台擁去。

「天使，恩人！烏拉，聖上！」民眾和彼佳呼喊著，婦女和一些比較軟弱的男人，其中也包括彼佳，幸福得哭了出來。皇上手中一塊大餅乾不慎掉在陽臺的欄杆上，又從欄杆上掉到地上。站得最近、身穿束腰長外衣的車夫撲向那一塊餅乾，一把抓在手裡。人群中有些人便向車夫衝了過去。皇上看在眼裡，吩咐為他端來一盤餅乾，開始從陽臺上拋下餅乾。彼佳兩眼充血了，被擠傷的危險只是更刺激他，他朝那些餅乾猛撲過去。他不知為什麼，但一定要得到沙皇手裡的一塊餅乾，而且絕不退讓。他衝了過去，撞倒了一個正想拿起一塊餅乾的老太婆。但老太婆卻不肯認輸，儘管倒在地上（她伸手想抓餅乾卻老是抓不到）。彼佳用膝蓋撞開她的手，搶到了餅乾，深怕來不及似的，又放聲大喊「烏拉！」他的嗓子已經嘶啞了。

皇上離開了，然後多數民眾也都散去。

「我就說過嘛，還得等一等——果然等到了。」民眾中隨處聽得到有人雀躍說道。

不管彼佳感到多幸福，只要他一想到回家就悶悶不樂，他知道，今天的歡樂已經結束了。彼佳離開克里姆林宮不是回家，而是去找同學奧博連斯基，他今年十五歲，也要從軍。回家後，他斷然宣稱，要是不放他走，他就逃走。第二天，羅斯托夫伯爵雖然還沒有完全答應，卻出去多方打聽，該怎麼把彼佳安排到相對安全的地方去。

二十二

此後的第三天，即十五日的早晨，斯洛博達宮[80]附近停著無數輕便馬車。

大廳裡擠滿了人。待第一座大廳裡的，是身穿制服的貴族。第二座大廳裡的是佩戴獎章、蓄著大鬍和身穿藍色長衫的商人。而在貴族會議廳裡，喧嘩和腳步的雜沓聲響成一片。在一張大桌子旁、皇帝畫像下方，那些位高權重的大臣都坐在高背椅上；不過，多數貴族都在大廳裡來回走動。

所有貴族，也就是皮埃爾每天都能時而在俱樂部、時而在他們住所裡見到的那些人，全穿著制服，有些是葉卡捷琳娜朝代的制服，有些是保羅朝代的，有些是亞歷山大新朝的，有些則是一般的貴族制服，總之，眼前淨是制服，這種共同性使那些年老和年輕的、各不相同卻又熟識的臉顯得陌生且離奇。特別令人吃驚的是那些老人，他們早已老眼昏花、牙掉了、頂禿了，臉浮腫發黃或滿臉皺紋，瘦骨嶙峋。他們大多默默坐著，即使走動、談話，也總是找年輕些的作伴。在這些人臉上，正如彼佳在廣場上的群眾臉上所看到的，無不流露出一種矛盾之處：一方面普遍期待著某種激動人心的事件，一方面又想著昨天那些平常的人和事——波士頓牌局啦，廚師彼得魯什卡啦，季娜伊達·德米特里耶夫娜的健康啦等。

皮埃爾從清晨起便穿上嫌太小號的貴族制服，緊裹在身上很不舒服，他也在大廳裡。他心情很激動：

80 斯洛博達宮位於莫斯科的列福爾托沃。

不僅有貴族，而且有商人等不同階層參加的非常會議，亦即三級會議，在他心裡引起一連串擱置已久、然而深藏心底有關社會契約和法國大革命的思想。他注意到，告民眾書中有一句話，提及皇上要回首都和人民商討，這句話更加強了他的觀點。因而他認為，在這方面他久已期盼的某種重大事件正在臨近，他走來走去，仔細觀察並傾聽他人交談，卻找不到他感興趣的那些思想表現。

宣讀皇上的宣言，引起了極大的反應，後來人群散開，彼此交談著。除了一般的話題，皮埃爾聽到人們在議論，皇上進來時首席貴族們該站在哪裡、何時為皇上舉行舞會、各縣分開舉行或是全省聯辦……諸如此類。可是，當問題一涉及戰爭和召集貴族的意圖，議論便遲疑不決、含糊其詞了。在場者都寧願多聽，而不願多說。

一個中年男子，面容英武、漂亮，身穿退役海軍制服，在一座大廳裡說話，他身邊聚集了很多人。皮埃爾走近這個圈子，站在那個能說擅道的人身旁仔細聆聽。羅斯托夫伯爵身穿葉卡捷琳娜時代軍事長官的長襟上衣，面帶愉快的微笑在人群中踱步，他和所有人都認識，此時也來到這個圈子，和善地微笑著聽了起來，像平時一樣，邊聽邊贊同地點頭，表示同意對方的意見。退役海軍軍人說話很放肆；這從聽眾的表情可以看得出來，而且皮埃爾所認識的一些最溫順隨和的人也不以為然地從他身邊離開或表示異議。皮埃爾擠到圈子中間，仔細聽了聽，認定說話的人確實是個自由派，不過並不是皮埃爾所理解的自由派。這位海軍軍人以貴族那種特別洪亮、悠揚的男中音說話，帶著含糊悅耳的捲舌音，省略輔音，那聲音就像人們呼喚「拿茶，菸斗！」那樣。他說話的聲音裡透露出一種囂張弄權的習氣。

「斯摩稜斯克人建議皇上組建民兵，那又如何。難道斯摩稜斯克人的話對我們就是命令嗎？如果莫斯科省的高尚貴族認為必要，他們可以用其他方式向皇上表達忠誠。難道我們忘記一八〇七年的民兵？不過是養肥了吃教堂飯的人和盜賊……」

羅斯托夫伯爵露出善意的微笑，點頭贊許。

「怎麼，難道我們的民兵有益於國家？沒有任何好處！只是使我們經濟破產。還是徵兵好，否則打戰回來的既不是兵，也不是農夫，全染上一些為非作歹的習氣。貴族不吝惜自己的生命。我們自己全體出動，還帶上招募來的新兵。只要昂上（他把皇上說成了昂上）說一聲，我們就一起去為他拚命。」演說家慷慨激昂地補充了一句。

羅斯托夫伯爵興奮得直嚥唾沫，又碰碰皮埃爾。不過皮埃爾也有話要說。他走到前面，感覺意氣風發，自己還不知道為什麼會如此激動，甚至還不知道要說什麼。他張口剛要說話，一個站在演說家附近的參政員便打斷了他，這個人的牙齒已經掉光了，有一張聰明而怒形於色的臉。他顯然慣於進行辯論和抓住問題，說話的聲音雖輕，但聽得見：

「我認為，親愛的先生，」參政員翕動癟嘴說道，「我們被召集到這裡來，不是為了討論目前什麼對國家更合適——是徵兵或是組建民兵。我們來到這裡，是為了響應皇帝陛下的號召。至於判斷什麼更合適——徵兵或是組建民兵，要由最高決策者斟酌決定……」

皮埃爾突然為激昂的情緒找到宣洩的出口。他對參議員極為反感，因為他用這種正確然而狹隘的看法來影響貴族當前的行動。皮埃爾跨前一步，制止了他。他自己也不知道要說什麼，卻激昂地說了起來，偶爾冒出幾句法語或文縐縐的俄語來表達。

「請原諒，閣下，」他開始說道（皮埃爾和這位參議員很熟，但認為在這種場合必須用正式的稱呼），「不過我不同意這位先生……（皮埃爾略顯遲疑。他本想說我尊敬的論敵），這位……先生我還沒有結識他的榮幸；但我認為，貴族階層除了表達支持和熱情外，也有責任討論幫助國家的辦法。我認為，」他非常激動地說道，「如果皇上發現，我們只是把我們的農奴交給他，而……我們只能當砲灰，卻不能為他分……分……分憂，那麼皇上是不會滿意的。」

好多人離開這個圈子了，他們注意到參議員輕蔑的微笑和皮埃爾言論的自由主義傾向；唯有羅斯托夫伯爵對皮埃爾的主張感到滿意，正如他也滿意海軍軍人、參議員的想法一樣，一般說來，他總是滿意他所聽到的最後一個人的想法。

「我認為，在討論這些問題之前，」皮埃爾接著說道，「我們應當請皇上，恭請皇上向我們確定，我們有多少部隊、我們的部隊和各軍團目前處於什麼位置，那時再……」

但皮埃爾還沒有把話說完，便突如其來的遭到來自三方面的攻擊。對他攻擊得最重的是他早就認識、向來對皮埃爾抱有好感的波士頓牌牌友斯捷潘·斯捷潘諾維奇·阿普拉克辛。斯捷潘·斯捷潘諾維奇身穿制服，由於這套制服，或是出於其他原因，皮埃爾彷彿眼前是另一個人。斯捷潘·斯捷潘諾維奇臉上突然露出老氣橫秋的憤恨，對皮埃爾嚷道：

「首先，我告訴您，我們無權向皇上問這些，其次，即使俄國貴族有權這麼問，皇上也無法回答。部隊隨著敵人的行進而移動——部隊的行蹤是來去不定的……」

另一個人中等身材，四十歲上下，皮埃爾從前在吉卜賽人那裡見過，知道他打牌技術不大高明，也由於穿著制服而整個人變了樣，他逼近皮埃爾，打斷阿普拉克辛的話。

「何況也不是發議論的時候，」這個貴族說，「我們需要的是行動：仗打到俄國境內了。我們的敵人來了，要毀滅俄國，要玷辱我們祖先的墳墓，要虜走我們的妻兒。」這位貴族拍了一下胸脯。「我們要一齊奮起，大家一起上，為聖上而戰！」他瞪著充血的雙眼叫道。人群中響起了幾個人的贊許聲。「我們俄國人為保衛信仰、皇座和國家不惜流血犧牲。我們是國家的兒子，必須拋開幻想。我們要讓歐洲見識，俄國人怎麼為俄國而奮起。」那位貴族大聲說道。

皮埃爾想反駁，卻說不出一句話來。他覺得，他的話裡不論包含什麼樣的意思，與那位貴族慷慨激昂的語調相比，他的聲音是很難被人們聽到的。

羅斯托夫伯爵在圈子外大表贊許；他語音一落，有幾個人朝演說家豪邁地一扭肩膀說：

「說得對，對！這就對了！」

皮埃爾想說，他並不是反對犧牲，無論是犧牲金錢、農奴還是自己的生命。但是應當了解戰事的發展，以便為戰事效力，可是他無法說話。許多人同時高喊、說話，以致羅斯托夫伯爵完全來不及向所有人點頭；於是人群時而擴大，時而散開，又聚攏在一起，人聲嘈雜地擁往大廳裡的那張大桌子。皮埃爾不僅未能說話，人們甚至粗魯地打斷他、推擠他、轉頭不理會他，好像他是眾人的公敵。這種情況之所以發生，並不是因為人們不滿意他發表的內容，在隨後那麼多人開口之後，他的話已被忘得一乾二淨，但是群眾高昂的情緒需要有一個看得見摸得著的愛的對象和一個看得見摸得著的恨的對象。皮埃爾不幸成了後者。在那位慷慨激昂的貴族之後，很多演說家都說話了，而且所有內容盡皆口徑一致。其中有許多人表達得很好、很有新意。《俄羅斯通報》的出版者格林卡[81]被人們認出來了（人群中有人高喊：「作家，作家！」）他說，必須

81 格林卡（一七七六—一八四七）於一八〇八至一八二〇年、一八二四年出版《俄羅斯通報》雜誌，在拿破崙入侵期間，該刊支持民眾的愛國主義熱情，但同時堅持君主制立場。

以暴制暴，他曾親眼目睹一個在電閃雷鳴之中微笑的孩子，但我們不是這樣的孩子。

「是的，是的，在電閃雷鳴之中！」後排有人贊許重複道。

人群擁到大桌子前，桌邊坐著那些身穿制服、斜披綬帶、白髮蒼蒼和頭頂光禿的七十歲高齡高官顯貴，這些人皮埃爾幾乎都見過，也曾見過他們在各自住所裡和小丑逗樂或在俱樂部打波士頓牌。人群擁到桌子前，喧嘩不已。被擁上來的人群從後面緊緊地擠著高椅背上的演說家們，一個接一個或兩個同時都在說話。站在後面的人發覺發言者說漏了什麼，便急忙補充。有些人在這又熱又擠的人群中搜索枯腸，冒出什麼想法便急忙說出來。皮埃爾所認識的那些年邁達官貴人坐在那裡，時而看看這個，時而看看那個，其中多數人的表情只說明了，他們熱得難受。不過，皮埃爾很激動，人們有一種普遍的心情，想表明我們是無所畏懼的，不過大多表現在聲音和表情中，而不是表現在言詞裡，這種情緒也感染了皮埃爾。他沒有放棄自己的想法，但覺得自己有什麼過錯似的，於是企圖申辯一下。

「我只是說，我們在了解有什麼需要之後，才能適當地做出必要的犧牲。」他大聲說道，努力想壓倒別人的聲音。

一個離他最近的老頭看了他一眼，但立刻被桌子另一邊發出的叫嚷聲所吸引。

「是的，莫斯科將被放棄！她就是贖罪的代價！」有人叫道。

「他是人類的公敵！」另一個吼道，「請允許我發言……先生們，你們擠到我了……」

二十三

這時，在分列兩旁的貴族之間，下巴突出、眼睛靈動的拉斯托普欽伯爵身穿將軍制服、肩頭斜披綬帶疾步走了進來。

「皇上馬上就到，」拉斯托普欽說，「我剛從那邊來。我認為，處於當前的形勢，不必多談。皇上決定召集我們和商界，」拉斯托普欽伯爵說，「從那裡會流出千百萬盧布（他指指商人們所在的大廳），而我們的任務是提供民兵，不要顧惜自己，我們至少可以做到這一點！」

坐在桌邊的高官顯貴商議了起來。整個會議幾乎是無聲無息地過去了。會議甚至顯得壓抑，這時，在剛才的人聲鼎沸之後，只聽衰老的聲音一個接一個地說話，一個說：「同意」，另一個為了避免重複，就說：「我也是這個意見」等。

書記受命起草莫斯科貴族的決議：莫斯科人和斯摩稜斯克人一樣，依千分之十的比例提供奴僕及其全套裝備。會議結束後的先生們站起身來，猶如卸下重擔似的，推開椅子，在大廳裡四處活動，一邊挽著某人的手臂聊天。

「皇上！皇上！」這聲音驀地傳遍大廳，人群擁到了門口。

皇上在貴族的人牆中沿著寬闊的通道走進大廳。人人臉上無不流露出敬畏又好奇。皮埃爾距離很遠，聽不清皇上在說什麼。他根據自己所聽到的，只知道皇上談到國家所處的危險境地，以及他對莫斯科貴族所寄予的厚望。有人回答皇上說，剛才通過了貴族的決議。

「諸位！」皇上的聲音顫抖一下說；人群發出一陣簌簌聲，又歸於寂靜，於是皮埃爾清楚地聽到皇上那令人愉悅、仁慈又深受感動的聲音，他說：「我從不懷疑俄國貴族的忠心。但是今天，你們的忠心遠超過我的期望。我代表國家感謝你們。諸位，讓我們行動起來吧——時間最寶貴……」

皇上不說了，人群開始簇擁到他身邊，只聽四周淨是一片讚歎聲。

「是的，最寶貴……皇上的話最寶貴。」羅斯托夫伯爵在後面哭著說，他其實什麼也沒有聽見，而且完全誤解了。

皇上從貴族大廳來到商界大廳。他在那裡待了近十分鐘。皮埃爾看到皇上和幾個人從商界大廳裡出來時，眼裡噙著感動的淚水。後來才知道，皇上剛開始對商人們說話，眼淚便奪眶而出，於是他聲音顫抖著把話說完。皮埃爾看見皇上時，他正在兩個商人的陪伴下走出來。一個是皮埃爾認識的肥胖包稅人，另一個是尖下巴、面色又黃又瘦的商會領袖。他們兩人都在流淚。瘦子止住了淚水，胖子包稅人卻像孩子般號啕大哭，嘴裡不停地說：

「把我們的生命和財產都拿去吧，陛下！」

皮埃爾這時已經沒任何感覺了，他一心只想表明他無所畏懼、準備犧牲一切。他覺得，他的立憲傾向言論是應受譴責的；他在尋找贖罪的機會。他一得知馬莫諾夫伯爵[82]提供一個軍團，別祖霍夫當即向拉斯托普欽伯爵宣布，他獻出一千名奴僕及其全部補給。

羅斯托夫伯爵對妻子談起這段經過時總是淚流不止，當即同意了彼佳的要求，而且親自為他登記。

第二天，皇上走了。所有與會的貴族都脫下制服，又各自在住所裡和俱樂部裡安頓下來，不時哼哧著吩咐管家去辦理民兵相關事宜，心裡很是吃驚，自己怎麼會答應這等傻事。

82 德米特里耶夫·馬莫諾夫（一七九〇—一八六三），詩人，政論家；與共濟會關係密切。馬莫諾夫的團在他本人的指揮下參加了一八一二年多場戰役。

第二章

一

拿破崙之所以對俄國發動戰爭，是因為他不能不去德累斯頓、不能不迷惑於榮耀的光環、不能不穿上波蘭軍服，並陶醉於六月清晨那積極進取的誘惑、不能不在庫拉金面前，後來又在巴拉紹夫面前勃然大怒。

亞歷山大之所以拒絕任何談判，是因為他覺得個人受到侮辱。巴克萊·德·托利努力統領軍隊，是為了恪盡職守並贏得偉大統帥的聲譽。尼古拉之所以向法國人展開衝鋒戰，是因為他忍不住想在平坦的曠野縱情馳騁。同樣，那些不計其數的人、這場戰爭的參與者，都由於自身的天性、習慣、條件和目的而採取行動。他們擔心著、吹噓著、高興著、憤怒著、思索著，自以為知道自己在做什麼，而且是為自己而做，其實所有人都是歷史中不由自主的工具，他們感受不到自身行動的意義，然我們後人卻看得很清楚。這就是所有置身於實際行動中的人無可避免的命運。他們在人世階梯上站得愈高，便愈不自由。

如今，一八一二年的活動家們早已離開舞臺，他們個人的利害得失已消失得無影無蹤，橫擺在我們面前的，只有那個時代的歷史後果。

不過，如果我們假定，歐洲人應該在拿破崙的統率下深入俄國腹地，並在俄國遭到滅亡，那麼，我們便可理解參與這場戰爭的人們，以及他們自相殘殺、毫無意義的行動。

天意迫使所有人追求各自目標時，促成一個重要的結果，這個結果是任何人（無論是拿破崙或是亞歷山大，參與戰爭的其他人就更不用說了）都絲毫沒有想到的。

現在我們很清楚，一八一二年法軍覆亡的原因是什麼。誰也不會爭辯，拿破崙的法國軍隊之所以覆亡，一方面是由於進軍太晚，對冬季深入俄國腹地的遠征缺乏充分準備，另一方面是由於焚燒俄國城鎮、激起俄國人民的同仇敵愾，改變了戰爭的結果。可是，當時誰也不曾預見到，唯有如此，世上一支由最優秀的統帥所率領的八十萬之眾優秀大軍，才會在衝突中敗於俄軍這麼一支缺乏經驗的統帥所率領的軍隊，更遑論這支俄軍不但缺乏戰鬥經驗且兵力不及對手一半；這一點誰也不曾預見到，而且從俄方來說，所有努力往往對唯一能使俄國得救的態勢有所阻撓。從法方來說，儘管具備作戰經驗和拿破崙的所謂軍事天才，所有努力卻都是在驅使軍隊在夏末之前衝到莫斯科，這也意味著，他們的所作所為正是自取滅亡。

如今，法國眾多作者在一八一二年的相關歷史著作中，總樂於說，拿破崙意識到拉長戰線的危險性，一直在尋求戰機，他的元帥們無不建議他在斯摩稜斯克停止前進，作者們甚至援引其他類似的論據證明，當時便對戰役的危險性有所理解；而俄國的作者們更樂於表明，在戰役開始之初，便有一個誘使拿破崙深入俄國腹地的冷酷作戰計畫，有人說擬定該計畫的是普富爾，有人說是某個法國人，有人說是托爾，有人說是亞歷山大皇帝親自制定的，並援引各種筆記、計畫和信函以為證據，其中確實有一些關於這種作戰方式的暗示。但是這些關於事態發展已在預料之中的暗示，無論出自法方或俄方，如今被提起，僅僅是因為事態證明了其正確性。若是預料中的並未發生，那麼這些暗示就會被遺忘，正如千百萬種背道而馳的暗示和預測，如今已被遺忘一樣，那些暗示和預測與事實不符，因而被遺忘。對每一個正在發生的事件的結局，永遠存在無數預測，因而不論結局如何，總會有人說：「我當時就說過了。」而全然忘了，在無數預測之中，曾有過截然不同的預測。

關於拿破崙意識到拉長戰線的危險性以及俄方誘敵深入的推測顯然屬於這一類，歷史學家只能牽強附會地認為，拿破崙和他的元帥們有這類想法，而俄軍將領有那樣的計畫。所有的事實都是和這些推測完全矛盾。不僅在整個戰爭期間，俄方從未有過誘敵深入的想法，而且敵人一進入俄境，俄方的因應對策便是阻止他們，拿破崙不僅不擔心拉長戰線，甚至興奮地把前進的每一步都視為勝利，不再像他在以往的戰役中那樣，積極地尋求戰機了。

戰役剛開始，我軍的幾個軍團便被切斷，於是我們力求達到的唯一目標就是再次會合，若要撤退並誘敵深入，軍團會師可謂毫無益處。皇上留在軍中是為了鼓舞士氣，保衛俄國的每一寸土地，而不是要撤退。依普富爾的計畫修建雄偉的德里薩營地，也不是打算再向後撤。皇上每每因部隊撤退而斥責總司令。別說焚燒莫斯科，皇帝甚至無法想像敵人竟攻占斯摩稜斯克，而在軍團會師之後，皇上更是大為震怒，斯摩稜斯克居然被占領、被焚毀而未進行任何一場決戰。

這是皇上的心境，但俄國將領和全體戰士一想到我軍正向內地撤退更是憤怒。

拿破崙將我軍切斷後，直向俄國境內挺進，幾次放過了戰機。八月，他在斯摩稜斯克只想著如何向前推進，儘管我們現在看到，這次進軍對他來說顯然是毀滅性的。

事實清楚地說明，拿破崙沒有預見到進軍莫斯科的風險，亞歷山大和俄軍將領當時也沒有想誘敵深入，而是正考慮另一種截然不同的可能性。拿破崙深陷俄國境內不是執行某人計畫的結果（沒有人相信這種可能性），而是投身戰爭的人心中，各種陰謀、目的和願望之間，錯綜複雜的角力結果，他們並未揣摩什麼是必將發生的事，也沒有揣摩什麼是拯救俄國的唯一途徑。一切都是無意中發生的。幾個軍團在戰役開始時被切斷了。我們力圖會合，目的顯然是要進行會戰，阻止敵人進攻，可是我們在力圖會師的過程中，為了避免和強敵交戰，不由自主地成銳角形後退，將法軍引到斯摩稜斯克。我們成銳角形後退，是因為法軍在兩軍團之間推進，結果銳角拉得更尖了，不過這麼說還不夠，我們之所以退得更遠，也因為巴克萊·德·托利這個不得人心的德國人[83]是巴格拉季翁（他可能必須受巴克萊指揮）所痛恨的，於是指揮第二軍團的巴格拉季翁想方設法盡可能拖延和巴克萊會合的時間，以免受他牽制。巴格拉季翁遲遲不願會師（雖然會師是所有指揮官的主要目的），是因為他覺得，在會師的路線上，自己的軍團將遭遇危險，對他來說，比較有利的會師路線是朝偏左和偏南的方向撤退，以便騷擾敵軍的側翼和後方。不過，看來這是他想出來的藉口，因為他不願聽命於他所痛恨且軍銜又比他低的德國佬巴克萊。

皇帝身在軍隊中必須鼓舞士氣，而他的親臨、他不知如何決策的遲疑以及多位顧問和各種計畫消耗了第一軍團的行動能力，軍團正撤退中。

原來估計能在德里薩營地停下來；可是想當總司令的保盧奇突然大力對亞歷山大施加影響，導致普富爾的計畫被放棄，巴克萊奉命成為掌管所有軍務的總司令。但是由於對巴克萊缺乏信任，他的權力極其有限。

軍團分散，沒有統一的領導，巴克萊不得人心；但是由於這種混亂、分散和德國人總司令的不得人心，一方面導致遲疑避戰（如果軍團已經會師，當指揮官的不是巴克萊，那麼決戰是不可避免的），另一方面導致對德國強烈的憤恨，最終激起了愛國主義熱情。

最後，皇上離開了軍隊。為他的離去找到的唯一適當藉口是，他必須前往兩座城市鼓舞民眾參與戰爭。皇上這次離開部隊前往莫斯科，促使俄國軍隊戰力增強了兩倍。

皇上離開軍隊是為了不妨礙總司令的統一指揮，希望能採取更果斷的行動。但軍隊領導階層的情況卻更混亂、更軟弱無能：本尼格森、大公和一大群侍從官仍留在軍中，以便監督總司令的行動並激勵他，因而巴克萊在皇上眾多耳目的監督下，深感身不由己，對採取果斷行動更加謹小慎微，並且迴避決戰。

巴克萊主張謹慎。親王[84]暗示這形同背叛，並要求進行大會戰。柳博米爾斯基、勃拉尼茨基、弗洛茨基[85]等人將這場紛爭鬧得沸沸揚揚，巴克萊只好以向皇上呈送文件為由，將波蘭籍的侍從官們都支使到彼得堡，並與本尼格森和大公進行公開的權力鬥爭。

不論巴格拉季翁多麼不願意，軍團總算在斯摩稜斯克會師了。

巴格拉季翁乘坐轎式馬車駛近巴克萊的駐地。巴克萊披上武裝帶出迎，並做為下級軍官向軍銜較高的巴格拉季翁報告。巴格拉季翁經過內心交戰，儘管軍銜高，仍寬宏大量地表示服從巴克萊。但是在表示服從之後，卻更是分歧了。根據皇上的旨意，巴格拉季翁可以直接向皇上報告軍情。他在寫給阿拉克切耶夫的信中寫道：「任憑皇上發落，我無論如何也無法與這位大臣（巴克萊）共事。看在上帝分上，哪怕派我到任何一處指揮一個團，我在這裡實在待不下去了；整個司令部都是德國人，俄國人簡直無法生存，在這裡毫無意義。我本以為，我完全是在為皇上和國家效力，其實是在為巴克萊效力。說實話，我不願意。」勃拉尼茨基、溫岑格羅德之流使軍團總司令之間的關係更加惡化。部隊準備在斯摩稜斯克前進攻法軍。

---

83 巴克萊·德·托利出身於古老的蘇格蘭世家，於十七世紀移居里加。但俄國社會把這個來自異國的人稱為「德國人」。此外，巴克萊·德·托利執行了鮮為人知卻正確的撤退戰略。

84 即上述大公。大公是沙皇子、孫、兄弟的爵位。

85 柳博米爾斯基公爵（一七八六—一八七〇），一八一二年為亞歷山大一世的侍從武官；勃拉尼茨基（一七八二—一八四三），亞歷山大一世的親隨軍官；弗洛茨基（生卒年不詳）是亞歷山大一世的侍從官。

一位將軍被派去視察陣地。這位痛恨巴克萊的將軍卻只是去找當軍長的朋友，並在軍長所在之處待了一整天，而後回來見巴克萊，將未來的戰場批評得一無是處，事實卻是，他根本沒有到戰場勘察過。

當我們為未來的戰場問題爭論不休、評論不已時，當我們尋找法軍、錯判他們的方位時，法軍和涅韋羅夫斯基的一個師已遭遇，直逼斯摩稜斯克城下。

為了保全交通線，不得已在斯摩稜斯克倉促應戰。大戰開始了。雙方死傷各數千人。

違背皇上和全國人民的意志，斯摩稜斯克最終棄守。然而，斯摩稜斯克是被省長欺騙的本城居民自行焚毀的，傾家蕩產的居民們走向莫斯科，成為其他俄國人的榜樣，他們一路只想著自己的損失，不斷燃起對敵人的仇恨。拿破崙正在進軍，我軍正在撤退，最終導致足以戰勝拿破崙的結果。

二

兒子離開後的第二天，鮑爾康斯基老公爵叫來瑪麗亞公爵小姐。

「怎麼，妳滿意了吧，」他對她說，「妳讓我和兒子吵架！妳滿意了嗎？妳就是這麼盤算的！滿意了吧？這教我痛心、痛心……我年老體衰了，妳就是要讓我痛心。妳大笑吧，大笑吧……」此後瑪麗亞公爵小姐足足一個星期未能見到父親。他病倒了，沒有走出書房一步。

然而，瑪麗亞公爵小姐驚訝的是，她發覺，老公爵在生病期間也不讓布里安娜小姐去見他。只有吉洪照顧他。

一個星期後，公爵走出書房，又開始了原來的生活。他活躍地從事建築和整理花園，中斷了和布里安娜小姐的一切關係。他的神情以及他對瑪麗亞公爵小姐的冷淡語氣彷彿對她說：「看，妳對我有很多看法，對哥哥胡謅我和這個法國女人有什麼關係，導致我和他吵了一架；現在妳看到了吧，我既不需要妳，也不需要那個法國女人。」

一天中足足有半天，瑪麗亞公爵小姐是在尼科連卡的住處度過的，她監督他做功課，親自為他上俄語課和音樂課，一邊和德薩爾談話；其餘時間她在自己的住處和書本、老保母以及修士們為伴，他們有時從後門進來找她。

瑪麗亞公爵小姐對戰爭的想法淨是婦人之見。她為戰場上的哥哥擔憂，她無法理解戰爭，對人們互相殺戮的殘忍感到恐懼；但她不了解這場戰爭的意義，她覺得，這和以往的戰爭沒有什麼不同。儘管經常和她交談的德薩爾對戰爭的進展抱有濃厚的興趣，試圖向她解釋自己的見解，儘管常來看她的修士們無不驚恐地各自講述民間關於敵基督入侵的種種傳聞，儘管朱麗，現在的德魯別茨基夫人又和她通信了，從莫斯科寫來充滿愛國熱情的書信。

「我用俄語寫信給您，我的好友，」朱麗寫道，「因為我憎恨所有法國人，也同樣憎恨他們的語言，我無法接受任何人說法語……在莫斯科的所有人都因為熱愛我們崇敬的皇帝而激情滿懷。

「而我可憐的丈夫正在猶太人的小旅店裡忍受艱難和飢餓；不過我聽到的新聞令我深受鼓舞。

「您想必聽說了，拉耶夫斯基的英雄事蹟吧，他摟著兩個兒子說：『我就算和他們一起去死，也絕不動搖！』確實，雖然敵人比我們強大一倍，可是我們從不動搖。我們現在得過且過；但是，戰時就要有戰時的樣子。阿琳娜公爵夫人和索菲成天和我待在一起，我們這些守活寡的不幸女人，一邊撕扯舊的亞麻布做為裹傷布料，一邊進行極有意義的談話；只可惜，我的朋友，您不在這裡……」

瑪麗亞公爵小姐不了解這場戰爭的意義，主要是因為老公爵從來不談論、不承認這場戰爭，而且在餐桌上嘲笑談論這場戰爭的德薩爾。老公爵的語氣是那麼安詳且充滿信心，公爵小姐不假思索便相信他了。

整個七月，老公爵猶為活躍，甚至可說是生氣勃勃。他又開闢了一座新的花園，為僕人蓋一座房舍。只有一件事令瑪麗亞公爵小姐感到不安，他睡得很少，而且改變了在書房睡覺的習慣，每天都變換過夜的地方。時而吩咐把他的行軍床支在穿廊裡，時而躺在客廳的沙發或伏爾泰式安樂椅上衣不解帶地打瞌睡，而讀書給他聽的，已不是布里安娜小姐，而是書童彼得魯沙；時而又在餐廳過夜。

八月一日，老公爵收到安德烈公爵的第二封信。在他離家後不久收到的第一封信裡，安德烈公爵溫順地請求父親寬恕他說話冒昧，並請求他一如既往地關愛他。老公爵接到這封信後，便寫了一封措詞親切的回信，從此疏遠了法國女人。安德烈公爵的第二封信寫於維捷布斯克城外，當時，這座城市已被法軍占領，信裡簡要地描述了整個戰局，另附一張平面圖，並說明自己對今後戰局情勢的看法。安德烈公爵在這封信裡向父親說明了他的處境有諸多不便，因為他離戰場太近，且正好在軍隊的交通線上，勸他前往莫斯科。

這一天享用午餐時，德薩爾談到法國人已進駐維捷布斯克的傳聞，老公爵這才想起安德烈公爵的信。

「今天收到安德烈公爵的信，」他對瑪麗亞公爵小姐說，「妳看過了嗎？」

「沒有，爸爸。」瑪麗亞公爵小姐驚訝說道。她不可能看過，她甚至不曾聽說收到信的事。

「他提到這場戰爭。」公爵面帶已成習慣的輕蔑微笑說，他談到當前的戰爭時總流露出這種神態。

「想必很有意思，」德薩爾說，「公爵能知道……」

「噢，很有意思！」布里安娜小姐說。

「您去幫我拿來，」老公爵轉身對布里安娜說，「您知道，就在小桌的文鎮下。」

布里安娜小姐雀躍地跳了起來。

「不用了，」他皺起眉頭叫道，「你去吧，米哈伊爾．伊萬內奇。」

米哈伊爾．伊萬內奇站起來到書房去了。可是他剛出去，老公爵就不放心地回頭張望，扔下餐巾親自走一趟。

「什麼也做不好，把東西都弄亂了。」

在他離開餐桌期間，瑪麗亞公爵小姐、德薩爾、布里安娜小姐，甚至尼科連卡盡皆默然不語地面面相覷。老公爵在米哈伊爾・伊萬內奇的陪伴下腳步匆匆地回來了，他把帶來的信和平面圖放在身邊，不讓任何人在用餐時讀信。

來到客廳後，他把信交給瑪麗亞公爵小姐，然後把新建案的設計圖攤在面前，他兩眼盯著設計圖，吩咐她讀信。瑪麗亞公爵小姐讀完信，疑問地看了父親一眼。

他看著設計圖，顯然沉浸於自己的思慮中。

「您對此有什麼看法，公爵？」德薩爾冒昧問了一句。

「我！我！……」公爵彷彿剛醒來，極其不悅地叫喊，眼睛沒有離開建案設計圖。

「戰場很可能向我們逼近……」

「哈──哈──哈！戰場！」公爵說，「我說過，現在還要說，戰場在波蘭，敵人永遠不會越過涅曼河。」

德薩爾驚訝地看了公爵一眼，敵人已經到了第聶伯河，他還說什麼涅曼河。但瑪麗亞公爵小姐忘了涅曼河的地理位置，一心認為父親說的話是對的。

「到大雪融化時，他們就會淹沒在波蘭的沼澤地裡。只有他們才會看不到這一點。」公爵說，看來他心裡想的是一八〇七年的戰爭，覺得這是不久前的事。「本尼格森應該早些進入普魯士，情況就會不同了……」

「不過，公爵，」德薩爾畏縮地說，「信裡說的是維捷布斯克……」

「哦，信裡，是的，」他的臉色陡然陰沉下來。他沉默了一會兒。「是的，他寫了，法國人已被擊潰，那是在哪一條河？」

德薩爾垂下眼。

「公爵沒有提到這些。」他低聲說。

「難道沒有提到嗎？嗯，我可沒有胡說啊。」大家都不吭聲了。

「是的，是的。喂，米哈伊爾・伊萬內奇，」他突然指著建案設計圖抬頭說道，「你說說，你想怎麼修改？」

米哈伊爾・伊萬內奇走到設計圖前，於是公爵和他談談新建案的格局，便氣沖沖地看了眼瑪麗亞公爵小姐和德薩爾，離開客廳了。

瑪麗亞公爵小姐留意到德薩爾投向父親的不安目光，注意到他的沉默，她不由得大吃一驚，父親竟把兒子的信放在客廳的桌子上而忘了帶走；可是她害怕和德薩爾談起或問起他不安和沉默的原因，甚至連想也不敢多想。

傍晚，米哈伊爾・伊萬內奇奉公爵的差遣，來向瑪麗亞公爵小姐索要那封遺忘在客廳裡的信。瑪麗亞公爵小姐交出了信。儘管她心裡很不願意，還是決心問米哈伊爾・伊萬內奇，父親在做什麼。

「一直在操心忙碌，」米哈伊爾・伊萬內奇帶著一種恭敬和譏諷的微笑說道，這微笑使瑪麗亞公爵小姐臉色發白。「他為一個新建的軍相當擔心。看了一會兒書，而現在，」米哈伊爾・伊萬內奇壓低嗓門說，「坐在寫字檯旁，想必正忙著寫遺囑（最近公爵最喜歡的一件事便是整理文件，這些文件在他離世後保存下來，因而他稱之為遺囑）。」

「他還要派阿爾派特奇到斯摩稜斯克去嗎？」

「那當然，他早就在等著了。」

三

米哈伊爾·伊萬內奇拿著信回到書房時，公爵正坐在開啟的寫字檯前，戴著眼鏡和遮罩，蠟燭也罩上了罩子，他拿著文件的手伸得遠遠的，擺著幾分得意的架勢讀著文件（他稱之為書面意見），這些文件應當在他離世後呈交皇上。

米哈伊爾·伊萬內奇進去時，他正回憶著當初起草此刻正朗讀的這些文件的那個時代而熱淚盈眶。他自米哈伊爾·伊萬內奇的手裡接過信，放進口袋裡，又把文件放好，於是喚來早在等候的阿爾派特奇。

他有一張清單，上面記著需要在斯摩稜斯克處理的事，阿爾派特奇等在門口，於是公爵在他身旁踱來踱去，開始發出指示。

「首先是信箋，聽著，要八刀，這個樣子的；要金邊……這是樣品，務必要和它一樣；清漆、火漆，依米哈伊爾·伊萬內奇的清單添購。」

他在房間裡走動了一會兒，看了看備忘清單。

「然後，將一封關於書面意見的信面呈省長。」

然後，是買新房子的門閂，務必要公爵親自設計的那種款式。

然後，是訂購存放遺囑的木匣。

光是指示阿爾派特奇便花了兩個多鐘頭。公爵還是沒有讓他走。他坐下，沉思了起來，接著閉上眼睛打盹。阿爾派特奇稍微動了動。

「好了，去吧，去吧；要是還需要什麼，我再派人找你。」

阿爾派特奇出去了。公爵又走到寫字檯前，往桌子裡瞧瞧，用手碰碰文件，再次鎖上後，隨即坐到桌前寫信給省長。

已經很晚了，他起身封好信。他想睡了，但他知道是睡不著的，躺在被窩裡腦海中總會出現極其苦惱的思緒。他叫來吉洪，和他到幾個房間去，並告訴他，今夜把床鋪在哪裡。他走來走去，打量著每個角落。

他覺得哪裡都不好，不過最糟的莫過於書房裡他睡慣的那張沙發。這張沙發令他恐懼，也許是因為他在這張沙發上，他經歷過太多沉痛的思緒。哪裡都不好，但休息室的鋼琴後的某個角落終究比任何地方都好：他還不曾在這裡睡過。

吉洪和一個侍僕拿來臥具，開始鋪床。

「不是這樣，不是這樣！」公爵大聲說道，親自把床從角落移開四分之一俄尺，然後又往內移一點。

「好，事情終於處理完了，我要休息了。」公爵想，他讓吉洪為自己脫去外衣。

他因為脫長衫和褲子極其費勁而懊喪地皺著眉頭，公爵脫去外衣，在床上沉重地坐下，輕蔑地望著自己乾瘦發黃的雙腿，彷彿陷入了沉思。他不是在沉思，而是在遲疑，因為要把這雙腿抬起來移到床上是很艱難的過程。「噢，多麼沉重！噢，但願這些麻煩事趕快、趕快結束！你們就不再糾纏我了！」他想，他抿著嘴唇，使勁了二十回，總算躺下了。可是他剛躺下，整個床便突然在他身下有節奏地前後擺動，彷彿在喘著粗氣般晃來晃去。這種情況幾乎每夜都要經歷一回。他睜開剛閉上的雙眼。

「不得安寧，該死的傢伙！」他惱怒地埋怨著誰。「對了，對了，還有一件重要的事，我準備夜裡躺在床上做的一件很重要的事情。門閂？不，這已經交代過了。不，是在客廳裡發生的那件事。瑪麗亞公爵小姐胡說什麼來著。德薩爾這個笨蛋說過什麼。口袋裡的什麼，不記得了。」

「吉洪！午飯時，我們談了什麼？」

「說到公爵，米哈伊爾……」

「住嘴，住嘴。」公爵一拍桌子。「對！我知道了，安德烈公爵的信。瑪麗亞公爵小姐讀過。德薩爾談到了維捷布斯克。現在我要讀信。」

他吩咐把口袋裡的信拿來，把放著檸檬水和螺旋形蠟燭的小桌移到床前，他戴上眼鏡讀起信來。他在寂靜的深夜，借助綠色燈罩下的微弱光線讀信，這時他才第一次頓悟信裡的意思。

「法國人在維捷布斯克，經過四天的行程他們可能到達斯摩稜斯克；也許，他們已經到了那裡。」

「吉洪！」吉洪一躍而起。「不，不用了，不用了！」他大聲叫道。

他把信藏在燭臺底下，閉上了眼睛。於是他的想像中出現了多瑙河、陽光明媚的中午、大片的蘆葦、俄軍營地，而他，一位年輕的將軍，臉上沒有一絲皺紋，朝氣蓬勃、心情愉快、面色紅潤，走進了波將金元帥的彩繪營帳[86]，於是對由衷愛戴的人的熾熱羨慕之情依然強烈地令他激動不已。他的想像中又出現了一個面色微微泛黃的矮胖女人——女皇陛下[87]，她第一次親切接待他時的微笑、言談，回憶起她躺在靈柩上的遺容，以及當時他和祖波夫在靈柩旁為爭取親吻她的手而引起的衝突。

「噢，快些、快些回到那個時代吧，但願眼前的一切快點、快點結束，但願他們能讓我得到安寧！」

四

鮑爾康斯基老公爵的童山莊園正位於斯摩稜斯克後方，相距僅六十俄里，距莫斯科大道三俄里。

在公爵發派指示給阿爾派特奇的那個晚上，德薩爾要求和瑪麗亞公爵小姐見面，並對她說，因為公爵身體欠安，也不進行任何安全措施，但根據安德烈公爵的來信判斷，住在童山難免會有危險，所以他斗膽勸她寫一封信，請阿爾派特奇帶到斯摩稜斯克並交給省長，請省長向她說明當前局勢以及童山所面臨的危險。德薩爾為瑪麗亞公爵小姐寫了封致省長的信，她簽字後，把信交給阿爾派特奇，並吩咐他面呈省長，萬一遇到危險，便盡速回來。

阿爾派特奇帶著所有指示，在家人的簇擁下，頭戴白色絨帽（這是公爵送給他的禮物），像公爵那樣拿著手杖，走出來坐上帶篷的馬車，套著三匹膘肥體壯的黑鬃黃褐色馬。

大鈴鐺裹了起來，那些小鈴鐺裡都塞滿紙。公爵不允許任何人在童山帶鈴鐺行駛。可是阿爾派特奇走遠路時喜歡聽鈴鐺聲響。他的一些手下、一名地方行政官員[88]、一個辦事員、為下人和主人下廚的廚娘、兩個老太婆、一個哥薩克童僕、幾個車夫和那些看家護院的人都來為他送行。

---

86 鮑爾康斯基老公爵可能在回憶他在一七六八至一七七四年間參加俄土戰爭的情況。

87 女皇陛下指葉卡捷琳娜二世（一七二九—一七九六）。

88 沙俄在農業地區設立的擁有行政、司法權力的官員。

女兒在他背後和身下墊了印花布的羽絨墊。年邁的大姨子偷偷塞了個小包裹。一個車夫托著他的手臂扶他上車。

「嘿，嘿，女人家來湊熱鬧了！這些女人啊！」阿爾派特奇喘著粗氣說得飛快，口吻和公爵一模一樣，他隨即坐上馬車。他對那位地方行政官員交代了一些工作指示，這方面他不再模仿公爵，阿爾派特奇摘下禿頭上的帽子，畫了三次十字。

「你們哪，萬一有什麼事……你們就回來，雅科夫．阿爾派特奇；看在基督分上，你要想著我們大家啊。」妻子朝他喊道，她在暗示那些有關戰爭和敵人的種種流言。

「這些女人家，這些女人家，女人家來湊熱鬧了。」阿爾派特奇暗自嘀咕著上路了，他放眼望去，田野上有些地方的黑麥已經泛黃，有些地方茂密的燕麥仍綠油油的，有些地方還是剛開始復耕的黑土地。阿爾派特奇坐在馬車上欣賞著今年春播作物少有的豐收景象，望著一壟壟黑麥地，那裡有的地方已開始收割，於是，他盤算著播種和收割的農事，想著有沒有忘記公爵的什麼囑咐。

路上餵了兩次馬，八月四日傍晚，阿爾派特奇來到城裡。

阿爾派特奇沿途遇到並趕超輜重和部隊。接近斯摩稜斯克時，他聽到遠處的槍聲，不過他對這些槍聲並不感到驚訝。最使他驚訝的是，在駛近斯摩稜斯克時，他看到士兵們在一片極好的燕麥地上收割燕麥，看來是用作飼料，而且燕麥地上駐紮著兵營；這個情況使阿爾派特奇大為震驚，但他很快也就忘了，只顧想著自己的事情。

已經三十多年了，阿爾派特奇生活中的一切興趣都以公爵的意志為依歸，他從來不越過這個範圍。一切與執行公爵指示無關的事，不僅無法引起他的興趣，對阿爾派特奇來說甚至是不存在的。

阿爾派特奇於八月四日傍晚來到斯摩稜斯克，投宿在第聶伯河對岸加琴斯克區的一家小客棧，客棧老闆是費拉蓬托夫，三十年來他已住慣了這裡。十二年前，按照阿爾派特奇的成功先例，費拉蓬托夫購置了公爵的一片小樹林，並開始經商，現在在省城有了一棟房子、一家小客棧和麵粉鋪。費拉蓬托夫是個四十歲的端正黑胖男子，厚嘴唇，鼻子上長了個大疣，緊皺的黑眉上方也有幾個同樣的疣，直挺著大肚腩。

費拉蓬托夫穿著背心和印花布襯衣站在臨街的鋪子旁。他一看到阿爾派特奇便迎了過去。

「歡迎，雅科夫．阿爾派特奇。人家往城外跑，你反而進城來了。」客棧主人說。

「為什麼呢，往城外跑？」

「我也說呀，那些人真蠢。老是怕法國人。」

「女人見識，女人見識！」阿爾派特奇說。

「我也是這麼認為，雅科夫．阿爾派特奇。我說，下過命令了，不會讓敵人進來，那他們無論如何也進不來。農民出一趟車還要三個盧布，真黑心！」

雅科夫．阿爾派特奇漫不經心地聽著。他要了一壺茶和馬草，喝了茶便睡了。

小客棧前的街上整夜都有軍隊經過。第二天，阿爾派特奇穿上他只在城裡才穿的無袖男上衣，接著出門處理事情了。是個出太陽的早晨，八點鐘就很熱了。是收割莊稼的好天氣啊，阿爾派特奇想。從清早起，城外便傳來槍聲。

從八時起，除了槍聲又響起了密集的砲聲。大街上只見眾多行色匆匆的民眾、眾多軍人，但是像平時一樣，出租馬車來來往往，商人站在店鋪旁，教堂裡正進行禮拜。阿爾派特奇去過商鋪、政府機關、郵局後，便去見省長。政府機關、商鋪、郵局到處都在談論部隊和已在攻城的敵人；所有人彼此詢問怎麼辦，並盡力彼此安慰。

阿爾派特奇發現，省長府邸前有大批民眾、哥薩克和一輛屬於省長的旅行馬車。雅科夫．阿爾派特奇在臺階上碰到兩位貴族，他認識其中的一位。他認識的這位曾擔任過警察局長，他正聲色俱厲地講話。

「這可不是開玩笑，」他說，「要是一個人也就罷了。掉腦袋也就是一個，可是一家十三口，還有全部家當……弄得大家都要同歸於盡了，這官是怎麼當的？嘿，真想把這些匪徒全吊死！」

「好了，別說了。」另一位說。

「我怕什麼，就讓他聽見吧！聽見也好，我們不是任人宰割的畜生。」前警察局長說，他一回頭看見了阿爾派特奇。

「啊，雅科夫．阿爾派特奇，你怎麼來了？」

「奉公爵大人之命，來見省長，」阿爾派特奇說，他自豪地昂起頭，把一隻手插在懷裡，他提到公爵時總是如此。「他命令我來了解一下局勢。」

「那就去了解吧，」地主叫道，「弄得連大車都沒了，什麼都沒了！看看那邊，聽見了嗎？」他指著傳來槍聲的方向說。

「弄得大家都得同歸於盡了，這些匪徒！」他又說道，走下了臺階。

阿爾派特奇搖搖頭上樓去了。

接待室裡有商人、有婦女、有官員，盡皆默默無言地面面相覷。辦公室的門開了，所有人站了起來簇擁過去。一名官員從門裡跑出來，和一名商人談了談，招呼一個脖子上掛著十字架的胖官員隨他進去，隨即又消失在門裡了，看來他正逃避那些衝著他來的目光和問題。阿爾派特奇朝前走了過去，在那位官員再次出來時，便把手伸進釦著的常禮服迎上去，把兩封信遞給他。

「這是陸軍上將鮑爾康斯基公爵給阿什男爵先生的信。」他莊重而意味深長地說道，軍官於是收下他的信。幾分鐘後，省長接見了阿爾派特奇，急匆匆地對他說：

「你回去報告公爵和公爵小姐，我一無所知：我是奉命行事，這就是……」

他把一份公文遞給阿爾派特奇。

「不過，公爵身體欠安，所以我勸他立即到莫斯科。我自己馬上就離開。你回去報告……」不過省長的話還沒說完，一個滿面塵埃、汗水淋漓的軍官從門口跑了進來，開始用法語說著什麼。省長滿面驚駭之色。

「你走吧，」省長朝阿爾派特奇點點頭說，又開始向軍官詢問什麼。阿爾派特奇從省長辦公室出來時，人們急切、驚恐、無助的目光都轉向他。阿爾派特奇現在不由得傾聽近處愈來愈猛烈的槍聲，急忙趕回客棧。省長給阿爾派特奇的公文內容如下：

> 請您相信，在可預見的將來，斯摩稜斯克城尚無絲毫危險，說她已受到任何危險的威脅是難以置信的。我從一側，而巴格拉季翁公爵從另一側正前往斯摩稜斯克前方會師，會師將於二十二日完成，兩個軍團即可同心協力保衛您治下的省城居民，直至他們的努力迫使敵人遠遁，或我軍戰至最後一兵一卒。由此可見，您有充分的理由安撫斯摩稜斯克的市民，因為在如此英勇的兩支部隊的保衛下，任何人都可以對勝利滿懷信心。（巴克萊·德·托利給斯摩稜斯克民政省長阿什男爵下達的指示，一八一二年。）

民眾惶惶不安地在街道上來回奔走。

高高地堆著家用器皿、椅子、小櫃子的大車不時從各家院門裡出來，在街道上行駛著。費拉蓬托夫鄰居家的院子裡停著幾輛馬車，幾個女人在這分別的時刻邊哭邊數落。一隻看家狗在套上車的馬匹前轉來轉去地吠叫不已。

阿爾派特奇邁著比平時略微急促的步伐走進客棧院子，朝板棚下的馬匹和馬車直奔過去。車夫在睡覺；他叫醒了他，吩咐套車，隨即走進門廊。老闆住所的正房裡傳來孩子的哭聲、一個女人扯破嗓子的號啕大哭和費拉蓬托夫的嘶啞怒吼聲。阿爾派特奇一進去，在門廊裡的廚娘便像受驚的母雞一樣驚慌起來。

「要出人命啦，他打老闆娘！那樣打，那樣拖！」

「為了什麼？」阿爾派特奇問。

「她要求離開。女人嘛！你把我帶走，她說，你別害了我和孩子們；人家，她說，都走了，為什麼，她說，我們不走？他就打她了。那樣打，那樣拖！」

阿爾派特奇聽了這些話彷彿贊許似的點了點頭，他什麼也不想知道了，走到對面老闆住所正房的門前，他買的東西都放在正房裡。

「你這個壞蛋，害人精，」這時，一個蒼白、消瘦的女人，懷裡抱著孩子，手裡拿著從頭上扯下的頭巾，大聲嚷著衝出門來，沿著樓梯往院子跑去。費拉蓬托夫跟著她出來了，他一看到阿爾派特奇，便整理一下背心和頭髮，打個呵欠，跟在阿爾派特奇後面走進正房。

「你要走了？」他問。

阿爾派特奇沒有回答，也不回頭看他，一邊收拾買來的東西，一邊問客棧老闆，該付多少住宿費。

「之後再算！怎麼，見到省長了？」費拉蓬托夫問，「有什麼決定？」

阿爾派特奇答道，省長對他什麼也沒說。

「我們這些家當，難道能全都帶走嗎？」費拉蓬托夫說，「僱一輛馬車到多羅戈布日要七盧布。所以我說，他們真黑心！」他說。

「謝利瓦諾夫星期四賺了一筆，依九盧布一袋的價錢把麵粉賣給軍隊。好了，您要喝茶嗎？」他又說。阿爾派特奇和費拉蓬托夫利用套馬的時間，喝茶解渴，暢談糧價、收成和收成的好天氣。

「不過開始靜下來了，」費拉蓬托夫說，他喝了三杯茶站起身來，「想必是我們占了上風。說過了，不會讓他們得逞的。也就是說，我們是有能力的……前不久聽說，馬特維．伊萬內奇．普拉托夫把他們趕進了馬里納河，說是一天裡淹死了一萬八千人。」

阿爾派特奇收拾好買來的物品，交給進來的車夫，和老板結帳。庭院的門口響起了馬車出去時的車輪聲、馬蹄聲和小鈴鐺的響聲。

午後已過了很久；街道一邊在陰影裡，另一邊被太陽照得明亮。阿爾派特奇朝窗外看了看，向房門口走去。突然，遠處傳來不尋常的呼嘯聲和重物落地的聲音，隨即聽到排砲的一片轟鳴聲，排砲震得窗玻璃直顫。

阿爾派特奇來到街上；只見兩個人沿著街道往大橋的方向奔跑。四面八方都聽得到砲彈的呼嘯聲、落地聲和榴彈落在城裡的爆炸聲。但是與城外傳來的排砲轟鳴相比，這些聲音幾乎聽不到，也無法引起市民的注意。這是一次大規模的砲擊，拿破崙在四點多鐘下令動用一百三十門大砲轟擊全城。最初人們不明白這次砲轟的意義。

榴彈和砲彈落下的聲音一開始只是激起人們的好奇心。費拉蓬托夫的妻子一直在板棚下不住聲地號啕大哭，這時也不哭了，抱著孩子來到大門口，默默看著人們，傾聽各種聲音。

廚娘和一個店鋪夥計也來到大門口。所有人無不帶著好奇心想親眼目睹自他們頭上飛過的砲彈。從街角走出了幾個人，正熱絡地交談。

「好大的爆炸！」一人說，「屋頂和天花板就這樣炸成碎片。」

「就像豬拱土一樣，」另一個說，「這才叫厲害，這才叫刺激！」他笑著說，「幸虧你跳開了，要不然你也被埋起來了。」

人們紛紛圍繞這兩個人。他們停下來告訴大家，砲彈就在他們身旁落進房子。這時，落下一些帶有飛快的陰沉呼嘯聲砲彈——那是圓形砲彈；有些甚至帶著愉快的呼嘯聲——那是榴彈，各式不同的砲彈不斷從人們頭上飛掠。不過沒有一顆落在近處，全飛了過去。阿爾派特奇坐上馬車。老闆則站在大門口。

「沒見過吧！」他對廚娘叫道，她的衣袖捲起，穿著紅裙子，露出兩隻手臂，走到轉彎處聽別人說故事。

「這真是怪事。」她邊聽邊說，不過一聽到老闆的叫喚聲便回來了，邊走邊把塞起來的裙子壓平。

又聽見呼嘯聲，不過這次很近，好像有一隻鳥從上面飛了下來，街心火光一閃，砲彈炸開了，整條街硝煙瀰漫。

「兇手，這是在做什麼？」老闆大聲吼道，一邊向廚娘跑了過去。

就在這一瞬間，四面八方只聽聞婦女們如怨如訴地哀號，一個受驚的孩子哭了起來，人們臉色蒼白地聚集在廚娘身旁。人群中聲音最響的莫過於廚娘的呻吟和怨訴。

「哎喲，好心人哪！我親愛的好心人哪！別讓我死呀！我親愛的好心人哪！」

五分鐘後，街道上已空無一人。被榴彈碎片擊傷大腿的廚娘被抬進廚房。阿爾派特奇和他的車夫、費拉蓬托夫的妻子和孩子們以及一個看管院子的，都坐在地窖裡聽著外面的動靜。大砲轟鳴、砲彈的呼嘯聲和壓倒一切聲音的廚娘淒慘呻吟一刻也沒有停息過。老闆娘時而搖著孩子哄他睡覺，時而向那些進地窖的人打聽老闆在哪裡，他還在街上呢。一個走進地窖的夥計對她說，老闆和大伙兒到大教堂去了，人們在那裡向靈驗的斯摩稜斯克聖像祈求保佑。

薄暮中，砲擊漸漸停息。阿爾派特奇走出地窖站在房門口。原來明朗的夜空煙霧瀰漫。透過煙霧，高懸空中的一彎新月詭異地照耀著。城市上空原來那可怕的隆隆砲聲沉寂之後似乎已是一片寂靜，打破這寂靜的，唯有彷彿遍布全城的輕微腳步聲、呻吟聲、遠處的叫喊聲和大火燃燒的劈啪聲。廚娘的呻吟停了。黑色滾滾濃煙自兩旁大火中不斷升起又隨風飄散。大街上穿著各式軍服的散兵東奔西走，好像被搗毀蟻巢的慌亂蟻群。阿爾派特奇眼見其中幾個跑進了費拉蓬托夫的院子。阿爾派特奇出來朝院門走去。一個團的部隊正擁擠著匆匆趕路，擠滿了街道，他們是在撤退。

「城市就要棄守了，您走吧，走吧。」一個發現他的身影的軍官對他說道，隨即轉身招呼士兵：

「我允許你們到各家各戶去！」他大聲說道。

阿爾派特奇回到屋裡，喚來車夫，吩咐他馬上動身。費拉蓬托夫一家大小也都跟著阿爾派特奇和車夫走了出來。一看到此刻在暮色中顯然從大火中冒出的濃煙甚至火光，此前默不作聲的婦女都望著大火頓時放聲大哭。彷彿呼應她們似的，街道的其他地方也紛紛響起了哭聲。阿爾派特奇和車夫在屋簷下用哆嗦的雙手整理著亂成一團的轠繩和挽索。

當阿爾派特奇駛出院門時，他看到費拉蓬托夫的店鋪門戶大開，十來個士兵在裡面大聲嚷嚷，用口袋和背包裝麵粉和葵花子。就在這時，從街道上回來的費拉蓬托夫走了進來。一看到士兵便想吆喝，卻突然住口，他抓住頭髮號哭般地哈哈大笑。

「全拿走吧，弟兄們！不要留給那些惡鬼！」他大聲叫道，親自抓起口袋扔到街上。有些士兵嚇得往外跑，有些仍繼續填裝。一看到阿爾派特奇，費拉蓬托夫朝他轉過身來。

「完蛋了！俄國！」他叫道。「阿爾派特奇！完蛋了！我親自來放火！完蛋了……」費拉蓬托夫往院子跑去。

川流不息的士兵把街道全堵住了，阿爾派特奇的車子過不去，只好耐心等著。費拉蓬托夫的妻子和孩子們也坐在大車上等待可以通行的時機。

夜色已深。天上有星星，煙霧遮掩著的那一彎新月偶爾露出月光。在通往第聶伯河的下坡路上，在士兵和馬車的隊伍中緩緩行進的阿爾派特奇和老闆娘的馬車不得不停了下來。離開馬車停下的十字路口不遠，在一條小巷裡，一座房舍和幾間店鋪正在燃燒。火勢即將熄滅。火苗時而暗淡，消失在濃煙裡，時而又突然閃亮地躥出，且出奇清晰地照亮站在十字路口的人群的臉龐。大火前閃動著人們的黑色身影。在火場上劈啪的爆裂聲中可以聽到說話聲和叫喊聲。阿爾派特奇下了車，確認他的馬車還不會很快放行，便轉進小巷裡觀察火勢。士兵們在火場旁不停地鑽來鑽去，阿爾派特奇看到，兩個士兵和一個身穿粗毛呢軍大衣的人一起把燃燒的原木從火場上拖往街道對面一處臨近的院子裡；另一些人則抱走乾草。

阿爾派特奇走到一大群人之間，他們站在一座火勢正旺的高大糧倉對面。糧倉的牆壁全被大火吞沒，後牆倒了，木板屋頂坍塌了，幾根橫梁正熊熊燃燒。看來人們正等待屋頂倒塌的那一刻。阿爾派特奇也在等著。

「阿爾派特奇！」突然一道熟悉的聲音叫喚他。

「我的天，是公爵您哪！」阿爾派特奇應聲答道，他立刻聽出那是小公爵。

安德烈公爵身披斗篷，騎著一匹黑馬，在人群後望著阿爾派特奇。

「你怎麼會在這裡？」他問。

「公……公爵，」阿爾派特奇說，不禁失聲痛哭……「公爵……我們真的完了嗎？公爵……」

「你怎麼會在這裡？」安德烈公爵又問了一遍。

這時火苗閃亮地一躍，為阿爾派特奇照亮小主人蒼白而疲憊的臉色。阿爾派特奇解釋了他如何被派到這裡來，怎麼費盡周折才得以離開。

「怎麼，公爵，我們真的完了？」他又問。

安德烈公爵沒有回答，他取出筆記本，略微抬起膝蓋，用鉛筆在撕下的一頁紙上寫了起來。他是寫給妹妹的：

「斯摩稜斯克即將棄守，」他寫道，「童山一週後將被敵軍占領。你們馬上到莫斯科去。動身之前，立即回話給我，派專人到烏斯維亞日來。」

他寫好便條交給阿爾派特奇，又口頭告訴他，如何安排好公爵、公爵小姐以及他的兒子和家庭教師的出行。他還來不及把這些指示說完，參謀長已帶領隨從騎著馬疾馳而來。

「您是團長？」參謀長帶著德國口音高聲問道，這聲音是安德烈公爵所熟悉的。「人們當著您的面縱火燒房，您卻站著不動？這是什麼意思？您必須受到處罰。」貝格吼道，他現在是第一軍團左翼步兵部隊副參謀長——用貝格的話來說，這是一個非常愜意且引人注目的職務。

安德烈公爵看了他一眼，未多加理會，繼續對阿爾派特奇說道：

「你就說，十日之前我等回音，如果十日還得不到他們已動身的消息，我會丟下一切，親自趕往童山。」

「公爵，我之所以這麼說，」貝格認出安德烈公爵後說道，「只是因為我應當執行命令，因為我向來嚴格地奉命行事，請您見諒。」貝格辯解道。

大火裡的什麼東西開始劈啪作響。這響聲沉寂了一會兒；屋頂下冒出了滾滾黑煙。大火裡傳出一陣更可怕的爆裂聲，於是一龐然大物倒塌下來。

「呵呵呵！」人群吼叫起來，呼應著糧倉頂棚的倒塌聲，從那裡飄來燒焦糧食一股餡餅的香氣。火苗躥了起來，照亮了火場周圍的人群雀躍卻疲憊的臉。

那個穿粗呢軍大衣的人高高舉起手臂叫道：

「太棒了！燒得好！弟兄們，太棒了！」

「這就是糧倉的主人。」有幾個人在說。

「就這樣，就這樣，」安德烈公爵對阿爾派特奇說，「你把我說的話全轉告他們。」於是他對身旁啞口無言的貝格未加理會，催馬進入小巷。

五

部隊繼續自斯摩稜斯克撤退。敵人緊追不捨。八月十日，安德烈公爵所指揮的軍團沿著大路行進，這條路和通往童山的大道近在咫尺。炎熱和乾旱已持續了三個多星期。天空陣日飄浮著鬆散的白雲，偶爾遮住太陽；可是傍晚又碧空如洗，夕陽墜落在殷紅的暮靄裡。只有濃重的夜霧滋潤大地。留在根上的莊稼枯死了，籽粒都散落在地。沼澤地乾涸了。牲口在太陽烤焦的草地上找不到食物，餓得嗷嗷叫。只有夜間，在仍保留著露水的森林裡才有涼意。但是在路上，在部隊行進的大路上，即使在夜裡，即使在森林裡，也未感受到這種涼意。在沙塵厚達四分之一俄尺的道路上是看不到露水的。天剛放亮便開始行動。輜重車和大砲在沒及輪轂的塵土中無聲地行進，步兵走在沒及腳踝的塵土裡，那是鬆軟、悶熱、一夜未曾冷卻的灼熱塵土。這沙塵的一部分在車輪和腳下被碾壓、踐踏，另一部分飛揚起來，像雲霧一樣停留在空中，鑽進眼裡、頭髮裡、耳朵裡、鼻孔裡，大多鑽進在這條路上行走的人畜的肺裡。太陽升得愈高，塵埃的雲霧就升得愈高，透過這稀薄、灼熱的塵埃，用肉眼便看得到沒有雲層遮掩的太陽。太陽如巨大的淡褐色火球。沒有風，人們在這凝固的空氣裡窒息。大家用手巾掩著口鼻行走。一到村莊，人人一逕撲向水井，為爭水而互毆，直喝到水底現出淤泥。

安德烈公爵指揮一個軍團，忙於部隊的安頓、官兵的福利以及接受和發布命令。斯摩稜斯克的大火及其棄守對安德烈公爵來說是整整一個時代。對敵人這種新仇使他忘卻自身的痛苦。他完全投身於軍團的工作，關心自己的官兵，與他們合作無間。軍團裡的人稱他為我們公爵，愛戴他，並為他而感到自豪。但是他的善良和謙和只表現在對本團官兵、對季莫欣等人、對那些完全陌生、處於不同環境中的人、對那些不可能知道和了解他的過去的人；然而只要一接觸到參謀部裡的舊識，他就又渾身帶刺，變得嚴酷、譏笑和鄙夷。與他對往事的回憶聯繫在一起的一切，都會引起他的反感，因此對往日的那些舊相識，他至多努力做到處事公正，履行自己的職責。

的確，在安德烈公爵眼裡，一切都是黑暗而陰沉——尤其是在八月六日棄守斯摩稜斯克（他認為可以而且應當保衛這座城市）之後，在重病的父親不得不逃往莫斯科，而把心愛的、多年經營的、他所安居的童山扔下任人掠奪之後；不過，儘管如此，由於有這個軍團，安德烈公爵將心思放在和這些問題完全無關的事情上——自己的部隊。八月十日，軍團所屬的縱隊來到童山附近。安德烈公爵兩天前獲知消息，他的父親、兒子和妹妹都到莫斯科去了。雖然安德烈公爵在童山已無事可做，但是他一直有重訪傷心地的願望，於是，他決定順路到童山去。

他吩咐備馬，騎上馬離開行軍中的部隊前往父親的村子去了，在經過一處池塘時，安德烈公爵注意到，過去總有幾十個婦女在這裡一面交談，一面用棒槌捶打和洗刷衣裳，如今卻不見人影，一條離岸的小木筏半沉浸在水裡，側身漂在池塘中央。安德烈公爵來到門衛的崗亭前。車馬入口的兩扇石門旁一個人也沒有，門扇大開。花園小徑已長滿野草，一些牛犢和馬在英式公園裡遊蕩。安德烈公爵騎馬來到暖房前：玻璃都碎了，栽種在木盆裡的樹木有些倒了，有些已經枯死。他叫了一聲花匠塔拉斯。沒有人應聲。他策馬繞過暖房來到陳列園，只見雕花的木板護欄全被拆毀，一株李樹上的李子被連枝帶葉地摘光了。一個老農（安德烈公爵幼年常在石門旁看見他）坐在綠色長凳上編樹皮鞋。

他耳背，未聽見安德烈公爵騎馬過來。他坐在老公爵愛坐的長凳上，身旁有一株枯死的木蘭樹，殘枝上晾著樹皮。

安德烈公爵騎馬來到屋前。老花園裡，幾棵菩提樹已被砍掉，一匹身懷馬駒的花斑母馬就在屋前的月季花之間走來走去。屋裡的百葉窗全釘死了。一扇窗戶的下半截開。僕人住所的一個小男孩看到安德烈公爵便跑進屋裡。

阿爾派特奇送走家眷後，獨自留在童山；他坐在家裡看《聖徒傳》。得知安德烈公爵來了，他鼻子上架著眼睛，扣著衣裳從屋裡出來了，急忙走到公爵面前，一言不發地哭著親吻安德烈公爵的膝蓋。

接著，他因自己軟弱而氣惱地別過臉去，開始向他報告情況。所有值錢和貴重的物品都運到鮑古恰羅沃。大約一百俄擔的糧食也運走了；乾草和春播作物都被徵收了，據阿爾派特奇的說法，今年春播作物長得非常好，還沒有成熟就被徵用了，收割的是部隊。農民都破產了，有些人也去了鮑古恰羅沃，一小部分人留了下來。

安德烈公爵沒聽完就問他，父親和妹妹是什麼時候離開的，意思是什麼時候去了莫斯科。阿爾派特奇以為是問什麼時候去了鮑古恰羅沃，便回答說，是八月七日離開的。又詳細地談起家務，要求進一步指示。

「您是否允許部隊開收據運走燕麥？我們還剩下六百俄石。」

「怎麼回答他呢？」安德烈公爵想，他望著老人在陽光下閃閃發亮的禿頂，從他的表情看出，他自己也明白，這些問題是不合時宜的，他只是隨口問問，好減輕一些痛苦。

「好，你讓他們運走吧。」他說。

「如果您覺得花園雜亂無章，」阿爾派特奇說，「那是無法避免的：三個軍團的部隊到過這裡，在這裡過夜，尤其是龍騎兵部隊。我記下了指揮官的軍銜和姓名，可以控告他們。」

「那你呢？你留在這裡，要是敵人來了呢？」安德烈公爵問他。

阿爾派特奇轉臉看了看安德烈公爵；突然，他神態莊嚴地舉起手。

「上帝保佑我，聽天由命吧！」

一群農民和僕人從草地上走來，脫下帽子，離安德烈公爵近了。

「好，再見了！」安德烈公爵向阿爾派特奇俯身說道，「你自己也離開吧，把你能帶走的物品都帶走，吩咐大家都到梁贊或莫斯科近郊的莊園去。」阿爾派特奇摟著他的腿放聲大哭。安德烈公爵謹慎推開他，催動坐騎，沿著林蔭道向下坡疾馳而去。

在陳列園裡，那個老人還是像親愛的死者臉上的一隻蒼蠅那樣無動於衷地坐在那裡，敲打著樹皮鞋的楦頭；兩個小女孩衣襟裡兜著她們從暖房的樹上摘來的杏子，從那裡跑開，撞上了安德烈公爵。一看見少爺，較長的女孩神色驚駭地抓住小女伴的手一起躲到一棵樺樹後面，來不及撿起散落的青杏。

安德烈公爵驚恐地連忙別開頭，深怕被她們發覺，他看見她們了。他很同情那個好看的受驚女孩。他不敢看她，卻又忍不住想看。一種欣慰且安心的感覺支配了他，因為看到這兩個小女孩，他明白了，人間還有完全不同於他的其他追求，而那些追求和他所懷有的追求都同樣合理。這些女孩顯然有一個熱切的願望——帶走並吃掉這些青杏而不被人發現，於是安德烈公爵和她們一起希望她們如願以償。他忍不住又看了她們一眼。她們以為沒有危險了，從藏身處跳了出來，用清脆的嗓音尖叫著什麼，雙手按住衣兜，曬得黝黑的赤裸小腿在草地的青草上愉快地奔跑著。

安德烈公爵離開行軍大路上那塵土飛揚的地方後，覺得涼快些了。但是在童山後方不遠處，他又騎上大路，在部隊中途休息的一個池塘堤壩旁趕上軍團。午後一點多鐘。太陽、漫天塵土中的一顆火球，透過黑色制服把背部烘烤得難以忍受。塵埃依舊凝聚在停止行軍的人聲嘈雜部隊上空。微風不起。騎馬走在堤岸上，安德烈公爵聞到水藻和池塘的清涼氣息。他很想下水——不管水有多髒。他轉頭看看笑語喧嘩的池塘，長著水草的混濁小池塘水位升高了大約兩俄尺，漫過了堤岸，因為池塘裡擠滿了士兵們赤裸的、在水裡喧騰的白色軀體，只有手臂、臉和脖子是磚紅色的。這些赤裸的白色軀體帶著歡笑和尖叫聲在這骯髒的水窪裡喧鬧，就像鯽魚擠在噴壺裡掙扎。這樣的喧鬧令人愉快，因而也尤其可悲。

第三連中一個淺髮青年士兵——安德烈公爵還認得他——小腿肚下繫著一條細帶，正畫著十字往後退，想經過有力的助跑縱身入水；一個黑黑的、頭髮總是蓬鬆的士官在齊腰深的水中顫動著肌肉強健的身軀，興奮地用鼻子吭氣，一面用手腕以下汙黑的雙手捧水淋頭。聽得到互相拍打的吧嗒聲、尖叫聲和哎喲聲。

河岸上、堤壩上、池塘裡到處是健康、強健的白色軀體。紅鼻子軍官季莫欣在堤壩上擦身，一看到公爵便覺窘迫，不過還是對他說：

「真好啊，公爵大人，您也來吧！」他說。

「太髒。」安德烈公爵皺著眉頭說。

「我們立刻為您騰出空間。」季莫欣也不穿上衣便跑去騰空間了。

「公爵要來。」

「哪一位，我們公爵？」大家問道，於是所有人急忙行動起來，安德烈公爵好不容易才把他們勸住了。他想，還是在板棚裡沖個澡吧。

「肉體，身軀，砲灰！」他望著自己的裸體想道，他在發抖，不是因為冷，而是因為他眼看在這骯髒的池塘裡撲騰的大量肉體而產生的莫名厭惡和恐懼。

八月七日，巴格拉季翁公爵在斯摩稜斯克大道上的駐地米哈伊洛夫卡寫信：

尊敬的阿列克謝·安德烈耶維奇伯爵大人。

（這封信是寫給阿拉克切耶夫的，但是他知道，他的信皇上一定會看到，因此竭盡所能地字斟句酌。）

我想，陸軍大臣已經報告了斯摩稜斯克的淪陷。痛心、可悲，全軍陷於絕望，一個軍事要地被輕易放棄了。我曾以極具說服力的方式親自請求他，最後又提出書面請求；然而一切終歸徒勞。我以我的榮譽向您起誓，拿破崙曾處於從未有過的困境，他可能喪失一半兵力，但絕不可能占領斯摩稜斯克。我們的部隊英勇頑強地抵抗，是前所未見的。我以一萬五千人的兵力堅守了三十五個小時以上，並擊退他們；而他連十四個小時也不願堅守。這是可恥的，是我軍的汙點；至於他本人，我覺得不應繼續活在世上。如果他說傷亡太大，是謊言；傷亡可能近四千人，不會更多，也許還不到這個數字。即使傷亡一萬，那又如何？這是戰爭！敵人也會傷亡無數。

再堅守兩天又有何難？至少敵人會自行撤退；因為兵員馬匹都沒有水喝。他曾向我保證絕不撤退，可是突然送來作戰部署，說他當夜就要撤走。這麼打仗是不行的，也許我們很快就會把敵人引到莫斯科去。

有傳聞說您正考慮議和。千萬不可！在做出這一切犧牲之後，在如此不可理喻的撤退之後還要議和，您將招致整個俄國的一致反對，我們每個人都會以身穿軍服為恥。事已至此，必須抗戰，只要俄國還能抗戰，只要戰士們沒有倒下……

指揮軍隊的，必須是一人而不是兩人。您的陸軍大臣也許都是稱職的；可是將軍，不是一般的不稱職，而是非常不稱職，我們卻把國家的命運交付給他……說實話，我快氣瘋了；請恕我出言不遜。顯然，誰主張議和、主張由陸軍大臣指揮軍隊，誰就是不愛皇上，就是要我們所有人都遭到毀滅。總之，我要直言相告：組建民兵吧。因為陸軍大臣正以極其高明的手段將那位不速之客引到首都。侍從武官沃爾措根先生引起全軍的重大懷疑。有人說，他與其說是我們的人，不如說是拿破崙的人，而他是出主意給陸軍大臣的。我不僅對他彬彬有禮，而且像一名軍士那樣服從他，儘管我的資歷比他深。這令人痛心；然而出於對我的恩人和皇上的愛，我願意服從。只是，我為皇上感到惋惜，他把我們光榮的軍隊託付於這些人。請想想吧，我們因逃避決戰而疲勞過度和傷病住院的，共減員一萬五千餘人，若是進攻，就不會發生這種情況。看在上帝分上，請您說出我們的母親俄羅斯要說的話吧，我們何必如此畏戰，為什麼要把這美好、勤勞的國家拱手讓給那些暴徒而令全體臣民含恨受辱。怕什麼，怕誰？陸軍大臣優柔寡斷、膽小怯陣、不可理喻、踟躕不前以及他所具有的一切惡劣品質並非我的過錯。我全軍官兵正傷心流淚、痛心疾首地詛咒他……

生活現象可以有無數種分類，而這些類別可以劃分為兩種，一種以內容為主，一種以形式為主。歸後者的是與鄉村、地區、省城，甚至莫斯科的生活截然相左的彼得堡，尤其是沙龍的生活。這種生活向來一成不變。

自一八〇五年起，我們和拿破崙時而和解，時而反目，我們立憲又廢除，而安娜．帕夫洛夫娜的沙龍和海倫的沙龍仍分別與七年前和五年前完全一樣。在安娜．帕夫洛夫娜的沙龍裡，仍舊困惑不解地談論拿破崙的成功，並且將他的成功以及歐洲各國君主對他的姑息視為惡毒的陰謀，其唯一目的就是要在以安娜．帕夫洛夫娜為代表的宮廷圈子裡製造煩惱和不安。而海倫的沙龍也是依舊，魯緬采夫親自拜訪她，將她譽為聰明非凡的女人，在一八一二年仍舊像在一八〇八年那樣，興高采烈地談論那偉大的國家和偉大的人物，看到俄國與法國發生衝突而深感遺憾，海倫沙龍裡的人認為，這場衝突應該以和解告終。

最近，在皇上從軍隊裡回來之後，這兩個相互對立的沙龍裡掀起一些風波，也曾抗議彼此，但各自的政治傾向依然如故。安娜．帕夫洛夫娜的圈子只接待法國人中的頑固正統派，其中所表現的愛國主義思想之一，便是不該到法國劇院去，因為供養一個劇團的錢足夠供養整整一個軍。他們關注戰局，並散布對我軍極為有利的流言。在海倫、魯緬采夫和法國人的圈子裡，人們對宣揚敵人和戰爭殘酷的流言加以駁斥，不時討論拿破崙試圖議和的各種努力。這個圈子指責那些倉促安排皇家學院和皇太后庇護下的女子學校疏散到喀山的人。總之，在海倫的沙龍裡，戰爭被視為不久將以和解告終的虛有其表，而比利賓的看法更是占有支配地位，他現在就在彼得堡，是海倫住所的常客（任何聰明人都應該在她的住所露面），他認為，決定戰爭的不是火藥，而是發明火藥的人。在這個圈子裡，話裡帶刺、巧妙且謹慎地奚落莫斯科人的狂熱，而有關莫斯科人的狂熱的消息，是隨皇上到達彼得堡而傳到這裡來的。

在安娜·帕夫洛夫娜的圈子裡則相反，他們欣賞這種狂熱，談起莫斯科人的狂熱，猶如普盧塔克[89]談起希臘羅馬人。瓦西里公爵仍然位居要津，他是聯繫這兩個圈子的中間角色。他常去可敬的朋友安娜·帕夫洛夫娜住所，也常去女兒的外交沙龍，由於不斷地往返於兩個陣營之間，他往往出錯，在安娜·帕夫洛夫娜的沙龍裡發表了應該在海倫的沙龍裡公開的意見，反之亦然。

皇上回來後不久，瓦西里公爵在安娜·帕夫洛夫娜處興致勃勃地談論著戰爭，他激烈譴責巴克萊·德·托利，對任命誰擔任總司令卻頗為躊躇。一位被稱為極具優點的人提到，他今天看到當選為彼得堡民兵指揮官的庫圖佐夫坐在省稅務局裡接見民兵，並且謹慎地談了自己的看法，認為庫圖佐夫倒是一位完全符合要求的人。

安娜·帕夫洛夫娜傷感地微微一笑說，庫圖佐夫除了為皇上帶來煩惱，一事無成。

「我在貴族會議上一再強調，」瓦西里公爵插話道，「他們就是不聽。我說，選他當民兵指揮官，皇上會不高興的。他們就是不聽。」

「就是喜歡唱反調，」他接著說道，「這是對誰唱反調呢？原因就是我們想盲目模仿莫斯科人的愚蠢

---

89 普盧塔克（四六？—一二七？），希臘哲學家，其成名作《希臘羅馬名人比較列傳》描寫了希臘羅馬人值得仿效的典型性格。

狂熱。」瓦西里公爵說，他一時糊塗，忘了在海倫的沙龍裡，才能嘲笑莫斯科人的狂熱，而身處安娜・帕夫洛夫娜陣營，是要抱持欣賞態度的。不過，他立即糾正了過來。「庫圖佐夫伯爵這個俄國最老的將軍坐在稅務局接待民兵合適嗎？他的所作所為都是徒勞！怎能任用這麼一個人擔任總司令，他不能騎馬，開會打瞌睡，而且脾氣極壞！他在布加勒斯特的表現的確出色！他做為將軍的品質我就不說了，但是在這非常時期，難道能任用一個又衰老又瞎眼、簡直就是瞎子的人嗎？一個瞎眼的將軍真不賴！他什麼也看不見。要是捉迷藏……他乾脆什麼都看不見！」

對他的話，沒有任何人表示異議。

在七月二十四日，這麼說完全沒有錯。可是七月二十九日，庫圖佐夫被授予公爵爵位。公爵爵位也可能意味著要擺脫他，因而瓦西里公爵的看法仍然是對的，儘管他並不急於把這個看法說出來。但是到了八月八日，由薩爾蒂科夫元帥、阿拉克切耶夫、維亞濟米季諾夫、洛普欣和科丘別伊組成的委員會召開討論戰局的會議。委員會認定，失敗是由於多頭馬車式的領導，儘管委員會成員很清楚皇上對庫圖佐夫沒有好感，委員會經過短暫商議，仍建議任命庫圖佐夫為總司令。當天庫圖佐夫就被任命為各軍團以及部隊所在的全權總司令。

八月九日，瓦西里公爵又在安娜・帕夫洛夫娜的沙龍遇見極具優點的人。極具優點的人正在向安娜・帕夫洛夫娜獻殷勤，因為他想在太后瑪麗亞・費多羅夫娜所庇護的女子學校裡擔任學監。瓦西里公爵以幸運的勝利者、一個實現夢寐以求目標的人的姿態走了進來。

「諸位，你們知道一個大新聞嗎？庫圖佐夫公爵現在是元帥了[90]！所有的分歧都結束了。我感到多麼幸運、多麼暢快啊！」瓦西里公爵說，「說到底，這才是號人物呢！」他說，意味深長又嚴肅地環視客廳裡所有人。極具優點的人儘管很想謀得一職，卻忍不住要向瓦西里公爵提醒他原先的看法（這對在安娜．帕夫洛夫娜的客廳裡的瓦西里公爵、對聽到這個消息也很高興的安娜．帕夫洛夫娜而言都是失禮的；但他就是忍不住。）

「可是有人說他是瞎子呀，公爵？」他說，逕自向瓦西里公爵提起他本人曾說過的話。

「哎，胡說，他視力很好，請相信我的話。」瓦西里公爵用他那低沉、快速而帶些咳嗽的嗓音說道，他用這種帶些咳嗽的嗓音應付所有尷尬狀況。「他視力很好嘛，」他又說了一遍，「我高興的是，」他接著說道，「皇上賦予他統轄所有軍團、地區的權力，沒有任何一位總司令曾擁有過這麼高的權力。這可說是另一位君主啊。」他面帶勝利的微笑結束道。

「但願如此，但願如此。」安娜．帕夫洛夫娜說道。極具優點的人在宮廷社會仍是生手，他想取悅安娜．帕夫洛夫娜，便在這個論斷中袒護她原來的見解，他說：

「據說，皇上不大樂意把這個權力交給庫圖佐夫。據說在宣布『皇上和國家賜予您這個榮譽』的時候，他的臉脹得通紅，就像一位女士聽人讀了《若孔德》[91]一樣。」

「也許還有所保留。」安娜．帕夫洛夫娜說。

「啊，不，不！」瓦西里公爵熱烈地爭辯道。他現在已不能讓庫圖佐夫任人評說了。按照瓦西里公爵的看法，庫圖佐夫不僅本人非常傑出，大家也都很推崇他。「不，這不可能，因為皇上以前就很看重

90 庫圖佐夫於波羅金諾戰役後晉升為元帥。

91《若孔德》是法國寓言詩人拉封丹（一六二一—一六九五）的《故事詩》中的一篇，內容情色。

他。」他說。

「但願庫圖佐夫公爵，」安娜．帕夫洛夫娜說，「能掌握實權，不讓別人掣肘。」

瓦西里公爵立即明白這個別人是指誰。他小聲說道：

「我確切地知道，庫圖佐夫提出一個必要條件，就是不讓皇儲隨軍。您知道他是怎麼對皇上說的嗎？」於是瓦西里公爵重複了似乎是庫圖佐夫對皇上所說的話：「『如果他表現得不好，我不能懲罰他，如果他表現得好，我也不能嘉獎他。』噢！這是個極聰明的人，庫圖佐夫公爵，多麼有個性。噢！我是早就了解他的。」

「甚至有人說，」極具優點的人說，他還缺乏身處宮廷應有的分寸，「公爵大人還提出一個必要條件，就是請皇上本人不要到軍中去。」

他這句話一說出口，瓦西里公爵和安娜．帕夫洛夫娜頓時轉頭不理他，彼此憂鬱地對看了一眼，為他的幼稚而嘆息。

七

在彼得堡發生這些事情的時候，法國人已經過斯摩稜斯克，離莫斯科愈來愈近了。拿破崙的歷史學家梯也爾和拿破崙的其他歷史學家一樣，竭力為自己的英雄辯解，說拿破崙是不由自主地被吸引到莫斯科城外的。他是對的，正如所有歷史學家都是對的，他們僅僅在某個人的意志中尋求歷史事件的解釋；他也和俄國歷史學家一樣是對的，俄國歷史學家斷定，拿破崙是被俄國的統帥們運用軍事藝術吸引到莫斯科的。這裡採用了追溯規律（回顧規律），將過去的一切視為已發生的事實進行準備。然而，此外還有使問題更為錯綜複雜的相互作用。一名優秀的棋手真心認為，他輸棋是因為自己犯下一個錯誤，於是他在自己的開局中尋找這個錯誤，但是他忘了，在他下棋的所有過程中都犯下一些錯誤，沒有一步棋是無懈可擊的。他所注意到的那個錯誤之所以被他發現，只是因為對手利用了它。相形之下，戰爭的博弈要複雜多少呢？戰爭的博弈是在時代的一定條件下進行的，這裡不是由個人的意志操縱無生命的機器，而是一切皆發生在種種不同任意行為的無數衝突之中。

拿破崙占領斯摩稜斯克後，先在多羅戈布日東北的維亞濟馬附近，然後又在察廖沃宰米謝附近尋求戰機；結果是俄軍由於情況的無數變化和衝突，在距離莫斯科一百二十俄里的波羅金諾之前無法應戰。拿破崙只好下令從維亞濟馬直撲莫斯科。

莫斯科，這個龐大帝國的亞洲首都，亞歷山大的各族人民的聖城，擁有無數中國寶塔式教堂的莫斯科！這個莫斯科令拿破崙為之心馳神往。在從維亞濟馬到察廖沃宰米謝的行軍途中，拿破崙在近衛軍、衛隊、少年侍從和副官的護衛下騎乘淺黃截尾溜蹄馬。參謀總長貝爾蒂埃隨之在後，他要審問一個被騎兵俘虜的俄國人。他在翻譯官勒洛梅．迪德維爾的陪同下縱馬趕上拿破崙，神情愉快地勒住了馬。

「如何？」拿破崙問。

「普拉托夫的一個哥薩克說，普拉托夫的那個軍和主力會師了，庫圖佐夫被任命為總司令。是個很聰明、饒舌的傢伙！」

拿破崙微微一笑，吩咐為這個哥薩克準備一匹馬，把他帶來見他。他想親自和他談談。幾名副官騎馬去了，一個小時後，傑尼索夫讓給尼古拉的那個農奴拉夫魯什卡，穿著勤務兵制服騎乘在法國騎兵的馬鞍上，帶著狡黠、醉醺醺的神氣來到拿破崙面前。拿破崙命令他與自己並轡而行，開始問他：

「您是哥薩克？」

「是哥薩克，大人。」

「哥薩克不了解他的處境，因為拿破崙的簡樸沒有任何跡象讓東方人想像得到有皇上在此，因而他異常隨便地描述著當前的戰爭形勢。」[92]梯也爾在敘述這個情節時寫道。確實，前天，拉夫魯什卡喝醉了，導致其主人沒有午餐，因而挨了一頓鞭子，便被派往鄉下抓雞，他只顧趁火打劫，不留神被法國人俘虜了。拉夫魯什卡是個見過世面的粗野僕人，這種人認為，用卑鄙狡猾的手段處理事情是自己的本分，隨時準備向主人提供任何服務，而且機靈地猜到主人的心機，特別是主人的虛榮心和低級趣味。

他無意中來到拿破崙這裡，輕易便認出拿破崙的身分，拉夫魯什卡毫不驚慌，只是一心一意地想在這些新主子面前示好。

他很清楚，這就是拿破崙本人，在拿破崙身邊並不比在尼古拉或手拿樹條的連副身邊更驚慌，因為他什麼也沒有，無論連副或拿破崙都不可能剝奪他什麼。

他喋喋不休地說著勤務兵之間的各種議論。其中有不少是實話。可是，當拿破崙向他問起俄國人如何看待，他們能否戰勝拿破崙時，拉夫魯什卡瞇眼沉思了起來。

他認為這其中有詐，拉夫魯什卡這種人總是覺得，任何事都有詐，他皺起眉頭沉默了一會兒。

「是這樣的，如果進行決戰，」他若有所思地說，「而且速戰速決，那麼就可以。嗯，要是在三天之內無法結束戰爭，那麼這個戰役就會拖延下去。」

這段話當下被翻譯成：「要是戰役發生在三天前，法國人會贏，不過，要是發生在三天後，結果如何，就只有天知道了。」勒洛梅．迪德維爾微笑著轉述道。拿破崙沒有笑，儘管他似乎心情極好，他吩咐再對他重複這些話。

拉夫魯什卡看在眼裡，為了讓他開心起來，說話時便假裝不知道他是誰。

「我們知道，你們有拿破崙，他打敗世上所有人，至於我們就是另一回事了……」他說，自己也不知道，怎麼說到後來會冒出自吹自擂的愛國主義。翻譯官向拿破崙轉述這些話時，刻意刪掉最後一句，拿破崙笑了。「年輕的哥薩克使權傾一時的交談者笑了。」梯也爾寫道。拿破崙默默走了幾步，轉身對貝爾蒂埃說，他想測試一下，當這個頓河之子得悉他與之交談的人正是皇帝本人、正是那位把自己戰無不勝的不朽英名寫在金字塔上的皇帝時，他會有何反應。

92 這段話見於梯也爾《執政府和帝國時代的歷史》，第十四卷。

於是，便告知拉夫魯什卡這個事實。

拉夫魯什卡（他明白，這是對給他出難題，拿破崙以為他會大吃一驚），為了討好新主子，他裝出愕然震驚的樣子，瞪圓了眼，露出他被拉去受鞭刑時慣用的那副神氣。「拿破崙的翻譯官，」梯也爾寫道，「剛把這事告訴哥薩克，這個啞然的哥薩克就再也沒有說過一句話，他騎馬繼續走著，目不轉睛地望著那位征服者，他的大名越過東方大草原傳到他的耳中。他的絮叨嘎然而止，只剩下天真的、默然無語的欣喜。拿破崙為了獎賞他，下令放走他，正如把一隻小鳥放回故鄉的田野。」

拿破崙策馬前行，夢想著他魂牽夢縈的莫斯科，而被放回故鄉田野的小鳥朝著前哨陣地疾馳而去，編寫著要描述給自己人聽的無中生有的故事。實際發生的事他不想講，正是因為他覺得，這些事情不值得拿出來說項。他來到哥薩克們身邊，打聽他所隸屬的普拉托夫的軍團在何處，傍晚便找到主人尼古拉・羅斯托夫，他駐紮在揚科沃，剛騎上馬要和伊林前往郊外鄉村去逛逛。他給了拉夫魯什卡一匹馬，也帶他一起去了。

八

瑪麗亞公爵小姐並非如安德烈公爵所願已到了莫斯科，並脫離險境。

阿爾派特奇從斯摩稜斯克回來後，老公爵彷彿突然從睡夢中甦醒了過來。他命令召集並武裝各村民兵，又寫了一封信通知總司令，自己決意留在童山直到最危急的關頭並進行自衛，請總司令酌定是否採取保衛童山的措施，俄國年紀最大的將軍即將在童山被俘或被殺，他隨即向家人宣布，他留在童山不走了。

公爵留在童山，同時安排公爵小姐和德薩爾帶著小公爵前往鮑古恰羅沃，再從那裡前往莫斯科。瑪麗亞公爵小姐見到父親一改平時的頹喪，陣日狂熱工作而大為驚訝，她不敢將他一人留下，生平第一次大著膽子不服從他的安排。她不願走，公爵的怒氣便像可怕的暴風雨向她傾瀉而下。他對她提起一些往事，在這些事情上，他對她都是不公正的。他百般指責她，說他受夠了她的折磨，說她挑起了他和兒子之間的不和，對他懷有可鄙的猜疑，說她活著的目的就是要破壞他的生活，他把她趕出書房，揚言她要是不走，他也無所謂。他說，他不管她的死活，但預先警告她，可別讓他再見到她。他並沒有像瑪麗亞公爵小姐所擔心的，吩咐下人強制送走她，只是不准她出現在他面前，這使瑪麗亞公爵小姐放下了心。她知道，這說明，他內心深處是因為她留下不走而感到高興的。

在尼科連卡離開後的第二天，老公爵一早穿上全套軍服準備去見總司令。馬車已經套好。瑪麗亞公爵小姐看見他身穿制服、佩戴所有勳章走出府邸，要前往花園檢閱武裝起來的農民和家奴。瑪麗亞公爵小姐坐在窗前，傾聽著從花園傳來的他的聲音。突然幾個僕人神色驚慌地從林蔭道上跑了出來。

瑪麗亞公爵小姐跑到臺階上、花徑上和林蔭道上。迎著她過來的，是一大群民兵和家奴，在這群人之中，幾個僕人攙扶著穿軍服、戴勳章的矮小老人。瑪麗亞公爵小姐跑到他面前，陽光透過林蔭道上的菩提樹陰影，化為無數晃眼的小圓圈，以致她難以確定，老人臉上發生了什麼變化。她只看到，他過去那種嚴峻、果決的神情一變而為膽怯和順從。他一看到女兒，嘴唇便無力地翕動著，發出一陣嘶啞的聲音。聽不清他想說什麼。人們把他抬了起來，送到書房，放在他近來驚懼不已的沙發上。

當夜請來的醫生為病人放血，聲稱公爵中風，右側偏癱。

留在童山愈來愈危險了，於是公爵在中風的第二天便被送往鮑古恰羅沃。醫生跟著一起去了。

他們來到鮑古恰羅沃時，德薩爾和小公爵已經前往莫斯科了。

病情總是一樣，不好也不壞，老公爵為偏癱所苦在鮑古恰羅沃躺了三個星期[93]，就住在安德烈公爵新建的那棟住宅裡。老公爵神志不清；他躺在那裡，像一具難看的屍體。他不停地嘟噥著什麼，牽動著眉毛和嘴唇，不知他是否明白周圍的狀況。但有一件事是可以肯定的，他很痛苦，覺得還有話要說。可是他想說什麼，沒有人清楚；這是病人的胡鬧或神志不清的囈語，或是和戰爭全局或家庭狀況有關呢？

醫生說，他所表現的焦躁沒有任何意思，只是生理因素所引起的；但是瑪麗亞公爵小姐認為（她露面總是使他更加不安，這就更堅定了她的看法），他有話要對她說。他顯然正忍受著生理上和精神上的痛苦。

已經沒有康復的希望了。帶他走也不可能。萬一在中途過世怎麼辦？「死了豈不好些，乾脆死了算了！」瑪麗亞公爵小姐有時這麼想。她日夜照顧他，幾乎廢寢忘食，不過說來可怕，她照顧公爵時，往往不是希望找到病情好轉的跡象，而是想找到病危的徵兆。

瑪麗亞公爵小姐意識到自己這種心思，感到非常訝異，然而這種心思確實是有的。令瑪麗亞公爵小姐更覺駭然的情況是，在父親生病以後（甚至還要早些，也許就在她為了期待什麼而陪他留下來的時候），被忘懷並沉睡在內心的那些個人心願和希望都甦醒了。幾年來，不曾有過的想法——關於擺脫對父親的無止境畏懼並自在生活的想法，甚至關於愛情和家庭幸福的可能想法，都像惡魔的誘惑般不斷地縈繞在她的腦海裡。不論她如何抗拒，腦海裡還是不斷出現關於今後如何安排生活的念頭。這是惡魔的誘惑，瑪麗亞公爵小姐是知道的。她知道，抗拒這種誘惑的唯一辦法是祈禱，於是她試圖祈禱。她擺出祈禱的姿勢，眼望聖像誦讀禱文，可惜她無法祈禱。她感到，眼下她沉浸在另一個世界——艱難、自由的日常瑣事的世界，它和她曾置身其中的那種精神世界是完全對立的，在那個世界，祈禱是唯一的安慰。她無法祈禱，也無法哭泣，日常的煩惱糾纏著她。

留在鮑古恰羅沃已經很危險了。隨處可以聽到法國人漸漸逼近的消息，距離鮑古恰羅沃十五俄里的一個村子裡，有一座莊園已被法軍的散兵部隊掠劫一空。

醫生堅持要將公爵送往更遠的地方；首席貴族派了一名官員來見瑪麗亞公爵小姐，勸她趕緊離開。縣警局區長來到鮑古恰羅沃，也堅持同樣的看法，他說法國人只在四十俄里的距離之外了，各村都發現法國人的傳單，如果十五日前，公爵小姐不和父親離開，他就不能負責他們的安全了。

八月十五日，公爵小姐決定離開。她整天為做準備而操心，忙於向所有來找她的僕人發出指示。十四日夜，她一如往常，在公爵臥病的房間隔壁衣不解帶地度過一晚。她幾次醒來都聽到他的哼哼聲和嘟囔

93 這裡和接下來的情節有矛盾：老公爵是八月十日左右中風，並於八月十五日去世。

聲、床鋪的吱吱聲以及吉洪和醫生為他翻身的腳步聲。她幾次站在門外聽著，覺得他今天嘟囔的聲音比平常更大，翻身的次數也更多。她睡不著，幾次來到門外傾聽，想進去卻又不敢。儘管他不曾說過，但是她看得出來，知道任何為他擔心的表情都會惹他不高興。她發覺，有時她不由自主地注視著他，他就不滿地轉頭避開她的目光。她知道，她在夜裡這不平常的時候來看他，一定會惹他生氣。

可是，她從來不曾像現在這樣滿懷憐憫，深怕失去他。她回憶自己與他相處的一生，發現他的一言一行無不表現出對她的愛。偶爾在這些回憶中，會冒出惡魔的誘惑，想起他離世後的情況、如何安排她自由的全新生活。但是她厭惡地驅趕這些想法。直到淩晨，他總算平靜了，她也睡著了。

她醒來時已經很晚了。醒來時，經常出現的坦誠使她清楚意識到，她在父親患病期間最關切的是什麼。她醒來傾聽著門裡的動靜，聽到哼哼聲，便嘆息著對自己說，還是一樣。

「那該怎麼辦呢？我希望怎麼樣呢？我是想要他走啊！」她懷著自我厭惡叫道。

她穿衣洗漱，誦讀禱文，來到門口的臺階上。臺階前停著未套馬的幾輛馬車，僕人們正往車上裝載行李。

這是溫暖、灰暗的早晨。瑪麗亞公爵小姐站在臺階上，對自己內心的卑劣不斷地駭然自責，竭力在進去見他之前調整好心緒。

醫生下樓來到她面前。

「他今天好些了，」醫生說，「我在找您。他說的話有些能聽懂了，頭腦清醒一些。我們去吧。他在叫您……」

瑪麗亞公爵小姐一聽到這個消息，心臟猛烈地跳動起來，以致她面色蒼白地靠在門上，以防跌倒。當瑪麗亞公爵小姐整個心靈充斥如此可怕的罪惡誘惑去見他、和他談話、承受他的目光時，她感到既痛苦、害怕又高興。

「我們走吧。」醫生說。

瑪麗亞公爵小姐走進父親的房間，來到他的床前。他高高地仰面而臥，一雙瘦骨嶙峋、淺紫青筋突出的手放在被子上，左眼直瞪而右眼斜視，雙眉和雙唇凝然不動。他整個人那麼瘦弱、矮小而可憐。他的臉似乎乾枯了，或者說消融了，臉形縮小很多。瑪麗亞公爵小姐上前親吻他的手。他用左手緊握她的手，看來早就在等候她了。他拽著她的手，眉毛和嘴唇都氣惱地微微動彈起來。

她驚訝地看著他，想猜出他要她做什麼。她變換姿勢，湊近一些，讓他的左眼能看到她的臉，於是他安心了，有幾秒鐘目不轉睛地盯著她。然後，他的嘴唇和舌頭都動了起來，發出一些聲音，他開始說話了，膽怯而懇求地望著她，看來是擔心她不明白他的意思。

瑪麗亞公爵小姐集中注意力看著他。他吃力地轉動舌頭的滑稽樣子使瑪麗亞公爵小姐垂下眼睛，竭力壓抑著湧往喉頭的哀號。他說了什麼，總是把自己的話重複好幾遍。瑪麗亞公爵小姐聽不懂；不過她用心猜測他想說什麼，於是疑問地重複他的話。

「嘻嘻，哈……哈……」他重複了幾遍。

這些話怎麼也聽不懂。醫生以為他猜到了，便重複他的話，問他是不是想說害怕？他否定地搖搖頭，又把原話重複了一遍。

「心裡，好悲傷。」瑪麗亞公爵小姐猜到了，說了出來。他肯定地嗯了幾聲，抓起她的一隻手，按到他胸脯的不同地方，彷彿在找尋真正屬於她的所在。

「老是在想！想著妳，想著……」此後，他的話說得比剛才清楚些、易懂些了，因為現在他相信別人能聽得懂了。瑪麗亞公爵小姐把頭埋在他的手上，竭力掩飾自己的啜泣和淚水。

他撫摸著她的頭髮。

「我整夜都在叫妳。」他說。

「可是我不知道啊。」她含淚說道，「我不敢進來。」

他握了握她的手。

「妳沒睡吧？」

「沒有，我沒睡。」瑪麗亞公爵小姐搖著頭說。她不由自主地受到父親的影響，現在也像他說話那樣更常用手勢表達，而且似乎也費力地動著舌頭。

「好女兒」，還是「好孩子」？瑪麗亞公爵小姐分辨不清；不過看他的眼神，說的肯定是他從未說過的溫柔字眼。「為什麼妳不來呢？」

「我居然……希望他死！」瑪麗亞公爵小姐想。他沉默了一會兒。

「謝謝妳，女兒，好孩子……謝謝妳的一切、一切……原諒我……謝謝……原諒我……謝謝……」他的眼裡湧出淚水。「把安德烈叫來。」他突然說道，在提出這個要求時，他的臉上露出了孩子般的膽怯和疑懼。他彷彿自己也知道，這個要求是沒有意義的。至少瑪麗亞公爵小姐這麼認為。

「我收到他的一封信。」瑪麗亞公爵小姐回答道。

他驚訝而膽怯地看著她。

「他人在哪裡？」

「他在部隊裡，爸爸，在斯摩稜斯克。」

他閉著眼睛沉默了好久；後來肯定地點點頭睜開了眼睛，彷彿回答了自己的疑問，並且確認他現在已明白了一切，一切都想起來了。

「是的，」他清晰地低聲說道，「俄國完了！被他們斷送了！」於是他又失聲痛哭，淚流滿面。瑪麗亞公爵小姐再也忍不住了，望著他的臉也哭了。

他再次閉上眼睛。他停止哭泣。他用手指了指眼睛；吉洪明白他的意思，為他擦去眼淚。

然後，他睜開眼睛說了些什麼，過了好久，沒有人明白他的意思，最後還是吉洪聽懂了，便轉告大家。瑪麗亞公爵小姐根據他片刻之前說話時的情緒探究他話中的涵義。她以為他說的是俄國，又像是在說安德烈公爵，又像是說她，說尼科連卡，又像是談到自己的死亡。因此她猜不透是什麼意思。

「穿上妳的白色連身裙吧，我喜歡這件衣服。」他說。

等到明白了這句話的意思，瑪麗亞公爵小姐更是放聲大哭，醫生扶著她的手臂，領著她到陽臺上，勸她要冷靜，要做好離開的準備。在瑪麗亞公爵小姐離開房間以後，公爵又談起了兒子，談起了戰爭和皇上，氣憤地揚起眉毛，開始提高嘶啞的嗓音，於是他第二次也是最後一次中風了。

瑪麗亞公爵小姐留在陽臺上。白天更晴朗了，陽光燦爛，天氣炎熱。她什麼也無法理解，一無所思、一無所感，除了對父親的熱愛，她覺得，在此刻之前，她不曾領悟這份愛。她跑進花園，痛哭失聲地朝下方的池塘跑去，沿著安德烈公爵親手栽種的幼小菩提樹間的小徑。

「是的……我……我……我呀。我曾希望他死。我曾希望趕快結束，想得到安寧……情況會如何呢？他不在了，我要安寧何用。」瑪麗亞公爵小姐喃喃自語，在花園裡快步走著，雙手緊壓胸膛，她的胸腔發出一陣陣痙攣的慟哭聲。她在花園裡繞了一圈，於是又來到屋前，她看到布里安娜小姐（她留在鮑古恰羅沃不肯離開）和一個陌生男人正迎著她走來。那是本縣首席貴族，他親自來見公爵小姐，是要充分向她說明緊急撤離的必要性。瑪麗亞公爵小姐聽著，卻茫然不解其意；她把他帶到家裡，請他用早餐，和他一起坐了下來。後來，她向首席貴族表示歉意後，走到老公爵的書房門口。醫生神色驚慌地出來對她說，不能進去。

「您先離開一下吧，公爵小姐，走開，走開！」

瑪麗亞公爵小姐又來到花園裡，她坐在池塘邊的斜坡上任誰也看不到的一片草地上。她不知道她在那裡坐了多久。一個女人沿著小徑跑來的腳步聲驚擾了她。她站起身來，看見女僕杜尼亞莎，她顯然是跑來找她的，一看到小姐的樣子，似乎大吃一驚地停住了腳步。

「請您去呢，公爵小姐……公爵……」杜尼亞莎說，連聲音都變了。

「馬上去，我馬上去。」公爵小姐急忙回答，不讓杜尼亞莎有時間說出她要說的話，也盡力不看杜尼亞莎，便朝家裡跑去。

「公爵小姐，一切都是上帝的旨意，您要做好最壞的打算。」首席貴族在門口迎著她說。

「別來煩我。這不是真的！」她憤恨地對他嚷道。醫生想攔住她。她推開他，朝門口跑去。「為什麼這些神色驚慌的人要來阻攔我呢？我誰也不要！他們都在這裡做什麼呀？」她推開門，這間原來半暗的房間恍如白晝的光亮令她猛然震驚。房裡幾個婦女和保母。她們都從床邊閃開，讓路給她。他還是一樣躺在床上；然而在他平靜的臉上，嚴峻的表情使瑪麗亞公爵小姐停在門口不敢邁步。

「不，他沒有死，這是不可能的！」瑪麗亞公爵小姐對自己說，她走上前去，克制著內心的恐懼用嘴唇緊貼在他的面頰上。但她立刻從他身邊閃開了。她心裡所懷有的對他的柔情頓時消失，取而代之的是對她所面對的事物的恐懼。「不，他不在了！沒有他了，而在這裡，就在他剛才所在的這個地方，只有一種陌生而敵對的東西，一種可畏恐怖、令人厭惡的祕密……」於是瑪麗亞公爵小姐雙手捂著臉倒在扶著她的醫生的臂彎裡。

婦女們當著吉洪和醫生的面，洗淨他的遺體，用頭巾裹了頭，以免張開的嘴僵化，又用一條頭巾把叉開的腿捆在一起。然後，她們為他穿上佩戴勳章的軍服，只見一具瘦小乾癟的屍體在桌上。天知道，有誰曾關心過這件事，但一切似乎都自然而然地完成了。入夜，靈柩四周點起蠟燭，靈柩上覆著蓋棺布，地板上撒了刺柏枝，死者乾瘦的頭下放著一篇印刷的祈禱文，一名教堂執事坐在角落誦讀《詩篇》。

正如一群馬圍在一匹死馬周圍彼此閃避著、擁擠著、打著響鼻一樣，客廳裡的靈柩四周同樣擁擠著一些外人和自家人——首席貴族、村長和農婦們，全瞪著驚恐的眼在畫十字、鞠躬、親吻老公爵冰冷僵硬的手。

九

鮑古恰羅沃在安德烈公爵遷入之前，一直是沒有主人照料的莊園，因此鮑古恰羅沃農民的性質和童山的農民截然不同。他們的語言、衣著和習性都有別於後者。他們被稱為草原農民。他們到童山來幫助收割或挖掘池塘和溝渠時，老公爵稱讚他們吃苦耐勞，卻不喜歡他們的粗野。

安德烈公爵最近一次在鮑古恰羅沃定居，以及開辦醫院、學校和減輕代役租等新舉措並沒有使他們變得溫和一些，反之，卻加劇了老公爵稱之為粗野的性格特點。他們之間總是有一些含糊不清的流言蜚語，時而議論將他們所有人都改為哥薩克的問題，時而議論有人鼓動他們改信新的宗教信仰，時而談到沙皇的什麼詔書，時而談到一七九七年對保羅・彼得羅維奇的效忠宣誓（有人談到這次宣誓時說，那時就可以得到自由，可是被老爺們剝奪了），時而議論將在七年後登基的彼得・費多羅維奇[94]，說他登基後人人都能獲得自由，一切都很簡單，什麼麻煩事都沒有了。在他們眼裡，關於戰爭和拿破崙以及他入侵的流言是和有關敵基督、世界末日和絕對自由等同樣含混不清的觀念結合在一起的。

鮑古恰羅沃周圍淨是大村莊，屬於國家和收取代役租的地主所有。在這個地區居住的地主很少；家奴和識字的人也很少，因而在這個地區的農民生活中，俄國民間生活的神祕暗流遠比其他地區更明顯也更強大，這些暗流的成因和意義是現代人所難以理解的。其現象的表現之一，便是約二十年前該地區的農民向那些溫暖的江河流域遷徙[95]。其中包括鮑古恰羅沃在內的成千上百個農民突然賣掉家畜，拉家帶口地遷往東南方某地。就像候鳥飛往海外一樣，這些人帶著妻兒朝東南方，奔向他們誰也不曾到過的地方。他們成群結隊地行動，各自贖身或逃跑，有的坐車，有的步行，前往溫暖的江河流域。很多人受到處罰，被流放到西伯利亞，很多人由於飢寒而倒斃途中，很多人自己回來了，於是這次遷徙活動平息了下來，正如其興起一樣沒有什麼明顯的原因。然而，這種暗流在這些民眾之間從未停止流動，而是在積蓄力量，以便形成一股新的潮流，往後也會突如其來，同時簡單、自然有力地表現出來。現在，在一八一二年，一個生活貼近民眾的人不難發現，這種暗流正強烈地活動，很快就會表現出來了。

阿爾派特奇在老公爵去世前不久來到鮑古恰羅沃，他發現民眾之間有所騷亂，這裡的情況與童山不同，在童山以六十俄里為半徑的範圍內，所有農民都逃走了（任憑哥薩克洗劫村莊），而在鮑古恰羅沃的草原地帶，聽說農民與法國人有來往，他們取得一些書面資料並在彼此之間傳閱，於是留在當地不走。他藉由心腹家奴得知，在地方上極具影響力的農民卡爾普日前出差，他帶回一個消息，說哥薩克洗劫居民出逃的村莊，但法國人卻秋毫無犯。他知道，另一個農民甚至從法軍駐紮的維斯洛烏霍沃村帶回法國將軍的文告，文告中向居民宣布，如果他們留下來，將不會受到任何損失，取自他們的一切都依價付款。為了證明這一點，農民從維斯洛烏霍沃拿來購置乾草的預付款一百盧布紙幣（他不知道那是偽鈔）。

最後，最重要的是，阿爾派特奇知道，就在他吩咐村長集中幾輛大車把公爵小姐的行李從鮑古恰羅沃運走的當天，一清早，村裡便召開了村民大會，會上決定不出車，大家看著辦。但時間是不等人的。首席

---

94 指彼得三世（一七二八—一七六二），他在一七六二年的宮廷政變中退位，謠傳他因試圖讓農奴自由而為貴族所推翻。

95 想必是指當時農奴大批向北高加索和摩爾達維亞的「自由」土地逃亡的事實。

貴族在公爵去世的那一天，亦即八月十五日，堅決要求瑪麗亞公爵小姐當天就離開，由於情況危急。他說，十六日以後他不負任何責任。公爵去世的那天晚上，他走了，不過，他答應第二天來參加葬禮。可是第二天他無法前來，因為根據他本人所得到的消息，法國人突然向前挺進了，他只來得及從自己的莊園帶走一家大小和所有貴重物品。

村長德龍管理鮑古恰羅沃三十年了，老公爵總稱他德龍努什卡。

德龍是那種身體強壯、精神健旺的農民，一上年紀便蓄起大鬍子，就這麼毫無變化地活到六、七十歲，沒有一絲白髮，不掉一顆牙，六十歲仍像三十歲那樣腰桿挺直，精力旺盛。

德龍和別人一樣，曾向溫暖的江河流域遷徙，此後不久，他就在鮑古恰羅沃奉命擔任村長，從此在這個職位上無可挑剔地做了二十三年。農民對他的忌憚更甚於對老爺。主人們，老公爵也好，年輕的公爵也好，還有總管都敬重他，戲稱他為大臣。德龍在擔任村長期間從來沒有喝醉酒、沒有生過病；在通宵不眠之後，在無論多麼繁重的勞動之後，他從來不會露出一絲倦容，他不識字，但絕不會忘記任何一筆帳，不會忘記他出售的滿載的大車隊裡，有多少普特麵粉，也不會忘記鮑古恰羅沃每俄畝土地上收割的莊稼垛。

阿爾派特奇從衰敗的童山來到這裡，在公爵下葬的當天叫來這位村長，吩咐他準備十二匹馬為公爵小姐套車、準備十八輛大車運送要從鮑古恰羅沃起運的財物。雖然農民都是代役租農民，但是阿爾派特奇認為，執行這個命令是不會有困難的，因為在鮑古恰羅沃有二百三十個課稅單位[96]，農民是富裕的。但是村長德龍一聽到他的吩咐，卻默然垂下眼。阿爾派特奇對他說出自己所知的一些農民的名字，命令徵用他們的大車。

德龍回答說，這些農民的馬都拿去做運輸用途了。阿爾派特奇又提到其他農民，德龍說，他們也沒有馬，有的人出差，有的人身體虛弱，有的人沒有飼料馬都餓死了。在德龍看來，不但找不到拉大車的馬，即便是為公爵小姐套車的馬也找不到。

阿爾派特奇仔細看了德龍一眼，皺起了眉頭。德龍是模範村長，阿爾派特奇深具為公爵管理莊園二十年的歷練，也不愧是模範總管。他善於察言觀色，了解他與之打交道的這些人的需求和本能，正因如此，他才會成為出類拔萃的總管。他朝德龍看一眼，當下就明白了，德龍這些回答並不代表德龍的想法，而是鮑古恰羅沃村民普遍情緒的反映，村長已經被村民挾持了。但同時他也知道，富裕起來、受到村民敵視的德龍一定會在老爺和農民這兩個陣營之間搖擺不定。他在他的目光中覺察了這種動搖，因此他緊皺眉頭，向德龍逼近一步。

「你呀，德龍，給我聽著！」他說，「你不要和我說空話。安德烈．鮑爾康斯基公爵大人親自命令我，要把民眾全部撤走，不准留下當順民，沙皇也有同樣的詔令。誰留下來，誰就是背叛沙皇。聽見沒有？」

「聽到了呢。」德龍回答道，他沒有抬起眼睛。

阿爾派特奇不滿意這個回答。

「唉，德龍，你要倒楣了！」阿爾派特奇搖頭說道。

「隨您的便！」德龍悲傷地說。

「唉，德龍，你夠了吧！」阿爾派特奇又說，他從懷裡抽出手來，神態莊嚴地指著德龍腳下的地板。

---

96 農民負擔賦稅、徭役的課稅單位通常由一夫一妻組成，大家庭由若干個課稅單位組成。

「我不只是把你看得清清楚楚，你腳下三尺的一切我都看得清清楚楚。」他說，一面盯著德龍腳下的地板。

德龍發窘了，他朝阿爾派特奇匆匆一瞥，又垂下了眼。

「你廢話少說，去告訴大家，所有人準備離開到莫斯科去，明天一早準備大車供公爵小姐使用，你不要再去開會。聽見了沒？」

德龍突然跪倒在他腳下。

「雅科夫．阿爾派特奇，你換掉我吧！我交出鑰匙，你把我換掉吧！」

「好啦！」阿爾派特奇厲聲說道，「你的一言一行，我可是看得一清二楚。」他重複道，阿爾派特奇知道，他的養蜂技術、關於何時播種燕麥的知識，以及他二十年來始終得到老公爵信賴的本領，早就為他贏得魔法師的美名，而能把人看得一清二楚，正是魔法師才有的能力。

德龍站起來想說什麼，但阿爾派特奇打斷了他：

「為什麼你們突然就變了呢？你們究竟在想什麼？」

「我拿他們怎麼辦呢？」德龍說，「全鬧起來了。我也是對他們說……」

「我就說嘛，」阿爾派特奇說，「他們在喝酒？」他簡短地問。

「鬧得不像樣了，雅科夫．阿爾派特奇：他們又拉來一桶酒。」

「那你聽著。我去找縣警局局長，你要管管他們，別再胡鬧了，而且一定要有大車。」

「是。」德龍回答道。

雅科夫．阿爾派特奇不再叮囑了。他長期管理這些人，深知要他們服從的手段之一，便是絕不向他們流露出擔心他們可能不服從的疑慮。雅科夫．阿爾派特奇聽到德龍馴服地說了聲「遵命」，便適可而止了，雖然他不僅懷疑，而且幾乎確信，不借助軍隊的力量，要想取到大車是不可能的。

果然，到了晚上也沒有大車。村裡的小酒館旁又在召開村民大會，會上決定把馬匹都趕到林子裡去，也不提供大車。這個情況阿爾派特奇對公爵小姐隻字不提，他吩咐來自童山的大車上卸下他自家的物品，準備用那些馬為公爵小姐套車，他自己則騎馬找長官去了。

十

父親下葬以後，瑪麗亞公爵小姐待在房裡閉門不出，也不讓任何人進去。女僕走到門口說，阿爾派特奇來請示動身的事。（這還是在阿爾派特奇和德龍談話之前。）瑪麗亞公爵小姐從她躺著的沙發上欠起身來，隔著關閉的門說，她不走了，哪裡也不去，請不要打擾她了。

瑪麗亞公爵小姐躺著的房間窗戶朝西。她面朝牆壁躺在沙發上，手指撫摸著皮靠墊上的釦子，眼裡只看到這個皮靠墊，她朦朧的思緒只集中於一件事：她想的是人死不能復生，以及她一直懵然不知，卻在父親生病期間才表現出來的自己心靈上的卑劣。她想祈禱，卻不敢祈禱，不敢在她現在所處的心境中面對上帝。她懷著這般情緒躺了好久。

太陽下沉到房舍的另一側了，夕陽斜暉照進敞開的窗戶，照亮了房間和瑪麗亞公爵小姐望著的山羊革墊的一部分。她的思緒驀地停止了。她下意識地欠身整理一下頭髮，站起來走到窗前，不由自主地在這晴朗有風的傍晚深吸一口涼爽的空氣。

「現在，妳可以舒適地欣賞傍晚的景色了！他不在了，沒有人會來妨礙妳了。」她自語道，她在椅子上坐下，頭鎮在窗臺上。

有人從花園一邊輕聲叫她，又親了親她的頭。她回頭一望。那是布里安娜小姐，黑色連身裙上綴著哀悼的白布。她悄聲走到瑪麗亞公爵小姐面前，嘆息著親吻她，當即哭了起來。瑪麗亞公爵小姐回頭看了她一眼。此前和她的所有衝突以及對她的嫉妒，瑪麗亞公爵小姐頓時回憶了起來；還想起他最近背棄布里安娜小姐，不願見她，由此可見，瑪麗亞公爵小姐心裡對她有過的種種責難是多麼不公正啊。「而我，希望他走的我，有資格責備誰呀！」她暗忖。

瑪麗亞公爵小姐想像著布里安娜小姐的處境，最近她被排擠在自己的交往範圍之外，卻又依賴她、過著寄人籬下的生活。於是她憐憫她。她溫和而疑問地看看她，向她伸出了手。布里安娜小姐當即哭了，她開始親吻她的手，並談起公爵小姐所遭受的痛苦，希望分擔這份悲傷。她說，她在痛苦中的唯一安慰是公爵小姐允許她和她共同承擔。她說，所有的誤解都應當在面對這巨大的痛苦時化解，她覺得自己在所有人面前是清白的，他從那裡是看得到她的愛心和感激之情的。公爵小姐聽著，卻不明白她所說的話，只是偶爾看看她，傾聽著她說話的聲音。

「您的處境更艱困了，親愛的公爵小姐，」布里安娜小姐沉默了一會兒說道。「我理解，您過去和現在都不可能想到自己；但是我對您的愛使我不得不提醒您……阿爾派特奇來見過您了嗎？他和您談到過要離開的事嗎？」她問。

瑪麗亞公爵小姐沒有回答。她不明白誰要走，到哪裡去。「難道現在能有什麼事可做、有什麼可想的嗎？難道不是無所謂了嗎？」她沒有回答。

「您知道嗎？親愛的瑪麗亞，」布里安娜小姐說，「知道嗎？我們處於危險之中，我們被法國人包圍了；現在走是危險的。如果現在走，我們幾乎會被俘虜，那麼天知道……」

瑪麗亞公爵小姐望著朋友，不明白她在說什麼。

「唉，但願有人知道，我現在完全無所謂了，」她說，「不言而喻，我無論如何不願離開他……阿爾派特奇對我談過動身的事……您去和他談談吧，我沒有什麼可談的，也不想談……」

「我和他談過了。他希望我們明天就離開；不過我想，現在還是留在這裡好，」布里安娜小姐說，「因為，您無法否定，親愛的瑪麗亞，如果在路上落到士兵們或騷動的農民手裡，那就太可怕了。」布里安娜小姐從手提包裡拿出印在一種特殊外國紙張上的法國將軍拉莫的告示，告示中要求居民不要擅自離開家園，他們會受到法國當局的保護。她把這張告示遞給公爵小姐。

「我想，最好去找這位將軍，」布里安娜小姐說，「我相信您一定會得到應有的尊重。」

瑪麗亞公爵小姐看了告示，欲哭無淚的哭號使她的臉不住抽動。

「您這是從誰手中拿到的？」她問。

「想必他們是根據我的名字確認我是法國人。」布里安娜小姐紅著臉說。

瑪麗亞公爵小姐拿著告示站起來離開窗邊，面色蒼白地走出房間到安德烈公爵原來的書房去了。

「杜尼亞莎，你們幫我找來阿爾派特奇、德龍，找誰來都行，」瑪麗亞公爵小姐說，「去告訴布里安娜小姐，叫她不要進來。」她補上這句話，因為她正巧聽到布里安娜小姐的說話聲。「要趕快離開！趕快離開！」瑪麗亞公爵小姐說，一想到她會落入法國人手裡便驚慌失措了起來。

「要讓安德烈公爵知道，她落入法國人手裡！讓她，尼古拉．安德烈伊奇．鮑爾康斯基公爵的女兒，去請求拉莫將軍的庇護、接受他的恩惠！」這個想法令她大為震驚、戰慄、羞愧，激起了她從未有過的憤怒和自尊。她真確地想像到，在她的處境中，將遭受何等災難、侮辱。「他們法國人會在這座府邸住下；拉莫將軍會占用安德烈公爵的書房；為了消愁解悶而翻閱他的書信和文件。布里安娜小姐將在鮑古恰羅沃殷勤地接待他。他們恩賜她一處小房間；士兵們拆毀父親的新墳、摘走他的勳章和星章；他們對我描述戰勝俄國人的故事，假意同情我的不幸……」瑪麗亞公爵小姐不是在用自己的想法思考，而是覺得，自己有責任以父兄的想法來思考。對她個人來說，不論留在哪裡，不論有什麼遭遇，一切都無所謂；然而，她覺得自己仍是亡父和安德烈公爵的代表。她不由自主地以他們的想法來思考、以他們的心情來感覺。他們現在會怎麼想、怎麼做，她覺得必須完全依他們的想法來處理。她來到安德烈公爵的書房，想深入領會他的想法，認真考慮自己的處境。

生活中需要處理的事，她以為隨著父親的亡故而不復存在了，如今卻突然以新的、從未有過的意義出現在瑪麗亞公爵小姐面前，她因而情緒高亢。

她激動得滿面緋紅，在房間裡走來走去，不斷地喚人來見她，時而叫阿爾派特奇，時而叫米哈伊爾·伊萬諾維奇，時而叫吉洪，時而又叫德龍。杜尼亞莎、保母和女僕們都想對她說，布里安娜小姐的建議很有道理，卻又插不上話。阿爾派特奇不在家，他找長官去了。被找來的建築師米哈伊爾·伊萬諾維奇睡眼惺忪地出現在瑪麗亞公爵小姐面前，無法給她任何意見。十五年來，他習於帶著同意的微笑回應老公爵，從未表達自己的意見，他也以同樣的微笑以為對瑪麗亞公爵小姐的問題的回答，因此從他的回答中得不出任何明確的看法。老僕吉洪則面頰深陷、形容消瘦，臉上帶著難以磨滅的悲痛痕跡，對瑪麗亞公爵小姐的所有問題一逕回答「遵命」，他望著她，強忍著未失聲痛哭。

最後，村長德龍走進房間，他向公爵小姐深深鞠躬，站在門旁。

瑪麗亞公爵小姐在房裡走了幾步，停在他面前。

「德龍，」瑪麗亞公爵小姐說，她將他視為可靠的朋友，德龍每年到維亞濟馬趕集，回來後總是為她帶來一種特別的蜜糖餅乾，且笑容可掬地遞給她。「德龍，現在，在我們遭到不幸之後。」她才開口就停了下來，沒有力氣再說下去。

「禍福難料啊。」他嘆了口氣說。他們盡皆沉默了。

「德龍，阿爾派特奇有事出去了，我沒有人可以商量。有人說我不能走，這是真的嗎？」

「為什麼妳不能走，公爵小姐，走當然是可以的。」德龍說。

「我聽說，在路上遇到敵人會很危險。親愛的朋友，我什麼也不會，什麼也不懂，身邊又沒有人。我一定要在今夜或明早就離開。」德龍沒有吭聲。他皺眉看了看瑪麗亞公爵小姐。

「沒有馬，」他說，「我對雅科夫·阿爾派特奇也說過了。」

「怎麼會沒有呢？」公爵小姐問。

「簡直是受罪，」德龍說，「馬是有一些，只是都被軍隊徵收了，有些馬是餓死的，今年是什麼年頭啊。別說養馬，自己能不餓死就不錯了！已經三天沒有東西吃了。什麼都沒有，徹底破產啦。」

瑪麗亞公爵小姐仔細聽著他所說的話。

「農民破產了？他們沒有糧食吃？」她問。

「他們幾乎要活活餓死了，」德龍說，「別說大車……」

「你怎麼不早說呢，德龍？難道不能救濟一下嗎？我會竭盡所能的……」瑪麗亞公爵小姐覺得，現在，在她滿懷悲痛的此刻，她要是還分什麼窮人、富人，還認為富人可以不幫助窮人，那就太奇怪了。她模糊地知道，也聽說過，地主是有存糧的，可以發放給農民。她也知道，無論哥哥還是父親，都不會拒絕幫助農民；她只擔心她在動用這批糧食發放給農民的時候會說錯話。她很慶幸有了操勞的理由，為了這樣的操勞可以問心無愧地忘卻痛苦。她向德龍詳細地探問農民的需求，以及存糧還有多少。

「我們不是有存糧嗎，哥哥的？」她問。

「少爺的存糧原封未動，」德龍自豪地說道，「公爵吩咐不准賣。」

「發放給農民吧，他們要多少給多少：這是我代表哥哥做出的決定。」瑪麗亞公爵小姐說。

德龍一言不發，只是長嘆了一聲。

「既然存糧足夠他們食用，你就都發給他們。全部發掉。我代表哥哥命令你，告訴他們：凡是我們的東西，也就是他們的。為了他們，我們什麼都不吝惜。你就這麼告訴他們。」

公爵小姐說話的時候，德龍凝神注視著她。

「妳換掉我吧，小姐，看在上帝分上，妳吩咐別人收下我的鑰匙吧。」他說，「我做了二十三年，沒做過壞事；換掉我吧，看在上帝分上。」

瑪麗亞公爵小姐不明白，他在向她要求什麼，為什麼會請求她換掉他。她回答他說，她從未懷疑過他的忠誠，她隨時準備為他和農民們做任何事。

十二

此後過了一個小時，杜尼亞莎為公爵小姐帶來一個消息，說德龍和農民們都依公爵小姐的吩咐來了，他們集合在糧倉那裡要和女主人商量。

「可是我沒有叫他們過來啊，」瑪麗亞公爵小姐說，「我只是告訴德龍，把糧食分給他們。」

「不過，公爵小姐，看在上帝分上，您請人把他們趕走吧，您也不要出去見他們。這是一場騙局，」杜尼亞莎說，「等雅科夫．阿爾派特奇回來，我們就動身走吧……您可不能……」

「什麼騙局？」公爵小姐詫異問道。

「我就是知道，您就聽我勸吧，看在上帝分上。不信您問問保母。聽說他們不願依您的吩咐離開家園。」

「妳說到哪裡去了。我從來沒有要他們離開……」瑪麗亞公爵小姐說，「去把德龍叫來。」

德龍來了，他肯定了杜尼亞莎的說法：農民們是依公爵小姐的吩咐來的。

「可是我沒有叫過他們啊，」公爵小姐說，「你大概傳錯話了。我只是叫你把糧食分給他們。」

德龍嘆了口氣，沒有答話。

「只要您吩咐一聲，他們會離開的。」他說。

「不，不，我去見他們。」瑪麗亞公爵小姐說。

瑪麗亞公爵小姐不顧杜尼亞莎和保母的勸阻，來到臺階上。德龍、杜尼亞莎、保母和米哈伊爾．伊萬內奇跟在她後面。

「他們大概以為，我給他們糧食，是要他們留在此地，自己反而一走了之，任憑他們受法國人的蹂躪，」瑪麗亞公爵小姐想，「我會承諾他們，在莫斯科近郊的莊園按月給他們配給口糧、提供住房；我相信，要是安德烈處於我的地位，一定會做得更多。」她想，在薄暮中走到人群面前，他們都站在糧倉附近的牧場上。

人群擁擠且蠕蠕而動，很快地紛紛摘下帽子。瑪麗亞公爵小姐垂下眼，衣裙下腳步零亂地走到他們面前。那麼多老人和年輕人的目光都紛紛投向她，那麼多不同的臉，瑪麗亞公爵小姐未特別注視任何一張臉，只覺得一下子要和所有人談話，不知如何是好。但是她又想到自己代表父親和哥哥，因而給了她力量，於是她勇敢地開口了。

「你們都來了，我很高興，」瑪麗亞公爵小姐說了起來，她沒有抬起眼睛，她感到心正快速而劇烈地跳動。「德龍告訴我，戰爭讓你們喪失一切。這是我們共同的不幸，因而我要不惜一切地幫助你們。我自己要離開了，因為這裡很危險，敵人已經逼近……因為……我的朋友們，我要把一切都給你們，請你們把一切、把我們所有的糧食都拿去，只要你們不再一貧如洗。要是有人對你們說，我給你們糧食是要你們留在這裡，這不是事實。相反的，我請你們帶上所有的財產前往我們在莫斯科近郊的莊園，在那裡，我會負起責任，而且我保證，絕不會再讓你們吃苦受窮。你們會得到房屋和糧食。」公爵小姐住口不說了。人群中只聽到長吁短嘆的聲音。

「我這麼做，不是我個人的主意，」公爵小姐接著說，「我這麼做，是代表我已故的父親——你們的好公爵，也代表哥哥和他的兒子。」

她又停了下來。沒有人打破沉默。

「不幸是我們大家的，讓我們來共同承擔吧，我所擁有的一切都是你們的。」她說，打量著站在她面前的人們。

所有眼睛都帶著同樣的表情注視著她，她卻無法理解這種表情的涵義。這是好奇、忠誠、感激，或是吃驚和疑慮？所有人臉上的表情都是一樣的。

「您的好意我們心領了，不過我們是不會拿主人的糧食的。」後面有一個聲音說。

「這是為什麼呢？」公爵小姐說。

沒有人回答，於是瑪麗亞公爵小姐掃視人群，她發覺，現在人們一遇到她的目光便垂下眼。

「你們為什麼不要呢？」她又問。沒有人回答。

這種沉默令瑪麗亞公爵小姐感到壓抑；她竭力捕捉任何一個人的目光。

「你們怎麼不說話？」公爵小姐問一個年邁的老者，他臂肘支在拐棍上站在她面前。「如果你還有什麼需要的話，那就告訴我。我一定辦到。」她捕捉到他的目光，就對他說。可是他聽了好像很生氣，低下頭，說道：

「有什麼好商量的，我們不需要糧食。」

「怎麼，要我們把一切都扔下？我們不同意。不同意……我們是不會同意的。我們同情妳，可是我們不同意。妳走吧，一個人走……」人群中到處響起這樣的意見。這群人的臉上又出現同樣的表情，很肯定，這不是好奇和感激的表情了，而是惡狠狠地下定決心的表情。

「你們大概還不明白，」瑪麗亞公爵小姐帶著憂愁的微笑說道，「為什麼你們不願走呢？我答應讓你們有吃有住。而在這裡，你們會遭受敵人的蹂躪……」

但是人群的聲音壓倒了她的聲音。

「我們不同意，讓他們來蹂躪吧！我們不要妳的糧食，我們不同意！」

瑪麗亞公爵小姐又想捕捉人群中的某個目光，然而沒有一個人的目光是投向她的；顯然，人們在迴避她。她感到不解又尷尬。

「看吧，說得真好聽，跟著她去當農奴吧！毀掉家業去任人奴役。那還用說！聽聽，我給你們糧食！」人群中七嘴八舌地說道。

瑪麗亞公爵小姐低下頭，走出人群回去了。她向德龍重申她的命令，第二天一定要有馬匹以備出行，她回到房間，獨自面對自己的思緒。

十二

當夜，瑪麗亞公爵小姐在自己的房間裡，徑直坐在敞開的窗邊，傾聽村裡傳來的農民們的談話聲，不過她心裡不再惦記著他們了。她覺得，不論她怎麼想，也無法理解他們。她只想著一件事——自己的不幸，剛才因忙於眼前的事而暫時忘記，現在這不幸對她來說已成為往事。她如今已能回憶、哭泣、祈禱了。日落風息。夜晚寧靜而涼爽。十一點多鐘，說話聲漸漸沉寂，雞第一聲啼叫，菩提樹後浮現一輪明月，升起了清新的帶露白霧，村子和宅院裡一片寂靜。

近來發生的事，父親患病和彌留之際的畫面一幕又一幕地展現在她眼前。現在，她懷著悲喜交集的心情懷念著那些影象，只是駭然地趕走他死後的最後一個印象。她感到，在這寧靜而神祕的夜裡也無力回想這一幕。這些畫面是如此鮮明又充滿細節，以致時而恍若現實，時而又彷彿是過去或未來的景象。

有時，她生動地想像著那個時刻，當時他中風了，人們架著他的手臂拖著他從童山的花園裡出來，他無力地喃喃低語，聳動著灰白的眉毛，不安而畏怯地望著她。

「那時他就想對我說話，想把他在去世前想對我所說的話說出來。」她想，「他心裡總是想著要對我說那些話啊。」於是，她仔細地回憶著在童山的那個夜晚，那是他中風的前夕，當時瑪麗亞公爵小姐預感要出事了，便違反他的命令留在他身邊。她沒有睡覺，夜裡踮著腳下樓，走到父親那天過夜的花房門口，傾聽他的聲音。他疲乏而痛苦地和吉洪說著什麼。看來他很想說說話。「他怎麼不叫我呢？為什麼他不讓我代替吉洪呢？」瑪麗亞公爵小姐當時和現在都這麼想，「他現在已經永遠不可能對任何人傾訴自己的想法了。那個時刻對他和我來說，已一去不復返，他本來是可以暢所欲言的，我，而非吉洪，就能聆聽他的話並理解他了。為什麼我當時不進去呢？」她想，「也許他當時就會對我說他在去世的那一天所說的話。他和吉洪談話時，就曾兩次問到我。他想見我，而我就站在那裡，站在門外。他和不能理解他的吉洪談話不免感到憂傷和沉痛。記得他和他談起了麗莎，彷彿她還活著似的，他忘記她已經走了，吉洪提醒他說，她已經不在了，他便叫了起來：『笨蛋！』他的心情是沉重的。我在門外聽到，他哼哧哼哧地在床上躺下，大叫了一聲：『我的天哪！』我當時為什麼不進去？他能對我怎麼樣？我怕什麼？那樣的話，他也許就能獲得安慰，對我說出那個字眼。」於是，瑪麗亞公爵小姐出聲說出他在去世的那一天對她所說的那親切的字眼。「好——女——兒。」瑪麗亞公爵小姐重複了一遍，不禁痛哭失聲，流出慰藉的淚水。那張臉彷彿就在面前。不過，不是她從懂事起就熟識的、總是從遠處看的那張臉；而是她在最後一天俯身湊近他的嘴，想聽清他的話時所審視的那張布滿皺紋、畏怯而虛弱的臉。

「好女兒。」她重複道。

「他說這話時在想什麼？他現在在想什麼？」她心裡驀地閃現這些問題，做為對它的回答，她眼前出現了他躺在棺木裡那裹著白色頭巾的表情。她曾接觸到他，並確信那不是他，而是一種神祕的、令人反感的東西，於是一陣恐怖襲上心頭，如今，同樣的恐怖再次攫住她。她想轉換思緒、想祈禱，卻做不到。她瞪大眼，望著月色和陰影，覺得隨時會看見那張死氣沉沉的臉，屋裡屋外的無邊寂靜禁錮著她。

「杜尼亞莎！」她小聲說，「杜尼亞莎！」她狂野地大聲呼叫，衝破寂靜，朝著女僕的房間奔去，撲向迎面跑來的保母和女僕們。

十三

八月十七日，尼古拉和伊林在被俘後回來不久的拉夫魯什卡和一名傳令兵的陪同下，騎馬從距離鮑古恰羅沃十五俄里的駐地揚科沃出來閒晃——一方面試試伊林新買的馬，也了解一下村裡有沒有乾草。最近三天，鮑古恰羅沃夾在敵我兩軍之間，俄軍後衛部隊也和法軍前哨部隊一樣，輕易便能來到這裡，因此身為細心的騎兵連連長，尼古拉想趕在法國人之前徵用被遺留在鮑古恰羅沃的糧草。

尼古拉和伊林的心情都很好。他們來到鮑古恰羅沃這個有巨大宅院的公爵莊園，想在此找到大批家奴和漂亮的女僕，他們一路上時而向拉夫魯什卡詢問拿破崙的情況，對他的故事發出陣陣笑聲，時而你追我趕，試試伊林的馬。

尼古拉不知道，也沒有想到，他要去的這個村莊就是曾與妹妹訂婚的鮑爾康斯基的莊園。

尼古拉和伊林最後一次奔馬比賽，馳往鮑古恰羅沃前帶有緩坡的高地，尼古拉趕過伊林，率先進入鮑古恰羅沃村的街道。

「你領先了。」滿臉通紅的伊林說。

「是的，總是我領先，在草地上領先，在這裡也一樣。」尼古拉回答說，一面撫摸渾身冒汗的頓河馬。

「而我騎的是法國馬，大人，」拉夫魯什卡跟在後面說，他把自己拉車的駑馬喚作法國馬，「我是能超過你們的，只是不想讓你們覺得丟臉。」

他們漫步走向糧倉，糧倉旁站著一大群農民。

有些農民摘下帽子，有些未摘帽，直盯著騎馬來到眼前的人們。兩個身材高大、滿臉皺紋、留著稀疏鬍子的老農從小酒館裡出來，微笑著搖搖晃晃地唱著走調的歌，來到軍官們面前。

「夥計們！」羅斯托夫笑著說。「如何，有乾草嗎？」

「怎麼都是一個樣。」伊林說。

「快樂——呃呃—呃呃呃——的閒——聊——」農民們面帶幸福的微笑縱聲歌唱。

有一個農民走出人群，來到尼古拉面前。

「你們是什麼人？」他問。

「法國人，」伊林笑著回答道，「他就是拿破崙。」他指著拉夫魯什卡說。

「這麼說，你們是俄國人吧？」農民又問。

「你們有很多兵在這裡嗎？」另一個矮個農民走過來向他們問道。

「很多，很多，」尼古拉回答道，「你們聚在這裡做什麼？」他問，「慶祝節日嗎？」

「老頭們聚在這裡商量村裡的事。」那個農民回答後便走開了。

這時，從主人宅院的小徑上出現兩個女人和一個頭戴白帽的男人，他們正向軍官們走來。

「穿粉紅色衣服的歸我，不許搶！」伊林說，他看見杜尼亞莎正堅決地朝他走了過來。

「她是我們的！」拉夫魯什卡朝伊林眨眼說。

「妳需要什麼，我的美人？」伊林微笑著說。

「公爵小姐吩咐我來問一下，你們是哪個軍團的、尊姓大名？」

「這是羅斯托夫伯爵，而我是您忠實的奴僕。」

「快——樂的——明——聊！」一個喝醉的農民高聲唱道，面帶幸福的微笑望著正和女僕交談的伊林。跟在杜尼亞莎背後的阿爾派特奇來到尼古拉面前，遠遠地便摘下了帽子。

「冒昧打擾您了，長官。」阿爾派特奇恭敬說道，不過見到眼前的軍官如此年輕便有些輕視，於是他把一隻手插進懷裡。「我的女主人，是本月十五日逝世的陸軍上將尼古拉·安德烈伊奇·鮑爾康斯基公爵的女兒，由於這些人的無禮而陷於困境。」他指著那些農民說，「她請您賞光去一趟……勞駕。」阿爾派特奇憂鬱苦笑道，「可否借一步說話，否則不大方便，當著……」阿爾派特奇指指兩個農民，他們在他身邊跑來跑去，就像馬蠅圍著馬飛。

「啊！……阿爾派特奇……啊？雅科夫·阿爾派特奇！多氣派！務必請你原諒。多氣派！啊？」農民們說，興奮地看著他笑。尼古拉看了看兩個喝醉的老頭，微微一笑。

「也許，這讓閣下感到高興？」雅科夫·阿爾派特奇用沒有插在懷裡的那隻手指著老頭，神態莊重地說。

「不，沒有什麼好高興的，」尼古拉說，調馬走開幾步。「什麼事？」他問。

「斗膽報告長官，這裡粗野的民眾不肯放女主人離開莊園，揚言要把馬卸下來，因此雖然一早就收拾妥當，公爵小姐卻無法動身。」

「這不可能！」尼古拉大喝一聲。

「我有幸向您報告的都是實情。」阿爾派特奇再一次肯定地說道。

尼古拉下了馬，把馬交給傳令兵，和阿爾派特奇朝府邸走去，一邊詢問詳情。確實，昨天公爵小姐向農民發放糧食的建議、她對德龍和集會的解釋把事情搞砸了，德龍最後交出鑰匙，加入了農民一夥，不再依阿爾派特奇的要求去見他，一早，公爵小姐吩咐收拾行裝出發，一大群農民聚集在糧倉這裡，並派人來說，他們絕不讓公爵小姐離開村子，說有命令不准攜帶財產離開，他們要把馬匹卸下來。阿爾派特奇出來見他們，想勸說他們知錯悔改，但他們回答說（最有意見的是卡爾普，德龍躲在人群裡沒有露面），不能把公爵小姐放走，這是有命令的；只要公爵小姐留下來，他們仍會為她效力，一切聽命於她。

當尼古拉和伊林在大路上奔馳時，瑪麗亞公爵小姐不顧阿爾派特奇、保母和女僕們的勸阻，吩咐收拾行李想要動身；但是看到幾個疾馳而來的騎兵，以為那是法國人，車夫們便逃散了，府裡響起婦女的一片哭號。

「少爺！親人！是上帝派你來的。」尼古拉穿過前廳時，傳來了感動的呼喊聲。

瑪麗亞公爵小姐心灰意冷，無力地坐在大廳裡，就在這時，尼古拉被領進來見她了。她茫然不解，他是誰，來做什麼，她會有什麼遭遇。一看到他的俄羅斯人面貌、進來時的樣貌，聽到他最初所說的幾句話，她認出這是生活圈裡的人，於是便以深邃而神采煥發的目光看了他一眼，激動得斷斷續續、聲音顫抖地說起話來。尼古拉立即感覺到，這次相逢有某種浪漫情調。「一個悲傷無助的女人，孤身一人被留下來任憑粗野、騷動的農民擺布！多麼奇妙的命運把我推向這裡！」尼古拉聽著她的話語，看著她想道。「她的容貌和神情是多麼謙和而高尚！」他聽著她怯生生的敘述想道。

她談起這一切就發生在父親下葬的次日，這時她的聲音顫抖了。她轉過臉去，後來彷彿擔心尼古拉會認為，她說這些話是想引起他的憐憫，不禁疑問而驚恐地看了看他。尼古拉眼裡含著淚。瑪麗亞公爵小姐發覺到了，感激地看了他一眼，她那神采煥發的目光使人不在意她的容貌並不美麗。

「我無法形容，公爵小姐，我感到多麼幸福，因為偶爾到此，能向您表示為您效勞的誠意，」尼古拉站起來說道，「請允許我離開，我以名譽向您擔保，沒有任何人敢為難您，只要您允許我護送您。」於是恭敬地鞠躬，一如高貴的紳士向女士鞠躬，他朝門口走去。

尼古拉彷彿要以自己恭敬的態度表明，儘管他認為能與她結識是生平幸事，然而他不願乘人之危，達到親近她的目的。

瑪麗亞公爵小姐理解並珍惜這種態度。

「我非常、非常感激您，」公爵小姐用法語對他說道，「不過我希望，這一切都只是誤會，誰也沒有過錯。」公爵小姐突然哭了。「請原諒。」她說。

尼古拉雙眉深鎖，再一次深深鞠躬，隨即走出了房間。

十四

「怎麼樣，她可愛嗎？不，老兄，我粉紅色的她太令人著迷了，她的名字叫杜尼亞莎……」不過一看到尼古拉的臉色，伊林立刻住口。他看得出來，他的這位英雄和連長的心情大不相同。

尼古拉惡狠狠地回頭朝伊林瞪了一眼，也不搭理他，大步邁向村子裡去了。

「看我怎麼教訓他們，看我怎麼收拾他們，這幫匪徒！」他暗自說道。

阿爾派特奇腳步輕快，只差沒有奔跑，好不容易快步趕上尼古拉。

「您有什麼決定？」他趕上他問。

尼古拉停住腳步，突然握緊拳頭，威嚴地逼向阿爾派特奇。

「決定？什麼決定？老傢伙！」他向他吼道，「為什麼你袖手旁觀？農民造反，你就不會管一管？你自己就是個叛徒。我知道你們這種人，我要扒了你們的皮……」他似乎擔心白白浪費自己的怒氣，便丟下阿爾派特奇，快步往前走。阿爾派特奇強忍委屈，邁開步伐跟上尼古拉，繼續向他陳述自己的看法。他說，農民執迷不悟，眼下沒有軍隊，和他們對抗是不明智的，先派人去找軍隊豈非更好。

「我要讓他們見識一下軍隊的厲害……我要和他們對抗。」尼古拉語無倫次地邊走邊說，由於失去理智的滿腔怒火和發洩這種怒氣的需要而氣喘吁吁。他未加考慮要怎麼處理，下意識地、迅速而果斷地向人群走去。他離他們愈近，阿爾派特奇愈是覺得，他不明智的舉動很可能造成正面的結果。人群中的農民們看著他迅速堅定的步伐和果斷陰沉的臉色，也有了同樣的感覺。

在這幾個驃騎兵進村、尼古拉去見公爵小姐之後，人群中出現混亂和爭端。有些農民開始說，這些騎馬進村的都是俄國人，他們會因為農民不肯放走小姐而惱火吧。德龍也持同樣的看法；但是他剛把這個看法提出來，卡爾普和其他農民就攻擊這位前村長了。

「你吸大夥的血吸了多少年了？」卡爾普對他嚷道，「你反正無所謂！你把錢罐子挖出來帶走，我們家是不是被毀掉與你無關，是吧？」

「說過的，要有秩序，誰也不要離開自己的家，什麼也不准運走——看看現在這樣！」另一個叫道。

「本來是輪到你的兒子，你想必心疼自己的胖小子，」突然一個矮小的老頭兒說道，他是在攻擊德龍。「倒把我的萬卡送去當兵。唉，我們只有死路一條！」

「就是，死路一條！」

「我對大夥的事可沒有撒手不管。」德龍說。

「的確，你沒有撒手不管，把自己的肚子養肥了！」

兩個高個農民只顧說話。尼古拉在伊林、拉夫魯什卡和阿爾派特奇的陪同下一到，卡爾普把手指插在寬腰帶裡，似笑非笑地從人群中走了出來。德龍反而躲到後排，人群擠得水洩不通了。

「喂，你們這裡誰是村長！」尼古拉向人群跨近一步叫道。

「村長？您有什麼事？……」卡爾普問。

但他沒有把話說完，帽子霎時飛了，腦袋挨了重重的一擊歪到一邊。

「把帽子摘了，叛徒們！」尼古拉憤怒的高聲叫道，「村長在哪裡？」他怒不可遏地問道。

「村長，在叫村長……德龍．札哈雷奇，叫您呢。」有的地方響起了匆忙、溫順的聲音，人們紛紛摘下帽子。

「我們不該鬧事，要遵守秩序。」卡爾普說，後面幾個人突然同時說起話來：「是幾個老頭決定的，你們發號施令的人太多了……」

「還說話？造反了！土匪！叛徒！」尼古拉毫無道理地吼叫起來，聲音都變了，他一把抓住卡爾普的衣領。「把他捆起來，捆起來！」他叫道，不過除了拉夫魯什卡和阿爾派特奇，沒有人主動捆他。

不過，拉夫魯什卡還是向卡爾普跑過去，從後面抓住他的雙臂。

「您要不要乾脆下令，把我們坡下的部隊調來？」他大聲問道。

阿爾派特奇轉向農民們喊了兩個人的名字，要他們捆綁卡爾普。兩個農民順從地走出人群，開始解自己的腰帶。

「村長在哪裡？」尼古拉叫道。

德龍臉色陰沉而蒼白地從人群中走了出來。

「你是村長？捆起來，拉夫魯什卡！」尼古拉叫道，好像這個命令也不會遇到阻礙。果然，又有兩個農民開始捆綁德龍，德龍一副在幫助他們似的，把自己的腰帶解下來遞給他們。

「你們都給我聽著，」尼古拉對農民們說道，「馬上各自回家，別讓我再聽到你們的聲音。」

「也好，我們沒有冒犯小姐。可以說，我們只是一時糊塗。不過是幹了蠢事……我說過的，這是胡鬧。」人們禁不住互相埋怨。

「我對你們說過吧，」阿爾派特奇說，開始進入自己的角色。「這樣不好，弟兄們！」

「我們真蠢，雅科夫・阿爾派特奇。」有幾個人在說，於是人群立刻散去，往村子裡不同方向離開。

兩個被捆綁著的農民被帶進主人的庭院，另外兩個醉醺醺的農民跟在他們後面。

「唉，我看你呀！」其中一個對卡爾普說。

「難道可以這樣對老爺們說話嗎？你到底在想什麼？」

「他是傻子，」另一個附和道，「真的，傻子！」

幾小時後，幾輛馬車停在鮑古恰羅沃莊園的庭院裡。農民們敏捷地把主人的家當搬出來裝上馬車。原被關在櫃子裡，依瑪麗亞公爵小姐的指示放出來的德龍則站在院子裡指揮農民們。

「你不能這麼亂放，」一個高個圓臉的農民面帶笑容從女僕手裡接過小匣子說。「這也是很值錢的。你怎能這麼扔，丟在繩子下面呢，會磨壞的。我不喜歡這樣。要老老實實地按規矩做事。看看，要這麼放在席子下，再蓋上些乾草，這就行了。看著也舒服！」

「看看這些書，書，」另一個農民說，他正在把安德烈公爵的書櫥搬出來。「你別碰！真沉哪，弟兄們，書可真多！」

「是呀，總是在看書寫字，沒有貪玩！」高個圓臉農民指著上面一本厚厚的詞典，意味深長地眨眼說。

尼古拉不願太過刻意接近公爵小姐，因此沒有主動去見她，反而留在村子裡等她出來。瑪麗亞公爵小姐的轎式馬車從府邸出來後，尼古拉騎上馬，沿著我軍占領的大道，騎馬護送她直到鮑古恰羅沃的十五俄里之外。在揚科沃一家小客棧的院子裡，他向她恭敬道別，這才第一次親她的手。

「看看您說的，」當瑪麗亞公爵小姐感謝他的救命之恩（她這麼評價他的行為）時，他紅著臉回答道，「每一個區警局局長都會這麼做的。如果我們只需要和農民打仗，我們就不會讓敵人這麼深入內地了。」他說，有些羞愧似的，企圖改變話題。「我只是為有緣和您結識而感到幸福。再見了，公爵小姐，祝您幸福安康，希望能在更幸福的環境與您相逢。如果您不想讓我感到羞愧，就請不要說感謝的話了。」

公爵小姐雖然沒有再說感謝的話，卻以洋溢著感激和柔情的神情感謝他。他說不值得她感謝，她是無法相信的。相反，對她來說，毋庸置疑的是，如果沒有他，她必定會落入騷動者和法國人之手而遭殃。他為了救她，是冒著顯而易見的可怕危險的；更無可置疑的是，他是心靈高尚的人，而且善於理解她的處境和痛苦。在她止住哭泣、對他訴說喪父之痛時，他那雙善良正直的眼睛飽含淚水，這雙眼睛在她的腦海中始終揮之不去。

公爵小姐與他分手、獨自留下後，突然覺得熱淚盈眶，這時她心裡已不是第一次出現一個莫名的問題，她愛上他了嗎？

在前往莫斯科的路上，儘管公爵小姐的處境堪憂，與她同車的杜尼亞莎卻發覺，公爵小姐探頭窗外，既高興又憂傷地微笑著。

「要是我真的愛上他，那又如何呢？」瑪麗亞公爵小姐在想。

自己先愛上一個也許永遠不會愛她的人，不管承認這一點多麼丟臉，她聊以自慰的是，這件事永遠不會有人知道，而且她是沒有什麼可指責的，只要永遠不對任何人說，默默地第一次也是最後一次愛上一個人而至死不渝。

有時她回憶著他的目光、他的同情、他的話語，覺得幸福並非不可能。這時杜尼亞莎就會發覺，她微笑著看向窗外。

「他理應來到鮑古恰羅沃，而且就在這個時候！」瑪麗亞公爵小姐想。「而他的妹妹理應拒絕安德烈公爵的婚事！」瑪麗亞公爵小姐覺得，這一切都是天意。

瑪麗亞公爵小姐在尼古拉心中留下非常愉快的印象。當他回想起她時，只覺得高興，戰友們知道他在鮑古恰羅沃的奇遇後和他開玩笑，說他去徵集乾草，卻勾上俄國最富有的女人，這時尼古拉反而生氣了。他之所以生氣，正是因為他不止一次萌生一個不由自主的想法，就是迎娶這位令他動心又擁有財富的瑪麗亞公爵小姐。對尼古拉個人來說，不可能有比瑪麗亞公爵小姐更適合的妻子了：娶她為妻能成就母親伯爵夫人的幸福、改善父親的經濟狀況；甚至，他感覺得到，也能使瑪麗亞公爵小姐得到幸福。

可是索尼婭呢？許下的諾言呢？正是由於這個緣故，尼古拉一聽到別人拿鮑爾康斯基公爵小姐和他開玩笑，才會生氣。

十五

獲得軍隊的指揮權之後，庫圖佐夫想起了安德烈公爵，便向他發出前往司令部報到的命令。

安德烈公爵正好在庫圖佐夫第一次閱兵的當天抵達察廖沃宰米謝。安德烈公爵在村裡神父的住處旁停了下來，總司令的轎式馬車就停在附近，他在大門口的長凳上坐下等候殿下——如今大家都這麼稱呼庫圖佐夫。村外的田野上時而傳來軍樂聲，時而響起無數軍人向新任總司令歡呼「烏拉！」的喊聲。兩名勤務兵、一個信使和一個管家利用總司令不在的時候和晴好的天氣都站在大門旁，距離安德烈公爵十步左右。一個留著髭鬚和連鬢鬍的淺黑、矮小驃騎兵中校騎馬來到大門口，朝安德烈公爵看了看，並問他：殿下是不是駐紮在這裡、很快就會回來嗎？

安德烈公爵說，他不是殿下參謀部的人員，也是剛到。驃騎兵上校轉問衣著光鮮的勤務兵，於是總司令的勤務兵帶著一種特有的傲慢——總司令的勤務兵和軍官談話都是這種態度——說道：

「什麼，殿下？說不定馬上就回來。您有事嗎？」

驃騎兵中校學著勤務兵的腔調撇嘴一笑，下馬走到安德烈面前，微微點頭致意。安德烈在長凳上讓了讓。驃騎兵中校在他身邊坐了下來。

「您也在等總司令吧？」驃騎兵中校問道，「據說人人都可以見他，謝天謝地。遇到賣香腸的傢伙可就倒楣了！難怪葉爾莫洛夫要求當德國人。現在俄國人總算也能說上話了。要不鬼知道他們在做什麼。一直在撤退，一直撤退，您參加過部隊的移動嗎？」他問。

「躬逢其盛啊，」安德烈公爵回答道，「不僅參加過撤退，而且在這次撤退中喪失了所有寶貴的東西，莊園和故居就不用說了……父親憂憤而死。我是斯摩稜斯克人。」

「啊？您是鮑爾康斯基公爵？很高興認識您，我是傑尼索夫中校，瓦西卡這個名字更為人們所熟悉，」傑尼索夫說，一面緊握安德烈公爵的手，並以特別和善的關切審視安德烈。「是的，我聽說了，」他同情地說，沉吟片刻後接著說道，「這就是西徐亞人的戰爭啊。這一切都很好，不過對那些深受其害的人來說就不同了。您就是安德烈·鮑爾康斯基公爵吧？」他搖搖頭。「非常高興，公爵，非常高興認識您。」他又帶著感傷的微笑，握著他的手說道。

安德烈公爵知道傑尼索夫，因為娜塔莎曾說過她第一個心上人的故事。這個回憶此刻又將他帶回往日那既甜蜜又痛苦的感受，近來他久已不去想了，但這些感受畢竟仍埋藏在他心裡。最近，他接觸到那麼多嚴酷的事實，諸如斯摩稜斯克的放棄、他的童山之行以及不久前父親的死訊——他有了這麼多切膚之痛的感受，以致對往日那些回憶早已淡忘，一旦想起來，對他也遠沒有當初那般強烈的影響。而對傑尼索夫來說，鮑爾康斯基這個名字所引起的一連串回憶卻是一段遙遠的、充滿詩意的過去，那時他在晚餐和娜塔莎唱歌之後，自己忘乎所以地竟向一個十五歲的女孩求婚。他回想起那時的情景和自己對娜塔莎的愛情，不禁莞爾一笑，不過立刻轉而想到此刻他滿腔熱血、異常關切的問題。這是一個作戰計畫，是他身為前哨部隊的一員在撤退途中構想的。他曾向巴克萊·德·托利提交這個計畫，現在打算呈交庫圖佐夫。其計畫的依據是，法軍的戰線拉得太長，與其在前線作戰、扼守法軍前進的路徑，不如在他們的交通線上採取行動，或兩者同時進行。他開始向安德烈公爵陳述計畫。

「他們不能在整條戰線上四處設防啊。這是不可能的，我保證能突破他們的防線；給我五百個戰士，我就能在他們的戰線上撕開缺口，這是肯定的！一種作戰方式——游擊戰。」

傑尼索夫站起身來，用手勢比劃著向尼古拉說明。在他講述的過程中，閱兵場上傳來軍隊吶喊聲，聲音不那麼整齊，漸漸擴散開來，並與軍樂聲和歌聲融合在一起。村裡響起了馬蹄聲和歡呼聲。

「他來了，」站在大門口的一名哥薩克叫道，「來了！」

安德烈和傑尼索夫朝站著一群士兵（儀仗隊）的大門口走去，望著庫圖佐夫騎著一匹不高的棗紅馬沿街道走來。大批將軍騎馬隨行。巴克萊幾乎和他並轡而行；一群軍官跟著他們，圍繞他們高呼「烏拉！」

副官們在他之前馳入庭院。庫圖佐夫不耐煩地催動坐騎，那匹馬在他沉重的壓力下邁動蹄步，不住點著腦袋，他的一隻手舉向頭上的近衛重騎兵的白色軍帽（帶紅帽圈，沒有帽檐）。他來到向他敬禮的儀隊前，組成儀隊的是剽悍的擲彈兵，其中大多是騎兵，他沉默片刻，以首長凝視的目光打量他們，隨即轉向站在他周圍的一群將軍和軍官。他的臉上突然有了一種微妙的表情；他聳聳肩，做了一個困惑的手勢。

「有這些小伙子，還老是撤退、撤退！」他說，「好了，再見，將軍。」他加了一句，催馬從安德烈公爵和傑尼索夫身邊進了大門。

「烏拉！烏拉！烏拉！」人們在他後面高呼。

自從安德烈公爵上次見到他以後，庫圖佐夫更胖了，皮膚鬆垮、身軀臃腫。然而他所熟悉的那隻白色眼球、那傷疤，以及他的面容和身軀所顯現的倦意依然如故。他身穿軍人常禮服（細皮條皮鞭掛在肩上），頭戴近衛重騎兵的白色軍帽。他沉重地晃悠著騎在那匹精力充沛的馬上。

「噓……噓……噓……」他進入院子時極輕微地吁氣，臉上流露出一個人在履行職責之後想得到片刻步伐向臺階走去。

休息的安心和快樂。他左腳抽出馬鐙，整個身軀臥倒，於是費勁地皺起眉頭，艱困地把左腿移到馬鞍上，用膝蓋支撐著，哼了一聲垂落在哥薩克和副官們的手臂上，他們托住了他。

他整理一下衣服，瞇眼環視四周，朝安德烈公爵看了一眼，想必未認出他，隨即邁開他那一拐一拐的步伐向臺階走去。

「噓……噓……噓。」他輕輕地吁氣，又回頭看看安德烈公爵。對安德烈公爵的印象只在幾秒鐘之後（這是老年人常有的情況）才和對他這個人的回憶聯繫了起來。

「你好啊，公爵，你好，我的朋友，我們走……」他疲憊地說，沉重地踏上在他的體重下吱吱作響的臺階，一面回頭望望。他解開衣服，在臺階上的長凳上坐下。

「怎麼樣，你父親好嗎？」

「昨天接到他去世的消息。」安德烈公爵簡短地說。

庫圖佐夫吃驚地瞪眼直視安德烈公爵，然後摘下軍帽，畫了十字：「願他升入天國！我們大家都服從上帝的意旨吧！」他沉重地長嘆一聲，沉默了一會兒。「我愛他，敬重他，由衷地同情你。」他擁抱安德烈公爵，把他摟在自己肥胖的胸脯上，久久不放開他。他放開後，安德烈公爵看到，庫圖佐夫虛胖的雙唇在顫抖，眼中含淚。他嘆了口氣，雙手抓住長凳，準備站起來。

「我們走，到我那裡去，我們談談。」他說，可是就在這時，對長官毫不畏縮就像對敵人毫不畏縮的傑尼索夫，不顧副官們站在臺階旁憤怒地低聲喝阻，勇敢地、馬刺在梯級上叮叮作響地走上了臺階。庫圖佐夫雙手還撐在長凳上，他不滿地看了傑尼索夫一眼。傑尼索夫自報姓名，宣稱要向殿下報告對國家具重大意義的作戰計畫。庫圖佐夫抬起疲憊的目光看著傑尼索夫，以氣憤的動作收回雙手交疊在肚子上，反問道：「對國家具重大意義？什麼事？你說吧。」傑尼索夫像女孩一樣臉紅了（這張滿是鬍渣、老氣而有醉意的臉上居然會出現紅暈未免太反常），他勇敢地陳述起在斯摩稜斯克和維亞濟馬之間切斷敵軍戰線的計畫。傑尼索夫在這些地方待過，相當熟悉地形。看來這無疑是完美的計畫，特別是因為他的話深具說服力。庫圖佐夫看著自己的腿，偶爾望望相鄰農舍的院子，彷彿在等待那裡會有什麼不愉快的事發生。從他望著的那個農舍裡，果然在傑尼索夫說話時出來了一位腋下夾著公事包的將軍。

「如何？」庫圖佐夫在傑尼索夫陳述時問道，「您準備好了？」

「準備好了，殿下。」將軍說。庫圖佐夫搖搖頭，彷彿在說：「他一個人怎麼來得及的呢。」接著繼續聽傑尼索夫的陳述。

「我願做為一名俄國軍官莊嚴保證，」傑尼索夫說，「我一定能突破拿破崙的交通線。」

「軍需總監基里爾．安德烈耶維奇．傑尼索夫是你的什麼人？」庫圖佐夫打斷了他的話。

「是我的叔叔，殿下。」

「噢！我們是老朋友了，」庫圖佐夫愉悅說道，「好，好，你就留在參謀部裡，明天我們再來談。」他對傑尼索夫點點頭，轉過身來，伸手去拿科諾夫尼岑[97]送來的文件。

「殿下可否到房間裡去，」值班將軍不滿地說，「需要審閱計畫並簽署幾份公文。」副官從門裡出來報告，寓所已準備就緒。但是庫圖佐夫看來想把事情處理完再進房間。他皺了皺眉……

「不，親愛的，你喚人把小桌子搬到這裡來，」他說，「你別走開。」他又對安德烈公爵說。安德烈公

97 科諾夫尼岑（一七四六—一八二〇），一八一二年，指揮第三步兵師，波羅金諾會戰後擔任俄軍參謀部值班將軍（即參謀長）。

爵留在臺階上，聽值班將軍說話。

在他報告的時候，安德烈公爵聽到從門後傳來女子的低語聲和絲綢衣裙的簌簌聲。他朝那個方向張望，幾次發現門裡有個身穿粉紅衣裙、裹淺紫頭巾、體態豐腴、面色紅潤的漂亮女人，她端著盤子，顯然在等總司令進去。庫圖佐夫的副官對安德烈公爵低聲說，那是女房東、神父的老婆，她要為殿下奉獻麵包和鹽。她丈夫在教堂裡手捧十字架歡迎過殿下，而她留在家裡……「她很好看啊。」副官滿臉笑補充道。庫圖佐夫聽到這句話回頭看了一下。庫圖佐夫正聽取值班將軍的報告（主要內容是批評察廖沃宰米謝的防禦陣地），就像他聽傑尼索夫說話，就像他七年前在奧斯特利茨聽軍事會議上的辯論一樣。他聽著，顯然只是因為他有一雙耳朵，儘管其中一隻塞著纜絮，也不可能聽不見；不過，值班將軍所說的一切，不僅未能影響他或打動他，而且他預先就知道他想說什麼，他之所以聽，只是因為必須聽，正如必須聽祈禱一樣。傑尼索夫所說的一切，不但務實且聰明。值班將軍所說的更務實、更有智慧，然而庫圖佐夫顯然既輕視知識，也輕視智慧，而他知道另一種有決定意義的事物——與智慧和知識無關的另一種事物。安德烈公爵仔細觀察總司令臉上的神情，他所能發現的僅有煩悶、對室內女子低語內容的好奇和依禮行事的想法。顯而易見，庫圖佐夫輕視智慧，輕視知識，甚至輕視傑尼索夫所表現的愛國熱忱，然而，他的輕視不是基於自己的智慧、感情和知識（因為他根本就不想顯現這些），而是基於其他。他的輕視是基於自己老年人的閱歷、生活經驗。庫圖佐夫對這個報告只做了一個指示，內容涉及俄軍的搶掠行為。值班將軍在報告的結尾呈請殿下簽署一份公文，根據地主因燕麥青苗被收割而提出的請求，向有關部隊長官索賠。

庫圖佐夫聽了這樁公案，咂咂嘴搖起頭來。

「丟進爐子……燒了！我斷然告訴你，親愛的朋友，」他說，「所有這類公文案卷全扔進火裡燒了。

就讓他們去割莊稼、燒木柴吧。我不下這個命令，也不允許，可是我也不能賠償。不這樣是不行的。伐木難免有碎片飛。」他又朝那份公文看看。「嘿，像德國人一樣一絲不茍！」他搖著頭說道。

十六

「好了，都處理好了。」庫圖佐夫說，這時他正簽署最後一份公文，他艱難地站起身來，舒展白胖頸項上的皺紋，神情愉悅地朝門口走去。

神父太太的臉脹得通紅，連忙抓起餐盤，儘管她準備了那麼久，還是未能及時遞上餐盤。她深深一鞠躬，同時將餐盤捧到庫圖佐夫面前。

庫圖佐夫瞇眼；他微微一笑，用手托著她的下巴說：

「好一個美人！謝謝妳，親愛的！」

他從口袋裡掏出幾枚金幣，放在她的餐盤上。

「怎麼樣，日子過得還不錯吧？」庫圖佐夫說，朝著為他安排的房間走去。神父太太紅潤的臉上笑得露出兩個酒窩，跟在他後面進入正房。副官來到臺階上請安德烈公爵用早餐；半小時後，又有人來請他去見庫圖佐夫。庫圖佐夫躺在扶手椅裡，仍然穿著解開的常禮服。他拿著一本法文書，在安德烈公爵進來時，他用一把小刀夾在書裡，把書闔上。安德烈公爵從封面上看到，那是讓利斯夫人的作品《天鵝騎士》。

「坐吧，坐這裡，我們談談。」庫圖佐夫說，「我心裡難受，非常難受。不過你記住，朋友，我就是你的父親，另一個父親……」安德烈公爵對庫圖佐夫描述了他所知的有關父親去世的情況，以及他經過童山時的所見所聞。

「弄到了……弄到了這種地步！」庫圖佐夫倏地焦躁說道，他根據安德烈公爵的敘述已看清俄國的處境。「等著瞧，等著瞧。」他滿面怒容地加了一句，顯然，他不願再繼續這個令他焦躁不安的話題了，他說：「我請你來，是要讓你留在我身邊。」

「感謝殿下，」安德烈公爵回答道，「不過我擔心，我不適合在參謀部任職，」他微笑答道，庫圖佐夫注意到他的微笑。庫圖佐夫詢問似的看了看他。「主要是，」安德烈公爵補充道，「我已經習慣團隊生活，喜愛軍官們，戰士們似乎也喜愛我。我會捨不得離開軍團的。如果我放棄追隨在您左右的榮譽，請相信……」

庫圖佐夫虛胖的臉上頓時浮現善良、聰明且略帶嘲諷的表情。他打斷安德烈。

「可惜，你是我所需要的人；不過你是對的，你是對的。戰士不該到我們這裡來。總是有太多顧問，而戰士卻不足。如果所有顧問都像你一樣，到部隊去任職，那麼我們的部隊就不是今天這個樣子了。我從奧斯特利茨戰役起便記得你了……記得，記得，記得你手執軍旗。」庫圖佐夫說，這個回憶使安德烈公爵的臉上驀地泛起愉悅的紅暈。庫圖佐夫拉著他的手，面頰向他湊過去，這時安德烈公爵又看到老人眼裡含著淚。雖然安德烈公爵知道庫圖佐夫愛落淚，也很清楚他現在對他猶為親切、愛惜，是為了表達同情他的喪父之痛，可是關於奧斯特利茨戰役的回憶仍令他又高興又得意。

「你走自己的路吧。我知道，你走的是一條光榮的道路。」他沉默了一會兒。「我在布加勒斯特曾為你感到惋惜：當時不得不派個人去。」接著庫圖佐夫改變話題，談到了土耳其戰爭和簽訂的和約。「是呀，對我有過不少責難，」庫圖佐夫說，「戰也受責難，和也受責難……而一切都依序到來了。對善於等待的人來說，一切都會依序到來。而那裡的顧問並不比這裡的少啊……」他繼續說道，又回到顧問這個話題，看來他對顧問的問題念茲在茲。「噢，顧問，顧問哪！」他說，「要是什麼人的話都聽，我們在土耳其那裡就既不能談和，也不能結束戰爭。老是要快，要快反而慢了。要是卡緬斯基不死[98]，他就會一敗塗地。他率領三萬人猛攻要塞。占領要塞並不難，難的是贏得戰爭。而要贏得戰爭，不需要猛攻和衝鋒，需要的是耐心和時間。卡緬斯基派兵去攻打魯休克[99]，而我只派耐心和時間去，我攻占的要塞比卡緬斯基多，甚至迫使土耳其人只能吃馬肉。」他搖了搖頭。「法國人也會吃馬肉的！相信我的話吧，」庫圖佐夫意氣風發地捶著胸脯說，「在我這裡，他們一定會吃馬肉！」他再次淚眼汪汪的了。

「不過總是要應戰的吧？」安德烈公爵說。

「要應戰，如果大家都要應戰，那就只得應戰……不過要知道，親愛的：最強大的兩個戰士是耐心和時間；這兩者什麼都辦得到，然而顧問們充耳不聞，這就壞事了。有的人要打，有的人反對打。怎麼辦呢？」他問，看來在等待回答。「是呀，你教人怎麼辦呢？」他又問了一遍，眼裡閃耀著深邃和睿智的光輝。「我來告訴你該怎麼辦，」他說，因為安德烈公爵還是沒有回答。「我來告訴你該怎麼辦，我是這麼辦的。在沒有把握的時候，我親愛的，」他沉默了一會兒，「不可妄動。」他一字一頓地說道。

「好，再見了，朋友；記住，你的悲痛我感同身受，我對你來說不是殿下，不是公爵，也不是總司令，我是你的父親。有什麼需要就直接來找我。再見了，親愛的。」他再次擁抱、親吻他。安德烈公爵還沒有走出房間，庫圖佐夫就舒心地嘆了口氣，又拿起沒有讀完的讓利斯夫人的長篇小說《天鵝騎士》。

怎麼會這樣呢，安德烈公爵大概是無法解釋的。不過，在和庫圖佐夫的這次見面後，他回到軍團，對整個戰局、對身負指揮重任的這個人都感到放心了。他愈是意識到這位老人沒有任何個人的東西，在他身上彷彿只保留了易動感情的習慣，而代替智慧（對事件分門別類和做出結論的智慧）的，唯有靜觀事態發展的能力——他愈是意識到這一點，就愈是感到安心，因為一切將如期發生。「他沒有任何自己的東西。他不臆想什麼，不策畫什麼，」安德烈公爵想，「但是他傾聽一切、牢記一切，一切因而各得其所，不妨礙任何有益的事，不容忍任何有害的事。他懂得，有一種東西比他的意志更強、更重要——這就是事件發展的必然過程，而他善於洞察事件，善於理解事件的重要意義，有鑑於這種重要意義而放棄對事件的干預，放棄自己與之相左的個人意志。重要的是，」安德烈公爵想，「為什麼你相信他呢，因為他是俄國人，儘管他讀讓利斯的小說、講法國諺語；因為他在講『弄到了這種地步！』時他的聲音在顫抖，還因為他在提到他要『迫使他們吃馬肉！』時暗自抽泣。」正是由於大家或多或少隱約地感覺到這一點，人們才在違背宮廷意願、選擇庫圖佐夫擔任總司令這件事上表現出一致的意見和普遍的擁護。

98 一八一一年三月，多瑙河軍團總司令卡緬斯基患病，不久病逝，其職務由庫圖佐夫繼任。
99 魯休克，土耳其要塞，一八一〇年七月，卡緬斯基包圍要塞久攻不下，同年十一月，被俄軍占領。魯休克即今保加利亞的魯塞。

十七

皇上離開莫斯科後，莫斯科再次恢復原來的生活，這生活是那麼日常，以致很難回想起以往那些愛國主義的狂熱和滿懷激情的日子，也很難相信俄國真的處於危難之中，很難相信英國俱樂部的會員們、同時也是準備為國家犧牲一切的國家棟梁。只有一件事足以讓人們想起皇上在莫斯科時那莊嚴的愛國主義熱情，那就是需要提供兵員和金錢了，當初應允過，隨即依法定程序履行，因而看來做出犧牲是不可避免的了。

隨著敵軍日益逼近莫斯科，莫斯科人對自身處境的態度不是更嚴肅，反而更是隨性了，人們在面臨巨大危險時往往如此。在危險逼近時，人心總有兩道同樣強烈的聲音，一道明智的聲音會說，人要周密地考慮危險的性質和擺脫危險的途徑；另一道更明智的聲音會說，一逕想著危險太沉重、太折磨人了，何況一個人要預見一切，並置身於整個戰局之外而求自保，是不可能的，因而在災難到來之前，不如不去想，多想些愉快的事。人在孤獨時大多會屈從第一種聲音，而在人群中便會屈從第二種聲音。眼下莫斯科的居民正是如此。莫斯科很久沒有像今年這麼熱鬧了。

拉斯托普欽伯爵的公告上繪有一幅畫，內容是一家小酒店、店主以及莫斯科市民卡爾普什卡．奇吉林，他是個民兵，在店裡多喝了兩杯，聽說拿破崙要進攻莫斯科而暴跳如雷，並用髒話大罵所有法國人，他走出小酒店，開始在鷹徽下對聚集的民眾說話。這些公告就如瓦西里．利沃維奇．普希金[100]最近寫的一首韻詩一樣，被人們廣為傳閱和議論。

在俱樂部的一個角落房間裡，人們聚在一起閱讀這些公告。有些人很喜歡卡爾普什卡那樣取笑法國人，說他們吃大白菜發胖，吃飯脹破肚子，喝蔬菜湯嗆死，說他們都是侏儒，一個農婦用鐵叉就能打倒三個。有些人不贊同這種論調，並認為太庸俗、荒唐。人們說，拉斯托普欽把法國人甚至所有外國人都趕出莫斯科，他們當中包括拿破崙的間諜和奸細。不過這種說法不過是為了乘機轉述拉斯托普欽在打發他們時所說的俏皮話。這群外國人當時是乘駁船前往下諾夫哥羅德的，於是拉斯托普欽便對他們說：「你們上這艘船要清醒，別讓這艘船成為卡戎[101]的船。」人們說，莫斯科所有政府機關都遷到外地去了，又立刻添上升申的一句笑話，說為了這一點就該感謝拿破崙。人們說，馬莫諾夫為他的軍團花了八十萬，別祖霍夫在民兵身上的花費更多，不過別祖霍夫最出色的行動是，他將親自穿上軍裝，跨馬走在自己軍團的前面，而且不向來觀賞他的人收取一文錢。

「你們就是嘴上不饒人。」朱麗．德魯別茨基說，一邊用戴滿戒指的細手指把扯好的裹傷用紗布蒐集起來，繞成一球。

朱麗準備第二天離開莫斯科，正在舉行告別晚會。

「別祖霍夫是可笑，不過他那麼善良，那麼可愛。何必挖苦他呢？」

「罰款！」一個穿民兵制服的年輕人說，朱麗喚他為「我的騎士」，曾和他同路到下諾夫哥羅德去了

---

100 瓦西里．利沃維奇．普希金（一七七〇—一八三〇），俄國大詩人普希金的伯父，擅長寫押韻詼諧詩。

101 卡戎是希臘神話中在冥河上用獨木舟為鬼魂擺渡的船夫。

一趟。

在朱麗的圈子裡，也和莫斯科的許多社交場合一樣，相約只說俄語，誰犯規說法語，就要罰款並交給捐獻委員會。

「用詞不當，還要再罰一次，」客廳裡的一個作家說道，「『何必』不是俄語的說法。」

「你們就是不饒人哪，」接著朱麗對民兵說，不理會作家的意見。「我說了『挖苦』，是我不對，」她說，「我認罰，不過有幸對你們說出了實情，我還是樂意付錢的；至於用詞不當，我可不能負責，」她對作家說：「我和戈利岑公爵不同，既沒有錢也沒有時間請老師教我學俄語。啊，這不是他嗎，正說到……不，不，」她對民兵說，「您就別挑刺吧。正說到太陽，就見到了陽光，」女主人對皮埃爾親切微笑著說，「我們剛才還談到您，」朱麗利用上流社會婦女特有的說謊自由說道，「我們說，您的軍團肯定比馬莫諾夫的優秀。」

「噢，您就別提我的軍團了。」皮埃爾回答道，他親了親女主人的手，坐到了她身邊。「我煩死了！」

「您想必要親自指揮這個軍團吧？」朱麗說，她狡黠又譏諷地對民兵使了個眼色。

民兵當著皮埃爾的面不再挖苦他，他面露困惑，對朱麗的訕笑感到不解。儘管漫不經心、為人厚道，皮埃爾的人格力量卻能夠讓任何當面嘲笑他的意圖都化解了。

「不，」皮埃爾打量著自身肥大的身軀笑著說，「法國人很容易打中我，而且我怕我也爬不上馬背……」

此外，朱麗這個圈子說長道短的對象還包括尼古拉一家。

「據說他們的境況非常不好，」朱麗說，「伯爵本人又那麼糊塗。拉祖莫夫斯基想買他的住宅和莫斯科近郊的莊園，這件事一直拖著。他要價太高。」

「不，好像近日內就要成交了。」有個人說，「不過現在要在莫斯科置產是不明智的。」

「為什麼？」朱麗問，「莫非您認為莫斯科有危險？」

「不然，您為什麼要離開呢？」

「我？這就怪了。我要離開，是因為……是因為大家都離開了，何況我不是貞德[102]，也不是阿馬宗女人[103]。」

「嗯，是呀，是呀，您再給我一些碎布。」

「要是他善於經營，他是能還清所有債務的。」民兵繼續談著尼古拉。

「老頭很善良，就是不會做事。他們何必在這裡住那麼久？他們早就想回鄉下去了。娜塔莉現在好像身體好了吧？」朱麗狡獪地笑問皮埃爾。

「他們在等小兒子，」皮埃爾說，「他參加了奧博連斯基的哥薩克部隊，到白采爾科維去了。那裡正組建一個軍團。現在他們把他調到我的軍團裡來了。他們每天都在等他。伯爵早就想走，可是伯爵夫人在兒子到來之前，無論如何也不願離開莫斯科。」

「我三天前在阿爾哈羅夫家見過他們。娜塔莉還是那麼漂亮，心情也好了。她唱了一首抒情歌曲。有些人總能夠在短時間內便忘掉一切啊。」

「忘了什麼？」皮埃爾不滿地問道，朱麗微微一笑。

---

102 貞德（一四一二—一四三一），法國女英雄，在百年戰爭時期曾領導反英戰爭。

103 阿馬宗人是希臘神話中居住在亞述海沿岸的尚武好戰女部落。

「您知道，伯爵，像您這樣的騎士只有在蘇札夫人的小說裡才找得到了。」

「什麼騎士？這是從何說起？」皮埃爾紅著臉問。

「好啦，親愛的伯爵，這事全莫斯科都知道。真的，我對您感到驚訝。」

「罰款！罰款！」民兵說。

「唉，好吧。不能說，真乏味。」

「什麼事，全莫斯科都知道？」皮埃爾不禁站了起來，氣憤問道。

「好啦，伯爵。您知道！」

「我什麼也不知道。」皮埃爾說。

「我知道，您和娜塔莉很合得來，所以……不，我一向和薇拉更合得來。這個可愛的薇拉！」

「不，夫人，」皮埃爾以不滿的語氣接著說道，「我從來沒有扮演過羅斯托夫的騎士角色，我幾乎整整一個月沒有去他們家了。可是我不明白這種冷酷……」

「誰辯解，誰就是在自責，」朱麗揮動手裡的紗布笑道，為了把最後的結論留給自己，她立刻改變話題。「怎麼樣，我今天剛知道：可憐的瑪麗．鮑爾康斯基昨天到了莫斯科。你們聽說她失去父親了嗎？」

「是嗎！她在哪裡？我想見她。」皮埃爾說。

「我昨天陪她一個晚上。她今天或明天早上帶姪子到莫斯科近郊的莊園了。」

「她怎麼樣，還好吧？」皮埃爾問。

「沒什麼，很傷心。不過您知道是誰救了她嗎？這是一個很浪漫的故事。尼古拉．羅斯托夫。人們包圍了她，企圖打死她，她的僕人都受傷了。他衝上去救了她……」

「還有一個浪漫故事，」民兵說，「這完全是大逃亡造成的，讓所有老女人都出嫁了。卡季什是一個，鮑爾康斯卡基公爵小姐又是一個。」

「你們知道嗎，我真的認為，她有點愛上那個年輕人。」

「罰款！罰款！罰款！」

「可是這句話用俄語怎麼說呢？……」

十八

皮埃爾回到家時，僕人為他取來當天送到的拉斯托普欽的兩份公告。

第一份公告上說，有關拉斯托普欽伯爵禁止人們離開莫斯科的傳言不實，反之，拉斯托普欽伯爵樂見貴族和商人家庭的婦女離開莫斯科。「少些恐懼，少些流言吧，」公告上說，「但是我以性命擔保，那個惡徒進不了莫斯科。」這些話無異於向皮埃爾清楚說明，法國人將進入莫斯科。第二份公告上說，我軍司令部在維亞濟馬，維特根．施泰因伯爵打敗了法國人，不過由於許多居民希望武裝起來，因此在倉庫裡為他們備有現成的兵器：馬刀、手槍、長槍，居民可以廉價獲取。兩份公告的語氣已不若先前他在奇吉林的談話那麼風趣了。皮埃爾默默思考公告裡的內容。顯然，可怕的暴風雨烏雲、他內心熱烈呼喚且又使他不由得心生恐懼的烏雲已經逼近。

「進入軍界並立即到部隊去，還是再等一等？」皮埃爾第一百次向自己提出這個問題。他隨手拿起桌上的撲克牌，開始占卜。

「如果卦象擺成了，」他把牌洗好拿在手裡，兩眼仰望，自言自語道，「如果擺成了，那就意味著……意味著什麼呢？」他還沒有來得及解決這個問題，只聽書房門外傳來大公爵小姐的聲音，她問可不可以進來。

「那就意味著我應當到部隊去，」皮埃爾把要說的話說完了。「請進，請進。」皮埃爾轉頭對公爵小姐說。

（目前只有腰身很長、表情呆板的大公爵小姐還住在皮埃爾住所，她的兩個妹妹都已出嫁。）

「對不起，表哥，我來打擾您了，」她埋怨且焦躁說道，「歸根究柢總要有個決定吧！這樣下去怎麼行呢？大家都離開莫斯科了，民眾在鬧事。我們怎麼還留在這裡不走呢？」

「情況完全相反，看來大家都安居樂業啊，我的表妹。」皮埃爾以玩笑口吻說道，他總是不好意思在公爵小姐面前充當恩人的角色，便養成了這種打趣的習慣。

「是的，這就是安居樂業，好一個安居樂業！今天瓦爾瓦拉．伊萬諾夫娜對我說，我們的軍隊有多出色。真該為他們記功才對。老百姓又鬧得很嚴重，誰的話也不聽；我的小女傭，連她也敢粗魯無禮。這樣下去，我們很快就會挨打。現在不敢在大街上走路了。重點是，法國人眼看就要到了，我們還在等什麼！我有一個請求，表哥，」公爵小姐說，「您請人送我到彼得堡去吧：我無論如何無法在拿破崙的統治下生活。」

「算了吧，表妹，您是從哪裡得到這些消息的？相反……」

「我不當您的拿破崙順民。別人我管不著……要是您不願這麼做……」

「不，我依妳，我馬上吩咐下去。」

公爵小姐看來很懊惱，因為沒有人可以讓她發洩怒氣。她低聲絮叨著在椅子上坐了下來。

「不過您得到的消息不可靠，」皮埃爾說，「城裡很平靜，也沒有任何危險。妳看，我剛才看了……」皮埃爾把公告拿給公爵小姐看。「伯爵說，他以性命擔保，敵人進不了莫斯科。」

「噢，您的這個伯爵呀，」公爵小姐氣憤說道，「他是個偽君子、壞蛋，就是他煽動民眾鬧事的。難道不就是他這些荒謬的公告說，不管他是誰，都要抓住他的頭髮，把他送往拘留所嘛（簡直荒謬至極）！還說，誰要是抓到了，功勞和榮譽就歸於誰。這麼煽動下去還得了。瓦爾瓦拉·伊萬諾夫娜說，她差點兒被一般民眾打死，就因為她說了法語……」

「是有這麼回事……您別想太多。」皮埃爾說，又開始占卜。

儘管卦象擺成了，皮埃爾仍沒有到部隊，而是留在空蕩蕩的莫斯科，一樣的驚惶不安、猶豫不決、既恐懼又興奮地等待某種可怕的事態發展。

第二天傍晚，公爵小姐坐車離開了，皮埃爾的總管坐車趕來通知他，為軍團置辦服裝的款項無從籌得，除非賣掉一座莊園。總管甚至乾脆提醒他，組建軍團的餿主意會導致他傾家蕩產。皮埃爾聽了總管的話，好不容易掩飾著自己的微笑。

「那就賣吧，」他說，「怎麼辦呢，我現在又不能反悔！」

任何事情，特別是他的事情，情況愈糟糕，皮埃爾就愈高興，就愈能說明他所期盼的慘劇正在逼近。皮埃爾幾乎所有熟人都不在城裡了，朱麗走了，瑪麗亞公爵小姐走了。親近的熟人當中只有羅斯托夫一家人還留在城裡；可是皮埃爾不到他們住所去。

這一天，皮埃爾為了散心，前往沃龍佐沃村觀看萊皮希為了消滅敵人而製造的大氣球[104]，以及預定在第二天升空的試驗氣球。這個大氣球還沒有造好；不過皮埃爾了解到，這是依皇上的旨意製造的。皇上在寫給拉斯托普欽的信中曾提及這個氣球：

萊皮希一旦準備就緒，請為他的氣球吊籃選拔一批忠誠的乘員，並派信使去見庫圖佐夫將軍通報情況。我已率先將此事通知他。

請叮囑萊皮希密切注意他第一次降落的地點，以免出錯而落入敵人之手。他務必要和總司令配合行動。

從沃龍佐沃回來經過沼澤廣場時，皮埃爾看到一群人站在宣諭台附近，便停下輕便馬車並從車上下來。那是正對一名法國廚師施行體罰，他的罪名是進行間諜活動。體罰剛結束，行刑者將一個淒慘呻吟的胖子從行刑凳上解下來，此人留著紅色連鬢鬍，穿著藍襪和綠色無袖短上衣。另一名瘦弱蒼白的罪犯也站在同一處。看臉型，兩人都是法國人。皮埃爾帶著和那個瘦弱的法國人一樣驚恐而痛苦的神情擠進人群中。

「怎麼了？是什麼人？為什麼？」他問。可是人們——官員、市民、商人、農民以及穿著斗篷式外衣和皮襖的婦女——無不聚精會神地望著宣諭臺上的情景，沒有搭理他。胖子站起身來，皺著眉頭聳了聳肩，看來想展現他的堅強，他開始穿短上衣，也不朝周圍看；可是他的嘴唇卻突然抖動起來，他像容易激動的成年人那樣哭了，同時為此而氣自己。人們大聲地說起話來，皮埃爾覺得，他們是想強壓下自己的惻隱之心。

「這是一個公爵家的廚師……」

「這位先生怎麼了，看來法國人覺得俄國的調味汁太酸……酸得掉牙了……」當法國人哭起來時，皮

104 拿破崙入侵俄國後，荷蘭人萊皮希來見莫斯科總司令，建議製造可裝砲彈的大氣球，以做為消滅敵人的武器。該建議得到亞歷山大一世的支持。曾在離莫斯科六俄里的沃龍佐沃試製，未獲成功。

埃爾身邊一個滿面皺紋的官吏說道。官吏望望四周，似乎在等別人的反應。有些人笑了起來，有些人驚恐地繼續望著那個行刑者，他又在扒另一個人的衣服了。

皮埃爾感到鼻酸，皺起眉頭很快轉過身來，朝馬車走去，在他走路和坐上馬車之際，不住地暗自嘮叨著什麼，一路上他有幾次渾身打戰、大聲叫嚷，車夫問他：

「您有什麼吩咐？」

「你這是去哪裡？」皮埃爾對駛往盧比揚卡的車夫叫道。

「依您的吩咐去總司令那裡。」車夫回答說。

「笨蛋！畜生！」皮埃爾叫道，他是很少這樣罵車夫的。「我說的是回家；你動作快點，傻瓜。今天還要動身呢。」皮埃爾暗自說道。

皮埃爾看到被體罰的法國人和圍著宣諭台的人群時，他終於決定，他不能繼續留在莫斯科了，今天就要到部隊去，他覺得，或者他已經對車夫說過了，或者車夫自己應該知道他的決定。

回家後，皮埃爾吩咐自己無所不知、無所不能、全莫斯科聞名的車夫葉夫斯塔菲耶維奇，說他當夜就要到莫札伊斯克的部隊去，他那些坐騎都要送到部隊裡，這一切當然不可能當天就辦妥，按照葉夫斯塔菲耶維奇的想法，皮埃爾應該把行期推遲到次日，以便有時間讓換乘的馬匹先出發。

二十四日，惡劣的天氣轉晴，這天午餐後，皮埃爾離開了莫斯科。夜裡，在佩爾胡什科沃換馬時，皮埃爾得知這天晚上打了一場仗。人們說，在這裡，在佩爾胡什科沃，隆隆砲聲震得大地顫動。皮埃爾問起勝負，卻沒有人能回答他。（這是二十四日發生在舍瓦爾金諾的交戰。）天剛亮，皮埃爾來到莫札伊斯克。

莫札伊斯克的所有房屋都有軍隊駐紮，他的馴馬師和車夫在一家客棧迎接他，幾間正房已沒有空位：全住滿了軍官。

莫札伊斯克城裡城外到處是駐防和行進中的部隊。四面八方都可以看到哥薩克、步兵、騎兵、輜重車、彈藥箱和大砲。皮埃爾急著往前趕，他愈是遠離莫斯科，深入這部隊的海洋，就愈是感到不安和一種他未曾體驗過的嶄新喜悅。這心情和他在斯洛博達宮見到皇上駕臨時的心情相仿——那是必須有所作為、有所犧牲的心情。現在他萌生一種愉快的感覺，意識到構成人生幸福的一切，舒適的生活條件、財富甚至生命本身，與某種事物相比，都是樂於拋棄的身外之物……與什麼相比呢，皮埃爾找不到答案，他也不急於釐清，為了誰、為了什麼而犧牲一切此時對他來說，有一種特殊的美。他不關心他為什麼要犧牲，因為犧牲本身對他來說，正是一種嶄新的喜悅。

十九

二十四日，在舍瓦爾金諾堡壘打了一仗，二十五日，雙方都一槍未發，二十六日，則發生了波羅金諾會戰。

是為什麼又是如何在舍瓦爾金諾和波羅金諾發動進攻和應戰的呢？為什麼要進行波羅金諾會戰？不論對法方或是對俄方，這個問題都毫無意義。最直接的結果出現了，也是必然會出現的——對俄方來說，就是我們近乎喪失莫斯科（這是我們在世上最擔心的），而對法方來說，就是他們幾乎全軍覆沒（這也是他們在世上最擔心的）。這個結果在當時是顯而易見的，但拿破崙仍發動這次會戰，庫圖佐夫也就應戰了。

如果兩位統帥遵循合理的因果關係，那麼拿破崙看來應當十分清楚，深入敵境兩千俄里，投入很有可能喪失四分之一兵力的會戰，那無疑是自取滅亡；同樣，庫圖佐夫似乎也應當十分清楚，如果他也冒著損失四分之一兵力的風險應戰，結果一定會失去莫斯科。對庫圖佐夫而言，這就像數學一樣清楚，如下跳棋，如果我少一子棋，卻和對方對戰，我就必輸無疑，因而不應該對戰。

假如對方有十六個子棋，而我有十四個，那麼我只弱於對方八分之一；又假如我和對方對戰了十三個子棋，那麼對方就比我強兩倍了。

在波羅金諾會戰前，我軍和法軍的兵力約為五比六，而會戰後變成了一比二，也就是說，會戰前是十萬對十二萬，會戰後變成了五萬對十萬。可是睿智且經驗豐富的庫圖佐夫卻決定應戰。而被稱為天才統帥的拿破崙竟然發動會戰，以致損失四分之一兵力，而且他的戰線拉得更長了。如果要說，他認為占領莫斯科也能像占領維也納一樣結束戰爭，那麼有許多論據足以駁倒這種說法。拿破崙身邊那些御用歷史學家就說，他在斯摩稜斯克便想停止前進了，他很清楚戰線太長的危險性，也知道占領莫斯科並不意味著戰爭結束，因為斯摩稜斯克讓他見識到被放棄的俄國城市的狀況，他曾一再聲稱，希望舉行和談，只是沒有得到任何答覆。

庫圖佐夫和拿破崙投入波羅金諾會戰是不由自主的無謂行動。而歷史學家是在事後為了迎合既定事實而巧妙地編造論據，以證明統帥們的預見和天分，其實他們在世界性事件的所有不由自主的工具中是最馴服、最不由自主的活動家。

古代為我們留下英雄史詩的典範，其中英雄是歷史的興趣所在，而我們至今還不能適應新的情況，即這種歷史對我們人類當今時代已不具意義了。

第二個問題是，波羅金諾會戰及此前的舍瓦爾金諾之戰是怎麼打響的，對這個問題同樣存在著非常明確、人所共知、完全錯誤的看法。所有的歷史學家都是如此描述的：

> 俄軍在從斯摩稜斯克撤退途中，一直在尋找進行大會戰的最佳陣地，最後終於在波羅金諾附近找到了。俄國人提前加強這個陣地，該陣地位於從莫斯科到斯摩稜斯克的大道左側，與大道幾乎成直角，沿著從波羅金諾到烏季察一線展開，就是後來進行會戰的地點。
>
> 在這個陣地前沿，為了監視敵人而在舍瓦爾金諾土丘上設置了一築有工事的前哨。二十四日，拿破崙進攻並占領了這處前哨陣地；二十六日，便在波羅金諾戰場上向駐守陣地的俄軍發動全線進攻。

歷史學家這麼說，但這是完全錯誤的，凡是願意探究真相的人都不難發現這種錯誤。

俄國人沒有尋找最佳陣地；反之，他們曾在撤退途中經過諸多比波羅金諾更適合的陣地。他們未在其中任何一個陣地上停留：因為庫圖佐夫不願接受非他親自選定的陣地，且民眾想要參戰的動機還沒有充分強烈地表露出來，而米洛拉多維奇指揮下的民兵尚未向他靠攏，此外還有不計其數的其他原因。事實是，那些陣地更好，反觀波羅金諾陣地（會戰就是在這個陣地上開打的）不僅不好，而且做為陣地，總是由於某種原因以致並不優於在俄羅斯帝國版圖上用大頭針胡亂標示的任何地點。

俄國人不僅沒有加強波羅金諾戰場上大道左側和大道成直角的那塊陣地（即會戰發生的地方），而且一八一二年八月二十五日之前，也從未想過會戰會發生在這裡。證據之一是，不僅直到二十五日，這裡都沒有防禦工事，而且二十五日開始構築的工事到了二十六日仍未完成；再者，舍瓦爾金諾堡壘的位置也是證據，舍瓦爾金諾堡壘位於應戰時的陣地前面，因而毫無價值。然而，為什麼這個堡壘要修築得比其他據點都堅固呢？為什麼要在二十四日堅守到深夜，全力以赴並傷亡六千人呢？為監視敵人只要一個哥薩克騎兵偵察小分隊就行了。最後，二十五日前，巴克萊．德．托利和巴格拉季翁都一直認為，舍瓦爾金諾堡壘是陣地左翼，庫圖佐夫在會戰後倉促寫成的戰報也將舍瓦爾金諾堡壘稱為陣地左翼，這都足以證明，會戰時的陣地並不是預先選定的，舍瓦爾金諾堡壘也並不是陣地的前沿據點。很久以後，在可以任意發揮的情況下所撰寫的波羅金諾會戰戰報卻虛構了一個和事實不符的離奇說法（想必是要為一貫正確的總司令掩飾錯誤），其內容提到，舍瓦爾金諾堡壘是前哨站（其實它只是左翼一處加強的據點），波羅金諾會戰是我軍在構築防禦工事預先選定的陣地上進行的，其實會戰是發生在完全出乎意料的、幾乎沒有防禦工事之處。

顯然，實際情況是這樣的：選定的陣地是在科洛恰河的沿岸地帶，這條河貫穿大道，與大道成銳角而非直角，而左翼在舍瓦爾金諾，右翼在新村附近，中央在波羅金諾、科洛恰河與沃伊納河的匯合處。我軍的目的是阻止敵軍由斯摩稜斯克大道向莫斯科挺進，任何人若忽略實際進行的會戰且看一看波羅金諾戰場就會明白，這個以科洛恰河為屏障的陣地才毫無疑義地是預先選定的陣地。

拿破崙二十四日前出至瓦盧耶沃，不曾看見從烏季察到波羅金諾的俄軍陣地（他不可能看到，因為這個陣地不存在），也沒有看到俄軍的前哨，卻在追擊俄軍後衛部隊時碰到俄軍陣地左翼的舍瓦爾金諾堡壘，於是出其不意地率軍渡過科洛恰河。俄軍來不及投入決戰，其左翼便退出本來打算據守的陣地，而占據了不曾預料到也沒有防禦工事的陣地。拿破崙橫渡至科洛恰河左岸後，向大道左側行進，將未來會戰的整個戰線由右向左（從俄軍方面來看）推進，會戰轉移到烏季察、謝苗諾夫斯科耶和波羅金諾之間的戰場上，二十六日的會戰便是在這個戰場上進行的。設想中的會戰和實際發生的會戰可簡略圖示如下頁。

倘使，二十四日傍晚，拿破崙沒有前出至科洛恰河，也沒有立刻下令在當晚進攻堡壘，而是在第二天一早發動攻勢，那麼誰也不會懷疑，舍瓦爾金諾堡壘是我軍陣地的左翼；會戰就會如我們所預期的那樣發生。在這種情況下，我們想必會更頑強地防守左翼舍瓦爾金諾堡壘；我們會從中央或右翼進攻拿破崙，那麼就會在預定並築有堅固工事的陣地上進行決戰。但是，由於對我軍左翼的攻擊發生在我軍後衛部隊撤退的當晚，亦即緊隨格里德涅瓦戰役之後便發動攻擊，也因為俄國軍事將領不願或來不及在二十四日當晚投入決戰，所以我們輸掉了波羅金諾會戰的第一個也是主要的一個戰役，顯然，這也就導致了二十六日的敗績。

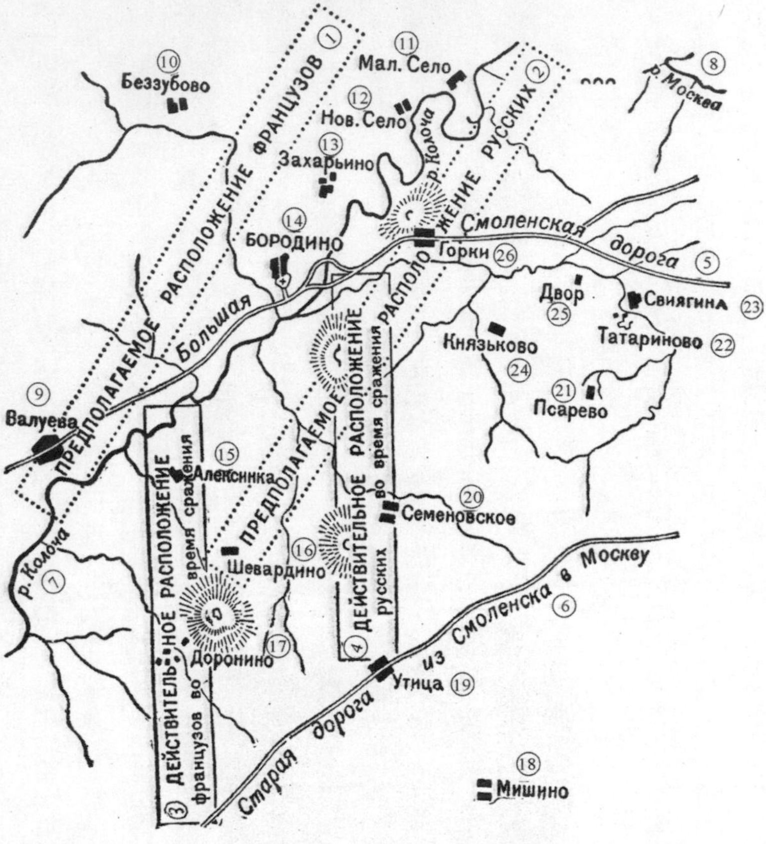

1. 設想中的法軍陣地　2. 設想中的俄軍陣地　3. 會戰時法軍實際陣地
4. 會戰時俄軍實際陣地　5. 斯摩稜斯克大道　6. 古斯摩稜斯克大道
7. 科洛恰河　8. 莫斯科河　9. 瓦盧耶沃　10. 別祖博沃　11. 小村
12. 新村　13. 札哈里諾　14. 波羅金諾　15. 阿列克辛卡　16. 舍瓦爾金諾
17. 多羅尼諾　18. 米希諾　19. 烏季察　20. 謝苗諾夫斯科耶
21. 普薩列沃　22. 塔塔里諾沃　23. 斯維亞吉納　24. 克尼亞茲科沃
25. 德沃爾　26. 戈爾基

二十五日清晨，舍瓦爾金諾堡壘失守之後，我們的左翼沒有陣地了，於是被迫將左翼後撤，並急忙就地構築左翼的防禦工事。

八月二十六日，俄軍只能據守尚未完工的薄弱防禦工事，不僅如此，這種不利局面還由於下述原因而加劇，俄國將領不承認既定事實（失去左翼陣地，未來整個戰場已由右向左偏移），仍然停留在由新村至烏季察的漫長陣地上，因而不得不在作戰時，將部隊從右往左調動。在這種情況下，在整個會戰期間，面對進攻我軍左翼的法軍，我軍應戰的兵力只及敵人的一半。（波尼亞托夫斯基進攻烏季察和烏瓦羅夫在右翼進攻法國人的戰爭可謂和戰局發展無關的孤立行動。[105]）

總之，波羅金諾會戰完全不如人們所描述的（他們力圖掩飾我軍將領的錯誤，並因而貶低我國軍民的光榮戰績）。波羅金諾會戰並非在選定並加強的陣地上、在俄方兵力僅相對薄弱的情況下開打的；在波羅金諾會戰中，俄軍在舍瓦爾金諾堡壘失守後，被迫在幾乎沒有防禦工事的開闊土地上迎擊兩倍於己的法軍，也就是說，在這種條件下，不僅連續作戰十小時相持不下是不可思議的，甚至堅持三小時而不致全軍潰敗也令人難以想像。

---

105 軍事史家認為，拿破崙的盟友波蘭人波尼亞托夫斯基（一七六三—一八一三）將軍所指揮的一個波蘭軍和烏瓦羅夫將軍的騎兵軍的參戰，和整個戰局的發展是有聯繫的。波尼亞托夫斯基曾短暫占據烏季察，烏瓦羅夫和普拉東的幾個軍團曾攻擊法軍左翼。

二十

二十五日早晨，皮埃爾離開莫札伊斯克。皮埃爾出城時，在大山陡峭而崎嶇的坡道上、在右邊山頂一座正在祈禱、鳴鐘的教堂附近下車步行。跟在他後面的是以一隊歌手為前導的騎兵團。載著昨天負傷兵員的一列大車迎著他上山來。趕車的農民在兩邊跑來跑去，一邊吆喝鞭打馬匹。每輛大車上都有三、四個傷兵躺著或坐著。這些大車在陡坡的亂石路上顛簸。傷兵們蒼白的臉上皺眉蹙額、緊抿雙唇，牢牢地抓住欄杆，在大車上彼此碰撞、搖晃。他們幾乎都帶著孩子般天真的好奇望著皮埃爾一身白色禮帽和綠色常禮服。

皮埃爾的車夫生氣地大聲嚷嚷，叫傷兵車隊靠邊走。唱歌下山的騎兵團漸漸逼近皮埃爾的輕便馬車，把路堵住了。皮埃爾停下來，緊靠在山路邊上。被山坡擋著、照不到太陽的低窪處路上既冷又濕；皮埃爾頭上是八月明媚的陽光，教堂的鐘聲歡快地四處飄蕩。一輛運傷兵的馬車停在皮埃爾附近的路邊上。車夫穿一雙樹皮鞋氣喘吁吁地跑到馬車旁邊，在沒有輪箍的後輪下塞了石頭，開始為站在那裡的小馬整理後方的皮帶。

一名負傷老兵的一隻手臂包紮著，他跟在一輛大車後面，未負傷的手抓著大車。

「怎麼，同鄉的，把我們就丟在這裡了，是嗎？還是要把我們帶到莫斯科去？」他說。

皮埃爾只顧著想心事，沒有聽見他的詢問。他有時看看現在已和傷兵車隊相遇的騎兵團，有時看看身旁的大車，大車上有三個傷兵，兩個坐著，一個躺著，他覺得他所關心的問題，答案就在這裡、就在他們身上。一個坐著的士兵想必是傷在臉上。他的頭全裹著紗布，半邊臉腫得像嬰兒的腦袋那麼大。他的嘴和鼻子都歪在一邊。這個士兵遠望教堂畫著十字。另一個還是個小男孩，是新兵，淺色頭髮，膚色白皙，秀氣的臉上未見一絲血色，他帶著和善的、彷彿凝固的微笑望著皮埃爾；第三個俯臥在那裡，看不到他的臉。騎兵的一隊歌手正緊貼著大車走過去。

「遠走他鄉了……男子漢……」

「在陌生的異鄉漂泊……」他們聲情並茂地唱著一首士兵舞曲。那高山上全部敲響的嘹亮鐘鳴彷彿正呼應著這舞曲，卻另有一番歡樂的韻致。太陽灼熱的光輝灑遍對面山坡的頂部，更是別有一番歡樂的氣象。但是在山坡下、在傷兵的大車旁、在皮埃爾所站的那匹氣喘吁吁的小馬附近，卻是潮濕、陰暗而淒迷。

面頰腫大的士兵望著騎兵的那一隊歌手。

「唉，這些花花公子！」他責備說。

「現在別說當兵的，連農民也有！農民也被趕來了。」一個站在大車旁的士兵帶著淒然的微笑對皮埃爾說，「現在不分兵民了……這就是要全體民眾一齊上，一句話——我們的後面是莫斯科。現在是要拚到底了。」儘管這個士兵的話不是說得很清楚，皮埃爾還是聽懂了他的意思，便贊同地點了點頭。

路通了，皮埃爾下山後繼續騎馬趕路。

皮埃爾在馬上張望著大路兩邊，希望能遇到熟人，可是到處只看到各兵種的陌生軍人，他們同樣驚訝地看著他的白色禮帽和綠色常禮服。

走了大約四俄里，他才遇到第一個熟人，便高興地向他打招呼。這個熟人是軍隊裡的一位主任醫生。

他乘著輕便馬車和皮埃爾迎面相逢，他和一個年輕醫生坐在一起，認出皮埃爾後便令權充車夫的哥薩克停車。

「伯爵！伯爵大人，您怎麼在這裡？」醫生問。

「就是想來看看……」

「是的，是的，值得一看……」

皮埃爾下馬，站在那裡與醫生攀談，對他說明自己想參戰的想法。

醫生建議皮埃爾直接去找殿下。

「您何必在這兵荒馬亂的時候到處亂跑呢，」他和自己的年輕同伴交換眼色說，「殿下畢竟是了解您的，一定會親切地接待您。就這麼辦吧，老兄。」醫生說。

醫生顯得疲憊而匆忙。

「您這麼認為嗎……我還想問問您，陣地在哪裡？」皮埃爾說。

「陣地？」醫生說。「這我就不知道了。您到塔塔里諾沃去吧，那裡有很多人在挖土。您可以到土丘上去：從那裡就能看得一清二楚了。」醫生說。

「從那裡能看到嗎？要是您……」

不過醫生打斷他的話，朝自己的馬車走去。

「我是願意送您去的，真的，這是實話，可是我（他做了個萬分緊急的手勢）正趕著要去見軍長。我們的情況怎麼樣啊？您知道嗎，伯爵，明天有一場硬仗：十萬人之中少說也會有兩萬傷患；而我們的擔架、病床、醫士和醫生連六千傷患也應接不暇。一萬輛大車倒是有，可是還得有其他準備才行啊；就只能看著辦了。」

倏地，一個閃過的離奇念頭令皮埃爾驚訝不已，就在那成千上萬活生生的、健康的、愉快且驚訝地看著他的帽子的年輕和年老的人之中，大概有兩萬人注定會負傷或陣亡（也許就是他見到過的那些人）。

「他們也許明天就要死了，他們怎麼還能想那些與死亡無關的事呢？」由於某種神祕的精神聯繫，他突然活靈活現地想起了莫札伊斯克山的坡道、運傷兵的大車，還有那夕陽斜照和騎兵的歌聲。

「騎兵奔赴戰場，卻遇上了傷兵，他們一點也不多想前途險惡，走過時還對傷兵們使眼色打趣。這些人之中，有兩萬人難免一死，而他們卻對我的帽子感到驚訝！太奇怪了！」皮埃爾想，繼續朝塔塔里諾沃前進。

大道左側一個地主宅院附近有幾輛馬車、帶篷大車、一群勤務兵和幾個哨兵。殿下就在這裡。可是，待皮埃爾抵達，他已經離開了，司令部的人幾乎都走了。大家都在禮拜。皮埃爾再往前到戈爾基去。

皮埃爾一上坡道，進入一處鄉村小街，第一次看到帽子上插著十字架、身穿白襯衣的農民民兵，他們高聲說笑、興奮且汗水淋漓地在大道右側一處長滿野草的大土丘上勞動。

他們有些人用鐵鍬挖土，有些人用手推車在木板上運土，還有些人只是站著什麼也沒做。

兩名軍官站在土丘上指揮他們。看到這些剛當上民兵顯然還充滿新奇感的農民，皮埃爾又想起莫札伊斯克的傷兵，這才明白了那位士兵所說的「這就是要全體民眾一齊上」究竟是什麼意思。這些在戰場上勞動、留著大鬍子的農民，他們那古怪、笨拙的靴子、那汗水淋漓的脖子以及有些人解開襯衣斜襟而露出黝黑的鎖骨，比他迄今所有見聞都更強烈地影響了他，皮埃爾因而更深切地意識到此刻的莊嚴和重要性。

二十一

皮埃爾下了馬車，走過那些勞動中的民兵，登上了土丘，醫生對他說過，在那個土丘上，可一覽整個戰場。

此時大約上午十一點鐘。太陽在皮埃爾後方偏左，透過純淨稀薄的空氣把大地呈半圓形又逐層升高地展現在他面前，並將這幅環形全景圖照耀得熠熠生輝。

斯摩稜斯克大道切入這半圓形，蜿蜒曲折地向左上方延伸，大道穿過位於土丘前方五百步、比土丘低的一處白色教堂村莊（那是波羅金諾村）。大道在村子下方通過一座橋，又經過幾次下坡和上坡蜿蜒而上，通往約六俄里外的瓦盧耶沃村（此時，拿破崙的行營設在此）。在瓦盧耶沃那邊，大道隱沒於地平線上一片泛黃的樹林。在這座兼有樺樹和樅樹的樹林裡，在大道之右，陽光下閃爍的科洛恰修道院的十字架和鐘樓遙遙相望。沿著那藍色的遠方，在樹林和大道左右兩邊，處處可見煙霧迷濛的營火以及我軍和敵軍數量不等的部隊。右邊，科洛恰河和莫斯科河流經之處多為山地和峽谷。遠處，在那些峽谷之間，別祖博沃村和札哈里諾村隱約可見。左面比較平坦，有農作物尚未收割的田野，可以看到一處被焚毀的村落在冒煙，那便是謝苗諾夫斯科耶村。

皮埃爾在右面和左面所看到的一切都那麼難以捉摸，無論平原的左面還是右面都無法充分滿足他的想像。到處都不是他希望見到的戰場，而是田野、林間空地、軍隊、樹林、營火的煙、村莊、土丘、小河；

不論皮埃爾如何細心觀察，他也無法在這片生氣勃勃的大地上找到陣地，甚至無法區分我軍和敵軍。

「要問專家才行。」皮埃爾想，便轉向一名軍官，他正在好奇打量著皮埃爾身穿便服的龐大身軀。

「請問，」皮埃爾向軍官問道，「前面那個村莊是？」

「是布林金諾吧？」軍官說，他詢問同伴。

「是波羅金諾。」另一人糾正道。

軍官看來樂見有機會說說話，便迎著皮埃爾走了過去。

「是我們的人在那裡嗎？」皮埃爾問。

「對，再過去一點就是法國人了，」軍官說，「你看，那就是他們，看得見了。」

「哪裡？哪裡？」皮埃爾問。

「肉眼也看得見。看哪，那就是！」軍官指著河對岸左面的煙霧說，這時他的臉上出現凝重且嚴肅的表情，皮埃爾在他遇到的很多人的臉上都看過同樣的表情。

「啊，這是法國人！那裡的呢？」皮埃爾指了指左面的土丘，土丘附近出現了部隊。

「那是我們的人。」

「啊，我們的人！那裡的呢？」皮埃爾指著遠處有棵大樹的另一個土丘，土丘旁便是峽谷裡的一處村莊，村莊那裡也有營火的煙霧和一些發黑的東西。

「這又是他的了。」軍官說。（那是舍瓦爾金諾堡壘。）「昨天是我們的，現在是他的了。」

「那麼我們的陣地呢？」

「陣地？」軍官興奮笑道，「我可以清楚告訴您，因為我方幾乎所有工事都是我建造的。您看，我們的中央在波羅金諾，就在那裡。」他指了指前面那個有白色教堂的村落。「這裡是科洛恰河的渡口。這裡，看見嗎？低窪處還堆放著一排排割下的乾草，這裡就是大橋。這是我們的中央。我們的右翼是在那裡（他陡地指向右邊一處遙遠的峽谷），那裡就是莫斯科河，我們在那裡建造了三座火力很強的堡壘。左翼……」這時軍官住口了。「知道嗎？這很難向您解釋清楚……昨天我們的左翼是在那裡，在舍瓦爾金諾，就是有一棵橡樹的那個地方；而現在我們的左翼撤到後面來了，現在您看，您看——看見嗎？那個村子和煙？那是謝苗諾夫斯科耶，左翼就在這裡，」他指著拉耶夫斯基土丘說，「不過未必會真的在這裡打。他把部隊調到這裡來，是在使詐；他想必是要從莫斯科河右面包抄過來。哎，不管在哪裡打，明天有很多人是回不來了！」軍官說。

在軍官說話時，一名老士官走到他面前，默默等著長官把話說完；可是聽到這裡，他顯然對軍官的話不大滿意，於是打斷了他的話。

「該去拿些土筐了。」他嚴肅地說。

軍官似乎有點尷尬，他好像理解到，明天有很多人回不來這件事心裡想想是可以的，但不該說出來。

「好，再把三連派去吧。」軍官急忙說道。

「您是什麼人，是醫生吧？」

「不，我來看看。」皮埃爾回答說。於是，皮埃爾又經過民兵身邊往山下走去。

「啊，這些該死的！」跟在他後面的軍官說道，捂著鼻子從勞動中的民兵們旁邊跑過。

「他們來了！抬著來了……那就是他們……馬上就到……」突然響起了一陣嘈雜聲，軍官、士兵和民兵們都從路上簇擁了過去。

東正教的莊嚴遊行隊伍正從山腳下的波羅金諾上山來。在塵土飛揚的路上，摘下高帽、倒揹長槍的步兵整齊地走在最前面。步兵後是唱詩班的一片合唱聲。

士兵和民兵無不光著頭趕到皮埃爾前頭，迎著遊行隊伍跑去。

「抬聖母來了！我們的保護神！伊韋爾聖母！」

「是斯摩稜斯克聖母。」另一人糾正道。

民兵們，無論村子裡的，還是在砲壘上勞動的，全都把鐵鍬一扔，跑去迎接教會的遊行隊伍。在塵土飛揚的路上行進的是一個步兵營，跟在他們後面的，則是那些身穿法衣的祭司，一名頭戴法冠的老者帶領全體教士和唱詩班。其後是官兵們抬著身披金屬衣飾、面容呈黑色的巨幅聖母像。這幅聖母像是從斯摩稜斯克帶出來的，此後即隨著軍隊輾轉各地。聖像的前後左右，到處是成群的光頭軍人在走動、奔跑、叩頭。

到了山上，聖像停了下來；用毛巾托著聖像的人們換班，教會執事重新點燃手提香爐，祈禱儀式開始了。炎熱的陽光垂直地照射著；微微的清風吹拂著光頭和點綴聖像的飄帶；唱詩班的合唱聲在野外輕柔蕩漾。一大群官兵和民兵環繞在聖像四周。在祭司和教會執事後、一塊騰空之處站著幾位要人。一位已禿頂、脖子上掛著聖喬治勳章的將軍就站在一個教士的背後，他沒有畫十字（想必是德國人），耐心地等候祈禱結束，他認為有必要聽完祈禱，也許是為了激發俄國人的愛國情操吧。另一位將軍姿態威武，一隻手在胸前不時輕輕揮動，環顧四周。站在一群農民中的皮埃爾，在這些要人中認出幾張熟面孔；但他不看他們，因為他正全神貫注在這群士兵和民兵的嚴肅表情，他們同樣聚精會神地望著聖像。倦怠的教會執事們（他們已在吟誦第二十篇祈禱文了）開始慵懶且習慣性地吟誦：「聖母，從災難中拯救你的僕人吧，」祭司和助祭應聲道：「上帝，我們祈求祢的保佑，祢的庇護是我們堅不可摧的屏障」——所有人的臉上突然煥發出同樣的神采，意識到莊嚴的時刻即將來臨，這神采他曾在莫札伊斯克的山腳下見到，也間或在他今天上午所遇到的許許多多人的臉上見過；這時，只見人們頻頻俯首，頭髮隨之飄舞，嘆息聲和十字架在胸前的碰擊聲不絕於耳。

聖像周圍的人群突然散開，擠到皮埃爾身旁。一人朝聖像走來，從人們在他面前匆忙閃開的情形來看，想必是非常重要的人物。

那是巡視陣地的庫圖佐夫。他在回塔塔里諾沃途中順路來到祈禱的地方。皮埃爾根據他那與眾不同的體型立刻認出，他就是庫圖佐夫。

庫圖佐夫碩大的身軀套著一件長長的常禮服，背微駝，敞著白髮蒼蒼的頭，虛胖的臉上露出一隻白色的眼球，他邁著起伏搖擺的步態走進圈子裡，站在一個教士後。他以習慣的動作畫了十字，以手觸地，沉重地喘了口氣，垂下白髮蒼蒼的頭。庫圖佐夫後面站著本尼格森和隨從。儘管總司令親臨，吸引了所有高官顯貴的注意，民兵和士兵們仍專注地祈禱。

祈禱結束後，庫圖佐夫走到聖像前，沉重地跪地叩首，他想站起來了，卻由於身體沉重、虛弱，過了好久還是無法起身。他那白髮蒼蒼的頭因為吃力而微微扭動。他總算站起身了，孩子般天真地撅著嘴唇親吻聖像，又以手觸地深深鞠躬。將軍們都以他為榜樣；然後軍官以及他們後面的士兵和民兵們也都彼此簇擁著，腳步雜遝、喘著粗氣互相碰撞著、神情激動地依序膜拜聖像。

二十二

被擠得腳步不穩的皮埃爾正四處張望。

「伯爵，別祖霍夫伯爵！您怎麼在這裡？」有人說。皮埃爾回頭看了看。

鮑里斯・德魯別茨基用手撣了撣弄髒了的膝蓋（大概也是在親吻聖像時弄髒的），微笑著向皮埃爾走了過來。鮑里斯衣著優雅，帶有幾分英武的軍人氣概。他穿著長長的常禮服，肩上掛著皮鞭，和庫圖佐夫一模一樣。

庫圖佐夫這時已來到村裡，坐在近處一棟房子的陰影裡的長凳上，這條長凳是一名哥薩克跑著為他搬來的，另一名哥薩克又連忙鋪上毯子。一大群衣著考究的隨從圍繞總司令。

聖像在人群的簇擁下動了起來。皮埃爾站在離庫圖佐夫大約三十步的地方和鮑里斯談話。

皮埃爾說明了自己想參戰和考察陣地的意願。

「您就這麼辦吧，」鮑里斯說。「我請您參觀軍營，本尼格森伯爵會在那裡，您可以從那裡把一切看得更清楚。我就是在他身邊任職。我去向他報告您的情況。如果您想在陣地上到處走走，那就和我們一起去：我們馬上就要到左翼去了。然後我們回來，我請您賞光在我那裡過夜，我們湊個牌局。您不是認識德米特里・謝爾蓋伊奇嗎？他的駐地就在這裡。」他指了指戈爾基的第三棟房舍。

「不過我想看看右翼，聽說右翼很強，」皮埃爾說，「我想騎馬看看從莫斯科河起的所有陣地。」

「哎，您以後還可以去看嘛，目前主要是左翼……」

「是的，是的。鮑爾康斯基公爵的軍團在哪裡，您能指給我看嗎？」皮埃爾問道。

「安德烈．鮑爾康斯基？我們正好要路過，我送您去見他。」

「左翼如何呢？」皮埃爾問。

「實話相告，只能在我們之間說說，我們左翼的情況如何只有天知道，」鮑里斯信賴地壓低嗓音說，「本尼格森的設想完全不同。他的設想是加強那個土丘的防禦，而不是像現在這樣……可是，」鮑里斯聳了聳肩。「殿下不願意，或許是聽了別人的什麼閒言碎語。要知道……」鮑里斯沒有把話說完，因為這時，庫圖佐夫的副官凱薩羅夫[106]來找皮埃爾了。「啊！凱薩羅夫，」鮑里斯極其自然地微笑著對凱薩羅夫說道，「我在向伯爵說明陣地的情況。真令人驚訝，殿下竟能如此準確地預想法國人的意圖！」

「你們在談左翼？」凱薩羅夫問道。

「是呀，是呀，就是。我們的左翼現在是非常、非常強的。」

儘管庫圖佐夫趕走了參謀部所有冗員，但是鮑里斯在庫圖佐夫幾經撤換之後仍能留在司令部。如今，鮑里斯被安排在本尼格森伯爵身邊。本尼格森伯爵和鮑里斯以往的上司一樣，認為年輕的德魯別茨基是不可多得的人才。

在統領軍隊方面有截然不同的兩派：庫圖佐夫派和參謀長本尼格森派。鮑里斯屬於後者。沒有人能比他更善於在向庫圖佐夫表示卑躬屈節的敬意的同時，仍向人們暗示老頭不行，所有事情都由本尼格森在主導。現在到了進行會戰的決定性時刻，這個時候應當或者放棄庫圖佐夫，並將指揮權交給本尼格森，或者即使庫圖佐夫打贏了會戰，也要讓人們意識到，所有功勞都是本尼格森的。總之，明日一戰，必將有人因功受獎，一批新人會脫穎而出。因此這一天，鮑里斯整天都處於極度亢奮的期待中。

在凱薩羅夫之後，又有其他一些熟人來找皮埃爾，因而他來不及回答人們紛紛提出的有關莫斯科的問題，也來不及聽完他們所講述的新聞。所有人臉上都流露出興奮和不安。但是皮埃爾覺得，其中某些人之所以激動，主要是由於個人的得失問題，而他心中忘不了的是另一種神情，其所涉及的並非個人問題，而是整體的生死存亡問題。庫圖佐夫注意到了皮埃爾和圍繞在他身邊的人。

「您去把他叫來。」庫圖佐夫說。副官轉達了殿下的意願，於是皮埃爾朝長凳走了過去。不過，在他之前一個普通的民兵走到庫圖佐夫面前。那是多洛霍夫。

「這個人怎麼在這裡？」皮埃爾問。

「這個鬼東西哪裡都敢闖！」有人回答道，「他是受過降職處分的。現在很想出人頭地。他提交過一些行動計畫，還在夜裡摸進敵人的散兵線……不過，也算是好漢！……」

皮埃爾在庫圖佐夫面前恭敬地脫帽、鞠躬。

「我敢肯定，要是我向殿下提出報告，您會把我趕走，或者您會說，您知道我要報告什麼，即使如此，對我也沒有什麼壞處……」多洛霍夫說。

「不錯，不錯。」

「不過，要是我說對了，我就能為國家帶來利益，我甘願為國家效死。」

「不錯……不錯……」

106 派西・謝爾蓋耶維奇・凱薩羅夫（一七八三－一八四四），一八一二年戰爭期間，以上校軍銜任第一和第二軍軍團的值班將軍。

「如果殿下需要一個置生死於度外的人，那就請您想到我吧……也許我對殿下有用。」

「不錯……不錯……」庫圖佐夫反覆說道，他瞇細那只含有笑意的眼睛看著皮埃爾。

這時，鮑里斯機敏地上前和皮埃爾並肩站在靠近長官的地方，神態極其自然，彷彿接著剛才的話題似的對皮埃爾低聲說道：

「民兵們乾脆穿上乾淨的白襯衣，做好了犧牲的準備。這就是英雄主義啊，伯爵！」

鮑里斯對皮埃爾這麼說，顯然是要讓殿下聽見。他知道，這些話一定會引起殿下的注意，果然，殿下對他說話了：

「你說民兵怎麼了？」他問鮑里斯。

「殿下，他們為了明天決一死戰而穿上白襯衣。」

「啊！英勇卓絕、無與倫比的人民！」庫圖佐夫閉上眼搖著頭說，「無與倫比的人民！」庫圖佐夫又一次感嘆道。

「您想聞聞火藥的氣味嗎？」他問皮埃爾，「是的，一種很好聞的氣味。我有幸是您夫人的崇拜者。她身體好嗎？我的住處可以供您使用。」接著，像老年人常出現的狀況，庫圖佐夫開始茫然四顧，彷彿完全忘了他要說什麼或做什麼了。

顯然，他憶起了他想要了解的事，便招招手，把副官的弟弟安德烈·謝爾蓋耶維奇·凱薩羅夫[107]喚到身邊。

「是什麼呢，是什麼呢，馬林[108]的詩說什麼來著？那首詩是怎麼說的，怎麼說的啊？他寫到格拉科夫：『要是繼續在軍校中執教……』你說，你說呀。」庫圖佐夫說道，看來他就要笑了。凱薩羅夫朗讀了那首詩……庫圖佐夫微笑著，隨詩的節拍點著頭。

皮埃爾從庫圖佐夫身邊離開後，多洛霍夫來到他面前，握住他的手。

「很高興在這裡見到您，伯爵，」他毫不在意有旁人在場，異常果斷且鄭重地高聲說道，「天知道，明天我們之中誰還能活下來，我很高興有機會在此時告訴您，我為我們之間曾經有過的誤會感到遺憾，但願您不計前嫌。我請求您寬恕我。」

皮埃爾面帶微笑注視著他，不知對他說什麼好。多洛霍夫含著湧上來的淚水，擁抱並親吻皮埃爾。

鮑里斯對自己的將軍說了什麼，於是本尼格森伯爵轉向皮埃爾，建議他和自己巡視前線。

「您會感興趣的。」他說。

「是的，一定會很有意思。」皮埃爾說。

半小時後，庫圖佐夫到塔塔里諾沃去了，本尼格森帶著隨從往前線巡視，皮埃爾也在他的隨從之中。

---

107 安德烈・謝爾蓋耶維奇・凱薩羅夫（一七八二—一八一三），政論家、作家和語文學家。戰爭期間曾出版《俄羅斯人報》，廣泛宣傳庫圖佐夫的行動。

108 馬林是宮廷詩人和亞歷山大一世的侍從武官。庫圖佐夫回憶起他獻給格拉科夫的詼諧詩。格拉科夫是陸軍士官武備學校的歷史教師，著述頗豐、獨缺才華。庫圖佐夫曾任該校校長，兩人相識。詩中寫道：「你會，你會，作家，／你會一輩子都寫些廢話；／要是繼續在軍校執教，／到頭來會當上個上校。」據說，托爾斯泰用這首詼諧詩主要是暗示自己對亞歷山大一世的看法。

二十三

本尼格森從戈爾基沿著大路往下走，到了橋邊，一名軍官曾在土丘上指著這座橋對皮埃爾說，這是我軍陣地的中央，橋邊岸上放著一排排新割下來的乾草堆。他們過橋到達波羅金諾村，從那裡向左彎，經過大批部隊和砲群來到一處高大的土丘，民兵們在土丘上掘土。這是一座還沒有名稱的堡壘，後來被稱為拉耶夫斯基堡壘或土丘砲臺。

皮埃爾沒有特別注意這座堡壘。他不知道，這個地方將比波羅金諾戰場上的任何地方都更令他難忘。然後，他們穿過一處峽谷前往謝苗諾夫斯科耶，士兵們正在這裡拆除農舍和穀物烘乾房的最後一批木料。然後，他們下坡再上坡，往前經過一片彷彿被冰雹砸毀的黑麥地，沿著砲兵部隊在坑坑窪窪的耕地上新踩出的道路到達仍在修築的尖頂堡。

本尼格森勒馬站在尖頂堡上望著前方的（昨天還是我們的）舍瓦爾金諾堡壘，可以看到堡上有幾名騎手。軍官們說，拿破崙或繆拉在那裡。人人都聚精會神地望著那幾名騎手。皮埃爾也朝同一個方向望去，竭力猜測，那隱約可見的幾個人之中誰是拿破崙。最後，騎手們下了土丘，消失不見了。

本尼格森開始對向他走過來的一位將軍說明我軍態勢。皮埃爾聽著本尼格森的話，集中思考，想了解未來會戰的實況，可是他懊喪地感到，自己的智慧有限而不能如願。他感到茫然不解。本尼格森住口不說了，他注意到正在傾聽的皮埃爾，突然向他問道：

「我想，您不感興趣吧？」

「啊，不，很有意思。」皮埃爾有些言不由衷地重複了一遍。

他們從尖頂堡再向左轉，沿著在濃密、低矮的樺樹林中蜿蜒而過的小道前進。在樹林中間，一隻四腿雪白的褐色野兔跳到他們面前的路上，受驚於眾多馬匹的蹄聲，這隻驚慌失措的野兔在他們面前的路上向前跳了好久，引起了大家的注意和一陣哄笑，只是在幾個人向牠吆喝之後，牠才急忙逃往一邊，在密林中消失了。他們在樹林裡又走了兩俄里，來到林中的一片空地，圖奇科夫一個軍的部隊在這裡駐守左翼。

在左翼的盡頭，本尼格森大發議論並且做出皮埃爾認為非常重要的軍事部署。圖奇科夫部隊的駐地前方是一片高地。這片高地上沒有派駐部隊。本尼格森大聲抨擊這個錯誤，他說，不占據制高點，反而把部隊置於高地下是荒唐的。有些將軍也表達了同樣的看法。一位將軍以軍人異常激烈的語氣說，這是讓部隊坐以待斃。本尼格森以自己的名義命令將部隊調到高地上。

在左翼發出的這個命令致使皮埃爾更加懷疑自己對軍事的理解能力了。聽了本尼格森和將軍們對於把部隊部署在山腳下的譴責，皮埃爾完全理解他們的意見、同意他們的看法；正因如此，他不能理解，那個把部隊部署在山腳下的人怎麼會犯下如此顯而易見的重大錯誤。

皮埃爾不知道，這支部隊並不是為防守陣地而部署的，一如本尼格森所以為的，而是布置在暗處做為伏兵，也就是說，為了不讓敵人發覺而對行進中的敵軍發動突襲。本尼格森不了解這一點，他根據自己的想法把部隊調往前方，卻未告知總司令。

二十四

在二十五日這個晴朗的八月夜晚，安德烈公爵支著臂肘躺在克尼亞茲科沃村一間遭到破壞的倉房裡，其位於本團駐地的邊上。他從破牆的缺口望著沿圍牆一帶已有三十年樹齡的樺樹，樺樹下部的枝條都被砍光了；望著耕地上那些散亂的燕麥堆和灌木叢，那一帶正冒著縷縷炊煙，那是士兵行軍灶的所在地。

無論安德烈公爵現在覺得生活有多麼艱難、多麼於人無益、多麼難以忍受，他還是如同七年前在奧斯特利茨會戰前夕，感到激動而憤怒。

關於明天會戰的命令已經發布，他也接到了命令。此刻他已無事可做。但是一些最簡單、最明確，因而也是最可怕的思緒不讓他有片刻的安寧。他知道，明日之戰將是他所參與過的所有戰爭中，最可怕的一次，生平第一次感到死亡的可能，這種可能性與多事的人生無關，也不涉及對別人的影響，這種只涉及自身、只涉及他內心感受的死亡的可能性鮮明地、幾乎確定無疑地、駭人地赫然浮現在他的想像之中。在這想像裡，過去他苦惱和關心的一切突然被冷冷的白光所照耀，沒有陰影、沒有前景、沒有輪廓的差異。他曾把生活的一切想像成一盞幻燈，並在人為的照明下久久地透過玻璃注視生活，現在他陡然在白晝的亮光下，沒有玻璃折射，反而看清了那些塗抹得極其拙劣的畫面。「是的，是的，這就是那些曾經使我激動、神往和痛苦的虛假形象。」他對自己這麼說，一面在想像中逐一回憶生活幻燈中的主要畫面，現在是在白晝冷冷的白光——明確的死亡觀念——中審視著它們。「這就是那些塗抹得很拙劣的形象，它們曾被想像為美好而神祕的事物。榮譽、社會福祉、對女性的愛以及國家本身——對我而言，這些畫面曾顯得多麼偉大、充滿了多麼深刻的涵義！這一切，在這個早晨的冷冷白光下是何等粗糙、蒼白而拙劣，我覺得這個早晨的曙光是為我而升起的。」他生活中的三個大不幸尤其引起他的注意：他對女性的愛、父親的亡故和法國人占領半個俄國的入侵。「愛情！……這個少女，我覺得她洋溢著神祕的魅力。我是多麼愛她啊！我計畫過有關愛情和幸福牽手且富於詩意的未來。啊，可愛的少女！」他悻悻地說出了口，「不言而喻！我曾相信一種理想的愛情，能在我離開的整整一年裡使她保持對我的忠誠。好像寓言中溫柔的鴿子，她應當因為和我離別而憔悴。而這一切卻簡單得多……這一切是太簡單了，可惡至極！

「父親在童山也曾大興土木，以為那是他的所有、他的土地、他的空氣、他的農民；拿破崙一到，對他的存在一無所知，把他像路上的小木片一樣一腳踢開，於是他的童山和他的生活都毀於一旦。而瑪麗亞公爵小姐卻說這是上天給予的考驗。既然他已經不在了，而且不會再有這個人了，那麼考驗還有什麼意義呢？永遠不會再有他這個人了！他不在了！那麼，這到底是對誰的考驗呢？國家，莫斯科的毀滅！明天我會戰死——甚至不是被法國人而是被自己人打死，昨天就有一個士兵在我耳邊擦槍走火。法國人來了，他們抓起我的頭和腳，直接丟到坑裡，以免我在他們鼻子底下發臭，於是形成新的生活條件，別人同樣會習以為常，而我不會知道了，因為我不在了。」

他看了看那一排樺樹，那凝然不動的黃、綠、白色的樹皮在陽光下閃爍。「死亡，明天我會戰死，我也就不在了……眼前的一切都在，而我卻不在了。」他鮮活地想像著沒有自己的生活。於是這些樺樹及其閃光和陰影、這朵朵白雲、這縷縷炊煙——周圍的一切對他來說都變了，變成一種可怕且具威脅性的事物。一陣寒氣掠過他的脊背。他迅速起身，走出倉房，開始在戶外踱步。

倉房後面傳來人聲。

「誰在那裡？」安德烈公爵叫道。

多洛霍夫從前的連長、如今因為部隊軍官短少而當上營長的紅鼻子上尉季莫欣畏縮地走進了倉房。隨之進來的，則是副官和團部軍需官。

安德烈公爵連忙站起來，聽了軍官們依其職責要向他彙報的情況，又向他們發出一些命令，正準備讓他們離開時，倉房外傳來一道熟悉的聲音。

「見鬼！」對方被什麼東西絆了一下說。

安德烈公爵朝外面看了看，只見皮埃爾正向他走過來，他被地上的一根木頭絆到，差一點跌倒。安德烈公爵不願見到以前社交圈裡的人，尤其是皮埃爾，因為皮埃爾會使他想起最後一次莫斯科之行中的所有磨難。

「啊，是您！」他說，「什麼風把您吹來了？真沒想到。」他這麼說話時，眼裡和表情中有一種更甚於冷淡的態度——那是敵意，皮埃爾立刻就注意到了。他懷著極其興奮的心情朝倉房走來，可是一見到安德烈公爵的表情，他便覺拘謹而尷尬。

「我來了……隨便走走。您知道……我是來……我覺得很有意思。」皮埃爾說，這一天已經多少次無聊地重複了「很有意思」這個字眼。「我想親眼見證戰爭。」

「是呀，是呀，共濟會的弟兄們是怎麼談論戰爭的呢？該如何預防戰爭呢？」安德烈公爵譏諷說道，

「哎，莫斯科如何呢？我的家人呢？他們到底到莫斯科了沒？」他嚴肅問道。

「到了。朱麗·德魯別茨基跟我說的。我去拜訪他們，可是未能見到。他們已經到莫斯科近郊的莊園去了。」

二十五

軍官們想告辭了，不過安德烈公爵似乎不願和朋友單獨相對，便挽留他們坐下喝茶。長凳和茶水端來了。軍官們不免驚訝地望著身材肥碩的皮埃爾，聽他講述莫斯科的情況，以及他有幸巡視的部隊部署。安德烈公爵默然不語，面有慍色，所以皮埃爾並不是對他說話，而是對著和善的營長季莫欣暢談。

「這麼說，您已經了解了部隊的整體部署？」安德烈公爵不覺打斷他的話。

「是的，不過怎麼說呢？」皮埃爾說，「我不是軍人，我不敢說我已經有了充分的了解，但我對部隊的部署大體上仍是知道的。」

「那麼，您所知道的已經比任何人都多了。」安德烈公爵說。

「啊！」皮埃爾透過眼鏡困惑地望著安德烈公爵說，「您說說，您對庫圖佐夫的任命有什麼看法？」他說。

「我對這個任命感到非常滿意，我所知道的，僅此而已。」

「那麼您告訴我，您對巴克萊．德．托利的看法如何？在莫斯科，天知道人們怎麼談論他。」

「你問他們吧。」安德烈公爵指著軍官們說。

皮埃爾帶著寬厚的微笑疑問地看了看季莫欣，因為大家都自然而然地轉向他，臉上也帶著同樣的疑問。

「大人，自從殿下就任以來，人們就看到了光明。」季莫欣有些膽怯地說道，不斷地觀察安德烈公爵的臉色。

「為什麼這麼說呢？」皮埃爾問。

「稟告大人，就拿木柴和飼料來說吧。我們是從斯文齊亞內撤退的，一路上不准動一根樹枝或乾草或其他的。要知道，我們一走，全留給他了，不是嗎，大人？」他轉向自己的公爵說道，「可是，命令就是不准。我們軍團有兩位軍官甚至為了這種事受到軍法審判。嘿，殿下就任以後，這個問題就好處理了。大家看到了光明……」

「他為什麼要禁止動用木柴和飼料呢？」

季莫欣羞愧地看看大家，不知道該如何回答。於是，皮埃爾轉而向安德烈公爵提出這個問題。

「就為了我們丟給敵人的地方不致遭到破壞。」安德烈公爵氣憤嘲笑道。「這是很有道理的：不能允許掠奪地方，不能放縱部隊趁火打劫。就是在斯摩稜斯克，他的議論也是對的，他說法國人可能對我們進行迂迴戰術，他們擁有更強大的兵力。然而他不能理解，」安德烈公爵彷彿脫口而出地高聲叫道，「然而他不能理解，我們是第一次在那裡為俄羅斯的土地而戰，我軍士氣之高昂是我從未見過的，我們連續兩天擊退了法軍，而這個勝利令我軍戰力增強了十倍。他命令撤退。於是，所有的努力和傷亡全都白費。他不是想背叛，他盡可能把事情做好，對一切都深思熟慮；可是正因如此，他不適任。他現在不適任，正是因為他認真而細心地周密思考所有狀況，一如德國人。該如何向你解釋呢……嗯，你的父親有一個德國僕人，他是非常盡責的僕人，比你更能滿足父親的一切需求，那就讓他效力吧。可是一旦父親病危，你便會趕走僕人，開始以自己生疏、笨拙的雙手照料父親，這遠比一個訓練有素然而不相干的外人更能使父親得到安慰。對巴克萊也是如此。俄國健康的時候，外人是可以用的，而且他是個很稱職的大臣。可是俄國一旦面臨危險，那就需要自己人、親人。你們在俱樂部裡卻異想天開，說他是叛徒！而誣陷他是叛徒，只能使人們後來因為錯誤地責難他而心懷愧疚，又把他從叛徒捧為英雄或天才，這就更是不對了。他是個忠實而且正派的德國人……」

「不過人們說，他是優秀的統帥。」皮埃爾說。

「我不懂優秀的統帥是什麼意思。」安德烈公爵嘲諷地說。

「優秀的統帥，」皮埃爾說，「嗯，是能預見所有偶然性……嗯，能料到敵人的意圖。」

「這是不可能的。」安德烈公爵說，彷彿在談一個早有定論的問題。

皮埃爾驚訝地看了看他。「不過，」他說，「人們都說，作戰就像下棋。」

「是的，」安德烈公爵說，「不過，有個微小的差別，下棋時你可以對每一步棋詳加斟酌，不受時間限制。另一個差別是，馬永遠比卒強，兩個卒總比一個卒強，而在戰場上一個營有時比一個師還強，有時卻不如一個連。沒有人能夠知道部隊之間的力量對較。相信我的話吧，」他說，「要是問題取決於參謀部的軍事部署，那麼我就會留在那裡研究軍事部署，不，我有幸在這裡工作，在軍團裡和這些先生共事，而且我認為，明天的會戰實際上將取決於我們而不是他們……勝敗從來不取決於也不會取決於陣地、武器裝備，甚至不取決於部隊的數量；而陣地是最無關緊要的。」

「那取決於什麼呢？」

「取決於情緒，我的、他的，」他指了指季莫欣，「每個士兵的情緒。」

安德烈公爵看了眼季莫欣，後者驚訝且困惑地直瞅自己的指揮官。現在安德烈公爵一反矜持、沉默，顯得異常激動。看來他忍不住要把驀然出現在心裡的想法痛快地說出來。

「贏得戰役的是決心要打贏的人。為什麼我們在奧斯特利茨戰役中打敗了？我們的傷亡幾乎與法國人相等，可惜我們老早就對自己說，我們打敗了，於是真的敗了。我們之所以會這麼說，是因為我們沒有必要在那裡打仗：每個人都想趕快離開戰場。『我們被打敗了——那就逃吧！』——我們就逃了。如果我們在傍晚前不說這句話，那麼天知道會發生什麼情況。而明天我們是不會這麼說的。你說，我們的陣地左翼弱、右翼拉得太長，」他接著說，「這都是廢話，毫不相干。明天我們將面對的是什麼局面呢？千百萬各種各樣的偶然性將在頃刻間決定逃跑或準備逃跑的是他們或是我們，被打死的是這個人或是那個人；而現在所做的一切，不過是兒戲而已。實質在於，今天和你巡視陣地的那些人，不僅無助於戰局的演變，反而干擾戰局。他們關心的只是個人的渺小得失。」

「在這種時刻？」

「在這種時刻，」安德烈公爵重複道，「對他們來說，在這種時刻才正好吹毛求疵、暗算對手，為自己再謀得一枚十字勳章或一條綬帶。我對明天的期望是：十萬俄軍和十萬法軍將迎頭殺戮，毫無疑問，在二十萬之眾的這場殺戮中，誰最勇猛、最忘我，誰就會獲勝。我可以告訴你，無論如何，無論上層怎麼攪局，我們一定能打贏明天的會戰。明天，無論如何，我們一定能打贏這場會戰！」

「對，大人，這才是真理，毫無疑問的真理，」季莫欣說，「現在誰還顧惜自己呢！您信嗎？我營戰士不喝酒了，他們說現在不是時候。」在場盡皆默然不語。

軍官們站了起來。安德烈公爵和他們走到倉房外，向副官發出最後一些指示。軍官們離去後，皮埃爾來到安德烈公爵面前，正想交談，離倉房不遠的路上卻傳來三匹馬的馬蹄聲，安德烈公爵朝那個方向一望，認出了沃爾措根和克勞塞維茨[109]，後面跟著一名哥薩克。他們在近處馳過，皮埃爾和安德烈無意中聽見以下談話：

「戰爭應當轉移到廣闊地帶。對這個觀點我十分讚賞。」一人說。

「是的，」另一人說，「既然目的在於削弱敵人，就不能考慮個人損失。」

「就是嘛。」第一個人贊同地說。

「是呀，轉移到廣闊地帶。」他們走後，安德烈公爵嗤之以鼻，氣憤地重複道。「我的父親、兒子和妹妹所在的童山就是在廣闊地帶[110]。這對他來說是無所謂的。這就是我對你所說的——這些德國先生們不可能贏得明天會戰的勝利，只會盡其所能破壞干擾，因為在他那德國人的腦袋裡，只有一文不值的議論，而在他們的心裡，沒有明天唯一需要的——季莫欣的那種情緒。他們把整個歐洲交給了他，還來教訓我們——好傑出的老師！」他再次高聲叫道。

「那麼您認為，能打贏明天的會戰？」皮埃爾問。

「是的，是的，」安德烈公爵漫不經心地說，「我會做一件事，如果我有權決定的話，」他又說道，「我就不留俘虜。什麼是收容俘虜？這是騎士精神。法國人毀了我的家園，接下來要去毀滅莫斯科，每時每刻都在侮辱我。他們是我的敵人，我認為他們全是罪犯。季莫欣和全軍將士也是這麼認為的。對他們必須處以死刑。既然他們是我的敵人，就不可能成為朋友，不管他們在蒂爾西特說得多麼好聽。」

「是的，是的，」皮埃爾目光炯炯地看著安德烈公爵說道，「我完全、完全同意您的看法！」

---

109 克勞塞維茨（一七八〇—一八三一），德國軍事理論家，普魯士將軍。一八一二年春，離開普魯士，加入俄軍，先後擔任帕倫和烏瓦羅夫的騎兵軍軍需官。著有《戰爭論》一書。

110 上述原文為德文。

皮埃爾覺得，自莫札伊斯克山起整天困擾著他的問題徹底解決了。他現在理解了這場戰爭和即將進行的會戰的意義和重要性。他在這一天所目睹的一切，他匆匆瞥見的人們臉上那些凝重、嚴峻的表情都對他閃耀著全新的光輝。他理解到物理學上所謂的潛熱，他見到的那些人的心裡都有一份愛國主義的潛熱，說明了為什麼這些人都平靜且近乎莽撞地視死如歸。

「不留俘虜，」安德烈公爵繼續說道，「這將改變整個戰爭並減少戰爭的殘酷。否則我們就是在玩戰爭遊戲——這是很惡劣的，等於我們故作仁慈。這種故作仁慈和多愁善感，就像一個女人的仁慈和多愁善感，她看見屠宰牛犢就頭暈；她十分善良，見不得流血，卻津津有味地享用蘸了醬料的牛肉。有的人對我們談論戰爭法規、騎士精神、談判、憐憫不幸者等。淨是廢話。我在一八〇五年見識過騎士精神和談判：爾虞我詐罷了。他們掠奪別人的家園、發行偽幣、最惡劣的是，他們殺我子女、父母，卻說什麼戰爭法規和對敵人的仁慈。不留俘虜，而是要殺人並拚命廝殺。誰像我一樣經歷過那麼多痛苦，誰就會這麼想……」

安德烈公爵本來覺得，敵人是否會像占領斯摩稜斯克那樣占領莫斯科是無所謂的，此時由於喉嚨一陣哽咽而住口不說了。他默默地來回踱步，雙眼好似發熱病似的閃閃發光，在他又開始說話之際，他的嘴唇也在顫抖。

「要是在戰爭中沒有假慈悲，我們就只有在值得一戰的時候才會像現在這樣投入必死的戰鬥。那麼就不會因為帕維爾．伊萬內奇得罪了米哈伊爾．伊萬內奇而發生戰爭。像眼前這樣的戰爭，才叫戰爭。那時部隊的士氣就會和以往不同了。那時拿破崙統率下的這些威斯特伐利亞人和黑森人[111]就不會跟著他入侵俄國，我們也不會跑到奧地利和普魯士打仗，自己卻不知道為何而戰。戰爭不是親善，而是人世間最可惡的事，必須明白這一點且不要玩弄戰爭。必須十分嚴肅地接受這種可怕的必然性。重點是：拋棄謊言，戰爭就是戰爭，不是兒戲。否則戰爭就成了遊手好閒的浮浪子弟所喜愛的娛樂……軍人階層是最可敬的階層。而什麼是戰爭，為了取得戰事的勝利需要什麼，軍人的風尚又是什麼？戰爭的目的是殺人，戰爭的手段是間諜活動、叛變、謀反、使居民傾家蕩產、為了軍隊的補給而對他們掠奪和盜竊；是所謂軍事計謀的詐欺和謊言；軍人階層的風尚是沒有自由，亦即遵守紀律、遊手好閒、愚昧無知、殘酷無情、腐化墮落、好酒貪杯。儘管如此，這卻是人人尊敬的最崇高階層。除了中國皇帝，所有的皇帝都身穿軍服，誰殺的人多，他們就獎勵誰……人們就像明天那樣，會彼此逼近、相互殘殺，導致數以萬計的軍人陣亡、致殘，然後就為了殺了許多人（還要誇大數字）而進行感恩祈禱，宣布勝利，認為殺人愈多功勞愈大。上帝正看著他們、聽著他們！」安德烈公爵嚴厲地吼道，「唉，親愛的，近來我活得太累。我發覺，我理解太多了。人是不能從分辨善惡的樹上採果子吃的[112]……好了，不會太久了！」他加了一句，「不過你要睡了，我也該睡了，你到戈爾基去吧。」安德烈公爵不期然說道。

「噢，不！」皮埃爾吃驚而滿懷同情地看著他說。

「去吧，去吧，大戰之前要好好睡一覺，」安德烈公爵又說。他快步走過去擁抱皮埃爾，親了親他。「再見了，你走吧，」他大聲說，「我們還會再見嗎？不會了……」於是他急忙轉身回倉房去了。

天色已暗，皮埃爾看不清安德烈公爵的表情是憤怒或是充滿溫情。

---

111 一八〇七年，拿破崙在德國領土上建立威斯特伐利亞王國，其領土除了威斯特伐利亞本身，還包括黑森選侯區等地。拿破崙軍隊中有兩萬七千名威斯特伐利亞士兵。

112 典出《舊約．創世記》第三章。

皮埃爾默默站了片刻，尋思該跟隨他進去還是返家，「不，他不需要安慰！」皮埃爾很自然地認為，「不過我知道，這是我們最後一次見面了。」他沉重地嘆了口氣，騎馬回戈爾基去了。

安德烈公爵回到倉房在毯子上躺下，卻無法成眠。

他閉上眼睛。一些形象交替浮現在他的腦海。其中一段往事讓他高興地想了好久。他生動地回憶著彼得堡的一個傍晚。娜塔莎的神情既興奮又激動地對他說，去年夏天她去採蘑菇，怎麼在大森林裡迷路。她不大連貫地描述著大森林的荒涼、自己的心情、她和她遇見的養蜂人的交談，她隨時都會停下來說：「不，不行，我說得不好；不，您是不會明白的。」安德烈公爵不斷地安慰她說他明白，其實他真的明白她所想說的一切。娜塔莎不滿意自己的敘述，她覺得，她當天所體驗到的、很想盡情傾訴的那種激情洋溢的詩意感受並未傳達出來。「那位老人是那麼可親，森林裡又那麼幽暗……他有一雙那麼善良的……不，我說得不好。」她說，激動得滿臉緋紅。此時，安德烈公爵露出了笑容，這就是當時他看著她的眼睛而露出的愉悅笑容。「我是理解她的，」安德烈公爵想，「不僅理解，而且我所愛的正是她這種心靈的魅力，這種發自心靈深處的真摯和坦誠，正是她彷彿受到肉體束縛的心靈，我愛的正是她的這顆心……愛得那麼強烈、那麼幸福……」驀地他想起他的愛情的結局。「這一切他是不需要的。這一切他是看不到也理解不了的。在他眼裡，她是一個漂亮、嬌嫩的小女孩，他並不想將自己的命運和她結合在一起。可是我呢？而他至今仍快樂地活著。」

安德烈公爵彷彿被人燙了一下似的一躍而起，又在倉房外來回踱步。

二十六

八月二十五日，在波羅金諾會戰前夕，法國皇帝的宮廷事務大臣德博斯[113]先生和法布維埃[114]上校來到拿破崙皇帝在瓦盧耶沃的行營，他們之中前者來自巴黎，後者來自馬德里。

換上宮廷禮服後，德博斯先生吩咐其他人抬起他為皇帝帶來的禮盒，接著走進拿破崙營帳的第一個房間，一面和周圍拿破崙副官們交談，一面打開密封的禮盒。

法布維埃沒有進營帳，而站在營帳門前和相識的將軍們談話。

拿破崙皇帝還沒有從臥室出來，他快梳洗打扮好了。他發出輕輕的呼哧呼哧聲和哼哼聲，不時把寬厚的背部或長滿毛髮的肥胖胸膛轉過來，讓近侍為他刷洗身體。另一名近侍用手指捏著一只小玻璃瓶，準備在皇帝保養得宜的身體上噴灑香水，那表情彷彿在說，只有他才知道，香水要噴灑多少、往哪裡噴灑。拿破崙潮濕的短髮散亂地落在前額上。他的臉儘管虛胖發黃，卻流露出一種生理上的快感：「再用力點，再來……」他聳著肩，哼哼著，對為他洗刷身子的近侍說。一名副官走進臥室，向皇帝報告，在昨天的戰爭中抓了多少俘虜，報告完畢後便站在門口，等候允許他離去的命令。拿破崙皺眉悻悻地看了副官一眼。

113 德博斯（一七七〇—一八三五），法國作家、拿破崙的宮廷高級侍從。一八〇五年起，任宮廷事務大臣。

114 法布維埃（一七八三—一八五五），法軍總司令部副官。

「沒有俘虜，」他重複了副官的說法，「他們迫使我們不得不將他們殲滅，這對俄軍更糟。」他說，「再來，再用力點。」他拱起背把肥胖的雙肩湊過去說。

「好了！去叫德博斯進來，叫法布維埃也進來。」他對副官點了點頭說。

「是，陛下。」於是副官從門口消失了。

兩名近侍迅速為陛下著裝，於是他身穿近衛軍的藍制服，邁著堅定、迅捷的步伐走進接待室。

德博斯這時正慌亂地把他帶來的皇后的禮品安置在兩張椅子上，正對著皇帝進來的門口。可惜，皇帝出人意表迅速穿好衣服便出來了，以致他來不及完全準備好這個意想不到的禮物。

拿破崙立刻發覺他們在做什麼，也猜想他們還來不及準備好。他很清楚，他們想給他一個驚喜，為了不讓他們掃興，他假裝沒看見德博斯先生，反而把法布維埃叫到身邊。拿破崙嚴肅地皺眉默然不語，聆聽法布維埃對他描述部隊的英勇和忠誠，這支部隊在歐洲另一端的薩拉曼卡作戰，他們只有一個想法——無愧於自己的皇帝，只有一種恐懼——未能使皇帝滿意。戰役的結局很慘。拿破崙在法布維埃報告時譏諷地評論幾句，他不在現場，戰事不會有什麼其他結果的。

「我要在莫斯科挽回一切，」拿破崙說，「再見。」他補上一句，隨即叫來德博斯，這時，德博斯已經把意想不到的禮物準備好了，並穩妥地放在椅子上，又用布蓋上。

德博斯依法國宮廷的禮節深深鞠躬——只有波旁王朝的舊臣才會這麼鞠躬，他上前呈遞了一封信。

拿破崙愉快地轉向他，揪了揪他的耳朵。

「您忙完啦，我很高興。哎，巴黎人都在說什麼呢？」他說，原來嚴厲的表情驀地變得十分親切。

「陛下，整個巴黎都因為您不在而懊惱。」德博斯回答道，他是應該這麼說的。不過，拿破崙雖然知道德博斯應該說諸如此類的話，雖然他在頭腦清醒時也知道這不是真話，他仍樂於聽德博斯這麼說。他又寵信地揪了揪他的耳朵。

「很抱歉，讓您跑了這麼遠的路。」他說。

「我曾期待，陛下，至少能在莫斯科城下找到您。」德博斯說。

拿破崙微微一笑，漫不經心地抬頭朝右看了一眼。副官拿著金質鼻菸壺腳步輕快地送了過去。拿破崙接在手裡。

「是的，您碰上了好機會，」他說，把打開的鼻菸壺湊到鼻子下，「您是喜歡旅行的，三天後，您就能見到莫斯科了。您大概沒想到能看見亞洲的城市。您會有一次愉快的旅行。」

德博斯鞠躬致意，感謝對他愛好旅行的關心（在此之前，他不知道自己有這個愛好）。

「啊！這是什麼？」拿破崙說，他注意到，所有的近臣都望著用布蒙著的物品。德博斯以近臣的靈活，未背對皇上，而是半轉身後退兩步，同時掀開布說：

「皇后送給陛下的禮物。」

這是熱拉爾[115]以鮮豔的色彩所繪製的男孩肖像，男孩是拿破崙和奧地利皇帝的女兒所生，不知為何，大家都稱他羅馬王[116]。

這是非常漂亮的鬈髮男孩，目光像〈希斯汀聖母〉[117]懷中的基督，畫中的他在玩劍玉接球遊戲[118]。小

115 熱拉爾（一七七九—一八三七），和法國宮廷相當親近的法國肖像畫家。

116 拿破崙之子約瑟夫·弗朗索瓦·夏爾（一八一一—一八三二），出生後即獲得羅馬王的封號。

117 〈希斯汀聖母〉是義大利畫家拉斐爾（一四八三—一五二〇）的名畫，創作於一五一三至一五一四年。

球被畫成地球，另一隻手裡拿的木棒是權杖的形狀。

畫作中所謂羅馬王正用木棒戳地球，儘管畫家這麼描繪的用意並不十分清楚，然而拿破崙也像巴黎所有看過這幅畫的人一樣，顯然覺得其中的寓意很清楚，而且非常喜歡。

「羅馬王，」他用姿態優美的手勢指著畫像說，「絕妙！」他以義大利人表情善變的特點，走到畫像前做出沉思和溫情脈脈的樣子。他覺得，他此刻的一言一行都將載入史冊。於是他覺得，他身為偉人，因而他的兒子才能在接球遊戲中玩弄地球，而他此刻最完美表現是，和偉人的身分反其道而行，他要顯示最普通的父愛。他的眼睛模糊了，隨即跨前一步，回頭看了一下椅子（椅子立刻跳到他背後），面對畫像坐下。一個手勢──在場所有人都躡手躡腳地出去了，讓這位偉人獨對自己的溫情。

他獨坐不久，自己也不知為什麼用手碰了碰畫像上色彩淺而粗糙的地方，他站起來，又把德博斯和值班將軍叫去。他吩咐將畫像抬到營帳前，讓站在營帳附近的老近衛軍官兵能有幸看到他們所崇拜的皇帝的兒子和繼承人，一睹羅馬王的風采。

正如他所預期，在他和榮幸的德博斯共進早餐時，營帳前湧到畫像前的老近衛軍的官兵們興高采烈地歡呼著。

「皇帝萬歲！羅馬王萬歲！皇帝萬歲！」傳來了情緒高昂的歡呼。

早餐後，拿破崙當著德博斯的面口授發給全軍的命令。

「簡短有力！」拿破崙立刻親自看了一字不改的公告後說道。命令是這樣的：

軍人們！我們如此期盼的會戰即將開始。勝利決定於你們，也為我們所必需；勝利將為我們提供所需要的一切：獲得舒適的居所並迅速返回祖國。你們就像在奧斯特利茨、弗里德蘭、維捷布斯克、斯摩稜斯克那樣奮戰吧。讓我們的後代自豪地回憶你們今天的戰績。讓他們在談到你們每一個人的時候，都會說：他參加了偉大的莫斯科之戰！

「莫斯科之戰！」拿破崙重複道，他邀請愛好旅行的德博斯先生和他去散步，隨即走出營帳，走向備好的馬匹。

「陛下好意愧不敢當。」德博斯對邀請他的皇帝說：他想睡了，而且他不會也不敢騎馬。

可惜，拿破崙朝這位旅行家點了點頭，這意味著德博斯必須去。拿破崙走出營帳後，近衛軍官兵在他兒子畫像前的歡呼聲更加響亮了。拿破崙皺起了眉頭。

「撤走，」他用優雅莊嚴的姿態指著畫像說，「讓他目睹戰場還嫌太早。」

德博斯閉目垂首，深深地嘆了口氣，以這個姿態表明，他是善於珍視和領會皇帝的意思的。

118 用長繩將小球繫在木棒上，拋起小球，用棒尖或小碗盛接。

二十七

八月二十五日一整天，正如拿破崙的歷史學家所言，他是在馬背上度過的，他巡視地形、審閱元帥們呈交的作戰計畫、親自為將軍們下達命令。

俄軍沿著科洛恰河部署的最初戰線被突破了，戰線的一部分，即俄軍左翼由於舍瓦爾金諾堡壘於二十四日失守而往後撤退。這段戰線沒有防禦工事，也失去了河流的屏障，而且唯有在這段戰線前有一片相對開闊而平坦的地方。任何一個軍人或非軍人都看得出，法國人勢必會向這部分戰線發動攻勢。看來，對於這一點無需過多的考慮，無須法國皇帝及其元帥們那般操心、奔忙，更無須所謂天才的軍事才能，而人們是樂於稱拿破崙為天才的；然而，後來描述這一事件的歷史學家、當時圍繞在拿破崙身邊的軍人以及他本人卻有不同的看法。

拿破崙巡視戰場，深思熟慮地審視地形，獨自讚賞或懷疑地搖著頭，他未告訴身邊的將軍們，他深思熟慮的過程是什麼，僅以命令的形式將最後結論傳達給他們。被稱為埃克米爾公爵的達武建議對俄軍左翼實行迂迴夾攻，拿破崙聽了說，不需要，卻不解釋為什麼不需要。孔潘斯[119]將軍（他奉命進攻尖頂堡）建議率領自己的師穿過樹林，拿破崙卻表示同意，儘管埃爾興根公爵，即內伊[120]大膽指出，穿過樹林是危險的，有可能使這個師陷於混亂。

視察了舍瓦爾金諾堡壘對面的地形後，拿破崙沉思半晌，指著一些地方說，明天要布置兩個砲兵連對付俄軍的防禦工事，而在相鄰的一些地方要有一批野戰砲。

他在發出這些以及其他命令後回到總司令部，在他的口授下寫就了作戰部署。這個受到法國歷史學家讚揚、其他歷史學家也對之深懷敬意的作戰部署，內容如下：

黎明，夜裡在達武占據的平原上新布置的兩個砲兵連向前方敵軍的兩個砲兵連開火。同時，第一軍砲兵司令佩爾內蒂[121]將軍動用孔潘斯師的三十門大砲以及德賽和弗里昂[122]師的八門榴彈砲向前挺進、開火，向敵軍砲兵陣地傾瀉雨點般的榴彈，對該陣地作戰的共有：

近衛軍砲兵部隊的二十四門大砲
孔潘斯師的三十門大砲
弗里昂和德賽師的八門大砲，
共計六十二門大砲

119 孔潘斯伯爵（一七六九—一八四五），達武軍團第五步兵師師長。

120 內伊（一七六九—一八一五），在一八〇五年烏爾姆一役後獲得伯爵封號。在波羅金諾會戰中指揮進攻尖頂堡的法軍中央部隊。

121 佩爾內蒂（一七六六—一八五六），在波羅金諾會戰中指揮第一軍砲兵部隊。

122 弗里昂伯爵（一七五八—一八二九）、德賽伯爵（一七六四—一八三四），兩位法國將軍均參加了拿破崙在一八〇五、一八〇七、一八〇九年所進行的戰爭。

第三軍兵司令富歇[123]將軍把第三和第八軍的所有榴彈砲共十六門擺在奉命向左翼防禦工事轟擊的砲兵陣地兩側，砲擊該工事的總計有四十門大砲。

索爾比埃[124]將軍應做好準備，接到命令後即以近衛軍砲兵的所有榴彈砲火速向一個或另一個防禦陣地攻擊。

在砲戰中，波尼亞托夫斯基公爵向村子挺進，進入樹林，包抄敵軍陣地。

孔潘斯將軍穿過樹林，奪取第一個防禦工事。

如此投入戰爭後，將根據敵軍的行動發布相應的命令。

聽到右翼的砲擊聲，左翼的砲擊立即開始。看到右翼發起攻擊，莫朗[125]和總督[126]的兩個師的步兵即猛烈開火。

總督占領村子[127]並由三座橋梁渡河，在一片高地上與莫朗和熱拉爾[128]的兩個師協同行動，這兩個師應在總督的統率下開赴堡壘，與其餘各部進入前哨陣地。

上述各項務必有條不紊地執行，盡可能保留預備隊。

一八一二年九月六日[129]，莫札伊斯克附近皇帝行營

這個含糊、混亂的作戰部署——如果我們不盲目敬畏拿破崙的天分而來評論他的命令的話——包括四點，即四項命令。其中任何一項都不可能執行，也沒有人執行。

作戰部署的第一個要求：在拿破崙指定的地方布置的若干砲兵連以及與其並排的佩爾內蒂和富歇的大砲共計一百零二門，一齊開火，向俄軍尖頂堡和堡壘傾瀉雨點般的砲彈。這不可能做到，因為從拿破崙指

定的地方發射，砲彈打不到俄軍工事，於是這一百零二門大砲徒然浪費彈藥，除非直接指揮的軍官違背拿破崙命令，將大砲向前推移。

第二項命令要求：波尼亞托夫斯基挺進村子和樹林，包抄俄軍左翼。這是不可能的，也沒有人這麼做，因為波尼亞托夫斯基要挺進村子和樹林，就會在那裡遇到擋住去路的圖奇科夫，他也就不可能包抄俄軍陣地，實際上也沒有包抄。

第三項命令要求：孔潘斯將軍經樹林向前推進，以便占領第一座工事。孔潘斯師未能占領第一座工事，而是被擊退了，因為該師一出樹林，被迫冒著榴霰彈整頓隊伍，這是拿破崙沒有料想到的。

第四項命令：總督占領村子（波羅金諾村）並由三座橋梁渡河，在一片高地上與莫朗和弗里昂的兩個師（沒有說明，這兩個師要在何時向何處推進）協同行動，這兩個師應在他的統率下開赴堡壘，與其餘各部進入前哨陣地。

在某種程度上可以認為——若忽視這段語無倫次的話，而是根據總督為執行命令而進行的種種嘗試來看的話——他應當穿過波羅金諾而從左面向堡壘進攻，而莫朗和弗里昂的兩個師應當同時從正面發動攻擊。

123 富歇（一七六二—一八二七），法國將軍。
124 索爾比埃（一七六二—一八二七），法國將軍。
125 莫朗（一七七一—一八三五），法國將軍，他的師在開戰初期首先渡過涅曼河進入俄國領土。
126 總督指博加爾內（一七八一—一八二四），拿破崙養子，義大利總督，一八一二年，任法軍第四軍軍長。
127 指波羅金諾村。
128 熱拉爾（一七七三—一八五二），法國元帥。
129 此處用的是新曆。

這一點和其他各點一樣，沒有執行也不可能執行。穿過波羅金諾後，總督在科洛恰河上被擊退，而且無法再過河；莫朗和弗里昂的兩個師未能攻克堡壘，他們也被擊退了，堡壘是在會戰的最後時刻被騎兵占領的（對拿破崙來說，這大概是無法預料也是前所未聞的）。總之，作戰部署中的任何一項命令都沒有執行，也不可能執行。不過，作戰部署中說，如此投入戰役後，將根據敵軍的行動發布相應的命令，因此人們或許會認為，在會戰過程中，拿破崙曾下達過一切必要命令；然而他沒有也不可能這麼做，在整個會戰中，拿破崙始終遠離戰火，因而（正如後來所表明的）他不可能了解會戰的進展，也不知道他任何一項命令在作戰時都無法執行。

二十八

很多歷史學家認為，法國人未取得波羅金諾會戰的勝利，是因為拿破崙感冒了，如果他不是患了嚴重的感冒，那麼他在開戰之前和之後所發布的命令就會更加英明，俄國也就滅亡了，於是世界的面貌便會大不相同。有些歷史學家認為，俄國的形成是由於彼得大帝一個人的意志，法國從共和國變為帝國，以及法軍入侵俄國也是由於拿破崙一人的意志，對這些歷史學家來說，所謂俄國之所以依然強大是由於拿破崙在二十六日患了嚴重感冒的看法，就必然是合乎邏輯的論斷了。

如果是否發動波羅金諾會戰取決於拿破崙的意志，是否發布各項命令也取決於他的意志，那麼顯然，對他的意志有所影響的感冒就可能是俄國得救的原因，而二十四日忘記為拿破崙拿防水靴的高級侍從也是俄國的救星了。依照這種思路，這個結論是無可置疑的——正如伏爾泰的結論也無可置疑一樣，他嘲笑說（他自己也不知道在嘲笑誰），巴托羅繆之夜的大屠殺是由於查理九世胃部不適所致[130]。然而，凡是不承認俄國的形成取決於彼得一世一人的意志，也不承認法蘭西帝國的建立以及對俄戰爭的發動取決於拿破崙一人的意志的人，都會認為，前述論斷不僅不正確、不合理，而且與人類的本性完全相悖。對於歷史事件的

130 出於法國國王查理九世及其母后卡特琳·美第奇的倡議，一五七二年八月二十三日夜（聖巴托羅繆節前夜），天主教徒對胡格諾派教徒（新教徒）進行大屠殺，史稱「巴托羅繆之夜」，這一血腥事件發生在法國宗教戰爭時期。伏爾泰的哲理小說《賈斯特菲爾德伯爵的耳朵和神父古德曼》中有上述說法。

原因問題，則有另一種回答，那便是認為，世界上事件的進行是上天注定的，取決於所有參與者任意行為的偶然，而拿破崙對這些事件進行的影響只是一種表面的假象。

儘管查理九世曾發出命令，但巴托羅繆之夜大屠殺並不是因他的意志所發生的，他只是誤以為這是他下令的結果，而鮑羅金諾八萬人的相互殘殺也不是出於拿破崙的意志（儘管他發布了有關發動和進行會戰的命令），他只是誤以為這是他的命令使然——這種看法無論乍看多麼矛盾，人類的尊嚴卻認可這種看法，人類的尊嚴告訴我，我們之中的任何人都和偉大的拿破崙同樣是人，而且歷史研究已充分證實了這種看法。

在波羅金諾會戰中，拿破崙未向任何人射擊，沒有打死任何人。這都是士兵的所作所為。可見他並沒有殺人。

法軍士兵在波羅金諾會戰中殺害俄軍士兵不是由於拿破崙的命令，而是出於自願。全體法軍——飢餓襤褸而疲於奔命的法國人、義大利人、德國人、波蘭人——由於有軍隊堵住他們前往莫斯科的去路而索性一不做二不休。要是這時拿破崙禁止他們和俄國人打仗，他們就會先殺死他，再去攻打俄國人，因為他們別無選擇。

當他們聽到拿破崙在其命令中，因他們可能致殘或陣亡而安慰他們說，後代將緬懷他們也參加了莫斯科之戰時，他們高呼「皇帝萬歲！」正如他們看到畫中拿著玩具用木棒戳地球的小男孩也高呼「皇帝萬歲！」一樣；同樣，不論皇帝對他們說什麼廢話，他們都會高呼「皇帝萬歲！」並投入戰爭，希望做為勝利者而在莫斯科得到食物和休息。可見，他們並不是由於拿破崙的命令而殘殺同類。

決定會戰進程的也不是拿破崙，因為他在作戰部署中的任何要求都沒有獲得執行，而且在作戰時，他不知道前方的狀況。可見，那些人無論如何互相殘殺也不取決於拿破崙的意志，而是取決於和他毫不相關、但一起參戰的幾十萬人的意志。拿破崙只是誤以為，情勢事都在他的掌控之中。因此，對歷史來說，拿破崙是否感冒的問題，和一個最普通的輜重兵是否感冒相較，並不具更多意義。

正因為八月二十六日拿破崙的感冒未影響戰爭，因此作者們關於拿破崙的感冒使他的作戰部署和戰時的命令不如以往的說法是完全錯誤的。

這裡所摘錄的作戰部署和從前打勝仗時的作戰部署相較，可謂毫不遜色，甚至略勝一籌。設想中的戰時命令也不會比過去遜色，而是和往常一樣。可是人們卻誤以為作戰部署和這些命令都不如以往，這是因為波羅金諾會戰是拿破崙未獲勝的第一場戰役。只要戰爭沒有贏，那麼所有最出色、最深思熟慮的作戰部署和命令就會被視為拙劣，於是軍事學家都煞有介事地加以批評。一旦贏了，最拙劣的作戰部署和命令也會被視為佳作，於是道貌岸然的人們便連篇累牘地論證這些拙劣命令的優越性。

魏羅特在奧斯特利茨戰役中所擬定的作戰部署是此類作品中的典範，然而還是遭到非議，而非議的則是其完善和過於詳細。

拿破崙在波羅金諾會戰中也切實執行了身為當權者的任務，比在其他戰役中的表現更是適當。他沒有做出任何有害會戰進程的事；他能採納比較明智的意見；他沒有反覆無常造成混亂，沒有驚慌失措也沒有逃離戰場，而是以其策略和豐富的戰場經驗鎮定自若、當之無愧地完成貌似指揮的職責。

二十九

拿破崙第二次憂心忡忡地巡視戰線之後，回來說：

「棋子已經布局好，博弈明天開始。」

他吩咐為他取來潘趣酒，叫來德博斯，與他談起巴黎、談起他想對皇后宮中人員進行調動，他牢記內臣之間的關係等細節令這位宮廷事務大臣大為驚訝。

他關心瑣事，笑談德博斯對旅行的愛好，隨意地閒談，宛如高明自信的著名外科醫生挽起衣袖、穿上圍裙、其他人正安置病人到手術臺上時那樣：「事情都在我的手上和心裡，明確而肯定，等到確實執行的時候，我會做得比任何人都好，而現在我可以玩笑，我愈是玩笑、安心，你們就愈應該鎮定而自信，驚訝於我的天才。」

拿破崙喝下第二杯潘趣酒後便去休息了，他覺得明天將有一場大戰，要在大戰之前好好休息一下。

他對面臨的戰役如此關切，以致無法成眠，於是不顧由於晚涼而加劇的感冒，他在凌晨三點大聲擤著鼻涕來到營帳的大間。他問俄國人離開了沒？他得到的回答是，敵人的營火還在原處。他贊許地點了點頭。

值班副官走進了營帳。

「喂，拉普[131]，你覺得如何，我們能打好今天這一仗嗎？」他問道。

「毫無疑問，陛下。」

拿破崙看了看他。

「您還記得嗎？陛下，您在斯摩稜斯克曾對我說過一不做二不休。」

拿破崙皺起眉頭，以手支著頭坐在那裡，默然良久。

「可憐的軍隊啊！斯摩稜斯克一戰使我軍遭到重大傷亡。命運之神是個十足的妓女，拉普。我一直這麼認為，我也開始嘗到她背叛的滋味了。不過，近衛軍，拉普，近衛軍未受損傷吧？」

「是的，陛下。」

拿破崙拿起一片藥放進嘴裡，看了看表。他不想睡，只是到天亮也還早。為了消磨時間，已經沒有什麼命令可發布了，因為凡是該發布的都已發布，此刻正在付諸執行。

「乾糧和米糧都發給近衛軍了？」拿破崙厲聲問道。

「是的，陛下。」

「米糧呢？」

拉普回答說，他已將皇上關於米糧的命令傳達下去了，但拿破崙不悅地搖搖頭，似乎不相信他的命令已被執行。僕人送來潘趣酒。拿破崙吩咐再拿一杯給拉普，自己默默喝了幾口。

「我沒有胃口，也沒有嗅覺，」他湊近杯子聞了聞說，「感冒讓我厭煩透了。他們侈談醫學。什麼醫學，連感冒也治不好？科爾維札爾[132]給了我這些藥片，可是毫無用處。他們能治什麼病呢？病是不可能治

---

131 拉普（一七七一—一八二一），拿破崙的戰友，曾多次隨軍征戰。

132 科爾維札爾（一七七五—一八二一），拿破崙首席御醫，以學術著作而聞名。

的。我們的身體是為生命活動而造的機器。它就是為此而構造的。讓其中的生命不受干擾，讓它自我保護，效果會比藥物干預更好。我們的身體猶如能走一定時間的鐘表；鐘表匠不能打開，只能蒙上眼摸索著操作。我們的身體是為生命活動而造的機器。正是如此。」拿破崙彷彿開始下定義了，他是喜歡下定義的，突然，他又下了一個新的定義。「您知道嗎，拉普，什麼是軍事藝術？」他問，「這種藝術就是要在某個特定時刻保持對敵人的優勢地位。正是如此。」

拉普沒有吭聲。

「明天我們要和庫圖佐夫打交道了！」拿破崙說，「我們等著瞧吧！您記得嗎，他在布勞瑙指揮軍隊，三個星期裡一次也沒有騎上馬視察陣地。我們等著瞧！」

他看看表。才四點。他不想睡，潘趣酒喝完了，仍然無事可做。他站起身，來回走了一趟，便穿上保暖的常禮服、戴上帽子走出營帳。夜黑暗而潮濕；勉強感覺得到的濕氣從空中飄落。近處法國近衛軍的營火不太明亮，遠處俄軍戰線上在煙霧中閃著火光。一片寂靜，可以清晰聽到法軍開始行動的簌簌聲和腳步聲，他們要去占據陣地了。

拿破崙在營帳前走了幾步，望望營火，傾聽著腳步聲；一個身材高大、頭戴毛茸茸軍帽的近衛軍士兵在他的營帳旁站崗，一看到皇帝出來，就像一根黑柱子一樣站得筆挺，拿破崙走過他身邊時，在他對面停下了。

「哪一年入伍的？」他以習慣性矯揉造作的軍人氣概粗豪而親切地問道，他總是這麼和士兵談話。士兵回答了他。

「哦！是老兵了！你們團領到米糧了嗎？」

「領到了，陛下。」

拿破崙點點頭，走開了。

五點半，拿破崙騎馬到舍瓦爾金諾村去。

天色放亮，晴空萬里。被扔下的營火在清晨的微光中漸漸燃盡。

右邊單獨響起一聲沉悶的砲擊，砲聲在一片寂靜中掠過並沉寂了下來。過了幾分鐘。響起了第二、第三聲砲擊，空氣震動了。

第一波砲聲還沒有消失，又響起接二連三的砲聲，連綿不斷的砲聲融成一片而又彼此交錯。

拿破崙帶著侍從們馳近舍瓦爾金諾堡壘下馬。博弈開始了。

三十

從安德烈公爵營隊回到戈爾基後，皮埃爾吩咐馴馬師準備好馬匹，明天一早叫醒他，立刻在鮑里斯讓給他的隔板後的角落裡睡著了。

第二天一早，皮埃爾醒來時，農舍裡已空無一人。小窗戶上的玻璃正叮叮作響。馴馬師站在那裡使勁地不斷推他。

「伯爵，伯爵，伯爵……」馴馬師不看皮埃爾，一邊叫一邊固執地搖著他的肩膀，看來已失去了叫醒他的耐性。

「怎麼？開始了？時候到了嗎？」皮埃爾醒了，問道。

「您聽聽這響成一片的砲聲吧，」馴馬師說，他是個退伍軍人，「所有人都走了，殿下早就過去了。」

皮埃爾連忙穿好衣服跑到臺階上。戶外明朗、涼爽、有露水，心情為之一振。太陽剛衝破遮蔽的烏雲，一半被烏雲擋住的陽光越過街道對面的屋頂投射在滿是露水的大路塵埃上、房屋牆壁上、圍牆窗戶上和皮埃爾所在的農舍旁的馬匹身上。砲聲在戶外聽得更清楚了。副官帶著一名哥薩克從街道上馳過。

「該走了，伯爵，該走了！」副官大聲說道。

皮埃爾吩咐馴馬師牽馬跟在後頭，沿著街道到土丘去，昨天他曾在這個土丘上觀察戰場。土丘上有一群軍人。可以聽到參謀部人員講法語的談話聲，看得見白髮蒼蒼的庫圖佐夫戴著他那有紅箍的白色軍帽，頭髮花白的後腦縮在肩膀裡。庫圖佐夫用望遠鏡觀察前面的大道。

皮埃爾沿著入口處的階梯踏上土丘，縱目遠眺，眼前的美景令他驚訝得說不出話來。這仍然是他昨天在這土丘上所欣賞的那幅全景；但是現在這個地方到處有軍隊和砲火的硝煙，在皮埃爾後方偏左處升起的燦爛陽光，在清晨純淨的空氣中，斜斜的光芒灑遍大地，閃耀著金色和粉紅色的炫目光輝，投下長長的陰影。在這幅全景的盡頭，遠方的樹林彷彿用金黃、翠綠的寶石雕成，在地平線上顯現出樹冠隆起的曲線，在瓦盧耶沃村外，布滿軍隊的斯摩稜斯克大道自這片樹林中穿過。近處的金色田野和小樹林在陽光下閃爍。前面和左右兩邊到處是軍隊。這一切都生動、壯觀而出人意表。然而，最令皮埃爾感到震撼的，是戰場本身以及波羅金諾和科洛恰河兩岸窪地的景象。

在科洛恰河上，在波羅金諾及其兩邊，特別是左邊，在沃伊納河流經兩岸沼澤地流入科洛恰河的地方籠罩著一片大霧，大霧在消融、瀰漫，在燦爛的陽光下顯得晶瑩剔透，並賦予霧中所見的一切以神奇的色彩和輪廓。槍砲的硝煙和大霧相匯合，霧裡、硝煙裡處處閃爍著晨曦的閃光——忽此忽彼地閃爍在水上、露珠上和群集於河流兩岸和波羅金諾村的部隊的刺刀上。霧中可以看見一座白色教堂、波羅金諾一些農舍的屋頂、有些地方的密集士兵、有些地方的綠色彈藥箱和砲群。這一切都在動或似乎在動，因為霧氣和硝煙瀰漫於整個空間。無論在波羅金諾附近霧氣瀰漫的低窪地區，或是在村外較高處特別是偏左之地，沿著整條戰線在樹林、窪地、高地之巔，都不斷地憑空冒出大砲的硝煙，這一團團硝煙有時稀薄，有時濃密，時而單獨、時而成群地冒出來，它們膨脹著、擴散著、繚繞著、交融著，瀰漫於整個空間。

這些大砲的硝煙以及，說來也怪，轟隆砲聲構成了絕大多數的景色之美。

「噗！」驀地出現一團泛出紫色、灰色、乳白色的濃煙，接著「砰！」傳來這團煙的響聲。

「噗——噗」升起了兩團煙，彼此碰撞著、交融著；接著「砰——砰」證實了目之所見。

皮埃爾再看第一團煙，剛才是一個密實的圓球，現在則向一邊飄移，已經化為幾個小球了，於是「噗……（有個停頓）噗——噗」又冒出了三團煙，又冒出了四團，隨即以相同的間隔對應地「砰——砰——砰」，這悅耳、堅定、忠實的響聲回應著。時而覺得這些煙在飄動，時而覺得是不動的，而是樹林、田野和閃亮的刺刀在這些煙的一旁跑過。左邊，在田野和灌木叢裡不斷冒出大團的硝煙及其洪亮的回聲，而在近些的窪地和樹林裡噴出了火槍的縷縷輕煙，也發出細小的回聲。「特拉——嗒——嗒——嗒」，火槍聲雖密集，但比起大砲的轟鳴顯得不規則而微弱。

皮埃爾想到那裡去，到那有這些硝煙、這些閃亮的刺刀和大砲、有軍事行動和槍砲聲的地方去。他回頭看看庫圖佐夫和他的侍從們，以便對照自身的感受。果然，大家都和他一樣，他覺得，他們是以同樣的心情注視著前方、注視著戰場。所有人臉上煥發著一種感情的潛熱，這是皮埃爾昨晚所發現的那種感情，是他在和安德烈公爵的一席談話之後所理解到的那種感情。

「去吧，親愛的，你去吧，基督與你同在。」庫圖佐夫眼睛不離戰場，對站在身邊的一位將軍說。

這位將軍聽到命令，便從皮埃爾身旁走了過去，走向下土丘的斜坡。

「到渡口去！」將軍聽到參謀人員問他去哪裡，便冷冷地厲聲說道。

「我也去，我也去。」皮埃爾想，就跟在將軍後面走了。

將軍騎上哥薩克牽來的馬。皮埃爾來到牽著幾匹馬的馴馬師面前。皮埃爾要來一匹比較溫馴的馬，爬上馬背，抓住馬鬃，撇開兩腿用腳後跟緊夾著馬腹，這時，他覺得眼鏡要掉下來了，卻不敢鬆開緊抓馬鬃和轡繩的手，就這麼跟在將軍後面疾馳而去，站在土丘上望著他的參謀人員都忍俊不禁。

三十一

皮埃爾所追隨的那位將軍一下土丘便陡然左轉，從他的視線中消失了，皮埃爾無意間闖進他前面的步兵隊伍。他左衝右突試圖離開這支隊伍；但到處是士兵，也同樣神情凝重，滿腹心事，表面上看不出是什麼事，但顯然是重要的大事。他們都以不滿的疑問目光看著這個頭戴白色禮帽的胖子，不知道他為什麼要任憑他的馬踩踏他們。

「他為什麼在隊伍裡亂闖！」一個士兵不滿地叫道。另一個用槍托對他的馬搗了一下，於是皮埃爾伏在馬鞍上，勉強勒住受驚一閃的馬，朝士兵前面相對開闊的地方馳去。

他前面是一座橋，橋邊站著另一批士兵正在射擊。皮埃爾來到他們面前。他無意中抵達了科洛恰河上的大橋，大橋位於戈爾基和波羅金諾之間，法軍在第一次戰爭中（奪取波羅金諾村之後）正進攻這座橋。皮埃爾目睹他前面有一座橋，橋兩邊的草地和他昨天看到的三排散發著清香的乾草之處，可見士兵們在硝煙裡忙碌；不過，儘管此地槍聲不斷，他卻怎麼也沒有想到，這就是戰場。他沒有聽到四面八方子彈的呼嘯聲和從他頭上飛過的砲彈聲，而且一直沒有看見死者和傷者，而很多人就是在他不遠處倒下的。他臉上帶著從未消失的微笑四處張望。

「這傢伙幹麼在前線亂闖？」又有人叫道。

「向左、向右呀。」人們對他嚷道。

皮埃爾向右一轉，意外地碰到他認識的拉耶夫斯基將軍的副官。這個副官惱怒地看了皮埃爾一眼，看來也想對他嚷嚷，不過認出了他，對他點了點頭。

「您怎麼在這裡？」他說著繼續往前走。

皮埃爾覺得這不是他應該待的地方，無事可做，擔心又會妨礙別人，便跟在副官後面趕了上去。

「就在這裡打，是吧？我可以和您一起走嗎？」他問。

「等一等，等一等。」副官回答道，他來到站在草地上胖胖的上校面前，把什麼轉交給他，這才朝皮埃爾轉過身來。

「您怎麼到這裡來了，伯爵？」他笑著問他，「還是那麼好奇？」

「是呀，是呀。」皮埃爾說。可是副官又調轉馬頭趕路了。

「這裡還算好呢，」副官說，「可是在巴格拉季翁的左翼打得非常激烈。」

「是嗎？」皮埃爾問，「這是在哪裡？」

「您跟我到土丘上去吧，從那裡能看到，我們砲臺的情況還可以，」副官說，「怎麼，您去嗎？」

「去，我跟著您。」皮埃爾說，一邊四處張望，尋找馴馬師。這時皮埃爾才首次看見那些蹣跚而行以及躺在擔架上的傷患。就在他昨天路過的幾排清香乾草的草地上，一個士兵不自然地扭著頭，一動不動地橫躺在那幾排乾草上，高帽掉在地上。「這個人怎麼沒有抬走？」皮埃爾想問；可是看到副官回頭看了一眼，臉色凝重起來，便不吭聲了。

皮埃爾沒有找到馴馬師，和副官一起沿著河谷底部前往拉耶夫斯基土丘。皮埃爾的馬落在副官後頭，他不時上下搖晃。

「您大概不習慣騎馬吧，伯爵？」副官問。

「不，沒什麼，不過牠好像跳得很厲害。」皮埃爾困惑不解地說。

「噢！牠受傷了，」副官說，「在右前腿膝蓋上部。想必是被子彈打中了。祝喜您，伯爵，」他說，「這是戰火的洗禮。」

他們在硝煙中沿著第六軍陣地，在一個推至前面發射的砲兵連後面走，砲聲震耳欲聾，終於來到一個不大的樹林。樹林裡涼爽、寂靜，散發著秋的氣息。皮埃爾和副官下了馬，徒步登山。

「將軍在嗎？」副官快登上土丘時問道。

「剛才還在，他來了。」有人指著右方回答道。

副官回頭看了看皮埃爾，好像不知道該怎麼安置他。

「您不用費心，」皮埃爾說。「我到土丘上去，可以嗎？」

「那您去吧，在那裡看得到戰場，也相對不危險。我會再來找您。」

皮埃爾向砲兵陣地走去，副官也騎馬離去了。他們再也沒有見面，皮埃爾很久以後才知道，這一天，副官被炸掉一隻手臂。

皮埃爾登上的土丘是處著名的地方（俄國人稱土丘砲臺或拉耶夫斯基砲臺，法國人稱大型堡壘、致命的堡壘、中央堡壘），在其周圍死了幾萬人，法國人認為這土丘是整個陣地上最重要的據點。

這個堡壘就是有三面壕溝的土丘。在壕溝之處擺著十門正在射擊的大砲，砲口自圍牆的窟窿裡伸了出去。

兩邊與土丘一字排開的大砲不斷地射擊。在砲群稍後的地方駐守著步兵。登上土丘後，皮埃爾怎麼也料想不到，這些不大的壕溝、有幾門大砲射擊之處竟是整個戰場最重要的地方。

反之，皮埃爾覺得，這個地方（正因為他在這裡）是戰場上最無足輕重的地方之一。

登上土丘後，皮埃爾在圍繞著砲兵陣地的壕溝一端坐下，帶著下意識的微笑看著在他周圍所發生的一切。有時，皮埃爾仍舊面帶微笑站起身來，在砲兵陣地上散步，盡管不妨礙到士兵，他們在裝填砲彈、滾動大砲、不斷地帶著彈藥袋和砲彈從他身旁跑過。這個砲兵陣地上所有大砲相繼發射的隆隆砲聲震耳欲聾，四周硝煙瀰漫。

剛才在掩護部隊的步兵之間心情很不痛快，反之，在砲兵陣地上忙於作戰的這幾個人，由於為壕溝所局限而與其餘人隔開——卻可以感覺到一種活躍氛圍，彷彿在家裡一樣。

頭戴白色禮帽的非軍人皮埃爾的出現，最初讓這些人極其不悅。從他身旁經過的士兵驚訝甚至懼怕地瞟著他的身影。一個較年長的砲兵軍官、有著一雙長腿的麻臉高個，彷彿要檢查一下靠邊的那門大砲，走到皮埃爾面前好奇地看了他一眼。

年輕圓臉的小軍官仍是個孩子，顯然是初出軍校校門，賣力地指揮著兩門歸他管轄的大砲，他對皮埃爾的態度很嚴厲。

「先生，請您讓開，」他說，「不可以待在這裡。」

士兵們看著皮埃爾，都不以為然地搖搖頭。不過，後來大家都確信，這個頭戴白色禮帽的人並沒有做什麼壞事，而是要麼安靜地坐在圍牆斜坡上，要麼怯生生地微笑著，很有禮貌地讓路給士兵，他在陣地上面臨敵人的砲火，卻鎮定自若地散步，就像在林蔭道上一樣，這時，對他抱有敵意的所有疑慮漸漸改變，變成一種親切而戲謔的同情，士兵們就是這麼同情身邊的動物的，像部隊餵養的狗啦、公雞啦、山羊啦等。這些士兵立刻將皮埃爾接納到自己的大家庭裡來，視如家人，還為他取了外號。他們以「我們的老爺」稱呼他，彼此之間談起他時，總是親切地取笑他。

一枚砲彈在皮埃爾兩步開外炸得塵土飛揚。他一邊撢著濺在身上的塵土，一邊含笑四顧。

「您怎麼不害怕呢，老爺，真是！」一個紅臉寬肩的士兵對皮埃爾說，齜著一口雪白堅固的牙齒。

「難道你害怕？」皮埃爾問。

「怎麼會不害怕呢？」士兵回答，「大砲一轟，腸子就炸飛了。不可能不害怕。」他笑著說。

幾個士兵神情愉悅且親切地停在皮埃爾身邊。他們好像沒有想到，他也會和大家一樣說話，這個發現令他們非常興奮。

「當兵是我們的本分。而他是老爺呀，太少見了。這位老爺真是厲害！」

「各就各位！」一個年輕的軍官對圍在皮埃爾身邊的士兵們叫道。這個年輕的軍官大概是第一次或第二次執行任務，所以對士兵和長官都一絲不苟、循規蹈矩。

轟隆砲聲和密集的槍聲在整個戰場上響得更激烈了，特別是在左面巴格拉季翁的尖頂堡處，可是皮埃爾所在的地方硝煙瀰漫，幾乎什麼也看不見。何況對砲兵陣地上那些親如家人（他們是和其餘人完全隔絕的）的士兵的觀察引起了皮埃爾的注意。戰場上的景象和聲音最初在他身上所引起的下意識愉悅和興奮，此刻被另一種心情所取代，尤其是在看到那個孤單地躺在草地上的士兵之後。現在他坐在壕溝斜坡上，觀察周圍的人們。

十點鐘不到，砲兵陣地上大約有二十個人被抬走了；兩門大砲被擊毀，砲彈愈來愈頻繁地落在砲兵陣地上，遠處的子彈也愈來愈密集地呼嘯著飛來。但是砲兵陣地上的士兵似乎毫不在意；四處傳來愉悅地說笑聲。

「有料的[133]！」一個士兵朝帶著呼嘯聲飛來的榴彈叫道。「不要衝到這裡！衝去步兵那邊！」另一個大笑補充道，他發現榴彈飛過去落在掩護部隊的隊伍裡。

「怎麼，它是你認識的？」另一個士兵對那個在砲彈飛過時蹲下的農民笑道。

幾個士兵聚集在圍牆邊觀察前方。

「散兵線也撤了，你看，他們在往後退。」他們指著圍牆外說。

「管好自己的事，」一個老士官對他們嚷道，「往後退是因為後面有狀況。」士官抓住一個士兵的肩膀，用膝蓋頂了他一下。響起了一陣哄笑聲。

「推到五號砲那裡去。」有人在一旁叫道。

「衝啊，齊心協力，學縴夫的樣子。」傳來正在撤換一門大砲的士兵們歡快的喊聲。

「唉，我們老爺的禮帽差點被打掉了。」紅臉愛說笑的士兵衝著皮埃爾笑道。「唉，這個壞東西。」他衝著砲彈責備地加了一句，它擊中了輪子和一個人的腿。

「你們哪，真像狐狸！」另一個正嘲笑幾個弓著腰的民兵，他們是到砲臺上來抬傷患的。

「這碗飯不好吃吧？嘿，這些烏鴉，嚇得發呆了！」有人向民兵叫道，他們面對被炸掉一條腿的士兵而踟躕不前。

「這個、這個，什麼、傻蛋，」有人學著農民的腔調，「他們受不了啦！」

皮埃爾發覺，每落下一枚砲彈，每有一次傷亡，一種普遍的興奮、激動的情緒便愈來愈強烈。

就像醞釀暴風雨的烏雲突然閃電狂舞一樣，這些人的臉上（彷彿是要反抗眼前的情況）愈來愈頻繁、愈來愈耀眼地噴發出內心熊熊烈火的閃光。

皮埃爾不看眼前的戰場，也不想知道那裡的情況；他全神貫注注視這愈燃愈旺的烈火，這烈火也同樣地（他感覺得到）在他的心裡熊熊燃燒。

十點鐘，布置在砲臺前的灌木叢和卡緬卡河沿岸的步兵掩護部隊撤退了。從砲臺上看得一清二楚，他們是從砲臺旁邊往後跑，用火槍抬著傷患。一位將軍帶著隨從登上土丘，和上校說了幾句話，氣憤地看了看皮埃爾，又下了土丘，命令砲臺後的步兵掩護部隊臥倒，以減少傷亡。此後砲臺右面的步兵隊伍裡響起了鼓聲、口令聲，從砲臺上可以看到，步兵隊伍在向前挺進。

皮埃爾從圍牆後觀看著。有一個人的臉特別引起他的注意。這個軍官有一張年輕蒼白的臉，他拖著軍刀跟在末端，倉皇四顧。

步兵隊伍在硝煙裡隱沒了，傳來悠長的吶喊聲和火槍密集的射擊聲。幾分鐘後，成群的傷患和擔架從那裡過來。落在砲臺上的砲彈更多了。有幾個人躺在原地未被抬走。幾門大砲旁的砲兵更加忙碌、活躍了起來。再也沒有人注意皮埃爾了。有兩次人們對他大聲吆喝，因為他擋到路了。一個較年長的軍官緊皺雙眉，大步且快速地從一門砲走向另一門砲。年輕的小軍官臉色更紅了，更加賣力地指揮士兵。士兵們傳遞砲彈、迅速轉身、裝填砲彈，行動迅速敏捷。他們走路時連跑帶跳，猶如走在彈簧上。

醞釀著暴風雨的烏雲逼近了，皮埃爾一直注視熊熊烈火在所有人的表情中閃亮地燃燒。他站在年長軍官身旁。稚氣的小軍官將手舉在帽檐上跑到年長的軍官面前。

133 指裝填火藥的榴彈或砲彈。

「報告，上校先生，火藥只剩八袋了，您要下令繼續開火嗎？」他問。

「霰彈！」向圍牆外瞭望的年長軍官沒有回答，只是大聲說道。

突然發生了什麼事；小軍官哎喲一聲，蜷縮著坐在地上，彷彿在飛行中被擊落的鳥。在皮埃爾眼裡一切都變得怪異、模糊而陰沉了。

砲彈一個接一個呼嘯著相繼擊中女兒牆、士兵和大砲。此前，皮埃爾沒有聽到這些聲音，現在卻只聽到這些聲音了。砲臺右側士兵們正喊著「烏拉」奔跑，皮埃爾覺得他們不是在向前衝，而是在往後退。

一枚砲彈正好擊中皮埃爾面前的圍牆邊緣，泥土散落下來，一顆黑色小球在他眼前一閃而過，立刻撲的一聲打中了什麼。正想到砲臺上來的民兵們掉頭就跑。

「繼續發射霰彈！」軍官叫道。

士官跑到年長的軍官面前，驚恐地小聲說（就像宴會上管家在向主人報告，客人要的酒沒了），火藥沒有了。

「這些混蛋，在幹什麼！」軍官轉身對著皮埃爾叫道。年長軍官汗濕的臉脹得通紅，陰沉的雙眼閃閃發光。「到預備隊去，把彈藥箱運來！」他一邊生氣地打量皮埃爾，一邊對自己的士兵大聲說道。

「我去。」皮埃爾說。軍官大步向另一邊走去，沒有理睬他。

「停止射擊……等著！」他叫道。

奉命去運火藥的士兵碰到了皮埃爾。

「哎，老爺，你不該待在這裡。」他說，朝土丘下跑去。皮埃爾跟在士兵後面，繞開了年輕小軍官坐著的地方。

一枚、兩枚、三枚砲彈飛臨他的頭頂上，落在他的前面、身旁和後頭。皮埃爾跑到了土丘下。「我該往哪裡去呢？」他突然想，這時他已經快跑到綠色彈藥箱那裡了。他猶豫不決地停下腳步，不知往回走好還是往前走。猛地一次駭人的撞擊使他往後倒在地上。就在這一瞬間，一團大火的火光照亮了他，也就在這同一瞬間響起了震耳欲聾的轟鳴聲、爆裂聲和呼嘯聲。

皮埃爾醒來時坐在地上，兩手撐著地面。在他身邊的彈藥箱不見了；只有一些燒壞的綠色木板和破布散落在燒焦的草地上，一匹馬拖著車轅的殘骸從他身邊跑開，另一匹馬也像皮埃爾一樣，躺在地上發出悠長、刺耳的嘶鳴。

三十二

皮埃爾嚇得魂不附體，趕緊跳起來跑回砲臺處，深感那才是他逃離周圍一切恐怖現象的唯一避難所。

皮埃爾在走進戰壕時，發現砲臺上聽不見砲聲，不過有些人在活動。皮埃爾來不及釐清他們都是些什麼人。他看到年長的上校背對著他撲在圍牆上，一副在審視下面的什麼似的，還看到他見過的一個士兵正向前掙扎著，試圖擺脫抓住他一條手臂的那些人，嘴裡叫喊著「弟兄們！」此外還看到一個怪現象。

不過他還是沒有聯想到，上校已經被打死，那個叫喊「弟兄們！」的人是俘虜，而他親眼所見的是另一個士兵被人用刺刀捅進了背部。他剛跑進戰壕，一個面黃肌瘦、滿臉是汗的藍軍服人手握軍刀便向他撲了過來，嘴裡叫喊著什麼。他們看也不看便朝對方猛撲，皮埃爾為了自衛，避免被他撞倒，便本能地伸出雙手抓住這個人（那是法國軍官），一隻手抓住肩膀，一隻手掐住喉嚨。法國軍官放開軍刀，一把抓住皮埃爾的衣領。

有幾秒鐘，他們兩人都看著對方陌生的臉，也都感到困惑，不明白他們到底在做什麼、現在該怎麼辦。「是他俘虜了我，還是我俘虜了他？」兩人都有此疑問。不過，看來法國軍官更傾向於認為自己被俘虜了，因為皮埃爾強而有力的手，被莫名的恐懼所驅動，掐著他的喉嚨愈來愈緊。這個法國人想說些什麼，突然一枚砲彈就在他們頭頂上低低地發出致命的呼嘯聲，法國軍官迅速低下頭，以致皮埃爾誤以為，法國軍官的頭被削掉了。

皮埃爾接著也低下頭放開了手。不再想誰俘虜誰的問題，法國人跑回砲兵陣地，皮埃爾向坡下跑，一路上在屍體和傷患之間跌跌撞撞，覺得他們好像在抓他的腿。但是他還沒有到達坡下，跑步前進的俄軍士兵便黑壓壓地迎面而來。他們跌跌撞撞地吶喊著，興奮而猛烈地撲上砲臺。（這就是那次衝鋒，葉爾莫洛夫將其歸功於自己，他說，只有靠他的勇氣和幸運才能立此大功，據說在這次衝鋒中，他把放在口袋裡的聖喬治勳章也扔到了土丘上。）

占據砲臺的法國人逃走了。我們的部隊帶著「烏拉」的吶喊聲把法國人趕到砲臺之外那麼遠的地方，以致很難讓他們停下來。

俘虜們被帶下砲臺，其中一人是受傷的法國將軍，他被軍官們圍在中間。在成群的傷患中，皮埃爾有些認識，有些不認識，這些俄國人和法國人痛得面部扭曲，走著、爬著或躺在擔架上離開砲臺。皮埃爾登上土丘，他曾在這裡待上一個多小時，接納他的那個親如家人的圈子裡的人，他一個也沒有找到。這裡有很多他不認識的死者。不過有幾個他是認識的。稚氣的小軍官依然蜷縮著坐在圍牆邊的血泊之中。紅臉的士兵仍在抽搐著，可是沒有人抬走他。

皮埃爾從土丘上跑了下去。

「不，現在他們應該住手了，現在他們對自己的所作所為一定會大驚失色！」皮埃爾想，毫無目的地追隨在一批批離開戰場的擔架之後。

但是被硝煙遮蔽的太陽還很高，前面，尤其是在謝苗諾夫斯科耶的左邊，彷彿有什麼在硝煙中沸騰，射擊的一片嗡嗡聲、槍聲和排砲的轟鳴非但沒有減弱，反而到了瘋狂的程度，猶如一個人在使盡最後的力氣拚命吶喊。

三十三

波羅金諾會戰的主要戰場發生在波羅金諾和巴格拉季翁的尖頂堡之間數千俄丈的地區。（在這個地區之外，一方面，俄國人在中午以烏瓦羅夫的騎兵部隊進行了一次佯攻以聲東擊西，另一方面，在烏季察的那一邊，波尼亞托夫斯基和圖奇科夫發生了衝突；不過和戰場的中央地帶相比，這只是兩次孤立的接觸。）在波羅金諾和尖頂堡之間的田野上、樹林旁、從兩邊都能看到的開闊地上發生了會戰中的主要戰爭，這次戰爭是以最簡單、最直截了當的方式進行的。

會戰以雙方數百門大砲的轟擊開始。

後來整個戰場硝煙瀰漫，在這硝煙中，有德賽和孔潘斯的兩個師從右面（從法軍方面看）向尖頂堡推進，總督的各個團從左邊撲向波羅金諾。

從拿破崙所在的堡壘到尖頂堡的距離是一俄里，到波羅金諾的直線距離是兩俄里以上，因此拿破崙看不見波羅金諾所發生的情況，更何況硝煙和大霧遮蔽了整個地區。撲向尖頂堡的德賽師只有在走下峽谷之前才能看得見，峽谷隔在他們和尖頂堡之間。等到他們進入峽谷，尖頂堡上火槍和大砲的濃濃硝煙遮蔽了峽谷對面的整個斜坡。在那裡的硝煙中，閃現出一些黑影，大概是士兵，有時看得見刺刀的閃光。不過，他們是在行動中或是站著不動、是法國人或是俄國人，在舍瓦爾金諾堡壘上是看不清的。

光芒四射的太陽升起來了，斜斜的陽光直接照在拿破崙臉上，他手搭涼棚觀察尖頂堡。尖頂堡前硝煙瀰漫，因此時而覺得煙霧在動，時而又覺得是部隊在動。有時可以在槍砲聲中聽見士兵的吶喊，但是無從得知他們究竟在做什麼。

拿破崙站在土丘上用望遠鏡觀察，透過望遠鏡，他看到硝煙和士兵，有時是己方士兵，有時是俄軍士兵；可是當他放下望遠鏡再以肉眼觀望時，卻不知道剛才所見到的一切是發生在什麼地方。

他走下土丘，在土丘前徘徊。

他偶爾停下來傾聽槍砲聲，凝神注視戰場。不僅在他所站的低處，不僅在他的幾個將軍現在所站的土丘上，甚至就在尖頂堡上也無法確認這個地方所發生的情況，尖頂堡上俄國人和法國人或同時出現，或不時地交替出現，死傷枕藉，活著的士兵無不驚恐莫名或狀似瘋狂。這個地方在連續幾個小時之內，在一刻不停的槍砲聲中時而出現俄國人，時而出現法國人，時而是步兵，時而是騎兵；出現、倒下、射擊、迎頭相撞而又不知所措，叫喊著掉頭逃跑。

拿破崙派出的副官們以及元帥們的傳令官不斷地從戰場上飛馳而來，向他報告戰況；但所有報告都不是即時的：因為在激戰中很難確定此時此刻的進展，也因為很多副官並未親臨戰地，他們所報告的只是從別人口中聽來的傳聞；此外，還因為在副官馳過他和拿破崙之間的兩三俄里時，戰況又有所變化，因而他送來的消息已經過時。例如總督的副官飛馬來報，已經奪取了波羅金諾，柯洛恰河上的大橋也控制在法軍手中。副官問拿破崙，他是否命令部隊過河。拿破崙命令部隊在對岸集結待命；可是不僅在拿破崙發出這個命令的時候，而且就在副官離開波羅金諾時，大橋已被俄軍奪回並焚毀，這就發生在會戰初期皮埃爾曾參加過的那次戰爭中。

副官面色蒼白、神情驚慌地從尖頂堡疾馳而來，向拿破崙報告衝鋒受挫、孔潘斯受傷、達武陣亡，其實在副官聽聞法軍受挫時，尖頂堡已被法軍的另一支部隊所占領，而達武活著，只是受了輕微的震傷。拿破崙就是根據這種必然失準的情報發號施令，這些命令或者在他發布之前就已經執行了；或者不可能執行，也沒有人執行。

元帥和將軍們雖然離戰場較近，但也和拿破崙一樣，沒有直接參戰，只是偶爾進入子彈的射程之內，不經拿破崙的同意而做出自己的部署，擅自下令從哪裡向哪裡射擊、騎兵向哪裡奔襲、步兵向哪裡跑步前進。但是甚至他們的命令也和拿破崙的命令一樣，同樣只是在極小程度上甚至很少被執行。大多會出現與他們的命令相左的結果。奉命前進的士兵碰到霰彈的襲擊，只好掉頭逃跑；奉命原地駐守的士兵突然看到俄國人出現在自己對面便有時往後跑，有時衝向前去，於是騎兵在沒有得到命令的情況下追擊逃跑的俄國人。例如，兩個軍團的騎兵途經謝苗諾夫斯科耶峽谷，剛踏上上坡便突然掉頭飛奔。步兵的行動也是如此，有時會跑到完全不是命令所指定的地方去。所有關於何時向何處推移大砲、何時派步兵射擊、何時派騎兵衝擊俄國步兵的命令——都是與部隊同進退的長官直接發出的，甚至不問一問內伊、達武和繆拉，更不用說拿破崙了。他們不擔心因為違抗命令或擅自發號施令而受到處分，因為在戰場上事關每個人最寶貴的東西——自己的生命，有時覺得往後跑能得救，有時又覺得往前跑能得救，這些置身於激戰之中的士兵是依一時的衝動來採取行動的。實質上，這些前進和後退的行動都沒有改善或改變部隊的處境。他們彼此之間相互襲擊並未造成任何損傷，會造成損傷、死亡和傷殘的，是在這些人跑來跑去的地區混亂的砲彈和子彈。那些士兵一旦離開砲彈和子彈亂飛的地區，便立刻被站在後方的長官們整編，受到紀律的約束，並在紀律的約束下重新被帶入戰區，在戰區中他們再次（在死亡的恐懼的驅使下）違反紀律，衝動地東逃西竄。

三十四

拿破崙的將軍達武、內伊和繆拉離這處戰區很近，有時甚至深入該戰區，好幾次將大量建制完整的部隊調到這裡。然而和過去，他們完全聽不到敵軍潰散的消息，反而那些大量完整的部隊從那裡回來時皆潰不成軍、驚慌失措。他們又重新加以整編，可是兵員愈來愈少了。中午，繆拉便派副官去向拿破崙請求增援。

拿破崙坐在土丘下飲用潘趣酒，繆拉的副官前來並對他言之鑿鑿地說，如果陛下再給一個師，俄軍就必敗無疑。

「增援？」拿破崙嚴峻而驚訝地說，彷彿聽不懂他的話似的望著這個有一頭捲曲長黑髮（他的髮式和繆拉的一樣）的少年副官。「增援！」拿破崙沉思半晌。「他們請求什麼增援，手握全軍一半的重兵，而進攻的只是俄軍薄弱、不設防的一翼！」

「您去告訴那不勒斯王，」拿破崙厲聲說，「現在還不到正午，我還沒有看清棋局。去吧……」

一頭長髮的漂亮少年副官手不離帽檐，倒吸一口涼氣，又向那屠殺中的地方馳去。

拿破崙站起來，將科蘭古和貝爾蒂埃叫來，和他們談起了與作戰無關的問題。

在漸漸引起拿破崙興味的談話中，貝爾蒂埃的目光投向一位帶著隨從的將軍，他正騎著汗濕的馬向土丘馳來。這是貝利亞爾。他下馬快步走到皇帝面前，堅決、高聲地證明增援的必要性。他以人格起誓，只要皇帝再給一個師，就能打敗俄國人。

拿破崙聳了聳肩，一言不發，繼續踱步。貝利亞爾和圍著他的侍從官們熱烈地大聲交談起來。

「您的心情很急切啊，貝利亞爾，」拿破崙說，他又走到騎馬趕來的將軍面前。「在激烈戰爭的氛圍中容易犯錯誤。您再去看一看，然後再來見我。」

貝利亞爾還沒從視線中消失，自戰場上又派來的副官從另一邊策馬趕到。

「說吧，又是什麼事？」拿破崙以不斷受到干擾而感到氣憤的口吻問道。

「陛下，公爵……」副官開始說。

「請求增援？」拿破崙做了個憤怒的手勢說道。副官肯定地低下頭，開始報告；但皇帝甩頭不理，走了兩步，停下，隨即轉身叫來貝爾蒂埃。「要動用預備隊了，」他微微攤開兩手說道，「派誰去，您看呢？」他問貝爾蒂埃，這個拿破崙曾直言「我把他造就成雄鷹的雛鵝」的元帥。

「陛下，派克拉帕雷德的師去？」貝爾蒂埃說，所有的師、團、營他都記得。

拿破崙點了點頭，表示同意。

副官騎馬到克拉帕雷德師去了。幾分鐘後，駐紮在土丘後的青年近衛軍開拔了。拿破崙默默地朝這個方向望去。

「不，」他突然對貝爾蒂埃說，「我不能派克拉帕雷德去。把弗里昂的師派去吧。」他說。

雖然不派克拉帕雷德而改派弗里昂師沒有任何好處，而且此際要阻止克拉帕雷德，再派弗里昂顯然會引起諸多不便和遲誤，但是命令被嚴格執行了。拿破崙沒有看出，他對部隊的影響，如同以藥物干預病情的醫生，對這些醫生，他向來十分了解並加以譴責的。

弗里昂師也和其他師一樣消失在戰場的硝煙中了。副官們仍繼續從各個方向疾馳而來，不約而同地說著同樣的話。他們都請求增援，都說俄國人堅守陣地，製造使法國部隊消融的地獄之火。

拿破崙坐在折疊椅上陷入沉思。

愛好旅行的德博斯先生從早上起便一直挨餓，這時來到皇帝面前，大膽地恭請陛下享用早餐。

「我希望，現在我可以向陛下恭賀勝利了。」他說。

拿破崙默默地搖頭表示否定。德博斯先生以為這是對勝利的否定，而不是對早餐的否定，便冒昧地以恭敬的戲謔口吻說，在可以享用早餐的時候，世界上沒有任何理由能妨礙用餐。

「去你的……」拿破崙突然沉下臉說，別開了臉。德博斯先生的臉上露出了惋惜、後悔和一派輕鬆的微笑走開了，並向其他的將軍們走去。

拿破崙感到心情沉重，這很像賭徒的心理，一個瘋狂砸錢卻總能贏的幸運賭徒，有一天，在他精心算計了賭博的一切偶然性之後，卻突然感到，他出牌時愈是周密思考，就愈是會輸。

同樣的部隊、同樣的將軍、同樣的戰備、作戰部署以及簡短有力的公告，他自己還是同一個人，這一點他知道，他知道他現在甚至比過去更有經驗、也更精明，甚至敵人也還是當初在奧斯特利茨和弗里德蘭的那個敵人；然而可怕地猛然揮起的手臂落下時卻不尋常地軟弱無力。

還是過去那些捷報頻傳的作戰方法：集中砲火攻敵同一處、預備隊衝鋒突破防線、鐵騎突襲——這些方法都已經一一用上了，不僅未取得勝利，反而從四面八方傳來同樣的壞消息：將軍傷亡、迫切需要增援、俄軍不可撼動、部隊潰散。

過去只消兩三個命令、兩三句話，將軍和副官們便神情得意地前來報捷，宣布俘獲一整個建制的軍、成捆的敵軍旗幟和鷹旗以及大砲和輜重，繆拉只要求准許他派騎兵去收繳輜重。在洛迪、馬倫戈、阿科萊、耶拿、奧斯特利茨、瓦格拉姆等地都是如此。如今，他的軍隊好像不復當年了。

儘管獲悉占領了尖頂堡，拿破崙卻看出，這不是、完全不是他以往的戰役中會出現的態勢。他看出，他周圍那些極有戰爭經驗的人們也都有和他一樣的感受。人人滿面愁容，彼此迴避對方的目光。只有德博斯還不明白當前的情況意味著什麼。擁有長期戰爭經驗的拿破崙心知肚明，在長達八小時竭盡全力的進攻後，卻無法贏得戰役的勝利意味著什麼。他知道，幾乎敗局已定，目前在會戰的這個節骨眼上，任何一種微不足道的偶然事件都足以使他和他的軍隊遭到毀滅。

他仔細回憶對俄國的這場戰爭，在這場戰爭中沒有打贏過一次戰役，兩個月裡未俘獲過旗幟、大砲和一整個建制的軍，他望著周圍人們暗暗發愁的面容，聽著俄軍不可撼動的消息——噩夢般的心情攫住了他，於是他不禁想起足以毀滅他的所有災難事件。俄國人有可能進攻他的左翼，有可能在左翼實行中央突破，偶然飛來的砲彈有可能擊斃他本人。這一切都是可能的。在以往的戰役中，他想到的只是能導致勝利的事件，眼前，無數不幸的事件卻在他的想像中紛至沓來，而這一切都在他的意料之中。不錯，這很像一場噩夢，人在夢裡覺得有一個惡人在襲擊他，於是他在夢裡揮臂猛擊，知道這可怕的一擊足以置人於死，可是他覺得他綿軟無力的手臂像破布似的落下，於是這個無助的人內心充滿了難逃厄運的恐懼。

俄國人進攻法軍左翼的消息在拿破崙心裡所引起的就是這種恐懼。他坐在土丘下的折疊椅上，臂肘支在膝蓋上垂首無語。貝爾蒂埃上前建議他到戰線上巡視，看看戰況究竟如何。

「什麼？您說什麼？」拿破崙說，「好，吩咐牽馬。」

他騎上馬往謝苗諾夫斯科耶馳去。

拿破崙騎馬經過的地方硝煙正逐漸消散，遍地只見馬匹和兵員孤零零地或成群地躺臥在血泊裡。無論拿破崙還是他的將軍們，都從未見過如此恐怖的景象，從未見過在如此狹小的地帶有如此眾多的死者。一連十個小時不絕於耳的隆隆砲聲，賦予這個景象特殊的音效（如同為動畫片配樂）。拿破崙騎馬登上謝苗諾夫斯科耶高地，透過硝煙看到身穿顏色陌生的軍服的隊伍。那是俄國人。

密集的俄軍隊伍駐守在謝苗諾夫斯科耶和土丘之後，他們的大砲不停地轟鳴，他們的防線硝煙瀰漫。真正的戰爭結束了。只是繼續殺人，這對俄國人和法國人來說，都不可能造成什麼後果了。拿破崙又勒馬陷入剛才被貝爾蒂埃打斷的沉思；他無法制止眼前、身邊所發生的情況，而人們認為這一切都是由於他的領導和決定，挫敗使他第一次覺得，這種情況是不應該發生的，是可怕的。

一位將軍策馬來到拿破崙面前，冒昧地建議他讓老近衛軍投入戰線。站在拿破崙身邊的內伊和貝爾蒂埃面面相覷，對這位將軍的無謂建議鄙夷地一笑。

拿破崙低下頭沉吟良久。

「我不能讓近衛軍在離開法國三千二百俄里的地方死無葬身之地。」他說，於是調轉馬頭，回舍瓦爾金諾去了。

三十五

庫圖佐夫垂下白髮蒼蒼的頭，沉重的身軀癱坐在鋪著毯子的長凳上，還是在皮埃爾早上看到他的那個老地方。他未發布任何命令，只是對別人的建議表示同意或不同意。

「是的，是的，就這麼辦。」他對各種建議都這麼回答，「是的，是的，你去一趟，親愛的，你就看著辦吧。」他時而對這個、時而對那個親信說；或者：「不，不行，還是等一等好。」他說。他傾聽情報，在部下要求指示時便發出指示；但是在聽取情報時，他對別人所說的內容似乎不感興趣，他感興趣的是報告時的表情、語氣中的某種意味。他憑著多年的戰爭經驗知道，也憑著老年人的睿智懂得，領導幾十萬與死亡搏鬥的人不能一個人說了算，也知道，決定戰爭命運的不是總司令的命令、不是軍隊部署的地點、不是大砲和陣亡軍人的數量，而是所謂士氣的那種不可捉摸的力量，他密切注意這股力量，並在力所能及的範圍內加以引導。

庫圖佐夫的表情是集中而平靜的專注和緊張，這種緊張幾乎超越了疲憊衰老的身體所能承受的限度。

上午十一時，他獲悉法國人占領的尖頂堡再次被我軍奪回，不過巴格拉季翁公爵受傷了。庫圖佐夫哎喲一聲搖了搖頭。

「你到巴格拉季翁公爵那裡去，了解一下詳細情況。」他對一名副官說，隨即轉向站在他後面的符騰堡親王[134]。

「殿下可否接掌第一軍團的指揮權。」

親王離去後不久，在他還沒有到達謝苗諾夫斯科耶的時候，一名副官很快就從親王所在之地回來，並向殿下報告，親王請求增派部隊。

庫圖佐夫皺起眉頭，命令多赫圖羅夫指揮第一軍團[135]，他說，在眼下這個重要關頭，他離不開親王，請他回來。當繆拉被俘[136]的消息傳來，參謀部人員都向庫圖佐夫祝賀時，他只是微微一笑。

「等一等吧，先生們，」他說，「戰役打贏了，俘虜繆拉沒什麼特別的。但是等一等再慶祝更好。」不過他派一名副官騎馬去向部隊傳達了這個消息。

謝爾比寧[137]從左翼來報告，法軍占領了尖頂堡和謝苗諾夫斯科耶，庫圖佐夫根據戰場的聲浪和謝爾比寧的臉色猜想到，這個消息不妙，他站起來彷彿要舒展一下四肢，挽起謝爾比寧的手臂，把他帶到一旁。

「你去一趟，親愛的，」他接著對葉爾莫洛夫說，「看看能不能有所作為。」

庫圖佐夫在戈爾基，在俄軍陣地的中央。拿破崙對我軍左翼的進攻幾次被擊退。在中央，法軍未能從波羅金諾前進一步。烏瓦羅夫的騎兵迫使法國人從左翼敗逃。

兩點多鐘，法國人的進攻停止了。庫圖佐夫在所有來自戰場以及他身邊的人們的臉上看到了極度緊張的表情。庫圖佐夫很滿意當天取得了超過預期的戰果。但是老人的體力不濟了。他的頭好幾次低低地垂

134 符騰堡親王（一七七一—一八三三），符騰堡大公，皇太后瑪麗亞·費多羅夫娜的兄弟。

135 此處及上文所說的應為原來由身負重傷的巴格拉季翁所指揮的第二軍團。

136 繆拉被俘是誤傳，被俘的是陸軍準將波納米將軍。

137 謝爾比寧（一七九一—一八七六），軍需處軍官。

下，打起盹來。午餐為他安排好了。

侍從武官沃爾措根騎馬來到庫圖佐夫面前，就是他在經過安德烈公爵身邊時說，戰爭要在廣闊的地帶進行[138]，巴格拉季翁非常憎恨這個人。沃爾措根從巴克萊那裡前來報告左翼的戰況。明智的巴克萊．德．托利看到成群潰逃的傷兵和軍隊潰亂的背影，對整個戰況衡量後斷定，我軍已經戰敗，於是派愛將前來通知總司令。

庫圖佐夫吃力地咀嚼著烤雞，滿臉愉悅地瞇起眼睛看了看沃爾措根。

沃爾措根自在地活動一下腳，嘴角掛著略帶鄙夷的微笑走到庫圖佐夫面前，一隻手稍微碰了碰帽檐。

沃爾措根對殿下的態度有些故作輕慢，目的是要表明，他做為有教養的軍人，姑且讓俄國人把這個無用的老朽奉為偶像吧，而他很清楚自己是在和什麼樣的人打交道。「老先生（德國人在自己的圈子裡這麼稱呼庫圖佐夫）過得挺自在[139]。」沃爾措根想，他嚴厲地看了看放在庫圖佐夫面前的碟子，開始向老先生報告左翼的情況，他是根據巴克萊的指示和自己的見解報告的。

「我軍陣地的所有據點都落到敵人手裡，而且無法奪回，因為沒有部隊了；他們在逃跑，不可能加以阻止。」他報告道。

庫圖佐夫停止咀嚼，驚訝地盯著沃爾措根，彷彿聽不懂他在說什麼。沃爾措根發覺老先生很激動，微笑道：

「我認為，自己無權向殿下隱瞞我所看到的情況……部隊完全處於瓦解的狀態……」

「您看到了？您看到了？……」庫圖佐夫皺起眉頭，迅速站起來逼近沃爾措根大聲說，「您怎麼……您怎麼敢！……」他雙手哆嗦地做著威脅的手勢，氣急敗壞地大聲喝斥，「您怎麼敢，親愛的先生，對我說這種話。您什麼也不懂。替我轉告巴克萊將軍，他的情報是錯誤的，會戰的真實情況，我做為總司令比他更清楚。」

沃爾措根想表示異議，但是庫圖佐夫制止了他。

「敵人在左翼被擊退，在右翼被擊潰。如果您沒有看清楚，不可以亂說。請您去見巴克萊將軍，把我明天必定向敵人發動攻勢的想法轉告他。」庫圖佐夫嚴肅說道。大家都沒吭聲，只聽見氣急敗壞的老將軍沉重的呼吸聲。「敵人到處被擊退，為此我感謝上帝和我們英勇的軍隊，敵人被打敗了，明天我們要把他們從俄國神聖的土地上趕出去。」庫圖佐夫畫著十字說；突然熱淚盈眶地抽泣了一聲。沃爾措根聳了聳肩，撇著嘴默默地走到一邊，對老先生這種剛愎自用[140]感到驚訝。

「看吧，他來了，我的英雄。」庫圖佐夫目視一位豐滿英俊的黑髮將軍說，這時他正登上土丘。這是拉耶夫斯基將軍，他整天都待在波羅金諾戰場上的主要據點。

拉耶夫斯基報告，部隊堅守陣地，法國人不敢再進攻了。

庫圖佐夫聽了用法語說：

「這麼說來，您不像別人，認為我們應當撤退？」

「正好相反，殿下，在勝負難料的戰役中，勝利屬於更頑強的一方，我看……」

「凱薩羅夫！」庫圖佐夫叫來自己的副官。「你坐下擬好明天的命令。而你，」他對另一個副官說，

138　原文為德文。
139　原文為德文。
140　原文為德文。

「到前線去宣布，我們明天發動進攻。」

在他和拉耶夫斯基談話和口授命令時，沃爾措根自巴克萊處返回報告，巴克萊．德．托利將軍希望有一份書面命令，以確認該命令是元帥發布的。

庫圖佐夫不看沃爾措根，吩咐寫下這紙命令，前任總司令希望有這麼一份命令，是為了握有充分的根據推卸責任。

一條不可捉摸的神祕紐帶維繫著那種被稱為軍魂並構成戰爭主要動力的同仇敵愾，庫圖佐夫的話和他明日發動進攻的作戰命令便是沿著這條神祕紐帶同時傳遍部隊的各個角落。

傳到這條紐帶的最後一個環節時，已遠非原來的話和命令了。在全軍各個角落口耳相傳的說法和庫圖佐夫的話甚至迥然不同；但是他話裡的意思都傳達到了，因為庫圖佐夫所說的話，不是出於機巧奧妙的思慮，而是出自總司令內心的感情，這種感情也同樣存在於每個俄國人的內心。

得知我們明天要向敵人發動進攻的消息，所有人都但願這是真的，從軍隊高層得到證實後，心情痛苦、彷徨的戰士們便疑慮頓消，精神大振。

三十六

安德烈公爵的軍團是預備隊，一點鐘之前在敵人猛烈的砲火下駐紮於謝苗諾夫斯科耶後方按兵不動。一點多鐘，已傷亡二百多人的這個軍團推進到一片橫遭踐踏的燕麥地，在謝苗諾夫斯科耶和土丘砲臺之間的這個地帶，當天已有幾千人陣亡，中午一點多鐘，敵軍數百門大砲又集中火力向這個地帶猛烈轟擊。

在原地不動，而且一槍未放，該軍團的兵員又傷亡了三分之一。前方，特別是右面，在始終不散的硝煙中砲聲隆隆，而前面硝煙瀰漫於整個戰區，從神祕的煙霧迷濛處不斷地飛出帶著迅疾呼嘯聲的砲彈和嘯聲悠緩的榴彈。有時彷彿要讓人有喘息的時間，在一刻鐘裡砲彈和榴彈都從頭頂上飛了過去，可是有時在一分鐘裡便奪走了幾個人的生命，於是不斷地拖開死者、抬走傷患。

隨著每一次新的重擊，留給那些還沒有陣亡的人們的生存機會便愈來愈小。該軍團在三百步的距離之內以營為單位列成縱隊，儘管如此，全團官兵的心情都是一樣的。全團盡皆沉默、心情鬱悶。隊伍中很少聽到說話聲，每次一聽到有人被擊中和呼喚「擔架！」的聲音，說話聲便立刻停止。大部分時間，官兵們遵從長官的命令坐在地上。有的取下軍帽，專心撫平褶皺，又把它揉皺；有的用手掌揉碎乾土，用來擦拭刺刀；有的把皮帶揉得軟和一些，勒緊帶扣；有的仔細解開包腳布、重新裹上、再穿上靴子。有些人用耕地上的土塊搭小房子或用麥稈編結小東西。所有人似乎都非常專注於這些活動。當有人負傷或陣亡時，當擔架排成長隊時，當我們的人退回來時，當透過硝煙看見大量敵人時，對這些情況誰都毫不在意。要是砲兵、騎兵向前推進，要是看到我們的步兵出動，四面八方便會響起讚歎的評語。但最吸引他們注意的，還是那些與戰爭毫無關係的瑣事。這些在精神上飽受折磨的人藉由關注這些日常瑣事，似乎可以得到休息。一個砲兵連在軍團的前面走過。砲兵一輛彈藥車的拉邊套的馬踩到了套索，「喂，拉邊套的馬！……快把牠管好！牠會絆倒的……嗨，他們看不見……」全軍團都在隊伍裡叫喊。另一次引起大家注意的，是一條尾巴豎得筆直的褐色小狗，天知道是從哪裡鑽出來的，牠驚恐地小快步跑到隊伍前面，突然一枚砲彈落在附近，小狗尖叫一聲，夾起尾巴逃到了一邊。全軍團發出一陣哄笑和尖叫。不過，這種消遣往往只持續幾分鐘，而官兵們已經不吃不喝、無所事事地在死亡的威脅下站了八個多小時，蒼白陰沉的臉色愈來愈蒼白且愁眉不展。

安德烈公爵和全軍團官兵一樣陰沉而蒼白，在燕麥地旁的草地上背著手、低著頭在兩條田埂之間走來走去。他無事可做，也不需要發號施令。一切聽其自然。死者被拖到佇列之外，傷患抬走了，於是隊伍又自行整併。如果士兵跑開了，立刻又急忙趕回來。安德烈公爵起初認為，自己有責任鼓舞士氣，為他們做出榜樣，不斷地沿著佇列走動；可是後來他確信，這些人是無需別人來教導他們的。他的精神力量，正如每個士兵，下意識地就是要避免想到眼前處境的恐怖。他拖著腳步在草地上走動，踩得青草亂糟糟的，不時望望靴子上布滿的塵土；他時而跨著大步，想踏上收割者留在草地上的足印，時而數著腳步，計算他在兩條田埂之間要走幾趟才能湊滿一俄里，時而採摘田埂上艾草的花朵，用手掌搓碎花朵，聞著那辛辣刺鼻的香氣。昨天的所有思緒都蕩然無存了。他什麼也不想。他那疲憊不堪的聽覺仍在聆聽那些聲音，分辨著砲彈飛來的呼嘯聲和大砲的轟鳴，望望他看慣了的第一營官兵的臉，他在等待著。「又是它……這又是朝我們來的！」他想，聆聽從硝煙掩蔽中的地方發射出的東西漸漸臨近的呼嘯聲。「一枚，兩枚！又是一枚！打中了……」他停下腳步看了看隊伍。「不，飛了過去。這一下打中了。」他又開始走動，費力地跨著大步，要十六步走到田埂那裡。

呼嘯聲和砲彈落地聲！在離他五步之處，乾土被翻起來，蓋住了一枚砲彈。不由得一股涼氣掠過他的脊背。他又看了看隊伍。大概傷亡了很多人；一大群人聚集在第二營。

「副官先生，」他叫道，「命令他們不要聚在一起。」副官執行命令後，朝安德烈公爵走來。營長騎馬從另一邊也來了。

「當心！」傳來了士兵的一聲驚叫，彷彿一隻啼叫著疾飛而來、落在地上的鳥兒似的，一顆榴彈在離安德烈公爵兩步的地方、在營長坐騎附近撲的一聲落在地面。那匹馬，先是驚恐萬狀，打著響鼻人立而起，差點兒掀翻了少校，朝一旁疾馳而去。馬的恐懼也感染了人。

「臥倒！」撲倒在地的副官大聲叫道。安德烈公爵猶豫地站著。那顆榴彈冒著煙，像陀螺似的在他和躺倒的副官之間、在耕地和草地的交界處、在一叢艾草旁旋轉。

「難道這就是死亡？」安德烈公爵思忖，他以全新的羨慕眼神看著青草、艾草和那個旋轉中的黑色小球冒出的一縷嫋嫋輕煙。「我不能、我不想死，我愛生活、愛這青草、泥土、空氣……」他這麼想著，也知道，大家都在看著他。

「太可恥了，軍官先生！」他對副官說，「算什麼……」他的話沒有說完。與此同時響起了爆炸聲以及彷彿打碎窗戶時的碎片嘯聲，他聞到了一股嗆人的火藥味——安德烈公爵向一旁猛地一衝，揚起單手撲倒在地。

幾名軍官跑到他身邊。他的腹部右側在草地上流了一大攤血。

喚來的民兵們帶著擔架停在軍官們後方。安德烈公爵俯臥在地，臉垂落在草地上，嘶啞、急促地喘著粗氣。

「怎麼都站著，過來！」

農民們過來抬起他的肩膀和雙腿，可是他痛苦地呻吟起來，農民們面面相覷，又把他放了下來。

「動手呀，放上去，反正就是得抬走了！」有人叫道。人們第二次托著肩膀把他放上了擔架。

「我的天哪！天哪！這是怎麼了？……擊中了肚子！這就完了！我的天哪！」只聽軍官們在說，「砲彈就離我的頭髮那麼一點兒，颼的一聲從耳邊飛了過去。」副官說。農民們把擔架放在肩上，沿著他們踩出的小路動身前往包紮所去。

「你們的腳步要齊……唉！這些鄉下人！」一名軍官擋住農民的肩膀叫道，因為他們腳步不齊，弄得擔架亂晃。

「你跟著我的步子走，好嗎，赫維多爾，喂，赫維多爾。」前面的農民說。

「好了，可以了。」後面的農民腳步合拍，開心說道。

「是公爵嗎？啊？是公爵？」季莫欣跑了過來，朝擔架上望著，聲音顫抖地問。

安德烈公爵的頭深陷在擔架裡，他睜開眼睛從擔架裡看了看說話的人，又闔上了眼。

兩個民兵把安德烈公爵抬到了樹林邊，那裡有幾輛載貨馬車和一個包紮所。包紮所是搭在樺樹林旁的三個帳篷，帳篷的簾幔全捲起來。載貨馬車和馬匹就在樺樹林裡。馬吃著飼料袋裡的燕麥，烏鴉飛來啄食散落的麥粒。烏鴉聞到血腥味，都急不可耐地啞啞叫，在樺樹上飛來飛去。在帳篷周圍不下於兩俄畝之處，躺著、坐著、站著身穿各種衣服、血跡斑斑的軍人。在傷患們的四周站著一群群神情專注的沮喪擔架兵，維持秩序的軍官們徒勞地要把他們趕走。他們不聽軍官的勸告，拄著擔架站在那裡，凝神注視著眼前所發生的一切，彷彿試圖理解這幅景象的深奧涵義。帳篷裡時而傳出聲嘶力竭的慘叫，時而傳出痛苦的呻吟。醫士偶爾出來取水，指出要抬進去的傷患。傷患們在帳篷外依序等候，他們在喘息、呻吟、哭泣、叫喊、罵人、要伏特加。有些人正瘋言瘋語。安德烈公爵身為團長，被抬著邁步穿過那些尚未包紮的傷患，來到離帳篷更近的地方，並等候吩咐。安德烈公爵睜開眼，久久無法理解他周圍所發生的情況。他想起了草地、艾草、旋轉中的黑色小球以及他對生活的激情、洋溢的愛。在他兩步之外，一個拄著樹枝、頭上裹著繃帶的人站在那裡大聲說話，引起了所有人的注意，那是一名高大、英俊、黑髮軍士。他被子彈擊中了頭部和一條腿。一群傷患和擔架兵聚在他周圍，貪婪地聽他說話。

「我們一個突擊把敵人從這裡趕走了，打得他們狼狽逃竄，國王自己也被抓到了。」軍士的黑眼閃著炙熱的光芒環視四周，大聲說道，「要是預備隊及時趕到，我的小兄弟，敵人就徹底毀了，所以我老實告訴你……」

安德烈公爵也像講述者周圍的那些人一樣，目光炯炯地看著他，心裡得到了安慰。「不過，現在難道不是一切都無所謂了嗎？」他想，「死後的世界會有什麼，此生有過的又是什麼呢？為什麼我對生命這麼難以割捨？生命中有些事物，無論過去和現在，我都無法理解。」

三十七

一名醫生的圍裙和大手都沾滿鮮血，他一隻手的大拇指和小指之間夾著（以免沾上血汙）雪茄從帳篷裡出來。醫生抬頭四面張望，卻不看傷患。他顯然想稍微休息一下。他把頭左右搖擺幾次，嘆息一聲，垂下了目光。

「好，馬上。」他聽了醫士指著安德烈公爵所說的話回答道，並吩咐把他抬進帳篷。

一群候診的傷患中有了怨聲。

「看來在那個世界，也是只有貴族們才能活命。」一個傷患說。

安德烈公爵被抬進去放在一張剛收拾乾淨的桌子上，醫士還在擦洗上面的汙漬。安德烈公爵還無法清晰分辨帳篷裡的一切。四面八方痛苦的呻吟，大腿、腹部和背部的劇痛分散了他的注意力。他在周圍所看到的一切，都融為一個整體印象——赤裸的血淋淋肉體似乎填滿了整個低矮的帳篷，正如幾個星期前，在八月那個炎熱的一天，同樣的肉體填滿了斯摩稜斯克大道旁的骯髒池塘。不錯，這就是那同樣的肉體、那同樣的砲灰，當初一看到便大為驚駭，彷彿預感到了今日的情景。

帳篷裡有三張桌子。兩張已被占用，安德烈公爵被放在第三張桌子上。有一會兒，他被孤零零地放在那裡，便不由自主地看到另外兩張桌子上所發生的一切。一個韃靼人坐在近些的桌上，從扔在一旁的軍服看，大概是哥薩克。四名士兵緊緊抓住他。一名戴眼鏡的醫生在他褐色肌肉發達的背部切割著什麼。

「哼喲，哼喲，哼喲！……」韃靼人發出像豬一樣的哼哼聲，突然，他抬起那張高顴骨、翹鼻的黝黑臉龐，齜著雪白的牙齒，開始掙扎、抽搐，發出尖利刺耳、經久不息的吼叫聲。在旁邊聚集著許多人的另一張桌子上，臉朝上躺著一名身軀壯碩的人，對方頭向後仰（安德烈公爵覺得，捲曲的頭髮、髮色和頭型出奇地熟悉）。幾個醫士壓在這個人的胸膛上，緊緊地抓住他。一條白皙的圓潤大腿像發熱病似的急速而頻繁地不住顫抖。這個人痙攣地號叫、氣喘吁吁。兩個醫生（其中一個面色蒼白，不停地哆嗦）默默地在這個人的另一條血紅大腿上進行手術。戴眼鏡的醫生處理好韃靼人，為他蓋上一件軍大衣，擦著手走到安德烈公爵面前。

他朝安德烈公爵的臉上看了看，急忙轉過頭去。

「脫衣服！怎麼都站著？」他氣惱地對醫士們叫道。

當一個醫士捲起衣袖的雙手匆忙地為他解開衣扣時，安德烈公爵想起了遙遠的童年。醫生低低地彎腰查看傷口，輕輕地摸了摸，不禁長嘆一聲。然後他向別人做了個手勢。腹內劇烈的疼痛使安德烈公爵失去了知覺。他醒來時，大腿的碎骨已經取出，切除了幾小塊碎肉，傷口也包紮好了。有人正向他臉上噴水。安德烈公爵剛睜開眼睛，醫生便彎腰在他的嘴唇上親了一下，隨即匆忙走開。

在熬過劇痛以後，安德烈公爵有了一種很久不曾有過的幸福安詳感。他一生中最美好幸福的時光，尤其是最遙遠的童年，有人為他脫衣、讓他躺在小床上的時候，保母在他身邊哼著歌曲哄他入睡時，他把頭埋在枕頭裡、一想到活在世上就覺得自己太不幸的時刻——一一浮現在他的想像之中，甚至不像是往事，而是宛如現實。

在安德烈公爵覺得其頭型很熟悉的那個傷患身邊，醫生們正忙碌著；大家都在鼓勵他、安慰他。

「拿給我看看吧……噢——！噢！噢——！」可以聽到他那由於慟哭而斷斷續續的、恐懼的、疼痛得無可奈何的呻吟。聽到這樣的呻吟，安德烈公爵也想哭。也許是由於他即將毫無光彩地死去，也許是由於他難捨人世，由於這些一去不復返的童年往事，也許是由於他在受苦，別人也都在受苦，而這個人正如此痛苦地在他面前呻吟，反正他想哭，想流下孩子般善良的、幾乎是欣喜的淚水。

他們讓傷患看了套著靴子的斷腿，上面仍帶著血痂。

「噢！噢——！」他像女人般號啕大哭。站在傷患面前遮擋著他的臉的醫生走開了。

「天哪！這是怎麼回事？他怎麼會在這裡？」安德烈公爵自言自語道。

安德烈公爵認出來了，剛才被鋸掉一條腿、不幸的失聲痛哭而漸漸虛弱的人竟是阿納托利·庫拉金。人們將阿納托利摟在懷裡，遞給他一杯水，他的顫抖、腫脹的嘴唇卻含不住杯沿。「不錯，是他；不錯，這個人和我有某種密切而苦惱的關係，」安德烈公爵想，還不大清楚他所面對的是什麼人。「這個人和我的童年、我的生活有什麼聯繫呢？」他這麼自問，卻找不到答案。突然，對童年世界、對純潔和愛的世界的一種嶄新的、意外的回憶出現在安德烈公爵的心裡。他回憶中的娜塔莎仍是他在一八一〇年的舞會上所見到的模樣，纖細的頸項、纖細的手臂、時刻期待歡樂的驚恐、幸福的神情，於是對她的愛和柔情比任何時刻都更為生動且強烈地在他的心靈中復甦。現在，他想起了存在於他和這個人之間的關係，這個人腫脹的眼裡熱淚盈眶，正淚眼模糊地望著他。安德烈公爵想起一切，他深感幸福的心裡充滿了對這個人熱忱的憐惜和愛。

安德烈公爵再也忍不住了，他哭了，為人們、為自己、也為他們和自己的謬誤而流下充滿愛和柔情的眼淚。

「對兄弟、對有愛的人們的同情和愛，對仇視我們的人的愛，對敵人的愛——這就是上帝在人間所宣揚的那種愛，就是瑪麗亞公爵小姐向我宣講而我並不理解的那種愛；就是因為這種愛，我才對生命難以割捨啊，假如我能活下來，那麼還能留在我心裡的也就是這種愛了。可惜為時已晚。這一點我是知道的！」

三十八

戰場上死傷枕藉的殘忍景象，加上頭腦昏沉、二十位將軍或死或傷的消息以及一向堅強的鐵腕變得軟弱無力的意識，對總是喜歡考察傷亡情況，並以此考驗自己的精神力量（他這麼想）的拿破崙產生了出乎意料的影響。這一天，戰場的駭人景象戰勝了他認為是自身豐功偉績所牽繫的精神力量。他急忙策馬離開戰場，回到舍瓦爾金諾土丘。他的臉泛黃、浮腫，心情沉重，眼神黯淡，鼻子通紅，聲音嘶啞，坐在折疊椅上不由自主地傾聽槍砲聲，也不抬起頭來。他帶著病態的愁容等待戰事結束，他認為，自己是這場戰爭的起因，然而卻無力加以制止了。個人的人性感情轉瞬間戰勝了他長期追求的生活幻影。他設身處地感受著他在戰場上所目睹的苦難和死亡。頭腦和胸口的沉悶提醒了他，自己也可能遭到苦難和死亡的。此刻，他既不想為自己取得莫斯科，也不想取得勝利和榮譽。（他還需要什麼榮譽呢？）他現在唯一的希望是休息、平安和自由。但是，他在謝苗諾夫斯科耶高地上時，砲兵指揮官向他提出建議，在那些制高點上布置幾個砲兵連，以便對聚集在克尼亞茲科沃前面的俄軍部隊加強火力。拿破崙同意了，並命令為他送來這些砲兵連是否發揮作用的消息。

副官來報告，根據皇帝的命令，兩百門大砲一齊向俄國人開火，但俄國人仍在堅守。

「我軍砲火使他們成群遭到傷亡，而他們仍在堅守。」副官說。

「他們還想要嗎？」拿破崙聲音嘶啞地說。

「陛下？」未聽明白的副官又問。

「還想要，」拿破崙皺起眉頭，嗓音沙啞地說，「那你們就再接再厲。」

即使沒有他的命令，事情也正如他所願地進行，而他之所以下令，只是因為他以為別人都在等候他的命令。於是，他又投入他原來那種人為的似乎偉大的幻影世界，於是他又開始扮演上天為他注定的那種殘酷、可悲而又不堪重負的非人角色。

此人的理智和良心並非只是此時今日才受到蒙蔽，他面對現狀比所有參與其事的人都承受著更為沉重的負擔；他終其一生，既不能理解真、善、美，也不能理解自己行為的影響，這些行為太違反善和真理、太遠離人性，以致他無法理解其影響。他無法放棄自己受到半個世界讚揚的行為，因而不得不放棄真理、善以及人性。

並非只是今天在巡視死傷遍地（他認為，這是由於他的意志所造成的）的戰場時，他望著那些人計算著，一個法國人換來幾個俄國人。而他計算出，每看到一個法國人，便能換來五個俄國人，便自欺欺人地以此自滿。並非只是在今天才在寄往巴黎的信中說，戰場很壯觀，因為戰場上有五萬具屍體；在聖赫勒拿島，他在孤寂的獨處中也說，他打算把閒暇的時間用來敘述他所完成的偉大事業，他這麼寫道[141]：

在俄國進行的戰爭本來可以是現代最得人心的戰爭：這是遵循健全理性和真正有益的戰爭，是謀求所有人的平安和安全的戰爭；純粹是愛好和平的保守戰爭。

---

141 下文是拿破崙的宮廷高級侍從及作家拉斯卡斯和拿破崙談話的紀錄，托爾斯泰摘自他的《聖赫勒拿島記事》。

這場戰爭，是為了一個偉大的目標，為了結束偶然性和開創太平盛世。新的前景、新的任務便會展現，以保障所有人的富足安康。歐洲的體系將得以建立，問題只在於形成制度了。

這些重大問題得到滿意的解決，處處可以放心，我也就會有自己的會議[142]和自己的神聖同盟[143]了。這都是從我這裡剽竊的觀念。在偉大君主們的集會上，我們可以像在家庭中一樣為自身利益負責，並尊重人民的意見，如同文書尊重主人的意見。

由此，歐洲很快就會真正形成一個統一的民族，任何人無論浪跡何方，永遠都是置身於共同的國家。我便會規定，所有河流人人都可以航行，大海是公海，龐大的常備軍一律縮編為君主的近衛軍，凡此種種。

回到法國，回到偉大、強盛、壯麗、安定、光榮的祖國，我便會宣布其疆域是不可變更的；所有未來的戰爭都是防禦性的；任何新的擴張都是反民族的；我會讓兒子參與對帝國的統治；我的獨裁就此終結，憲政從此展開……

巴黎將是世界的首都，法國人成為各國人民羨慕的對象！……

然後，我就利用閒暇和暮年，在皇后的幫助下以及在兒子接受帝王教育期間，宛如一對真正的鄉村夫婦，騎著馬走遍全國各地，接受投訴且秉公處理，在四面八方到處大興土木，廣施恩惠。

他，上天注定要扮演各國人民劊子手的可悲、不自由的角色，卻要自己相信，他的所作所為都是為了人民，自以為可以支配千百萬人的命運，運用政權興利除弊！

在渡過維斯瓦河的四十萬人之中，有一半是奧地利人、普魯士人、薩克森人、波蘭人、巴伐利亞人、符騰堡人、梅克倫堡人、西班牙人、義大利人和那不勒斯人。帝國軍隊其實有三分之一是荷蘭人、波蘭人、萊茵河沿岸居民、皮埃蒙特人、瑞士人、日內瓦人、托斯卡納人、羅馬人、第三十二師招募的居民、不來梅人、漢堡人等；軍隊中說法語的未必達十四萬人。

法國本身為遠征俄國所付出的代價不足五萬人；俄軍在從維爾納向莫斯科撤退途中的各次戰役中傷亡的人數超過法軍三倍；莫斯科大火使十萬俄國人喪生，他們都在樹林裡死於飢寒；最後，俄軍在從莫斯科到奧得河的行軍中也飽受嚴酷季節的折磨；來到維爾納後只剩下五萬人，而在卡利什已不足一萬八千人。

他自以為與俄國的戰爭是由於他的意志而發生的，戰爭的恐怖並不使他感到驚訝。他勇敢地承擔這個事件的責任，他喪失理智，認為可以為自己辯解的理由，居然是在幾十萬戰死者之中，法國人少於黑森人和巴伐利亞人。

142 一八一四至一八一五年的維也納會議迫使拿破崙接受俄國、奧地利、英國、普魯士等盟國的條件。

143 神聖同盟，一八一五年，俄國、奧地利、普魯士三國君主簽署於巴黎，後受到歐洲其他國家君主的支持。

三十九

幾萬戰死的軍人身穿不同制服、姿勢各異地躺在田野和草地上，這些田野和草地屬於達維多夫家族[144]和官方農民，幾百年來波羅金諾、戈爾基、舍瓦爾金諾和謝苗諾夫斯科耶的村民同時在這些田野和草地上收割作物、放牧牲畜。在那些包紮站所在的一俄畝之處，草地和土壤都浸透了鮮血。各部隊成群受傷和沒受傷的軍人神色驚慌地蹣跚而行，從一邊退往莫札伊斯克，從另一邊退往瓦盧耶沃。還有成群疲憊不堪、面有飢色的軍人在長官的率領下向前方行進。其餘人仍留在原地繼續射擊。

在早晨的陽光下，刺刀閃爍、硝煙瀰漫的田野原是那麼美麗悅目，現在空中卻籠罩著潮濕的陰霾，散發著火硝和鮮血的腥臭味。出現了片片烏雲，飄起了細雨，向死者和傷者灑落，向驚慌失措、疲憊不堪和滿腹懷疑的人們灑落。細雨彷彿在說：「人們哪，夠了，夠了。快停下來……醒醒吧。你們這是在做什麼？」

雙方飢餓、疲憊、受盡折磨的人們同樣開始懷疑，他們還應該互相殘殺嗎？人人臉上明顯地有了動搖的跡象，每個人的心裡都同樣地出現了疑問：「為什麼、為了誰我要殺人而又被殺呢？你們愛殺誰就殺誰，你們為所欲為吧，我不玩了！」這個想法直到傍晚已經在人人心裡醞釀成熟。所有人隨時可能對自己的行為駭然失色，扔下一切便逃跑，不管跑到什麼地方。

可是，在會戰接近尾聲時，儘管人們已經感覺到自身行為的可怕，儘管他們很願意住手，一種不可理解的神祕力量卻仍支配著他們，只剩下三分之一汗流浹背、沾滿火藥和血漬的砲兵了，儘管累得跌跌撞撞、氣喘吁吁，仍繼續搬運彈藥、裝填砲彈、瞄準、安上導火線；於是，雙方的砲彈還是那麼迅速且無情地飛來飛去，炸得血肉橫飛，可怕的行徑仍持續進行，這種行徑不是依循戰士們的意志，而是依循那個領導軍隊和世界的人的意志。

誰看一看俄軍的隊尾的混亂情形，誰就會說，法國人只要再稍微努力一下，俄軍就會被消滅；誰要是看一看法軍的隊尾，也會說，俄國人只要再稍微拚一下，法國人就徹底完了。但是法國人和俄國人都沒有做出這般努力，於是戰火慢慢趨於熄滅。

俄國人沒有努力，因為並不是他們在進攻法國人。在會戰之初他們只是駐守在通往莫斯科的大道上堵住敵人，到會戰後期，他們仍像在會戰之初那樣繼續駐守。不過，即使俄國人的目的是要擊退法國人，他們也不可能做出最後的努力，因為俄國人的軍隊已經全部被擊潰，沒有一支部隊不在戰火中受到重創，即便是駐守原地，俄軍也已經喪失了一半兵力。

法國人帶著對過去十五年戰無不勝的記憶，懷有拿破崙不可戰勝的信心，知道他們已控制了戰場的一部分，而他們只損失了四分之一兵員，還擁有兩萬名毫髮未傷的近衛軍，因而是很容易再努力的。為了把俄軍從陣地上趕走而進行攻勢的法國人是應當努力的，因為只要俄國人還像戰前一樣堵住到莫斯科去的大道，法國人的目的就沒有達到，他們的一切努力和犧牲全都付諸東流。但是法國人並沒有繼續努力。某些歷史學家說，拿破崙應當動用毫髮未傷的近衛軍，以便贏得會戰的勝利。認為拿破崙如果動用衛軍，情況

144 達維多夫，在莫斯科省擁有若干莊園的著名貴族家族。

便會如何，無疑是說，如果秋天變為春天，情況便會有所不同。這是不可能的。拿破崙沒有動用近衛軍，不是因為他不想這麼做，而是因為不可能這麼做。法軍所有將軍、軍官、士兵都明白，當時是不可能這麼做的，因為部隊低落的士氣不允許。

不只拿破崙一人有過噩夢般的感覺，感覺到揮起的手臂軟弱無力地落了下來，而是法軍所有的將軍、所有曾參與和未曾參與的士兵，在有了以往歷次戰役的經驗（那時只消十分之一的努力敵人便會逃跑）之後，這次面對敵人卻都萌生一種畏懼的感覺，這個敵人在喪失一半兵力之後，在會戰後期仍像在會戰初期那樣凜然不動。進行攻勢作戰的法軍精神力量耗竭了。俄國人在波羅金諾所取得的勝利，不是根據奪取了多少面木桿上綁著布片的軍旗、先後占據了什麼地方來評定的勝利，而是精神上的勝利，是迫使敵人承認對手在精神上占有優勢而自己處於劣勢的勝利。法國人的入侵好比一頭兇猛的野獸，飛撲而來時受到致命傷，覺得自己要死了；然而，這頭野獸是不可能停下來的，正如俄軍不可能不避開兩倍於己的敵軍一樣。在這次碰撞後，法軍還能到達莫斯科；但是在這裡無需俄軍再努力，這頭野獸就會由於在波羅金諾的致命傷流血過多而死。波羅金諾會戰的直接後果，就是拿破崙無故從莫斯科逃走、沿著古斯摩稜斯克大道往回跑、五十萬大軍的入侵徹底失敗、拿破崙帝國的滅亡，這個帝國，最先在波羅金諾受到精神上更強大的敵人的致命一擊。

第三章

運動的絕對連續性是人的智力所不能理解的。人要理解任何一種運動的規律，只有當他從這種運動中任意截取若干單位加以研究之後才有可能。然而人類多數錯誤正是由於把連續運動任意分割為間斷性的單位而產生的。

眾所周知，古希臘有所謂的悖論，說的是阿基里斯永遠趕不上在他前面爬行的烏龜，儘管阿基里斯行走的速度是烏龜的十倍：當阿基里斯走完他和烏龜之間的距離時，烏龜在他前面爬行了這個距離的十分之一；阿基里斯走完這十分之一，烏龜爬行了百分之一，依此類推，以至無窮。古希臘人覺得這個問題是無法解決的。答案（阿基里斯永遠趕不上烏龜）的荒謬完全是由於任意截取運動的間斷性單位，然而阿基里斯和烏龜的運動都是連續的。

採取愈小的運動單位，我們只是接近解決問題，卻永遠無法最終解決。只有假設無窮小以及由無窮小至十分之一的級數，並取得該幾何級數之和，我們才能解決問題。新的數學分支獲得處理無窮小的方法，於是其他關於運動更為複雜的問題，過去覺得無法解決的，現今也迎刃而解了。

古希臘人所不知道的這個新數學分支在研究運動問題時，運用無窮小的概念藉以恢復運動的主要條件（運動的絕對連續性），因而克服了過去人類智力所不可避免的錯誤，他們以深究運動的個別單位來代替對連續運動的研究。

在對歷史運動規律的探索中，情況也完全一樣。

無數人的任意行為所形成的人類運動是連續性的。

認識這一運動的規律是歷史學的目的。可是為了研究無數人的任意行為總和所形成的運動規律，人的智力卻訴諸任意的、間斷性的單位。歷史學的第一種方法是從那些連續的事件中任意截取一個系列，孤立地加以研究，然而，任何一個事件都沒有也不可能有開端，總是一個事件不間斷地產生於另一個事件。第二種方法是考察一個人——帝王、統帥的行為，把這種行為視為人類任意行為的總和，然而人類任意行為的總和從來不表現於個別歷史人物的行動。

歷史學在其發展過程中，經常選取愈來愈小的單位以為研究對象，竭力想藉由這種方法接近真理。但是，不論歷史學所選取的單位多小，我們覺得，孤立地截取某個單位、假設某個現象有開端並假設所有人的任意行為都表現於某個歷史人物的行為之中，這本身就是錯誤的。

歷史學的任何結論，無需評論家費力就會灰飛煙滅、不留痕跡，這就是因為評論家選作研究對象的，大多是或大或小的間斷性單位；他有理由這麼做，截取的歷史單位永遠都是任意性的。

唯有研究無窮小——歷史的微分[145]，即人們各種同樣的趨向，並應用「求積分」[146]的方法，我們才有希望認識歷史規律。

十九世紀最初十五年，歐洲出現幾百萬人的不尋常運動。人們放下日常活動，從歐洲的一端奔向另一端，掠奪、互相殺戮、或狂喜或絕望，整個生活進程在幾年中發生變化，呈現一種強勁的運動，起初日漸高張，後來漸漸式微。這個運動的原因何在，或者說，是依什麼規律發生的？——人類的理智正如此提問。

為了回答這個問題，歷史學家向我們講述幾十個人在巴黎市一座房子裡的活動和對話，並將這些活動和對話稱之為革命；然後說了拿破崙以及某些支持和反對他的人的詳細履歷，介紹了其中一些人對另一些人的影響，並認為，這就是運動發生的原因，也就是運動的規律。

但人類的理智不僅不相信這種解釋，而且索性說，這種解釋的方法不對，因為在這種解釋中，最無足輕重的現象被視為最重大的現象的原因。人們任意行為的總和造就了革命和拿破崙，正是這些任意行為的總和曾容忍又消滅了革命和拿破崙。

「但是每一次，只要有征服，就有征服者；每一次，只要國家有重大變革，就有偉大人物。」歷史學這麼說。而人類的理智回答道，不錯，每當出現征服者時就會有戰爭，然而這不能證明，征服者是發生戰爭的原因，也不能證明，可以在個別的活動中找到戰爭的規律。每一次，當我看著表，看見指針指向十點時，就聽到鄰近的教堂開始鳴鐘，不過，儘管每當開始鳴鐘時，指針就指著十點，我卻沒有理由根據這一點就做出結論，說指針的位置是教堂的鐘一齊響動的原因。

每一次，當我看到火車啟動時，就能聽到汽笛聲，同時看到閥門打開和車輪滾動；但是我沒有理由根據這一點就做出結論，說汽笛聲和車輪的滾動是火車啟動的原因。

---

145 這個概念表示不可分割的要素，某種「數學上的原子」。歷史學家盧里耶認為，托爾斯泰的「歷史的微分」類似古希臘原子論者的「不可分割的」單位，這就是歷史運動中的無窮小要素（見盧里耶《〈戰爭與和平〉中的歷史的微分》，《俄羅斯文學》一九七八年第三期）。

146 在俄語中還有「加以整合、一體化」的意思。

農民說，暮春颳寒風是因為橡樹吐新葉，確實，每年春天都在橡樹吐新葉時颳寒風。雖然我不知道，為什麼會在橡樹吐新葉時颳寒風，但是我不能同意農民的看法，說颳寒風是橡樹吐新葉的原因，就因為風力是無法影響吐新葉的。我所看到的，只是任何日常現象中常有的那些條件的巧合，而且我看到，不管我多麼仔細地觀察時針、火車的閥門和車輪以及橡樹的新葉，我也無法了解鳴鐘、火車啟動和颳寒風的原因。為此，我應該完全改變著眼點，去研究蒸汽、車輪與風的運動規律。歷史學也應當這麼做。而且已經有過這類嘗試了。

為了研究歷史規律，我們應當改變觀察對象，應當忽略帝王、大臣和將軍，而去研究那些影響群眾的同樣的、無窮小的因素。誰也不能說，研究歷史規律的這個途徑能為人帶來多少成果，但顯而易見的是，唯有遵循這個途徑，才有可能捕捉到歷史規律，而人類的智慧在這方面的付出，還不及歷史學家為描述帝王、統帥、大臣的活動以及闡述自己對這種活動的思考而付出的努力的百萬分之一。

二

歐洲說著十二種語言的不同民族以武裝力量入侵俄國。俄國軍民為避戰撤退到斯摩稜斯克，又從斯摩稜斯克撤退到波羅金諾。法軍以不斷增強的爆發力猛撲莫斯科，撲向行動的目的地。他們的爆發力在接近目的地時愈發增強，正如落體在接近地面時速度愈來愈快。背後是幾千俄里忍飢挨餓、同仇敵愾的敵對方；面前是離目的地幾十俄里的路程。這一點，拿破崙軍隊的每一名士兵都明白，入侵只是由於慣性而不由自主地迫近目的地。

隨著連續撤退，俄軍仇恨敵人的怒火愈燒愈旺；部隊在撤退時集中、壯大起來了。在波羅金諾發生了衝突。雙方的部隊都沒有潰散，但俄軍在衝撞後立即後退是必然的，如同一顆球與另一顆衝擊力更強的球相碰，必然會向後滾動一樣；同樣，急劇衝撞的入侵，球也必然會（儘管在衝突中已喪失全部力量）再向前滾一段距離。

俄國人撤退一百二十俄里——退到了莫斯科，法國人到了莫斯科，在那裡停了下來。在此後的五個星期裡沒有打仗。法國人按兵不動。好像一頭受了致命傷的野獸，流血不止、舔著傷口，他們在莫斯科停留了五個星期，無所作為，突然，沒有任何原因便向後方逃跑：奔向卡盧加大道（他們勝利了，因為小雅羅斯拉韋茨附近的戰場又被他們占領了），沒有發動任何重大戰役又更快地逃往斯摩稜斯克，過了斯摩稜斯克、維爾納、別列津納河等。

八月二十六日晚，庫圖佐夫和全軍官兵都深信，波羅金諾會戰打贏了。庫圖佐夫於是呈報皇上。庫圖佐夫下令準備進一步進攻、徹底擊潰敵人，他這麼做並不是想欺騙誰，而是因為他知道，敵人已被打敗，這是每個參戰的人也都知道的。

可是，當晚和第二天陸續傳來遭到空前傷亡、喪失一半兵力的消息，因而已無力再戰。發起新一波戰役是不可能的，因為情報還沒有蒐集齊全，傷患還沒有全部抬走，砲彈還沒有補充，陣亡人數還沒有統計，代替陣亡官長的人員還沒有指派，戰士們還沒有吃飽睡好。

與此同時，就在戰役結束後的第二天早上，法軍已經（依慣性運動，現在彷彿與距離的平方成反比地加快速度）自然而然地向俄軍挺進。庫圖佐夫想在第二天發動進攻，全軍官兵也這麼認為。但是要進攻，僅有進攻的想法是不夠的；還要有進攻的可能性，而這種可能性是不存在的。俄軍不得不晝夜撤退，然後又同樣地不得不接二連三地晝夜撤退。最後，在部隊抵達莫斯科的九月一日，儘管部隊的士氣高昂，迫於實際狀況，部隊只好撤退到莫斯科後方。於是部隊又一而再地晝夜撤退，莫斯科淪於敵手。

有些人習慣性地以為，統帥在制定戰爭和戰役計畫時也像我們一樣，可以坐在書房裡看著地圖想像，在如此這般的戰役中該怎麼或自己會怎麼進行部署，他們會問，為什麼庫圖佐夫撤退時不採取這樣或那樣的行動，為什麼他不搶先占據菲利的陣地，為什麼他不一下子退到卡盧加大道，為什麼要放棄莫斯科等。習於這麼想的人們忘記了或不了解，任何一位總司令的行動總是在一些不可避免的條件下進行的。我們自在地坐在書房裡，看著地圖分析某場戰役，已知雙方各有多少部隊，地形也是已知的，並且從某個已知的時間點開始我們的想像，統帥的行動和我們在這種情況下所想像的毫無共同之處。總司令永遠不會像我們，總是在一個事件開始時的條件之下鑽研事件，而總是處於一連串變動的事件中心，因而自始至終、在任何時刻都不可能全面思考變化中的事件其所代表的意義。事件隨時在難以察覺之處顯現其意義，而在事件這種逐漸的、不斷地顯現過程中的每時每刻，總司令都處於極其複雜的博弈、陰謀、憂慮、制約、權力、方案、建議、威脅、欺騙的漩渦中心，經常不得不回答向他提出的不可勝數的、總是相互矛盾的問題。

軍事學者非常嚴肅地告訴我們，庫圖佐夫早在抵達菲利之前就應該把部隊調往卡盧加大道，甚至有人提過這個建議。但是在總司令面前，尤其是在困難時刻，往往不是有一個建議，而是同時有幾十個建議。這些基於戰略和戰術考量的建議每每相互矛盾。總司令似乎只要從這些建議中選定一個就行。但是這一點他也無法做到。事件和時間是不等人的。假定二十八日有人建議他轉移到卡盧加大道，然而這時副官從米洛拉多維奇處疾馳而來，問他馬上同法國人開戰或是撤退。他必須刻不容緩地下達命令。而撤退的命令使我們錯過了通往卡盧加大道的那條彎道。在副官之後，軍需官問糧草要運往哪裡，而醫院院長來問往哪裡運送傷患；而來自彼得堡的信使送來皇上的信件，斷言不准放棄莫斯科，而總司令的對手、那個暗中找碴的人（這種人總是有的，不是一個，而是好幾個）提出了新建議，和開赴卡盧加大道的計畫截然相左；而總司令本人需要睡眠和營養來保持體力；而一位可敬的將軍錯過了受獎的機會跑來發牢騷，而當地居民來懇求保護；派去視察地形的軍官帶來的報告，與在他之前派去的軍官的說法完全相反；而偵察兵、俘虜和實地偵察的將軍對敵情的描述各不相同。習於不理解或忘記任何一位總司令在行動中必然會碰到這些問題的那些人，例如會向我們介紹部隊在菲利的情況，並設想總司令在九月一日完全可以自由決定放棄或保衛莫斯科的問題，可是俄軍在距離莫斯科五俄里時所處的情況，已經使這個問題不可能存在了。客觀上這個問題是什麼時候決定的呢？是在德里薩、斯摩稜斯克，最明顯的是二十四日在舍瓦爾金諾、二十六日在波羅金諾，以及在從波羅金諾向菲利撤退的每一天的每時、每刻決定的。

三

俄軍從波羅金諾撤退後駐守在菲利。前往視察陣地的葉爾莫洛夫來見元帥。

「在這個陣地上作戰是不可能的。」他說。庫圖佐夫驚訝地盯著他，要他再說一遍。等他說完了，庫圖佐夫執起他的一隻手。

「把手給我，」他說，他把這隻手轉動一下，以便把脈，接著說：「你生病了，我的朋友。想一想吧，你在說什麼呀。」

庫圖佐夫在波克隆山上，在離開多羅戈米洛沃哨卡六俄里之處下馬車，在路邊的一條長凳上坐了下來。一大群將軍聚攏在他周圍。拉斯托普欽伯爵從莫斯科來到這裡，也和他們一起來了。這些傑出人物分為幾個圈子，交談著陣地的利弊、部隊的態勢、擬議中的計畫、莫斯科的狀況，總之，談的淨是軍事問題。大家都意識到，這是一次軍事會議，儘管沒有明說為什麼召集他們，也沒有說是開會。所有談話都保持在共同話題的範圍之內。即使有人談論或打聽私人的事，也是低聲細語，而且立刻又回到共同的話題：沒有戲謔，沒有笑聲，甚至在這些人之間都見不到笑容。顯然，大家都在克制，嚴格要求自己。所有小組在交談時都擠在靠近總司令的地方（他的長凳成為這些小圈子的中心），說話時，總是設法讓他能夠聽到。總司令聽著，有時請周圍說話的人把話再重複一遍，但他不介入談話，也不發表任何意見。在聽了某個圈子的談論之後，他往往帶著失望神情別開臉，彷彿他們所說的話完全不是他希望聽到的。有些人在談論選定的陣地，與其說在批評陣地本身，不如說在批評選定該陣地的人的智力；另一些人試圖證明，早就犯了一個錯誤，前天就該應戰了；還有一些人在談論薩拉曼卡戰役，適才抵達、身穿西班牙軍服的法國人克羅薩[147]介紹了這次戰役的情況。（這個法國人和在俄軍服役的一名德國親王共同分析了薩拉戈薩[148]之圍，也覺得保衛莫斯科是可行的。）第四個圈子裡的拉斯托普欽伯爵說，他已經準備好要親率莫斯科民兵與首都共存亡，但他還是不能不感到遺憾，他居然被蒙在鼓裡，要是他早知道這些情況，那就是另一回事了……第五個圈子裡的人為了顯示自己深刻的戰略思考，正大談部隊今後應該採取的行動方向。第六個圈子的人純粹是在胡說八道。庫圖佐夫的臉色愈來愈憂鬱而悲傷。在這些談話中，庫圖佐夫只意識到一點：保衛莫斯科完全沒有任何實際可能性，也就是說，不可能到如此程度，即使哪個發瘋的總司令發出作戰命令，也只會引起動亂，而不會有作戰行動；這是因為所有的高級指揮官不僅承認這個陣地極其難守，而且他們在談話中，也只是在討論陣地必將被放棄，之後又會發生什麼情況。指揮官怎麼能率領部隊奔赴他們認為難以防守的戰場呢？下級指揮官甚至士兵（他們也在議論）也承認陣地的不利，因而不可能帶著這種失敗情緒投入戰場。既然本尼格森堅持保衛陣地，而其他人還在對這個陣地議論紛紛，那麼這個問題本身就已經失去意義了，只是成了挑起爭端和陰謀的藉口。對庫圖佐夫來說，這是昭然若揭的。

本尼格森選定陣地後，熱絡地大談他對俄國的愛國主義（庫圖佐夫不得不皺眉傾聽），堅持要保衛莫斯科。庫圖佐夫對本尼格森的意圖瞭若指掌：在保衛戰失敗的情況下，可以歸咎於庫圖佐夫，因為他不戰

---

147 克羅薩是一八一二年起，在俄軍服役的法裔軍官。

148 薩拉戈薩是西班牙城市，一八〇八至一八〇九年兩度被法軍圍困，經兩個多月的英勇抵抗，於一八〇九年年二月淪陷。

而退，把部隊帶到麻雀山，在獲得勝利的情況下，則歸功於自己；在他的意見被否決的情況下，他可以為自己洗刷放棄莫斯科的罪名。但此刻，老人對這個耍陰謀的問題並不在意。他在意的是一個可怕的問題。而他在任何人的談論中都找不到對這個問題的答案。現在對他來說，唯一的問題是：「難道是我把拿破崙放到莫斯科，我又是在什麼時候鑄成大錯的呢？這是在什麼時候造成的？難道是昨天晚上，在我派人向普拉托夫下達撤退命令的時候，或者是前天晚上，在我打盹而命令本尼格森主導一切的時候？也許還更早？這個可怕的情況究竟是在什麼時候造成的呢？莫斯科必須放棄。部隊必須撤退，這個命令必須發布。」他覺得，發布如此可怕的命令，就等於放棄軍隊的指揮權。而他愛權力，習於掌權（普羅佐羅夫斯基公爵所享有的尊榮刺激了他的權力欲，他在土耳其曾是他的部屬），不僅如此，他還確信，命中注定要由他來拯救俄羅斯，正因如此，他才能違反皇上的意旨而順應民意地成為總司令。他確信，只有他能在如此艱困的條件下繼續率領軍隊，全世界只有他能無所畏懼地與不可戰勝的拿破崙為敵。而他必須發布的命令卻使他想起來就害怕。然而必須做出決斷，必須制止他周圍的議論，這種議論開始具有一種過於放肆的氛圍。

他把幾位軍銜最高的將軍叫到身邊。

「不管我的頭腦好不好，反正沒有人可以依靠了。」他說，他從長凳上站起來，騎馬到菲利去了，他的馬車都停在那裡。

四

下午兩點鐘，在農民安德烈·薩沃斯季亞諾夫住所寬敞的、最好的屋舍裡召集會議。這個農民大家庭的男人、女人和孩子們都擠在對面一個沒有煙囪的小木屋[149]裡。只有安德烈的小孫女、六歲的小女孩瑪拉莎留在大房間的炕上，殿下對她很親切，喝茶時給了她一塊糖。她靦腆而開心地從炕上看著將軍們的臉、軍服和十字勳章，他們魚貫而入，在正中聖像下寬寬的長凳上落座。老爺爺，瑪拉莎在心裡這麼稱呼庫圖佐夫，單獨坐在炕幽暗的角落。他坐著，把身子深深地埋進可以折疊的扶手椅裡，不斷地哼哼著拉開常禮服的領口，儘管領扣已經解開，他好像還是覺得衣領勒住脖子。陸續進來的人走到元帥面前；他和某些人握手，對某些人點頭。副官凱薩羅夫想拉開庫圖佐夫對面的窗簾，可是庫圖佐夫氣惱地連忙向他搖手，凱薩羅夫明白了，殿下不願讓人看到他的臉色。

在農家那張雲杉木桌上放著一些地圖、計畫、鉛筆和文件，圍在桌旁的人太多，於是勤務兵又搬來一條長凳放在桌邊。在這條長凳上坐下的是剛到的葉爾莫洛夫、凱薩羅夫和托爾。在聖像的正下方，坐在首位的是脖子上掛著聖喬治勳章、臉色蒼白而有病容、高高的前額與光頭融為一體的巴克萊·德·托利。他受寒熱折磨已有兩天，這時正好發冷，渾身痠痛。和他並排坐在一起的烏瓦羅夫正小聲地（大家說話的聲

149 這種小屋用火爐取暖，卻沒有煙囪；起初屋內煙霧騰騰，然後從窗洞慢慢冒出去。

音都很小）對巴克萊說什麼，一邊很快地做著手勢。矮小圓胖的多赫圖羅夫微微抬起眉毛，雙手疊放在肚腹上，仔細聽著。坐在另一邊的是奧斯特曼．托爾斯泰伯爵，他單手托著寬寬的腦袋，形容威猛、雙目炯炯，似乎完全沉浸在自己的思緒。拉耶夫斯基將軍帶著急不可耐的表情，用習慣性的手勢向前捲著烏黑鬢角，時而看看庫圖佐夫，時而看看門口。科諾夫尼岑堅定、漂亮、和善的臉上閃著和藹、狡黠的微笑。他遇到了瑪拉莎的目光，便對她使眼色，把小女孩逗笑了。

大家都在等候本尼格森，他以重新視察陣地為由，正享用美味的午餐。從四點鐘等到六點，在這段時間裡一直沒有開會，都在低聲細語地說些閒話。

只是在本尼格森走進房間時，庫圖佐夫才從角落向桌前移動，但點到為止，好讓放到桌上來的幾支蠟燭照不到他的臉。

本尼格森以一個問題做為會議的開場白：「不戰而放棄俄羅斯古老神聖的首都或是保衛她？」接著是持續很久的一片靜默。所有人的臉色都沉了下來，在寂靜中只聽到庫圖佐夫氣憤的呼吸聲和咳嗽聲。所有人的眼睛都在看他。瑪拉莎也看著老爺爺。她離他最近，看到他的臉上布滿了皺紋：他似乎就要哭了。不過為時不久。

「俄羅斯神聖古老的首都！」他突然說道，用氣憤的聲音重複本尼格森的話，從而指出這種話的虛偽程度。「請允許我告訴您，大人，這個問題對俄國人是沒有意義的。（他那沉重的身軀向前一撲。）不能這樣提出問題，這樣的問題是沒有意義的。我召集這些先生來討論的問題，是軍事問題。問題如下：『拯救俄羅斯要靠軍隊。甘冒喪失軍隊和莫斯科的風險而應戰有利，還是不戰而放棄莫斯科有利？』正是在這個問題上，我想知道諸位的意見。」（他向扶手椅的椅背上一靠。）

辯論開始了。本尼格森還不認為他的這一局博弈已經輸了。他是認可巴克萊和其他人關於不可能在菲利進行保衛戰的意見的，現在卻滿懷俄羅斯愛國主義和對莫斯科的愛，建議趁夜將部隊從右翼調往左翼，並在第二天襲擊法軍右翼。意見有所分歧，贊成和反對的爭論不休。葉爾莫洛夫、多赫圖羅夫和拉耶夫斯基贊同本尼格森的意見。他們是出於要在放棄首都之前犧牲的熱情，或出於個人的其他考量，可是這幾位將軍似乎不明白，此次會議是不可能改變事態的必然進程的，不明白現在莫斯科已被放棄了。其餘將軍們了解這一點，因而把莫斯科問題放在一邊，正談論部隊撤退中應採取的方向。瑪拉莎目不轉睛地看著眼前的態勢，對這個會議的意義有了另一種理解。她覺得，這只是「老爺爺」和「長袍」個人之間的爭執，她見本尼格森穿著長袍常禮服便稱他「長袍」。她看到，他們在交談時都生氣了，心裡站在老爺爺一邊。在談話中她發覺，老爺爺用調皮的目光向「長袍」很快地瞥了一眼，此後她很開心地看到，老爺爺對「長袍」說了什麼，使本尼格森無話可說：本尼格森突然滿臉通紅、氣呼呼地在房間裡走來走去。對本尼格森影響這麼大的話，是庫圖佐夫以平靜、溫和的語氣就本尼格森的建議的利弊所發表的意見，他的建議是：趁夜將部隊從右翼調往左翼，以便進攻法國人的右翼。

「諸位，」庫圖佐夫說，「我無法贊同伯爵的計畫。在敵人近距離內調動軍隊向來充滿危險，軍事史證明了這個看法。例如……（庫圖佐夫彷彿在沉思，尋求適當的戰例，並以天真開朗的目光看著本尼格森。）就拿弗里德蘭戰役[150]來說吧，我想，伯爵還記得很清楚，這個戰役之所以不成功，就是因為我軍在離敵人太近的地方重新編隊……」接著是片刻的沉默，不過大家都覺得這段時間很漫長。

150 見〈第二部．第二章．第十七章〉注釋。

辯論重新展開，不過時常冷場，覺得不必多談了。

在一次冷場時，庫圖佐夫長嘆一聲，一副準備開口的樣子。大家都轉身望著他。

「總之，諸位，看來要由我為後果承擔責任了，」他說。他緩緩欠起身來，走到桌前。「諸位，我聽取了你們的意見。有些人會有異議。但是我（他停頓了一下）以我的皇上和國家賦予我的權力宣布，我——命令撤退。」

此後，將軍們莊嚴、肅穆、謹慎地散去，好像剛參加了葬禮似的。

有幾位將軍完全不像在會議上發言時那般聲音洪亮，而是低聲地向總司令說著什麼。

家裡早就在等瑪拉莎吃晚飯了，她背朝外小心地從炕上爬下來，一雙小小的赤腳不斷踩著炕上的突起處，隨即在將軍們的大腿之間鑽過去，從門口溜出去了。

將軍們走了以後，庫圖佐夫臂肘支在桌上坐了很久，一直在想那個可怕的問題：「什麼時候、究竟是什麼時候鑄成大錯，以致不得不放棄莫斯科呢？是什麼時候犯下這決定性的錯誤，那是誰的錯？」

「這一點，這一點我不曾料想到，」他對進來見他的副官施奈德說，這時已是深夜，「這一點我不曾料想到！這一點我沒有想到！」

「您應該休息了，殿下。」施奈德說。

「不！他們一定會像土耳其人一樣吃馬肉，」庫圖佐夫沒有理會施奈德，用胖胖的拳頭捶著桌子大聲說道，「他們也會吃馬肉，只要……」

五

同時，比庫圖佐夫軍隊不戰而退更為重大的事件，即在放棄和焚毀莫斯科，而拉斯托普欽被認為是主導這件事的人，其所作所為卻和庫圖佐夫截然不同。

放棄和焚毀莫斯科，與部隊在波羅金諾會戰後不戰而退至莫斯科後方，兩者同樣無可避免。

每個俄國人不是基於思辨，而是基於我們和我們父執輩內心的感覺，而預感其必將發生的可能。

從斯摩稜斯克開始，在俄羅斯土地上的所有城鎮和鄉村，無需拉斯托普欽伯爵及其公告，都發生過和莫斯科相同的情況。人民從容不迫地等待敵人，沒有暴動、沒有騷亂、沒有將任何人撕成碎片，而是平靜地等待自己的遭遇，感到自己有力量在最艱難的時刻採取相應的行動。等到敵人逼近，富有的居民離開了，把財產棄之不顧；貧窮的居民留了下來，焚燒和摧毀留下的一切。

俄羅斯人的心靈意識到這種情況，而且任何時刻都會發生。不僅如此，對莫斯科即將被占領的預感始終存在於一八一二年莫斯科俄羅斯人社會。那些早在七月和八月初，便從莫斯科出走的人們表明，他們已預料到莫斯科會被占領。那些拋下房屋和半數財產，帶上能帶走的一切出走的人們，這麼反應是出於潛在的愛國主義，這種愛國主義不是表現在豪言壯語，不是表現在為了拯救國家而殺死孩子等不正常行動，而是不為人知地、樸實地、出自本能地表現出來，因而總是會產生極其強而有力的效果。

「逃避危險是可恥的；只有膽小鬼才會逃離莫斯科。」有人對他們說。拉斯托普欽在其公告中向他們宣稱，從莫斯科出走是恥辱。他們羞於被叫作膽小鬼，羞於出走，但他們還是走了，而且，很清楚知道他們應當走。為什麼他們要走呢？他們並不是因為拉斯托普欽提過拿破崙在被征服的土地上的駭人暴行，以致他們感到恐懼。他們走了，而且，最先走的是富有、有教養的人們，他們都很了解，維也納和柏林都完好無損地保存了下來，居民和有魅力的法國人一起度過愉快的時光，當時俄國的男人，尤其是女人們，是那麼喜愛法國人。

他們之所以走，是因為對俄國人來說，生活在法國人統治下的莫斯科是好是壞，這個問題根本不存在。被法國人統治是不可接受的：這比任何事都糟。他們在波羅金諾會戰之前便陸續離去，在波羅金諾會戰之後離開得速度更快，完全不理會保衛首都的號召，無視莫斯科總督要抬著伊韋爾聖母像投入戰爭的意向以及要用來毀滅法國人的氣球，也不理會拉斯托普欽在其公告中的胡言亂語。他們知道，應當投入戰爭的是軍隊，即便他們不行，若要帶領夫人小姐和家僕到三山門去和拿破崙作戰根本不可想像，他們必須出逃[151]，不管拋棄財產是多麼痛心。他們走了，不去想這座宏偉富饒的首都所代表的崇高意義，它被居民所遺棄，而且顯然將被焚毀（一座被遺棄的木造大都市必然會燒成灰燼）；他們每個人都是為了自己而離去的，然而正是由於他們走了，一個輝煌的壯舉才得以完成，而且將永遠是俄羅斯人民最崇高的榮耀。一位模糊地意識到她不是拿破崙奴僕的太太，唯恐人們會根據拉斯托普欽的命令阻擋她，早在六月便帶著黑奴和小丑們從莫斯科動身前往薩拉托夫鄉下，因而真正樸實地執行拯救俄國的偉大事蹟。而拉斯托普欽伯爵時而羞辱出走的人，時而疏散政府機關，時而將一無是處的武器發給一群酗酒的敗類，時而抬著聖像遊行，時而禁止奧古斯丁[152]轉移聖骨和聖像，時而強徵莫斯科的所有私人車輛，時而動用一百三十六輛馬車運走萊皮希製造的氣球，時而暗示他要放火焚毀莫斯科，時而聲稱他已燒毀自家住處，並寫了致法國人的公告，正氣凜然地指責他們毀了他的孤兒院；時而又把焚燒莫斯科的功勞據為己有，時而又加以否定，時而命令民眾抓捕一切奸細送交他面前，時而又責備他們這麼做，時而把莫斯科的所有法國人驅逐出境，時而把莫斯科全體法國僑民的核心人物奧貝爾．舍爾瑪夫人留在城內，卻又沒有任何特殊原因便下令逮捕並流放郵政局可敬的老局長克柳恰廖夫[153]；時而要召集民眾到三山門和法國人對抗，時而又為了擺脫那些人而誘使他們殺人，自己卻從後門溜走；時而說，他要與莫斯科共存亡，時而在紀念冊上寫下自己參戰的法文詩[154]——這個人不了解當前事件的意義，只想有所作為、一鳴驚人，並完成某種愛國主義的英雄壯舉，於是像個孩子一樣，在放棄和焚毀莫斯科這雄偉、不可逆轉的事件中嬉戲，妄想用他的手促成或阻撓將他也席捲而去的民眾洪流。

151 拉斯托普欽曾在公告裡號召莫斯科居民手執武器到城南的三山門地區迎擊敵人。拉斯托普欽指定，在一八一二年九月一日「消滅那個惡徒」。

152 奧古斯丁，即維諾格拉茨基（一七六六—一八一九），其職銜是德米特羅夫主教，著名的宗教作家和傳道士，一八一二年，實際主持莫斯科教區。

153 克柳恰廖夫（一七五四—一八二〇），共濟會會員，長期擔任莫斯科郵政局長。

154 原詩：「我生而為韃靼人。我想做個羅馬人。法國人叫我野蠻人。俄國人卻叫我喬治．當丹。」喬治．當丹是莫里哀喜劇《喬治．當丹》的主角。這齣喜劇是慶祝路易十四凱旋歸來，曾在凡爾賽宮演出。

六

海倫隨宮廷自維也納回到彼得堡後，便陷入困境。

在彼得堡，海倫享有一位大臣的特殊庇護，他在國家是占有最高要職的人物之一。而在維也納，她和一個年輕的外國王子過從甚密。當她回到彼得堡時，王子和大臣都在彼得堡，兩人都向她聲明自己的權利。於是，海倫面臨了一個嶄新的課題：與兩人都保持親密關係而不冒犯其中任何一人。

其他女人備感棘手甚至無法解決的問題，從來沒有令別祖霍夫伯爵夫人皺一皺眉頭，難怪她享有最聰明女人的名聲。要是她開始掩飾自己的行為，用狡猾的手段擺脫窘境，並意識到自己有過錯，反而會誤了事情；反之，海倫猶如真正的大人物，立刻便能隨心所欲地將自己置於正確的一方，真誠地相信自己是正確的，同時把其他人置於有過錯的一方。

第一次，當年輕的外國王子膽敢向她抱怨時，她高傲地抬起美麗的臉龐，略微轉身對著他，強硬說道：

「這就是男人們的自私和冷酷！他們不會有更好的表現。一個女人為你們奉獻自己；她很痛苦，而您就這麼報答她。殿下，您有什麼權利要求我交代自己的依戀和友情呢？這個人對我來說勝似父親。」

王子想說什麼。海倫打斷了他。

「不錯，也許他對我並不是完全抱有父親的感情；可是我不應該因此就對他閉門不納啊。我不是男人，不能以怨報德。但願殿下知道，內心的感情我只向上帝和我的良心傾訴。」她一說完，一隻手輕按高高挺起的美麗胸脯舉目望天。

「不過，您聽我把話說完吧，看在上帝分上。」

「您娶我吧，那我就是您的奴隸了。」

「但這是不可能的呀。」

「您不肯屈尊和我談婚論嫁，您……」海倫說著，她哭了。

王子開始安慰她。海倫滿眼含淚說（彷彿一時忘情），什麼也無法妨礙她嫁人，這是有先例的（當時這種先例還很少，但是她舉出了拿破崙和其他顯要人物），還說她從來不是丈夫的妻子，只是犧牲品。

「可是法律、宗教……」外國王子說，他已經心軟了。

「法律、宗教……這些有什麼用呢，這些，連婚姻的事也解決不了！」海倫說。

年輕王子聽了極為驚訝，這麼簡單的道理他怎麼就想不到呢，於是便去向耶穌會那些關係密切的教友請教。

幾天後，海倫在石島的別墅舉辦了一場令人神往的遊樂會，會上有人向她介紹已屆中年、頭髮雪白、黑眼炯炯有神、仍身穿短袍的耶穌會士[155]若貝爾先生，他在花園裡、在彩燈閃爍、樂聲繚繞中和海倫久久地暢談對上帝、基督、慈祥聖母的愛，以及真正的天主教給予今生和來世的慰藉。海倫感動了，好幾次她和若貝爾先生都熱淚盈眶、不住顫抖。一個舞伴來邀請海倫跳舞，打斷了她和她未來信仰的維護者的交談；不過第二天晚上，若貝爾先生隻身來到海倫住處，從此便是常客了。

155 穿短袍的耶穌會士是尚未擔任神職的教士，擔任神職後改穿長袍。

一天，他帶著伯爵夫人來到天主教教堂，領她到祭壇前，於是她在祭壇前跪下。已屆中年、令人傾倒的法國人將雙手放在她頭頂上，後來她自己說，她覺得彷彿有一陣清風吹拂，直透她的心底。人們向她解釋說，這是天惠。

然後，一名長袍神父被領到她面前，聽了她的懺悔，赦免了她的罪孽。第二天，則為她送來一個匣子，內有聖餐，供她在家裡享用。幾天後，海倫得知，她如今已加入真正的天主教教會，日內教皇將親自了解她的情況，並發證書給她。

這段時期，在她周圍和對她所做的一切，這麼多聰明人對她的關心，而且以如此令人愉快且風雅的方式表現，以及如今她那鴿子般純潔的形象（這段時間，她只穿潔白連身裙、繫白色緞帶），無不令她志得意滿；然而，得意之餘，她時刻也沒忘記目的；往往如此，在投機取巧這方面，蠢人總能使聰明人上當，她很清楚，他們的一言一行主要是想讓她成為天主教徒，然後為了耶穌會各機構的利益來向她要錢（向她暗示過），海倫在捐款之前，堅持教會必須為她履行各種必要手續，以便解除她和丈夫的婚姻關係。在她看來，任何宗教的功能就是要在滿足人的願望時，保持一定的體面。為了這個目的，有一次，她在和聽取懺悔的神父的談話中，堅決要求他回答一個問題，那便是她的婚姻對她究竟有多大的約束力。

他們坐在客廳窗前。薄暮時分。窗口花香撲鼻。海倫身穿露肩、低胸的白色連身裙。神父保養得很好，豐滿的下巴刮得很乾淨，生來一張討人喜歡的堅毅嘴唇，一雙白皙的手謙和地放在膝上，他坐在靠近海倫之處，嘴角掛著微妙的笑意，安靜地以陶醉於她的美貌的眼神不時看看她的臉，並就他們感興趣的問題闡述自己的觀點。海倫帶著不安的微笑望著他的捲髮、因刮光鬍子而發青的豐滿雙頰，時刻期待他的談話能出現新的轉折。不過，神父儘管面對女弟子的美貌和親近而顯然感到賞心悅目，卻醉心於論述的技巧。

信仰指導者的推論如下。由於不了解您行為的意義，您向一個人發誓忠於婚姻，他雖結婚，卻不相信婚姻的宗教意義，並褻瀆了它。這段婚姻便失去了應有的約束力。儘管如此，您的誓言對您是有約束力的。您背棄了當初的誓言。您這麼做，到底犯下什麼罪呢？是可以饒恕的罪，還是不可饒恕的罪？是可以饒恕的罪，因為您的行為沒有惡意。如果你現在為了生兒育女而再次結婚，那麼您的罪就是可以饒恕的。可是問題又分為兩個方面：首先……

「但是我認為，」不耐煩的海倫帶著迷人的微笑不期然說道，「我既然信奉了真正的宗教，那麼，錯誤宗教強加於我的婚姻，對我就沒有約束力了。」

信仰的維護者大為驚訝，哥倫布的雞蛋就這麼輕易地在他面前立了起來[156]。他讚賞女弟子神速的長進，卻無法放棄自身苦心建立的論證體系。

「我們來分析一下這個問題吧，伯爵夫人。」他微笑著說，開始反駁教女的論斷。

156 傳說哥倫布悟到，要把雞蛋立在桌上，只要敲碎其中一端即可。

七

海倫知道，從宗教觀點來看，這個問題很簡單也很容易解決，她的指導者們處處刁難，只是因為他們顧忌世俗以及當局對這個問題的看法。

因此海倫決定，要在社會輿論上著手。她引起年老大臣的醋意，又對他說了對第一個追求者說過的那些話，亦即提出需求，若要獲得擁有她的權利，唯一的辦法是娶她為妻。這位年老的要人最初也像那個年輕王子一樣，一聽到丟下活著的丈夫出嫁的建議便感到震驚；但是海倫堅信，這和女性出嫁是同樣簡單而自然的，這種毫不動搖的信念影響了他。要是海倫自己稍微露出一點動搖、羞愧、遮掩的跡象，那麼一切無疑是前功盡棄；然而，她不僅沒有一點遮掩、羞愧，反之，她單純、天真且和顏悅色地告訴親近的朋友們（而這種朋友遍及整個彼得堡），王子和大臣都向她求婚，而她兩個都愛，唯恐傷害其中一人。

流言立刻在彼得堡傳開了，但內容不是說海倫要和丈夫離婚（如果散布這樣的流言，很多人就會反對這種非法的企圖），而是說，不幸的、迷人的海倫很困惑，在兩人之中不知嫁誰好。這已經不是可不可以的問題了，問題僅僅在於嫁誰比較好、宮廷對此會有什麼看法。確實有一些守舊的人，無法提升到理解這個問題的高度，認為這個意圖是對婚姻神聖性的褻瀆；但這種人很少，而且他們默不作聲，多數人感興趣的是海倫的幸運和選誰更好的問題。至於甩開還在人世的丈夫並嫁人好不好，沒有人談論，因為在那些比我們聰明（據說如此）的人看來，這個問題顯然已經解決，懷疑這個問題已得到正確的解決反而是有風險且愚蠢的，全然不理解上流社會的處世之道。

這一年夏天，瑪麗亞．德米特里耶夫娜．阿赫羅西莫娃來到彼得堡探望兒子，只有她敢於直言，發表和社會輿論相左的意見。一在舞會上遇到海倫，瑪麗亞．德米特里耶夫娜便將她攔在大廳中央，在一片寂靜中對她粗聲說道：

「你們這裡有人要丟下仍在世的丈夫再嫁人。妳大概以為，這種新鮮事是妳發明的吧？人家趕在前面了，少奶奶。這事早有先例。在所有的……那裡就是這麼辦的。」瑪麗亞．德米特里耶夫娜邊說邊捲起寬大的衣袖並嚴厲地環視四周，以她慣常的威風凜凜穿過大廳。

瑪麗亞．德米特里耶夫娜在彼得堡儘管所有人都懼怕她，卻把她視為丑角，所以在她的話裡，人們只注意到難聽的字眼，並在彼此之間小聲地重複，揣度這個字眼正是她所說的話的精髓所在。

瓦西里公爵最近對自己說過的話特別健忘，往往上百次重複同樣的話，只要碰見女兒，每一次都說：「海倫，我有話要對你說。」他把她領到一邊，往下拽著她的一隻手說，「我聽說妳有一些打算，關於……妳知道的。是呀，我親愛的孩子，妳知道，妳父親的心總是開心的，只要妳……妳承受了這麼多……不過，親愛的孩子……依妳的心意去做吧。這就是我的忠告。」他掩飾著永遠不變的激動，把面頰緊貼在女兒面頰上，便走開了。

比利賓依舊維持著絕頂聰明的聲譽，他是海倫無私的朋友，一個永遠會出現在出色女人身邊的朋友，一個永遠不會成為情人的朋友，比利賓曾在親密的圈子裡對朋友海倫說明自己對整件事的看法。

「聽我說，比利賓（海倫對比利賓總是直呼其姓），」她用戴著幾枚戒指的白皙雙手碰了碰他的燕尾服衣袖。「您就像對自己的姊妹一樣告訴我，我該怎麼辦？在兩個人當中要選誰？」

比利賓抬起眉頭，額上起了皺紋，唇邊含笑沉思起來。

「您知道嗎？您並沒有令我感到意外，」他說，「身為真正的朋友，我對您的事思考了很久。您要明白：如果您嫁給王子（他是個年輕人），再想成為另一個人的妻子就不可能了，」他扳下一根手指，「何況宮廷也會不滿（您知道，這牽涉到親族關係）。如果嫁給老伯爵，那麼您將是他晚年的幸福，將來……王子娶一位大臣的遺孀就不失身分了。」於是比利賓鬆開了額上的皺紋。

「這才是真正的朋友！」海倫容光煥發地說道，又用手挨著比利賓的衣袖。「可是要知道，我兩個都愛，不想傷害任何一個。為了這兩個人的幸福，我願犧牲生命。」她說。

比利賓聳了聳肩，表示面對這樣的苦惱，連他也愛莫能助了。

「好厲害的女人！這才叫毫不含糊地提出問題。她想同時做三個人的妻子。」比利賓想。

「不過請告訴我，您丈夫對這件事有什麼看法？」他問，由於聲譽卓著，他不怕提出這幼稚的問題有損身價。「他同意嗎？」

「噢！他太愛我了！」海倫說，不知為何，她總覺得皮埃爾也是愛她的。「他為了我是不惜一切的。」

比利賓皺起額上的皺紋，他的佳句呼之欲出了。

「甚至不惜離婚？」

海倫笑了。

對計畫中的婚姻的合法性敢於懷疑的人之中，還包括海倫的母親庫拉金公爵夫人。她經常為嫉妒女兒而苦惱不堪，而如今，這種嫉妒心情又涉及自己最親近的男人之一——那位大臣——她一想起來便無法容忍。她請教一名俄國神父，丈夫還在世的話，離婚再嫁的可能性如何，神父告訴她，這是不可以的，還為她指出《福音書》中的一段文字，內容明確指出，丈夫還在世時，離婚再嫁是不容許的，她聽了很滿意。公爵夫人擁有這些她覺得無可辯駁的論據後，一早便到女兒住所去了，以便和她單獨談談。聽了母親的反對意見後，海倫溫和而譏諷地微微一笑。

「說得很明確啊：凡娶離婚婦女為妻者……」老公爵夫人說。

「哎喲，媽媽，別說蠢話了。您什麼也不懂。處於我的地位是有應盡的義務的。」海倫改說法語了，她總是覺得，她的問題用俄語解釋不清。

「但是，孩子……」

「哎喲，媽媽，您怎麼就不明白呢，神父是有權赦免的……」

這時，寄居在海倫住所的女伴進來向她稟報，王子殿下在大廳裡，想見她。

「不行，您去對他說，我不願見他，他氣死我了，因為他不遵守諾言。」

「伯爵夫人，對任何錯誤都要慈悲為懷啊。」一名淺髮、長臉、高挺鼻梁的年輕人走進來說道。

老公爵夫人恭敬地站起來行了屈膝禮。進來的年輕人沒有理會她。公爵夫人朝女兒點了點頭，向門口飄然而去。

「不，她是對的，」老公爵夫人心想，她的所有信念都因這位殿下的出現而消失了。「她是對的。可是，我們在那一去不復返的青春時代，怎麼就不明白這個道理呢？而這個道理是如此簡單。」老公爵夫人坐上馬車的瞬間如此想道。

八月初，海倫的事大致抵定，於是她寫了一封信給丈夫（她認為他是很愛她的），信中說，她有意和

ＮＮ結婚，她已信奉唯一真正的宗教，請他履行必要的離婚手續，遞交此信的人將向他轉告離婚手續的細節。

「在此我祈禱上帝，但願您，我的朋友，處於上帝神聖而堅強有力的庇護之下。您的朋友海倫。」

這封信送到皮埃爾住處的時，他正在波羅金諾戰場上。

八

在波羅金諾會戰已近尾聲時，皮埃爾第二次從拉耶夫斯基砲臺跑下來，和成群的士兵經過峽谷前往克尼亞茲科沃，走到包紮所，他看到鮮血、聽到叫喊和呻吟，便急忙繼續朝前走，夾雜在成群的士兵之中。

如今，皮埃爾心裡只想趕快擺脫這一天所留下的種種可怕印象，回到日常的生活環境，躺在床上平靜地進入夢鄉。他覺得，只有在平常的生活環境裡，他才能認識自己、才能理解自己的所見所聞和感受。可是四處都沒有這種平常的生活環境。

雖然在皮埃爾所走的這條路上沒有砲彈和子彈的呼嘯，但是四面八方的景象仍和戰場上一樣。還是那些苦楚、疲憊、有時冷漠得出奇的臉，還是那鮮血、軍大衣和槍砲聲，儘管槍砲聲很遠，卻仍然令人恐懼；此外悶熱難當，塵土飛揚。

皮埃爾在莫札伊斯克大道上走了大約三俄里，在路邊坐了下來。

暮色低沉，隆隆砲聲沉寂了。皮埃爾以手支頭躺下，他躺了很久，望著身旁在昏暗中人影幢幢。他老是覺得，有一枚砲彈帶著可怕的呼嘯聲向他飛來；他不時顫慄著欠起身來。他記不得在這裡待了多久。半夜，三個士兵拖來一些樹枝，在他身旁安頓下來，並開始生火。

士兵們瞥了眼皮埃爾，生著了火，安上一口鍋，把乾麵包掰碎後放進鍋裡，又加入豬油。油膩食物的香氣和油煙混合在一起。皮埃爾欠起身來，嘆了口氣。士兵們（一共三個人）不理會皮埃爾只顧著吃，彼此交談著。

「你是什麼人？」一個士兵突然問皮埃爾，正如皮埃爾所想的，這個問題顯然意味著：要是你想吃，我們就給你，不過你得說說，你是不是一個正派人？

「我？我？……」皮埃爾說，覺得必須盡可能降低身分，顯得更平易近人。「我其實是民兵軍官，不過我的部隊不在這裡；我是來參戰的，卻找不到我的人了。」

「看看你！」一個士兵說。

另一個士兵搖搖頭。

「好吧，要是你想吃，就吃點麵包糊吧！」先說話的那個士兵說，他把木勺舔了舔遞給皮埃爾。

皮埃爾坐到火邊，吃起麵包糊，這就是那鍋裡的食物，他覺得他一輩子也沒吃過這麼好吃的食物。他彎腰舀了滿滿一勺子麵包糊，貪婪地吃了一勺又一勺，他的臉被火光照得清清楚楚，這時士兵們都默默地望著他。

「你要去哪裡？你說吧！」一個士兵又問。

「我要去莫札伊斯克。」

「看來你是貴族？」

「是的。」

「怎麼稱呼？」

「皮埃爾．別祖霍夫。」

「好，皮埃爾．別祖霍夫，走吧，我們送你去。」

士兵們和皮埃爾在漆黑的夜裡前往莫札伊斯克。

他們走到莫札伊斯克，開始爬上城裡陡峭的山坡，這時公雞已經啼晨。皮埃爾和士兵們走在一起，完全忘了他的客棧是在山腳下，他已經走過頭了。他一定想不起來了（他是那麼心神恍惚），所幸他的馴馬師在半山腰遇到他，馴馬師滿城找他，這時正要回客棧。馴馬師看到他的帽子在黑暗中閃著白光，這才認出皮埃爾。

「伯爵，」他說，「我們已經不抱希望了。您怎麼用走的呢？您要去哪裡呀，回去吧！」

「啊，對。」皮埃爾說。

士兵們停了下來。

「怎麼，找到自己人了？」他們之中一人問道。

「那好，再見了！皮埃爾．別祖霍夫，還能見面嗎？再見了，皮埃爾．別祖霍夫！」其餘人說道。

「再見了。」皮埃爾說，和馴馬師朝客棧走去。

「必須獎勵他們！」皮埃爾想，一把抓住口袋。「不，不必。」一道聲音對他說。

客棧已沒有空房，全住滿了人。皮埃爾走到院子裡，蒙著頭在馬車裡躺了下來。

九

皮埃爾的頭一挨上枕頭，就覺得睡意沉沉，可是突然就像真的一樣，他清楚地聽到呯、呯、呯的砲聲和砲彈落地聲，聞到一股血腥氣和火藥味，於是死亡的恐懼緊緊攫住他。他驚恐地睜開眼，從軍大衣中抬起頭來。戶外靜悄悄的。只聽見一個勤務兵在大門口踩著泥漿邊走邊和客棧老闆談話的聲音。皮埃爾頭頂上，在木屋幽暗的屋簷下，幾隻鴿子正撲騰著，因為他欠起身來時驚動到牠們。整個院子瀰漫著和平環境的、此刻使皮埃爾感到親切的客棧刺鼻氣味，以及乾草、馬糞和焦油的氣味。在兩個幽暗的屋簷之間是一片純淨的星空。

「謝天謝地，都過去了，」皮埃爾想，又蒙上了頭。「啊，怕得要命，我這麼害怕真可恥！而他們……他們始終都是那麼從容鎮定……」他想，在皮埃爾的想法裡，他們指的是士兵——那些在砲臺上的、請他吃麵包糊的、向聖像祈禱的士兵。他們——這些陌生的，他至今所不了解的他們，在他的想法裡，和其他人都明顯地截然不同。

「要做一個士兵，普通的士兵！」漸漸沉入夢鄉的皮埃爾想，「要全心全意地投入他們的集體生活、深入體驗足以造就他們的一切。可是要如何擺脫這外在多餘的、可怕的包袱呢？有一個時期，我可以這麼做。我可以從父親身邊跑開，只要我願意。我還可以在和多洛霍夫決鬥後被降為士兵。」於是在皮埃爾的想像中閃過俱樂部的午餐，他在餐桌上向多洛霍夫要求決鬥，閃過在托爾若克遇見的恩師。於是，皮埃爾又想起共濟會分會的隆重聚餐。這次聚餐是在英國俱樂部舉行的。一個熟悉的、親近的、尊貴的人坐在餐桌的一端。這是他呀！這是恩師。「他不是死了嗎？」皮埃爾想，「是的，他死了；但我不知道他還活著。聽說他死了，我是多麼遺憾，他又活了，我太高興了！」餐桌的一邊坐著阿納托利、多洛霍夫、涅斯維茨基、傑尼索夫以及這些人（夢中的皮埃爾在心裡把這一類人也明確地界定為他稱之為他們的一類人），這些人，阿納托利和多洛霍夫，正大聲叫著、唱著；但透過他們的叫聲，可以聽見恩師不停說話的聲音，而他的說話聲也像戰場上的隆隆砲聲一樣深沉而連綿不斷，不過，這聲音既悅耳又令人愉快。皮埃爾不明白恩師在說什麼，但是他知道（在夢裡，思想的範疇也是那麼清晰），恩師談到了善，他說，要成為他們那樣的人是有可能的。他們都質樸、善良且神情堅定地圍繞著恩師。不過，他們儘管善良，卻都不看皮埃爾，也不認識他。皮埃爾想引起他們的注意、想說話。他欠起身來，可是就在這時，他的大腿感到一陣涼意。

他覺得難為情，用手遮著大腿，果然，軍大衣已從大腿上滑了下去。皮埃爾立刻整理大衣，睜開眼睛，眼前仍是那些屋簷、那些柱子、那處庭院。不過，眼前的一切都是藍盈盈的，很明亮，蒙著一層露珠和寒氣的點點閃光。

「天亮了，」皮埃爾想，「可是不對呀。我是要傾聽並理解恩師的話的。」他又蓋上軍大衣，可惜聚餐的情景和恩師都不見了。剩下的只是語言所明確表述的想法，這些想法有人說過或者皮埃爾曾反覆思考過。

皮埃爾後來在回憶這些想法時，儘管這些想法都是當天種種感受的結果，他卻堅信另外有人對他說過。他覺得，他在清醒時絕不會這麼想，也不會如此表達自己的想法。

「戰爭是迫使人們最難以服從上帝的法則。」一道聲音在說，「純樸就是對上帝的恭順。他們是純樸的。他們不說，而是在做。說是銀，沉默是金。一個人怕死，就會一無所有。誰不怕死，一切就屬於他。不經過艱難困苦，人就不了解自己的局限，也不能認識自己。最困難的事（皮埃爾在夢裡繼續說著或聽著）是要善於在自己的心裡總結萬事萬物的意義。把一切總結起來？」皮埃爾自問，「不，不是總結。想法是不可能總結的，而是要洞悉事理——這就對了！是的，要洞悉，要洞悉！」皮埃爾滿懷喜悅地對自己反覆說道，他覺得，正是這句話，也唯有這句話才能表達他想表達的，他感到困惑不解的問題也就迎刃而解。

「是的，要洞悉，要洞悉。」

「要套車，要套車了，伯爵！伯爵，」有一道聲音正反覆說，「要套車，要套車了……」

這是急於叫醒皮埃爾的馴馬師的聲音。陽光直照在皮埃爾臉上。他看了看骯髒的客棧，在院子中央，士兵們正在井邊餵幾匹瘦馬飲水，幾輛大車正從院子裡出去。皮埃爾厭惡地轉頭閉上眼睛，急忙又倒在馬車座位上。「不，我不要這些，我不想看也不想知道這些，我只想理解在睡夢中向我揭示的一切。再一秒鐘，我就全明白了。我該怎麼做呢？洞悉，可是怎麼做才能洞悉一切呢？」於是皮埃爾駭然感到，他在睡夢中所見、所思的一切已經煙消雲散。

馴馬師、車夫和客棧老闆對皮埃爾說，有一名軍官騎馬送來消息，說法國人已逼近莫札伊斯克，我們的人正在撤走。

皮埃爾起來了，他吩咐套車追趕這名軍官，自己先沿著穿過城市的路步行而去。

部隊正在出城，留下大約一萬名傷患。在民房的院子裡和窗邊都看得到傷患，有些傷患聚集在街道上。街道上那些運送傷患的大車旁，可以聽見叫嗥鬥毆的聲音。皮埃爾的馬車趕來了，他讓一名認識的受傷將軍上車，和他一起駛往莫斯科。皮埃爾在路上獲悉大舅子和安德烈公爵的死訊。

十

三十日，皮埃爾回到莫斯科。他在城門口附近遇到拉斯托普欽伯爵的副官。

「我們正到處找您，」副官說，「伯爵一定要見您。他請您立刻去見他，有要事相談。」

皮埃爾家也不回，僱了出租馬車便去見總督了。

拉斯托普欽伯爵這天早上才從索科爾尼基的郊區別墅回到城裡。伯爵府的前廳和接待廳擠滿了奉命前來以及向他請示的官員。瓦西里奇科夫[157]和普拉托夫已見過伯爵，並向他解釋，保衛莫斯科已無可能，不得不放棄。這些消息雖然還瞞著市民，但是官員、各機關負責人也和拉斯托普欽伯爵一樣，知道莫斯科即將淪於敵手；他們為了推卸責任，都跑來請示總督，他們掌管的部門該如何處置。

皮埃爾走進接待室時，來自軍中的信使正好從伯爵辦公室出來。

信使對人們向他提出的問題絕望地搖搖手，穿過大廳離去了。

皮埃爾在接待廳等候時，倦怠地掃視著周圍大大小小的官員，其中有老人和青年、軍官和文官。看來人人都心懷不滿、焦慮不安。皮埃爾走近一群官員，其中一人是他認識的。他們和皮埃爾打過招呼，又繼續交談。

「怎麼疏散了又叫回來呢，這倒沒什麼；可是在這種情況下出了事誰也無法負責。」

「看看吧，他是怎麼寫的。」另一人指著手裡的印刷品說。

「這是另一回事。對一般民眾應該這樣。」前一個說。

「這是什麼？」皮埃爾問。

「是一份新的公告。」

皮埃爾拿在手裡看了起來：

公爵殿下為了更迅速與向他靠攏的部隊會合，已過了莫札伊斯克，駐紮在可以固守的地方，敵人一時不會向他發動進攻。已從此處為他送去四十八門大砲和砲彈，殿下說，他要保衛莫斯科直到流盡最後一滴血，甚至準備進行巷戰。弟兄們，你們別看政府機關已停止辦公：秩序必須整頓，我們必須在自己的法庭審判那些惡棍！萬一情況有變，我將召集城鄉青年。大約在兩天之內，我會發出號召，現在不需要，我就不說了。可以拿斧頭，拿長矛也不錯，最好用三齒叉：法國人不比一捆黑麥重。明天午後，我要抬著伊韋爾聖母像到葉卡捷琳娜醫院去探望傷患。我們要在那裡祈求療傷聖水：傷患很快就能康復；我現在也很健康：本來我一隻眼有病，現在我睜大兩眼看著呢。

「不過有些軍人對我說，」皮埃爾說，「在城裡是無法作戰的，陣地……」

「是呀，我們也是這麼說。」前一個官員說。

「這是什麼意思：本來我一隻眼有病，現在睜大兩眼看著？」皮埃爾問。

---

157 瓦西里奇科夫（一七七七—一八四七），在波羅金諾會戰中，以上將軍銜在拉耶夫斯基部下指揮一個步兵師。

「伯爵得過麥粒腫，」副官微笑道，「有些人來問他這是怎麼回事，他很不安。怎麼樣，伯爵，」副官突然面帶微笑向皮埃爾問道，「我們聽說，您家裡有煩心事？似乎伯爵夫人，您的妻子……」

「我什麼也沒聽到，」皮埃爾冷淡地說，「您聽說什麼了？」

「不，您知道，往往是無稽之談。我只是聽說。」

「您究竟聽說什麼了？」

「有人說，」副官臉上又掛著同樣的微笑說，「您的妻子準備到國外去。大概是胡說八道。」

「可能吧。」皮埃爾說，漫不經心地看看周圍。「這人是誰？」皮埃爾指著一個身材不高的老人問，他穿著乾淨的藍色束腰呢大衣，雪白的大鬍子，雪白的眉毛，臉色紅潤。

「他？他是商人，是一家小旅館的老闆韋列夏金。也許您聽說了關於公告的故事吧？」

「啊，這就是韋列夏金？」皮埃爾說，他端詳著老商人堅定平靜的面容，試著在他臉上尋覓背叛的跡象。

「這不是那個韋列夏金。這是那個寫公告的韋列夏金的父親。」副官說，「那個小的關在拘留所，看來不會有好下場。」

一個佩戴星形勳章的小老頭和一個脖子上掛著十字勳章的德裔官員來到兩個交談者身旁。

「您要知道，」副官說，「這件事很複雜。兩個月之前出現了這份公告。有人向伯爵告發。他下令調查。加夫里洛．伊萬內奇便多方追查，這份公告共經過六十三個人的手。他去問其中一人：『這份公告是誰給您的？』『是某某。』他去找那個人：『您這份是誰給的？』這麼一直追查，查到了韋列夏金……一個不學無術的小商人，您知道，那種初出茅廬的小商人。」副官微笑道，「問他：『是誰給你的？』其實我們知道是誰給他的。除了郵政局長，還能有誰。唉，看來他們串通好了。他說：『沒有任何人給我，是我自己寫的。』對他又是威脅又是好言相勸，他堅持說，自己寫的。於是就這樣報告了伯爵。伯爵吩咐把他叫去。『這份公告是誰給的？』『是我自己寫的。』呵，您是了解伯爵的！」副官高傲而愉快地微笑道，「他暴跳如雷，想想也是：這個小商人竟敢公然撒謊，冥頑不靈！」

「噢！伯爵希望他供出克柳恰廖夫，我知道！」皮埃爾說。

「完全不是，」副官吃驚說道，「克柳恰廖夫本來就有些過失，所以才被流放。可是問題在於，伯爵被激怒了。『你怎麼寫得出來？』他從桌上拿起那張《漢堡報》[158]。『你看看吧。不是你寫的，是你翻譯的，而且翻譯得很拙劣，因為你，傻瓜，不懂法文。』您猜怎麼了？他說：『我什麼報也不看，是我寫的』，『這樣的話，你就是叛徒，我要把你送交法庭審判，你會被吊死。說！是誰給你的？』『我沒有看過什麼報紙，是我寫的』，結果就是這樣。伯爵叫來他的父親，他還是不鬆口。只好送交法庭，好像是判他服苦役[159]。現在父親是來為他求情的。可惜小伙子不爭氣！您知道這種商人子弟，講究衣著，拈花惹草，在哪裡聽了幾次演講就不知天高地厚。他真是膽大妄為！他父親在石橋那裡有一家小旅館，就在這小旅館裡，你知道嗎，掛著上帝一手握權杖、一手握金球的大幅聖像；他把這幅聖像拿回家掛了好幾天，他還做了什麼事啊！他找了個彩色寫生畫的混蛋畫家……」

158《漢堡報》，指漢堡出版的法文報紙《漢堡新聞》。

159 米哈伊爾·韋列夏金（一七九〇—一八一二），遭指控翻譯和散發《漢堡新聞》上的〈拿破崙致普魯士國王的信〉和〈拿破崙在德累斯頓對萊茵同盟諸王公的談話〉而判處終身在涅爾琴斯克服勞役，另據拉斯托普欽的建議處以鞭刑。

十一

這個故事說到一半，皮埃爾便被叫去見總督。

皮埃爾走進拉斯托普欽伯爵的辦公室。拉斯托普欽在皮埃爾進來後皺起眉頭，揉了揉前額和眼睛。一個身材不高的人正在說話，一見皮埃爾進來就住口不說，出去了。

「啊！您好，偉大的戰士，」那個人出去後，拉斯托普欽立刻說，「您當之無愧的功績我們都聽說了！不過我要說的不是這些。老朋友，只是在我們之間說說，您是共濟會會員嗎？」拉斯托普欽伯爵厲聲問道，似乎這有什麼不妥，但他願意寬恕。皮埃爾沒有吭聲。「老朋友，我洞悉一切，但我知道，共濟會會員良莠不齊，我希望您不是那種以拯救人類為名而要毀滅俄國的人。」

「是的，我是共濟會會員。」皮埃爾回答。

「看看您，我想您不會不知道，斯佩蘭斯基和馬格尼茨基兩位先生已被打發到他們應該去的地方了[160]；克柳恰廖夫先生也是，還有其他一些人也一樣，他們打著建造所羅門宮殿的旗號而進行著破壞國家宮殿的勾當。您可以理解，懲罰他們是有原因的，如果本地的郵政局長不是危險分子，我也不會流放他。現在我了解到，您派了馬車送他出城，甚至還為他保管文件。我喜歡您，對您沒有惡意，而且我比您年長一倍，我像父親一樣忠告您，和這種人停止往來，盡快離開這裡。」

「可是，伯爵，克柳恰廖夫有什麼罪？」皮埃爾問。

「我有權知道，而您無權過問。」拉斯托普欽大聲吼道。

「如果指責他散發拿破崙的文宣，那麼這一點並沒有確實的證據，」皮埃爾說（他不看拉斯托普欽），「至於韋列夏金……」

「確實。」拉斯托普欽突然皺起眉頭打斷皮埃爾，他的叫嚷聲更大了。「韋列夏金是變節者和叛徒，他會受到應有的懲處。」拉斯托普欽惡狠狠地說道，彷彿人們突然想起夙怨似的。「不過，我不是請您來過問我的事，而是要奉勸您，要說是命令您也可以。我請您不要再和克柳恰廖夫這種人往來，並且立刻離開這裡。不管誰糊塗了，我都要讓他清醒過來。」大概他突然意識到，他好像是在對別祖霍夫吼叫，而這個人並沒有什麼過錯，於是友好地握起皮埃爾的手，接著說：「我們正面臨共同的危難，我沒有時間對所有來見我的人都殷勤有禮。有時簡直暈頭轉向！總之，我的朋友，您有什麼打算呢，您個人方面？」

「沒什麼打算。」皮埃爾回答，仍然沒有抬起眼，也沒有改變沉思的神情。

伯爵皺起了眉頭。

「是友好的忠告，朋友。趕快設法離開，這就是我要對您說的話。聽勸的人是有福的！再見了，我的朋友。噢，還有，」他從門裡向他高聲叫道，「聽說伯爵夫人落入耶穌會神父們的魔掌，是真的嗎？」

皮埃爾沒有回答便離開了拉斯托普欽，他那雙眉緊鎖、滿面怒容的樣子還從來沒有人見過。

他在暮色蒼茫中回到家裡。這天晚上，約有八個來自四面八方的人來訪。委員會祕書、軍營的上校、

---

160 見〈第二部・第三章・第五章〉及〈尾聲・第二章・第十章〉注釋。

總管、管家以及各種有求於他的人。他們都是有事來找皮埃爾，需要他解決。皮埃爾茫無頭緒，對這些事一概不感興趣，對所有問題一味敷衍搪塞，但求能擺脫這些人。最後，他獨自留下，這才拆閱妻子的來信。

「他們——砲臺上的士兵，安德烈公爵死了……那位老人……純樸是對上帝的恭順。要經歷艱難困苦……萬物的意義……要洞悉……妻子要嫁人了……要忘記並理解……」於是他走到床前，和衣而臥，立刻睡著了。

第二天早上他醒來時，管家來稟告，拉斯托普欽伯爵特派一名警官來了解，別祖霍夫伯爵是不是走了或正要離開。

約有十個人有事來求皮埃爾，他們都在客廳等待。皮埃爾急忙穿好衣服，但他不是去見那些等他的人，而是走向後門臺階，從後門走出院子的大門。

從那時起，直至莫斯科被毀，儘管多方尋找，但別祖霍夫家的人就再也沒有見到皮埃爾，也不知道他在哪裡。

十二

九月一日，在敵軍進入莫斯科前夕，羅斯托夫仍留在城裡。

自從彼佳加入奧博連斯基的哥薩克團、前往該團正在組建的地點白采爾科維之後，伯爵夫人就一直擔驚受怕。現在，在這個夏天，她第一次有了可怕、明確的想法：她的兩個兒子都參加戰爭，離開了她的庇護，每一個都可能在今天或明天戰死，也可能像她認識的一位太太，三個兒子全部陣亡。她試圖要求把尼古拉調到自己身邊，想親自去找彼佳，將他安插在彼得堡的什麼地方，可惜這兩件事都不可能辦到。彼佳要回來，只能隨團調過來，或把他調入另一個現役軍團。尼古拉在某地的部隊裡，在他寫信詳述自己和瑪麗亞公爵小姐的相遇後，就再無音訊。伯爵夫人徹夜難眠，一入睡便夢見兩個兒子被打死。幾經商量和交涉，伯爵終於找到了安撫伯爵夫人的辦法。他把彼佳從奧博連斯基的團調進正在莫斯科附近組建的別祖霍夫團。儘管彼佳仍在服役，但是經過這般調動，伯爵夫人總算看到有一個兒子在自己的羽翼之下而得到安慰，她希望能妥為安置，讓彼佳不再離開她，把他永遠安置在無論如何也不會遭遇戰火的崗位上。在只有尼古拉處於危險之中時，伯爵夫人覺得（她甚至為此而自責），她愛長子勝於愛其餘的孩子；而當頑皮、學習能力差、隨意損壞家中物品、惹得人人生厭的小兒子彼佳，這個有一雙愉快的黑眼睛、面色紅潤、兩頰微微長出髭鬚的翹鼻子彼佳落入險境，和那些可怕、冷酷的大男人為伍，這些人好像在那裡打仗而且樂此不疲——這時，身為母親的她又覺得，她是愛他勝於、遠勝於愛其他孩子了。盼望中的彼佳應當回到莫斯科的日子愈近，伯爵夫人就愈是焦急不安。她已經覺得，永遠等不到這個幸福時刻了。不僅索尼婭，連受寵的娜塔莎，甚至丈夫都讓她見了心煩。「我哪裡顧得上他們，我誰也不需要，除了彼佳！」她想。

在八月的最後幾天，羅斯托夫收到尼古拉的第二封信。信寄自沃羅涅日省，他是奉命到那裡採購軍馬。這封信沒有令伯爵夫人感到安心。知道一個兒子脫離危險，她更為彼佳擔心了。

儘管從二十日起，羅斯托夫幾乎所有熟人都動身離開莫斯科，儘管大家都勸伯爵夫人盡快離開，她卻什麼話也聽不進去，直到她寵愛的彼佳回來。八月二十八日，彼佳回來了。母親迎接他時的過分親暱使得十六歲的軍官感到不自在。雖然母親向他隱瞞要把他留在自己的羽翼之下的意圖，但是彼佳意識到她的企圖，便本能地擔心和母親過分親熱，失去男子氣概（他暗自這麼想），他對她很冷淡、迴避她，在莫斯科期間，他只和娜塔莎作伴，他對娜塔莎一向懷有一種特別的、近乎戀情的手足之情。

凡事滿不在乎的伯爵，及至八月二十八日，都還沒做好動身的準備，從梁贊省和莫斯科省各村莊來起運家財的大車預計三十日才到。

從八月二十八日到三十一日，整個莫斯科的人都在忙碌、川流不息。每天都有波羅金諾戰場上成千上萬的傷患從多羅戈米洛沃城門運進來並分送至莫斯科各處，成千上萬的大車載運居民和財物從其他城門駛出。無視拉斯托普欽的公告，或獨立於這些公告，或盲從遵守這些公告，極其矛盾而離奇的新聞在全城到處流傳。有的說，已下令任何人不得出城；相反，有的說，教堂裡的所有聖像都抬走了，要強迫所有人離開；有的說，在波羅金諾會戰後又打了一場戰役，將法國人打敗了；相反，有的說，俄軍已被全殲；有的說，莫斯科的民兵將由神職人員帶領開赴三山門；有的人悄悄地說，奧古斯丁被禁止出城，叛徒們被逮捕，農民造反了，正搶劫出城的人們云云。不過這都只是說說，實際上無論離開的人還是留下的人（儘管決議放棄莫斯科的菲利會議尚未召開）全都意識到，但並不明說，莫斯科一定會陷落，必須盡快離開並搶救財產。他們意識到，一切都會突然被炸得粉碎、面日全非，但直到九月一日還沒有發生任何變化。這就像一個被押上刑場的罪犯，明知就要死了，還在四處張望，並整一整沒戴好的帽子，莫斯科也是這麼自然而然地繼續過著日常生活，儘管知道毀滅的時刻快到了，屆時，人們在生活中相沿成習的人際關係將毀於一旦。

在莫斯科陷落前的這三天裡，羅斯托夫都在忙於各種瑣事。一家之主伊利亞·安德烈伊奇伯爵不斷地在城裡奔波，到處蒐集流言蜚語，在家裡匆忙發出一些準備動身的一般性的、浮泛的指示。

伯爵夫人正督促女僕收拾財物，她滿腹牢騷，不時去找避開她的彼佳，嫉妒他對娜塔莎的態度，因為他老是和娜塔莎一起消磨時光。只有索尼婭一人在安排實際事務：整理行裝。可是最近索尼婭特別憂傷，沉默寡言。尼古拉的那封信裡談到瑪麗亞公爵小姐，伯爵夫人便當著她的面興致勃勃地說，她認為瑪麗亞公爵小姐和尼古拉的相遇是天作之合。

「鮑爾康斯基是娜塔莎的未婚夫時，」伯爵夫人說，「我從未這麼高興過，而我一直希望，而且我有預感，尼古拉有一天會娶一位公爵小姐為妻。這樣該有多好啊！」

索尼婭覺得，這是實情，羅斯托夫改善境況的唯一機會就是與富家女結親，公爵小姐是好對象。不過，這令她極其痛苦。她儘管痛苦，或者說，也許正是由於內心痛苦，她把安排下人收拾裝箱的所有雜務都攬在身上，整天忙個不停。伯爵和伯爵夫人有什麼吩咐就來找她。反觀彼佳和娜塔莎，不但不幫忙，多數時間還在家裡干擾他人、惹人生厭。幾乎整天都聽得到他們在家裡奔跑、叫嚷和沒來由地哈哈大笑。他們歡笑、快樂並不是有什麼值得笑的原因；可是他們心裡感到暢快，因而不管發生什麼事，都是他們快樂和歡笑的原因。彼佳快樂，是因為他年輕便離家，回來時已是（正如大家對他所說的）血氣方剛的男子漢；他快樂是因為他待在家裡，因為他從白采爾科維來到莫斯科，在白采爾科維不可能很快投入戰場，而在莫斯科，近日內就要打仗了；他快樂，主要是因為總是能左右他心情的娜塔莎很快樂。而娜塔莎之所以快樂，是因為她憂鬱得太久了，現在沒有什麼會勾起她的傷心事，而且她身體也好了。她快樂，還因為有人欣賞她（別人的欣賞是齒輪的潤滑劑，是她的身體機器靈活運轉所必需的），彼佳就在欣賞她。不過，他們快樂，主要是因為戰爭就在莫斯科城下，因為人們要在城門口投入戰場，因為正在分發槍枝，因為車馬行人都行色匆匆，總之，正在發生非比尋常的大事。這對年輕人而言，是尤其興奮的。

十三

八月三十一日星期六，羅斯托夫宅邸猶如翻得底朝天了。所有的門敞開，所有家具都搬了出去或挪了地方，鏡子、畫作都摘了下來。房裡亂放著箱子、乾草、包裝紙和繩子。農民和家僕們搬著東西腳步沉重地走在鑲木地板上。院子裡擠滿農民的大車，有些大車裝得滿滿的，有些還空著。

大批家僕和趕大車來的農民的說話聲、腳步聲和彼此呼應聲在院子裡和家裡喧囂著。伯爵一早就出去了。伯爵夫人由於忙亂和喧鬧而頭痛欲裂，頭上敷著醋躺在新裝修的休息室裡。彼佳不在（他去找一個戰友，打算和他從民兵轉入作戰部隊）。索尼婭在大廳裡包裝水晶玻璃器皿和瓷器。娜塔莎在空蕩蕩的房間裡坐在地板上，四周亂扔著衣裙、緞帶和圍巾，她一動不動地看著地板，手裡拿著一條舊連身裙，就是她第一次在彼得堡舞會上穿的那件（現在已過時的）連身裙。

娜塔莎在家裡什麼事也不做，覺得不好意思，因為大家都忙得不可開交。有幾次，她從早上便試著做點事；可是她做什麼都不順心；而她若非全心全意地全力以赴，就什麼都不會做，也做不好。她在索尼婭身旁站了一會兒，看她包裝瓷器，想幫忙，卻又立刻扔下，回去收拾東西了。一開始她興高采烈地把衣裙和緞帶分送給女僕，但剩下的仍得收拾，她便又覺得索然無味。

「杜尼亞莎，親愛的，妳來收拾吧？好嗎？好嗎？」

杜尼亞莎很樂意地答應她，娜塔莎便在地板上坐下，拿起那條舊連身裙沉思起來，而她所想的和她眼下應當關心的事毫不相干。把娜塔莎從沉思中驚醒的，是隔壁女僕室的女孩們的說話聲和她們匆匆趕往後門口的腳步聲。娜塔莎站起來向窗外望了望。街道上停著長長的一列運送傷患的大車。

女孩們、男僕們、女管家、保母、廚師、前導馬馭手和幾個廚子站在院子的大門口望著那些傷患。

娜塔莎拿一塊白手巾蒙在頭髮上，兩隻手拽著手巾的兩隻角，來到了街道上。

當過女管家的老太婆瑪夫拉・庫茲米尼什娜離開大門口的人群，走到一輛支著粗席篷的大車前，與躺在那裡的一個臉色蒼白的青年軍官交談。娜塔莎向前走了幾步，又害羞地停了下來，仍然拽著手巾，聽女管家在說什麼。

「怎麼，這麼說，您在莫斯科一個親人也沒有？」瑪夫拉・庫茲米尼什娜說。「您要是能在哪一戶人家落腳就好了……就到我們這裡來也行。主人家就要走了。」

「不知道准不准呢，」軍官虛弱說道，「長官來了……您問問吧。」他指著一個胖胖的少校說，少校順著街道上的那一列大車回來了。

娜塔莎吃驚地朝受傷的軍官的臉上看了一眼，立刻迎著少校走了過去。

「傷患可以在我們家住下嗎？」她問。

少校微笑著舉手敬禮。

「您要讓誰住下呀，小姐？」他瞇縫著眼微笑道。

娜塔莎平靜地重複一次問題，雖然她仍然抓著手巾的兩角，但是她的神色和態度是十分認真的，少校不笑了，起初他沉吟片刻，彷彿在問自己，究竟能不能這麼做，然後做了肯定的回答。

「行，怎麼不行，可以。」他說。

娜塔莎微微低頭致意，快步回到瑪夫拉・庫茲米尼什娜身邊，後者站在軍官身邊，正滿懷憐惜和同情地與他說話。

「可以，他說可以！」娜塔莎低聲說道。

軍官的篷車轉進了羅斯托夫住所的院子，於是幾十輛載著傷患的大車開始應市民的邀請，紛紛轉進波瓦爾街上各家的院子，駛往住宅的門口。看來娜塔莎很喜歡在正常的生活條件之外與這些新來的軍人往來。她和瑪夫拉・庫茲米尼什娜一起竭力讓盡可能多的傷患轉進自家院子。

「還是應該向伯爵稟告一聲。」瑪夫拉・庫茲米尼什娜說。

「沒關係，沒關係，說不說還不是一樣！我們搬到客廳去住一天。可以把我們這一邊的房子全讓給他們。」

「唉，小姐，看看您說的！就是讓他們住廂房、住空屋、住保母的房間，也得問一聲啊。」

「好吧，我去問。」

娜塔莎回到家裡，踮腳走進門半開的休息室，休息室裡有一股醋味和霍夫曼滴劑[161]的氣味。

「您在睡覺嗎，媽媽？」

「唉，睡什麼覺！」伯爵夫人醒來說，她剛才在打盹。

「媽媽，親愛的，」娜塔莎說，她在母親面前跪下，親密地把臉貼在她臉上。「怪我，原諒我吧，我再也不敢了，是我吵醒了您。是瑪夫拉・庫茲米尼什娜叫我來的，我們家裡來了一批傷患，是軍官，您允

161 霍夫曼滴劑，是乙醚和酒精以二比三的比例調和的滴劑，發明者是德國醫生霍夫曼（一六六〇—一七六二）。

許嗎？他們無處可去啊；我知道您會允許的……」她一口氣很快地說道。

「什麼軍官？來了什麼人？莫名其妙。」伯爵夫人說。

娜塔莎笑了，伯爵夫人也虛弱地微微一笑。

「我就知道，您一定會允許的……那我就去告訴他們。」於是娜塔莎親了親母親，站起來向門口走去。

她在大廳裡遇到帶著壞消息回來的父親。

「我們耽擱太久了！」伯爵不由自主地悻悻然說道，「俱樂部關門了，警察局也要撤走了。」

「爸爸，我把傷患請到家裡來沒關係吧？」娜塔莎問他。

「當然沒關係，」伯爵漫不經心地說，「這不成問題，現在請你們別管那些小事了，去幫忙收拾便動身，動身，明天就動身……」於是伯爵又吩咐了管家和僕人。回來的彼佳在吃午飯時，說了自己聽到的消息。

他說，今天民眾在克里姆林宮領了槍枝，儘管拉斯托普欽的公告裡說，他將在兩天之內發出號召，然而已明確發布命令，全體民眾要在明天手執武器開赴三山門，那裡會有一場大戰。

伯爵夫人膽怯且恐懼地不時望著兒子說話時興奮又激動的神情。她知道，只要她露出一句口風，要求彼佳不要參加這次戰爭（她知道，他是期盼眼前這場戰爭的），他就會說什麼男子漢啦、榮譽啦、國家啦——男人那種固執卻又令人無法反駁的廢話，那就糟了，她希望做好安排，在此之前就動身，把彼佳做為自己的保護人帶在身邊，因此她對彼佳什麼也沒有說，而是在飯後把伯爵叫去，含淚懇求他趕快帶走她，可以的話，當夜就走。在此之前，她一直表現得無所畏懼，現在出於女性本能的那種愛的狡獪，卻說要是今夜不走，她會擔心得要命。不用假裝，她現在真的是惶惶不可終日。

十四

曾去探望女兒的紹斯太太說起在肉商街的酒店裡看到的情形，更是令伯爵夫人感到恐懼了。她返家時，在街上看到有一群醉鬼在酒店鬧事，因而走不過去。她僱用出租馬車從小巷繞道回家；車夫對她說，那些人在砸酒店裡的酒桶，他們是受人指使的。

午飯後，羅斯托夫都極其興奮，急忙收拾財物，準備動身。老伯爵立刻著手辦事，午飯後，一直不停地從家裡走到院子，又從院子走進家裡，對那些忙著做事的人胡亂吆喝，催他們動作快點。彼佳在院子裡發號施令。索尼婭由於伯爵的命令自相矛盾而無所適從，不知如何是好。人們嚷著、吵著、喧鬧著，在院子和房間裡跑來跑去。娜塔莎以她特有的洋溢天性也立刻投入搬家工作。起初，人們對她的干預抱持不信任的態度。總以為她在鬧著玩，不願聽她支使；但是她頑強而激烈地要求別人服從她，因為別人不服從而生氣，幾乎要哭了，最後總算爭取到大家對她的信任。她的第一個任務是裝壁毯，為了這件事，她付出極大努力，並為她樹立了威信。家中有許多貴重的戈布蘭花毯[162]和波斯壁毯。娜塔莎來參與其事的時候，大廳裡放著兩只打開的箱子：一個箱子幾乎裝滿了瓷器，另一個裝著壁毯。幾張桌子上還擺滿了瓷器，而且還在從儲藏室搬運過來。必須使用第三個箱子了，也已經派人搬來。

---

162 戈布蘭花毯，上有神話、文學題材的繪畫。產自法國。

「索尼婭，等一等，這樣也裝得下。」娜塔莎說。

「不行，小姐，已經試過了。」餐廳管事說。

「不，請等一下。」於是娜塔莎開始從箱子裡取出用紙包著的盤子和碟子。

「盤子要放在這裡，放在壁毯裡。」她說。

「還有那麼多壁毯呢，三隻箱子能裝得下就不錯了。」餐廳管事說。

「請等一下嘛。」娜塔莎迅速而靈巧地挑選起來。「這不要了，」她說的是那些基輔產的碟子，「這是要的，放到壁毯裡去。」她說的是那些薩克森產的盤子。

「好啦，娜塔莎；好了吧，我們來裝。」索尼婭埋怨道。

「哎呀，小姐！」管家說。但娜塔莎不肯罷休，她把所有東西都倒了出來，又再迅速重新裝進去，她決定，那些劣等的家用毯子和多餘的餐具乾脆不要了。箱子倒空後，又開始重裝。果然，那些不值得帶走的、不值錢的物品幾乎全丟棄後，所有貴重物品都裝進了兩只箱子。只是裝滿壁毯的那只箱子蓋不上。要是拿掉一些東西就行了，但娜塔莎堅決不肯。她這樣裝、那樣裝，往下壓緊，又叫餐廳管事和被她叫來幫忙的彼佳一起壓箱蓋，自己也拚命使勁。

「何必呢，娜塔莎，」索尼婭對她說，「我看妳是對的，妳把上面的一條拿掉算了。」

「不要，」娜塔莎叫道，她單手攏著散落在汗涔涔臉上的頭髮，另一隻手使勁壓下那些壁毯。「你壓呀，彼佳，用力！瓦西里伊奇，用力壓！」她叫道。壁毯總算壓下去了，箱子也蓋上了。娜塔莎拍手大聲尖叫，高興得淚流滿面。不過這瞬息即逝。她立刻又投入新任務，大家對她已完全信任了，有人對伯爵說，娜塔莎改變他的命令，他也不生氣了，僕人們也來請示娜塔莎：大車要不要用繩子捆紮一下，車上的東西裝夠了沒有。由於娜塔莎的吩咐，工作進行得如火如荼：大家把不需要的東西扔下，而把最貴重的物品裝得妥妥當當。

可是不管多麼忙碌，直到深夜還是沒有完全打包好。伯爵夫人睡著了，伯爵把動身的時間推遲到早晨，也去睡了。

索尼婭和娜塔莎睡在休息室，衣裳也沒有脫。

這天夜裡，還有一個傷患經過波瓦爾街，站在院子大門口的瑪夫拉·庫茲米尼什娜讓他轉進羅斯托夫宅邸。瑪夫拉·庫茲米尼什娜覺得，這個傷患是一位很重要的人物。載著他的是一輛轎式四輪馬車，擋布圍得嚴嚴實實，車篷放下了。一個可敬的老年近侍和馬車夫一起坐在馭座上。一個醫生和兩名士兵乘坐的馬車跟在後頭。

「請到我們這裡來，請吧。主人家就要走了，房子全空著。」老太婆對那個老僕人說。

「也好，」近侍嘆著氣說，「我們也不指望能到家了！我們自己的家也在莫斯科，只是太遠，而且家裡一個人也沒有。」

「歡迎到我們這裡來，我們主人家裡什麼也不缺，請吧。」瑪夫拉·庫茲米尼什娜說，「怎麼，傷勢很重嗎？」她問。

近侍揮了揮手。

「不指望能到家了！要去問一下醫生。」近侍從馭座上下來，走到後面的馬車前。

「好。」醫生說。

近侍又走到傷患的馬車旁，朝裡面張望一下，搖了搖頭，吩咐車夫轉進院子，自己站在瑪夫拉·庫茲米尼什娜身邊。

「我主耶穌基督！」她說。

瑪夫拉．庫茲米尼什娜建議把傷患抬進屋裡。

「主人不會說什麼。」她說。但要避免抬著傷患上樓梯，於是把傷患抬進廂房，安置在紹斯太太住過的房間裡。這個傷患是安德烈．鮑爾康斯基公爵。

十五

莫斯科的末日到了。這是明媚宜人的秋季。適逢星期天。同平常的星期天一樣，所有教堂都敲鐘召喚人們禱告，似乎還沒有人能理解，等待莫斯科的是什麼樣的遭遇。

唯有兩項指標足以說明莫斯科的處境，一是平民百姓，即貧民階層，二是物價。人數眾多的一大群工人、僕役、農民，其中混雜著官吏、學生和貴族，這天一清早便湧向三山門。在那裡站了一會兒，沒有等到拉斯托普欽，確信莫斯科將被放棄，這群人便分散到莫斯科的飯店酒肆。這一天的物價也能說明問題。槍枝、黃金、大車和馬匹的價格一路上漲，而紙幣和城市日用品的價格一路下跌，到了中午，竟出現呢絨之類的貴重商品在出租馬車運出去後，一半歸車主所有以做為勞務費用，而農民的一匹馬要價五百盧布；至於家具，鏡子、青銅器皿都只能免費送人。

在有名望的羅斯托夫老宅裡，生活條件的瓦解表現得並不明顯。在僕人方面，大量僕役中僅三人在夜裡失蹤；但沒有任何東西失竊；而在物價方面，來自各個鄉村的三十輛大車成了一筆巨大財富，很多人都很羨慕，願出高價向羅斯托夫求購。這些大車不僅有人高價求購，而且從昨天和九月一日清晨起，受傷的軍官們派出的勤務兵和僕人，住在羅斯托夫住所和鄰近幾家蹣跚而行的傷患本人都紛紛來到羅斯托夫的院子，請羅斯托夫的僕人為他們求情，把大車給他們，以便離開莫斯科。一個僕人聽到這樣的請求，雖然同情傷患，還是斷然拒絕，他說，他甚至不敢向伯爵提起這件事。不管滯留的傷患多麼可憐，顯而易見的是，給一輛大車，就沒有理由不給第二輛，最後連自家的馬車也得給。三十輛大車救不了所有傷患，而在大難臨頭的時候，不能不為自己和家庭著想。僕人是這麼為伯爵考量的。

伊利亞·安德烈伊奇伯爵在九月一日早上醒來，輕手輕腳地走出臥室，以免驚醒淩晨才入睡的伯爵夫人，他穿著淺紫綢長衫來到臺階上。大車都捆紮好了，停在院子裡。幾輛輕便馬車停在臺階旁。管家站在門口，正和一個老勤務兵和一個面色蒼白、吊著一條傷臂的青年軍官說話。管家見到伯爵，鄭重而嚴厲地示意軍官和勤務兵趕快離開。

「怎麼樣，都準備好了嗎，瓦西里伊奇[163]？」伯爵問，他揉揉自己的禿頂，和善地看著軍官和勤務兵，向他們點頭致意。（伯爵喜歡見到新面孔。）

「要馬上套車都行，大人。」

「太好了，等伯爵夫人醒來就動身！你們有事嗎，先生們？」他問軍官，「是住在家裡的吧？」軍官稍微走近一些，他那蒼白的臉驀地脹得通紅。

「伯爵，幫幫忙，請允許我……看在上帝分上……在你們的大車上擠一擠。我在這裡一無所有……讓我待在運貨的大車上吧……怎麼都行……」軍官的話還沒有說完，勤務兵就為自己的主人向伯爵提出同樣的請求。

「噢，行，行，行，」伯爵連忙說道，「我非常、非常樂意。瓦西里伊奇，你去安排一下，騰出一輛或兩輛大車，這個……怎麼辦呢……需要……」伯爵吞吞吐吐地彷彿在下命令。可是，就在這時，軍官的感激之情溢於言表，已使他難以收回成命了。伯爵往周圍一看，只見院子裡、大門口、廂房的窗口都有傷患和勤務兵的身影。他們都望著伯爵，緩緩地向臺階走過來。

「大人，請您到畫廊去：關於那裡的畫作您有什麼吩咐？」管家說。於是伯爵和他進屋去了，他重申自己的命令，不要拒絕傷患們搭車的要求。

「嗯，這樣吧，有些東西可以卸下來。」他悄悄地低聲說道，好像怕被人聽見似的。

九點鐘，伯爵夫人醒了，她過去的侍女、現在為伯爵夫人充當事務總管的馬特廖娜・季莫菲耶夫娜來向她報告，紹斯太太很生氣，又說小姐們的夏季衣裳不能留在這裡。伯爵夫人問，紹斯太太為什麼生氣，這才知道，她的一個箱子從大車上卸下來了，下人們正在解開所有大車上的繩索，要卸下財物，捎上傷患。為人憨厚的伯爵吩咐過了，要帶走他們所有人。伯爵夫人派人請來丈夫。

「這是怎麼回事，親愛的，我聽說又要把東西卸下來？」

「妳知道嗎？親愛的，我正要告訴妳呢，我親愛的伯爵夫人……一個軍官來找我，求我撥幾輛大車給傷患。這不是什麼難事啊；他們留下來能怎麼辦呢，妳想想看！……說實話，軍官們就等在院子裡，當初是我們主動邀請人家的……妳知道，我是想，說實話，親愛的，妳瞧，親愛的……就把他們捎上吧……何必急著走呢？……」伯爵怯生生說道，只要涉及錢財，他總是這麼說話。伯爵夫人聽慣了他的這種口氣，其所涉及的必定是使子女破產的事，諸如修建畫廊、暖房，組織家庭戲劇演出或樂隊——她聽慣了，因而總是認為有義務抗拒他用這種怯生生的口氣所表達的一切。

她裝出她那順從的可憐樣貌對丈夫說：

「你聽我說，伯爵，你已經讓他們住在家裡了，現在又要放棄我們的財物——這都是孩子的。要知道

---

163 瓦西里伊奇是管家的父稱，與上文餐廳管事的父稱相同。

你自己說過，家裡有價值十萬盧布的財產。我的朋友，我不同意就是不同意。你看著辦吧！傷患的問題有政府解決。他們是知道的。你看，對門的洛普欣家，三天前就把家當都運走了。看看人家是怎麼處理的。只有我們是傻瓜。你就算不可憐我，也要可憐孩子們啊。」

伯爵兩手一攤，一言不發地走出了房間。

「爸爸，你們這是怎麼了？」跟著他走進母親房間的娜塔莎問道。

「沒什麼！和妳沒有關係！」伯爵氣惱說道。

「不，我聽見了，」娜塔莎說，「媽媽為什麼不願意呢？」

「和妳有什麼關係？」伯爵叫道。娜塔莎走到窗前，陷入了沉思。

「爸爸，貝格來了。」她望著窗外說。

十六

羅斯托夫的女婿貝格已是領有弗拉基米爾勳章和安娜勳章的上校了，目前仍擔任第二軍副參謀長兼參謀長第一處副處長那安穩又舒適的職務。

他在九月一日隨部隊來到莫斯科。

他在莫斯科沒有什麼事；不過他發現部隊裡人人都想請假到莫斯科來做些事。他認為自己也應該請假，處理一些家務。

貝格乘坐精緻的輕便馬車來到岳父住所門前，駕車的那對膘肥體壯的黑鬃黃褐馬和某位公爵所擁有的完全一樣。他留心院子裡的那些大車，走上臺階，取出乾淨的手絹打了個結。

貝格腳步輕快且迫不及待地從前廳跑進客廳，擁抱伯爵，並親吻了娜塔莎和索尼婭的手，連忙問起媽媽的健康。

「現在還談什麼健康？哎，你說說吧，」伯爵說，「部隊的情況怎麼樣？撤退或再打一仗？」

「爸爸，唯有永恆的上帝，」貝格說，「能決定國家的命運。軍隊士氣高昂，現在領袖們，不妨這麼說，正在會商大計。結果會如何，還不清楚。不過我可以大概告訴您，那種英雄氣概，真正古代俄羅斯軍隊那種大無畏精神，他們——它（他糾正道）在二十六日一戰中的表現或者說體現，絕非言語所能形容……我告訴您，爸爸（他捶了一下胸膛，猶如一位將軍在他面前講述時那樣，不過稍嫌遲了一點，捶胸膛這個動作，應該是在提到『大無畏精神』時表現出來），我坦白告訴您，我們這些擔任公職的，不僅不需要督促士兵或諸如此類的行動，我們甚至勉強才能阻止這些、這些……對，英勇的、古代的功勳。」他說得飛快，好像在繞口令。「我告訴您吧，巴克萊．德．托利將軍向來冒著生命危險衝在部隊前面。我們一個軍布置在山坡上。您簡直想像不到！」於是貝格說起了他記在心裡的各種故事，這都是他在這個時期聽來的。娜塔莎目不轉睛地看著貝格，彷彿要在他的臉上找到某個問題的答案，這令他很不自在。

「總之，俄國軍人所表現的這種英雄氣概是難以想像、值得讚賞的！」貝格說，他打量著娜塔莎，似乎想博得她的好感，以微笑回應她的目光。「『俄羅斯不是在莫斯科，而是在俄羅斯子孫的心裡！』是吧，爸爸？」貝格說。

這時，伯爵夫人神情疲憊且厭倦地自休息室出來了。貝格連忙跳起來，親吻伯爵夫人的手，向她問安，又搖著頭表示同情，站在她身邊。

「是的，媽媽，我實話告訴您，現在對每個俄國人來說，都是困難而悲傷的時刻。不過何必如此不安呢？您要離開，還來得及……」

「我不明白，人們都在做些什麼，」伯爵夫人轉身對丈夫說，「我剛才聽說，什麼都還沒準備好。總得有個人去安排啊。可惜德米特里不在。簡直沒完沒了！」

伯爵想說什麼，不過看來他忍住了。他從椅子上站起來，朝門口走去。

貝格這時好像要擤鼻涕似的拿起手絹，他望著那個結沉吟了起來，憂鬱而意味深長地搖著頭。

「爸爸，我對您有個重要的請求。」他說。

「嗯？」伯爵停下腳步問了一聲。

「我剛才坐車經過尤蘇波夫商號，」貝格笑著說，「我認識的管理員跑了出來，問我要不要買什麼。您知道，我出於好奇便進去了，店裡有一個小櫃子和梳妝檯。您知道，薇拉很想要這些家具，為這件事我們還爭吵過。（貝格談起小櫃子和梳妝檯，不禁因為自家家具完整而深感得意。）那麼精緻的家具！打開抽屜一看，裡面還裝有英國式暗鎖，您知道吧？薇拉早就想要了。我很想給她一個意外的驚喜。我看到府上院子裡有那麼多農民。請您派一個給我吧，我付錢給他，而且……」

伯爵皺起眉頭，咳嗽了一聲。

「去求伯爵夫人吧，我管不著。」

「要是您覺得為難，那就算了。」貝格說，「我只是為了薇拉才想買的。」

「哎喲，你們都給我滾吧，滾吧，都滾吧！」老伯爵叫道，「頭都暈了。」他隨即走出房間。

伯爵夫人哭了。

「是呀，是呀，媽媽，這是很艱困的時刻！」貝格說。

娜塔莎和父親一起出去了，她似乎正費勁地思考什麼，一開始跟在他後面，後來跑到樓下去了。

彼佳站在臺階上，正在分發武器給那些準備離開莫斯科的僕人。那些滿載的大車還停在院子裡。其中兩輛已經卸載，一個軍官在勤務兵的攙扶下，正往其中一輛大車上爬。

「妳知道為什麼嗎？」彼佳問娜塔莎（娜塔莎明白，彼佳的意思是：父母為什麼吵架）。她沒有回答。

「因為爸爸要把所有的大車都用來運送傷患，」彼佳說，「是瓦西里伊奇告訴我的。在我看來……」

「在我看來，」突然，娜塔莎幾乎是滿臉怒氣地衝著彼佳叫嚷起來，「在我看來，這太可惡，太卑鄙，太……我不知道該怎麼說！難道我們是一夥德國人嗎？」她由於失聲痛哭而哽咽，她怕削弱和白白浪費自己的怒氣，急忙轉身向樓上衝去。貝格坐在伯爵夫人身邊，親人般彬彬有禮地勸慰她。伯爵拿著菸斗在房裡踱步，這時娜塔莎氣急敗壞，宛如一陣狂風撲進了房間，疾步走到母親面前。

「這是可惡的！這是卑鄙的！」她大聲叫道，「您不可能下這種命令。」

貝格和伯爵夫人困惑不解，驚恐地看著她。伯爵在窗口停下腳步仔細聽著。

「媽媽，不可以這樣；您看看院子裡的情況吧！」她大聲叫道，「他們走不了！」

「妳怎麼了？他們是誰？妳想怎麼樣？」

「傷患，就是他們！不可以這樣，媽媽；這太不像話……不，媽媽，親愛的，這樣不行，請原諒我，親愛的……媽媽，對我們來說，要運走的那些東西算什麼，您看看院子裡的情況吧，媽媽！怎麼可以這樣！」

伯爵站在窗前，未轉過臉來，卻聽著娜塔莎的話。他突然鼻子一酸，把臉貼在窗子上。

伯爵夫人瞅了瞅女兒，看到她為母親而感到羞愧的臉色，看到她的焦躁，這才明白，現在丈夫為什麼不回頭看她，於是她茫然四顧。

「唉，你們想怎麼做就怎麼做吧！我妨礙過誰嗎？」她說，還沒馬上認輸。

「媽媽，原諒我！」

但是伯爵夫人推開女兒，走到伯爵面前。

「親愛的，依你的意思去安排吧，我不了解情況嘛。」她說，面有愧色地垂下眼。

「雞蛋……雞蛋教訓母雞啦！」伯爵飽含幸福的淚水說，他擁抱妻子，她也樂意地把含羞的臉埋進丈夫懷裡。

「爸爸，媽媽！我去安排好嗎？可以嗎？」娜塔莎問，「必需品我們還是會帶走的……」娜塔莎說。

伯爵朝她點頭同意，娜塔莎便以玩捉迷藏的速度穿過大廳來到前廳，又沿著樓梯跑到院子裡。

人們聚集在娜塔莎身邊，不敢相信她所傳達的命令，直至伯爵親自來以妻子的名義再次認可，而這個命令便是，所有大車都用於運送傷患，箱子全送進倉庫。聽清楚命令後，所有人興奮地急忙投入新工作。現下，僕人們不僅不覺得反常，反而覺得這是理所當然的；正如一刻鐘之前，誰也不覺得留下傷患、帶走財物是奇怪的，而是理所當然的。

家裡所有人彷彿因為沒有及早著手處理這件事而想彌補似的，無不愉悅地、急忙地為安置傷患而忙碌起來。傷患們緩慢地從各自的房裡出來，蒼白的臉上笑顏逐開地圍在那些大車旁。鄰近的幾戶人家也傳開了有大車的消息，於是，其他家的傷患也陸續來到羅斯托夫的院子。許多傷患都請求不要卸下東西，讓他們待在箱籠上就可以了。但是，卸載的工作既已開始，也就停不下來了。全部留下或留下一半，都無所謂了。那些沒有搬走的箱子放在院子裡，裡面是前一夜費勁地裝進去的餐具、青銅器皿、繪畫、鏡子，人們還一直在尋找可以卸下的物品，騰出一輛又一輛車輛。

「還可以帶四個人，」管家說，「我把自己的馬車交出來，要不他們怎麼辦呢？」

「把裝我的衣櫃的車給他們吧，」伯爵夫人說，「杜尼亞莎跟我坐馬車。」

裝衣櫃的車也交出來了，派到隔兩戶人家的地方去接傷患。家裡所有人和僕役無不興高采烈。娜塔莎深感幸福，她激動又興奮，這種精神狀態是她久不曾經歷過的了。

「捆在哪裡呢？」僕人們把一個箱子擱在馬車後的狹窄腳鐙上說，「至少還要一輛大車。」

「那是什麼？」娜塔莎問。

「是伯爵的書。」

「丟下吧。瓦西里伊奇會拿走的。不必帶了。」

輕便馬車裡擠滿了人，大家正發愁，彼佳坐哪裡呢。

「他坐到馭座上去。你就坐在馭座上吧，彼佳？」娜塔莎大聲叫道。

索尼婭也不停地忙著；不過她忙的目的和娜塔莎不同。她正收拾要留下的東西；她依伯爵夫人的吩咐一一登記，並設法把盡可能多的東西帶走。

十七

一點多鐘，羅斯托夫四輛滿載的輕便馬車停在門口。滿是傷患的大車也一輛接一輛駛出院子。

載著安德烈公爵的轎式四輪輕便馬車從臺階旁駛過時，引起了索尼婭的注意，她正和一個女僕在門口的高大轎式馬車上為伯爵夫人安排座位。

「這是誰的馬車？」索尼婭從馬車的窗口探頭問道。

「您難道不知道嗎，小姐？」女僕回答說，「公爵受傷了，他是在我們這裡過夜的，也和我們一起走。」

「這是誰呢？姓什麼？」

「就是我們家從前的女婿，鮑爾康斯基公爵呀！」女僕嘆氣說道，「聽說快要死了。」

索尼婭跳出馬車，跑去找伯爵夫人。伯爵夫人已穿上旅行裝，披著披巾，戴著女式帽子；她滿面倦容，在客廳裡來回走動，她正等候家人，以便關起門來大家坐一會兒，一起行前禱告。娜塔莎不在房間裡。

「媽媽，」索尼婭說，「安德烈公爵在這裡，聽說他受傷快死了。他和我們一起走。」

伯爵夫人吃驚地睜大眼睛，一把抓住索尼婭的手，回頭看了一眼。

「娜塔莎？」她問。

對索尼婭和伯爵夫人來說，這個消息最初僅意味著一件事。她們了解娜塔莎，對她聽到這個消息會有什麼反應的擔心壓倒了對安德烈的同情，儘管她們是喜愛他的。

「娜塔莎還不知道；可是，他是和我們一起走的啊。」索尼婭說。

「你說他快死了？」

索尼婭點點頭。

伯爵夫人摟著索尼婭哭了。

「天意難測啊！」她想，覺得在眼前所發生的一切之中，人們原來看不到的那萬能的手開始展露了。

「哎，媽媽，全準備好了。你們在說什麼？……」娜塔莎跑了進來，精神抖擻問道。

「沒什麼，」伯爵夫人說，「準備好了就出發吧。」伯爵夫人朝自己的手提包彎下腰，想遮掩憂傷的神色。索尼婭摟著娜塔莎親親她。

娜塔莎疑問地看了看她。

「妳怎麼了？發生了什麼事？」

「沒有……沒什麼……」

「是對我很糟糕的事嗎？……是什麼啊？」敏感的娜塔莎問。

索尼婭嘆了口氣，什麼也沒有回答。伯爵、彼佳、紹斯太太、瑪夫拉·庫茲米尼什娜、瓦西里伊奇都進了客廳，於是關上門，大家坐下，誰也不看誰，默默地坐了幾秒鐘。

伯爵第一個站起來，長嘆一聲，開始朝聖像畫十字。大家也都這麼做了。然後伯爵開始擁抱留在莫斯科的瑪夫拉·庫茲米尼什娜和瓦西里伊奇，在他們拉他的手臂、親吻他的肩頭時，他輕拍他們的背，含糊地說著親切慰勉的話。伯爵夫人到供奉聖像的祈禱室去了，索尼婭看到她面朝零散地留在牆壁上的幾幅聖像跪拜（那些世代相傳、最寶貴的聖像是要隨身帶走的）。

那些要離去的僕人們，佩帶著匕首和馬刀，把褲管塞進靴筒，腰間緊束皮帶和寬腰帶，在臺階上和院子裡向留下的人們告別。

往往如此，要動身時總是會有很多東西忘記或未安放妥當，兩個跟班等了很久，他們站在敞開的車門和腳踏板兩邊，準備攙扶伯爵夫人上車，而這時女僕們拿著靠墊、小包裹從家裡送進轎式馬車、輕便馬車，又往回跑。

「老是記不住！」伯爵夫人說。「妳知道，這樣我是沒法坐的。」於是杜尼亞莎咬著牙，也不答話，帶著抱怨的神情衝上馬車重新整理座位。

「哎呀，這些人哪！」伯爵搖著頭說。

伯爵夫人只允許老車夫葉菲姆為她駕車，他坐在高高的馭座上，甚至不回頭看後頭發生的事。他憑十三年的經驗知道，不會很快就對他說：「走吧！」等到說了，還會有一兩次要他停車，又派人去取遺忘的東西，這以後還會再一次停車，伯爵夫人親自把頭伸到窗外，以基督的名義請他上下坡時務必小心。他了解這一點，所以他比他的馬（尤其是左邊的棗紅馬「雄鷹」，牠刨著蹄子，煩躁地咬著馬嚼子）更有耐心地等待動身。終於所有人都坐好了；腳踏板收起來翻進車裡，車門砰的一聲關上，派人取來了放貴重物品的匣子，於是伯爵夫人探頭說了該說的話。這時葉菲姆慢慢地從頭上摘下帽子，手畫十字。前導馬馭手和所有僕人都畫了十字。

「上帝保佑！」葉菲姆戴上帽子說。「駕！」前導馬馭手催動馬匹。車轅右邊的馬拉緊了套具，強韌的彈簧咯吱一響，車廂晃了晃。一個僕人趕上去跳上馭座。轎式馬車從院子裡駛上坑窪不平的街道時顛了一下，其他輕便馬車也都顛了一下，於是車隊沿著街道往上坡駛去。轎式馬車、輕便馬車裡的人都朝對面的教堂畫著十字。留在莫斯科的僕人們走在馬車兩側為他們送行。

現在，當娜塔莎靠著伯爵夫人坐在馬車裡，望著被遺棄的、驚恐不安的莫斯科沿街牆壁在身旁緩緩移動時，她感受到一種罕見的喜悅。她在馬車裡把頭探出窗外，望望後面又望望走在前面的傷患的長長車隊。她看得到幾乎走在最前面的安德烈公爵那輛輕便馬車的密閉車篷。她不知道誰在馬車裡，每當她想知道車隊所到的地區時，便抬起眼搜索那輛馬車。她知道，它走在所有車輛的前面。

在庫德林諾，和羅斯托夫的車隊一樣來自尼基塔街、普列斯尼亞和波德諾文斯科耶的幾支車隊走在一起來了，在花園街上，馬車和大車已分成兩排行駛。

在繞過蘇哈列夫塔樓時，娜塔莎好奇且迅速打量著以車馬代步和步行的民眾，突然高興地驚叫道：

「天哪！媽媽，索尼婭，你們快看，那是他！」

「誰呀？誰呀？」

「你們看，真的是他，別祖霍夫！」娜塔莎說，她把身子探出車窗，看向一個高大肥胖的人，他穿著馬車夫的束腰長衫，從步態和架勢看顯然是喬裝打扮的貴族，他和一個身穿粗呢軍大衣、臉色泛黃、沒有鬍子的小老頭並肩走到蘇哈列夫塔樓的拱門下。

「真的，是別祖霍夫，穿著束腰長衫，身邊還有個老小孩！」娜塔莎說。「你們看，你們看！」

「不是，這不是他。可能嗎？瞎說什麼。」

「媽媽，」娜塔莎說，「不是他，您砍了我的頭！我保證是他。停一停，停一停！」她對車夫吆喝道；但車夫不能停車，因為又有一批大車和馬車從小市民街出來了，正向羅斯托夫大喊大叫，要他們快走，別堵住別人的路。

果然，雖然比剛才更遠了許多，羅斯托夫還是看到了皮埃爾，或者說看到了一個非常像皮埃爾的人，對方一身束腰長衫，神情嚴肅地低著頭在街上走，身邊有一個貌似僕人、身材矮小、沒有鬍鬚的老頭。這個老頭注意到有人從馬車裡向他探頭張望，便恭敬地碰了碰皮埃爾的胳膊，指著馬車對他說了什麼。皮埃爾好久都不明白他在說什麼；看來他太專注於自己的心事了。後來他終於意會過來了，朝指示的方向看去，認出了娜塔莎，一陣衝動之下，向馬車快步走去。可是走了十來步之後，他似乎想起了什麼，便停住腳步。

從馬車裡探頭張望的娜塔莎臉上洋溢著略帶嘲諷的溫情。

「皮埃爾，過來呀！我們認出您了！這太令人驚訝了！」她大聲說道，一邊向他伸出手。「您怎麼了？怎麼打扮成這個樣子？」

皮埃爾握住伸過來的手，一邊走（因為馬車仍繼續往前走）一邊靦腆地親她的手。

「您怎麼了，伯爵？」伯爵夫人驚訝又滿懷同情地問道。

「怎麼了？怎麼了？為什麼？你們別一直問我。」皮埃爾說，回頭看了看娜塔莎，她那神采飛揚的喜悅目光（他不看她也能感覺得到）逕直注視著他。

「您到底怎麼了，要留在莫斯科？」只見皮埃爾沉吟未答。

「留在莫斯科？」他猶豫地說，「是的，留在莫斯科。再見了。」

「唉，我但願是個男人，我一定會和您一起留下來。唉，那該多好！」娜塔莎說。「媽媽，只要您答應，我就留下。」皮埃爾神情恍惚地看了娜塔莎一眼，想說什麼。不過伯爵夫人打斷他的話：

「我們聽說，您去過戰場？」

「是的，我去過，」皮埃爾回答道，「明天又要打仗了……」他還想說下去，可是娜塔莎打斷了他：

「您到底是怎麼了，伯爵？您不像您自己了……」

「唉，您不要問了，不要問我了，我自己也不知道。明天……不說了！再見，再見，」他說，「可怕的時代！」於是他落在馬車後，走上人行道。

娜塔莎仍久久地探頭窗外，對他綻放溫情而又略帶譏諷的喜悅微笑。

十八

皮埃爾從家中消失後，在已故巴茲傑耶夫的空屋裡住了兩天。這段經過是這樣的。

皮埃爾回到莫斯科並和拉斯托普欽伯爵見面後的第二天，在醒來的當下，久久不知身在何處，對於別人曾向他提出的要求也顯得茫然。僕人向他報告，有很多人在客廳裡等他，在其他人的姓名中還提到一個法國人，他帶著海倫伯爵夫人的信件來見他，頓時，一種錯綜複雜的絕望心情向他襲來，他向來輕易受到這種心情侵襲。他突然覺得，如今一切都完了，一切都亂成一團，一切都崩潰了，沒有正邪之分，前途一片黑暗，沒有任何擺脫這種困境的出路。他勉強微笑，不停地嘟囔著什麼，時而無可奈何地坐到沙發上，時而站起來走到門邊，透過縫隙窺探接待室，時而揮舞雙手退回來，拿起書本。管家再次前來稟告皮埃爾，帶來伯爵夫人信件的法國人很希望見他一面，就算只見一分鐘也好。此外，巴茲傑耶夫的遺孀派人來請他去接收書籍，因為巴茲傑耶夫太太本人到鄉下去了。

「啊，好，馬上，你等一等……要不……不，你去說，我馬上就來。」皮埃爾對管家說。

但是，管家才剛出去，皮埃爾便拿起桌上的帽子，從書房的後門離開了。走廊裡沒有人。皮埃爾穿過長長的走廊來到樓梯口，他皺著眉頭，雙手揉搓著額頭，下樓到達第一個樓梯間。看門人站在正門門口。從皮埃爾所在的樓梯間另有一道樓梯通往後門。皮埃爾沿著這道樓梯走到院子裡。誰也沒有看到他。可是他剛走出院子大門，街道上站在幾輛輕便馬車旁的車夫們和管院子的人就看見他了，並向他脫帽致敬。皮埃爾感覺到向他投來的目光，只是他的行為很像一隻為避人耳目而把頭藏進灌木叢的鴕鳥；他低頭加快腳步，沿著街道離去。

這天早晨，皮埃爾覺得，在他所面臨的種種事務中，整理約瑟夫．阿列克謝耶維奇．巴茲傑耶夫的書籍文件是最重要的。

他僱用碰到的第一輛出租馬車，吩咐車夫前往大牧首塘，巴茲傑耶夫遺孀的住處就在那裡。他張望著四面八方從莫斯科湧出的車隊，不斷挪動肥胖的身軀，以免從震得咯吱作響的舊馬車上滑落，皮埃爾好像翹課的頑童滿溢著好心情，和車夫閒聊了起來。

車夫告訴他，今天在克里姆林宮分發槍枝，明天要把全體民眾聚集到三山門外，那裡將有一場決戰。

到了大牧首塘，皮埃爾開始尋找巴茲傑耶夫的住處，他很久沒來了。他來到籬笆門前。聽到敲門聲來應門的格拉西姆，就是那個臉色泛黃、沒有鬍鬚的小老頭，皮埃爾五年前在托爾若克見過他和約瑟夫．阿列克謝耶維奇在一起。

「在家嗎？」皮埃爾問。

「由於目前的情況，索菲婭．丹尼洛夫娜帶著孩子們到托爾若克鄉下去了，伯爵。」

「我還是要進去，我要整理一下書籍。」皮埃爾說。

「請吧，歡迎您，已故主人——願他早升天國！——的弟弟馬卡爾．阿列克謝耶維奇留在這裡，對了，您是知道的，他有個嗜好。」

馬卡爾．阿列克謝耶維奇，正如皮埃爾所知，是約瑟夫．阿列克謝耶維奇的弟弟，為人瘋癲、嗜酒如命。

「是的，是的，我知道。進去吧，進去吧……」皮埃爾邊說邊進屋。一個高大、禿頂、紅鼻子的老人身穿睡袍，赤腳套鞋站在前廳裡；一見皮埃爾，他便生氣地嘀咕著什麼，到走廊裡去了。

「很聰明的一個人，可是您看看，大不如前了。」格拉西姆說，「您到書房去嗎？」皮埃爾點點頭。「書房自從封門以後，就原封未動。索菲婭．丹尼洛夫娜吩咐過，要是您派人來，就把那些書都給您。」

皮埃爾走進那個陰暗的書房，恩師生前，他曾惶恐地進去過。書房積滿灰塵，約瑟夫．阿列克謝耶維奇去世後就從未動用過，因而更顯陰沉沉的。

格拉西姆打開一扇百葉窗，踮著腳走了出去。皮埃爾在書房裡走了一圈，又走到放置手稿的書櫥前，從這些曾被共濟會奉為最重要聖物的手稿中取出一本。這是蘇格蘭版的真本，上有恩師的評注和解說。他在積滿灰塵的書桌旁坐下，把手稿放在面前，翻開、闔上，最後推在一邊，雙手托腮陷入了沉思。

格拉西姆幾次小心翼翼地向書房張望，只見皮埃爾始終坐著。兩個多小時過去了。格拉西姆大著膽子在門口弄出一些響聲，想引起皮埃爾的注意。皮埃爾還是沒有聽見。

「要把出租馬車打發走嗎？」

「噢，是的，」皮埃爾清醒過來說，連忙站了起來。「你聽著，」他說，他抓住格拉西姆上衣的一顆鈕釦，炯炯有神、濕潤而熱情的眼睛從上到下打量著老頭。「你聽著，你知道明天要打仗嗎？……」

「聽說了。」格拉西姆回答道。

「我請你不要對任何人說我是誰。你要照我說的去做……」

「遵命，」格拉西姆說，「您要用餐嗎？」

「不要，但我需要其他東西。我需要一套農民衣物和一枝手槍。」皮埃爾說，驀地脹紅了臉。

「遵命，大人。」格拉西姆想了想說道。

皮埃爾在恩師的書房裡獨自度過這一天的其餘時間，格拉西姆聽見，他不安地從一個角落走到另一個角落，自言自語地說著什麼，接著便在為他就地準備的床鋪上過夜。

身為僕人，格拉西姆生平見識過許多怪事，因而見怪不怪，對皮埃爾前來寄宿並不感到訝意，而且他似乎因為有人可以服侍而心滿意足。他當晚什麼都沒問，就為皮埃爾弄來一件束腰長衫和帽子，並答應第二天去買需要的手槍。這天晚上，馬卡爾·阿列克謝耶維奇穿著套鞋吧嗒、吧嗒地兩次走到門口，站在門口討好地望著皮埃爾。但只要皮埃爾向他轉過身去，他便又羞又氣地掩上睡袍的前襟急忙走開。就在皮埃爾穿著格拉西姆為他弄來並漿過的馬車夫束腰長衫，和他一起前往蘇哈列夫塔樓附近去購置手槍時，遇見了羅斯托夫一家人。

十九

九月一日夜，發布了庫圖佐夫的命令，要求俄軍穿過莫斯科向梁贊大道撤退。

第一批部隊是在夜間行動的。在夜間行軍的部隊不慌不忙，緩慢而從容地向前推進；但是黎明時分，行進的部隊在接近多羅戈米洛沃大橋時，只見在前頭的另一個地方，擁擠的人群正匆匆過橋，紛亂的人群擠滿對岸的大街小巷，而在後頭，看不見盡頭的部隊洶湧而至。於是，無緣無故的匆忙、驚慌情緒瀰漫全軍。大家都向橋頭撲去，擁上大橋、淺灘和渡船。庫圖佐夫吩咐車夫退往後面的街道，繞道渡河。

九月二日早上十點不到，在多羅戈米洛沃門外的廣大地區只剩下後衛部隊。大軍已在莫斯科河對岸和莫斯科城外。

就在這時，在九月二日早上十點，在自己部隊簇擁下的拿破崙站在波克隆山上眺望展現在他面前的景象。從八月二十六日到九月二日、從波羅金諾會戰到敵人進入莫斯科，在這驚心動魄又難忘的一個星期裡，天天都是秋季那令人驚喜的天氣，低低的太陽比起春天更是熱力四射，一切都在稀薄、純淨的空氣中耀眼地閃閃發光，這時呼吸著秋天芬芳的空氣，頓覺胸膛充滿活力和涼意，這幾天甚至夜夜溫暖如春，在幽暗溫暖的夜裡，天空令人又驚又喜地不斷灑落金色的星星。

九月二日早上十時就是這樣的天氣。燦爛的晨暉神話般地美妙。從波克隆山上遠眺，莫斯科及其河流、花園和教堂在廣闊的地域上展開，而無數教堂的圓頂宛如星星閃耀著若隱若現的光芒，這彷彿就是莫斯科的生命律動。

看到這座奇特的城市及其前所未見的超凡建築樣式，拿破崙萌生些許嫉妒和不安的好奇心，人們在見到和他們毫無淵源的異國生活樣貌時，往往會有這種心情。顯然，這座城市正散發著她那充沛的生命力。根據某些無法言傳的跡象，可以在遠處準確無誤地分辨出有生命的軀體和僵死的屍體，因此拿破崙在波克隆山上看到了城市的生命悸動，感覺到這巨大、美麗軀體的呼吸。

「這座有無數教堂的亞洲城市，莫斯科，他們的聖城莫斯科！這就是她，終於親臨這座名城！是時候了！」拿破崙說，他下馬，吩咐把莫斯科的地圖攤在他面前，又叫來翻譯官勒洛梅．迪德維爾[164]。「被敵人占領的城市就像失去貞操的女人。」拿破崙心想（他在斯摩稜斯克的時候，也曾對圖奇科夫[165]這麼說過）。於是他從這個視角看著躺在他面前的東方美人。他自己也覺得反常，他很久以來就夢寐以求、以為不可能實現的願望，終於實現了。他在明媚的晨暉中時而望望這座城市，時而看看地圖，比對著這座城市的地形。占有她的信心使他既激動又頓生懼意。

「但是，難道能有其他結果嗎？」他想，「看，這座城市就在我腳下，等待著自己未來的命運。現在亞歷山大在哪裡，又在想些什麼？奇特、美麗、莊嚴的城市！奇特、莊嚴的此刻！在他們心目中，我是何等人物啊！」他想到自己的部隊。「看，她就是給這些信心不足的人們的獎賞，」他想，環視著已經到達和即將到達以及正在列隊的部隊。「我只要一句話、一個手勢，便足以毀滅歷代沙皇的這座古都。然而我的仁慈總是寬容戰敗者。我應當寬宏大度，不愧為偉人。可是不，說我在莫斯科，這不是真的，」他突然想到，「可是她就躺在我的腳下啊，那金色圓頂和十字架正在陽光下閃爍和顫動。我要愛惜她。我要在野蠻和專制的古碑上寫下正義和仁慈的偉大碑文……正是這一點將使亞歷山大無比痛苦，我是了解他的。

（拿破崙覺得，眼前所發生的一切，其主要意義在於他和亞歷山大個人之間的競爭。）從克里姆林宮的高處——是的，那是克里姆林宮——我要頒布正義的法律，向他們表明真正的文明意含，我要讓俄羅斯世襲貴族感恩戴德地銘記征服者的名字。我要告訴貴族代表團：我過去和現在都不願打仗；我只是在和他們的宮廷錯誤政策作戰，我喜愛並尊敬亞歷山大。我不願利用戰勝的幸運使敬愛的皇上受到屈辱。至於世襲貴族，我要告訴他們：我不要戰爭，我要和平和全體臣民的幸福安康。不過我知道，他們的到來將使我受到鼓舞，我的談話會像平時一樣：明確、莊嚴且大度。可是我真的是在莫斯科嗎？是的，她就在這裡！」

「把世襲貴族們領來見我。」他轉身對侍從們說。一位將軍帶領出色的隨從們立即騎馬出發，尋找世襲貴族去了。

兩個小時過去了。拿破崙用畢早餐，又站在波克隆山上的老地方等候貴族代表團。他對世襲貴族的談話，已明確地擬就了草稿。這篇談話充滿尊嚴和拿破崙所理解的大度。

拿破崙在莫斯科的行動中所要表現的豁達氣度，令他本人為之傾倒。他在心裡決定了在沙皇的宮殿裡召開會議的日子，屆時，俄國的大臣們將和法國皇帝的大臣們齊聚一堂。他正在考慮，要任命一個善於籠絡人心的總督。得知在莫斯科有很多慈善機構後，他決心要對這些機構廣布恩澤。他想，正如在非洲要披著帶白綢風帽的斗篷坐在清真寺裡，在莫斯科就要和沙皇一樣樂善好施。為了徹底打動俄國人心，他和每個法國人一樣，除了提及我親愛的、溫柔的、可憐的母親外，想不出任何有感情色彩的話，因此他決定，

164 勒洛梅·迪德維爾，拿破崙的祕書之一。

165 帕·阿·圖奇科夫（一七七五—一八五八），俄國將軍，一八一二年八月七日，在俄軍放棄斯摩稜斯克後的一次戰爭中受重傷被俘。一八一四年獲釋。他是斯摩稜斯克會戰中的英雄尼·阿·圖奇科夫的兄弟。

要下令在這些機構題寫：獻給我親愛母親的機構。不，乾脆寫：我的母親之家——他暗自決定。「不過，難道我是在莫斯科嗎？是的，她就在我眼前。可是這麼久了，本城的貴族代表團怎麼還沒到呢？」

與此同時，在侍從們的後面，眾將軍正焦急地輕聲商議。奉命去找代表團的人已經回來了，他們說莫斯科已是空城，人都走光了。商議此事的人無不面色蒼白、焦躁不安。他們害怕的不是莫斯科已被居民遺棄（儘管這個情況非常嚴重），而是怎麼向皇帝交待、向他說明，他白費力氣等待這些世襲貴族了，除了成群的醉鬼，沒有其他人了——該怎麼說才能使皇帝陛下不致陷入那種可怕的、法國人所謂的可笑的境地。有的說，無論如何要找個代表團來，有的表示異議，強調要謹慎且巧妙地使皇帝有心理準備，再向他說明實情。

「終究是要告訴他……」多位侍從說，「不過，諸位……」讓情況複雜化的是，皇帝正思考如何表現出豁達寬容，他耐心地在地圖前走來走去，不時手搭涼棚眺望通往莫斯科的大路，得意又驕傲地微笑著。

「這太難堪了……太難堪了……」侍從們聳肩說，不敢說出所暗指的那個可怕的字眼：太可笑了……

此時，皇帝倦於徒勞的等待，以其演員般的嗅覺意識到，莊嚴的時刻由於拖延太久而開始喪失其莊嚴性，於是比了個手勢。一聲號砲響過，把莫斯科團團圍住的部隊開始向莫斯科進軍，擁往特維爾門、卡盧加門、多羅戈米洛沃門。人馬你追我趕，愈來愈快地跑步前進，隱沒於他們所揚起的塵霧之中，空中響徹一片吶喊的轟鳴聲。

拿破崙捲入部隊的洪流，和部隊一起來到多羅戈米洛沃門，但在那裡又停了下來，他下馬，在財政部的圍牆外久久徘徊，等候著貴族代表團。

二十

莫斯科這時已是空城。城裡還有人，僅剩原住民的五十分之一[166]，但城裡是空的了。是空的，正如即將被遺棄、失去蜂后的蜂箱是空的一樣。

失去蜂后的蜂箱裡已沒有生命了。但表面看上去，好像和其他蜂箱一樣是有生命的。

在中午炎熱的陽光下，失去蜂后的蜂箱也和那些有生命的蜂箱一樣，可見蜜蜂在周圍飛舞，一樣自遠處散發著蜂蜜的香味，也有蜜蜂飛進飛出。但只要仔細觀察就能看出，這個蜂箱裡已沒有生命。蜜蜂不像在有生命的蜂箱裡飛舞，不尋常的氣味和聲音會讓養蜂人大吃一驚。養蜂人敲一敲病態蜂箱的箱壁，引起的不再是原來那種驀然出現、一致的回應，不是幾萬隻蜜蜂的嗡嗡聲響，牠們不再威嚴地收緊尾部，以快速飛舞的翅膀在空中發出生氣勃勃的聲音了——回應他的，是在空箱裡的各處沉悶地發出分散零落的蜂鳴聲。蜂巢不像原來那樣散發出蜂蜜和毒汁的醉人芳香，也失去蜂群密集所散發的熱氣，而蜂蜜的氣味混合著空巢的腐朽氣息。蜂巢上不再有準備誓死自衛、翹尾的毒刺示警的工蜂。不再有蜂群勞動的那種均勻、輕微、沸騰似的顫動聲，只有雜亂無章的零散嘈雜聲。在這個蜂箱上，膽怯而鬼祟地飛進飛出的，是一些

---

166 史載，在拿破崙入侵前的一八一二年七月一日，莫斯科有居民十九萬八千九百一十四人。拉斯托普欽曾向庫圖佐夫報告，在拿破崙占據莫斯科的初期有居民近一萬人，而在其末期已不足三千人。

長圓形身體上沾滿蜂蜜的黑色賊蜂；牠們不螫人，一有危險便溜掉。從前蜜蜂只是帶著花粉飛進而空身飛出，現在卻是帶著蜂蜜飛出來。養蜂人打開下層，觀察蜂箱底部。從前肥肥的蜜蜂彼此抓住蜂腳，猶如一條條懸垂到箱底的黑色鞭子，牠們馴服地勞動著，不停地發出分泌蜂蠟的簌簌聲，而眼前只見無精打采的乾瘦蜜蜂在箱底和箱壁上懶洋洋地亂爬。箱底原糊著一層蜂膠，由扇子般的蜂翅清掃乾淨的底板上，如今散落著零星的蜂蠟、蜂屎以及未清除、即將死去、已死去的蜜蜂，一些半死不活的蜜蜂正微微動彈著腳。

養蜂人打開上層，觀察蜂箱頂部。他看到的不是密密層層的蜜蜂填滿蜂巢所有縫隙正為幼蜂提供溫暖，而是看到那些製作精巧複雜的蜂巢，卻已不是當初那原封不動的樣子了。一切都荒廢了、玷汙了。黑色的賊蜂在蜂巢間快速地亂竄；自家的蜜蜂乾瘦、短小、萎靡，彷彿衰老了，緩緩地爬動著，誰也不妨礙，什麼願望也沒有，已喪失生命的意識。雄蜂、胡蜂、大黃蜂、蝴蝶飛來飛去，在蜂箱外壁上亂撞。在沾有死去幼蜂和蜂蜜之間的某些地方，偶爾從不同方向傳來氣急敗壞的嗡嗡聲；某處的兩隻蜜蜂正依習性和記憶清理蜂房，勉為其難地把死去的蜜蜂或大黃蜂拖走，自己也不知道為什麼要這麼做。在另一個角落，兩隻老蜜蜂懶洋洋地打架，或清除自身汙穢，或彼此餵食，自己也不知道，這麼做是出於友愛還是出於敵意。在第三個地方，一群蜜蜂互相擠著並攻擊一個受害者，撞擊、折磨對方。於是那個虛弱或死去的蜜蜂便緩緩地，像一片羽毛輕飄飄地落到一堆屍體上。養蜂人掀開當中的兩片蜂蠟，想看看蜂巢。從前看到的是成千上萬隻蜜蜂背靠背圍成密密麻麻的層層黑圈，守護著繁衍後代的最高祕密，而現在只看到幾百隻蜜蜂萎靡的、半死的、寂然無聲的殘骸。牠們幾乎都在不知不覺間死去，待在牠們曾經守護、而今已不復存在的聖地上。牠們散發著腐朽和死亡的氣息。只有幾隻在動，慢慢地飛了起來，落入敵人的手裡後，連蜇一口的力氣也沒有便斷氣了。其餘那些死去的蜜蜂像魚鱗一樣輕輕地掉下來。養蜂人關上蜂箱，用粉筆在木座上做了標記，擇日再拆除、焚毀。

莫斯科就是這樣一座空城，當時疲憊、不安的拿破崙臉色陰沉地在財政部圍牆外徘徊，等候著貴族代表團，雖然代表團出迎只是表面文章，拿破崙卻認為這是不可少的禮節。

在莫斯科的各個角落，人們還在百無聊賴地活動，維持舊習，自己也不明白在做些什麼。

當有人小心翼翼地對拿破崙說明，莫斯科已經空了，他氣憤地看了看報告這個消息的人，轉過身來繼續默默地徘徊。

「備車。」他說。他和值班副官並排坐上馬車，往城郊馳去。

「莫斯科空了。多麼難以置信！」他自言自語道。

他沒有進城，而是駐蹕於多羅戈米洛沃門外的一家郊區旅店。

這齣戲劇黯然收場。

二十一

俄軍於深夜兩點至次日兩點通過莫斯科，帶走了最後離開的居民和傷患。部隊行軍過程中，最擁擠的情況發生在石橋、莫斯科河大橋和亞烏札橋上。

當部隊在克里姆林宮附近兵分兩路聚集在莫斯科大橋和石橋上時，大量士兵利用停頓和擁堵的機會離開橋邊，悄悄地經瓦西里升天大教堂和博羅維茨門竄回高坡上的紅場，他們憑著某種嗅覺意識到，在紅場上可以不勞而獲。同樣的人群彷彿在搶購廉價商品似的，擠滿市場所有通道和過道。但是沒有店員招攬顧客的親切、甜蜜的話語，沒有叫賣的小販，沒有成群花枝招展的女顧客，只有不帶槍的士兵那清一色的軍裝和軍大衣，他們默默帶著貨物出去，又空手進來擠進人群。商人和店主（他們人數很少）失魂落魄地穿行於士兵之間，打開店鋪又關上門，然後親自和店員們將商品搬往別處。在市場不遠處，站著一隊鼓手，正擊鼓集合部隊。但乘機盜竊的士兵們一聽到鼓聲，竟不像往常那樣應聲集合，反而跑到離鼓手更遠的地方去了。在士兵當中，在店鋪和過道之間，可以看到一些身穿灰色束腰長衫和剃光頭的人。兩個軍官之中，一個軍服上紮著武裝帶、騎在一匹瘦馬上，另一個身穿軍大衣步行，站在伊利因卡街的轉角處談話。第三個軍官騎馬向他們急馳而來。

「將軍命令，務必立刻把所有的人都趕出來。怎麼這樣，太不像話！一半士兵都跑散了。」

「你去哪裡？你們去哪裡？」他朝三名步兵喝道，他們沒有帶槍，撩起軍大衣的下襬從他身旁鑽進了人群。「站住，混蛋！」

「您就集合吧！」另一個軍官說道，「這是辦不到的；我們趕快走吧，別讓剩下的人都跑光了，情況就是這樣！」

「怎麼走啊？人都站在那裡，擠在橋上動不了。要不要布置一條散兵線，防止其他人也都跑散了？」

「快到那裡去吧！把他們趕走！」級別較高的軍官吼道。

紮著武裝帶的軍官下了馬，叫上一名鼓手，和他一起走進拱門。幾名士兵成群拔腿就跑。一個鼻翼兩旁長著紅色粉刺的商人，豐腴的臉上帶著鎮靜的神氣，誇張地揮舞著雙手，連忙來到軍官面前。

「長官，」他說，「請保護我們吧。這些不值錢的東西我們絕不計較，我們樂意奉送！請笑納，我馬上把毛織品送來，拿來兩塊也行，我們很樂意！因為我們心甘情願，可是現在這樣不行，簡直是在搶劫！求求您！能不能派兵保護啊，就算要我們把店鋪鎖上也行……」

幾個商人聚集在軍官身邊。

「唉，嘮叨什麼啊！」其中一個瘦瘦的、神色嚴峻的商人說。「腦袋掉了，就不計較頭髮了。誰要什麼就拿吧！」他有力地一揮手，側身對著軍官。

「您說說倒容易，伊萬．西多雷奇。」第一個商人悻悻地說，「求求您，長官。」

「說什麼呢！」瘦子叫道，「我這裡三間鋪子裡的貨物值十萬盧布。部隊走了，還能保得住嗎？唉！人是無力回天的！」

「求求您，長官。」第一個商人鞠躬說道。軍官站在那裡滿腹疑慮，看來拿不定主意。

「這和我有什麼關係！」他突然叫道，沿著一排鋪面走了過去。在一家打開的店鋪裡傳出鬥毆和叫的聲音，在軍官快走到那裡時，門裡突然竄出一個穿著灰色粗毛料外衣、剃光頭的人，他是被人擠出來的。

這個人彎下身子從商人和軍官身邊溜了過去。軍官對這家商鋪裡的士兵們嚴加訓斥。就在此時，莫斯科大橋上傳來一大群人的淒厲叫喊，於是軍官跑到廣場上。

「怎麼了？怎麼了？」他問，但他的戰友已向叫喊的方向馳去，正經過瓦西里升天大教堂。軍官騎上馬跟著他去了。在他接近橋頭時，他看到從前車上卸下的兩門大砲、在橋上行進的士兵、幾輛翻倒的大車、幾個神色驚慌的人和士兵們的笑臉。兩門大砲旁停著一輛套著兩匹馬的馬車。馬車的車輪後蜷伏著四條帶頸圈俄國獵犬。馬車上的物品堆積如山，頂端有個農婦坐在四腳朝天的童椅旁，絕望地發出刺耳尖叫。戰友們把人群叫嚷和農婦尖叫的起因告訴了這位軍官，原來葉爾莫洛夫將軍碰到這一群人，得知士兵都分散到商鋪裡去了，而這群市民卻堵住大橋，便下令從前車上卸下大砲，示意要開砲轟炸大橋。人群撞翻大車、互相踩踏、絕望地叫嚷起來，他們彼此擁擠著讓開通道，部隊才得以前進。

二十二

這時，城內卻空了。街道上幾乎見不到人。大門和店鋪都上了鎖。有些地方，如在那些小酒店附近，聽得到個別的叫喊聲和醉漢的歌聲。沒有人騎馬坐車，也很少聽到步行的聲音。波瓦爾街上寂然無聲，空無一人。羅斯托夫大院子裡，到處是餵馬剩下的乾草、車隊留下的馬糞，一個人也沒有。在留下全部財產的羅斯托夫住所裡，有兩個人待在大客廳。那是管理院子的伊格納特和僮僕米什卡，後者是瓦西里伊奇的孫子，他和爺爺留在莫斯科。米什卡打開古鋼琴，用一根手指戳著琴鍵。管院子的人雙手叉腰，微笑著站在大鏡子前。

「真好玩！伊格納特叔叔！」孩子說，突然用雙手拍著琴鍵。

「看看你！」伊格納特應聲道，他看著鏡子裡自己的臉笑得愈來愈開朗，不禁感到驚奇。

「沒良心的！真是，沒良心的！」悄悄進來的瑪夫拉．庫茲米尼什娜在他們後頭說，「哎呀，胖臉蛋的東西，還齜牙咧嘴地笑。你們在做什麼呀！什麼都還沒有收拾呢。瓦西里伊奇簡直累壞了。你等著瞧吧！」

伊格納特整理一下腰帶，他不笑了，順從地垂下眼，走出了房間。

「嬸嬸，我再玩一會兒。」孩子說。

「還玩！小淘氣鬼！」瑪夫拉．庫茲米尼什娜朝他揚起手叫道，「去幫爺爺放好茶壺。」

瑪夫拉．庫茲米尼什娜撣去灰塵，蓋上古鋼琴，長嘆一聲走出客廳，從外面把門鎖上了。來到院子裡，瑪夫拉．庫茲米尼什娜尋思起來，現在到哪裡去呢，到廂房去找瓦西里伊奇喝杯茶，或是到儲藏室去把沒收拾好的地方再收拾一下？

寂靜的街道上傳來疾步而來的聲音。腳步停在便門前；響起了門閂的碰擊聲，有人想推門進來。

瑪夫拉．庫茲米尼什娜走到便門前。

「找誰？」

「我找伯爵，伊利亞．安德烈伊奇．羅斯托夫伯爵。」

「您是誰？」

「我是軍官。我需要見他。」一道俄羅斯貴族悅耳的聲音說。

瑪夫拉．庫茲米尼什娜開了便門。一個大約十八歲的圓臉軍官走進院子，臉型酷似羅斯托夫家族。

「他們走了，少爺。是昨天傍晚走的。」瑪夫拉．庫茲米尼什娜親切地說。

青年軍官站在便門處，彷彿遲疑不決，究竟進來還是不進來，咂了一下嘴。

「哎呀，糟糕！」他說，「昨天來就好了……哎呀，真可惜！」

瑪夫拉．庫茲米尼什娜同情且細心打量著眼前這個年輕人那貌似羅斯托夫家族的臉型，以及他身上破舊的軍大衣和軍靴。

「您找伯爵有什麼事嗎？」她問。

「就是……有什麼辦法呢？」軍官懊惱地說，他抓住便門，似乎打算走了。他又遲疑不決地站住了。

「您知道嗎？」他突然說，「我是伯爵的親戚，他對我一向很好。不然，您看（他帶著和善、愉快的訕笑看看自己的斗篷和靴子），都穿破了，又沒有錢；所以我想請伯爵……」

瑪夫拉．庫茲米尼什娜不讓他把話說完。

「請您稍候，少爺。就一會兒。」她說。軍官剛把手從便門上放下，瑪夫拉．庫茲米尼什娜已經轉過身去，邁著老太太急匆匆的步伐，朝後院的廂房走去。

在瑪夫拉．庫茲米尼什娜折返回去的時候，軍官低頭望著破靴子咧嘴一笑，在院子裡來回踱步。「好可惜，沒見到叔叔。這個老太太真好！她到哪裡去了呢？我要打聽一下，要走哪些街道能抄近路追趕我們的團，部隊現在快到羅戈日門了吧？」青年軍官這時在想。瑪夫拉．庫茲米尼什娜面帶驚恐又堅決的神色，拿著捲起來的方格小手帕，從轉角處來了。距離幾步時，她翻開手帕，拿出一張二十五盧布的白色紙幣，連忙遞給軍官。

「要是伯爵在家，不用說，他會、一定會，像對親人一樣，就會……眼下……」瑪夫拉．庫茲米尼什娜備感羞愧、慌張。但是軍官沒有謝絕，從容接下紙幣，向瑪夫拉．庫茲米尼什娜表示感謝。「要是伯爵在家，」瑪夫拉．庫茲米尼什娜歉疚似的說道，「基督與您同在，少爺！上帝保佑您。」瑪夫拉．庫茲米尼什娜說，一邊躬身相送。軍官彷彿自嘲似的，微笑搖頭，他沿著空蕩蕩的街道朝亞烏札橋的方向，幾乎是跑著追趕部隊去了。

而瑪夫拉．庫茲米尼什娜在關上便門前仍淚眼模糊地站了好久，若有所思地搖著頭，覺得對她不認識的這個小軍官驀然湧起一股母性的關愛和憐惜之情。

二十三

在瓦爾瓦爾卡一座未完工的樓房內，傳來醉漢們的叫喊聲和歌聲，因為下層是酒店。在狹小的骯髒房間裡，十來個作坊工人坐在幾張桌旁的長凳上。他們全醉了，汗水淋漓、雙目無神，正卯起勁張大嘴唱歌。他們各唱各的調，唱得極其賣力，顯然並不是因為想唱，只是為了證明他們醉了，可以縱情玩樂。其中一人是淺髮、身材高䠷的小伙子，穿著一件乾淨的藍色粗呢長外衣，站在他們身邊。他那長著細巧、高鼻的容貌可以說很好看，可惜緊抿的薄嘴唇不停地翕動，一雙無神的眼睛陰沉而呆滯。他站在那些唱歌的人們身邊，看來頗為自負，莊重而生硬地在他們頭上揮動衣袖捲到肘部的細白手臂，不自然地使勁叉開骯髒的五指。外衣的袖子不斷滑下來，於是小伙子又用左手使勁地捲起來，似乎這是特別重要的，這隻青筋突起、不斷揮動的細白手臂一定得露出來。在唱歌中途，門廊和臺階上傳來衝突和打人的聲響。高個小伙子手臂一揮。

「停！」他用命令的口氣叫道，「打起來了，夥計們！」他到臺階上去了，一邊繼續捲著衣袖。

工人們跟在他後面。在酒店裡喝酒的工人們，這天早上，在高個小伙子的帶領下，從作坊裡拿了幾張皮子給酒店老闆，這才換到酒喝。鄰近鐵匠鋪裡的鐵匠們一聽到酒店裡鬧烘烘的，以為有人砸了酒店，便強行衝進來。在臺階上起了衝突。

酒店老闆在門口和一個鐵匠打鬥，鐵匠猛地掙脫酒店老闆，臉朝下倒在馬路上。

另一個鐵匠正向門裡闖，用胸膛擠壓酒店老闆。

捲起衣袖子的小伙子邊走邊在硬闖的鐵匠臉上打了一拳，又大聲狂叫：

「兄弟們！我們的人被打了！」

這時，第一個鐵匠從地上爬起來，在打破的臉上使勁抓得滿臉是血，用哭腔叫嚷起來：

「救命！打死人了！打死一個人了！兄弟們！……」

「哎喲，天哪，要打死人了，打死一個人了！」從鄰居家的大門裡出來的一個婦人尖叫起來。一群人聚集在滿臉是血的鐵匠身旁。

「你占人家便宜還不夠嗎？連襯衣都要扒掉。」有一道聲音對酒店老闆說道，「你為什麼要打死人？簡直土匪！」

高個小伙子站在臺階上，一雙昏暗的眼睛時而盯著酒店老闆，時而盯著兩個鐵匠，彷彿在考慮，現在該去和誰打架。

「殺人犯！」他突然向酒店老闆吼道，「兄弟們，把他捆起來！」

「什麼，你想捆我！」老闆推開向他撲來的人們，大聲叫道，又一把抓下帽子，朝地下一摔。這個動作彷彿有一種神祕的威嚇作用，朝老闆圍了上來的工人猶豫不決地住手了。

「老弟，我是很懂法律的。我要告到警察分局去。你以為我不敢？現在不許任何人搶劫！」老闆撿起帽子吼道。

「去呀，怎麼呢！去呀……怎麼呢！」酒店老闆和高個小伙子你一言、我一句，於是兩人一起沿街朝前走。血跡斑斑的鐵匠和他們並排走著。工人們和旁觀者說著、嚷著跟在他們後面。

在馬羅謝伊卡的轉角處附近，在一座百葉窗緊閉、掛著一個鞋匠招牌的高大房屋對面，站著二十來個神情沮喪的鞋匠，他們消瘦、疲倦，穿著工作服和破舊的粗呢長外衣。

「他應該結清拖欠的工錢！」一個長著稀疏鬍鬚、形容消瘦的工匠皺眉說，「他吸乾我們的血，解雇前就該結清。他對我們連哄帶騙，拖了整整一個星期。現在到了最後關頭卻一走了之。」

看到民眾和一個血跡斑斑的人，工匠住口不說了，所有鞋匠都好奇地擠進行進中的人群。

「這些人要到哪裡去？」

「那還用說，去找長官。」

「怎麼，難道我們的軍隊當真沒有打贏？」

「你在想什麼呢！聽聽人們怎麼說吧。」

只聽人們有問有答地交談著。酒店老闆利用人愈來愈多的機會，有意落在後頭，回自己的小酒店去了。

高個小伙子未發覺酒店老闆已經溜了，他揮舞著赤裸的手臂說個不停，以吸引大家的注意。人們大多是朝他擠過去，想從他口中得到所有感興趣問題的答案。

「他應該維持秩序、維護法律，這是長官的職責啊！我說的對嗎，同胞們？」高個小伙子說，露出一絲難以覺察的微笑。

「他以為長官沒了嗎？沒有長官還行嗎？要不搶案還會少嗎？」

「說什麼廢話！」人群中有人接話道。「怎麼，莫斯科這就要放棄了！人家對你說的是玩笑話，你就當真了。難道我們的部隊還少嗎？才不會讓敵人進城呢！官方會採取措施的。你聽聽，人家怎麼說。」有人指著高個小伙子說。

在唐人街的一堵牆邊，另有一小群人圍著一個身穿粗毛呢軍大衣、手裡拿著文件的人。「有公告了，宣讀公告了！宣讀公告了！」人們嚷了起來，於是大夥朝著宣讀公告的人聚集了過去。

穿著粗毛呢軍大衣的人宣讀的是八月三十一日的公告。當人群圍著他時，他似乎不好意思了，不過他依照擠到他面前的高個小伙子的要求，拿著公告，聲音微微顫抖地從頭讀起。

「我明日一早就去見公爵殿下，」他讀道（「殿下！」高個小伙子嘴角含笑，微微皺眉，莊重地重複了這個詞），「和他商談並採取行動，協助部隊消滅兇惡的敵人；我們要把他們徹底……」他接著讀並停頓了一下（「看見了吧，」小伙子得意地大聲說道，「他會解開所有的疑團……」）「剷除，讓這些不速之客死無葬身之地；我午飯前回來，並執行任務、確實執行，消滅那些暴徒。」

最後這句話是在鴉雀無聲中讀完的。高個小伙子沮喪地垂下頭。顯然，沒有任何人可以理解這最後一句話。尤其是「我午飯前回來」這種話，看來甚至令宣讀者和聽眾都感到痛心。民眾的情緒已達最高點，而這樣的說法太籠統，毫無必要且過於淺顯；這種話是我們每個人都可能說的，因而最高當局就不該這麼表達。

大家無不沮喪地默然無語。高個小伙子翕動嘴唇，身子微微搖晃起來。

「問問他吧！這就是他本人嗎？當然，我打聽過了！那倒也好，他會給指示的。」人群的後幾排突然響起了說話聲，於是大家都注意到了，坐著輕便馬車的警察局局長在兩名龍騎兵的護衛下駛進廣場。

警察局局長這天早上奉伯爵之命去焚毀幾條駁船，他由於這趟公務收到一大筆錢，此刻錢就裝在他的口袋裡。他看到一大群人朝他簇擁過來，便吩咐車夫停車。

「你們是什麼人？」他喝問道，那些人正零零落落地、畏縮地朝馬車走過來。「你們是什麼人？我在問你們。」局長沒有得到回答，又問了一遍。

「長官，他們，」那個身穿粗毛呢軍大衣的公務員說道，「長官，他們回應伯爵大人的公告，不惜性命地前來效力，不是伯爵大人所說的什麼騷亂……」

「伯爵沒有離開，他在這裡，會對你們有所安排的。」局長說，「走吧！」他向車夫吩咐道。人們都站住了，聚集在那些聽到長官說話的人身邊，望著遠去的馬車。

警察局局長這時驚慌地回頭看了一眼，對車夫說了什麼，於是幾匹馬跑得更快了。

「他在騙人，兄弟們！你帶我們去見伯爵本人！」高個小伙子大聲叫道。「別放他走，兄弟們！讓他講清楚！揪住他！」人們叫了起來，於是大夥在馬車後面猛追。

大夥在警察局長後面人聲鼎沸地朝盧比揚卡跑去。

「這麼說，伯爵和商人們都走了，就讓我們等死？我們是狗嗎？」人群中這樣的聲音更多了。

二十四

九月一日晚，和庫圖佐夫見面後，拉斯托普欽伯爵很苦惱也很委屈，因為他沒有接獲參加軍事會議的邀請，對於他參加保衛首都的建議，庫圖佐夫絲毫不予理會，而且他驚訝地發現，軍營裡有了不同的看法，認為首都的安寧和民眾的愛國熱情問題不僅是次要的，而且是多餘、毫無意義的——對這一切感到苦惱、委屈和驚訝的拉斯托普欽伯爵回到莫斯科。晚餐後，伯爵在長沙發上躺下，十二點多車夫叫醒他，為他帶來庫圖佐夫的一封信。信中說，部隊要撤退到莫斯科後方的梁贊大道，問伯爵可否派一批警官引導部隊穿過莫斯科。這個消息對拉斯托普欽來說已不是新聞。不僅昨天在波克隆山上和庫圖佐夫會晤時，而且早在波羅金諾會戰之後，當所有到莫斯科來的將軍都眾口一詞地說不能再打、當每晚都在伯爵的允許下運走公家財產，而居民已撤離一半的時候——拉斯托普欽伯爵就知道莫斯科要放棄了；然而儘管如此，這個消息是和庫圖佐夫的命令一起以短信的形式通知他的，又是他在深夜好夢正酣的時刻收到的，因而還是使他感到驚訝和憤怒。

後來，拉斯托普欽伯爵在其回憶錄中解釋，他在這段時期的計畫中有幾次提到，他當時有兩個主要目的：維持莫斯科的安定和撤出城裡的居民。如果承認這兩個目的，那麼拉斯托普欽的所有作為就是無可非議的。為什麼不把莫斯科的珍貴物品、武器、彈藥、火藥、糧食運走？為什麼成千上萬的居民被騙，以為莫斯科不會放棄，以致傾家蕩產？——為的是維持首都的安定，拉斯托普欽伯爵可以如此辯解。為什麼要運走政府機關成捆的無用檔案、萊皮希的氣球以及其他東西？——為的是留下一座空城，拉斯托普欽伯爵可以這麼辯解。只要承認有什麼在威脅民眾的安定，那麼任何行動都是可以自圓其說的。

所有駭人聽聞的恐怖行動都以關心民眾的安定為由。

拉斯托普欽伯爵在一八一二年，擔憂莫斯科民眾的安定，是根據什麼呢？他認為城裡有暴動的可能理由何在？居民正紛紛逃離，撤退中的部隊散布全城。民眾怎麼會因此而造反？

在敵人入侵時，不僅莫斯科，全國都未發生過任何貌似暴動的情況。九月一日和二日，還有一萬餘人留在莫斯科，除了有一群人奉總督之命聚集在總督府的庭院之外，並未發生任何事件。顯然，在波羅金諾會戰之後，當放棄莫斯科已成為顯而易見或至少是可能的態勢時，如果拉斯托普欽不分發槍枝和公告煽動民眾，而是採取措施運走所有珍貴物品、火藥、彈藥和金錢，並向民眾明白宣布城市將被放棄，那麼就更沒有理由認為民眾會騷亂。

拉斯托普欽是個容易衝動、急躁的人，他向來周旋於官場上層，雖有愛國熱情，卻對他企圖控制的民眾毫無認識。從敵人占領斯摩稜斯克的最初時刻起，拉斯托普欽便在想像中為自己塑造民眾情緒——俄羅斯民心引導者的角色。他不僅以為（每個行政長官都會有這種看法），他支配著莫斯科居民的外在行為，而且他還認為，他藉由公告和文宣，正主導著他們的情緒，這些公告和文宣是以民眾所蔑視的粗俗字眼寫成的，當他們從上層人物的口中聽到這些字眼時，便覺得無法理解。拉斯托普欽樂於扮演民眾情緒的引導者這個完美的角色，甚至可說是樂此不疲，因而不得不放棄這個角色、不得不毫無英雄氣概且黯然放棄莫斯科的事實令他措手不及，他陡然失去了立足的根基，全然不知所措。他雖然知道，但是直至最後一分鐘也不相信莫斯科會被放棄，且沒有採取任何應對措施。居民出逃完全違反他的意願。而撤離政府機關是伯爵迫於官員們的要求，不得已而同意的。他本人只是忙於扮演他為自己所設定的角色。性情急躁、容易衝動的人往往如此，他早就知道莫斯科即將放棄，然而只是在理智上知道，內心卻全然不相信，他的思緒無法適應這種新態勢。

他努力且堅決地投身在工作上（這份工作到底有多人益處、對民眾有多大影響——這是另一個問題），他的思緒唯有一個目的，就是要在群眾間激起他本人的那種感情——基於愛國熱情，而對法國人所懷有的仇恨和對自己的信心。

可是，當事件具有真正歷史性的規模時，當僅僅以語言表達個人對法國人的仇恨已嫌不足，甚至已不可能以戰爭來表達這種仇恨時，當自信心已無益於應對莫斯科問題時，當全體居民紛紛放棄財產，洪流般地湧出莫斯科，以這種消極的行為顯示民族感情的宏偉力量時——這時，拉斯托普欽所選定的角色突然變得毫無意義。他突然覺得，自己成了軟弱無力、孤獨而可笑的人物，失去了立足的根基。

從睡夢中醒來，接到庫圖佐夫冷淡的、命令口氣的短信時，拉斯托普欽愈是覺得自己鑄下大錯，便愈是惱怒。一切都留在莫斯科了，這一切正是託付於他、而他應當及時運走的國家財產。這時要全部運走已不可能了。

「這是誰的過錯，是誰造成的？」他想，「當然，不是我。我把一切都準備好了，我維護了莫斯科的安定！是他們把事情弄到如此地步！混蛋，叛徒！」他想，卻不仔細思考這些混蛋和叛徒是誰，卻覺得有必要憎恨這些莫須有的叛徒，他們是導致他的處境如此尷尬且可笑的罪魁禍首。

這一夜，拉斯托普欽伯爵通宵達旦地發布命令，因為莫斯科到處有人來向他請求指示。伯爵的親信從未見過他如此陰沉和憤怒。

「伯爵，世襲領地管理局來了幾個人，他們代表局長請示……宗教事務所來人了，參政院來人了，大學來人了，兒童收容所來人了，助理主教派人……來問……關於消防隊您有什麼指示？典獄長來了……精神病院院長來了……」值班人員整夜不停地向伯爵報告。

伯爵對所有問題一一憤怒地給予簡短的回答，表示現在不需要他的指示了，他精心準備的一切已被某些人破壞，那些人將為眼前所發生的一切承擔全部責任。

「好吧，你去告訴這個笨蛋，」他對世襲領地管理局的詢問回答道，「叫他留下來看管好自己的文件。關於消防隊，你哪來這些廢話好問？不是有馬嗎？讓他們騎到弗拉基米爾去。不要留給法國人。」

「伯爵，瘋人院的監督來了，您有什麼指示？」

「什麼指示？讓他們全都走吧，還有什麼好說的……把城裡的那些瘋子都放出來。反正現在我們的軍隊是瘋子在指揮，這都是上帝的安排。」

有關獄中戴足枷的囚犯問題，伯爵氣沖沖地朝監獄長吼道：

「怎麼，要不要給你兩營押送兵，可是哪裡有啊？把他們全放了，不就好了！」

「伯爵，有兩個政治犯：梅什科夫和韋列夏金。」

「韋列夏金！他還沒有被絞死？」拉斯托普欽叫道，「把他帶來。」

二十五

早上近九點，部隊已開始穿城而過，沒有人再來向伯爵請示了。能走的都走了；那些留下的人也自行決定好該做些什麼。

伯爵吩咐為他牽來馬匹，準備到索科爾尼基去，於是他抱著雙臂坐在辦公室，愁眉不展、臉色泛黃、黯然無語。

每一位行政長官在風平浪靜的平時都覺得，他治下的平民百姓完全是由於他的努力才得以行動起來，每一位行政長官都覺得，正是這種為民眾所需要的意識，才是對他所付出的努力和辛勞的主要獎勵。可以理解的是，在歷史的海洋微波不興時，身為統治者的行政長官在自己的一葉小舟上，用撐篙撐在民眾的大船上而自行前進，一定會覺得，是他的努力在推動他用撐篙撐著的大船。然而一旦風暴乍起，海上浪濤洶湧，大船自動前進了，這樣的誤解就不可能存在。大船正獨立地破浪前行，撐篙已經碰不到行進中的大船，於是統治者突然從主宰者、力量源泉的地位上跌落下來，變成一個渺小、無用、軟弱無能的人。

拉斯托普欽意識到這一點，因而激怒了他。

被人群攔住的警察局局長和前來報告馬匹已準備就緒的副官一起進來見伯爵。兩人無不面色蒼白，局長報告了執行任務的情況，又說有一大群民眾聚集在伯爵的庭院要求見他。

拉斯托普欽一言不發，站起來快步走到豪華亮堂的客廳，來到陽臺門口，他抓住門把手，又放開，走到窗邊，從這裡可以看到整個人群。高個小伙子站在人群的前幾排，神色嚴峻，正揮舞著雙手說什麼。血跡斑斑、臉色陰沉的鐵匠站在他身邊。透過關閉的窗戶只聽見人們說話的一片嗡嗡聲響。

「馬車準備好了嗎？」拉斯托普欽離開窗口問。

「準備好了，大人。」副官說。

拉斯托普欽又走到陽臺門口。

「嗯，他們有什麼要求？」他問局長。

「大人，他們說，他們是依您的命令，集合起來去攻打法國人，正叫嚷有人背叛。不過這是一群暴徒。我勉強才逃脫的。大人，我冒昧建議……」

「您走吧，我自己知道該怎麼辦。」拉斯托普欽氣沖沖叫道。他站在陽臺門邊望著人群。「看吧，他們對俄國做了什麼！他們對我做了什麼！」拉斯托普欽想，感到他的心裡正升起難以抑制的怒火，他認為某些人對所發生的一切是難辭其咎的。正如性情急躁的人，他已經怒火中燒了，但他還得尋找發洩怒火的對象。「看看這些敗類，這些民間人渣，」他望著人群想，「他們太愚蠢了，竟將這批賤民煽動起來。他們需要犧牲品。」他望著揮舞雙臂的高個小伙子這麼想。他之所以會產生這種想法，正是因為他自己需要犧牲品、洩憤的對象。

「馬車準備好了嗎？」他又一次問道。

「準備好了，大人，關於韋列夏金您有什麼吩咐？他在臺階上等著。」副官說。

「啊！」拉斯托普欽叫了一聲，彷彿突然想起什麼而吃了驚似的。

於是，他迅速開啟陽臺門，步伐堅定地來到陽臺上。嘈雜聲驀地沉寂下來，人們紛紛摘下帽子，所有目光都投向露面的伯爵。

「你們好，孩子們！」伯爵很快地高聲說道，「謝謝你們到這裡來。我馬上就出來見你們，不過我們首先要處理一個叛徒。我們必須懲辦這個叛徒，是他導致莫斯科陷於毀滅。請你們等我一會兒！」於是，伯爵砰的一聲關上陽臺門，再次迅速地返回屋裡。

人群裡掠過一陣滿意和讚賞的低語聲。「這麼看來，他一定會懲辦所有的壞蛋！你還說法國人……他會向你解釋清楚的！」人們說，彷彿正互相埋怨不該太多疑。

幾分鐘後，一位軍官急忙走到大門外發出命令，龍騎兵都站得筆挺。人群立刻從陽臺向臺階擁去。拉斯托普欽憤怒地快步走到臺階上，一邊環顧四周，好像在找什麼人。

「他在哪裡？」伯爵問，他語音剛落，只見從屋角轉出一個年輕人，他走在兩名龍騎兵之間，細長的脖子、剃光一半的腦袋已長滿了頭髮。這個年輕人穿著一件曾經很時新的、蒙著藍色呢面的舊狐皮襖和一條骯髒的粗麻囚褲，褲管塞進沒刷過的細瘦靴筒裡。細瘦、軟弱的腿上戴著沉重的腳鐐，以致年輕人步履艱難地蹣跚而行。

「啊！」拉斯托普欽連忙把視線從身穿狐皮襖的年輕人身上移開，指著最低的一級臺階說。「把他帶到這裡來！」年輕人拖著鏗鏘作響的腳鐐，艱困地跨上指定的臺階，他用手指拉著皮襖太緊的領子，細長的脖子轉動兩下，於是嘆口氣，馴服地把素來不勞動的嬌嫩雙手交疊在腹部。

年輕人在最低的一級臺階上安頓下來的這幾秒鐘之內，沉默的氛圍持續著。在擁向同一個地點的人群的最後幾排可以聽到呼吸聲、呻吟聲、碰撞聲和腳步的雜遝聲。

拉斯托普欽皺著眉頭，用手摩挲著臉，等他在指定的地點站好。

「孩子們！」拉斯托普欽以金屬般清脆的聲音說道，「這個人，韋列夏金——就是使莫斯科遭到毀滅的那個壞蛋。」

穿著狐皮襖的年輕人把手腕疊放在腹部，微微弓著腰並馴服地站著。他那神情絕望、由於剃過頭髮而顯得畸形的瘦削、年輕面孔低低地垂在胸前。聽到伯爵開口說話，他緩緩地抬起頭來，自下而上地望著伯爵，似乎想對他說什麼，或至少迎視他的目光。但拉斯托普欽不看他。年輕人細長的脖子上、耳後青筋突起，像一根繩子，滿臉脹得通紅。所有目光盡皆投向他。他看了看人群，他在人們臉上所看到的表情彷彿令他燃起希望，於是他悲哀而膽怯地微微一笑，又垂下頭，在臺階上調整了一下腳步。

「他背叛沙皇和國家，投靠拿破崙，俄國人中只有他玷汙俄羅斯人的名聲，由於他，莫斯科正遭逢毀滅。」拉斯托普欽以平穩而嚴厲的語氣說道；但他突然自上而下朝保持著馴服姿態站著的韋列夏金迅速瞥了一眼。這一瞥彷彿引燃他的怒火，他舉起一隻手，幾乎是對眾人吼叫道：「由你們來審判他吧！我把他交給你們了！」

人們沉默著，只是彼此愈來愈緊靠。在這被毒化的悶人氣氛中呼吸、動一下的力氣也沒有，逕自等待著某種未知的、離奇的、駭人的後果，令人難以承受。那些站在前幾排的人目睹眼前所發生的一切，驚愕得目瞪口呆，用盡所有力氣承受著背後人們的推擠。

「打死他！讓叛徒滅亡，別讓他玷汙俄羅斯人的名聲！」拉斯托普欽吼道。「砍了他！」人群聽到的不是拉斯托普欽的話語，而是他憤怒的咆哮，無不沉痛地呻吟起來，他們朝前面擁過來，不過又停住腳步。

「伯爵！」在重又降臨的片刻沉寂中響起了韋列夏金膽怯而莊重的聲音。「伯爵，上帝在我們頭上……」

韋列夏金抬起頭來說，他細長的脖子上一條粗大的青筋再次充血，臉上倏而湧起血紅的顏色，隨即又消退。他想說的話，可惜未能說完。

「砍了他！我命令你砍了他！」拉斯托普欽吼道，突然臉色蒼白一如韋列夏金。

「拔出馬刀！」一名軍官向龍騎兵們叫道，他自己也抽出馬刀。

人群中掀起一股更洶湧的人潮，人潮波及了前幾排，推動他們搖擺不定地直逼臺階。高個小伙子臉色鐵板，舉起的手臂停在空中，呆立在韋列夏金身邊。

「砍啊！」軍官幾乎是耳語般地對龍騎兵們說道，於是一名士兵突然惱怒得面部扭曲，刀背往韋列夏金的頭上砍了下去。

「啊！」韋列夏金短促而驚恐地叫了一聲，震驚地環顧四周，彷彿不明白為什麼要這樣對他。同樣的驚訝和恐怖呻吟聲也從人群中掠過。

「主啊！」不知是誰在悲傷地嘆息。

可是，韋列夏金脫口而出驚叫後，便痛得慘叫起來，這聲慘叫斷送了他的性命。那種緊張到極限的人類感情屏障一直阻礙著人群的盲動，然而這道屏障瞬間被摧毀。罪行既已開始，必然會進行到底。如怨如訴的悲戚呻吟被人群殘忍的怒吼聲所淹沒。人群後幾排掀起不可遏止的浪濤，幾乎足以摧毀所有船隻的最大七級浪，猛地朝前幾排洶湧而至，衝垮了他們並吞噬一切。砍人的龍騎兵想再砍一刀。只見韋列夏金雙手抱頭，帶著驚恐的叫聲猛地竄向人群。被他撞到的高個小伙子用雙手掐住韋列夏金頸項，帶著野性的吶喊和他一起滾倒在黑壓壓的怒吼人群腳下。

一些人毆打、撕扯著韋列夏金，另一些人毆打、撕扯著高個小伙子。被擠壓的人們以及那些全力救助高個小伙子的人的喊叫只會激起人群的暴怒。龍騎兵們久久未能把渾身是血、幾乎快斷氣的人解救出來。儘管人們帶著狂熱的急躁情緒竭力想結束業已開始的暴行，但那些毆打、掐脖子、撕扯韋列夏金的人們也久久未能置他於死地；人群自四面八方擠壓過來，和被包圍在中間的他們一起，猶如一個整體正蠕蠕而動，以致他們既無法打死他，也無法扔下他。

「用斧頭劈，如何？擠死人了……叛徒，出賣基督！他活著，生命力真強……惡人活該受罪。用門閂打吧！他還活著嗎？」

等到受害者已不再掙扎，號叫聲變成了均勻、悠長的呼吸聲，人們這才急匆匆地圍著遍體血汙、躺在地上的死屍移動腳步。人們一一上前窺看暴行的結果，駭然帶著責難和驚訝往後擠。

「主啊，人簡直是野獸，哪裡有人的活路啊！」人群中有人說，「小伙子還很年輕……大概是個商人吧，這就是民眾幹的好事！有人說，這不是那個人，怎麼不是那個人，聽說另一人被打得只剩一口氣了。唉，人啊，就不怕造孽……」同樣一群人，現在竟這麼說，他們帶著痛苦和憐憫的表情盯著沾滿血汙和塵土的發青面龐、細長的脖子被劈開的屍體。

一名細心的警官認為陳屍在大人的庭院頗為不雅，便命令龍騎兵將屍體拖到街上。兩個龍騎兵攫住傷痕累累的腿，拖著屍體走了。細長脖子上那剃了頭髮、血跡斑斑、沾滿塵土、失去生命的頭在地上轉動著並被拖行而去了。民眾彼此擁擠著以避開屍體。

在韋列夏金倒下、人群發出狂叫並在他身邊擠成一團而微微顫動時，拉斯托普欽的臉色赫然慘白，他未走向有馬車等他的後門口，而是自己也不明所以地垂下頭沿著通往底層房間的走廊快步走去。伯爵臉色蒼白，猶如患熱病似的止不住下巴直發顫。

「伯爵，這邊走，您要去哪裡？請這邊走。」他後頭一道顫抖、驚恐的聲音說道。拉斯托普欽伯爵連說話的力氣也沒有了，他順從地轉身朝著為他指引的方向走去。後門停著一輛轎式四輪馬車。遠處人群吼叫的聲浪在這裡也能聽到。拉斯托普欽伯爵急忙坐上馬車，吩咐駛往郊區索科爾尼基的住宅。來到肉商街，已聽不見人群的喊叫，伯爵開始後悔了。他不滿地想起，他在下屬面前所表現的焦急和恐懼。「民眾是可怕的、令人厭惡，」他用法語暗忖道，「他們像狼一樣，只有用鮮肉餵飽他們，才能使他們滿足。」「伯爵！上帝在我們頭上！」他突然想起韋列夏金的話，一股凜然的涼氣掠過拉斯托普欽伯爵脊背。不過，這種感覺轉瞬即逝，拉斯托普欽伯爵鄙夷地自嘲起來。「我肩負與眾不同的職責。必須滿足民眾的要求。過去和現在都有很多受害者為了社會福祉而成為犧牲品。」於是他開始想到，他對家庭所肩負的責任，想到（被託付於他的）首都和他自己——他不是想到費多爾．瓦西里耶維奇．拉斯托普欽（他認為，費多爾．瓦西里耶維奇．拉斯托普欽是在為社會福祉而犧牲自己），而是想到身為總督、身為行政當局的代表和被沙皇授予全權的自己。「如果我只是費多爾．瓦西里耶維奇，那麼我的人生道路就完全不同了，然而，我必須捍衛總督的生命和尊嚴。」

拉斯托普欽在馬車柔軟的彈簧坐墊上輕輕搖晃，已聽不到人群可怕的喧鬧，他在生理上得到安適，於是一如往常，在生理上得到安適的同時，便在心情上為自己臆造一些理由，以獲得精神上的安適。導致拉斯托普欽心裡安適的想法並不新奇。自從有了人類社會、人們開始自相殘殺以來，從來沒有任何人在對自己的同類犯下罪行時，不以同樣的想法來安慰自己，而這想法便是社會福祉，意味著為他人謀福利。

一個沒有貪欲的人從來不知道福祉為何物；然而一個犯下罪行的人總是清楚地知道，所謂福祉意味著什麼。此際，拉斯托普欽也是知道的。

他在想法上不僅未譴責自己所採取的行動，甚至找到自鳴得意的理由，並認為他成功利用了這個機遇——既懲處了罪犯，也安撫了民眾。

「韋列夏金是被判處死刑的人，」拉斯托普欽想（儘管參議院只是判處韋列夏金服勞役）。「他是叛徒和變節者；我不能讓他逍遙法外，何況這是一石二鳥；我為了安撫民眾而將受害者交給他們，同時處決了惡人。」

回到郊區住宅，處理了家務事，伯爵完全安心了。

半小時後，伯爵坐在駕著幾匹快馬的馬車上經過索科爾尼基田野，他不再回首往事，只是考慮和想像即將發生的事。他現在正駛往亞烏札橋，他聽說庫圖佐夫就在那裡。拉斯托普欽伯爵在心裡醞釀著要當面對庫圖佐夫說的憤怒的、諷刺的話，並斥其欺騙。他要暗示這個接近宮廷的老狐狸，由於放棄莫斯科，由於俄國遭到毀滅（這是拉斯托普欽的想法）而發生的一切不幸，其責任將完全落在他這個昏聵無能的老頭頭上。拉斯托普欽預想著對他說些什麼，坐在馬車上的他，不覺憤怒地抖動、怒目四顧。

索科爾尼基田野一片荒涼。只是在盡頭處、在養老院和精神病院附近有一些身穿白衣的人，還有幾個同樣的人零星走在田野上，揮舞著雙手大聲吵嚷。

其中一人朝拉斯托普欽伯爵的馬車橫衝而來。拉斯托普欽伯爵本人、車夫和幾名龍騎兵都帶著不安的恐懼和好奇看著這些被放逐的瘋人，尤其是向他們跑過來的那個。

這個瘋子搖搖晃晃地邁開細長的腿，穿著飄飄然的白大衣飛奔，他目不轉睛地盯著拉斯托普欽，對他嘶啞地嚷著什麼，還用手勢叫他停車。瘋子長滿蓬亂的髫鬚，陰沉而莊重的臉又黃又瘦。他那烏黑閃亮的瞳孔在紅裡透黃的眼白上貼近下眼皮不安地頻頻閃動。

「站住！停車！我說！」他刺耳地尖叫道，氣喘吁吁地以威嚴的語氣和手勢吵嚷著什麼。

他趕上馬車，和馬車並排地跑著。

「我被殺死三次，又三次從死人堆裡復活。他們用石頭砸我，把我釘在十字架上……我將復活，復活……復活。他們摧殘我的屍體。天國將化為廢墟，我要摧毀天國三次，再三次重建。」他叫道，嗓音愈來愈尖銳。突然，拉斯托普欽伯爵面色煞白，白得就像在人群撲向韋列夏金的瞬間。他別開了臉。

「走，快走！」他對車夫叫道，聲音在打顫。

馬車疾馳而去；可是拉斯托普欽伯爵久久仍聽到後頭漸漸遠去的聲嘶力竭，而眼前只看到身穿狐皮襖的叛徒那張驚訝、恐懼、沾滿血汙的臉。

儘管這一切記憶猶新，拉斯托普欽已經感覺到，這回憶將深深地、帶著斑斑血跡的嵌入他的內心。他清楚地感覺到，這回憶的血色印痕將永難磨滅，可怕的回憶將愈來愈猙獰且令人痛苦地活在他的心裡，直至他生命終結。此刻，他感覺到，他彷彿聽到了他當初說話的聲音：「砍了他，否則我要你們的腦袋！」「我為什麼要這麼說呢！好像是無意中說的……我可以不要這麼說的（他想），那就什麼事都不會發生了。」他看到那個砍人的龍騎兵驚慌而又突然變得冷酷的臉，以及身穿狐皮襖的孩子投向他的膽怯、無聲責難的目光。「不過我這麼做並不是為了自己。我不得不這麼做。一個賤民、惡人……社會福祉。」他想。

部隊仍擠在橋邊。天氣酷熱。庫圖佐夫陰沉而沮喪地坐在橋邊一張長凳上，用鞭子在沙地上隨意撥弄著，這時一輛馬車向他隆隆駛來。一個身穿將軍制服、頭戴羽飾軍帽的人，閃動著不知是憤怒還是驚懼的目光，來到庫圖佐夫面前，開始用法語對他說著什麼。這是拉斯托普欽伯爵。他對庫圖佐夫說，他到這裡來，是因為莫斯科和首都已不復存在，只剩下軍隊了。

「如果殿下不說，您不會不戰而放棄莫斯科，那麼形勢就會不同，眼下的情況也就不可能發生！」他說。

庫圖佐夫看著拉斯托普欽，彷彿不明白對他話中的意思，努力想解讀此刻寫在這個對他說話的人的臉上的某種特殊意含。拉斯托普欽赧然住口。庫圖佐夫微微搖頭，他未從拉斯托普欽的臉上移開視線，只輕輕地說：

「是的，我不會不戰而放棄莫斯科。」

庫圖佐夫這麼說的時候，是在考慮完全不同的問題，或是明知這些話毫無意義而故意說的？只是拉斯托普欽伯爵什麼也沒回答，連忙從庫圖佐夫身邊走開。真是怪事！莫斯科總督、高傲的拉斯托普欽伯爵，居然拿起馬鞭走到橋頭，大聲吆喝著驅趕那些塞在一起的大車。

二十六

午後三點多，繆拉的部隊開進莫斯科。騎馬走在前頭的是一隊符騰堡驃騎兵，那不勒斯王親自帶領大批侍從騎馬走在後面。

在阿爾巴特街中心附近、在聖尼古拉顯靈教堂旁，繆拉勒馬等候先行部隊送來有關克里姆林城堡的軍事情報。

一些留在莫斯科的居民聚集在繆拉周圍。他們膽怯而困惑地望著這個陌生的、裝飾羽毛和金飾的長髮長官。

「怎麼，這就是他們的沙皇嗎？看起來還不錯！」人們悄悄地說。

翻譯官騎馬來到一小群人面前。

「把帽子摘下來……帽子。」人們彼此互看。翻譯官問一個年老的僕人，克里姆林遠不遠？僕人莫名地聽著陌生的波蘭口音，以為翻譯官說的不是俄語，不懂他在說什麼，一下子躲到別人背後去了。

繆拉走近翻譯官，叫他問一下，俄國的軍隊在什麼地方。有個俄國人聽懂他們的話，隨即幾道聲音同時回答了翻譯官。法軍先行部隊的一名軍官前來向繆拉報告，城堡的大門被堵起來了，也許那裡有伏兵。

「好。」繆拉說，又轉向一名侍從，命令調出四門輕砲轟擊大門。

馬匹拉著大砲從跟隨繆拉的縱隊中快步駛出，沿著阿爾巴特街行進。來到弗茲德維任卡大街的盡頭後，在廣場上停下整隊。幾個法國軍官指揮將幾門大砲擺開，用望遠鏡觀察克里姆林宮。

克里姆林宮裡正好敲響晚禱的鐘聲，鐘聲驚動了法國人，他們以為這是在號召拿起武器。幾個步兵士兵向庫塔菲亞大門跑去。大門裡堆放著原木和擋板。一個軍官剛帶著一隊士兵衝向大門，大門裡便發出了兩聲槍響。站在大砲旁的將軍向那名軍官發出口令，軍官又帶著士兵往回跑。

大門裡又發出了三聲槍響。

一發子彈擊中法軍士兵的腿，隨即從擋板後面響起了人數不多的吶喊聲。那個法國將軍和官兵們臉上原有的輕鬆、平靜表情，像聽到號令一樣陡地轉為迎接艱苦戰鬥的頑強專注。自元帥到最後一名士兵，對他們所有人來說，這個地方不是弗茲德維任卡、莫霍瓦亞、庫塔菲亞和聖三一門，而是一個新戰地，很可能是一場血戰。人人都做好作戰準備。大門裡的吶喊聲停止了。大砲都推到了前面。砲兵們吹熄點火桿上的炭渣。軍官下令「開砲！」於是相繼發出兩枚砲彈的呼嘯聲。霰彈劈劈啪啪地打在石門、原木和擋板上；只見兩團硝煙在廣場上飄動。

磚石結構的克里姆林宮傳來隆隆砲聲的轟擊，沉寂後不久，法軍頭頂上又傳來一種奇怪的聲響。宮牆上空出現了一大群寒鴉，群鴉亂噪並發出搧動幾千對翅膀的喧鬧聲，不停在空中盤旋。連同這些聲音，有人在大門口孤單地吶喊，自硝煙中出現一個身影，未戴帽子、身穿農民束腰長衫。他手持火槍向法國人瞄準。「開砲！」砲兵軍官再次下令，於是同時響起了一聲槍響和兩次砲聲。硝煙又遮蔽了大門。

擋板後面已毫無動靜，於是法軍步兵的幾個官兵朝大門走去。大門口躺著三個傷患和四個死者。兩個穿束腰長衫的人在低地上沿著宮牆逃往茲納緬卡。

「把這些清除掉，」軍官指著原木和幾具屍體說；幾個法國人打死傷患，屍體被扔到下方的圍牆外。

沒有人知道這些人是誰。「把這些清除掉，」是針對他們而說的，他們被扔了出去，後來擔心他們發臭才草草掩埋。只有梯也爾為紀念他們而娓娓動聽地寫了幾行獻詞：「這些不幸的人們擠滿了神聖的城堡，拿起軍火庫的槍枝朝法國人射擊。其中有些人被馬刀砍死了，人們從克里姆林宮裡清除了他們。」[167]

繆拉得到報告，道路已清掃完成。法軍進入庫塔菲亞門，開始在參議院廣場紮營。士兵們將參議院的椅子從窗口扔到廣場上用來生火。

另一批部隊穿過克里姆林宮，駐紮在馬羅謝伊卡、盧比揚卡、波克羅夫卡等地。第三批部隊駐紮在弗茲德維任卡、茲納緬卡、尼古拉街和特維爾街。由於找不到屋主，法國人不像是分布於城市中的民居，反而像是分布在城市中的軍營。

儘管衣衫襤褸、飢疲交加，而且人員少了三分之一，法國人在開進莫斯科時仍是隊伍整齊的軍隊。他們雖然疲憊不堪、極度虛弱，但仍然是一支有戰鬥力、令人生畏的部隊。然而這支部隊只是在分散到各家各戶之前還算是部隊。軍人一旦分散在無主的殷實民居，部隊便徹底瓦解，他們成了非兵非民、介乎兩者之間趁火打劫的流寇。五星期之後，當原來的那些軍人走出莫斯科時，他們已經不再是一支部隊了。他們成了一群烏合之眾，人人都運走或隨身攜帶許多他們覺得貴重或必需的財物。這些軍人在走出莫斯科時，不再以攻城掠地為目的，只是為了保持既得利益。這就像一隻猴子把手伸進頸口狹小的瓦罐抓起一把胡桃，為了不失去抓到的食物而不願鬆開拳頭，反而誤了自己。法國人走出莫斯科時，由於攜帶掠奪而來的大量財物，顯然會遭到毀滅，可是他們不可能丟棄這些財物，正如猴子不可能放棄手裡那把胡桃一樣。

---

167 引自梯也爾《執政府和帝國時代的歷史》。

法軍任何一個團隊在進入莫斯科某個街區的十分鐘之後，就不再是士兵和軍官了。在住宅的窗口可以看到穿著軍大衣和中筒皮靴的人們，他們喜笑顏開地在房裡踱步；在地窖和地下室裡，同樣一些人正擅自支配糧食；在庭院裡，則是打開或砸開乾草棚和馬廄大門；這些人在廚房裡生火，捲起衣袖烤麵包、揉麵和煮湯，嚇唬、逗弄和安撫那些婦女和兒童。在店鋪和商號裡，到處是同樣一群人；部隊已不復存在。

當天，法軍指揮官們接二連三地發布命令，禁止部隊分散到城裡去，嚴禁對居民施加暴力和趁火打劫，要求當晚全體集合點名；但是不管採取什麼措施，原來組成部隊的那些人還是在這座設備齊全、物產豐富的空城裡四處遊蕩。一群食草動物成群走在光禿禿的曠野，只要碰到水草豐美的牧場，立刻便不可阻擋地散開了，法軍部隊正是這麼不可阻擋地分散在這座富裕的城市裡。

莫斯科沒有居民了，士兵們像水滲入沙地一樣無孔不入地滲入莫斯科，從他們最先闖進的克里姆林宮，而後宛如攔不住的星光向四面八方擴散開來。一些騎兵走進一座留有全部財產的商人住宅，發現那裡不僅有足夠的單馬欄，而且相當富裕，不過還是另外占據了一座住宅，因為覺得那裡更好。一些人占據幾座住宅，用粉筆標出由誰占用，因而和其他隊伍爭吵甚至鬥毆。還沒有得到安置的士兵們跑到大街上巡視城市，聽說有財物扔下，便衝往可以平白取得貴重物品的地方。指揮官們去阻止士兵，卻也不由自主地捲入同樣的行動。在車市上，幾家車行還有馬車，於是將軍們聚集在此挑選帶敞篷的四輪馬車和四輪轎式馬車。留下的居民們邀請長官到住所裡，希望免遭搶劫。財富觸目皆是，無窮無盡；在法國人所占據的地區四周，還有他們所不了解的、未被占據的地方，法國人覺得，那裡的財富更多。於是，莫斯科將他們吸引到愈來愈遠的地方去。大水淹沒乾旱的土地，於是大水和乾旱的土地都消失了；同樣的，貪婪的軍隊進入一座富裕的空城，於是軍隊毀了，富裕的城市也毀了；結果是垃圾遍地，引起大火和士兵掠奪。

法國人將莫斯科大火歸咎於拉斯托普欽的野蠻愛國主義。俄國人則歸咎於法國人的暴行。說到莫斯科大火的起因，若要由某個人或某些人承擔罪責，是找不到這類起因，也不可能有。莫斯科之所以被焚毀，是由於其所處的條件。在當時條件下，任何一座木造城市必將毀於大火，而不取決於城裡是否有一百三十條簡陋的消防水線。莫斯科必將毀於大火是由於居民都走了，這座城市猶如一連幾天不斷有火星散落其上的一堆刨花，必然會燃燒起來。一座木造城市，儘管其中有身為屋主的居民、有警察局，夏天也幾乎每天都會發生火災，如今沒有居民了，住宿者是外國的軍隊，他們抽菸斗，還在參議院廣場上用參議院的椅子生火，一天兩次下廚，那麼這座城市就不可能不被焚毀。在和平時期，只要有部隊駐紮在某個地區的一些村莊農舍裡，該地區發生火災的頻率立刻提高。那麼外國軍隊駐紮在一座木造空城裡，試問發生火災的可能性又會提高多少呢？拉斯托普欽的野蠻愛國主義和法國人的暴行在這個問題上是毫無罪責的。莫斯科之所以燃燒起來，是由於敵軍士兵抽菸斗、生火烹調、燃起營火以及住宿者的粗心大意，因為他們並不是屋主。即使有人縱火（這一點是很可疑的，因為誰也沒有理由縱火，而縱火無論如何既麻煩又危險），也不能認為縱火就是莫斯科大火的起因，因為即便沒有縱火犯，結果也一樣。

法國人譴責拉斯托普欽的獸行，而俄國人譴責暴君拿破崙，後來又將英勇縱火的火把硬塞在本國民眾手中，儘管這種作法令人感到得意，但是卻無法忽視大火這種直接起因是不存在的，因為莫斯科必定會被焚毀，正如一處鄉村、工廠和任何一座房屋，主人走了而外人闖入為所欲為、生火烹調，必定會被焚毀一樣。莫斯科是居民焚毀的，這是真的；但不是那些留在莫斯科的居民，而是那些離開莫斯科的居民。被敵軍占領的莫斯科，不像柏林、維也納以及其他城市那樣完好無損地保留下來，只是因為莫斯科的居民未向法國人獻上麵包和鹽以及城門鑰匙，而是離開了莫斯科。

二十七

法國人在莫斯科無孔不入地滲透，直至九月二日傍晚才到達皮埃爾目前所居住的街區。

皮埃爾在孤獨、不尋常地度過近兩天之後，處於一種幾近瘋狂的狀態。他全心全意為一種想法所控制。他自己也不知道，起於何時、何故，然而這揮之不去的想法對他的控制竟如此強烈，以致他對往事完全失憶，卻也對現狀茫然不解。他的所見所聞在他面前都彷彿發生在夢裡。

皮埃爾從自家出走，便是為了擺脫生活中對他的種種要求的紛擾，他身陷其中無法自拔。他以整理故人的書籍文件為由而來到約瑟夫·阿列克謝耶維奇居所，只是為了尋求逃離煩惱的避風港，而對約瑟夫·阿列克謝耶維奇的回憶和他沉浸於永恆、平靜且莊嚴沉思的內心世界相聯繫，這個內心世界和他自覺被捲入其中的不安紛擾完全對立。他尋求平靜的避風港，而在約瑟夫·阿列克謝耶維奇的書房裡，他確實找到了。他在死寂的書房坐下，雙手支在故人布滿塵埃的書桌上，這時他的心裡便平靜而意味深長地浮起一個又一個回憶，他回憶起最近這些日子，尤其是回憶起波羅金諾會戰以及他深感自身渺小、虛偽的那種難以描述的心境，而另一種人是那麼真誠、質樸、有力量，這種人以「他們」這個稱謂銘刻在他的心裡。當格拉西姆將他從沉思中驚醒時，他萌生一個想法，他要參加計畫中的民眾保衛莫斯科行動。為此目的，他立刻要求格拉西姆為他物色一件農民穿的束腰長衫和手槍，並向他宣布，自己要隱姓埋名地留在約瑟夫·阿列克謝耶維奇住所裡。後來，在這獨自虛度（皮埃爾幾次徒勞無益地試圖將注意力集中在共濟會手稿）的第一天裡，他幾次模糊地憶起關於自己和拿破崙名字的奧妙關係；不過他，俄國人別祖霍夫注定將終結獸的政權的想法，不過是偶然地、不留痕跡地在他心頭閃過的臆測。

買來束腰長衫後（目的只是為了參加民眾保衛莫斯科之戰），皮埃爾遇見羅斯托夫一家人，娜塔莎對他說：「您要留下來？啊，這真是太好了！」——這時他心裡驀地閃過一個念頭，覺得留下來真的很好，即使莫斯科失守，他也要留下來，執行注定要由他完成的使命。

第二天，他抱定不惜犧牲和在任何方面也不落後於他們的決心，和民眾一起前往三山門。不過，一等回到家裡，確信不會保衛莫斯科了，他突然感到，他過去覺得只是一種可能性的設想，如今成了一種不可避免的必然性了。他要隱姓埋名留在莫斯科，等候並刺殺拿破崙，或者自己不免一死，或者結束整個歐洲的不幸，在皮埃爾看來，唯有拿破崙是導致整個歐洲遭到不幸的罪人。

皮埃爾深知一名德國大學生於一八〇九年在維也納行刺拿破崙的詳情，也知道這個大學生被槍斃了。在執行計畫時，必須冒生命的危險，這個事實令他愈發興奮起來。

兩種同樣強烈的心情致使皮埃爾受到自身計畫不可抗拒的吸引。第一種是由於意識到民眾普遍遭到不幸，而必須有所犧牲和忍受苦難的心情，在這種心情的支配下，他在二十五日馳往莫札伊斯克，並深入戰爭最激烈的地點，此時，又從家中出逃，放棄慣常的奢華、舒適生活，在硬沙發上和衣而臥，與格拉西姆吃同樣的飯菜；第二種心情則是隱約的、俄國人所特有的、對一切受條件制約的、人為的、世俗的事物，對大多數人視為人世最高福祉的蔑視心情。皮埃爾第一次是在斯洛博達宮體驗到這種異樣且誘人的心情，當時他突然覺得，財富、權力、生命以及人們孜孜以求的一切如果說有什麼價值，那麼其價值僅僅在於，當放棄這一切時，可以為人們帶來無法形容的快樂。

那是這麼一種心情，在其影響下，一個志願兵喝掉最後一戈比，一個醉漢沒有任何明顯的原因打碎了鏡子和玻璃，而他明知要因此而賠掉他最後一筆錢；在其影響下，人會做出瘋狂的（從世俗眼光來看）事情，彷彿要試一試自己的權力和力量，彷彿在宣布，自身對生活有超越世俗條件之上的最高裁判權。

自從皮埃爾在斯洛博達宮第一次體驗到這種心情的那一天起，他便不斷地處於這種心情的影響下，只是現在才找到充分滿足的機會。此外，皮埃爾此刻堅持自己的計畫而絕不放棄，也因為他在這條道路上所做過的一切。他的離家出走、他的束腰長衫和手槍以及他向羅斯托夫宣稱他要留在莫斯科——如果他現在也和別人一樣離開莫斯科，他所做的一切便顯得可鄙且可笑（對這一點皮埃爾是很敏感的）。

一如往常，皮埃爾的身體狀況和精神狀態一樣。難以下嚥的粗茶淡飯、這些天喝的伏特加，沒有葡萄酒和雪茄，在沒有被褥的短沙發上熬過的兩個幾近失眠的夜晚——這一切使皮埃爾始終處於幾近癲狂的興奮狀態。

已是午後一點多鐘。法國人已進入莫斯科。皮埃爾知道，但是他未採取行動，只是在想著自己的事情，逐一設想未來最枝微末節的事。皮埃爾在其夢想中，沒有逼真地想像行刺過程和拿破崙之死，而是滿懷憂傷和喜悅，鮮明地想像著自己的犧牲和大無畏的英勇精神。

「是的，一人為所有人，我應當不成功便成仁！」他想，「是的，我要迎上去……然後突然……用手槍或匕首呢？」皮埃爾想，「不過，反正都一樣。『處決你的不是我，而是上帝之手』，我要這麼說（皮埃爾想的是他在刺殺拿破崙時要說的話）。好吧，你們逮捕我、處決我吧。」接著皮埃爾神情憂傷而堅定，低頭自言自語道。

當皮埃爾站在房間中央獨自議論時，書房的門開了，門口出現了一向膽怯而此刻形容大變的馬卡爾・阿列克謝耶維奇。他睡衣敞開著。臉色通紅，有些臃腫。看來他是喝醉了。他一看到皮埃爾，起初有些尷尬，不過，當他發現皮埃爾的臉色也顯得尷尬後，反而振作起來，一雙細瘦的腿搖搖晃晃地走到房間中央。

「他們害怕了，」他聲音嘶啞，信賴地說，「我說：我絕不投降，我說……這麼說對嗎，先生？」他沉思起來，突然看到桌上有一把手槍，出人意料地迅速抓在手裡，跑進了走廊。

跟在馬卡爾・阿列克謝耶維奇後面的格拉西姆和看管院子的人在走廊裡攔住他，並開始奪取手槍。皮埃爾來到走廊，帶著憐憫和厭惡的表情望著這個半瘋的老頭。馬卡爾・阿列克謝耶維奇皺著眉頭使勁抓住手槍，嗓子嘶啞地大聲叫嚷，看來他正想像著某種激勵人心的場合。

「拿起武器！衝啊！別想，你是奪不走的！」他叫道。

「好了，您啊，好了，好心點，請放下吧。好了，請放下，老爺……」格拉西姆小心地拽著馬卡爾・阿列克謝耶維奇的手臂，使勁往門口拉。

「你是什麼人？拿破崙！」馬卡爾・阿列克謝耶維奇大聲嚷道。

「這樣不好，老爺。您回屋裡休息一會兒。請把槍給我。」

「滾開，卑鄙的奴才！別碰我！看到嗎？」馬卡爾・阿列克謝耶維奇晃著手槍叫道。

「抓住他。」格拉西姆對看管院子的人悄聲說。

馬卡爾・阿列克謝耶維奇被攫住雙手拖往門口。

門廊裡充滿了不成體統的喧鬧聲和氣喘吁吁卻又嘶啞的呼吸聲。

突然，又從臺階上傳來女人的刺耳尖叫，隨即廚娘跑進走廊。

「他們來了！我的老天爺！真的，是他們。四個人，騎著馬！」她叫道。

格拉西姆和看管院子的人鬆手放開了馬卡爾·阿列克謝耶維奇，在靜靜的走廊裡，可以清楚聽到幾個人在敲門。

二十八

皮埃爾暗自決定，在執行計畫前，絕不暴露身分，還要假裝不懂法語。他站在走廊半開的門口，打算在法國人進來之前立刻躲起來。但是法國人進來了，皮埃爾仍未從門口走開：按捺不住的好奇心驅使他留了下來。

進來的是兩個人。一個是軍官，身材高瘦的美男子，另一個看來是士兵或勤務兵，瘦小敦實，臉曬得黑黑的，兩頰深陷，神情木訥。軍官拄著拐杖，一瘸一拐地走在前面。軍官走了幾步，似乎認定這處居所不錯，便停下腳步，轉向站在門口的士兵們，以長官的口氣大聲吩咐他們把馬匹牽進來。處理好這件事，軍官英姿勃勃地抬起手臂，理一理鬍鬚，用手觸及軍帽敬禮。

「大家好！」他愉快地說，微笑環視四周。

沒有人答話。

「您是主人嗎？」軍官問格拉西姆。

格拉西姆帶著疑問的表情驚訝地看著法國人。

「房子，房子，借住一下，」軍官說，他面帶溫和的微笑自上而下看著比他矮的老頭。「法國人都是和善的小伙子。見鬼，我們是好相處的，老人家。」他又說，拍拍啞口無語的格拉西姆的肩膀。

「怎麼了！難道這裡也沒有人會說法語？」他又說，一邊環顧四周，目光與皮埃爾相遇。皮埃爾從門口閃開了。

軍官又轉向格拉西姆。他要求格拉西姆讓他看看房間。

「主人不在，您的……我不明白……」格拉西姆說，他把話倒著說，希望藉此讓自己的話好懂些。

法國軍官微笑著在格拉西姆的鼻子前攤開雙手，表示自己也不懂他在說什麼，又一瘸一拐地朝皮埃爾站著的門口走來，皮埃爾想走開、避開他，但就在這時，他看見馬卡爾・阿列克謝耶維奇拿著手槍自敞開的廚房門探出身子。馬卡爾・阿列克謝耶維奇面帶瘋子的狡黠打量一下法國人，舉槍瞄準。

「衝啊！」醉鬼按住扳機大叫一聲。法國軍官朝叫聲轉過身來，剎那間皮埃爾向醉鬼猛撲過去。在皮埃爾抓住並托起手槍之際，馬卡爾・阿列克謝耶維奇的一根手指按下扳機，震耳欲聾的槍聲於是響起，硝煙向大家撲面而來。法國人臉色煞白，回頭朝門口衝去。

皮埃爾忘了自己要假裝不懂法語的想法，奪下手槍扔在一邊，跑到法國人面前，用法語和他交談起來。

「沒有傷到吧？」他問。

「好像沒有，」軍官摸摸身上說，「不過這一次可真驚險，」他指著牆上被打掉的灰泥說。「他是什麼人？」軍官嚴肅地望著皮埃爾問道。

「啊，發生這種事，我感到非常遺憾。」皮埃爾很快地說道，完全忘了自己想扮演的角色。「這是個不幸的瘋子，他不知道自己在做什麼。」

軍官走到馬卡爾・阿列克謝耶維奇面前，一把抓住他的衣領。

馬卡爾・阿列克謝耶維奇張著嘴，好像要睡著了，靠在牆上不住搖晃著。

「匪徒，你會受到懲罰的。」法國人放開手說。

「身為勝利者，我們是寬大的，但是我們不會饒恕敵對分子。」他陰沉且莊嚴地做了一記完美、有力的手勢補充道。

皮埃爾繼續用法語勸說這個法國人，不要和神志不清的醉漢計較。法國人默默聽著，未改變陰沉的臉色，卻突然微笑著轉向皮埃爾。他默默看了他幾秒。完美的臉上出現了悲劇中的溫柔神情，同時伸出手。

「您救了我的命。您是法國人。」他說。對這個法國人來說，這個論斷是不容置疑的。唯有法國人才會採取偉大的行動，而拯救第十三輕騎兵團上尉朗巴爾先生的生命無疑是極其偉大的行動。

可是不管這位軍官的論斷和以其為根據的信念多麼不容置疑，皮埃爾還是認為不得不令他失望。

「我是俄國人。」皮埃爾當即答道。

「好，好，好，這話您去對別人說吧。」法國人在鼻子前搖著一根手指微笑說，「現在，您告訴我這一切吧……很高興能遇到同胞。噢！我們該怎麼處置這個人呢？」他加上一句，他對皮埃爾已經像對自己的弟兄一樣了。法國軍官的表情和聲調彷彿在說，即使皮埃爾不是法國人，既然他得到這個舉世最崇高的稱號，是絕不會拒絕的。對最後一個問題，皮埃爾再次說明，馬卡爾・阿列克謝耶維奇的狀況，並說明就在他們到來之前，這個失去理智的醉漢拿走了上膛的手槍，幾個人沒來得及把手槍奪下來，請求對他的行為不予追究。

法國人挺起胸膛，儼然如帝王的姿態。

「您救了我的命。您是法國人。您要我寬恕他嗎？那我就寬恕他。把這個人帶走。」法國軍官迅速而有力地說道，他挽起因為救了他而被他封為法國人的皮埃爾的手臂，和他一起朝屋裡走去。

院子裡的士兵們一聽到槍聲，走進門廊詢問發生了什麼事，準備懲處肇事者；但軍官嚴厲地制止他們。

「必要時會叫你們的。」他說。士兵們走了。勤務兵已經抽空到廚房去了一趟，他來到軍官面前。

「上尉，他們廚房裡有濃湯和烤羊肉。」他說，「要拿來嗎？」

「拿來，葡萄酒也拿來。」上尉說。

二十九

法國軍官和皮埃爾一起進屋。皮埃爾認為，自己有義務再次向上尉聲明，他不是法國人，隨即就想離開，但法國軍官完全不願聽。他是那麼謙恭、親切、溫和，而且真心感激他的救命之恩，皮埃爾因而感到盛情難卻，只好和他在他們走進的第一個房間——大廳裡坐下。至於皮埃爾聲稱他不是法國人，上尉顯然無法理解，他怎麼會拒絕這榮耀的稱號呢？於是聳了聳肩說，既然他一定要稱自己是俄國人，那就只好這樣了。無論如何，對他救命之恩的感激之情將永遠將他們聯繫在一起。

要是這個人稍有些理解他人的能力，就猜得到皮埃爾當下的感受，皮埃爾大概就會離他而去；但是這個人對自己身外的一切顯然缺乏洞察力，皮埃爾也因而安心留下了。

「不論您是法國人或隱姓埋名的俄國公爵，」法國人說，打量著皮埃爾骯髒卻考究的內衣和手上的戒指。「您對我有救命之恩，因而我希望與您友好相處。法國人既不會忘記別人的侮辱，也不會忘記別人的幫助。我希望做您的朋友。其他的，我就不多說了。」

這個法國人的聲音、表情、姿態展現了善意和高尚氣度（依法國人的理解），皮埃爾對法國人的微笑下意識地報以微笑，握住了他伸過來的手。

「我是第十三輕騎兵團上尉朗巴爾，因九月七日之戰[168]榮膺榮譽團勳章。」他做了自我介紹，忍不住扭捏地翕動鬍鬚下的嘴唇露出得意的微笑。

「現在可否勞駕告訴我，我有幸和誰如此愉快地交談，而不是體內帶著那瘋子的子彈待在包紮所裡？」

皮埃爾說，他不能說出自己的姓名，接著臉上一紅，企圖捏造一個，並說明不能說出真姓名的原因，不過法國人連忙打斷他。

「您不必說了，」他說，「我理解，您是軍官，也許還是校官。您為反對我們而服兵役。這不關我的事。所幸有您，我才活了下來。我知道這一點便已足夠，我是您忠實的朋友。您是貴族？」他以詢問的口氣又加上一句。皮埃爾低下了頭。「您的名字呢？我一句也不多問了。皮埃爾先生，您是說？……好極了，我要知道的就是這些。」

從窖裡拿來烤羊肉、煎蛋、茶壺、伏特加以及法國人帶來的葡萄酒，朗巴爾邀請皮埃爾共進午餐，並且像一個健康、飢餓的人那樣又饞又快地吃了起來，一口堅固的牙齒迅速咀嚼著，不停地咂嘴說好吃，好吃極了！他面色緋紅，滿臉是汗。皮埃爾則是飢腸轆轆，愉快地接受邀請。勤務兵莫雷爾端來一鍋熱水，將一瓶紅葡萄酒放進熱水裡。此外他拿來一瓶克瓦斯，這是從廚房拿來的。法國人都聽過這種飲料，還起了個名稱。他們稱克瓦斯為豬玀檸檬汁，莫雷爾極其讚賞他在廚房裡找到豬玀檸檬汁。不過上尉已經有了葡萄酒，這是他的部隊經過莫斯科時取得的，因此他把克瓦斯讓給莫雷爾，自己則抓起那瓶波爾多葡萄酒。他用餐巾裹著瓶頸為自己和皮埃爾斟酒。填飽肚子後的葡萄酒促使上尉更是活躍了，他在餐桌上喋喋不休。

「是呀，我親愛的皮埃爾先生，我理當點一根好大的蠟燭為您祈禱，感謝您出手相救，讓我擺脫了這個瘋子。您知道嗎？我身上的子彈已經夠多了。這裡（他指著腰側）在瓦格拉姆挨了一槍，在斯摩稜斯克又挨了一槍。」他指指面頰上的一道傷疤。「這條腿，您看見了吧，走動不方便了。這是七日在莫斯科附近的激戰中受傷的。嗅！真壯觀！應當看一看，那是一片火海啊。你們讓我們嘗到苦頭。你們是應該誇耀一番的。說真的，儘管握有這張王牌（他指了指動章），我還是願意一切從頭再來一次。我為那些沒有看到這場面的人感到惋惜。」

「當時我在場。」皮埃爾說。

「哦，真的嗎？這就更好了，」法國人說，「應當承認，你們是勇猛的對手。見鬼，巨大的堡壘巍然不動。你們迫使我軍付出沉重的代價。我到過那裡三次，這就像現在您看到我一樣真實。我們三次攻到砲臺，三次都像不堪一擊的紙人一樣被擊潰。說實話，你們的擲彈兵真厲害。我看到他們的隊伍六次合攏，像參加閱兵一樣邁步前進。了不起的軍人！我們的那不勒斯王在這方面是行家，朝他們大呼：『太厲害！』哈哈，您也是我輩軍人！」他沉默片刻後笑著說，「這就更好，這就更好，皮埃爾先生。戰爭令人生畏，而美女……」他微笑著擠擠眼，「卻殷勤備至，這就是法國人，皮埃爾先生，難道不是嗎？」

上尉的快樂顯得那麼天真善良，既純真又得意，皮埃爾也幾乎要愉快地對著他擠眼了。大概「殷勤備至」這句話令上尉想起了他在莫斯科的情況。

「順便說說，請您告訴我，是不是所有女人都離開了莫斯科？怪事，她們怕什麼呢？」

「如果俄軍進入巴黎，難道法國婦女不離開巴黎嗎？」皮埃爾說。

「哈，哈，哈！」法國人拍著皮埃爾的肩膀，快活而輕狂地哈哈大笑。「看看他！說出了這種話，」他說。「巴黎？可是巴黎……巴黎……」

168 指波羅金諾會戰。

「巴黎是世界的首都……」皮埃爾替他把話說完了。

上尉看了看皮埃爾。他有個習慣，就是在談話中間停下來，以親切含笑的眼睛凝神一瞥。

「嗯，要不是您對我說您是俄國人，我敢打賭您是巴黎人。您有一種，一種……」他說了這句恭維話，又默默地一瞥。

「我到過巴黎，在那裡待了好幾年。」皮埃爾說。

「哦，這就對了。巴黎！……不了解巴黎的人是野蠻人。巴黎人在兩里外你就能認得出來。巴黎——那就是塔爾瑪[169]、迪舍努瓦[170]、波蒂埃[171]、索邦[172]、林蔭大道。」他發覺這個結論比起前一個結論來顯得軟弱無力，便連忙補充道：「全世界只有一個巴黎。您到過巴黎，仍然還是俄國人。這樣也好，我還是一樣敬重您。」

幾天來，皮埃爾孤獨地度過思緒暗淡的日子，又加上葡萄酒的影響，此刻和這個快活和善的人交談，他不覺亢奮了起來。

「不過，我們還是回頭來談談你們上流社會的女人吧，據說她們非常漂亮。法國軍隊到了莫斯科，她們卻要躲到草原上去，真是傻！她們錯過了最好的機會。你們的農民這麼做我能理解，可是你們是有教養的人，應當更了解我們。我們占領了維也納、柏林、馬德里、那不勒斯、羅馬、華沙，占領了世界各國的首都……人們怕我們，又愛我們。更進一步了解我們是沒有害處的。何況皇帝……」他說，但皮埃爾打斷了他的話。

「皇帝，」皮埃爾重複道，他的臉上突然流露出憂傷和疑惑。「皇帝是什麼樣的人？……」

「皇帝？他是寬厚、仁慈、公正、秩序、天才的化身——這就是皇帝！這是我朗巴爾對您說的。別看我現在這樣，八年前我可是他的敵人。我的父親是伯爵和流亡者。但是他這個人征服了我。他令我五體投地。我目睹他為法國帶來的偉大和榮景，不得不折服。當我理解到他的追求，當我看到他在為我們準備勝利的桂冠時，我對自己說：這才是君主，於是我決心效忠於他。就是這樣。噢，是的，我親愛的朋友，這是一位古往今來最偉大的人物。」

「他人在莫斯科？」皮埃爾猶豫了一下，面帶負罪的神色問。

法國人對皮埃爾的負罪神色瞥了一眼，冷然一笑。

「不，他明天入城。」他說，又接著說起自己的故事。

門口幾個人的叫嚷聲和莫雷爾的到來打斷了他們的談話，莫雷爾向上尉報告，來了幾個符騰堡的驃騎兵，要把他們的馬拴在上尉拴馬的院子裡。麻煩的是，那些驃騎兵聽不懂對他們說的話。

上尉吩咐喚來他們的上士，厲聲問他是哪個軍團的、他們的團長是誰、為什麼竟要占用已被占用的民房。那個不大懂法語的德國人回答了前兩個問題；但他沒有聽懂最後一個問題，便夾雜著蹩腳的法語回答說，他是團部專管部隊宿營的，奉團長之命占用這一帶所有民房。皮埃爾是懂德語的，他為上尉翻譯了德國人所說的話，並向符騰堡驃騎兵轉述了上尉的回答。德國人明白後便讓步，帶走自己的士兵。上尉走到臺階上，大聲發布了一些命令。

---

169 塔爾瑪（一七六三—一八二六），法國悲劇演員。
170 迪舍努爾（一七七七—一八三五），法國悲劇女演員。
171 波蒂埃（一七七五—一八三八），法國喜劇演員。
172 索邦，即巴黎大學。

上尉回到房間時，皮埃爾坐在原來的座位上，雙手抱著頭。他的臉上有一種痛苦的表情。此刻他確實很痛苦。上尉出去後，皮埃爾獨自留下時猛然醒悟，意識到自己的處境。莫斯科被敵軍占領，這些幸運的戰勝者在莫斯科作威作福，而自己受到他們的庇護——不管這一切讓皮埃爾心情多麼沉重，此刻他深受折磨的並不是這些。他是因為意識到自己的軟弱而痛苦不堪。幾杯葡萄酒下肚，又和這個和顏悅色的人交談，他這些天來的專注、陰沉心緒蕩然無存，而這種心情是他執行計畫所必需的。手槍、匕首、農民穿的外衣都準備好了，拿破崙明天就要進城。皮埃爾仍然認為，行刺暴君是有利無害的正義之舉，但皮埃爾感到，他不會那麼做了。為什麼？——他不知道，但是似乎有一種預感，他是不會去執行自己的計畫的。他努力抗拒這種軟弱的心情，卻模糊地感覺到，他克服不了，原有的那種復仇、行刺和自我犧牲的陰沉思緒在接觸到第一個人後便已煙消雲散。

上尉跛著腳，吹著口哨，走進了房間。

法國人的絮聒原本使皮埃爾感到有趣，此際卻使他反感。他吹哨的曲調、步態和撚鬍鬚的手勢——這一切再再讓皮埃爾有一種受辱的感覺。

「我馬上就走，不再和他說一句話。」皮埃爾想。他雖這麼想，不過還是動也不動。一種無法言喻的軟弱感將他釘在座位上：他想站起來就走，可是他做不到。

反之，上尉似乎很盡興。他在房間裡來回走了兩趟。他目光有神，鬍子微微翹起，彷彿因為有了個有趣的想法而暗自微笑。

「好極了，」他突然說，「這個符騰堡的驃騎兵團長！他是德國人；卻是個值得尊敬的小伙子。可惜是德國人。」

他在皮埃爾對面坐下。

「這麼說，您懂德語？」

皮埃爾看著他沒有吭聲。

「避難所德語怎麼說？」

「避難所？」皮埃爾反問道，「在德語中，避難所是Unterkunft。」

上尉擔心聽錯了，又再問一次。

「Unterkunft。」皮埃爾重複了一遍。

「Onterkoff。」上尉說，含笑的眼睛對皮埃爾看了幾秒鐘。「那些德國人挺笨的。不是嗎，皮埃爾先生？」他下了結論。

「哎，再來一瓶莫斯科的波爾多葡萄酒吧，好嗎？莫雷爾會為我們再溫一瓶的。莫雷爾！」上尉快活叫道。

莫雷爾拿來幾根蠟燭和一瓶葡萄酒。上尉在燭光下看了看皮埃爾，對方沮喪的臉色看來令他大為驚訝。朗巴爾帶著真誠的關切和同情來到皮埃爾身邊，俯下身來。

「這是怎麼了，您很憂傷？」他拍拍皮埃爾的手說，「也許我惹得您不高興了？不，說實話，您是不是對我有什麼意見？」他一再問道，「或許和處境有關？」

皮埃爾沒有答話，親切地望著法國人的眼睛。這種同情的表現使他感到欣慰。

「說真的，且不說您有恩於我，而且我是把您視為朋友的。我能為您做些什麼嗎？您儘管說吧。我們是生死之交。我是把手放在心口對您這麼說的。」他拍著胸膛說道。

「謝謝。」皮埃爾說。上尉凝神看了看皮埃爾，那神態就像他知道避難所在德語中怎麼說時一樣，他陡然容光煥發。

「噢！那就為我們的友誼乾杯吧！」他快活喊道，斟滿了兩杯酒。皮埃爾舉起酒杯一飲而盡。朗巴爾也乾了，再一次握握皮埃爾的手，隨即把手臂支在桌上，擺出一副沉思和傷感的樣子。

「是呀，我的朋友，這就是命運無常啊。」他開口了，「當初誰能告訴我，我將成為龍騎兵的一名士兵和上尉，為我們曾稱之為拿破崙的人效命沙場呢。然而我不是追隨他來到了莫斯科嗎？應當告訴您，我親愛的，」他接著說，語調憂傷，不疾不徐，彷彿即將講述一個長長的故事，「我們家族是法國最古老的世家之一。」

於是，上尉以法國人率性而純真的坦誠對皮埃爾講述了祖先的歷史、自己的童年、少年和長大成人的故事，以及親族、財產和家庭等關係，當然了，「我可憐的母親」在這個故事中具重要意義。

「但這一切只是生活的開始，而生活的實質是愛情。是愛情！不是嗎，皮埃爾先生？」他愈發興奮地說道，「再來一杯。」

皮埃爾又喝了一杯，並為自己斟了第三杯。

「噢，女人哪，女人！」上尉激動得閃閃發光的眼睛望著皮埃爾，說起愛情和自己的豔遇。他的豔遇很多，這是不難理解的，只要看這個軍官意氣風發的神情，以及他談起女人時的興奮就知道。儘管朗巴爾的愛情故事都帶有被法國人視為愛情的特殊魅力和詩意之所在的淫穢性質，但上尉在講述時真摯地相信，只有他才體驗並領悟到愛情的魅力，又那麼引人入勝地描述女人，皮埃爾由此不禁好奇地聽了起來。

顯然，這個法國人所迷戀的愛情，既不是皮埃爾對妻子有過的那種低級、粗俗的愛情，也不是他自己所妄想的他對娜塔莎那種浪漫愛情（這兩種愛情，朗巴爾都同樣藐視——前者是車夫的愛情，後者是傻瓜的愛情）；這個法國人所崇尚的愛情，主要是和女性的不倫之戀，以及深具魅力的畸形情感。

上尉如此描述一段動人的愛情故事，他愛上一位三十五歲的迷人侯爵夫人，同時愛上了天真美麗的十七歲女孩，也是迷人的侯爵夫人的女兒。母女兩人彼此謙讓的結果是母親犧牲自己，提議讓女兒成為情夫的妻子，雖然這已是對很久之前的往事的追憶，卻還是令上尉激動不已。然後，他說了一個情節，在這個情節中，丈夫變成情夫，而他（情夫）是丈夫，又說了對德國的回憶中的幾個趣聞，在那裡避難所被說成Unterkunft，那裡的丈夫們喝白菜湯，女人們頭髮的顏色太淺。

上尉記憶猶新的最後一個情節發生在波蘭，他生動的描述，滿面緋紅，在那裡他曾拯救一個波蘭人的性命（在上尉的故事中，總是不斷遇到救命的情節），於是這個波蘭人將迷人的妻子（她有一顆巴黎女人的心）託付於他，而他本人去投效法國軍隊。上尉很幸福，迷人的波蘭女人想跟他逃走；但是上尉豁達大度，把妻子交給了丈夫，對他說：「我挽救了您的性命，也挽救您的名譽！」上尉重複了這句話，擦了擦濕潤的眼睛，他顫抖了一下，彷彿要抖落這動人回憶中的眷戀之情。

這是人之常情，皮埃爾在這充滿酒意的夜晚，聽著上尉的故事，不禁留神聆聽上尉所說的一切，他心領神會，同時不知何故驀然勾起一連串的回憶。聽著這些愛情故事，他意外想起了自己對娜塔莎的愛情，逐一追憶這份愛情的畫面，在心裡和朗巴爾的故事相比。在聽到義務與愛情交戰的故事時，皮埃爾猶如看到在蘇哈列夫塔樓附近和愛慕對象的最後一次相逢，甚至是最枝微末節的事。這次相逢當時對他並沒有什麼影響；他甚至一次也不曾回憶。可是現在他覺得，這次相逢意義重大且富有詩意。

「皮埃爾，過來呀，我認出您了。」他彷彿聽到她所說的話，彷彿眼前出現她的眼睛、微笑、旅行帽和露出的一綹頭髮……這一切再再令他感動，情意綿綿。

說完迷人的波蘭女人的故事，上尉向皮埃爾提了一個問題，問他是否有過這種為愛情而自我犧牲並嫉妒合法丈夫的感情。

皮埃爾被這個問題所觸動，抬起頭來，覺得心頭的情愫不吐不快；他開口說了起來，他對男女之愛的理解有所不同。他說，他一生只愛一個女人，而這個女人永遠不可能屬於他。

「你呀！」上尉說。

然後皮埃爾說明，他從少年時期就愛上這個女人；但不敢想她，因為她年紀太小，而且他是個沒有名分的私生子。後來，等到他有了名分和財產，他還是不敢想她，因為他太愛她了，把她看得高於全世界，尤其高於自己。說到這裡，他問上尉：這一點他是否理解？

上尉做了個手勢，表示即使他不理解，也請他說下去。

「柏拉圖式的愛情，虛無縹緲。」他嘀咕道。是有了酒意，還是需要向人傾訴，還是考慮到這個人不認識也不可能認識他的故事中的任何人物，還是這些因素都有影響，皮埃爾的話匣子打開了。於是他口齒不清、閃著情欲的目光望著遠方，說出他的經歷：自己的婚姻、娜塔莎愛上他最好的朋友的經過、她的變心以及自己和她並不複雜的交往過程。在朗巴爾的追問下，他還說出起初想隱瞞的情況——他在上流社會的地位，甚至對他坦白自己的真實姓名。

皮埃爾的故事中令上尉最為驚訝的是，皮埃爾非常富有，在莫斯科有兩幢豪宅，他扔下這一切卻沒有離開莫斯科，而是隱姓埋名留在城裡。

已是深夜，他們一同走到街道上。天氣暖和而晴朗。住宅左邊，在彼得羅夫卡閃耀著莫斯科第一場大火的火光。右邊高懸一彎新月，新月的對面是在皮埃爾的心裡和他的愛情相聯繫的那顆明亮彗星。格拉西姆、廚娘和兩個法國人站在院子大門口。聽得到他們的笑語喧嘩，儘管他們彼此之間語言不通。他們在看城裡的大火。

在一座巨大的城市裡，遠處不大的火光沒有什麼可怕的。

皮埃爾望著高高的星空、月亮、彗星和火光，湧起了一陣愉悅的感動。「呵，這多麼好啊。呵，還需要什麼呢？」他想。突然，他想起了行刺計畫，他的頭不覺暈眩，感到很難受，只好靠在院牆上，以免跌倒。

他沒有和新朋友告別，踉踉蹌蹌地離開大門回到房間，在沙發上躺下，立刻就睡著了。

三十

以車馬代步和徒步逃離的居民以及撤退的部隊等，各自懷著不同的心情在各條道路上望著九月二日開始的第一場莫斯科大火。

這天夜裡，羅斯托夫的車隊停留在離莫斯科二十俄里的梅季希村。九月一日，他們動身已太遲，沿途車馬和部隊十分擁擠，而且遺忘的物品又多，只好派人去取，因此決定在莫斯科城外五俄里的地方過夜。第二天早上遲遲才動身，又多次不得不停止前進，因而只到了大梅季希村。晚上十點鐘，羅斯托夫以及與他們同行的傷患都分散到這個村子各家各戶的院子和農舍。羅斯托夫的下人、車夫和傷患們的勤務兵安排好主人後，自己吃過晚飯，又為馬匹添上草料，便到門口去了。

拉耶夫斯基的副官負傷躺在相鄰的農舍裡。他的手腕被擊碎，身受可怕的劇痛，不斷淒慘地呻吟，這呻吟聲在黑暗的秋夜聽起來非常嚇人。第一夜，這名副官就在羅斯托夫停留的院子裡過夜。伯爵夫人說，這呻吟聲使她一夜未能闔眼，於是在梅季希村時，便搬到更簡陋的農舍，只為了離那個傷患遠一些。

一個僕人在暗夜裡從門口一輛馬車的高高車廂後發現另一處隱約的火光。原來的一處火光是早就有的，大家都知道那是小梅季希村在燃燒，縱火的是馬莫諾夫的哥薩克們。

「而這是另一場大火啊。弟兄們。」一個勤務兵說。

大家的注意力都轉向這片火光。

「聽說，馬莫諾夫的哥薩克放火燒了小梅季希村。」

「他們！不，這不是梅季希村，是更遠些的地方。」

「快看呀，好像就在莫斯科。」

兩個僕人走下臺階，繞到一輛馬車那邊坐在踏板上。

「這有些偏左！不用說，梅季希村是在那裡，而這完全是在另一邊。」

有幾個人附和了第一種意見。

「看，火勢很旺，」一個說，「夥計們，這是莫斯科的大火：不是在蘇謝夫街，就是在羅戈日街。」

誰也沒有答腔。這些人久久默默看著遠處這場大火熊熊燃燒的火苗。

老頭丹尼洛．捷連季伊奇、伯爵的侍僕（大家都這麼稱呼他）來到人群前大聲呼喚米什卡。

「你沒見過嗎？傻瓜……伯爵叫人，卻沒人應聲；快去把衣物收起來。」

「我剛去取水。」米什卡說。

「您覺得呢，丹尼洛．捷連季伊奇，這火好像是在莫斯科吧？」一個僕人說。

丹尼洛沒有搭理他，大家又沉默了好久。火光在蔓延、飄動，不斷地擴延。

「上帝保佑！……有風，天氣又乾燥……」又有人說。

「看，火勢更旺了。天哪！能看得見飛著的烏鴉了。主啊，寬恕我們這些有罪的人吧！」

「說不定能撲滅大火。」

「誰去救火呢？」這是一直不吭聲的丹尼洛．捷連季伊奇在說話，他的聲音平靜而緩慢。「就是莫斯科啊，兄弟們，」他說，「是她，我們聖潔的母親……」他的聲音中斷了，突然發出老年人的哽咽聲。大家彷彿就等著這聲哽咽，這才明白眼前這片火光對他們的意義。於是響起了一片嘆息、祈禱和伯爵老侍僕的低聲啜泣。

三十一

侍僕回來報告伯爵，莫斯科燃起大火。伯爵穿上睡袍出去觀看。跟他一同出去的還有尚未更衣就寢的索尼婭和紹斯太太。只有娜塔莎和伯爵夫人留在房間裡（彼佳已不再和家裡的人在一起：他隨軍團出發了，正開赴特羅伊察）。

伯爵夫人聽到莫斯科燃起大火的消息便哭了。娜塔莎面色蒼白，目光呆滯，坐在聖像下的長凳上（她一到這裡就坐在那裡了），對父親的話絲毫沒有理會。她正傾聽隔著三棟屋舍也聽得見的那個副官不斷呻吟的聲音。

「啊，多麼嚇人！」忍著寒氣又受到驚嚇的索尼婭從院子裡回來說。「我想，整個莫斯科要燒光了，火勢真嚇人！娜塔莎，妳來看啊，現在從窗口就能看到。」她對表妹說，看來是想分散她的注意力。可是娜塔莎看了看她，好像不明白她在說什麼，兩眼又盯住爐子的一角。娜塔莎從一早起便處於這種呆若木雞的狀態，伯爵夫人如今既驚訝又氣惱，因為索尼婭這天早上不知為什麼，突然認為有必要告訴娜塔莎，安德烈公爵受傷，而且就在他們的車隊裡。伯爵夫人忍不住對索尼婭大發脾氣，她是很少這麼生氣的。索尼婭哭著請求原諒，現在似乎想盡力彌補自己的過失，不停地向表妹示好。

「妳來看哪，娜塔莎，大火好嚇人。」索尼婭說。

「哪裡的大火？」娜塔莎問，「啊，是的，是莫斯科。」

她似乎為了不讓索尼婭掃興，也為了擺脫她的糾纏，便把頭湊近窗口，不經意的看了看，顯然什麼也沒有看到，隨即又坐回原來的位置上。

「妳沒有看到吧？」

「不，真的，我看到了。」她以祈求讓她靜一靜的語氣說道。

伯爵夫人和索尼婭都明白，莫斯科、莫斯科大火，無論什麼，對娜塔莎當然都是沒有意義的。

伯爵又走到隔板後躺下了。伯爵夫人來到娜塔莎面前，用手背碰碰她的頭，她在女兒生病時就是這樣，然後用嘴唇碰碰她的額頭，好像要知道是否有熱度，又親親她。

「妳著涼了。妳渾身在發抖。還是躺下吧。」她說。

「躺下？好的，我躺下。我馬上躺下。」娜塔莎說。

娜塔莎自從今天早上得知安德烈公爵受重傷，且與他們同行，她只是在最初的時候提了很多問題，他到哪裡去？情況怎麼樣？他的傷勢有沒有危險？她能不能去看他？人們對她說，她不能去看他，他傷勢太重，不過沒有生命危險，她顯然不相信他們所說的話，但是她確信，不管她怎麼說，只會得到同樣的回答，此後便不再多問，也不再開口了。一路上娜塔莎瞪大了眼睛——伯爵夫人很熟悉這雙眼睛，對她此刻的眼神感到恐懼——她一動也不動地坐在馬車角落裡，現在也是這樣坐在長凳上。她心裡在打什麼主意、想做出決定或者現在已經下定決心了——這一點伯爵夫人很清楚，卻不知道究竟是什麼主意，正是這一點使她感到害怕和苦惱。

「娜塔莎，脫衣吧，親愛的，就睡在我的床上。」（只有伯爵夫人的床上鋪上被褥，紹斯夫人和兩位伯爵小姐都睡在鋪著乾草的地板上。）

「不，媽媽，我在地板上睡就好。」娜塔莎氣惱說道，她走到窗前打開了窗戶。自窗口更清楚地傳來副官的呻吟聲。她頭伸到夜裡潮濕的空氣中，於是伯爵夫人看到，她那清瘦的肩膀正哭得直打戰，不斷撞擊著窗框。娜塔莎知道，那不是安德烈公爵在呻吟。她知道，安德烈公爵躺在他們同一個大院子裡，就在門廊相通的另一間小木屋裡；但這可怕的呻吟還是令她傷心痛哭起來。伯爵夫人和索尼婭交換了眼色。

「睡吧，親愛的，睡吧，我的女兒，」伯爵夫人說，輕輕拍著娜塔莎的肩頭。「唉，妳就去睡吧。」

「啊，好的……馬上，我馬上就睡。」娜塔莎說，急忙脫衣、解裙帶。她扔下連身裙，穿上短衫，盤腿坐在地鋪上，把不太長的細辮甩到胸前，開始重新編髮辮。細長的手指習慣性地、迅速而靈巧地解開髮辮重編、紮上。娜塔莎的頭以習慣性的動作時而轉向一邊，時而轉向另一邊，但是那雙狂熱的眼睛逕自直視前方。晚妝結束，娜塔莎在門口一側鋪在乾草上的被單上輕輕地躺下。

「娜塔莎，妳睡到中間來。」索尼婭說。

「不，我就在這裡，」娜塔莎說，「你們都睡吧。」她氣惱地加了一句，隨即把臉埋在枕頭裡。

伯爵夫人、紹斯太太和索尼婭連忙脫衣就寢。房裡只留一盞照明。可是兩俄里外的小梅季希村的大火照得戶外明亮，在馬莫諾夫的哥薩克砸開的斜對面小酒館裡、在街道上，人們醉醺醺地大聲喧嚷，還可以聽到那個副官正不住地呻吟。

娜塔莎久久地聆聽室內室外傳到耳邊的聲音，卻文絲不動。她起先聽到母親的祈禱和嘆息、床在她身下的咯吱聲、紹斯太太熟悉的帶嘯音鼾聲、索尼婭細微的呼吸聲。後來伯爵夫人叫了娜塔莎一聲。娜塔莎沒有答應。

「她好像睡著了，媽媽。」索尼婭輕聲說道。伯爵夫人沉默片刻，又叫了一聲，不過已經沒有人搭理她了。

此後不久，娜塔莎聽到母親均勻的呼吸聲。娜塔莎仍文絲不動，儘管她伸在被子外的一隻赤裸小腳在光潔的地板上凍得生疼。

牆縫裡一隻蟋蟀鳴叫，彷彿慶祝牠打敗所有的對手。遠處一隻公雞啼叫，附近的公雞也都應聲啼叫。小酒館裡的喧嚷止息了，只聽到副官還在呻吟。娜塔莎欠起了身子。

「索尼婭，妳睡著了嗎？媽媽？」娜塔莎低聲叫道。誰也沒有回答。娜塔莎緩慢而謹慎地站起身來，畫了十字，一隻狹長、柔韌的光腳小心地踏在骯髒、冰涼的地板上。地板咯吱一響。她迅速挪動腳步，像小貓一樣跑了幾步，抓住冰涼的門把手。

她覺得，有什麼沉重的物體正有節奏地撞擊農舍的四壁：這是她的心在跳動，那顆受到驚嚇以致麻木、由於恐懼和愛而破碎的心。

她開門跨過門檻，踏上門廊那潮濕、冰涼的泥地。寒氣襲來，她的精神為之一振。她赤腳觸摸著一個睡在地上的人，跨過他的身子，打開了安德烈公爵躺著的木屋的門。木屋裡很暗。床上躺著人，床後的角落裡，有一支滴滿蠟淚的蠟燭放在木凳上。

從早晨起，當她得知安德烈公爵的傷勢及其處境後，便決心要見到他。她不知道為什麼要這麼做，雖然她知道，相見會很痛苦，卻也更堅定地認為相見是必要的。

她整天唯一的期盼，便是能在晚間見到他。但是，當這個時刻終於到來時，她感到駭然，不知道會看到什麼景象。他的傷勢如何？他的身體是否完好？他是否就像副官不停呻吟那樣？是的，他一定是那樣。在她的想像中，他就是副官那駭人呻吟的化身。當她看到角落裡模糊的身影，並將他在被子裡拱起的膝蓋誤以為是他的肩膀時，她的想像中出現了一個可怕的軀體，她駭然地停住腳步。但是一種不可抗拒的力量吸引她向前走。她小心地邁出一步、又一步，終於出現在一間不大、堆滿雜物的木屋中央。木屋裡的聖像下，拼湊的長凳上躺著另一個人（那是季莫欣），以及兩個躺在地板上（那是醫生和侍僕）的人。

侍僕欠起身來低聲說了什麼。季莫欣的一條傷腿痛得他睡不著，正睜大眼睛看著一個女孩莫名地出現在屋裡，她穿著白襯衫、短上衣，戴著睡帽。侍僕睡眼惺忪地驚問：「您要做什麼，有事嗎？」——這只是使娜塔莎更快地走向躺在角落的身影。不管多麼可怕，不管那個軀體多麼不像人樣，她還是要見他。她繞過侍僕：蠟淚掉了下來，於是她清楚看到了把雙手放在被子上躺著的安德烈公爵。

他還是往常那樣；不過他紅撲撲的臉色，特別是從翻開的襯衫衣領裡露出來的孩子般稚嫩的脖子，使他有一種特別的、天真無邪的、孩子氣的樣貌，這可是她在安德烈公爵身上從未見到過的。她走上前去，用少女迅捷而柔韌的動作跪倒在地。

他微笑著向她伸出了手。

三十二

安德烈公爵在波羅金諾戰場上的包紮所裡醒來後已過了七天。這幾天，他幾乎處於昏迷狀態。據隨行醫生的看法，高燒不退和腸道受損後的發炎會奪去他的生命。但在第七天，他充滿興味地吃了一片麵包、喝了些茶，醫生也發現他高燒稍微退了。安德烈公爵是在清晨恢復知覺的。離開莫斯科後的第一天，夜裡相當暖和，安德烈公爵便留在馬車裡過夜；可是到了梅季希村，傷患要求把他抬出來，還要茶喝。在把他抬往木屋時所造成的劇痛令安德烈公爵大聲呻吟起來，他再次失去知覺。他被安置在行軍床上後，閉著眼睛一動不動地躺了很久。後來他睜開眼低聲問：「茶呢？」這種對生活細節的記憶力令醫生大吃一驚。他按了按脈，發覺脈搏比較正常，這使他既驚訝又擔心。醫生之所以擔心是因為他憑經驗知道，安德烈公爵不可能活了，即使眼下不死，不久後也會更痛苦地離去。與安德烈公爵同行的，包括軍團裡的紅鼻子少校季莫欣，他也是在波羅金諾會戰中腿上負傷，後來在莫斯科與他會合。跟隨他們的包括一位醫生以及安德烈公爵的侍僕、車夫和兩名勤務兵。

為安德烈公爵端來茶後，只見他貪婪地喝著，雙眼異常興奮地望著面前的那扇門，試圖要理解或想起什麼。

「我不想喝了。季莫欣在嗎？」他問，季莫欣自長凳上爬到他面前。

「我在，公爵。」

「傷勢怎麼樣？」

「我的傷勢嗎？沒什麼。倒是您呢？」

「能不能拿本書來？」他說。

「什麼書？」

「《福音書》，我身邊沒有。」

醫生答應為他找來一本，並開始詢問公爵感覺如何。即使安德烈公爵不大樂意，但仍理智地回答了醫生的所有問題，然後說，他需要墊靠枕，否則很不舒服也很痛。醫生和侍僕掀起蓋在他身上的軍大衣，自傷口散發出一股肌肉腐爛的難聞氣味，他們不禁皺起了眉頭，開始察看那可怕的地方。醫生觀察傷口後，極其不滿，他做了一些變動，為傷患翻身，他再次呻吟了起來，翻身時的劇痛又讓他失去知覺，瘋言瘋語了起來。他不停地說，要快點把那本書找來，放在他那裡。

「這又不是什麼難事！我沒有這本書，請你們找一本來吧，暫時放在這裡。」他哀求說道。

醫生到門廊裡洗手了。

「唉，你們真是太粗心大意了。」醫生對往他手上淋水的侍僕說，「我只是一時沒有注意到，你們就讓他直接壓在傷口上了。這會多痛啊，我只是不解，他怎麼忍受得了。」

「我主耶穌基督啊，我們好像是放過靠枕的啊。」侍僕說。

安德烈公爵第一次理解到他在哪裡、發生了什麼事，於是回想起他受傷、馬車停在梅季希村的時候曾要求把他移進木屋。他又痛到昏厥了，第二次醒來時，人在小木屋裡，他喝了茶，這時才回憶起他所遭遇的一切，又極其鮮明地想起他在包紮所時，那時他眼看自己厭惡的人遭到痛苦而產生了那些為他帶來幸福的想法。如此，這些想法又占據他的心靈，儘管這些想法仍不清晰、不明確。他回憶起此刻他擁有一種全新的幸福感，而這幸福感是和《福音書》有某種聯繫的。所以他才想看《福音書》。可是，他的傷口所遭到的重壓以及重新翻身再次擾亂他的思緒。他第三次清醒過來時，已是萬籟俱寂的深夜。周圍的人都睡了。從門廊傳來蟋蟀的叫聲，街上有人在叫喊、唱歌，蟑螂在桌子和聖像上亂爬，一隻秋天的大蒼蠅在他的床頭和蠟燭旁飛來撞去，這支滴了許多蠟淚的蠟燭就放在他身邊。

他的神志不大清楚。一個健康的人通常是同時思考、感受並回憶無數物件，但是他有能力選定某個想法或現象，並將注意力集中在這個想法或現象上。健康的人在凝神深思時，可以分神對進來的人應付幾句話，隨即又回到自己的思緒。安德烈公爵的神志卻不大正常。他的心靈力量比任何時刻都更活躍、更鮮明，但是心靈的活動是他的意志所無法控制的。各種思緒和想像同時影響他。有時，他的思維不期然的開始活動，而且那麼有力、鮮明而深刻，達到在健康狀態下所不可能達到的程度；可是思維在其活動中會突然中斷，被某種突如其來的想像所取代，便不再有能力返回原來的思維了。

「是的，我得到一種全新幸福感的啟示，人的這種幸福感是不可剝奪的。」他躺在半明不暗的木屋裡暗忖，激動地瞪大眼凝視前方。「這種幸福不取決於物質力量，不取決於外在的物質條件對人的影響，只是心靈中的幸福，愛的幸福！人人都能理解，但是只有上帝才能覺悟愛的真諦、制定愛的法則。然而上帝是如何規定這法則的呢？兒子怎麼了？……」思路突然中斷，於是安德烈公爵聽到一種聲音（他不知道他是在譫妄或是在現實中聽到的），他聽到一種輕微的、耳語般的聲音正不停地、有節奏地重複著：「劈唧——劈唧——劈唧」，然後是「唧——唧」又是「劈唧——劈唧——劈唧」，接著又是「唧——唧」。與此同時，在這耳語般的樂音伴奏下，安德烈公爵覺得，在他臉部上方、在正中央，正以細細的針或薄木片建造一座奇特的空中樓閣。他覺得（儘管令他感到沉重），他必須努力保持平衡，才能使建造中的空中樓閣不致倒塌；不過還是在倒塌，接著又在有節奏的耳語般樂音中慢慢地建造起來。「它正往高處延展了！延展了！延展得更高了！還在延展。」安德烈公爵自言自語道。在傾聽耳語般的聲音、看著這座延展中以及用針建造中的空中樓閣時，安德烈公爵也間或看到一圈紅暈的燭光，聽到蟑螂亂爬的沙沙聲、蒼蠅在枕頭和他臉上的簌簌聲。每當蒼蠅碰到他臉時，便會引起一陣難受的感覺；但他同時又感到驚訝，蒼蠅衝擊到聳立在他臉上的樓閣範圍之內，怎麼沒有使樓閣遭到破壞呢。不過，此外，橫臥在門邊處，有一個白色的物體，那是一座獅身人面女怪的雕像，他備感壓迫。

「不過，那也許是我放在桌上的襯衫，」安德烈公爵想，「這是我的腿，那是門；可是怎麼好像有什麼東西在延展、在建造呢，還有這劈唧——劈唧——劈唧、唧——唧，又是劈唧——劈唧……夠了，請停止吧，別再煩我了。」安德烈公爵心情沉重地央求著誰。突然，思維和感覺又以明快和活力浮現出來了。

「是的，愛（他又清晰地想道），但不是有所求、有所希冀和有什麼原因的愛，而是我第一次所體驗到的那種愛，當時我看見情敵，而我仍然愛他。我體驗到那種愛的感情，這種愛是心靈的本質，這種愛不需要對象。我現在也體驗到這種極致幸福的心情。愛鄰人、愛敵人。愛一切，於上帝的一切表現中愛上帝。人類之愛可以愛親人；然而唯有上帝之愛才能愛敵人。當我感到，我在愛著那個人的時候，我因此而快樂。他怎麼樣了？還活著嗎？……人類之愛能由愛轉變為恨；唯有上帝之愛是不可改變的。無論什麼，即使是死亡，無論什麼都不能破壞這種愛。這種愛是心靈的本質。而我生平恨過那麼多人。在所有人當中，我所最愛和最恨的都莫過於她。」於是他生動地回憶起娜塔莎，但是不像過去那樣僅僅想像她那迷人的美貌；而是第一次想像她內心的感受。他現在第一次明白自己拒婚是何等殘忍，明白自己與她決裂的殘酷性。「但願我能再見到她，哪怕一次。就一次，看著那雙眼睛說……」

又是劈唧——劈唧——劈唧、唧——唧、劈唧——劈唧——劈唧——砰，蒼蠅撞了一下……於是他的注意力突然飛到現實與幻覺交融的另一個世界，那裡正發生一種特別的現象。在這個世界裡，仍不斷建造不倒的空中樓閣，還是有什麼東西在延展，還是亮著有一圈紅暈的蠟燭，門邊還是橫臥著宛如獅身人面女怪的襯衫；不過在這一切之外，只聽咯吱一聲，撲進一陣清新的風，一個新的白色獅身人面女怪出現在門前。只見這個獅身人面女怪的頭部有一張娜塔莎蒼白的臉和一雙閃閃發光的眼睛，他剛才正想著她呢。

「噢，這種沒完沒了的幻覺多麼煩人！」安德烈公爵想，奮力要從想像中驅走這張臉。可是，他面前這張臉卻是生氣勃勃，而且離他愈來愈近了。安德烈公爵很想回到原先純思維的境界卻辦不到，幻覺正吸引他落入自己的氛圍。耳語般的聲音繼續有節奏地喋喋不休，有什麼正壓迫著他且兀自伸展，那張離奇的臉已經在他面前。安德烈公爵集中全力想清醒過來；他動了動，卻突然耳鳴眼花，好像一個沉入水底的人一樣失去了知覺，等他清醒過來，活生生的娜塔莎本人，在世界上所有人之中，他最想用他現在所領悟的那種全新的、純潔的上帝之愛去愛的那個娜塔莎正雙膝著地跪在他面前。他明白了，這是真實的娜塔莎，他沒有驚訝，而是不露聲色地在心裡歡呼。娜塔莎跪在地上，驚恐卻呆若木雞地（她不能動彈了）望著他，強忍悲傷沒有痛哭失聲。她的臉蒼白而凝然不動，只有下巴顫抖不已。

安德烈公爵輕轉地嘆息一聲，微笑著伸出手來。

「是您？」他說，「多麼幸運！」

娜塔莎迅速而小心地膝行而前，小心地捧著他的手，低下頭來開始親吻，雙唇稍微地頻頻接觸。

「請您饒恕！」她仰視著他小聲說，「饒恕我吧！」

「我愛您。」安德烈公爵說。

「請您饒恕……」

「饒恕什麼呢？」安德烈公爵問。

「饒恕我的行為。」娜塔莎以勉強聽得見的聲音斷斷續續地說，又開始親吻那隻手，雙唇更加頻繁地輕觸。

「我比過去更愛你，愛得更深。」安德烈公爵說，一邊托起她的臉，以便能看著她的眼睛。

那雙滿是幸福淚水的眼睛，充滿同情和愛的喜悅怯生生地看著他。娜塔莎消瘦、蒼白、面部腫脹，顯得極其難看，簡直可用可怕來形容。但安德烈公爵沒有看到這張臉，在他眼中的，是神采奕奕的雙眼，那雙眼睛太美。他們後頭響起了說話聲。

侍僕彼得已從睡夢中醒來，他叫醒了醫生。因為腿痛而一直睡不著的季莫欣早就看清了所發生的一切，他用被單裹著赤裸的身子，蜷縮在長凳上。

「這是怎麼回事？」醫生從鋪上欠身說，「您請離開吧，小姐。」

這時，一個女僕來敲門了，她是忽然想起女兒的伯爵夫人派來的。

娜塔莎像一個在夢中被喚醒的夢遊者般走出了房間，她回到木屋號啕大哭，撲倒在地鋪上。

自這天起，羅斯托夫在以後的行程中，每到休息和過夜的地方，娜塔莎都寸步不離受傷的鮑爾康斯基，醫生不得不承認，他沒有想到一個少女在護理傷患時，會這麼有耐心又心靈手巧。

儘管想到安德烈公爵可能在旅途中死在女兒懷裡（據醫生說，這是很可能的），伯爵夫人十分擔驚受怕，卻無法阻止娜塔莎。雖然由於傷患安德烈公爵和娜塔莎現在所確立的親密關係，人們不禁會想，在傷患日漸康復的情況下，原有的未婚夫妻關係將會恢復，但是沒有任何人提及這件事，尤其是娜塔莎和安德烈公爵：不僅鮑爾康斯基，而且整個俄國的生死存亡都還懸而未決，其他的想法也就顧不上了。

三十三

九月三日，皮埃爾遲遲才醒。他頭痛欲裂，穿在身上睡覺的衣裳令他難受，而且他心裡模糊地意識到昨天做了不光彩的事；這不光彩的事就是昨天和朗巴爾上尉之間的談話。

時針指向十一點，不過戶外很陰暗。他起身，揉了揉眼睛；他看到格拉西姆又拿來放在書桌上的那支槍柄雕花手槍，皮埃爾這才想起他人在哪處，以及他今天即將執行的計畫。

「該不會太晚了吧，」皮埃爾想，「不會，他進入莫斯科大概不會早於十二點。」皮埃爾未費心衡量他所面臨的情況，而是急於盡快執行計畫。

皮埃爾整一整衣衫，手槍抓在手裡便準備離開。不過，這時他突然想到，他走在大街上怎麼帶槍呢，總不能拿在手裡吧。這麼大的手槍甚至很難藏在寬大的長衫下。無論插在褲帶裡或是塞在腋下，都不可能不被人發覺。何況手槍裡的子彈已經發射了，皮埃爾還沒來得及重新填上。「無所謂，就用匕首。」皮埃爾對自己說，儘管在構思實現計畫的方法時，他曾一再暗自認定，一八〇九年那個大學生的主要錯誤，就在於他想用匕首行刺拿破崙。不過，皮埃爾的主要目的似乎並不在於完成既定目標，而是要向自己證明，他沒有放棄計畫，而且正為實現而竭盡所能；皮埃爾急忙拿起匕首藏在背心裡，這把套著綠鞘、刀刃有缺口的鈍匕首是他在蘇哈列夫塔樓附近和手槍一起買來的。

皮埃爾繫好長衫腰帶，壓低帽子，盡管避開上尉，穿過走廊來到街道上。

他昨晚不大在意的那場大火，在一夜之間火勢蔓延許多。莫斯科已經四處起火。同時在燃燒的有車市、莫斯科河南岸、外商商場、波瓦爾街、莫斯科河上的駁船和多羅戈米洛沃大橋旁的木柴市場。

皮埃爾必須經過幾條小巷到波瓦爾街、阿爾巴特街，再到聖尼古拉顯靈教堂，他心裡早已決定，要在教堂附近完成任務。大部分房舍都大門緊閉，百葉窗也都關著。大街小巷空蕩蕩的。空氣中瀰漫著一股焦味和刺鼻煙味。偶爾遇到神色驚慌、膽怯的俄國人和走在街中心的法國人，他們和居民不同，自有一種過慣軍旅生活的習性。俄國人和法國人無不驚訝地看著皮埃爾。除了高大肥胖的體型，除了那不尋常的陰沉專注神情，以及受難者的臉色和身影，俄國人之所以觀察他，是因為不明白這個人究竟屬於哪個階層。法國人驚訝地目送著他，是因為其他俄國人或驚恐或好奇地看著法國人，而皮埃爾對他們卻絲毫不予理會。在一棟住宅的大門前，三個法國人正在向一些俄國人解釋什麼，見對方聽不明白，便攔住皮埃爾，問他懂不懂法語？

皮埃爾搖搖頭，繼續走路。在另一條小巷裡，一名站在綠色彈藥箱旁的哨兵向他猛喝一聲，而皮埃爾只是在哨兵再次威嚴喝阻，並發出拿起槍來的聲音時才意會過來，他必須從街道對面繞行。他對周圍的一切聽而不聞、視若無睹。他懷著自己的意圖，彷彿懷裡揣著一種可怕而陌生的東西，匆忙而憂心忡忡地趕路，唯恐——他記取了昨夜的經驗教訓——一切化為烏有。但皮埃爾注定無法將計畫完好地帶到目的地。何況即使他在途中沒有被耽擱，他也無法執行計畫，因為拿破崙早在四個多小時之前便從多羅戈米洛沃門外經阿爾巴特街抵達了克里姆林宮，此刻正情緒低落地坐在克里姆林宮沙皇辦公室裡發布各種詳盡的命令，要求立即採取相應措施撲滅大火、防止搶劫行為並安撫民眾。可是皮埃爾對此一無所知；他全神貫注於當前的行動而深感苦惱，人們固執地希冀完成不可能辦到的事情時往往如此——他不可能辦到並不是因為太難，而是因為這事違反他的天性；他苦惱不堪，深怕在關鍵的一刻心軟，因而喪失對自己的尊重。

他雖然對周圍的一切聽而不聞、視若無睹，卻下意識地辨認著道路，沒有走錯通往波瓦爾街的小巷。皮埃爾離波瓦爾街愈來愈近了，煙霧也愈來愈濃，大火甚至烘烤得周遭熱了起來。從那些屋頂下不時躥出火舌。街道上的人更多了，這些人也更加驚慌不安。不過，皮埃爾雖然覺得周圍有些異樣，卻未注意到他正走向大火。他走在一條經過大片建築工地的小路上，這條小路一邊靠近波瓦爾街，另一邊靠近格魯津斯基公爵住所的花園，突然，皮埃爾聽到他身邊一個女人淒慘的哭聲。他站住了，彷彿從睡夢中醒來似的抬起了頭。

在小路一旁，有一些家用物品堆放在落滿塵土的枯草上：被褥、茶壺、聖像和幾個箱子。箱子旁，一個瘦瘦的中年婦女坐在地上，上排幾顆齙牙突出在外，她穿著寬大的黑色外衣，戴著黑色覆髮帽。女人搖晃著身子念叨什麼，哭得聲嘶力竭。兩個十到十二歲的女孩穿著骯髒的短連身裙和短外衣，蒼白、恐懼的小臉上帶著困惑的神情望著母親。一個大約七歲的小男孩穿著粗呢外套，戴著別人的大簷帽，在老保母的懷裡哭泣。一個赤腳的邋遢女僕坐在箱子上，拆散灰白色的髮辮，揪下燒焦的頭髮嗅聞著。女人的丈夫身材不高、微駝，身穿文官制服，留一副輪形落腮鬍，端正地戴在頭上的帽子下露出平整的鬢角，他面色呆板地搬開一摞箱子，從箱子裡取出一些衣物。

女人看到皮埃爾，幾乎撲倒在他的腳下。

「朋友啊，正教的基督徒啊，救人啊，幫幫我們吧，親愛的朋友！誰來幫幫我們吧。」她放聲大哭地說，「一個小女孩！我的女兒！我的小女兒不見了！燒死啦！噢——噢——噢！我疼惜妳是為了……噢——噢——噢！」

「夠了，瑪麗亞·尼古拉耶夫娜，」丈夫低聲對妻子說，看來只是要在外人面前為自己辯解。「大概是姊姊把她帶走了，不然還會在哪裡！」他加上一句。

「木頭！惡棍！」女人惡狠狠地叫道，她突然不哭了。「沒心肝的東西，自己的孩子也不愛惜。別人早就把她從火裡救出來了。可是他是個木頭人，不是人，不是父親。您是高尚的人，」女人抽泣著對皮埃爾急切說道。「鄰家起火了，火舌向我們家竄了過來。女僕大叫著火了！連忙收拾東西。就這樣穿著隨身衣物逃了出來……看看帶出來的就是這些……只有上帝的慈悲和一張陪嫁的床了，其他全燒光了。我急忙找孩子，卡捷奇卡不在。天啊！噢——噢——噢！」於是她又放聲大哭。「我親愛的孩子啊，燒死啦！燒死啦！」

「她在哪裡，在哪裡呀？」皮埃爾問。看到他臉上關切的神情，女人明白了，這個人是會幫助她的。

「大少爺！大好人！」她雙手摟著他的腿叫道，「我的恩人，你總算讓我有了希望……阿尼斯卡，去呀，死丫頭，帶路呀。」她生氣地張嘴對女僕嚷道，以致她的幾顆齙牙就更加暴露出來了。

「帶路，帶路，我……我……我去救人。」皮埃爾氣急敗壞地連忙說道。

邋遢女僕從箱子後走了出來，她挽起髮辮，嘆了口氣，邁著肥大的光腳沿小路朝前走。皮埃爾彷彿從昏迷中醒了過來。他的頭抬得更高了，他的眼睛生氣地閃著光彩，邁開大步跟隨女僕，又趕到她前面走上波瓦爾街。整條街道瀰漫黑壓壓的濃煙。有些地方濃煙中正竄出火舌。一大群人擠在大火前。一個法國將軍站在街道中心，對周圍的人們說著什麼。皮埃爾在女僕的陪同下快要走到將軍所站的地方了；可是幾個法國士兵攔住了他。

「這裡不准通行。」一個聲音叫道。

「走這裡，大叔！」女僕說，「我們走小巷，從尼庫林街過去。」

皮埃爾轉頭就走，不時跑跳著跟上她。女僕跑過街道向左轉進一條小巷，走過三棟屋子，進了右邊院子的大門。

「快到了。」女僕說，她穿過院子，打開木板圍牆的便門，停下來為皮埃爾指了指一間正在燃燒的木板廂房，亮閃閃的大火散發著熏人熱氣。其中一邊已經倒塌，另一邊正燃燒，紅色的火苗從窗口和屋簷下冒出來。

皮埃爾走進便門時，熱浪撲面而來，他不覺停住了腳步。

「哪一棟，哪一棟房子是你們的？」他問。

「哎——喲！」女僕指著那間廂房哀號起來，「就是那一間，本來是我們的下房。燒死啦，我的小寶貝卡捷奇卡，我疼愛的小姐呀，哎——喲！」阿尼斯卡看著大火哀號道，她覺得有必要表露一下感情。

皮埃爾朝廂房闖了過去，可是火勢太猛，他不覺圍著廂房繞了個弧形，出現在一座樓房附近，它只是一邊的屋頂著火，旁邊有一群法國人正擠來擠去。皮埃爾起初不明白，這些拖著東西的法國人在做什麼；不過，看到面前一個法國人正用一把鈍了的短劍打一個男僕，奪取他手裡的狐皮大衣，皮埃爾這才依稀理解，他們是在搶劫，但是他顧不上多想。

牆壁和天花板劈啪作響和轟然倒塌的聲音，火苗的呼嘯聲和嘶嘶聲以及人們鬧烘烘的喧嚷聲，眼前時而滾滾濃煙遮雲蔽日，時而冒出搖曳不定、閃耀著點點火花的米白色輕煙，有些地方火苗密集宛如一束束乾草，有些地方又像金色鱗片吞沒一堵又一堵牆壁，熱浪、煙霧和快速奔走所引起的感覺，激發了皮埃爾。這種鼓舞效果對皮埃爾猶為強烈，是因為皮埃爾目睹這場大火，覺得自己已擺脫了令他感到壓迫的那些想法。他覺得自己年輕、開朗、靈巧而又果斷。他從樓房一邊繞著房間跑，正要跑進房裡還沒倒塌的部分，這時就在他的頭頂上，突然響起了幾個人的叫喊聲，隨即一個沉重的物體落在他身旁，發出拆裂聲和噹啷響聲。

皮埃爾回頭一望，只見樓房的窗口有幾個法國人，他們適才扔下一個五斗櫃抽屜，裡面裝滿了金屬物品。站在下面的其他法國兵走到抽屜前。

「這傢伙要做什麼。」一個法國人朝著皮埃爾吼道。

「有一個孩子在屋裡，你們看到了嗎？」皮埃爾說。

「這傢伙在囉嗦什麼？你滾開。」響起了好幾個人的聲音，一個法國兵大概是擔心皮埃爾從他們手中搶走抽屜裡的銀器和青銅器皿，氣勢洶洶地逼近皮埃爾。

「一個孩子？」樓上的一個法國人叫道，「我聽到花園裡有尖叫聲。也許是他的孩子。好啦，要講人道。我們都是人嘛……」

「孩子在哪裡？在哪裡？」皮埃爾問。

「這裡來！這裡來！」法國人站在窗口，指著屋後的花園對他大聲說道，「您等一等，我馬上下來。」

果然，片刻後法國人、一個臉上有顆黑痣的黑髮小伙子只穿著襯衫，從底下的窗口跳了出來，他拍拍皮埃爾的肩膀，和他一起朝花園跑去。

「喂，你們快點，」他向同伴們喊道，「火勢逼人了。」

跑到屋後鋪著沙子的小道上，法國人拉一下皮埃爾的手，為他指了指圓形草地。長凳下躺著一個身穿粉紅色小連身裙的三歲女孩。

「看吧，您的孩子。啊，是個女孩，那更好。」法國人說，「再見，胖子。要講人道。我們都是人嘛，不是嗎？」於是臉上有顆痣的法國人轉身向同伴們跑了過去。

皮埃爾高興得喘不過氣來了，他奔向女孩，想把她抱在懷裡。可是，一看到陌生人，那個臉上有著膿疱、很像母親、樣子惹人厭的女孩大聲叫嚷起來，拔腿就跑。不過，皮埃爾抓住她，又將她抱了起來；她絕望地、惡狠狠地尖聲叫嚷，用一雙小手扳皮埃爾的手，又用沾滿鼻涕的嘴咬。一種恐懼和厭惡的感覺攫住了他，他在接觸到某種小動物時就曾有過這種感覺。不過他克制自己，未丟下孩子，抱著她跑回樓房。可是已經不可能原路折返了；女僕阿尼斯卡已經不見了，於是皮埃爾懷著憐憫和厭惡的心情，盡可能溫柔地摟緊在苦難中抽泣不止的女孩，跑著穿過花園另尋出口。

三十四

等到皮埃爾跑遍各家院子和小巷，終於抱著孩子回到格魯津斯基住處的花園時，他在波瓦爾街的轉角處，起初並沒有認出剛才他為了找孩子而離開的地方：那地方現在擠滿了人，堆滿了從家裡搬出來的日常用品。除了幾個俄國人家庭和他們從大火裡搶救出來的財產，還有幾個穿著各式衣物的法國士兵。皮埃爾沒有注意他們。他急於找到那個文官家庭，把女兒交給母親，再去救助其他人。皮埃爾覺得，他還有很多事急需處理。由於熱氣逼人和長時間的奔走而異常興奮的皮埃爾此時覺得，那種年輕、活躍和果斷的感覺比他跑去救孩子時更強烈了。眼下女孩已安靜下來，一雙小手揪著皮埃爾的長衫坐在他的手臂上，像一隻小野獸那樣向周圍張望。皮埃爾不時看看她，微微露出笑容。他覺得，他在這張受驚的病態小臉上看到了感人的天真和天使般的純潔。

那個文官和他的妻子已經不在原來的地方了。皮埃爾在人群中快步走來走去，打量著他遇到的人們的各不相同的臉。他偶爾注意到一個格魯吉亞人或亞美尼亞人的家庭，這個家庭有一位東方人臉型、年紀很大的端正老人，穿一件嶄新的吊面皮襖和新靴，還有一位同樣臉型的老婦人和一個年輕婦女。皮埃爾覺得，這個年輕的女子簡直是東方美的極致，她那線條清晰的彎彎黑眉毛，那白裡透紅、嬌豔的鵝蛋臉冷若冰霜。在到處亂扔的日用品之間，在廣場上的人群之中，她身穿華麗的女式緞子外套，裹著鮮豔的淺紫色頭巾，令人想起被拋到雪地上嬌嫩的溫室植物。她坐在老婦人稍後的角落裡，一雙長睫毛的烏黑大眼注視著地面。看來她知道自己很美，並為此而擔憂。皮埃爾陡然驚豔，在沿著圍牆匆匆走過時，幾次回頭看她。走到圍牆邊，皮埃爾仍未找到他要找的人，便停下腳步四處張望。

皮埃爾抱著孩子的身影現在更引人注目了，幾個俄國男人和女人聚集到他身旁。

「你在找人嗎，朋友？您本人是貴族吧？這是誰的孩子？」人們問他。

皮埃爾回答說，孩子是一個女人的，她穿著寬大的黑色外衣，帶著幾個孩子坐在這個地方，他問是否有人認識她、知道她到哪裡去了。

「這孩子想必是安費羅夫家的。」年老的助祭對一個麻臉女人說，「上帝保佑吧，上帝保佑吧。」他又以慣常的男低音說。

「怎麼是安費羅夫家的！」女人說，「安費羅夫一早就走了。這孩子要麼是瑪麗亞·尼古拉耶夫娜的，要麼是伊萬諾夫家的。」

「他說的是一個女人，而瑪麗亞·尼古拉耶夫娜是一位夫人。」看院子的僕人說。

「你們是認識她的吧，長著大齙牙，瘦瘦的。」皮埃爾說。

「就是瑪麗亞·尼古拉耶夫娜。這些豺狼闖到這裡來的時候，他們到花園裡去了。」女人指著那些法國兵說。

「噢，上帝保佑。」助祭又說。

「您到那裡去吧，他們就在那裡。您要找的人就是她。她一直傷心落淚。」女人又說。「就是她。您從這邊走吧。」

不過，皮埃爾沒有聽這個女人說話。他已經有幾秒鐘目不轉睛地看著幾步之外正在發生的事。他正看著那些亞美尼亞人和走到他們面前的兩個法國兵。一個士兵是機靈的矮個，身穿藍色軍大衣，腰間束繩。他頭戴高帽，光著兩隻腳。另一個士兵令皮埃爾驚訝不已，他是瘦高個子，駝背，淺色頭髮，行動緩慢，表情呆滯。這個人穿著起絨粗毛呢外套和藍色長褲，腳上套著一雙破舊的大皮靴。沒有靴子、穿著藍色軍大衣的矮個法國人走到亞美尼亞人面前說了句什麼，立刻伸手抓住老人的兩隻腳，於是老人馬上急匆匆地開始脫靴子。穿外套的另一個法國兵站在亞美尼亞美女的對面，雙手放在口袋裡，一動不動地默默注視著她。

「妳來抱，抱著孩子，」皮埃爾把女孩遞給那個女人，用命令口氣急忙說道。「妳交給他們，把孩子交給他們！」他幾乎是對女人大聲叫嚷，一面把哭叫著的女孩放在地上，又回頭看了看那些法國人和亞美尼亞人。老人已經光著腳坐在那裡了。矮個法國人脫下他的最後一隻靴子，拿兩隻靴子交互拍打著。老人正低聲抽泣，嘴裡說著什麼，不過皮埃爾對這些只是匆匆一瞥；他的注意力集中在那個穿外套的法國人，這時他正緩慢地搖晃著身子逼近那個年輕的女人，從口袋裡抽出手來，用雙手掐住她的脖子。

美麗的亞美尼亞女人仍然一動不動地坐著，垂下長長的睫毛，彷彿沒有看見也沒有感覺到士兵的粗暴行徑。

在皮埃爾衝過他和法國兵相距幾步的距離時，穿外套的瘦高搶劫犯已在拉扯亞美尼亞女人戴在脖子上的項鍊，於是年輕的女人雙手捂著脖子尖聲大叫。

「放開這個女人！」皮埃爾嗓音沙啞地怒喝一聲，雙手抓住高個駝背士兵的雙肩把他摔開。士兵跌倒在地，爬起來就跑。但是他的同伴扔下靴子，拔出短劍威脅地逼向皮埃爾。

「喂，喂！老實點！」他叫道。

皮埃爾盛怒如狂，此時他已忘乎所以，且力氣增強了十倍。他撲向光腳的法國兵，在他拔出短劍之前已將他打倒在地，在他身上揮拳猛揍。周圍的人群發出一陣讚歎的吶喊，就在這時，從街角出現了法國槍騎兵的巡邏隊。槍騎兵迅速趕到，包圍了皮埃爾和法國兵。以後的情況皮埃爾不記得了。他記得他打了人，有人打了他，最後他感覺雙手被捆住，一群法國兵站在他四周，搜他的身。

「中尉，他有一把匕首。」這是皮埃爾聽清楚的第一句話。

「啊，武器！」軍官轉身對那個與皮埃爾一起被抓起來的光腳法國人：

「好了，好了，你法庭上陳述一切吧，」軍官說。然後他問皮埃爾：「你會說法語嗎？」

皮埃爾一雙充血的眼睛環視周圍，沒有回答。他的臉色大概顯得非常駭人，因為軍官低聲說了什麼，又有四個槍騎兵離開佇列，把皮埃爾夾在中間。

「你會說法語嗎？」他又問了一遍，站得離他遠遠的。「把翻譯叫來。」一個穿著俄國便服的矮子從隊伍裡出來了。皮埃爾根據他的衣著和聲音立即認出他是莫斯科一家商店的法國人。

「他不像平民。」翻譯打量一下皮埃爾說。

「噢，噢！他很像是縱火犯，」軍官說，「您問他，他是什麼人？」他加了一句。

「你是什麼人？」翻譯問。「你要回答長官。」他說。

「我不告訴你們，我是誰。我是你們的俘虜。把我帶走吧。」皮埃爾突然用法語說道。

「啊！啊！」軍官皺著眉頭說，「好吧，起步走！」

槍騎兵附近聚集了一群人。站得離他最近的是那個抱著女孩的麻臉女人；巡邏隊動身時，她走上前來。

「他們要把你帶到哪裡去呀，朋友？」她說，「女孩，要是這個女孩不是他們家的，我該帶她去哪裡呢？」女人問。

「這個女人要做什麼？」軍官問。

皮埃爾像喝醉了酒似的。看到他救出的女孩，他那狂熱的情緒更強烈了。

「她要做什麼？」他說。「她懷裡抱的是我的親生女兒。是我從大火裡救出來的，」他說。「再見！」他自己也不知道，怎麼會脫口說出這句假話，於是夾在法國人之間，邁開堅定、莊重的步伐走了。

這支法國巡邏隊是依迪羅內爾[173]的命令派往莫斯科大街小巷的巡邏隊之一，任務是要制止搶劫，主要是逮捕縱火犯。這一天，法軍上層普遍認為，莫斯科大火是人為縱火的結果。這支巡邏隊巡視了幾條街道，同時遭逮的還有五、六個有嫌疑的俄國人，其中有一個小店主、兩個神學院學生、一個做粗活的僕人和一個看院子的，另有幾個搶劫犯。不過在這些可疑的人之中，嫌疑最大的莫過於皮埃爾。當他們被帶到祖波夫堡、在一棟設有臨時拘留所的大房子裡過夜時，皮埃爾在嚴密看守下單獨隔離。

173 迪羅內爾將軍（一七七一—一八四九）在法軍占領莫斯科期間任城防司令。

經典文學

戰爭與和平　第三部

Войнá и миръ

作者	列夫・托爾斯泰（Leo Tolstoy）
譯者	婁自良
社長	陳蕙慧
總編輯	戴偉傑
特約編輯	曹子儀
責任編輯	鄭琬融
行銷企劃	陳雅雯
封面設計	莊謹銘
排版	極翔企業有限公司

讀書共和國集團社長	郭重興
發行人	曾大福
出版	木馬文化事業股份有限公司
發行	遠足文化事業股份有限公司
地址	231 新北市新店區民權路 108-3 號 8 樓
電話	(02) 2218-1417
傳真	(02) 2218-0727
E-mail	service@bookrep.com.tw
郵撥帳號	19588272 木馬文化事業股份有限公司
客服專線	0800-221-029
法律顧問	華陽國際專利商標事務所　蘇文生 律師
印刷	前進彩藝有限公司
二版四刷	2023 年 2 月
定價	新台幣 400 元一冊，四冊不分售。
ISBN	978-986-359-665-3

國家圖書館出版品預行編目

戰爭與和平 / 列夫．托爾斯泰（Leo Tolstoy）著 ; 婁自良譯．-- 初版．-- 新北市 : 木馬文化出版 : 遠足文化發行，2020.01

面 ; 公分

譯自 : Война и миръ

ISBN 978-986-359-661-5（第一冊 : 平裝）

ISBN 978-986-359-662-2（第二冊 : 平裝）

ISBN 978-986-359-663-9（第三冊 : 平裝）

ISBN 978-986-359-664-6（第四冊 : 平裝）;

ISBN 978-986-359-665-3（套書 : 平裝）

880.57　　108004897